物竞天择

王江　著

内蒙古出版集团
远 方 出 版 社

图书在版编目(CIP)数据

物竞天泽 / 王江著. -- 呼和浩特 : 远方出版社,2015.12
ISBN 978-7-5555-0585-3

Ⅰ.①物… Ⅱ.①王… Ⅲ.①长篇小说－中国－当代 Ⅳ.①I247.5

中国版本图书馆CIP数据核字(2015)第294951号

物竞天择

作　　者　王　江
责任编辑　刘洪洋　蔺　洁
封面设计　张燕红
版式设计　王改英
出版发行　内蒙古出版集团　远方出版社
社　　址　呼和浩特市乌兰察布东路666号
（电话 0471—2236466　邮编 010010 ）
经　　销　新华书店
印　　刷　呼和浩特市圣堂彩印有限责任公司
开　　本　710mm × 1000mm　1/16
字　　数　438千
印　　张　28.5
版　　次　2015年12月第1版
印　　次　2015年12月第1次印刷
印　　数　1—1000册
标准书号　ISBN 978-7-5555-0585-3
定　　价　38.00元

内容简介

改革开放以来，周思远、江群、郝妍、封德水、柳刚等人，纷纷投身于经商大潮。他们凭着聪明才智，在商海中努力拼搏。历经了成功的喜悦，饱尝了失败的痛苦。有人以诚信为本，兢兢业业，终于获得成功。有人一味追求经济效益，不惜制造销售假货，导致生意破产，夫妻离异。后来在女友的鼓励下，吸取失败的教训，痛改前非，诚信经商，获得巨大成功。有人成功后吃喝嫖赌，导致生意失败，一蹶不振。有人为了追求效益，不惜以身试法，身败名裂，受到法律的制裁。

书中以翔实的事实，揭露了黑心商人相互欺骗、尔虞我诈、不择手段的丑陋行径，以及商场斗智斗勇，追求梦想的心路历程。本书故事精彩纷呈，情节跌宕起伏，趣味性强，具有深远的教育意义，值得一阅。

目录

CONTENTS

第一章　节外生枝

经过冰雪严寒的洗礼，在人们的企盼中，春姑娘迈着轻盈的脚步，沐浴着温暖的阳光，伴随着和煦的春风，宛如含羞待嫁的少女，姗姗而来。大地上冰雪消融，群山染黛，苍松滴翠，杨柳泛青，河流潺潺，泉水叮咚。整齐的白桦林如同仪仗队，张开臂膀迎接久违的春天。草地上的小草发出嫩芽，夹杂着无名的黄色小花儿。远处山坡上盛开着一片片、一簇簇达紫香花，宛如天边灿烂的朝霞，将素有高寒禁区之称的大兴安岭，点缀得婀娜多姿、美丽如画。

置身于大自然的美景中，欣逢作品即将付梓，汪洋的心情更是无比欢畅。他与朋友携手徜徉在美丽的景色中，登高览胜，吟诗抒情，尽情抒发心中感慨和喜悦之情。

归来后，谌伟抢着作东，在山城大酒店设宴招待众人。酒桌上，众人围绕汪洋小说出版的话题，频频举杯，并以作家的称呼向他表示祝贺。面对老朋友的恭维，汪洋虽然嘴上一再谦虚，心里却感到特别受用，作家这个称谓，充满了诱惑力，他的虚荣心得到了极大的满足，甚至有些飘飘然。故此，面对朋友们的敬酒，他是来者不拒，杯杯见底，开怀畅饮，喝得十分尽兴。

尽管汪洋心情好，饮的只是啤酒，但由于戒酒多年，身体早已不胜酒力。十几杯啤酒下肚，已然立足不稳，呈现出醉态。却兀自不停地张罗与众人干杯。

刚开始饮酒时，施玉梅见他与众人豪饮，感到很欣慰，因为他自从创作以来，一直处在半封闭和忘我的状态，毫不夸张地说，他为了专心写作，不但废寝忘食，就连春夏秋冬季节变换好像都没感觉。这份艰辛和寂寞不是每个人都能承受的！如今总算功夫不负有心人，小说得到认可并即将出版，他应该适当放松和发泄一下情绪。她是医生，从身体健康的角度着想，一个人长期处在封闭环境，神经容易出现问题，适时发泄和放松一下，对身心健康有好处。她如今见他已现醉态，担心损伤身体，便适时站起来打圆场，代丈夫向众人敬酒，并解释他因戒酒，身体已不胜酒力。郁金风和乌兰等人纷纷帮施玉梅说话，劝男士们适可而止。

汪洋自从投身文学创作，几乎退出了社交圈，就连这几位要好的朋友，平时也很少相聚，难得今天欢聚一堂，开心畅饮。众人见他心情好，本想趁此机会热闹一番，无奈女士们阻拦，又见汪洋已现醉态，知趣的不再劝汪洋饮酒。

男士们意犹未尽，相互继续拼酒，直到喝得各个立足不稳，醉意朦胧，方才罢休。出门后，他们在酒精的作用下，沿着空旷的大街蹒跚而行，海阔天空地一通神侃，至于具体说了些什么，他们都没有记忆，回到住处，一头倒在床上便呼呼大睡。

第二天早上，彭宗元和巴建华等人告辞，动身返回甘河。汪洋和施玉梅苦留不住，只好前往车站送行。

汪洋送完站没有回家，而是直奔集贸市场，打算买几样山珍，送给出版社的乌老师，一是感谢他的知遇之恩，二来回馈他请客吃饭的情意。

他在市场内转了一圈，分别看了几个摊主的货，均感到不满意。他在林区生活多年，对山产品很内行，一眼就能分辨出野生还是人工培植的。他没想到满市场的山货，竟没有真正的野生木耳，榛蘑的质量虽然差点，却是正宗的野生货。听说他要买野生木耳，摊主们纷纷摇头，表示没货。

这时，一位四十多岁，个头不高，体形稍胖，面相忠厚的男摊主叫住他，满脸堆笑地说："哥们儿，你要好山货做什么，价格死贵的。其实人工培植的也很好，外表都差不多。"

"大哥，我买山货送礼，必须买纯野生的。"汪洋说出自己的用途。

"哦，送礼呀，难怪。不瞒你说，我有野生木耳，只是怕你嫌贵。"

"只要纯野生的，价格贵点也行，请问啥价？"

"咋说也得百十多块，你要多少？多买价格优惠。"摊主试探着问他。

"大哥，我是送礼，只要二斤，你就给个实惠价吧。"

"二斤——太少了，二斤没法优惠。"摊主似乎很失望。

"大哥，你看我是诚心买，你就便宜点吧。"汪洋赔着笑脸讲价。

"好吧——看你是个实在人，给你八十块钱一斤。"

"八十，太贵了，大哥，再便宜点。"汪洋觉得价钱过高。

"八十还嫌贵？哥们儿我跟你说，你知道现在野生木耳多难倒腾，实话告诉你，我给你的价格绝对合理，我做生意一向薄利多销，见利就走，从不要高价，今天我还没开张，图个彩头，给你个开张价，没赚你一分钱！"摊主的态度十分诚恳

汪洋听他这么一说，心里有些犹豫："八十块钱一斤，二斤就是一百六十元钱，几乎是施玉梅一个月的工资，真有些心疼。"可转念一想："既然给人家送礼，就应该送货真价实的，否则莫不如不送。"于是，他一咬牙，决定接受他的价格。

"大哥，八十就八十，不过咱们先小人后君子，如果你的货不纯，我可不要。"

"兄弟，你放心吧，我做生意一向讲诚信，决不骗人，假如你验出假货，我白送给你，分文不取。"摊主信誓旦旦地表白。

“好，我相信你，货在哪里？”

“在库房，你跟我去库房吧。”

“库房远吗？”

“不远，就在市场后面，几分钟就到。”男子托邻近摊主照看摊位。然后领着汪洋走出市场，穿过了几条街，拐进一个小巷，来到一个陈旧的砖房前。

他打开房门，领着汪洋进屋，屋内放着一张双人床，还有一些生活用具，地上堆放着一些编织袋。他从一个角落拽出半袋山货，弯腰解开袋口，招呼汪洋看货。汪洋抓起一把木耳，借着窗户透进来的阳光仔细看了看，又放在嘴里品尝一下，不由得皱着眉头说：“大哥，你这不是地道的野生木耳。”

“兄弟，怎么说话呢？你说我这不是野生的？你有啥根据！我说你到底懂不懂行？”摊主神色不悦地反驳道。

“大哥，你别不高兴，我在林区工作了二十多年，岂能不认识野生木耳！你这不是野生的，而是用柞木段人工培植的。”汪洋十分肯定地说。

摊主听了他的话，停顿了片刻，苦笑了一声，说：“兄弟，没想到你还是行家，大哥看走眼了，你说的没错，是木耳段的。”

“大哥，你知道我买山货送礼，如果你有正宗的野生山货请拿出来吧。”

“我实话告诉你，整个市场都没有纯野生木耳，都是用柞木段的木耳冒充野生的，骗那些不懂行的外地人。”

“既然如此，大哥，对不起了。”汪洋说完，转身朝外面走，他想尽快脱身，以免摊主为难他。

“兄弟，你别急着走啊，我这木耳虽说不是野生的，质量却很好，保证是秋木耳，价格可以商量。”

“你能给我什么价？”汪洋停下脚步。

“既然你是行家，我也不和你要价，三十元怎么样？”

“三十，还是有点高，你再让点。”

“最低二十八，再少我就亏本了。”摊主委屈地说。

"好吧，二十八就二十八，我要二斤。"

摊主找来秤，麻利地秤了二斤木耳，用塑料袋装好，然后又问他："兄弟，还需要其他山货吗？"

"你有桦树蘑吗？"

"桦树蘑？啥样的桦树蘑？"

"就是桦树上生长的蘑菇，也叫'千层蘑'，黄白色的，一层一层的，几片就能泡半盆，以前在山上我们经常吃，口感非常好。"

"兄弟，你说的这种蘑菇，我听说过，却没见过，更别说经销了，我经销的只有木耳和榛蘑。"

"榛蘑有好的吗？"

"有，我拿给你看，保证你一眼就能相中。"

摊主这次没撒谎，榛蘑质量果然不错，不但都是蘑菇丁，而且颜色好。双方经过讨价还价，最后以十二元一斤成交。汪洋买了二斤木耳、二斤榛蘑，一共花了八十元钱，感到很便宜，兴冲冲地回到家中，带着几分炫耀向妻子报功。

妻子心细，对其复秤，结果每斤相差一两半左右。原来摊主在秤上做了手脚，汪洋气愤地说："现在的买卖人怎么这样？话说得很实在，办事却不实在，竟用这种缺德的手段骗人，不行，我找他评理去。"

妻子担心他与人吵架，急忙劝阻说："你没听人说'奸商，奸商，无商不奸'。现在的买卖人，骗人的招数多着呢！再说摊主成心骗你，找他也不会承认，只能惹一肚子气。"

"玉梅，你说的有道理，可我就是咽不下这口气，你说缺斤少两的山货，我怎么好意思送给乌老师。""算啦，算啦，你别生气，我再去买点把亏秤补足。"施玉梅说完，骑着自行车，来到市场，没想到迎面碰到了在工商局工作的同学齐丽丽。齐丽丽停住脚步笑着问："玉梅，你这个大忙人，怎么有时间逛市场？"

"丽丽，是你呀，我来买点山货，你忙什么呢？"

“我来检查工作，你想买什么山货？”

“买点木耳和榛蘑。”

“买多少？我领你去，这里的摊贩都归我管，不但价格便宜，质量也有保证。”

“哎呀，早知道找你就好了，省着汪洋让人骗。”

“咋回事，你家汪洋让谁骗了？跟我说说。”

于是，施玉梅把汪洋买山货，被商贩骗的事告诉齐丽丽。齐丽丽生气地说：“真不像话，哪个商贩干的？我找他算账！”

“具体哪个商贩说不清，他说是个男的，四十多岁，长相挺忠厚的。”施玉梅根据汪洋的描述，告诉她大概情况。

“哦，我知道是谁了，你跟我来。”齐丽丽听施玉梅说完，拉着她的手，来到一处山货摊位前。没等她说话，男摊主满脸堆笑与她打招呼：“齐所长，您来有事呀？”

“当然有事，我问你，你卖的山货为什么缺秤？”齐丽丽一脸严肃，开门见山地质问道。

“啊——啊——齐所长，您怎么知道的？”男摊主有些意外。

“你别管我怎么知道的，我问你为什么缺斤少两，坑蒙顾客？”齐丽丽一脸严肃地质问。

“我——我——所长，对不起，我错了，甘愿受罚。”摊主诚惶诚恐地低头认错。然后急忙转身，从摊床底下装了一袋木耳、一袋榛蘑，每袋足有一斤，恭恭敬敬地送到齐丽丽面前。

“哼，改错的态度还行，算你聪明，这次就不罚款了，下次再发现你有欺骗行为，一定加倍重罚。”齐丽丽说完，把山货交给施玉梅，又教训了摊主几句。摊主一再赔礼道歉，承认错误，齐丽丽方才解气地与施玉梅离去。

施玉梅回到家中，将事情经过告诉汪洋。汪洋感到很解气，心中的气愤随之消失。

一切准备就绪，汪洋告别妻儿，带着无限喜悦之情，再次踏上了开往自治区首府的列车。

车厢内旅客很多，过道站满了人。行李架上、座席底下堆满了大包小包。好在汪洋提前购买车票，还是靠车窗的座位。邻座几位年轻妇女，她们穿着入时，腰里挂着传呼机，一位圆脸短发的手里拿着手机。上后车，她们拿出烧鸡、火腿肠等一些精致的熟食，还有啤酒、可口可乐。她们一边开心地吃喝，一边叽叽喳喳地说个不停。那位圆脸短发的更是活跃，毫无顾忌地和同伴们大声说笑，就像坐在自家炕头上那么随便。

施玉梅特意为汪洋准备了旅途食品，她买来原材料，自己加工制作了酱牛肉、酱鸡爪以及干豆腐、黄瓜、大葱还有辣白菜，主食是酥饼，这些食物都是汪洋平时喜欢的。可是汪洋觉得自己带的食品与身边几位的相比，显得有些寒酸，所以没急于往外拿，想等她们吃完后再用餐。

“你们是做什么工作的？”汪洋好奇地向身旁的一位高个、胖乎乎、留着披肩发的少妇问道。

“我们都是卖服装的。”高个随口回答。

“卖服装，你们这是去哪里？”

“你没听说过‘倒爷儿’吗？我们就是人们常说的‘倒爷儿’，不对，我们应该叫‘倒奶奶’，哈哈。”那个短发的抢过话头戏谑地回答。

“什么是‘倒爷儿’？还——还——‘倒奶奶’？”汪洋不解地问。

哈哈——嘻嘻——没想到他的话惹来一阵大笑。那个饶舌的短发笑了一阵儿，强忍住笑，说：“大哥，你是外星球来的呀？怎么连‘倒爷儿’都不知道？”

“各位姐妹，让你们见笑了，我真不知道什么是‘倒爷儿’。”汪洋一本正经地说。

他的话又引来一阵笑声。那位短发接着话头问：“大哥，你是做什么的？”

“我……我……我搞文学创作的。”汪洋有些不好意思地回答。

“哦，搞文学创作的，看来你真是‘两耳不闻窗外事，一心只读圣贤书’，难怪你不懂社会上的俗事！”

“搞文学创作？你是作家？都发表过什么作品？”高个投来羡慕的眼神，惊喜地问他。

“说来惭愧，我称不上作家，因为我的长篇小说刚刚得到出版社认可，我现在是去出版社联系相关的出版事宜。”

“长篇小说，了不起呀！你的小说叫什么名字，多少万字？”高个女子对他很崇拜。

“《黑色诱惑》，三十多万字。”

“哇，三十多万字，太了不起了！”高个女子有些夸张地惊呼。

“稿费一定很多吧？”短发感兴趣地插话。

“稿费么，我也说不清，好像没多少钱。”

“唉，你点灯熬油费心血，到头来挣不了几个钱。我真不明白，你说不挣钱你写个什么劲儿！”

“呵呵，我搞文学创作，不是为了挣钱。”

“那是为了出名？”

“也不是为了出名。”

“我真搞不明白！你既不图利又不图名，写作到底为了啥？”

“我是为了实现理想和追求，为了圆自己的梦。”

“如今什么年月了，还追求什么梦想？那一套早过时了，如今讲究‘一切向钱’看，挣钱才是最大的梦想。”

“世界上许多事情和标准，不能用金钱来衡量，金钱并不是万能的。”

“不用金钱衡量？试问如果没钱，亲戚朋友有什么红白喜事，你去不去参加？如果去了，随不随份子？假如你只谈理想，不随份子，人家会怎么看你？会重视你吗？反过来如果你出手阔绰，随一份厚礼，人家不把你捧上天才怪呢！我现在算是看明白了，虽说金钱不是万能的，但是没有钱却是万万不能的。”

汪洋听了这番话，虽然觉得不以为然，却觉得似乎有道理，因此没有反驳。停顿了一下，他禁不住好奇地问："你们卖服装每天能挣多少钱？"

"我们嘛——我们一天挣一百元钱左右。"短头发笑着回答。

"一天挣那么多？！一天一百，十天就是一千，一个月就是三千多！哎呀，了不得，教授都赶不上你们挣钱多，三年就是万元户啊！"汪洋禁不住感叹。

"现在万元户算啥！我们只不过挣点辛苦钱，与那些开公司做大买卖的老板相比，简直是小巫见大巫。你没听说沿海一带开发区流行'一万元钱不算富，十万元钱刚起步，百万元钱才叫富'。"短头发侃侃而谈，脸上始终洋溢着得意的笑容。

汪洋做梦也没想到，这几个看似平常的女子，一年竟会挣那么多钱。心里不由得暗自说道："我的乖乖，卖服装挣这么多钱，真是了不得，施玉梅一个月工资不足二百元，自己憋在家里这几年，没想到社会变化这么大。自己与眼前这些人相比，真像是桃花源中人，看来自己真是落伍了，惭愧，惭愧！"

"怎么啦？我的作家哥哥，发什么呆呀？看别人挣钱动心了？我劝你别当什么作家了，干脆改行做买卖吧，现在是商品社会、市场经济，下海经商不丢人，现在好多名人都下海经商，没听说现在十亿人民九亿商，还有一亿在观望吗？"

"大哥，你别听她侃大山，说得痛快，其实我们下海经商也是被逼无奈，如今企业倒闭，员工下岗，铁饭碗被打碎了，不想办法挣点儿钱，拿什么养家糊口？我羡慕你们这些有文化、有知识、有理想的人！"高个女子语气中带有几分无奈，目光中充满羡慕。

"我说妹子，既然你这么羡慕文化人儿，我看你别做生意，莫不如跟这位大哥改行写作得了。"短头发和同伴与她调侃。

"唉，说这些话还有啥用，我以前也是一位文学青年，也曾坐过作家梦，可是自从结婚成家，整日被家庭琐事困扰，哪有时间读书写作！你别拿话挤对我，假如倒退十年或没结婚，我还真说不定去写作，去圆自己的文学梦想。"高个幽幽地叹了口气，道出自己的感想。

"姐妹儿，没想到你还真有这个梦想，可惜你生不逢时，没赶上好年代。你说咱们这代人，出生时赶上挨饿，上学时赶上'文化大革命'，好不容易有个工作，又赶上下岗，你没听人说'毛主席给个铁饭碗，邓小平给钻个眼，江泽民给砸个扁'。什么倒霉事咱们都赶上了，真是命苦啊！"短头发半是开玩笑，半是牢骚。

"好啦，好啦，说那些不愉快的事干吗？你说谁没有梦想，谁没有追求，说到头又有几个人能实现！人就得认命，到哪河脱哪鞋，到啥时候说啥话，顺其自然，随遇而安。"她们其中一位年纪稍大的大姐开口劝慰同伴。

那位大姐的话中断了她们刚才的话题，她们再次谈起了市场行情方面的事情，汪洋没有插嘴。

夜色降临了，车厢内渐渐安静下来，经历了一天旅途劳顿的人们，开始以不同的姿势，逐渐进入了梦乡。

汪洋起身去车厢门口接了一杯热水，拿出食品简单地吃完饭。因为事先已把钱揣到贴身口袋，提包里只有几斤山珍及换洗衣服，没必要特别分神照管，故此放心地趴在茶几上入睡。

尽管旅途难以安心沉睡，朦胧中曾数次被上下车的旅客吵醒，但汪洋仍断断续续，一直睡到天亮。清晨，他站起身，伸了个懒腰，活动一下筋骨，揉揉眼睛，发现昨天坐在身旁的几位女士，不知什么时候下车了，如今换了几副生面孔。身边两位与他年纪相仿的男士，见他醒来，其中一位胖子冲他点头一笑，友好地和他搭讪："兄弟，睡醒了？"

汪洋报以一笑，客气地说："嗯，你们什么时候上车的？"

"我们刚上车，看样子你是长途。哪里的？"

"林海市。"

"哦，林海呀，我以前经常去发木材。你家是林海市的？"

"是的，住在林海。"

"你在什么部门工作？"

“林业。”

“在林业局工作呀，以前林业局可真是好单位，不但工资高，福利待遇更是没得比，如今不行了，自从大兴安岭那把大火，林业每况愈下，幸亏现在有‘天保工程’，国家给拨款，否则真不知道他们该如何度日。”胖子不屑一顾地说。

胖子的话音未落，坐在他身边的瘦高个马上接过话茬：“要我说林区目前面临的窘境，也不全是那把大火的原因，要怪就怪林区的人不会算计。当年林业资源丰富时，他们大手大脚，花钱从不算计，以为资源取之不尽，用之不竭，但凡有点算计，合理采伐，不至于像现在这样窘迫。当时不是流行一句话吗？怎么说来着……哦，想起来了，‘林大头，铁小抠’。对了，就是这句话。你说一个大手大脚、不知算计的人，能过好日子吗？只有精打细算，知道节省，才能过上长远的好日子！现在林业不景气，除了各种客观因素，也有自身因素。”

汪洋听了他们的话，心里觉得很不是滋味。他们说的话不无道理，林业的衰败，虽然存在诸多不利因素，但确实有自身原因，假如当初不是大规模、毁灭性地采伐，而是合理有计划开采，加大植树造林力度，林业的形势或许不会这么糟，自己兴许不会下岗。说实话，他现在非常留恋林区当初那优越的生活和工作环境。

这时，胖子的手机响了，胖子拿出手机，用嘴咬着拔出天线。“喂，请问哪位？啊——李经理呀，你还好吧……好，我很好，有事尽管说……钢材啊，哦，有货，只不过价格高一些……能不能便宜？不行，你知道现在钢材是紧俏货，再说你也了解市场行情。李经理，咱们都是老朋友了，我岂能黑你，实话跟你说，我给你的价格一半人情一半钱，简直就是跳楼价。现在很多人找我要货，而且出的价高，我是看在老朋友的情分上，没有答应别人，我是先做人，后做生意，无论做生意还是做人，我都讲信誉……你说质量啊？质量绝对没问题，都是正宗的国标货……你同意这个价格啦？好，你把货款准备好，我们见面时把合同签了……送货？可以，不过咱们先小人后君子，签完合同，你得先付预付款，咱们虽然是朋友，可在生意场上我们必须遵守游戏规则，亲兄弟明算账……哈哈——

好，就这么说定了，好，好！再见！”

胖子撂下电话，眉飞色舞地对瘦高个说：“兄弟，李经理同意咱们的价格，你赶紧给王经理打电话，把他的钢材定下来，价格尽量往下压，提高咱们的利润空间。”

“大哥，订货没问题，价格也能往下压，可他要现钱怎么办？”瘦高个有些为难地看着胖子，向他讨主意。

“这还不好办，李经理不是答应给咱们预付款吗？咱们收到预付款后，先不给他货，让他把全部货款打过来，然后咱们用他的货款去提货，里外一翻，咱们就能挣几万，这样买空卖空，中间拼缝的买卖，何乐而不为呢!”

“李经理没见到货，能给咱们打全款吗？”瘦高个担心地问他。

“他不给咱们打全款，咱们就不给他发货，更别说退预付款了。”

“这么做能行吗，那不是违约吗？一旦追究咱们的违约责任，逼着咱们退还预付款，岂不是猫咬脬泡——空喜欢一场。”

“哼哼，退还预付款？门都没有。历来是饭到口、钱到手，吃到嘴里的肉，岂有吐出之理！你就按我说的办，其他的事不必考虑，有我呢！”胖子十分自信。

瘦高个按照胖子的吩咐，拨通了对方的电话，经过一番讨价还价，终于把预想的钢材价格定了下来。俩人十分高兴，打开皮包，拿出几样精美的熟食以及白酒和啤酒，还有两桶康师傅方便面，庆贺买卖成功。他们心里高兴，邀请汪洋一同喝酒，说来惭愧，汪洋第一次见到桶装的方便面，对于邀请，汪洋当然宛然谢绝。

看着两位开心地吃喝，喜不自胜的神色，汪洋深感佩服，心想他们真是能人，几个电话就轻而易举地谈成了几万元钱的买卖，而且不用自己掏本钱，真是让他大开眼界。

他俩边喝边聊，喝了两个多小时。临下车时，他们送给汪洋两张名片，名片上分别印着公司名称、姓名及联系方式。胖子告诉汪洋，如果有什么挣钱的好买卖，可以与他联系，并承诺给他从中提成。汪洋满口答应，心中感触颇深，没想到短短几年时间，社会发展变化竟这么大！一路上接触的人，无论是卖服装的妇女，还是刚下车的两位经理，以及车厢里的其他人，谈论的都是做生意赚钱的话题。这一切对他触动非常大，没想到经商挣钱竟那么容易！这让他长了见识，受到启发和诱惑，心里掀起了涟漪。亲身经历的一切，也给他上了生动的一课，并产生了强烈的心理暗示，使他萌生了做生意赚钱，让妻儿过富裕日子的欲望。

列车行驶了三十多个小时，终于在傍晚时分，到达了内蒙古首府呼和浩特市。

汪洋下车后，避开了广场上揽客住店的人，径直来到以前住过的旅店，以每天十元钱的价格住了下来。

汪洋安顿好物品，锁上房门，来到旅店后面的一个巷子。这条巷子很热闹，巷子两边都是经营各种风味特色小吃的店铺。汪洋来到一家光顾过的小吃店，这里主要经营羊杂碎、烧卖、蒙古馅饼、焙子还有杂碎面以及炒面、盖浇饭等，价钱都很便宜：杂碎面大碗三元钱、小碗两元钱，盖浇饭两元、三元不等，焙子五角一个；价格较贵的羊杂碎五元一碗，烧卖五元一两，馅饼一元一个。他以前为了省钱，只吃一些价格便宜的食品。今天由于作品即将出版，心里高兴，他奢侈地要了一碗羊杂碎，外带两个馅饼。虽然一顿饭花了七元钱，几乎是他以往一天的伙食费的总和。尽管掏钱时有些心疼，但他吃得却很满意，吃得速度很慢，仔细地品味着具有蒙古特色的风味美食，并让服务员免费为他添汤，这顿饭吃得可谓汤足饭饱，心满意足。

第二天早上，汪洋吃过早餐，带上土特产，乘坐公交车前往出版社。

他轻车熟路地来到了编辑室，轻轻地敲了敲门，室内传来乌编辑“请进”的声音。汪洋推门走进来，“乌老师，您好！”汪洋对坐在办公桌旁的乌编辑问好。

“好、好，汪老师，什么时候到的？”乌编辑放下手里的稿件，起身与他热情地握手。

“昨天晚上。乌老师，您还是这么忙？”汪洋面带微笑地回答，对于乌编辑称呼自己老师，汪洋心里感到受用和荣幸，觉得这是编辑对自己的作品认可和重视。

“干我们这行的，每天都有审不完的稿件，没办法，职责所在。”

“乌老师，我给您带来了几样土特产。”汪洋将装有木耳和榛蘑的袋子送到乌老师跟前。

“汪老师，太客气了，咱们之间用不着这样。”乌编辑客气地推辞。

“乌老师，我不是贿赂您，主要是感谢您对我的作品付出的心血和精力，没有您的帮忙，我的作品岂能得以出版。”

“我已经说过，为作者服务是我们编辑的本职工作，何必如此客气。”

“乌老师，这是家乡的土特产，略表心意而已，请您收下。”汪洋再次将土特产送到乌编辑面前。

“好，好，我收下，谢谢啦！”乌编辑嘴里答应着，接过土特产，放在办公桌后边，转身给他沏了一杯茶。

“汪老师，你的作品社里已经讨论通过，同意出版，现在我就领你去找我们编辑部的张主任商谈有关出版事宜。”

汪洋跟着乌编辑来到了编辑部主任的办公室。乌编辑把汪洋介绍给他：“张主任，这就是《黑色诱惑》的作者，汪洋。”

“张主任，您好！给您添麻烦了。”汪洋一边热情地与之寒暄握手，一边打量张主任。张主任四十出头，中等身材，体形偏瘦，显得很精明强干。

“您好！不必客气，这是我们的职责，请坐。”张主任示意汪洋坐下。“您的作品我也看了，写得很好，社里决定出版。”

“张主任，您过奖了，我的作品还有很多瑕疵，尤其是语法修辞方面，还有很多不足，请您批评指正。”

“您不必过谦，写得的确不错，文学作品分门别类，各类的要求不同，诗歌看精髓，短篇看文笔，长篇看故事情节，至于语法修辞方面，你不必太自责，即使著名的文学大家，也难免出现语法修辞毛病。你们要把精力放到故事构思上，把情节尽量写精彩，至于语法修辞方面，是我们编辑的事情。”

“哦，这么一说，我心里的压力减轻了一些，不瞒您说，以前我一直很忐忑，语法修辞是我的心病！即便如此，我以后也要努力学习语法修辞，尽量写出比较完美的作品，报答诸位老师的厚爱！”汪洋的语文基础较弱，语法修辞是短板，如今听张主任这么一说，心里感觉敞亮了许多。

“汪老师，有件事必须和你说明白，虽然社里同意出版，但是现在出版行业均走上市场，社里的经费比较紧张。说句不中听的话，请你别介意，你的作品虽然写得很好，但你缺少的是知名度和影响力，我们无法预测你的作品是否畅销，更不敢保证投入的资金能否回笼，因此社里领导提出一个方案，社里可以出版并付给你稿费，但是你必须承担一部分印刷费用。”

“这……这……这个方案，张主任，我有点没弄明白，我需要承担多少资金？给我多少稿费？”事出意外，汪洋有些没听懂。

“稿费没多少，我们计算稿费有两种情况，一种是畅销书，每个字按五分钱计算，像你目前的情况，只能按三分钱计算，你的作品三十万字，如果按三分钱计算，三三得九，有九千多元钱。印刷费每本七元左右，我们初步打算印刷一万册，你本人须承担三千册的费用，按七元一本计算，三七两万一，你还要拿一万多元钱。不过售出一本书，你还能得到百分之二十的提成，你的书售价二十二元，每本书你就能得到四块多钱，如果这一万册全部售完，你就可以净赚三万多元，但是谁都不敢保证销量，能否畅销还是未知数。所以出版的前提是你必须预付一万多元印刷费。”

张主任的一番话，如同一盆冷水，浇灭了汪洋心中的满腔热血。本来他是抱着出版发行、领取稿费，名利双收的想法而来，没想到事与愿违，竟会出现如此大的变化，与自己希望的差距这么大。他顿时蔫了，半天没言语，与来时相比，简直判若两人。

汪洋怀着沮丧的心情，强打精神与张主任和乌编辑告别。乌编辑一再挽留他吃饭，他固执地加以拒绝，无精打采地回到旅店。

汪洋心灰意冷地躺在床上，既没看电视，也没有吃午饭。此时，他被一种失望的情绪所笼罩，陷入痛苦中难以自拔。如此巨大的心理落差，彻底击垮了他的意志，他整个人就像中邪一般，两眼直勾勾地望着天花板发呆，脑海一片空白，浑浑噩噩地进入思维盲区，短路的神经让他忘掉了自我，不知身在何处。他就这样一动不动，神经质地呆望了两个多小时，在麻木的状态下，身心疲惫地昏昏入睡。

“咚——咚——咚”，一阵有力的敲门声把汪洋从昏睡中惊醒。他下意识地睁开眼睛，发现室内一片漆黑。他一边答应，一边摸索着打开电灯开关。门开了，一位服务员走了进来对他抱怨道：“你在屋里干什么呢？我敲了半天门你都没有反应！”

“对不起，我睡着了，现在几点了？请问你有什么事？”汪洋声音沙哑地解释，同时感觉嗓子疼痛，咽唾液感到困难。

“快十点了，请你把宿费交了。”

“哦，好。”汪洋从口袋里掏出十元钱，递给服务员。服务员接过钱，转身离去。

汪洋去了一趟厕所，从洗手池的镜子里，发现自己的嘴唇上生了几个泡，知道是焦急上火所致，苦笑着对镜子摇了摇头。

回到房间后，他再次想到有关出版印刷的事情。张主任的话说得很明白，无论如何，他都要先准备一万多元钱，否则就无法印刷出版。可一万多元钱不是小数，对自己来说，无疑是天文数字。自己这几年，潜心写作，根本没挣一分钱。全家的生活费用靠妻子的工资维持，如今儿子已经读初中了，上学的费用越来越高，施玉梅的工资除了日常开销，几乎不敢错花一分钱！即使如此省吃俭用，他们的生活也是捉襟见肘，勉强支撑，哪里还有闲钱出版作品，更别说数目如此之大。可是，眼看自己呕心沥血、苦心创作的作品即将面世，怎么能忍心功亏一篑，真是心有不甘！这是自己梦寐以求的梦想，如同一个怀胎十月，即将临盆的小生命，被无情地剥夺了生存的权利，真是太残忍了！不，简直就是惨无人道！回想自己一生的经历，多少艰难困苦，多少坎坎坷坷都挺过来了，难道真的就过不了这道坎？真的就忍心放弃？不！自己决不放弃，一定要与命运抗争到底！人就应该在逆境中进取，在绝处逢生，古人云："天将降大任于斯人也，必先苦其心志，劳其筋骨，饿其体肤。"看来自己的磨难还不够，还要承受分娩前的阵痛。人生之路就是充满了艰辛和变数。自从自己独立走上社会，无论什么事情都不是顺顺当当、轻而易举就办成的，都是历经坎坷，通过努力获得成功！自己一定要想办法，渡过眼前的难关，决不轻言放弃！

大凡世界上的事情，说来容易做起来难。自己到哪里寻找一万元钱？家里根本拿不出来，找亲戚朋友去借，自己的亲戚朋友谁能有这么大一笔钱呢？他在脑海里把至亲至近的人过滤一遍，想到表哥江群有这个能力。听说表哥的生意做得不错，他又为人仗义，一定肯帮忙。再一个就是周思源，他在南方经销奶粉挣了大钱。与其自己在这里着急上火，莫不如找他们帮忙，自己与表哥是至亲，感情非同一般，他理应帮忙。虽然与表哥有联系，却不知他的生意如何。周思远则不同，他们几乎每年过春节都能见面，故此保持联系，而且周思远多次邀请他前去做客。他们是发小，彼此感情深厚，再说周思远为人古道热肠，不但乐于助人，而且大方豪爽，对朋友有求必应。更主要的是他的生意红火，赚了大钱，如果自己前去找他帮忙，相信他不会让自己失望。对，就这么办！汪洋决定先去找周思远帮忙。

想到此，汪洋的心里感觉宽敞了许多，心情由阴转晴，豁然开朗，肚子"咕咕"叫了起来。这时他才想起，自己从早晨到现在，光顾着急上火，十几小时水米未进，难怪肚子会抗议。

于是，汪洋起身走出旅店，再次来到旅店后边巷子里的饭店，点了一大碗杂碎面。尽管嗓子发炎，肿痛得不敢下咽，他却强忍疼痛，把一大碗面吃下去。走出饭店，他找了一家药店，由于施玉梅是医生，正所谓"近朱者赤，近墨者黑"，平常耳濡目染，他对一些常用的药略知一二，所以无须询问，自己对症下药，买了几样特效药。

他回到旅店，将药服下，由于心里有事，白天睡的时间长，此时躺在床上，翻来覆去睡不着。他从童年开始，一直想到现在，许多往事如同电影般在脑海里闪现，他就这样思来想去，直到凌晨，方才勉强入睡。

第二天上午，汪洋再次来到出版社，对乌编辑和张主任说了自己的困难，并提出来是否能想办法，先不交印刷费用，等卖书后一起结算，但结果是否定的。汪洋知道多说无益，便告诉他们说自己想办法筹款，筹到款后，再回来商谈出版印刷事宜。

告别了乌编辑和张主任，汪洋在附近的长途电话亭，拨通了妻子单位的电话，把事情的大致经过告诉妻子，并说了自己下一步的打算。妻子听闻后，劝他回家想办法筹措，可是汪洋主意已定，坚持不肯回去。妻子转念一想，出版事宜受挫，他一定很恼火，莫不如让他借机出去散散心。于是同意了他的想法，并且叮嘱他不要上火，注意身体。

然后，汪洋拨通了周思远的电话，说自己到呼市办事。没等汪洋说出自己的想法，周思远连声邀请他去星沙做客，这正中汪洋下怀，他顺水推舟答应了。周思远十分高兴，催促他及早动身。汪洋撂下电话，直奔火车站，买了一张星沙市的硬座票，然后再次与周思远通话，并告知他车次及到达时间。

汪洋回到旅店，收拾好物品，结算了押金，然后出门直奔火车站，满怀希望地登上了开往星沙市的火车。

第二章　改变初衷

列车一路向前行驶，历时二十多小时，途经河北、河南、湖北等省市地区，于傍晚时分，到达了星沙市。

汪洋随着下车的旅客，走下列车，一股热浪迎面扑来，他感到浑身燥热，脸上立刻沁出了汗珠。此时虽然是五月中旬，但是地处江南的星沙，早已进入了夏季，举目望去，满站台都是身着裙子短袖的人，而他却穿着厚厚的绒衣和西服，显得既土气又不入时。他提着物品朝车站出口走去。就在这时，从身后传来喊声："汪洋，我在这里。"汪洋急忙回头张望，只见不远处一个上身穿淡青色半袖，下身穿米色休闲裤，脚上穿着一双棕色老人头皮鞋，手里拿着当时最新款，也是价格最高的摩托罗拉翻盖手机，腰里挂着汉显传呼机的人向他招手，快步朝他走来。汪洋从身形轮廓上一眼认出周思远，急忙迎了上去。来到跟前，他几乎不敢相信这个穿着高档服装，手拿昂贵手机，面色红润，容光焕发的人，就是当年那个养猪、养牛的周思远！短短几年未见，周思远的变化太大了，别的不说，只看他的穿着和派头，就是有钱的大款。与往日那个不讲究穿戴，土里土气的形象相比，简直一个天上，一个地下，不可同日而语。

周思远快步来到汪洋跟前，激动地将他一把抱住，亲热地说："哎呀，老同学，想死我了。"

汪洋心情激动地说："周大哥，谢谢你到车站来接我，我也非常想你！"

"兄弟，咱们什么关系，还用道谢吗？我不是抱怨你，你说我邀请你多少次了，你每次都爽约，真是千呼万唤始出来啊！"

"周大哥，你的一片盛情兄弟心领了，都怨我，早就应该来看望你。"

"兄弟，不说这些了，来，先跟我上车，还有几位朋友在酒店等着呢。"周思远指着不远处停在站台上的一辆灰色伏尔加轿车。这时，一位二十多岁的小伙子走了过来，周思远指着小伙子向汪洋介绍："老同学，这是司机小马。"然后又对小马说："这就是我的老同学，也是我的光腚娃娃，更是我最要好的兄弟，汪洋，你叫汪大哥。"

"汪大哥，您好！我们周总经常提起您，我早就听闻您的大名。"小马亲热地与之握手，并从汪洋手中拿过背包，背在自己肩上。周思远与汪洋手拉手，一同走向轿车。

"周大哥，你可真厉害！把车开进站台接站，一般人做不到！"汪洋由衷地感叹。

"呵呵，没啥，有个朋友是铁路警察，和他打声招呼就行了。"周思远笑着说。

来到车前，小马先行一步，为他们打开后车门，周思远拉着汪洋的手，客气地将他礼让进车，随他一同坐在后排座上。

"兄弟，我在电话里忘了问你，你去呼和浩特是发表小说吧？结果如何？"周思远关心地问他。

"结果不太理想，本来作品已经通过了出版社审查，同意出版，没想到节外生枝，被迫搁置。"汪洋有些无奈地回答。

“既然同意出版，说明你的作品很优秀啊，什么原因导致搁置？”

“呵呵，”汪洋苦笑了一声，接着说：“大哥，原因与作品优劣无关，而是出在出版社政策上，唉，这里的是非曲直，一句两句话说不明白的，我以后再和你细说吧。”汪洋第一次来到南方，对这里的气候感到不适应，一边与周思远说话，一边掏出手绢擦汗。

“兄弟，你别上火，是金子总会发光，我相信你的写作水平，相信你一定会成功！”周思远发自内心地鼓励他。接下来，周思远适时地转移了话题：“兄弟，这里的气温与大兴安岭不同，感觉不适应吧。”说完，他吩咐小马将车内的空调打开。

“嗯，真没想到气温这么高，我们那里刚刚脱去棉衣，这里已经换上了夏装，五月份温度就这么高，夏天一定会更热，你们受得了吗？”汪洋摇着头问周思远。

“刚来时也受不了，时间长了就适应了，这里的天气与北方不同，冬春两季多雨，春节过后就是梅雨季节。下起雨来没完没了，十天半月不开晴，你说烦人不烦人？再有就是这里的方言很难懂，比如说这里管吃饭叫‘呷饭’，老婆叫‘堂客’，鞋子叫‘孩子’，男孩子叫‘伢子’，女孩叫‘妹子’，买东西问价叫‘好多钱’，而且买和卖不分，肉和油不分，表示同意叫‘要得儿’，不同意叫‘莫得儿’，还有很多很多……”周思远向他介绍当地的方言。

“哎呀，真是一方水土养一方人，这么多方言，你们能听得懂吗？汪洋担心地问道。

“刚开始也搞不懂，好在公共场合都讲普通话，后来与当地人接触长了，慢慢就听得懂了，其实湖南的方言很中听，也很有品位。”

“呵呵，你是近朱者赤，近墨者黑，在这里生活时间长了，自然对这里的风土人情有感情。”汪洋笑着说。

周思远笑着点头表示认可，接着向汪洋介绍有关湖南的历史及一些风土人情。

他们一路闲聊，来到了一个非常气派的大酒店门前。司机小马先行下车，替他们打开车门。下车后，周思远拉着汪洋的手，朝酒店里走去。汪洋一边走，一边好奇地观望，只见整栋楼足有三十多层，高大气派的门楣上赫然写着“华天大酒店”五个烫金大字。

他们来到酒店的玻璃大门前，没等推门，玻璃门就自动开启，原来这是感应门，汪洋心说多亏自己没有推门，否则会闹出笑话。进门后，他们径直来到电梯前，周思远伸手摁了上楼的标识。等了一会儿，电梯的门开了，从电梯里下来几个客人。周思远拉着汪洋，走进了电梯。汪洋生平第一次乘坐电梯，感到很新鲜，也有些拘谨，生怕闹出笑话，规矩地站在电梯里，不敢乱动，同时暗自庆幸，多亏周思远引领，否则自己都不知如何使用电梯，没准会闹出什么笑话。

电梯在八楼停了下来，周思远轻车熟路地领着他来到一个包厢。这个包厢面积足有四十平方米，装饰得富丽堂皇，室内铺着地毯，室内有卡拉OK设备，还有卫生间，一个足有两米的大圆桌上放着玻璃转盘，每套餐具旁放着一个手巾盘，里面放着一个卷着的湿手巾，每位客人面前还备有一块餐巾，餐巾的一角用餐具压着。

此时，包厢里已经坐了几位客人，他们各个穿着高档名牌服装，腰里别着传呼机，手里拿着“大哥大”，器宇轩昂，气度不凡。汪洋觉得自己与他们相比，不免相形见绌，显得很寒酸。见他们进来，几位不约而同地站起身来。周思远笑着和众人摆摆手，满脸赔笑说：“不好意思，让各位久等了，来，我给各位介绍一下，这是我的老同学，也是我的光腚娃娃，汪洋。”然后，他指着一位个头一米七左右，身材略显发胖，长着四方脸，一脸富贵相的中年人介绍：“这是市卫生防疫站的汤三哥，也是个书法家。”汪洋客气地与之握手，汤总面带微笑，操着湖南乡音说道：“来撒，兄弟，幸会撒。”

周思远担心汪洋听不懂湖南方言，赶紧提醒说：“三哥，你讲普通话，他听不懂湖南方言。”

“要得，要得。”汤三哥笑着点头表示同意，改用普通话与他交谈。

“三哥您好！能够与书法家结识，小弟倍感荣幸！”

“兄弟，别听他胡扯，我不是书法家，只不过爱好书法而已。”

“三哥，你的字写得那么漂亮，一点都不比书法家逊色，谦虚什么？”周思远笑着与他调侃。

“思远，你这小子，你知道埋汰我，今天与汪老弟初次见面，我给你留面子，就不说你的那些糗事了。”汤三哥笑着回敬。

随后，周思远又指着一位瘦高个，秃顶长脸，年纪四十五六岁的人介绍：“这位是乳品厂的马总。”汪洋礼貌地与之握手问好。

接着他又指着一位面色白净，身体健壮，三十多岁的年轻人说：这位是税务局的俞保军，俞兄弟。”俞保军伸出双手与汪洋相握，亲热地说：“早就听周哥介绍过你很有才华，今日一见，果然名不虚传。”

“俞老弟，你过奖了，我只是爱好文学而已，谈不上才华。”

周思远指着一位身材健硕，长相英俊，与马厂长年纪相仿的人介绍：“这位是经营汽车配件的樊总，也是公认的美男子。”

周思远逐个介绍完，大家纷纷落座。汪洋被安排坐在汤三哥身边。汤三哥出于好奇，问汪洋：“兄弟，听思远说你写了一部长篇小说，书名叫什么？是哪方面题材？多大篇幅？”

“书名叫《黑色诱惑》，有关缉毒方面的，三十多万字。”汪洋颇感意外地看了汤三哥一眼，心想一定是周思远对他们说的。由于周思远刚才提示过，众人都尽量用普通话与汪洋交谈。虽然他们的普通话不是很标准，话语中夹杂着方言，但汪洋基本能听懂。

“缉毒方面的，题材很新颖啊，现在国家加大了打击毒品犯罪的力度，有关缉毒方面的作品很受欢迎。不知你是取材于哪里？”

“我取材于东北的大兴安岭林区，根据当地一些非法种植罂粟、提取鸦片及贩卖毒品的犯罪案例创作的。”

“我以前光听说南方毒品犯罪比较猖獗，尤其靠近中缅边境的云南省，贩毒现象比较严重，至于北方种植毒品及贩毒的事情还是头一次听说。不过一般贩毒分子都很狡猾，也都很隐秘，你是如何获得犯罪内幕材料的？”

“我是通过公安局的朋友提供的素材，书中所描写的故事都是真实的案例，每个故事及人物基本都有原型，其中一位比较突出的缉毒干警，用的是他的真名。”

“这样能行吗？我听说贩毒分子都很凶狠，你直接用真名不怕毒贩报复啊？再说案例一般都保密，你这么公开发表，岂不是对打击毒品犯罪不利？”

“三哥，你有所不知，我们那里的贩毒案件基本都是个案，我用于作品里的都是已经破案并结案的，故此不怕泄密或打击报复。”

“我说呢，不过这些零散的贩毒案例，创作起来有一定的难度，你是独立成章还是围绕一个主题来创作的。”

“我是一个主题，三哥，你知道文学作品来源于生活，但高于生活。我是通过这些案例，进行艺术加工，把这些零散的案例归拢到一起，描写成贩毒团伙，并派侦查员打入贩毒团伙做卧底，把贩毒团伙的老大写成有一定社会背景的风云人物。让她躲在幕后，直到即将结尾时，她才和侦查员一起露出真面目。这样会增加悬念，给读者一定的想象空间，同时也能引起读者的兴趣，以达到吸引读者的目的。”汪洋侃侃而谈，说起他的作品，他的兴致很高。

“不错，真不错，不光题材新颖，而且故事情节也吸引人，我相信一定会受到读者欢迎。不过话说回来，其实‘爬格子’蛮辛苦的，我理解文学创作的艰辛，且不说作者要有一定的文学水平，费尽心血创作的作品还要得到出版社的认可，如今出版业转型走向市场化，若想出版作品就需要一定费用，再说现今这个社会，提倡向钱看，人们都忙于做生意赚钱，看书的人越来越少，加上文化市场萧条，许多名人都弃文经商，改行做生意了，搞文学创作的人越来越少。在这种大背景下，你能坚持下来，实属不易。”

“三哥，不瞒您说，我自幼喜欢文学，对文学创作情有独钟，这是我一生最大的追求和梦想，可以说我一生所从事的事情都围绕文学创作这个主题，能够发表自己的作品，能够成为一名作家，是我毕生的追求和理，我岂能轻言放弃！”

“兄弟，你真行，这么有毅力，一定会实现你的理想。”汤三哥由衷地赞叹。

他们聊天的工夫，周思远喊服务员点菜，一位年轻漂亮的服务员，拿着菜谱过来，面带笑容地问他需要什么菜肴。周思远一把推开菜谱，说：“不用菜谱，你们这里的特色菜都在我心里呢，你先来个龙虾，再来一盘大闸蟹，告诉你们经理，要带黄的母螃蟹，如果不带黄，我可找他算账。来盘醉虾，必须全部是活的。一盘清蒸鲑鱼，一盘炸牛蛙，一盘清炒竹笋，一个熏酱拼盘。几个菜啦？”服务员用笔点了一下，说：“七个菜了。”再来一个肉菜，来个什么好呢？来个铁板里脊吧，先点这么多。”周思远几乎不假思索，一口气点了八个菜，看来他对这里的菜品非常熟悉，汪洋心里不由得暗自感叹：“哎呀，点了这么多贵的菜，得花多少钱啊！真是太奢侈了。”

“请问您喝什么酒水？”

“来一瓶茅台，一瓶五粮液，再来两瓶八年王朝干红。”

“现在起菜吗？”

“稍等一下，还有两位没到，等客人齐了再上菜，先来一壶碧螺春。”周思远对服务员吩咐完，服务员答应着转身离去。

虽然室内开着空调，汪洋脱去外衣，还是感觉很热，于是他又借口到卫生间，把绒衣脱掉。由于出门在外，没能及时换内衣，衬衣的领口和袖口有些脏，他赶紧把袖口挽起来，以免让人笑话。

他回到饭桌前，服务员已经沏好茶并端了上来。汤三哥招呼汪洋喝茶。然后抬腕看了一眼时间，不高兴地对周思远说：“哎，这个蔺德斌怎么回事？到现在还不来，我看他是不想和咱们混了！思远，再给他打个电话，问问到底咋回事，再不来咱们就不等了。”

“三哥，还是等等吧，蔺大哥是警察，公务繁忙呗。”周思远劝他。

“警察有啥了不起，就他忙？再忙也得吃饭啊！”

汤三哥的话音未落，只听门外有人高声说道：“谁这么大胆，竟敢背后诋毁警察？”汪洋循声朝门口望去，只见一位长相英俊，身材魁梧，身穿黑色夹克衫的人走了进来，他人未到声先到，身后还跟着一位长相漂亮、皮肤细腻的女性。

“诋毁你怎么啦？没见你们两口子这么不懂事的！让大家伙等你们，真不像话！”汤三哥假装生气地训斥。

“呵呵，你要这么说，我还真没话说了，不好意思，让大家久等了。”蔺德斌用手挠了挠头发，抱歉地赔礼。

“蔺大哥，你和汤三哥是战友，你还不了解三哥的性格，他是故意挑你毛病，其实我们也刚到。我给你们介绍一下，这位是我的同学，汪洋。”然后他又向汪洋介绍：“这是市公安局刑侦大队蔺大哥和嫂子。”

汪洋赶紧起身与蔺德斌及蔺大嫂握手寒暄，周思远接着向他们二位介绍说：“大哥大嫂，汪洋是我的同学，也是最好的兄弟，而且非常有才华，他创作的长篇小说已经得到出版社认可，很快就能发表。”

“哎呀，没想到今天有幸结识一位作家兄弟，真是幸会。”蔺大嫂钦佩地点头称赞道。

“嫂子，过奖了，我的作品还没有出版，没资格承受作家的称号。”汪洋如实回答。

“兄弟，你别谦虚，虽然你的作品没出版，但只要你持之以恒，相信你将来一定会成为知名作家的，嫂子看好你！”蔺大嫂性格开朗，喜欢开玩笑。

“嫂子，谢谢你的鼓励！”汪洋对她表示感谢。

“呵呵，还是弟妹嘴甜会说话，不过你说话有误，你怎么一见面就看好他了，你是看好兄弟年轻英俊还是看好他的作品，这话你得说清楚，以免引起误会。”汤三哥故意和她开玩笑。

“我就知道你嘴里吐不出象牙来，至于看好兄弟哪方面，与你有何相干，我们家德斌都不管，你有什么权力干涉？”蔺大嫂毫不示弱，反唇相讥。

“我说德斌，你怎么也不管管你堂客，这样下去不怕她红杏出墙？”汤三哥在蔺大嫂跟前讨不到便宜，便把话头转向蔺德斌。

“我才懒得管闲事，再说现在实行开放搞活，有些风吹草动不足为奇。”蔺德斌笑着反驳。

“瞧你这没出息的样儿，连自己的堂客都管不了，还怎么去管坏人，真不知道你这个警察是怎么当的！”

“三哥此言差矣，当警察管坏人是天经地义，可是不能与管堂客混为一谈，因为堂客属于人民内部矛盾，无须动用法律。

“这两口子，简直无可救药，我也不跟你们生闲气，我还是与汪兄弟聊聊文学吧。兄弟，我听说你的作品已经得到出版社认可，为什么还不出版发行？”汤三哥见说不过他们夫妻，便转过话题，与汪洋说起了出版的事情。

“唉，说来惭愧，虽然出版社同意出版，但是必须由个人垫付印刷费，否则无法出版。”汪洋心事重重地回答。

“如今这个社会，想干点事业真不容易，离开钱就玩不转，真是没法办。”汤三哥深有感触地说。

汪洋觉得汤三哥的话有道理，自己以前曾把文学创作当作资本，觉得这是一项崇高的事业，理应受到人们的尊重。可是在这些成功人士面前，他失去了往日的自信，甚至觉得比别人矮三分。因此，他只是认同地点点头，没有吭声。

周思远见汪洋不作声，知道他是因出版的事情闹心，为了不影响情绪，赶紧转变话题：“老同学，现在这个季节，大兴安岭什么模样，你给大家说说大兴安岭的特点。”

“大兴安岭没什么好说的，最大的特点就是冬季漫长，冰冻期长达半年之久。”汪洋自嘲地笑着说。

“汪大哥，那里这么冷啊？我听说在外边撒尿还没等尿到地上，就冻成冰棍了，有这种事吗？”俞保军好奇地问汪洋。

“呵呵，虽然大兴安岭很冷，冬天最冷的时候气温低达零下四十度，但没有你说的那么夸张。”汪洋笑着解释。

“哦，明白了，听说你们那里冬天的雪景很美，还有北极村的景观叫什么白夜？”俞保军摸着脑袋问他。

“你说的是漠河白夜，那里的白昼时间长，最长的季节晚上十一点黑天，凌晨一点就天亮了，最短的夜只有两个多小时，这样的天文奇观确实值得一看。”汪洋虽然没有去过漠河，但是他根据自己掌握的知识，向在座的朋友介绍。

“真是太神奇了，有时间我一定去那里看看，顺便再欣赏一下哈尔滨的冰雪大世界。”俞保军十分向往地说。

“好，你什么时间去，提前告诉我，我免费为你当向导。”

“谢谢，我争取今年冬天就去，有你这么一位朋友当向导，我一定玩得很开心。”俞保军高兴地说。

“兄弟，你是第一次来湖南吧，一定要多住些日子，好好玩玩儿。我跟你说，湖南的旅游景点有韶山、南岳衡山、宁远九嶷山以及岳麓山、天门山等，另外，湖南不但景色优美、山清水秀，而且人杰地灵，人才辈出。你要好好游览一番，这对你的文学创作很有帮助。”汤三哥见他们的话告一段落，赶忙插话说。

“三哥，我知道湖南的景色美丽迷人，但是我的作品写的是北方的事，恐怕与这里不搭边。”

“兄弟，你有所不知，湖南不光景色优美，还有非常深厚的文化底蕴，以前人们常说‘绍兴出才子，河南出伟人’。其实不然，咱们湖南的才子也很多，著名人物有爱国诗人屈原，西汉政治家和文学家贾谊，中国理学开山鼻祖周敦颐，南国儒林第一人王夫之，清代的曾国藩、谭嗣同等，民国时期有黄兴、蔡锷、陈天华等一大批民国精英，近代的杰出人物更是层出不穷，有伟人毛泽东、刘少奇及任弼时、彭德怀、贺龙、罗荣桓、陈赓等一大批革命家，还有现代的许多英模人物。相信你一定不虚此行，受益颇丰。”汤三哥如数家珍般地向汪洋介绍有关湖南的著名人物。

早在汪洋到来之前，周思远就把汪洋的为人及相关的情况告诉给他的朋友，故此，朋友们对汪洋都很敬重。他这么做有两点原因：一来是觉得自己的朋友是作家，脸上有光，二来也是为了在朋友面前抬高自己的身份。

酒菜很快端上桌。服务员开始为每个人斟酒，轮到汪洋时，他用手挡住白酒杯，“不好意思，我不能喝白酒。”周思远知道汪洋已经戒酒，就示意服务员给汪洋倒红酒，却被汤三哥拦住，“哎哎，别价，男子汉大丈夫，怎么跟老娘们儿似的，喝什么红酒？来点白的。”

“三哥，他确实喝不了白酒，他喝白酒过敏，浑身起血点，你不要攀他。”周思远为汪洋解围。

周思远这么一说，汤三哥不再坚持，同意汪洋和蔺大嫂喝红酒。其他男士一律喝白酒。

周思远首先起身端酒致辞：“各位朋友，感谢你们前来为汪洋接风洗尘，我和汪洋的关系非同一般，我们既是同学，又是从小玩到大的光腚娃娃，更是最好的兄弟。他十八岁独闯大兴安岭，凭着自己的努力，打出了一片属于自己的天地，而且自学成才，创作了一部长篇小说，已经得到出版社的认可，很快就能出版发行。他这种自强不息，努力拼搏的精神，真是令人敬佩！来，为了汪洋的到来，为了他的作品早日问世，咱们共同干一杯！”众人一致响应，纷纷起身干杯。

周思远开头，其他人都依次向汪洋敬酒，汪洋用红酒回敬。酒桌上的气氛非常热烈。一圈酒下来，两瓶白酒见了底。周思远又吩咐服务员上两瓶酒。此时众人都有几分醉意，尤其是马总，他用手护着酒杯，拒绝服务员斟酒。汤三哥见状，神色不悦地说：“马总，你怎么回事？周总特意让咱们陪汪老弟，你不喝多扫兴，别磨叽，赶紧倒上。”

“三哥，我真不能喝了，你就饶了我吧。”马总向他求饶。

“马总，你这人就是不诚实，记得前年我们去厂里检查工作，你陪我们白酒就喝了一斤，外带十几瓶啤酒都没喝醉，今天喝了这点儿酒，竟推醉不饮。是不是钱赚多了，身份和地位高了，瞧不起人了？”

“三哥，你就是借给我俩胆儿，我也不敢不尊敬您啊！我最近血压高，医生不让我饮酒。”马总态度谦恭地解释。

“你快拉倒吧，血压高就不敢喝酒了？我的糖尿病都三个加号，依旧照喝不误。我看你就是钱多了惜命。”汤三哥不以为然地说，并示意服务员给马总斟酒。

马总不敢驳汤三哥的面子，只好苦笑着任凭服务员把酒杯斟满后，继续陪着喝酒。

在汤三哥的监督下，在座的人酒杯都斟满后，他把盏说道：“今天周老弟特意请咱们作陪，我们理应竭尽全力陪好汪老弟，虽然汪老弟不饮白酒，不过俗话说得好，只要感情有，喝啥都是酒。汪老弟，我单独敬你一杯，以表敬意。”

“三哥，谢谢！”汪洋赶紧起身举杯与之碰杯，将酒一口喝干。

接下来，马总起身向他单独敬酒。汪洋有心推辞，周思远低声告诉他，这是湖南喝酒的规矩，每个人单独向客人敬酒，以示尊敬。汪洋只好勉为其难，依次接受众人的敬酒。好在周思远吩咐服务员为他换小杯斟酒，他才免于醉酒。

最后轮到周思远，他没有单独向汪洋敬酒，而是提议众人共同干杯。众人齐声响应，纷纷起身碰杯，一饮而尽。

酒席上，周思远的手机不时响起，他时不时起身到外边去接电话，每次回来，他都抱歉地张罗和众人干杯。

酒至半酣，酒桌上的气氛更加热烈，他们轮番拿起麦克风演唱歌曲，虽然唱得不算好，但他们都很卖力。俞保军唱了一首《长江之歌》。周思远唱了一首《梦驼铃》，还朗诵了一首毛主席诗词《沁园春·长沙》。詹梅琳唱了一首《东方之珠》。而老汤等人则开心地说笑斗酒，彼此争强好胜，各不服输。四瓶白酒见底，又喝了一箱多百威啤酒。汪洋在詹梅琳的劝说下，俩人将两瓶红酒喝干。一直喝了三个多小时，酒宴方才结束。

周思远喊来服务员结账，服务员告知两千八百多。周思远从钱包里数出三千元，递给服务员，大方地说：“剩下的不用找了，给你小费啦。”服务员高兴地一再表示感谢，周思远一挥手，不屑一顾地说：“好啦，好啦，不算啥，你去忙吧。”

从酒店出来，他们意犹未尽，周思远提议去跳舞，蔺德斌和蔺大嫂先行告退。周思远吩咐小马将他们送回去。

一行人来到一家豪华歌厅，歌厅装修得富丽堂皇，二楼拐角的墙壁上，悬挂着一幅邓小平南巡时的画像，画像上赫然题写着“发展才是硬道理”。尽管画像的质地很好，题词也是宣传正能量。但是，把他老人家的光辉形象悬挂在这种娱乐场所，让人觉得不舒服，甚至有些不伦不类。不知歌厅经营者如此做法出于何种目的。

周思远选了一个大包厢，点了几样精致的果盘，要了一瓶洋酒，一箱啤酒，并找来几个年轻漂亮、打扮性感的小姐伴舞。就连开车的小马，周思远也安排了小姐相陪。几位小姐大方地与他们打情骂俏，轻浮地做着各种暧昧的动作。汪洋生平第一次来这种场合，感得很不适应，像做了什么见不得人的事似的。周思远趴在耳边，悄声告诉他：“兄弟，你别磨不开，咱们花钱了，她们就得为咱们服务，再说了这只不过是逢场作戏，出门后谁也不认识谁，你不要有顾虑，怎么开心怎么玩。”

尽管汪洋点头表示同意，但却十分拘谨，小姐亲热地将胳臂搭在他的肩上，他下意识地躲开。那个小姐见他如此，不再纠缠他，而是规矩地和他说话聊天。其他人则借着酒劲，在昏暗的灯光下，毫无顾忌地和伴舞小姐又搂又抱，嘴里老婆、老公地叫个不停，手也没闲着。在她们身体敏感部位摸来摸去。小姐们不时发出嗲声嗲气、夸张做作的叫声。

舞曲响了起来，小姐邀请他跳舞，好在汪洋以前曾跟表哥学过跳舞，没有推辞，伴着靡靡之音，跳起了轻松欢快的舞步。其他人在小姐的邀请下，纷纷搂着小姐，加入跳舞的行列，他们相互搂抱着，伴着轻柔的旋律，轻轻地晃动，尽情享受美女投怀的愉悦和满足。

舞曲停止了，他们回到座位上，汪洋发现马总和樊总连同陪他们的小姐不见了踪影。这时，周思远凑过来，悄声说：“你也去休息休息。”“没事，我不累。”汪洋摇头回答。周思远笑了，进一步提醒：“这和累不累没关系，主要是让小姐陪你玩玩，放松一下。”

“哦——不用，我不去。”汪洋明白了他的意思，一口回绝。

周思远见他如此，没有再勉强，转身张罗大家喝酒跳舞。大约过了半个多小时，马总与樊总相拥着小姐陆续回来。汤三哥和周思远等人笑着让他们喝交杯酒，他们爽快地答应，亲昵地喝了交杯酒。惹来众人的一片笑声。

时间在轻歌曼舞和欢快的笑声中，不知不觉地流逝。午夜过后，汤三哥张罗回家，众人也表示同意。周思远先行到吧台结账，然后又分别给每个小姐五十元小费。那两个陪着老马和老樊的小姐，周思远多给了一百元。小姐们痛快地接过钱，满脸带笑，连声道谢。各自挽着客人的胳膊，将他们亲热地送到门口，装出一副恋恋不舍的神态，与他们告别。

眼见周思远出手阔绰，一掷千金，汪洋的心里十分钦佩，短短几年未见，周思远变化竟这么大，看来做生意真是赚钱。自己若是投身商海，没准也能赚到钱，那么自己就不会为了出版的事情而犯愁。他心里思虑着，对自己借款的想法产生了动摇。

周思远让小马将他们各自送回家，他和汪洋打车回到住处。周思远特意安排汪洋与自己住在一起，并同住一床，主要是想和他说话聊天。汪洋客随主便，自然听从他的安排。

俩人躺在床上，本意想说话聊天，但由于汪洋坐了一天一夜的火车，加上吃喝玩乐半宿，早已人困马乏，俩人没聊几句，汪洋便进入了梦乡。

汪洋一觉醒来时，早已天光大亮。周思远不知什么时间起床离开。小马坐在房间里，见他醒来，笑着与他打招呼：“汪大哥，醒了，休息得怎么样？”

“这觉睡得可真香，连梦都没做。”汪洋心情愉悦地回答，然后问道：“周思远呢？他什么时候起床的？”

“呵呵，周总早就起床了，他工作太忙，尤其是早上，他要安排一天的各项工作，还要与经销商以及客户沟通，联系业务，每天忙得顾不上吃早餐。”

“哎呀，这么忙！身体怎能吃得消，小马，你在他身边，要多提醒他，注意身体，劳逸结合。”汪洋心疼地叮嘱小马。

“唉，他这个人属于敬业型的企业家，什么事情都亲力亲为，每天工作十几个小时，还要抽出时间陪朋友和客户，多亏他的身体好，换别人早就累趴下了。”

汪洋一边和他说话一边洗漱，洗漱完毕，小马对汪洋说：“汪大哥，周总特意让我陪你一起吃早餐。”

“周思远不是没吃吗，咱们接他一起去吧。”

“他特意交代了，说让我陪你，吃完给他带回来就行了。”

“好吧，咱们走。”汪洋和小马出门，坐车来到一家早餐店。汪洋坐在餐桌旁，小马按照他的要求，点了一屉小笼包，一碗八宝粥，一小碟咸菜，外加一碟酱牛肉，一碟炸黄鱼，一碟裙带菜。自己点了一碗粥，两个馅饼，陪着汪洋一起用餐。

吃完早餐，小马特意给周思远买了两个馅饼，一杯豆浆，打包了吃剩下的小菜。汪洋提议为他点两样，小马说：“周总每次都这样，给别人花钱大方，自己吃饭很节省。”

听了小马的话，汪洋觉得有些不可思议，昨天一晚上，吃饭带跳舞，花了足有四千元钱，他都没心疼，怎么在乎十几元钱的小菜呢？

汪洋跟小马回到公司，走进周思远的办公室。办公室很气派，办公桌是一张两米长的实木老板台，一张黑色真皮转椅，身后是一个紫檀色实木书柜，里面放着一些历史、演义、古典文学以及企业管理方面的书籍。靠墙并排两个铁皮柜，墙角放着一个保险柜，保险柜上放着一个玉石雕刻的帆船，墙上挂着一幅八骏图。地面是铁锈红色地板，对面是一张三人皮沙发，沙发前一个茶色茶几，侧面是两个单人皮沙发，中间一个小茶几。沙发和茶几的颜色及样式相同，茶几上分别摆放着精美的茶具。

办公桌上放着两部电话以及台历等办公用品，几个记事本随意地散放在桌子上。此时，周思远坐在老板台前打电话，见汪洋进来，周思远连忙用手指着沙发，示意他坐下。小马将早餐放在桌子上，转身给汪洋沏了一杯茶。汪洋一边喝茶，一边听周思远打电话。“……刘总，质量绝对没问题，价格好说，咱们都是老朋友啦，我一定给你批发价。你需要多少吨……十吨，好，我马上给你发货，货款什么时间打过来？刘总，我现在资金也很紧张，你最好把以前的欠款也给我打过来，刘总，帮帮忙啦，实在不行，打一半总可以吧。好，谢谢！谢谢！什么时候有时间，到星沙来玩，我一定热情款待。就这么说定了，再见！”放下电话，周思远对小马说：“你去把小曹叫来。”小马答应着出去。周思远关心地问：“你吃过了？昨晚休息的这么样？”“吃过了，休息得很好，你快点吃吧，否则凉了。听说你一忙起来就顾不上吃早餐，这个习惯对身体不好，从科学角度来讲，早餐对人身体很重要，以后千万记住吃早餐。”

“呵呵，我也知道不吃早餐对身体不好，可是一忙起来就忘了。好，我记住你的话，以后一定及时吃早餐。”说完，他打开早餐，吃了起来。

这时，传来了敲门声，随着周思远“请进”的声音，一个长相英俊，面皮白净，中等身材的小伙子走了进来。

“周总，您找我？”小伙子问道，同时很有礼貌地冲汪洋笑着点了一下头。

“是的，你马上给刘总发十吨货，记住，要咱们自己拌的二号粉，你亲自押车去，他已答应还一半欠款，连同这一次的货款一起带回来。我这次给他的价格是一万五千元一吨，我记得他还欠咱们十一万，你到财务查查，看他具体欠多少，千万别搞错了。”周思远安排完工作，指着小曹对汪洋介绍：“老同学，这是销售部经理小曹。”然后，对小曹说：“这时我的老同学，汪洋。”

“您好！”小曹客气地向他问好。

“您好！”汪洋起身与他握手。

“小曹，你一定记住，到了以后，一定让刘总先结款，然后卸货。这次数目较大，连同以前的欠款，大约二十五六万，带现金不安全，让他把货款打到账户上。万一有什么变化，你及时给我回电话。好啦，你去忙吧。”

“好的，您放心吧，我一定把事情办好。”小曹颇有信心地回答，又与汪洋说了声再见，然后推门出去。

紧接着，一位年轻貌美，青春靓丽的姑娘走了进来。她身高一米六，身材苗条，线条优美，手里拿着几张报表请周思远签字。那位姑娘冲汪洋友好地嫣然一笑，周思远向汪洋介绍：“老同学，这是新来的会计陈碧岚，她是星沙大学毕业的高才生，学的就是会计专业。”然后又把汪洋介绍给陈碧岚：“陈会计，这是我的同学，是位作家，他创作的长篇小说，出版社已经同意出版。”

“汪老师，久仰，久仰！能够认识您这样有才华的作家，我感到很荣幸！”陈碧岚微笑地与汪洋握手。

“陈会计，您过奖了，我现在称不上作家，只是爱好文学而已。”汪洋谦虚地说。

“汪老师，我也喜欢文学，曾有过作家梦，却因诸多因素，没有能够在文学方面有所造就，而是阴错阳差学了财会专业。真是令人遗憾！”陈碧岚神色有些失落。

“其实文学创作蛮辛苦的，再说现在人们热衷于经商，对文学作品淡漠。所以搞文学创作的人越来越少了，这条路也越来越窄。”汪洋想到自己的创作和出版经历，不免有些伤感。

“越是如此，就越显得搞文学的人难能可贵，汪老师，你的作品叫什么名字，出版后我一定拜读。”

“《黑色诱惑》。将来有幸出版，我一定送给你一本，留作纪念。”

“汪老师，咱们说好了，到时候您一定不能爽约。”陈碧岚高兴地说。

他们说话的工夫，周思远拿过报表，仔细地审核一遍，签字后交给陈碧岚。

“汪老师，再见！”陈碧岚笑着和他告别，步履轻盈地走出房门。

“这个陈碧岚，是我新招来的大学毕业生，别看她刚毕业，缺少工作经验，但她虚心好学，钻研业务，更兼品质优秀，为人正直，是个不可多得的人才。”周思远望着离去的陈碧岚，点头赞许。

“嗯，一看就是个干脆利落，能干事的人。”汪洋随声附和。

“刚才听你们俩说起你的作品，昨天有外人，我没细问，出版发行的事情到底遇到了啥麻烦？”周思远向他询问。

“唉，别提了，本来说好一切费用由出版社承担，但现在由于他们改制，必须由我承担一部分印刷费用，真是事与愿违。”汪洋神情黯淡地回答。

“现在的事情真是很难办，你别灰心，不就是印刷费嘛，多少钱？我替你出。”周思远仗义地说。

听了周思远的话，汪洋心里十分感动，假如昨天刚下车时听了周思远这番话，他一定会欣然接受。自从昨天接触周思远的那些朋友，看到他们各个穿戴讲究，气度不凡，尤其看到周思远从酒店到舞厅的消费，出手如此阔绰，花钱简直像流水。汪洋感到惊讶和感慨，从中受到了启发，心理发生了根本性地变化。

汪洋自尊心极强，十分要面子，一生中从未向人借过钱，更没有低三下四求人帮忙。再说这么大一笔钱，万一自己的书没有销路，将来拿什么去偿还？凭自己目前的生活条件，背负如此多欠账，无疑是雪上加霜，再不能给妻子增加负担了。想到此，他决定改变初衷，放弃向周思远和表哥等人借贷印书的想法。“自己想办法做生意挣钱，我就不信凭自己的聪明才智赚不到钱。虽然自己不懂经商之道，但谁都不是生下来就会做买卖，什么事情都是学而知之，没有生而知之。即便自己达不到周思远和表哥的水平，总比那些倒卖服装的妇女，还有那两个开皮包公司的男子强吧！无论智商还是才能，虽然不敢自诩在他们之上，但也绝不在他们之下。他们能赚到钱，自己差啥呀？对，要向周思远和表哥学习做生意的经验，想办法挣钱，用挣到的钱出版作品，这样才没有后顾之忧，才能心安理得。”汪洋心里这样想着。

想到此，汪洋开口说道：“谢谢你的帮助，这不光是钱的事，我是生出版社的气，他们出尔反尔，说话不算数，我决定暂时搁置出版，找其他出版社联系，一定要想办法让出版社全额出版，这也是检验我的作品的试金石，否则我宁可不出版。”

“汪洋，你也别置气，如今就是这样，金钱社会，一切向钱看，可能出版社也有一定的难处。咱们是过命的朋友，你如果用得着，尽管吱声，我一定尽全力帮忙。”

“周大哥，你的情意兄弟心领了，我看你的生意做得这么红火，我也动心了，我在火车上遇到两个人，他们的买卖做得很轻松，他们一不出本钱，二没有存货，只用电话联系，从别人手里订货，然后转手卖给需要方，一转手纯挣好几万，所以我想做点生意，挣点钱，让你弟妹和孩子过上富裕日子。”

“兄弟，我跟你说实话，现在的生意很难做，如今下海经商的人越来越多，国家管理得越来越规范，以前那种投机取巧、买空卖空的做法根本行不通。不过你真心想做生意，我可以帮你，你先别着急，在我这里好好玩几天，顺便考察一下市场，看你适合做什么生意，瞅准机会再下手。”

“行，我听你的。”汪洋痛快地答应了。

周思远吃完饭，安排了一些日常工作，接着打了几个电话，已是上午十点多。他叫来司机小马，带着汪洋，坐车来到市中心的商业大厦。他为汪洋挑选了一套雅戈尔蓝色西服，一双花花公子牌棕色皮鞋，一件白色衬衣，一件蓝白相间的格衬衣，一蓝一紫两条金利来领带，外带两个精美的领带卡子。还有几件夏季穿的短袖衫和休闲裤，几样东西下来，花费几千元，汪洋一再推辞，周思远执意买下。然后他们又逛了家乐福、阿波罗商场，购物完毕，时间已近中午。周思远征求他的意见：“老同学，你看中午吃点啥？”

“大哥，你不必特意安排，简单吃一口就行。”汪洋客气地谦让。

“别价，你好不容易来一趟，一定吃好玩好。现在咱们有条件啦，想吃啥尽管说，你跟我还客气啥？”周思远充满感情地说。

“我不是客气，是不知道吃什么好。”

“既然你不肯说，我看咱们干脆去赤宫殿，去吃当地风味的特色菜。”

“行，我听你的安排。”

“小马，咱们去赤宫殿，品尝品尝那里的红烧肉和臭豆腐。”

他们驱车来到赤宫殿，此时恰逢饭点，大厅内吵吵嚷嚷，座无虚席。见到就餐的客人这么多，周思远不由得皱了一下眉头，不悦地说："这么多人，不行算了，换一家饭店。"说完，他拉着汪洋转身欲走。这时，从吧台处快步走过一位身体苗条，打扮靓丽的前厅领班，她笑容可掬地说："周总，是您啊，请问您几位？"

"噢，原来是晏紫呀，我们三位，还有小包厢吗？今天客人怎么这么多？"周思远经常在这里消费，故此认识晏紫和一些相关的服务人员。

"周总，看您说的，别人没有，您还能没有吗？请跟我上二楼。"晏紫侧身伸手请他们上二楼。

他们来到二楼，走进一个小包厢，包厢里刚刚送走一拨客人，一位服务员正在擦桌子，室内还弥漫着一股烟酒混合的味道。

"晏紫，你赶快让人打开窗户，这气味真难闻！"周思远捂着鼻子对晏紫说。

"好的，您先等一下，马上就好。"晏紫说完，立马动手推开窗户，顺势打开排气扇，随着空气流通，室内的气味很快消失了。

周思远特意点了几个当地的特色菜，其中包括红烧肉和臭豆腐，另外还有湘西腊肉等湘菜。周思远陪着汪洋喝了一瓶红酒。酒足饭饱后，周思远同汪洋回住处休息。

接下来的日子，周思远每日尽量抽出时间，陪着汪洋游览名胜古迹，进出高档餐厅和酒吧，每日观光览胜，饱尝山珍海味。汪洋彻底领略了有钱人的优越生活，觉得自己的日子与现在周思远的生活相比，仿佛不是生活在同一空间。这个世界变化可真大啊！如果不是自己亲身经历，他怎么都不敢相信，周思远现在竟如此富有！真是今非昔比，鸟枪换炮。为此，汪洋坚定了下海经商的决心。

第三章　抚今追昔

周思远为了欢迎汪洋，特意将公司的员工召集到一起，利用晚上休息时间，到饭店会餐。众人对汪洋十分恭敬，客气地轮番向他敬酒。尽管汪洋不胜酒力，却难拂众人的一番美意，只好勉为其难，用啤酒尽力相陪。周思远知道他已经戒酒多年，身体无法承受酒力，所以为他打圆场，说明汪洋酒量有限，让大家适可而止。既然总经理说话，众人岂有不听之理，于是，他们停止劝酒。尽管饭菜很丰盛，但在总经理面前，属下不敢放肆，员工们表现得都很拘谨，喝得恰到好处。席终人散时，每个人都很清醒。

周思远和汪洋回到住处，他们躺在床上都毫无睡意，不由得聊起了往事。汪洋好奇地询问："大哥，咱们自幼在一起长大，直至高中毕业才分开，虽然聚少离多。但是每年春节都能见面，那时候没发现你有什么过人之处！怎么几年不见，竟然把生意做得这么大，成了大款儿，你和我说说，有什么诀窍和高招？让我长长见识。"

周思远听了他的话，沉思了片刻，语气深沉地说："要说做生意的诀窍和高招，我真的没有，但我却懂得无论做什么事情，都要付出努力和艰辛。你看我现在很风光，走到哪里前呼后拥，受人吹捧。其实你不知道我以往经受过的艰辛和痛苦，今天咱们哥俩儿没事，我就和你聊聊咱们分别后，我所经历的那些不堪回首的往事。"接下来，周思远深思凝重地向汪洋述说了自己的亲身经历。

周思远原本有个幸福的家庭，父亲是建筑工人，母亲虽说是没有文化的家庭妇女，却聪明贤惠，勤俭持家，他们育有四女二男。周思远是长子，他有两个姐姐，一个弟弟，两个妹妹。由于建筑工人的工资相对较高，每月比其他工种高出十几元钱工资。当时处在吃大锅饭，生活水平较低的年代，十几元钱可以解决很大问题。所以他们家的生活条件比较富裕。

童年是人生最美好、最难忘怀的时光。虽然生不逢时，出生于"大跃进"年代，不谙世事就饱尝了饥饿的滋味。但是有父母的呵护，他在无忧无虑中度过了充满快乐和幸福的童年时光。如果不赶上动乱年代，周思远的命运也许不会如此波折。当他迈进学校的大门，以强烈的求知欲努力学习文化知识时，却被迫中断学习，走出校门，跟着高年级的大哥哥、大姐姐身后，纤细的胳臂戴着"红小兵"的袖标，举着小红旗，上街去游行，用稚嫩的声音呼喊着革命口号，直至声嘶力竭，声音嘶哑。

时间一长，失去了新鲜感，觉得乏味，他不再跟着去闹哄，而是与一帮要好的伙伴儿玩耍。平时和他一起玩耍有性格内向、喜欢看书的汪洋；有性格憨厚、为人实在的蒙古族同学包玉柱；还有开朗调皮、活泼好动的柳刚，喜欢钻牛角尖的粟杉等。还有邻里的一些小伙伴，以及各自的弟弟、妹妹。

十来岁的半大孩子，正是天不怕、地不怕的年龄。他们聚到一起难免做出一些出格、淘气甚至打架斗殴的事。由于周思远点子多，做事有主见，在小伙伴中间有一定的号召力，是小伙伴公认的孩子头儿。加上他为人慷慨仗义，凡是与他要好的伙伴儿，只要和人吵架或被人欺负，他总是挺身而出，帮忙出头讨公道，所以他时常与人吵架斗殴，有时甚至棍棒相加。渐渐的他在同龄的孩子当中混出了名声，只要一提起他的名字，那些胆小怕事的孩子便会服软认输。也有一些不买账、犯浑的主儿，双方各不服气，只有采用武力解决。俗话说：“骂人没好口、打人没好手。”这些天不怕地不怕的半大孩子，没有忧患意识，做事不计后果，下手都狠，打斗中难免出现伤害。那些吃了亏或者受伤的孩子，便在家长的带领下来上门讨说法。每次闯祸后，他都会被父亲痛打一顿。父母担心他出去招惹是非，决定对他严加管教，每天给他安排一些力所能及的家务活，规定干不完不许出门。

自从周思远的行动受到父母限制，小伙伴们失去了主心骨，觉得玩什么都没兴趣，而且还经常受人欺负。有心去找周思远帮忙，担心他完不成父母规定的家务活而受责罚。后来，汪洋想出了一个两全其美的好办法，他发动几个小朋友，偷偷地帮着周思远干活。这样一来，不但周思远能按时完成父母规定的家务活，还能抽出充裕的时间和小伙伴儿玩耍。

其实父母限制他外出还有一个原因，就是他家附近有一个大水坑，当地人俗称“东大泡子”，南北长二百余米，宽五十余米，据说是当年修建铁路水塔时留下的。由于地处县城东边，故此称“东大泡子”。说来也怪，这个水坑从来没有干涸。遇到天涝，水深处达四五米，天旱时也有两米。那时的工厂少，没有污染，泡子里的水很清澈。大人常到泡子边洗衣服。孩子们更是喜欢在里面游泳戏水。俗话说“淹死会水的，打死犟嘴的”。由于孩子们岁数小，缺少安全防患意识，差不多隔几年就有人溺水身亡。家长们担心孩子的安全，都限制孩子们去泡子里洗澡。可是玩耍是孩子的天性，生性好动的孩子们没有那么多顾虑，他们经常瞒着家长，偷偷跑到泡子里去戏水玩耍。

周思远天性活泼好动，时常背着父母偷着去玩水。他还别出心裁地想出点子，把家里的梯子偷偷抬到水里，让人扶着立在水中，指挥小伙伴们轮番爬上梯子，模仿跳水运动员往水里跳。还举行游泳比赛，让人往对岸游，看谁游得快。还在水中进行摔跤比赛、潜水比赛等。还鼓动伙伴们从家中拿来木杆，用绳索扎成木排。将小伙伴分成两伙，模仿《海鹰》《甲午风云》电影的故事情节，进行海战游戏。他总是扮演胜利和指挥者的角色，同时兼任游戏的策划和导演。

周思远每次戏水都瞒着父母，但是却经常被父母发现。由于泡子里的水含碱性成分，每次玩水后都会在皮肤上留下痕迹，用手指甲轻轻一挠，就会出现一道白印。父母根据这个办法，确认孩子是否去泡子洗澡。检验的结果导致他受到父亲的责罚。为了逃避父母的责罚，他每次洗完澡，都用井水冲洗一遍。这个办法果然奏效，不但躲过了父母的检验，同时也降低了受惩罚的概率。

时光如水，岁月如梭。周思远浑浑噩噩地告别了童年时代，步入了少年的行列。二十世纪七十年代，“文化大革命”后期，许多被废除的行业又逐步走上正轨，被迫停课的学校开始复课，昔日荒废的校园里终于又听到了久违的琅琅读书声。

随着年龄的增长，周思远从一个动辄与人打架，懵懂的毛头小子，出落成翩翩少年，行事风格也有所改变，遇事学会动脑子思考。自从上了中学，他收敛了暴戾的性格，做事不再冲动，把精力用在学习上。由于他学习努力刻苦，爱动脑筋专研，学习成绩始终名列前茅，而且还当上了班干部。

每个人的成长过程，都会伴随着各种烦恼，周思远的烦恼来自身高。初中时，他也和同学们一样，他的身高相差无几。可是到高中时，他的身高就像年久失修，损坏严重的钟表，停摆在一米六六的高度，再也不肯长高毫厘。眼看身边的同学们好像施了化肥的秧苗，噌噌地往起窜。就连身高比他还矮的汪洋，自打上了高中，不到半年时间，竟神奇地长高了十几公分，让他非常眼气。柳刚和粟杉的个头也长到一米七五，就连小胖子包玉柱也长到一米七二。眼看着同伴的身高都超过自己，周思远心里非常着急！但是，无论怎么着急，个头最终停滞在一米六六，他只能无奈地接受这个现实。

然而，在“读书无用”的动乱年代，即使学习成绩优异，也不能直接考大学。按规定必须到农村或各单位的知青点，劳动锻炼两年以上，方能获得保送上大学以及参军与招工的资格。

周思远的大姐周思雯是“文革”前的大学生，姐夫与姐姐是大学同学，他们毕业后，一起分配到北方某兵工厂工作。

二十世纪六十年代，中苏关系交恶，先是口水仗，后来兵戎相见，在珍宝岛上大打出手。珍宝岛事件发生后，根据中央主要领导批示：建立在东北地区的一些重要军工企业，搬迁至中原地区。姐姐所在的兵工厂亦随之搬迁至中原某山区，对外称红太阳机械厂。

周思远的二姐周思毓高中毕业，按照上山下乡的“五·七”精神，前往建三江生产兵团，当了一名兵团战士。

眼看周思远毕业在即，父母不忍心儿子重蹈覆辙。写信给大女儿女婿，让他们想办法，安排周思远在兵工厂里就业。当时这种安排叫投亲，姐姐的兵工厂里有政策：未满十八岁、父母去世，生活无着落的子弟，可以把户口迁到哥哥、姐姐身边，安排工作。虽然周思远不符合条件，但大姐为了弟弟的前途，托人找到一位东北老乡，厂劳资处杨副处长。大姐备了厚礼，登门求情，谎称父母离世，弟弟没人照顾，要求把弟弟户口迁到厂里。杨副处长不知是看老乡情分还是看到礼物丰厚，总之笑纳了礼品，并承诺竭尽全力帮助。

姐姐得到杨副处长的承诺，高兴得不得了，立马给父母回信，告知结果，并要求弟弟马上办理转学手续，到她这里来上学。周思远看了姐姐的来信，心里高兴得如同喝了蜂蜜。虽然已经临近毕业，但他还是以最快的速度办理了转学手续，满怀喜悦地前去与要好的朋友告别，然后满怀希望地动身前往姐姐家。

周思远第一次出远门，父母对他放心不下。临行前，父亲特意把他叫到跟前，语重心长地叮嘱：“大义（周思远的乳名），出门在外，不比家里，要处处多加小心，时时刻刻提高警觉，以免吃亏上当。要少说话，多看事，更不要与人争执。中途转车时，要记准时间，不要到处乱溜达，以免误车。车上睡觉一定要警醒，看管好财物，谨防被人偷盗。下车时千万别落下物品。到了姐姐家，及时给家里写信，一定要听姐姐的话，与姐夫搞好关系，要有眼力见儿，多帮着干些家务活，不能像在家时那么任性。总之，一个人出门在外，要凡事忍让，处处小心谨慎，千万收敛脾气，凡事忍让，要懂事理、明辨是非，更要学会保护自己，省得我和你妈牵挂。”

面对父亲的教诲，周思远心里有些不以为然。但是，分别在即，他还是顺从地洗耳恭听，生怕辜负了父亲的挚爱之心。

农历三月的一天下午，周思远告别了家人和朋友，怀着无限喜悦，带着美好憧憬，登上列车，开始了梦想之旅。

列车徐徐开动，周思远站在车门口，频频向送行的亲人挥手告别。随着列车不断加速，家乡的景物渐行渐远，很快被抛到身后。

车上的旅客不多，显得有些冷清。有的旅客在看报纸，有的在打瞌睡，还有一些人在闲聊。周思远找了一个挨窗的空座，把随身携带的提包放在行李架上。

周思远脸上洋溢着得意的笑容，手托下巴，两眼好奇地望着窗外的景色，心里幻想着今后的美好生活，在这知识青年上山下乡的年代，自己不但能够参加工作，而且还是军工企业，该有多么幸运!

列车行驶的速度很慢，走走停停，感觉就像蜗牛爬行。周思远的寂寞和烦躁冲淡了上车时的喜悦。直到傍晚时分，列车方才到达省城。

周思远需在省城换乘，他拎着提包，随着下车的人流走出站台。由于购买的是通票，他按照父亲的嘱咐，到签证处办理了签证手续。

周思远初次路经省城，对这座具有“东方小巴黎”之称的北方名城，充满好奇和神往，以前常听人们聊起有关省城的趣闻轶事：如百货商场的哈哈镜，站前广场的苏联红军纪念碑，还有防洪纪念塔……

因为候车，他不敢往远处溜达，只是沿着站前广场的苏联红军纪念碑大致浏览了一番，尽管天黑，无法辨清纪念碑全貌，只看个大概轮廓，但是他的心里却非常满足。

在站前广场逗留了半个多小时，周思远走进候车室。毕竟是省会城市，出行的旅客比较多，候车室内显得有些拥挤，充斥着纷乱的嘈杂声。

经常出门的人大都经历过候车的煎熬。对于初次出门的周思远来说，他看什么都感到新鲜，他在室内的一个角落放下提包，从里面取出母亲为他准备的食物，油饼和煮鸡蛋，还有咸鸭蛋，母亲在和面时，特意添加了鸡蛋。此时油饼虽然凉了，但还很松软，他就着咸鸭蛋吃了一张饼，又吃了一个煮鸡蛋。他觉得有些口渴，掏出瓷缸，拎着提包来到饮水处。喝着水填饱了肚子。

然后他又拎着提包，在候车室内东张西望地闲逛看风景。时光在不经意间悄然而逝。广播里传来了检票的声音。周思远确认了车次，赶忙加入了拥挤的检票行列。

经过一番肢体的碰撞，周思远随着拥挤的人流，通过检票口，快步走进站台。

在省城上车的旅客很多，站台上密密麻麻地挤满了候车的旅客。列车进站了，没等车上的旅客下车，就有人从车窗往上爬，目的是抢占座位。周思远由于拎着提包，无法效仿爬窗上车的行为，情急之下，周思远抱着提包，只好沿着车厢向坐在车窗边的旅客央求，帮忙占个座位。先后问了几个人，都声称没有空位，就在他感到失望时，车上一位好心的大姐，主动帮他占了座位，并伸手接过他的东西，周思远才得以顺利爬进车厢。

周思远爬上车后，十分感激地向帮他占座的大姐道谢："大姐，谢谢您！"大姐面带微笑地摆着手，说："我们都是来自五湖四海，为了一个共同的革命目标走到一起来，凡是革命的同志都要互相关心，相互爱护，互相帮助。"周思远好奇地打量着眼前这位满口革命名词的大姐，只见她年约二十五六岁，身材高挑，圆脸大眼，留着齐耳短发，身穿一套蓝制服，上衣口袋里别着一管钢笔，胸前戴着一枚"为人民服务"的徽章，端庄干练，浑身透出几分柔中带刚之气。

"大姐，您的思想品德令人钦佩，真是一位脱离了低级趣味，品质高尚的人。"周思远顺着她的语气称赞。

大姐摆摆手说"谦虚使人进步，骄傲使人落后。"

周思远听她满嘴革命名词，心里有些厌烦，因此没有接她的话茬，而是忙着安顿自己的行李。此时车厢早已人满为患，不但座位上挤满了人，过道上也拥挤不堪，行李架上堆满了行李包裹，周思远只好把提包塞到座席底下。

列车开动了，车厢里相对安静了许多，由于人多的缘故，再加上有人吸烟，有人脱鞋，有人喝酒，各种气味混合在一起，空气很浑浊，车厢里充满了难闻的气味。周思远站起身来，准备打开车窗透透气，却遭到车窗旁边旅客的反对。由于车速快，行驶时产生的惯力大，车窗一打开，冷风儿就会猛烈地吹进来，坐在车窗旁的旅客禁受不住侵袭，周思远只好作罢。

“小兄弟，到哪里去呀？”那位大姐问他。周思远本不想告诉她，但是人家好心为自己占座，如果撒谎，觉得有点对不起人家。于是，他如实回答：“去河南红太阳机械厂。”

“哦，去河南呀，好远啊！这趟车无法到达，你在哪里倒车？”

“在北京倒车。”

“赶巧了，我也在北京倒车，你去过伟大的首都吗？”

“没去过。”

“没去过首都，太遗憾了，当年我作为红卫兵，串联去过北京，曾在天安门广场接受伟大领袖毛主席的检阅！”大姐脸上洋溢着幸福的神情，不无骄傲地说。

“大姐，你真的见过毛主席！简直太幸福了！”周思远心中充满羡慕之情。

“这是多么光荣而幸福的事情！我怎么能骗你。”大姐严肃地回答。

周思远觉察出自己说话唐突，不好意思地笑着伸了一下舌头。

“小兄弟，你去红太阳机械厂做什么？”

“我大姐在红太阳机械厂工作，我转学去上学，以后就在那里工作。”周思远不假思索地回答。

“转学？我看你是逃避上山下乡吧？作为一个革命青年，我们要响应毛主席的伟大号召，到最艰苦的地方去锻炼和改造自己的世界观，要树立一不怕苦，二不怕死的革命思想。切莫贪图享受，忘记肩上担负的革命重担，你这种逃避现实的思想可要不得。”那位大姐话语中带着几分责备的口气。

周思远没想到，他的话竟惹来对方的无端指责，心里不服气，有心反驳几句，但觉得对方好心帮自己占座，反驳的话显得不近人情。再说从她的言谈中，可以看出她的理论水平很高，不是教员就是搞政工的，即使予以反驳，也未必能占上风。想到此，他倔强地把头扭向窗外，不再理睬她。

那位大姐见他如此，知趣地笑着摇摇头，不再与他交谈。

夜色深沉，窗外漆黑一片，远处偶尔闪现几处灯光，随着列车前行，很快就消失在身后。车厢里的旅客陆续进入梦乡，即使站在过道的旅客，也闭眼打瞌睡。由于条件反射，周思远情不自禁地跟着打哈欠。

睡意阵阵袭来，周思远怀抱着背包，脚踩着提包，迷迷糊糊地进入梦乡。

不知睡了多长时间，周思远仿佛感觉得有人拽自己的背包。他激灵一下，从睡梦中惊醒。急忙查看物品，发现背包安然无恙，这是自己过分担忧而产生的幻觉。他自嘲地笑了一下，起身去上厕所。他费了很大的劲，穿过了旅客筑起的人墙，来到车厢的厕所旁。厕所的门关着，他敲了两声，里面没有反应，他用力推开厕所门，没想到里面竟蹲着一位中年妇女，他赶紧把门关上。站在旁边的一位旅客嗔怪道："上厕所不知道锁门，真是没见过世面。"这时他才发现，厕所旁边站了几位如厕的旅客。

听了旅客的话，周思远心中一惊，如何锁厕所他也不知道，为了不让人笑话，他仔细观察其他旅客如何使用厕所。看到厕所门上卡片轮换，有人进去则变成"有人"的红字，出来又变成"无人"的蓝字，他似乎明白了其中的道理。轮到他如厕，他没有急于方便，而是先弄清锁门方法，并试了一遍，才放心地使用。

回到座位坐了片刻，困意再次袭来。他如法炮制，抱着背包，踩着座席下的提包，趴在茶几上，随着列车晃动，再次进入梦乡。

这一夜，周思远心里惦记物品，睡得很不踏实，数次从睡梦中惊醒。

清晨，他再次醒来，发现车厢里的旅客少了一些，过道上有了空隙，他好奇地观望着窗外的景色，发现列车已驶入山区，周思远有生以来第一次看到山，觉得十分好奇，伸长脖子，贪婪地向车窗外观望。

“这山可真高啊！”他情不自禁地惊叹。

“小兄弟，你没有去过山区吧？”那位大姐态度友善地问他了。

“是的，大姐，我家住在平原地区，第一次看到山。”周思远见她态度友好，很有礼貌地回答。

“难怪你这么好奇，这只是普通的山，海拔只有数百米，说它是山，其实只是丘陵，等到了山海关，你就知道什么是真正的山了。”

“大姐，你的见识真多，请问你是做什么工作的？”周思远见她语气友善，不像昨晚那么尖锐刻薄，对她不再反感，饶有兴致地与之攀谈。

“我姓李，你就叫我李大姐吧。我是北大荒知青，现任公社革委会副主任。”李大姐面带微笑地回答。周思远点头暗自说：“原来是位领导，怪不得说话充满火药味。”他生怕说话不慎，招致对方驳斥，只是点头算作回答。

没想到李大姐一改腔调，语气随和地与他聊家常：“小兄弟，你叫什么名字，家住哪里？”

“大姐，我叫周思远，家住谙达县。”周思远如实回答。

“你的名字很有意义，有思想，有远大的抱负。”李大姐笑着夸奖，似乎有意弥补昨晚的不愉快。

周思远报以羞涩的一笑，不好意思地说：“大姐，其实我的名字很普通，没有什么特殊意义。”

“你的名字确实很有讲究，是你父母起的吧？”

“嗯。”

“你父母做什么工作？一定很有文化修养。”

“我父亲是建筑工人，母亲是家庭妇女，文化程度不高。”

“其实文化程度并不能代表知识面是否广泛，从你的名字来讲，你的父亲很有素质。”李大姐说完，又与他聊起了有关旅途的话题。此时，她态度友好，语气温和，像一个知心大姐。周思远不再戒备，而是与她开心交谈，以此消磨旅途的时间。

时间在交谈中过得很快，不知不觉已是早晨八点多钟。车上的旅客开始用餐。周思远的肚子也“咕咕”叫了起来，他从背包里拿出食品开始用餐。

由于油饼存放时间长，此时已经变硬，不但嚼起来费劲，还在嘴里直打转，不愿意往喉咙里走。

“老弟，你光吃干粮怎么行，到门头打点水啊。”李大姐好心地告诉他。

周思远顺从地拿出瓷缸，求李大姐帮忙照看东西，然后到车厢门头打水。谁知水龙头竟没有水，他只好挨个门头去找。

他在旅客的缝隙中艰难地穿行，一连走了几节车厢，好不容易找到一个有水的龙头。他急忙接满，仰脖“咕咚、咕咚”一口气喝了下去，然后又接了一缸子，端着往回走。由于车厢晃动，旅客又多，水不时得往外洒，零星的水滴洒到旅客的身上，惹来旅客的抱怨。

他手捧瓷缸，端着水小心翼翼地回到座位，缸子里的水只剩下三分之二。他就着水，胡乱填饱肚子。然后把注意力转向窗外，欣赏沿途的景色，并针对一些不懂的事情向李大姐请教，李大姐也乐于解答。虽然她的言辞里不时穿插着流行的革命词汇，但是周思远听起来不再觉得反感。一路上周思远不但欣赏景色，还从李大姐口中学到了知识，觉得很有趣。第一次出远门，他看什么都新鲜，加上与李大姐说话聊天，冲淡了旅途的枯燥和寂寞。

中午时分，李大姐托周思远帮忙照看行李，起身离开座位。大约半个小时，她返回时，手上托着两份盒饭。自己留下一盒，另一盒送到周思远面前，并打开饭盒。饭盒里面盛着雪白的米饭，还有肉炒芹菜和粉条，对他说：“你赶紧趁热吃，一会儿凉了。”

“大姐，你自己吃吧，我不饿。”周思远推辞着不肯接受，一是不好意思，二是遵循着父亲的教诲，不许吃别人送的食物。

李大姐不容分说，强行把筷子塞给他，不容置疑地说：“你和大姐客气什么？毛主席教导我们说：‘我们的干部要关心每一个战士，凡是革命队伍的人都要互相关心、互相帮助、互相爱护。’我现在命令你，把饭吃了。”

周思远心说又来了，李大姐好不容易恢复正常人状态，自己切莫惹她旧病复发，一旦做起思想工作，便让人感到头疼。目前最明智的选择，就是接受她的馈赠。再说人家一番好意，自己怎么能曲解并加以戒备呢！她是诚心诚意，自己岂能不近人情，何况雪白的米饭确实诱人，于是，他顾不得父亲的教诲，口中连声称谢，端起盒饭吃了起来。为了吃相文雅点，他故意吃得很慢，显得很斯文。

俗话说："吃人家的嘴短。"周思远吃了李大姐的盒饭，对李大姐的好感随之增加。怀着感激之情，亲切地与她交谈着，聊得十分开心。他们聊的话题也很广泛，从沿途的风光聊到当地的风土人情，从各地的典故聊到趣闻轶事。

晚饭时间，李大姐如法炮制，再次掏钱为周思远买饭。此时周思远更加感激，他知道油饼拿不出手，煮鸡蛋和咸鸭蛋还是可以补偿一下人情。因此，他倾其所有，把所带的煮鸡蛋和咸鸭蛋都拿出来，诚恳地劝李大姐享用。李大姐没客气，吃了一颗煮鸡蛋和一颗咸鸭蛋。

李大姐这个热心旅伴，让周思远感到很开心，他不必担心物品有失，可以放心地离开座位，即使夜间睡觉也特别踏实，不再为看管物品而分神。

周思远从睡梦中醒来，发现列车已经驶进北京市区，这是本次列车的终点站。旅客们已经开始整理行装，准备下车。

周思远与李大姐来到候车室，李大姐热心地帮他打听转乘车次的具体时间，并说自己前往山东外调，他们的车次不同，将在北京站分手。

李大姐所乘坐的车次是上午八点多，周思远则是中午十二点半，他陪着李大姐候车，并送她进站。望着老大姐远去的背影，周思远心里觉得空落落的。李大姐的豪爽和慷慨，给他留下了深刻的印象。

周思远计算一下时间，距离开车时间还有四个小时。他向车站工作人员仔细询问天安门的路线，背着提包，一路打听来到向往已久的天安门广场。

望着雄伟的天安门城楼，宽阔的广场，庄严肃穆的人民英雄纪念碑，周思远的心情特别激动。怀着崇敬的心情，向毛主席像行礼致敬；怀着崇敬向人民英雄纪念碑三鞠躬。看到有人招揽游客照相，得知照相费五角钱，他有些犹豫：一个馒头才五分钱，一张照片可以买十个馒头。虽然觉得心疼，但最终他还是咬牙掏出五角钱，站在天安门前拍照留影。这张珍贵的黑白照片，一直珍藏至今。

列车从北京站出发继续向南行驶。旅途缺少李大姐做伴，周思远觉得失去了兴趣，仿佛时间慢了许多。晚上睡得很不踏实，处于似睡非睡的半睡眠状态，此时方才领略了旅途的孤独和寂寞。

列车行驶了漫长的二十多小时。第二天上午十一点，终于到达了郑州火车站。周思远提着物品，随着下车的旅客走出车站。

姐姐在信中告诉周思远，从郑州换乘开往红太阳机械厂方向的列车，他看了列车时刻表，得知最早的车次十七点半。他计算一下时间，将在此等候五个多小时。于是他转身来到附近的长途汽车站。得知中午十二点半有一趟开往红太阳的班车。他对比了一下时间和距离，假如坐汽车，下午五点多就能到姐姐家，如果坐火车，晚上十点到达。看来还是坐汽车划算。可是姐姐信中再三叮嘱，让他务必坐火车。姐姐担心这里治安条件差，当地人欺生，害怕他遇到麻烦。加上红太阳机械厂地处山区，山路崎岖难行，生怕出现交通意外。

周思远不愿意苦等五个小时，这么长时间多难熬！再说自己离开家，以后将独自面对社会，如果前怕狼后怕虎的，能干成什么大事？应该有闯劲儿和冒险精神。想到此，他毅然决定乘坐汽车前继续赶路。

周思远买票时，票已基本售完，票号在最后一排。众所周知，即使平坦的道路，后座也比前边颠簸，何况高低不平的山路。难怪开车不久，就有旅客开始晕车呕吐。

尽管山路颠簸，好在周思远不晕车，也没有什么不适的感觉。他出生在松嫩平原，从未到过山区，对山的概念仅限于书本知识，因此对山充满了一种未知的神秘感。如今身临其境，面对真山真水，觉得非常新鲜。他一路上不顾路途的颠簸，贪婪地欣赏山区的景色，早把担心车辆发生意外和恐惧感忘到脑后。

下午五点多，周思远到达地处伏牛山腹地的南阳地区，据说这里就是当年诸葛亮隐居的地方。当年刘备三顾茅庐，请诸葛亮出山，靠他的辅佐，建立了蜀汉政权。

由于周思远没有按照姐姐的吩咐，而是乘坐汽车提前到达，故此无人接站。他下车后，一路打听找到了红太阳机械厂。

在厂门口，他被门卫拦住，一位五十多岁的老工人，手里拿着笔，操着东北口音，一脸严肃地询问："你叫什么名字？从哪儿来？到这里做什么？"

"我叫周思远，从东北来，我姐姐在这里工作。"周思远规规矩矩地回答。

"你姐姐叫什么名字？在哪个部门工作？"他一边询问，一边登记。

"她叫周思雯，在统计科工作。"

"好，你等一下，我给保卫处打电话核实一下。"他操起电话，接通了保卫处的电话，核实了情况，并让他签字，然后放他进厂。

周思远走在宽敞的马路上，看到大街上的行人，身着清一色统一样式的工作服，街两旁整齐划一的建筑，令他倍感亲切，想到自己未来生活在这个环境中，心情特别激动。

在好心人指点下，周思远找到姐姐家。他的突然出现，姐姐、姐夫倍感意外。按照信中约定，他将乘坐晚上十点的火车到达，姐姐和姐夫已经做好晚上接站的准备。如今听说他乘坐汽车而来，姐姐顾不上埋怨，高兴地拉着他的手，迫不及待地打听家里情况："大义，咱爸咱妈身体咋样？妈的头疼病犯了没有？他们几个都长高了吧？小妹胖点儿没？"

"咱爸咱妈身体都很好，妈的病没犯，他们几个都长个了，二义的个头差不多和我一般高（二义是他弟弟的乳名），小妹儿胖了一些。"周思远一一回答姐姐的问话。

姐夫是厂里的技术员，为人老实本分、性格耿直，戴一副近视眼镜。对于内弟的到来，表现得十分热情。他为内弟沏茶倒水，问候了几句，然后扎起围裙，钻进厨房忙乎做饭。小外甥黎明，今年六岁，见到舅舅一点也不陌生，高兴地围在舅舅身旁，一边吃着舅舅带来的糖果，一边和舅舅嬉闹。

为了欢迎周思远到来，姐夫特意做了几个好菜。吃饭的时候，姐姐、姐夫一再劝他多吃菜，还不时地为他夹菜。姐姐一家人的热情，让周思远感到很温暖。

红太阳机械厂是军工企业，隶属于国家七级部，是个地市级单位。1969年从东北搬迁到中原伏牛山腹地。短短几年时间，企业发展迅速，目前已拥有职工数万名，享有特殊的独立性，不受地方政府管辖，工厂内设有保卫处、法院、看守所，连登记结婚等事项都可自行办理。后勤处设有学校、医院、商店等部门，各种行政机构一应俱全，真可谓是个大企业、小社会的独立王国。

翌日，吃过早饭，姐姐带着周思远前去学校报到。周思雯在财务处工作，她性格开朗，在厂内人脉很广，一路上不停地与人打招呼，不时地停下来，与人攀谈，并把周思远介绍给熟人认识。

由于事先安排妥当，姐姐顺利地为周思远办完转学手续，当天他就到班级上课了。

临近毕业，加上当时崇拜具有反潮流精神的“白卷先生”，实行从工农兵中选拔大学生了。知识多少根本不重要，所以学生们根本不重视学习，更谈不上学习的积极性。在这种大背景下，学生们抱着混日子的态度，应付学习，甚至有人盼望早一点结束无聊的学业，然后各自想门路参加工作。周思远虽然学习成绩不错，但受当时的思潮影响，在剩余的有限时间里，放松学习积极性，而是随着大流儿，盼望早日毕业，尽快实现向往已久的工作岗位。

世界上很多事情，说着容易做起来难。大姐为了周思远的事情，三番五次地往杨副处长家里跑，每次都要带上一些礼品，得到的回答却是等待。一直等到周思远毕业，等到应届毕业生陆续上班，周思远的事情还没有着落。

以前每天上学，并没有觉得时间过得慢，如今待在家里，整天无所事事，周思远觉得时间特别漫长，感觉非常无聊，心情不免有些烦躁和压抑。

当时物资匮乏，生活条件有限，各种生活必需品凭票供应。尤其是粮食，更是紧缺，城镇人口按月供应，每个人都有定量。姐姐家本来过着衣食无忧的生活，如今添了一个大小伙子，正是长身体的时候，身体需要营养，饭量大。姐姐家的口粮日见短缺，寅吃卯粮。周思远开始没注意，后来发现每到吃饭时，姐姐总是借故收拾厨房，待他们吃完，才上桌打扫剩饭。后来姐夫也效仿，借故拖延吃饭时间。周思远明白姐姐、姐夫的一片苦心，他们这么做，无非是怕他吃不饱，他对姐姐、姐夫非常感激。吃饭时故意减少饭量，同时给父母写信，说明姐姐家的情况，让他们兑换一些全国粮票，寄来贴补姐姐家。

当时粮食都有定额，若想兑换粮票，必须按定额发放，各省发行本省粮票。为了方便跨省出差办事，国家特地发行了全国粮票。当时全国粮票很紧俏，兑换起来比较麻烦，必须用粮食定额来兑换，而且限量。即使有了全国粮票，也不等于有粮食，必须用钱币按市面价格，凭着粮票一起方能购买食品。

父母想尽各种办法兑换全国粮票，寄给姐姐，但是还需用钱购买食品。如此一来，姐姐家的经济陷入危机。总之他的到来，给姐姐家带来很多麻烦。姐姐为了弟弟的前途，心甘情愿，无怨无悔。姐夫却有些不情愿，起初他对内弟很好，各方面都很照顾，随着出现粮食和经济问题，他的心里有些厌烦。但他很有涵养，同时看在夫妻情分上，表面上对内弟态度也没有什么变化。如今内弟毕业，整天无所事事，加上落户、工作之事遥遥无期，心里更加烦躁，甚至晚上故意躲出去，与同事下棋聊天，很晚才回家。对内弟的态度也显得不冷不热。

周思远发现了姐夫的变化，看到左右为难的姐姐，心里非常不是滋味。他情绪逐渐发生了变化，整天心事重重，沉默寡言。为了排遣寂寞，待姐姐、姐夫上班后，他便去厂内漫无目的地闲逛。

有一次，他来到一个废品收购站，发现一帮与他年纪相仿的孩子，用书包带着一些废金属来换钱。他灵机一动，觉得这是赚钱的门路，反正自己没事可做，何不捡些废品换钱，帮姐姐减轻生活负担。

于是，他每天背着书包，围着厂区到处踅摸，发现有价值的废品，捡起来放进书包，接连转悠了几天，虽然拣到一些废品，却不值钱。至于那些值钱的废金属，他一块也没捡到。弄得他每次去废品收购站都觉得很不好意思。

眼见那些孩子每次都带着值钱的废品去换钱，而且收入很可观，少则一两元，多则几元钱、十几元，看得周思远眼馋心动。他们从哪里拾到那么多值钱的废品？自己为什么拾不到？他决心跟随那几个收入颇丰的孩子一探究竟，看他们有什么窍门捡到值钱的废金属。

他尾随其后，跟踪他们来到厂区的一座后勤仓库。仓库周围砌着三米高的围墙，门前有门卫把守，不时有工作人员进出。那些捡废品的孩子根本无法进去。周思远发现那些孩子绕过门卫，来到仓库后面一个杂草丛生的水沟旁，一眨眼的工夫，便从他的视野里消失了。

周思远加快脚步，来到水沟旁，低头仔细寻找，发现围墙底下有一条污水沟，高约四十厘米，宽约三十厘米，从痕迹上看，原本上面有两根钢筋，现在已经被人锯掉，足以容纳身体穿过。他没有多想，急忙俯身钻了进去，发现里面存放着一些废旧的机械设备。只见那几个孩子，正低头忙着从设备上往下拆卸零件。

一个眼尖的孩子发现他，急忙示警，呼哨一声，孩子“呼啦”一下，全都躲了起来。

周思远暗自好笑，对方显然把他当成了看守人员，故此隐身藏匿。他想既然来了，岂有空手而归之理！急忙来到机械旁，发现周围散落着零星的零部件，急忙弯腰捡拾那些所谓的“废品”。就在这时，那几个藏匿的孩子像从地底下冒出来的，齐刷刷地将他围住。一个戴着军帽、个头高挑的孩子凶巴巴地问：“你是谁，到这里来干啥？”

“我……我……我也想拣点废品。”周思远有些支支吾吾地回答。

“你想得美！我们哥儿几个辛辛苦苦找到的来钱道，你却想捡便宜，门儿都没有，赶快滚！”一个矮胖子气愤地训斥。

周思远望着他们气势汹汹的架势，心想：“好汉不吃眼前亏，反正自己知道了这个秘密，他们走后自己再来。”于是，他赶紧赔着笑脸，满口答应地转身就走。

“站住，先别走。”高个子把他喊住。

周思远应声站住，转过身来，赔着笑脸问道：“大哥，还有什么事？”

“你必须答应我们，保证不把这个秘密说出去。”

“行，我保证！绝对不说出去。”周思远爽快地回答。

“好啦，你赶快滚，别耽误我们的正事儿。”矮胖子有些不耐烦地赶他走。

“不行，不能让他走，万一走漏风声，岂不断送了咱们的财路。”高个子担忧地阻拦。

“那你说怎么办？”矮胖子问他。

“你是哪里的，以前怎么没见过你？”高个子问周思远。

“我是从东北新来的，你放心，我绝不会破坏你们的好事儿。”

“哦，你是东北来的，叫什么名字，到这里来做什么？”

“我姓周，到我姐姐家串门。”

“你姐姐叫什么名字？”

“我姐姐——我姐姐——她叫……”周思远犹豫着不想说，怕给姐姐带来影响，这毕竟不是什么光彩的事。

“你吞吞吐吐的干什么，快点说。”矮胖子向他逼问

“既然他不想说，想必是怕他姐姐知道埋怨他，我们不要逼他，我有个办法，能保证他不对外人说。”高个子和矮胖子商量说。

“什么办法？你快说。”

“既然他和咱们目的相同，我看莫不如干脆让他入伙算了，这样他就不会往外说了。”

“这个办法虽好，只是便宜了这小子！”矮胖子心有不甘。

“反正这里的东西多，不差他一个人，谈不上什么便宜不便宜。就这么办吧，咱们抓紧时间干，以免时间长了被人发现。”高个儿是孩子头，他的话就是命令，其他人都听命于他。

就这样，周思远意外地加入了这个所谓的拣“废品”团伙。

接下来的日子，周思远过得很开心。他和这伙“拣废品”的人渐渐地熟悉了。他们原本七个人，加上周思远，总共八个人。别看他们年纪轻，做事却很有

头脑，尤其是高个子很机灵、鬼点子多，到废品仓库偷零件就是他的主意。周思远跟着他们隔三岔五光顾废品仓库。以前他们各算各的账，周思远加盟后，他提议改变策略，每次卖“废品”所得，平均分配，并对人员进行具体分工：派出比较机灵的人，担当瞭望哨，对仓库前边和水沟入口把风，一旦发现动静，学鸟叫报警；时间上也有所变动，他们平时不动手，专挑周六、周日或节假日行动，仓库里只有几个值班人员，被人发现的概率小；对废品的要求也有所提高，以前他们只要能换钱的都要，如今只拣贵重的金属，铜、铅、铝等。一来这些东西体积小，不容易被发现；二来值钱，收入高。

几个月下来，他们已经成了形影不离的好朋友，还模仿样板戏《智取威虎山》自封“八大金刚”。整天混在一起下饭店、看电影，就像一群脱缰的野马，到处闲逛玩耍，日子过得十分惬意。

周思远毕业时，姐姐担心他在家憋出毛病，曾劝他出去走走，散散心。如今见他时常外出，并结交了一些朋友，不但不埋怨，反而感到高兴。至于他外出做什么，只是象征性地过问几次，每次周思远都以看电影或散心为借口搪塞。姐姐对他的话竟深信不疑。

俗话说：“若要人不知，除非己莫为。”尽管他们做事周密，可是天下没有不透风的墙。看守废品仓库的人员早就觉察机械零件丢失的情况，并上报厂保卫部。保卫部列为严重的盗窃案件，派专人调查侦破，经过调查蹲守，终于发现了他们的行径，并组织人力布控。当他们再次拆卸零件时，将其一举抓获。

姐姐闻听此讯，心急如焚地和姐夫赶到保卫部。保卫部定性为破坏生产的团伙偷盗案件，列为重大案件处理。故此拒绝家属和涉案人员见面。姐姐得知案情严重，急忙四下托人想办法，并找其他几位家长商量如何解救。

其他几位家长也很着急，他们各自想办法托人找关系，一心想把孩子解救出来。其中有一个孩子的亲戚是厂革委会副主任，恰好分管保卫工作。孩子的父母求他帮忙。副主任看在亲戚的分上，亲自去保卫部了解情况，得知是一群刚毕业的孩子，而且只是拆卸一些废旧机械零件，当废品换钱，没有政治因素和动机，只是一般的偷盗行为，根本构不成破坏生产案件。于是，他推翻案件性质，指示保卫部按人民内部矛盾处理。

如此一来，事情有了重大转机，保卫部对他们从轻处理，处以七天行政拘留，同时给予相应的罚款。

周思远从看守所出来，看到姐姐在看守所大门口接他，感到很愧疚，觉得对不起姐姐。姐姐一把将他搂在怀里，流着泪问他是否挨打受罪，并宽慰他不必上火。

回到家中，只见姐夫面色阴沉地坐在椅子上吸烟。看到他，讥讽地说："没看出来，你挺有本事，竟然和一些小赖子混到一起！怎么样？看守所的窝窝头好吃吧？"周思远低着头没有吭声，姐姐对姐夫的话很反感，生气地反驳道："没见过你这样的姐夫，本来他在里面遭罪了，你不但不安慰，反而讽刺他。"

"他做都做了，还怕人说，遭罪也是自找的，像他这种人，不给他点教训，不吃点苦头，说不定以后还会惹出什么大祸，我说他，是为了他好，为了让他长点记性，省着以后再出去给我丢人现眼。他不怕丢人，我还要脸面呢！"

"我求你少说两句行不行，他只不过拿了点废品，丢你什么脸？"姐姐没好气地高声反驳。

"你跟我喊啥，难道这个家我没有说话的权力？自从他来到咱家，这个家就没有一天好日子，我每天省吃俭用，像大爷似的供着他，他还不满足，跟着人去做丢人的事。你知道我的为人，看重名声和脸面，我在单位从来没让领导说过，如今可好，同事们都拿这个话题调侃我，让我颜面无存，无地自容！你既然这么护着他，莫不如咱们分手得了，你和你弟弟过，我自己领着孩子过。"

"你还有完没完，越说越不像话，再说我真的和你翻脸了！"

"你少拿翻脸吓唬我，翻脸就翻脸，谁离开谁都能活！"

"好，你既然不讲情分，容不得我弟弟，我们干脆离婚算了，这日子过个什么劲儿。"姐姐气得浑身哆嗦，哭着数落道。

"你少拿离婚吓唬人，离就离，谁怕谁呀！"姐夫不甘示弱地大声吼着。小外甥吓得躲在一旁直哭。

周思远心里有愧，本不想说话，见此情景，实在憋不住，开口说道："姐姐、姐夫，我求你们别吵了，是我不对，做错了事，连累姐夫在同事面前抬不起头。姐夫，我对不起你，我向你赔礼道歉，请你原谅！我保证今后不再给你添麻烦。"

听他这么一说，姐夫可能觉得自己做得有些过分，便停止了抱怨，转身走到卧室。姐姐安慰了弟弟几句，然后到厨房做饭。一场家庭风波总算平息了。

姐姐为了给弟弟压惊，特意做了几道好菜，由于刚才吵架的缘故，弄得大家都没有食欲，只是混乱地吃了几口，各自回房休息。

周思远和衣躺在床上，翻来覆去睡不着。脑海里思考着自己的前途，来姐姐家这么长时间，就业的事情迟迟没有眉目，与其在这里干等，莫不如回家。假如姐姐能办成，自己再来也不迟；如果办不成，自己只好想其他出路，这样等下去也不是办法。想到此，他下定了回家的决心。

于是他悄悄起身收拾东西，本打算告诉姐姐一声，但又怕姐姐不同意，只好找出纸笔，给姐姐、姐夫写留言：

姐姐、姐夫，对不起！由于我的到来，给你们带来许多麻烦，特别此次的事情，更让姐姐操心，姐夫蒙羞。都是我不好，对不起，请你们原谅！我决定先回家去等候消息。感谢你们对我的关心和照顾，你们是我最亲近的人，我爱你们，愿你们生活幸福，工作顺利！

弟：思远（草）

他写完留言，又从床脚的铁管中拿出自己卖废品藏的几十元钱，留出路费，将剩余的钱连同留言一起放在床上，然后悄悄推开门，停下脚步仔细听了听动静，姐姐的屋里传出了均匀的鼾声，这些天姐姐为他的事情着急上火，没有休息好，如今他回来了，姐姐得以安心入睡。他急忙提着东西，蹑手蹑脚地走到门口，轻轻地打开门闩，出门后又轻轻将门掩上。院门锁着，他翻墙而出，沿着大街直奔厂门口。

午夜时分，人们早已进入梦乡，街上非常寂静，偶尔有几只流浪狗从他身旁跑过。他大步流星地来到厂门卫室，值班人员睡眼蒙胧地问他去干什么，他回答赶火车出门，对方没有细问，开门放行。出了厂门，他加快了脚步，直奔车站而去。

第四章 造化弄人

第二天早晨，大姐看到了他的留言，心里非常着急，嘴里不停地埋怨丈夫。姐夫理亏，无言以对，任凭妻子抱怨。当下姐姐急忙给父母发了电报，将他回家的消息告知父母。

周思远途中换乘两次车，用了近三天时间，回到家乡。父母早已接到姐姐的电报，得知他回家的消息。父母理解他的难处，故此见面时，没有责怪他的鲁莽行为。倒是周思远因为当初和朋友们说了大话，如今工作的事情落空，觉得无颜面对家乡父老，整日闷在家里，不愿意出门。

父亲见他如此，担心憋出毛病，劝他出去散散心，他却不肯。父母拿他没办法，心里暗自着急。弟妹们对他的归来，表现得很高兴，纷纷围着他，听他讲述有关旅途的见闻和姐姐家的一些事情。周思远还特意拿出天安门前的相片，弟弟妹妹们如获至宝，一再争抢传看，脸上流露出羡慕的神情。

这天下午，三妹妹放学回来，见他躺在床上出神，便劝慰道："大哥，你没必要这样自卑，又不是做了丢人的事情，有啥不敢出门见人的！我告诉你，你的同学处境都不乐观，他们除了少数人按政策留城，其余大部分都到知青点或农村插队落户。唯有汪洋只身去大兴安岭林区投亲，目前还不知结果如何。再说姐姐那边依旧张罗为你安排工作，还有一线希望，即使万一姐姐办不成，大不了下乡锻炼两年，就有机会回城安排工作。有啥可愁的！”

听了三妹妹的话，周思远心里宽慰了许多。恰好父亲听说铁路大修队招临时工，便征求他的意见。周思远整天闷在家中，正愁无事可做，连忙表示同意。父亲托人为他办妥，周思远打点行装，前去大修队报道。

铁路大修队的工作，就是沿线维修铁路，每日吃住在宿营车上。周思远作为临时工，干的都是一些重体力活。每日和工友们扛枕木、抬铁轨、担碎石、挥锤打道钉，累得浑身冒汗，晚上回到住处，浑身像散架似的。他却感到充实和满足，干得十分卖力。他想好好表现，给领导留下好印象，期待转为正式工人。可是他卖力工作三个多月，换来的竟是上级辞退临时工的通知。无奈之下，他只好卷铺盖走人。

回到家中等了一段时间，姐姐那边还是没有消息，父母觉得这样等下去不是办法，父亲思考再三，最终只好放弃。

周思远虽然费尽心机，几番周折，辗转于千里之外，前后用时一年，最终还是同千千万万知识青年一样，接受上山下乡的命运。前往离家一百余里的江湾公社插队。虽然插队的公社地处偏远，但是公社的革委会秦书记是他的远房表亲，论辈分周思远称呼秦书记表叔。

父亲亲自送他到江湾公社。在公社知青办报到后，已经将近中午时分。父亲带他前去拜访秦书记。父亲特地托人买了两瓶花园大曲、一条大前门香烟，作为见面礼。

秦书记对他们父子的到来，不知是看亲戚情分，还是看在礼物的份上，总之秦书记及家人对他们很热情。秦书记一家人正在吃午饭，见到他们父子，秦书记连忙放下饭碗，客气地说：“大哥，咱们亲戚之间，这么客气干啥？来就来呗，还带什么礼物？”秦书记四十多岁，身材瘦削，留着分头，长方形脸庞，面目清秀，戴着一副近视镜，说话不紧不慢，显得很有城府。

“呵呵，兄弟，这点东西拿不出手，是你嫂子和孩子的一点心意。”周思远的父亲满脸带笑地解释。

“大哥，你和嫂子太客气了，你告诉嫂子，孩子交给我们，你们就放心吧。”秦书记的爱人一边接过东西，一边热情地说。

“弟妹，孩子交给你们，我一百个放心，只是给你们添麻烦，我们感到不好意思。”父亲赔着笑脸，态度十分谦恭。随后，他指着周思远对秦书记夫妇说：“他表叔表婶，这就是儿子大义儿，我就把他托付给你们啦。”

“表叔表婶，给你们添麻烦了。”周思远很有礼貌地向秦书记夫妇问候。

“你们太外道了，咱们是亲戚，谈不到麻烦。你们没吃饭吧？一起吃点吧。”秦书记客气地相让。

“兄弟，我们吃过了，你们吃吧，你看，我们一来，害得你们吃饭都不消停。”父亲连连摆手谢绝，笑着表示歉意。

其实周思远他们根本没有吃午饭。父亲本打算过了饭时再去探望秦书记，但是为了赶中午一点二十直返回县城的客车，只好饿着肚子前来拜访。

从秦书记家出来，父子来到供销社，买了一斤饼干，爷俩各自嚼了几块充饥。父亲临行时，不放心地叮嘱：“大义儿，农村的生活条件艰苦，你一定要照顾好自己，千万注意身体。到了生产队之后，要少说话，多看事，要有眼力见儿，干活要量力而行，不要逞强蛮干，你的身体还没长成，千万别累坏身体，要和大伙儿搞好团结，不许与人吵架！记住！吃亏是福。一定要尊重领导，千万和领导搞好关系，所话说：‘哄死人不偿命。’领导都愿意听奉承话。顺从说好话，耿直讨人嫌。溜须总比骂人强。特别是对秦书记，更要会来事儿，抽时间多去他家探望，注重自己的言行举止，给他留下好印象，将来咱们回城还得靠人家呢。背后你可以称呼表叔表婶，在公共场合，一定要称呼官衔。有什么困难，给家里捎信，千万不要麻烦秦书记，以免人家反感。我说的这些话，是我多年总结的经验和处世哲学，对你将来为人处事有好处。”

周思远用心听着父亲的活，不时地点头称是。说实在话，长这么大，父亲还是头一次对他说这么多话。虽然他对父亲的观点有些不认同，但是他明白这是父亲的一片苦心。开车时间临近，父亲匆忙赶往车站。望着父亲脚步迟滞、秃顶鬓白、略显驼背的背影，周思远心里酸酸的，两行热泪不由得夺眶而出。

周思远下乡后，在生产队里脏活、累活抢着干，先后干过养猪、放马、看青儿等活计，至于播种、铲地、耕地等农活，都积极尝试，虚心学习。每次开会学习，都积极发言，并积极要求进步，递交了入党申请书。他的行为赢得了群众和领导的好评。俗话说有耕耘就有收获。他的努力得到了回报。年底，他被评为公社活学活用毛泽东思想积极分子，上山下乡知识青年标兵，作为代表前去参加公社的表彰大会。

秦书记得知了他的情况，心里很高兴，开会之余，看到了周思远，当着在场的各级领导，兴奋地夸奖：“思远，你这小子行啊，我没有看错你，很有前途啊！以后你哪儿都不要去，就留在这里，我重点培养你，好好干，你的前途远大啊，将来的成就不在我之下。”

秦书记的话，赢得了在场的人一片掌声，并连声夸奖周思远。周思远深受感动，谦虚地说：“感谢秦书记的厚爱，也感谢各位领导的培养和帮助，虽然我在工作中取得了一点成绩，但离党和人民的要求相差甚远，今后我一定积极努力，虚心向广大贫下中农学习，努力改造世界观，争取在今后的工作中取得好的成绩，以此报答各位领导的培养和教导，决不让你们失望！”

秦书记对周思远的表述，感到非常满意，在场的其他领导也纷纷夸奖他。在一片赞扬声中，周思远的虚荣心得到了满足。

暂时的荣耀抵消不了艰苦的农村生活，对于城市长大的孩子，贫穷落后的农村生活，对他们来说简直就是煎熬！他们谁都不想在农村生活，时刻盼望着早日回城。周思远怀着同样的心情，积极表现自己，目的就是尽早脱离农村的艰苦生活环境。

当时政策规定：必须在农村劳动锻炼两年以上，才有招工、参军或保送上大学的资格。知青点的知青们，凡是年满两年的，都想方设法托人找关系回城。当时，处于“文化大革命”后期，上山下乡运动已接近尾声，招工的机会比较多。特别是毗邻的大庆油田，处于开放建设阶段，急需各方面人员，不时到周边各县招工。当时大庆油田工作环境比较艰苦，所以知青们都选择回到父母身边，不愿意去油田工作。

由于周思远下乡的时间比应届生晚一年，知青点的人隔三岔五有人返城，还有少数幸运儿当兵或保送上大学。与他要好的几位同学都相继离开农村，柳刚经过一番周折，如愿当兵入伍。包玉柱被招到大庆油田工作。就连汪洋也在大兴安岭林区站稳脚跟，办理了农转非户口，参加了工作。眼见着同伴们相继离开农村，周思远心里很不是滋味，心里产生波动，情绪随之低落。

随着时间推移，他的情绪愈发低落，失去了往日的劳动热情。心里每天计算着，还有多少天满两年。至于秦书记留他在公社当干部的话，他压根就没考虑，他的首选是保送上大学，其次是招工回城，目的只有一个，就是尽快脱离农村。

父母急于让儿子早日返城。再次带着礼物，前去求秦书记帮忙。秦书记说出培养周思远当公社干部的想法，并说自己正积极活动，为他争取干部指标。父亲知道儿子志不在此，便以老伴身体有病，需要儿子在身边照顾为由，婉转回绝了他的好意。

秦书记只好尊重他的意见，放弃了留周思远在农村当干部的想法，承诺想办法帮他返城。为此他找到县知青办主任，求他帮忙把周思远安排回城。知青办主任与他是同学，私交甚厚，对于他的求助，自然满口答应，并仔细询问了周思远的具体情况。得知周思远毕业时间和下乡的时间相距一年之久，便胸有成竹地对秦书记说：“既然他毕业时间满两年，事情就好办了，我给你一张表格，让他重新填写下乡时间，把下乡日期提前一年，这样一来，下乡时间就够两年了，可以名正言顺地办理回城手续。”

秦书记回来后，把周思远叫到家里，再次征求他的意见，是否愿意留在公社当干部，父亲已经带话给周思远，秦书记正在帮他办理回城的相关事宜，所以周思远决定返城。秦书记说了几句惋惜的话，最后还是尊重周思远父子的选择。周思远重新填写了表格。改写了下乡时间，满怀希望地回到知青点等待返城的消息。

时间在等待中缓慢地消失，周思远等啊等，一直苦等了两个多月，终于盼来招工返城的消息。他如愿回到了父母身边，安排到国营机械厂上班，端上了向往已久的铁饭碗。

周思远被分配到机加车间，担任车工。当时社会上流传着车、洗、铆、电、焊的说法，这几个工种，当时最受青工欢迎，年轻人都以这几个工种为荣。周思远不但进了国营单位，而且从事好工种，心里十分满意，身边的人投来了羡慕的目光。

上班后，他以饱满的工作热情，虚心向师傅学习技术，每日兢兢业业，早来晚走，不计报酬和得失，表现尤为突出，赢得了同事的好评和领导的重视，被任命为厂团委宣传委员，车间安全生产小组成员。他每天无忧无虑，生活充满了阳光。

随着粉碎“四人帮”，长达十年之久的“文化大革命”宣告结束。各行各业逐步走上正轨，中断十年的高考制度得以恢复。这一重大喜讯唤醒了广大知识青年学习文化、改变命运的梦想，周思远同千千万万有志青年一样，投入到复习文化，备战高考的行列。

周思远上学时，学习成绩一直名列前茅。虽然毕业后荒废了几年，但是毕竟有基础，复习起来相对容易。昔日的同学们都说他考学不是难事，指定能考上名牌大学。他也信心满满，自信大学梦想很快就会变成现实。

可是，世事难料，人算不如天算，一场突如其来的家庭惨变，彻底打破了他的梦想。致使他的人生再次陷入低谷。

由于当时经济萧条，物资匮乏，生活条件艰苦，家家都经营编织苇席、养家禽、喂猪等副业，赚钱贴补家用。周思远的父母，在编织苇席、饲养家禽的同时，每年饲养几头猪，十几年从未间断。每逢年节，父亲都要杀一口猪，除了留下头蹄下水和少量的肥肉，其他的一律卖掉，用卖猪肉的钱，置办年货或给孩子们添置新衣服。

这年的端午节，父亲的一位朋友从大庆来找他，说他们单位需要几百斤猪肉，为职工搞福利。这个朋友和父亲原来都在建筑公司，两年前为了安排子女就业，调到大庆油田工作，在油田建筑公司当采购员。听说他需要猪肉，而且价格比较高，父亲动心了，本来他养的猪还不到宰杀的时候，两头大的二百五六十斤，原打算中秋节宰杀。因为朋友给的价格高，父亲大致估算一下，按照朋友给的价格，除去头蹄下水，能卖三百多元。如果养到秋天，按当地的价格估算，收益与现在大致相同，而且省却几个月的人工和饲料，算下来比养到秋天划算。你不知道，当年的三百元钱是什么概念！这么说吧，周思远每个月的工资才二十四元，这两口猪的收入，顶他一年的工资。于是，父亲答应朋友的要求，同意将猪肉卖给他，双方约定，端午节前一天上午交货。

农历五月初四，父亲早早起床，他事先找了两个杀猪的帮手，约定早晨五点杀猪。父亲起床后，先烧了一大锅开水，又找出杀猪刀，这是一把用风钢锯条磨制的杀猪刀，钢质好，刃口锋利。他用手试试刀锋，觉得不够锋利，找来了磨石，用力磨了一阵儿，直到觉得满意才住手。

这时，帮忙杀猪的人来了，父亲给他们递烟倒茶，然后回屋叫醒了周思远，让他帮着抓猪，周思远和父亲外加两个帮忙的，来到猪圈。在父亲的指挥下，他们费了一番周折，将两头肥猪绑住。

接下来，帮忙的人开始杀猪，刀子从猪的脖子下面桶进去，传来一阵猪的惨叫声，周思远不忍地将头转向一边。随着刀子拔出，一股鲜红的血液从体内喷出，洒落在事先准备好的大盆里，大盆里提前放好一些清水、盐，据说能缓解血液凝固速度。周思远拿着一根木棍，在血盆中不停地搅动。随着猪叫声逐渐减弱，猪血也慢慢地停止了流淌。

杀完后，他们开始煺猪毛，然后开膛破肚，一直忙活到上午十点多才收拾利索。两个帮忙的灌制血肠，父亲则安排母亲炖肉、炒菜，准备招待帮忙杀猪的人及前来取肉的朋友。可是不知什么原因，左等右等就是不见取肉朋友的踪影，父亲非常焦急。那个年月，通信技术落后，无论遇到什么急事，都无法取得联系，只能苦苦等待。一直等到中午，取肉的朋友依然没有来，父亲怕天热猪肉变质，让人把猪肉抬到阴凉处。招呼母亲开饭，招待两个帮忙杀猪的朋友，因为他们早饭还没吃呢!

父亲心里焦急，生怕时间长了猪肉变质，同时更担心朋友爽约，自己遭受经济损失。他勉强地陪着帮忙的人喝了几两酒，一口饭没吃。帮忙的人酒足饭饱，用笤帚棍儿剔着牙离去。

眼见日头偏西，猪肉已经开始散发出一股腐味，父亲心急如焚，一直站在门口 望，却始终不见取肉的人影。母亲不时地出来探望，并拿来凳子让父亲坐下休息，父亲却焦急地来回走动。在母亲的劝说下，父亲停下脚步，蹲下身吸烟，一支烟吸完，再次站起身，就在他起身的一刹那，只觉得一阵昏眩，眼前一黑，倒在地上。站在一旁的母亲见状，急忙上前去扶他，发现他双目紧闭，嘴角流涎，脸色蜡黄，已经失去了知觉。

母亲急忙喊人，将父亲抬到炕上，并求人去单位喊周思远回来。周思远闻听父亲病倒，心急火燎地跑回家。见父亲病情严重，不敢怠慢，急忙用手推车将父亲送往医院治疗。经医生检查，确诊为脑溢血，虽经医生全力抢救，却回天乏术，父亲撒手人寰，一命归西。

突如其来的巨大悲痛，彻底击垮了周思远，他的脑海一片空白，整个人像傻了一样，茶饭不思，彻夜不眠，在长辈的引领下，机械地按照长辈们的意思，毫无表情地办理着父亲的丧事。

那个取肉的朋友，直到晚上八点多才到，原来车在半路上抛锚了，他费了好大的劲儿，才将车子修好。但是他万万没想到，因为自己没有按时赶到，竟导致老朋友不幸离世！他满怀愧疚，将已经变味的猪肉装上车，临行时还特意多给了周思远五十元钱。周思远精神已经麻木，毫无表情地收下钱，既没道谢，也没挽留。那个人以为周思远怪罪他，觉得无地自容，连忙招呼司机，带着愧疚匆忙离去。

办理完父亲的丧事，周思远整个人瘦了一圈，母亲和姐姐担心他悲伤过度，精神方面出毛病，轮番相劝。可是，任凭如何劝说，他依旧毫无表情，不言不语。这下急坏了母亲和家人。她们千方百计地求医问药，甚至找来巫医为他烧香跳神，祈求神灵保佑他平安无事。

三天后，夜深人静，周思远和衣躺在炕上，蒙着被，悲恸万分地痛哭一场。哭过之后，他从悲痛中清醒过来，开始考虑如何支撑这个家。失去父亲这个顶梁柱，断了经济来源，家里的生活该如何安排？现在只有他一个人挣钱。假如自己考学走了，这个家不是散了吗？身患疾病的母亲谁管？没成年的弟弟妹妹谁管？三妹妹来年高中毕业，她的学习成绩很好，将来一定能考上大学，如果自己上了大学，将来她的学费谁供？为了承担养家糊口的责任，只有自己放弃上大学，想办法挣钱养家！自己是长子，如今父亲去世，理应挑起家庭的重担，承担赡养老人和照顾弟弟妹妹的责任，绝不能让她们吃苦遭罪。

第二天早上，他早早起床，含着眼泪，将准备考学的复习资料收起来，然后煮猪食喂猪，打扫院子的卫生，将水缸挑满。母亲和家人见他突然恢复了常态，觉得有些不可思议，虽然想不出其中的原委，但是悬着的心总算放了下来。

周思远怕家里人反对，不敢把自己放弃考学的想法告诉家人，而是独自承受着内心的痛苦。为了排遣内心的苦闷，更为了多挣钱养家，他每日更加积极努力地工作，经常加班加点，目的是为了多挣点钱。尽管如此，他每月的工资却捉襟见肘，入不敷出。父亲去世前，家里还有一些积蓄及卖猪肉所得的钱。为父亲操办后事花掉一部分，剩余几百元钱。由于母亲身体不好，经常看病吃药，弟妹们上学亦需要钱。家中的开销大，光靠那几百块钱积蓄，维持不了多长时间。坐吃山空不是办法，唯有想办法赚钱才是长久之计。幸好十三中全会召开，国家经济政策进行调整，实行了改革开放的方针策略。农村实行联产承包制度，允许城镇人口经商做生意。

周思远家里本来养了几头猪，除去端午节杀掉的两头，如今还剩下两头，已经一百多斤。他又买了几个仔猪，扩大养猪业。养了一段时间，他觉得挣钱太慢。于是，他一边养猪，一边琢磨其他的挣钱道儿。

高考工作如期进行，周思远的几位同学都如愿地考上了大学，他们都为周思远感到惋惜，因为当初上学时，他们的学习成绩都不及周思远。假如周思远参加高考，肯定能考上名牌大学。周思远听闻同学们考上大学的消息，心里非常痛苦，晚上一个人躲在被窝里，暗自流泪。由于突如其来的家庭变故，他与大学校园失之交臂，致使他的人生轨迹发生了颠覆性的改变，同时也留下了终身遗憾。

每个人情窦初开、青春懵懂时，都对爱情抱着美好的憧憬。对自己的另一半充满甜蜜的幻想，喜欢在异性面前打扮和表现自己。尤其在自己中意的异性面前，更是投其所好，不遗余力地想讨对方喜欢。周思远读中学时，由于长相英俊帅气，加上学习成绩优秀，又是班干部，理所当然地成了异性心目中的偶像，那些爱做梦的女孩子，把他当作心中的白马王子。那个年代，人们的思想意识比较封闭，学校和社会风气比较纯洁，男女生之间不敢走得太近，更别说公开谈恋爱。即使对谁有好感，亦不敢表露出来，只能把爱慕埋在心底。

走上社会后，尤其到了谈婚论嫁的年龄，尽管可以公开谈恋爱，可是人们却不敢像现在这样，毫无顾忌地去追求自己喜欢的人。

周思远参加工作后，父母和亲朋好友张罗着帮他介绍对象，先后给他介绍了几位条件不错的姑娘，周思远却一个也不同意。父母和亲朋们感到奇怪，父母一再追问原委，周思远只好说出了自己的心事。

原来他早就心有所属。他中意的女同学叫解凤蓉，解凤蓉的父亲是转业军官，据说是个大尉，转业到地方后，先在武装部工作，后来又调到工业局当副科长。由于父亲是转业军官，每月的工资一百多元钱，比一般家庭高出两倍，家庭条件比较优越。解凤蓉长得非常漂亮，从小就是美人坯子，长大后，更是出落得亭亭玉立，正如她名字一样，宛如一朵靓丽的出水芙蓉。

他们俩的关系不一般，从小学到中学都同班，小学时还曾是同桌。小时候，他们经常在一起探讨学习，闲暇时一起打闹玩耍。中学后，他们之间来往相对少了，但是彼此的心里更加关注对方。彼此之间一个眼神，对方都心领神会。为了避嫌，俩人在人多的场合很少交流，见面时心照不宣地相视一笑，彼此心里都感到非常甜蜜。

毕业后，解凤蓉下乡劳动锻炼两年，返城后安排到商店工作。周思远返城后，俩人便时常幽会，私下确立了恋爱关系。父母不知道他俩私订终身，还为了他们的婚事着急。为了让老人安心，他们决定向双方老人公开恋情。

由于双方住邻居，彼此熟悉，对各自的家庭状况比较了解，父母看着他们长大成人，对他们的脾气秉性非常了解，所以双方家长一拍即合，一致同意他们的恋爱关系。

周思远父亲在世时，他们就已订婚，双方父母见面都以亲家相称。本打算当年秋天就为他们办婚事，没想到父亲突然去世，打乱了他们的计划。

由于背负着丧父之痛和沉重的家庭负担，周思远心灰意冷，不忍心看着心爱的人和他一起受苦遭罪。既然爱一个人，就要给她幸福，如今父亲不在了，自己面临着如此沉重的家庭重担，不但不能给她幸福，反而还要拖累她受罪，这是周思远最不愿意看到的结果，既然自己不能给她幸福，莫不如选择放手，让她去寻找幸福生活。

他打定主意，决心和解凤蓉分手。可是，此时的解凤蓉还蒙在鼓里，不知道他的想法。在一次约会中，解凤蓉再次提起了他们的婚事，周思远却表现很冷淡。解凤蓉心里觉得有些不快，但是她考虑周思远父亲去世，伤心过度，心情不好，因此没有计较他的态度。可是当她提起婚事，周思远却说不想结婚，解凤蓉感到迷惑不解，急忙追问原因。周思远声称父亲去世，自己的家庭负担重，生活拮据，没有钱筹办婚事。解凤蓉善解人意，说明自己不要彩礼，只要求周思远买一块手表。在婚礼上送给她当定情礼物。没想到周思远听后，却突然发火，断然拒绝了她的要求，并大声宣布解除他们的恋爱关系。当时解凤蓉觉得委屈，赌气地说不结婚就拉倒，离开谁都能活。结果双方不欢而散。

后来，解凤蓉多次找他，想跟他解释，与他重归于好。可是周思远却故意避而不见，竟连解释的机会都不给。解凤蓉误解周思远的想法，以为他变心了，倍感伤心。恰好这时有人为她介绍一个从部队转业，分配到公安局工作的男朋友。此人各方面条件都很优越，在家人和亲友的劝说下，处于失恋痛苦中的解凤蓉，带着几分赌气的成分，没有过多考虑，就稀里糊涂地答应了婚事，并按照双方父母的要求，很快举行了婚礼。

直到若干年后，解凤蓉了解了周思远的良苦用心，对自己当初的不慎重和错误判断而追悔莫及！她对自己的男人一直没有什么感情，一生都生活在悔恨和痛苦之中。

周思远忍痛断绝了与解凤蓉的恋爱关系，虽然心里倍感痛苦，却解除了他的一块心病，可以了无牵挂地一心为家庭生活而奔波。

周思远听说市场卖鱼是个挣钱的买卖，便向熟人打听卖鱼的门路，准备了卖鱼工具，早早来到市场，从鱼贩手中批发了几十斤鱼，然后到早市上出售。刚开始，由于摸不准行情，没有赚到钱。过了几天，他逐渐摸清了门道，每日陆续开始赚钱，一个早晨下来，净挣三五元钱。后来从一个鱼贩口中得知，批发鱼很挣钱。他想到曾经下乡的江湾公社，坐落在嫩江边，那里盛产各种野生鱼类。自己有熟人，何不去那里批发呢？于是，他萌生了批发鱼的念头。他首先遇到的是运输问题，江湾距离县城一百多里路，用什么交通工具驮鱼？他犯难了，自行车肯定不行，速度太慢，等驮回来，不但赶不上早市批发，恐怕鱼已经变臭了，只有用现代的交通工具运输才行。

周思远看到鱼贩用摩托车贩鱼，也想效仿。但是购买一台摩托车，需要一千多元钱，自己家里有几百元钱存款，如果购买摩托车，就得伸手向亲友借钱。可是，跟谁能借到钱呢？即使有人肯借钱，买了摩托车，万一赔钱怎么办？拿什么偿还！周思远思前想后，反复掂量利害得失。如果不想门路赚钱，坐吃山空，区区几百元钱，又能维持多长时间？再说，还没干呢，怎么知道赔赚呢？假如这个行业不赚钱，为什么那些鱼贩干得如此起劲？看来还是有钱可赚。无论做什么生意，都会有风险，经商向来都是风险与利益并存。自己这么前怕狼后怕虎的，如何能赚到钱？于是，他狠狠心，找到回乡务农的同学，现任大队会计的韩忠喜，向他借了八百元钱。其实他买摩托车只差五百元，他多借了几百，预留出批发鱼的本钱。

他事先去了一趟江湾，找到熟人，联系到了打鱼的专业户，由于彼此熟悉，周思远特意买了两瓶酒，送给对方作为见面礼。对方很高兴，他们谈妥了相关事项，周思远开始贩鱼。

他每天午夜骑着摩托车出发，路上用两个多小时，到了打鱼的网房，天色刚好放亮，此时正是起网的时候。他按照说好的价格，交易完毕。将鱼放到摩托车的后座架上的两个铁箱里，然后往回赶。回到县城，刚好早市开始批发，他第一天就赚了十几元钱，后来陆续增加，从十几元到几十元不等。一个月下来，净赚了五百多元钱。这下他的干劲更足了，并让弟弟妹妹在早市摆个卖鱼的摊位，他驮回鱼批发一部分，留下一部分自己销售，如此一来，利润更加可观，不到两个月，不但还清借款，还剩余几百元钱。

俗话说："一心不可二用。"周思远一门心思贩鱼，每日只睡几个小时，十分疲劳。上班经常迟到，而且无精打采，挑不起精神。领导批评了他几次，他却依然如故，毫无起色。

当时工厂实行班组承包制度，挣到钱大家一起分红。周思远工作不卖力，并和大家一起分红，时间一长，同事们对他都有意见。把事情向车间领导反映。车间领导找他谈话，他索性向车间领导请长假。车间领导征求班组意见，班组的几个人一合计，觉得他不上班是好事，他不上班，就得不到分红，班组的人收入就会增加，这是两全其美的好事，何乐而不为。班组人员一致同意。后来，实行停薪留职，当时的政策每天必须向单位交一元钱停薪留职费，许多人觉得吃亏，可他却第一个交钱并办理了停薪留职手续。

停薪留职之后，周思远不但继续卖鱼赚钱，同时兼养奶牛。他的家乡地处松嫩平原，境内水草丰美，非常适合畜牧业养殖。当地的四季香乳粉厂大量收购牛奶，牛奶的价格很可观。于是，他托韩德喜买了一大一小两头奶牛饲养。俗话说："母牛下母牛，三年五个头。"一头母牛如果年年产崽，第一年产的崽，到第三年就可以繁殖后代，再加上母牛两年本身产的崽，加到一起正好五头牛。这还不算一胎双犊的。周思远的另一头小牛，长成后也产了一头小牛犊，除去两个小 牛，三年时间，就繁殖到六头奶牛。每天光卖牛奶就挣一百多元钱，现在周思远也是小有名气的万元户。

弟妹们非常懂事，知道哥哥为这个家庭付出了艰辛和努力。他们每天放学后，总是抢着帮哥哥干活，分担哥哥的压力。

三年来，他贪黑起早，不辞辛苦，为了家庭生活奔波。他的付出得到了丰厚的回报。如今母亲的身体日渐康复，三妹妹周思馨已考上了大学，弟弟周思峰毕业后参加了工作，剩下一个老妹妹周思明，已经读高中。看到全家的生活一天比一天好，弟弟妹妹们又这么有出息，周思远心里感到非常欣慰。

自从与解凤蓉分手，特别是她赌气与别人结婚后，周思远的心里很不是滋味，觉得自己做得有些过分，辜负了解凤蓉的一片真心。每当想到昔日与解凤蓉相爱的甜蜜日子，他的心就像猫抓一般难受。再加上他忙于挣钱养家，所以周思远的婚事一直没有着落。

眼见与儿子同龄人都已娶妻生子，儿子的婚事依然没有眉目，母亲心里非常着急，四下托人给儿子介绍对象。

秦书记的爱人听说周思远没有女朋友，主动找上门给周思远介绍对象。母亲一听秦书记的爱人做媒，自然满口应允。秦书记爱人介绍的是她的表妹滕姝芬，滕姝芬曾在周思远下乡的江湾公社担任宣传部副部长。属于突击入党，"火箭型"提拔的干部。"文化大革命"结束，清理"三种人"时，她受到了冲击，当时组织部门考虑她年纪轻，又是"文革"后期提拔的干部，算不上"三种人"，对她网开一面，没有追究她的责任，只是免除了副部长职务，安排到县妇联当一名普通干部。

由于事业不顺，滕姝芬情绪低落，时常感叹命运不公。对人生、对未来失去了信心，每天除了上班，便躲在宿舍里，把自己禁锢在封闭的世界里，很少与外界来往，甚至亲朋好友都断绝了联系。由于她采取了半封闭式的生活方式，与亲人、朋友失去了联系，不但从公众的视野中消失，几乎被朋友遗忘，她的婚事也就无从谈起，蹉跎至今，尚无着落。

她的父母爱女心切，对她的婚事十分着急，表姐对她的婚事非常上心，一直为她物色合适的对象。如今听说周思远尚无对象，表姐大喜过望，急忙找到周思远的母亲，说了表妹的具体情况。历来媒人都秉承两边说好话的规则，尽拣好听的说，把表妹说得非常完美。周思远的母亲非常高兴，一来听说姑娘人好，二来觉得秦书记爱人是亲戚，可信程度高，不会欺骗她。甚至顾不得征求周思远的意见，就爽快地答应了亲事。

周思远自从忍痛割爱与解凤蓉分手，早已心灰意冷，对爱情不抱任何希望。如今母亲做主，替他答应了婚事，并得知对方是自己当初下乡时认识的宣传部副部长，因为当初对滕姝芬的印象不错，便同意了这门婚事。

表姐找到滕姝芬，向她讲述了周思远的情况，特别提到他为了照顾母亲和弟妹，放弃了上大学的机会，而且苦心经营，努力改变了家境。滕姝芬听说表姐为她介绍的对象是周思远，不由得心中一动，因为她在公社当宣传部副部长时，就与周思远有过接触，并且对他有好感。如今听到表姐介绍他当男友，心里觉得很满意，高兴地点头同意了婚事。

表姐见他们都没意见，就安排他们见面，俩人见面后，彼此都很满意，就确定了恋爱关系。周思远为了照顾母亲和弟弟妹妹，他在自家的大门口，盖了两间砖房。盖好房子后，经过简单的筹备，他们的婚礼如期举行。

婚后，滕姝芬继续上班，周思远依旧养牛、养猪、驮鱼，挣钱养家。新婚宴尔，夫妻间你亲我爱，非常甜蜜，滕姝芬的心情也变得开朗，逐渐从封闭的世界走了出来。她与母亲、弟弟妹妹们相处得还算融洽，周思远感到很满意。

一年后，他们的宝贝女儿出世。一家人其乐融融，尽享天伦之乐，觉得生活非常幸福。

有一次，周思远送站，发现站前广场边上，有一座土房出租。他看到车站的客流量很大，站前广场旁卖茶蛋、瓜子的小摊都很红火。他想如果在站前开个饭店，一定能挣钱。于是，抽时间在站前转悠了两天，实地考察了站前的客流以及用餐人员情况。他发现用餐的人很多，而且大多数是候车的外地旅客，由于人生地不熟，吃饭不挑剔，即使饭菜味道差点也不敢挑毛病。另外还有一部分当地人前来用餐。尤其是晚上，前来用餐的基本都是当地人。通过考察，周思远心里有底，觉得在站前开饭店一定能挣到钱。于是他找到了房主，以低廉的租金，将房子租下。

经过一番改造和装修，饭店顺利开业。他特意找算卦先生挑选的开业日子和时间，同时还邀请了一些亲戚朋友及同事前来捧场。

按照算卦先生说的开业时间，周思远在十点五十八分点燃了鞭炮。然后招待捧场的宾客，厨师是他的表弟王军，这个表弟从十几岁就跟师傅在省城学厨艺，如今早已出徒当大师傅。他的厨艺精湛，为人忠厚老实，炒出的菜肴不但口感好，而且色香味俱全。他的厨艺受到了前来用餐的客人一致好评。

表弟厨艺精湛，前来吃饭的人对饭菜质量赞不绝口。饭店的名声迅速传播，前来品尝的人络绎不绝。小店每日生意爆满，客人吃饭都要提前预约，否则饭时没有座位。开张三个多月，周思远见生意红火，就与相关部门沟通，利用房后的空地接了两间房。门面一下子扩大了一倍，同时还做出一个包厢，以供招待有身份的客人用餐。

由于饭店生意好，挣钱多，周思远不再驮鱼，他一面开饭店，一面兼顾养牛养猪，饭店客人吃剩下的残羹剩饭，拿回去喂猪。用饭店的潲水喂猪，猪的生长速度明显加快，出栏时间比以往提前两三个月，真乃一举两得，饭店养猪两头受益。

在经常用餐的客人中，有一位是四季香奶粉厂厂长，此人姓陈，名字陈准，长的是身材魁梧，面色白净，浓眉大眼，说话声音洪亮，笑声爽朗。他原来是副厂长，最近才提升为厂长，他是这里的常客，经常在这里招待客人。因为他是常客，又是领导，周思远对他特别关照，每次他来用餐，周思远都特别提醒表弟，精心细作，另外还免费送两盘菜，外带一包好烟。

时间一长，周思远与陈准熟络起来。陈准利用吃饭的闲暇时间，经常与他聊天，对他的情况基本了解，特别听说他为了照顾母亲和弟弟妹妹，放弃了考大学以及经商做买卖的经历，对他更是刮目相看，觉得他是个人才。

这天晚上十点多，客人已经所剩无几，饭店即将打烊。这时，陈准带着办公室主任和司机走了进来。周思远看到陈准，急忙迎上前去，满脸堆笑说："哎呀，陈厂长，欢迎！怎么这么晚才来吃饭啊？"陈准笑着回答："嗨，别提了，开了一晚上会，忙得没吃晚饭！有什么吃的，给我弄点儿。"

"哎呀，陈厂长，您一天忙到晚，真够辛苦的，您可千万注意身体啊！我马上给您安排饭菜。"周思远将他们一行三人让进包厢，然后转身来到后厨，吩咐表弟给陈准安排了几样可口的菜肴，由于是老顾客，周思远对他特别关注，当下按照他的口味，安排了四个菜，外送一个果盘。

王军以最快的速度将菜做好，端上桌。陈准等人没喝白酒，要了两瓶啤酒，周思远让后厨包了一斤羊肉馅水饺，这也是陈准平常爱吃的。

吃的差不多，司机走出包厢，对周思远说："周经理，我们陈厂长找你有点事，让你进去一下。""好，好，我马上去。"周思远一边答应，一边起身走进包厢。

"陈厂长，饭菜的口味怎样？吃的还满意吧？"周思远客气地问道。

"饭菜做的没的说，厨师手艺真不错，超过大酒店厨师的水准。"陈准满意地回答。

"谢谢您的夸奖，只要您吃得满意，我就放心了，来，喝杯茶。"周思远拿起茶壶，给陈准等人倒茶。

陈准接过茶，轻啜了一口，然后对他的两个下属说："你们俩先到外边等一会儿，我和小周有点事。"两个下属答应着，起身走出包厢。

"陈厂长，您有什么事情，尽管吩咐。"周思远态度谦恭地问道。

“小周，你不必客气，先坐下，我和你说点工作上的事。”陈准摆手示意他坐下。然后郑重其事地说：“小周，我早就听说你为了照顾母亲和弟妹，放弃了考大学的机会，同时还听说你停薪留职，卖鱼、养猪、养牛开饭店，艰苦创业的经历。我觉得你是个有头脑、有志向的经商人才。像你这种有能力的人，我觉得这么小打小闹有些屈才，我想聘请你出山，我借你的脑力，你借我的财力，咱们共同联手干一番事业，不知你意下如何？”

“哎呀，陈厂长，您真是太抬举我了，您刚才这番话，让我受宠若惊，感谢您对我的信任，不过事情突然，我没有思想准备，您能否给我点时间，让我仔细考虑考虑？”事出意外，周思远毫无准备，他需要认真思考一下。

“好，我给你两天考虑时间，如果同意，就去单位找我，我负责办理你的调转手续。不过我提醒你，机不可失，时不再来。”陈准爽快地答应了他的要求，同时还提醒他不要错过这个难得的机会。

第五章 牛刀小试

命运再次把周思远推到了人生的十字路口，那天晚上，他躺在床上，辗转反侧，难以入眠。陈准的话，就像在平静的湖面上投进了一块石头，泛起了无数的涟漪。

陈准说的事情，对他来说，无疑是件好事，他们是国营单位，财大气粗，尤其难得的是，陈准对他这么信任，跟着他陈准干，肯定错不了，更不会亏待自己。这样打灯笼难找的好事，不是谁想干就能干的。自己可以利用他的财力物力，施展才能，实现自己的理想和抱负。如今提拔领导干部，必须有文凭。自己无缘上大学，在政界上已不抱任何希望。如果按照陈准的话去做，自己不但经济上得到实惠，而且仕途也会有所发展。

可是，世上的事情有得有失，如果调到奶粉厂工作，势必影响目前自己经营的养殖业和饭店的生意，虽说这几样没挣到大钱，但养家糊口却绰绰有余。假如自己去奶粉厂工作，必须全力以赴投入其中，怎么有精力去打理养殖业和饭店的生意。家里的牛谁来养，饭店谁来经营？如果不去，意味着失去一次难得的机会，自己将来肯定会后悔！何去何从，他一时拿不定主意。妻子被他翻身的动静弄得睡不着觉。疑惑地问：“思远，都几点了，你怎么不睡觉，有什么心事？”

听到妻子发问，周思远把有关陈准调他去奶粉厂工作的事述说一遍。没想到妻子非常高兴：“思远，有这样的好事，你还犹豫什么？赶紧去呀，这样千载难逢的机会，你千万不能错过，过了这个村，就没有这个店啦。”

“姝芬，我也知道这是好事，也想去，可是我去了，就无法分神经营咱家的养殖业和饭店，你说我费尽心力，好不容易发展到现在的规模，丢弃了怪可惜的。”

“思远，不是我说你，你为了这个家，拼死拼活地干，我理解你是为了照顾母亲和弟弟妹妹们。现在咱们家的日子好过了，母亲的身体基本康复，弟弟妹妹都过得挺好，你也该为自己的前途考虑考虑了，一辈子不能总干个体，如今有这个好机会，你千万不能错过。”

“姝芬，我知道你是为了我好，我也知道这是个好机会，我也想去，但是家里的养殖业和饭店暂时不能扔，你容我想个稳妥的办法。”

“好，只要你同意去上班，我宁肯在家养牛、开饭店，男子汉大丈夫，成天圈在家里能有什么出息！”妻子自从结婚，就不赞成他在家养牛、开饭店，她盼望丈夫上班，在事业上有所造就。

“呵呵，你在家养牛？可别逗了，你看到牛屎都吃不下去饭，行了，你就别操心了，好好上你的班，明天我和妈及老弟商量商量，想个两全其美的办法，保证家庭生活是前提，否则我宁可不去。”

“你以为我愿意跟你操心！你要不是我的丈夫，我才懒得管你的闲事。你心里只有你妈和弟弟妹妹，我的话你一句也听不进去，我问你，你到底跟谁过一辈子？”妻子有些不高兴，丈夫处处为家里着想，她心里觉得不平衡。

“尽说没用的，我早就告诉过你，家里的事情不用你操心，你只管消停上班，这么大的事情，我不和他们商量和谁商量？”

“行了，我算看透了，在这个家，就我和女儿是外人，你这么顾家，当初就不应该找媳妇，明天干脆搬上屋去住得了。”妻子和他赌气。

“好了，好了，说这些气话干啥，你凭良心说，我什么时候拿你们娘俩儿当外人了？不说了，赶紧睡觉！”周思远生气地一把关掉电灯开关，用被子蒙住头，不再理睬妻子。

第二天早上，周思远就陈准调他去奶粉厂工作的事，与母亲和弟弟商量，母亲当时表态同意，弟弟也表示赞成。周思远说出自己不想放弃家里的养殖业和饭店的想法。弟弟动情地说：“大哥，咱们家这么多年，多亏了你的辛勤付出，才有了如今的好日子。你对咱们家的贡献，我们几个都清楚，发誓将来报答你，我现在长大了，该为咱们的家做点贡献了。我看这么办，你去奶粉厂工作，我来经营养殖业和饭店。”

“不行，你既要上班，又要经营养殖业和饭店，根本忙不过来。”

“大哥，实在不行，我干脆停薪留职，专心致志在家搞经营，这样总行了吧？”

“兄弟，有个正式工作不容易，你还是安心上班吧，我不能耽误你。”

“大哥，看你说的，什么叫耽误，当初你放弃考大学，在家苦心经营这么多年，与你的辛勤付出，我这工作算个啥？再说我是大集体单位，整天和钢筋水泥打交道，把人累得半死不说，每年还只有夏季上班，冬天猫冬，干半年歇半年，能有什么大出息！你当初为了咱们家，国营单位都没吝惜，何况我这个大集体单位呢？跟你说实话，若不是你拦着，我早就不干了。如今正好是个机会，你去奶粉厂上班，我在家经营养殖业和饭店，咱们两不耽误。”

“既然这么说，也是个办法，不过你先别停薪留职，暂时请长假，如果我在奶粉厂干好了，咱们再做下一步打算。”

“行，听你的，我先请长假，你赶紧去奶粉厂报到。”

“不急，我答应两天以后回复他，咱们得稳住神，吊吊他的胃口，提高点身价，这样他更拿我为重。反正是他上赶着找咱们，又不是咱们上赶着求他，拿点身价没坏处，显得有城府。过两天再去找他也不迟，我要先和他谈谈，看他具体给我安排什么工作，工资待遇如何，如果中意我就去，如果不可心，我还不伺候他，在家经营养殖业和饭店也不错。”

“大哥，既然他诚心聘请你，想必错不了，不过你考虑得对，先看看他安排你什么工作，工资待遇如何再做决定。”

第三天上午，周思远来到奶粉厂，向门卫说明了情况，门卫听说是厂长约请的人，二话没说，立马开门放行。

周思远每天往奶粉厂送鲜奶，对奶粉厂的环境比较熟悉。他径直来到厂办公大楼，敲响了厂长办公室的门。

随着“请进”的声音，周思远推门而入。陈准正和两名下属交代工作，见到周思远，连忙起身迎上前去，热情地与他握手，高兴地说：“小周，你来啦，欢迎，欢迎！”

“对不起，我昨天有点事，让您久等了。”

“没事的，请坐。”陈准拉着周思远的手，把他让到沙发上。然后转身去泡茶，他的下属赶忙抢过茶杯，为周思远和陈准各沏了一杯茶，然后知趣地离去。

“小周，你考虑的这么样？是否愿意到我这里工作？”陈准开门见山地问他。

“陈厂长，感谢您的信任，我愿意在您的领导下工作，只是觉得能力有限，担心影响了您的大事。”

“小周，你不必谦虚，我自信不会看错你，说句实话，我的企业就缺少像你这样敢想敢干、有头脑、有作为的人！你不必有顾虑。我打算成立一个商贸公司，由你担任商贸公司总经理，直接归我领导，另外我给你拨款二十万，作为启动资金，每月你的工资一千元，年底还有奖金。如果完成定额，给你百分之五的提成。你看行不行？如果有异议，咱们再协商。”

“陈厂长，您这么看重我，我非常感动，虽然我的能力有限，但是我一定竭尽全力，尽职尽责地完成您交给的任务，决不会给您丢脸。”

“好，我就等你这句话，你放心大胆地去干，出了错由我承担，我相信你一定不会让我失望的。”

“谢谢，谢谢您的信任和器重！”

“以后咱们就是一家人了，你随便点，不必客气。中午别走了，我安排你吃饭。”

“陈厂长，我今天还有点事情需要处理，就不麻烦您了。”

“也行，咱们说好了，你今天把家里的事情处理一下，明天正式上班，没问题吧？”

“没问题，我明天一定按时上班，如果没什么事情，我先告辞了。”周思远起身离开办公室，陈准将他送至门口，握着他的手说：“明天见，恕不远送。”

周思远怀着喜悦的心情，回到家中，把这一喜讯告诉等候消息的妻子及母亲、弟弟等人，家人感到很高兴。周思远把弟弟叫到一旁，说：“这么一来，家里的事情你就受累了，我看咱们干脆把猪处理了，只养牛和经营饭店，我一早一晚帮你伺候牛，你把精力投到经营饭店当中。说实在的，这个饭店很赚钱，咱们不能轻易放弃。”

“大哥，我听你的，把猪处理掉，你就安心上班搞事业，不必为我分心，这几年我跟你学了不少经验和知识，保证没问题。”

周思远上班后，按照陈准的指示，着手筹备商贸公司的事宜，商贸公司的地址设在厂门口旁边的一栋平房。陈准给他安排了一名副手，还有财会人员及二十名待业青年，配备了一辆面包车，一辆大货车。

商贸公司的筹备工作紧锣密鼓地进行着，无论周思远需要人力还是物力，陈准都全力以赴地支持。因此，筹备工作进展十分顺利。

一切准备就绪，商贸公司正式挂牌开张，陈准及领导班子成员悉数参加。开业庆典在鞭炮声中拉开序幕，县工业局领导、陈准和班子成员及周思远等人走上前去，举行揭牌仪式。工业局领导首先讲话，表示祝贺，陈准代表厂领导讲话，祝贺并勉励周思远恪尽职守，广开门路，把生意做大做强，预祝商贸公司的生意兴旺，财源广进。周思远代表商贸公司表决心，首先感谢工业局领导和陈准及厂领导的大力支持，并表示一定不辜负领导的信任，努力开拓进取。为企业创造利润。

庆典结束，陈准在单位食堂举行答谢酒会，招待前来祝贺的领导及相关人员。酒桌上宾主频频举杯，向陈准和周思远表示祝贺。陈准酒量有限，他把周思远推上去挡驾，周思远此时真应了“舍命陪君子”那句话。一连喝了十几杯，足有一斤多白酒，虽然早就超出了平时的酒量，他却依然头脑清醒，从容地与各位领导交谈，谈吐之间毫无醉意。人逢喜事精神爽，看来这句话有一定道理。

俗话说：“万事开头难。”商贸公司虽然顺利开张，但由于缺少经营项目，只有一个商店，销售厂里生产的奶制品，兼营一些日用品。每天的销售额很少，赚的钱还不够人员工资，更谈不到利润。

周思远看在眼里，急在心上。绞尽脑汁地琢磨增加什么项目才能盈利创收。他多方打听，虚心讨教，获得了一些有价值的商业信息。诸如卖服装、养蓝狐、制作牛肉干，加工熟食、奶酪以及酿酒等十余种项目。

周思远根据众人的建议，深入市场调查，发现养蓝狐和貉子的人很多，因为他们这里地处松嫩平原，境内湖泊河汊交错纵横，水产资源十分丰富。从事奶牛、羊以及蓝狐、貉子等养殖业的人很多。众所周知，无论养殖什么动物，除了精心喂养，主要是品种好，好品种不但毛皮好，而且免疫力强，不容易生病，繁殖力强，还能卖上好价钱。当时一组蓝狐（一公两母为一组）能卖到三千至五千元，而单独卖皮张，每只仅卖三百多元钱，悬殊较大。同时因为本地蓝狐人工饲养多年，难免出现近亲交配，免疫力下降，产崽率低等遗传疾病。假如从外地购进种狐，保证受欢迎，而且能赚钱。

于是，他打听到销售种狐的详细地址，征得陈准同意，带着会计，并聘请养殖的行家，驱车前往盛产蓝狐的河北省。到了之后，他并不急于购买，而是先摸清了市场行情。然后开始收购种狐，花了近四万元钱，买了二十组蓝狐和数组种貉，可以说是满载而归。

临行前，他就派人四处放风，把购买种狐的消息散布出去。回来后不急于出手，而是邀请养殖户前来参观。由于购进的种狐个头大，毛色亮，品种纯正，众人看后都啧啧称羡。当时就有人提出高价购买，周思远却说打算自己饲养。有的人仗着和他关系不错，把他拉到一边，好说歹说，一再央求购买种狐。周思远装出一副为难的样子，说他无权做主，必须请示领导。对方央求他想办法。于是，他假意说去请示领导，出去转了一圈，回来后故意卖好，说跟领导费了半天口舌，领导方才同意，并一再叮嘱对方为其保密。对方当然满口答应，兴冲冲地买走了一组。

买到种狐的人觉得脸上有光，四处向人炫耀。那些需要种狐的人得知消息，前来找人说情，还有熟识的人前来兴师问罪。周思远一边埋怨对方失信，一边装出无奈的神情，如法炮制之前的卖法。结果没用两天，全部种狐销售一空，他算了一下账，这一次除去费用，净赚了两万多元钱。

初次生意告捷，周思远信心更足了，他总结上次经验，再次散布消息，养殖户闻讯前来打探，他说这次决定一组也不卖，全部留下自己养殖，如果有人要买，他可以看朋友面子，帮忙捎带回来一组。当下就有人掏钱预定，求他帮忙捎带，并向他道谢。

待预定的种狐达到数量，周思远再次启程前去购买。回来后将种狐一一交到预定的人手中。这一回他连本钱都没动，纯盈利将近三万元钱。

周思远一边倒卖种狐，一边积极张罗其他生意。他从众人口中了解到，制作牛肉干和奶酪很赚钱，难题是不懂制作技术和配方。他反复琢磨如何才能找到制作的配方。反复想了很长时间，猛然想到自己曾在包玉柱家吃过牛肉干，记得包玉柱说是从乡下爷爷家拿来的。他急忙联系包玉柱，询问爷爷能否制作牛肉干。包玉柱回答得十分肯定，周思远向他说了学习制作牛肉干的想法，并央求他带自己向爷爷学艺。包玉柱自然满口答应。他们约定星期天，利用休息时间去拜访爷爷。

星期天的早上，周思远准备了两瓶好酒，二斤上等红茶，开车与包玉柱一起前往乡下爷爷家。车子行驶在平坦的公路上，公路两边是一望无际的辽阔草原，初夏时节的草原上绿草如茵，鲜花盛开，清风伴着浓郁清馨的花香迎面拂来，草原上泛起层层波浪，好似一片绿色的海洋。鸟儿在草原深处歌唱，草原上充满了鸟语花香。置身于美丽如画大草原，让人如痴如醉，心旷神怡！包玉柱触景生情，不由得放声唱起了草原歌曲：

美丽的草原我的家，风吹草低遍地花。

彩蝶纷飞百鸟唱，牛羊好似珍珠撒……

周思远受到感染，不由自主地跟着哼唱。他们一路欣赏美景，高兴地哼唱着欢乐的歌儿，来到了爷爷住的蒙古包。

车子刚刚停稳，还没等他们下车，只见蒙古包旁跑过来两条高大的牧羊犬，它们吠叫着朝车子扑过来。当它们发现包玉柱从车子上下来时，态度立刻来了一百八十度转变，竖起尾巴，抬起前爪，用舌头舔舐他的手，兴奋地围着包玉柱，不停地撒欢儿。

爷爷今年七十多岁，长得高大健壮，古铜色的脸上布满了皱纹，灰白色的头发根根竖立，半尺长的花白胡须在胸前随意飘洒。老人声音洪亮，步履稳健，如果从背后看，谁也不会相信他是年过七旬的老人。老人个性倔强，一生疾恶如仇，我行我素，奶奶满头银发，慈眉善目。他们在草原上生活了一辈子，如今子女们参加工作，走出草原。儿女们想把两位老人接到城里去享享清福。老人却固执地继续在草原上生活。他们在草原上生活了一辈子，无法适应草原以外的生活环境。老人养了一群羊，还有几头奶牛、两匹马。每日爷爷去放牧，奶奶在家操持家务，生活过得悠闲自得，自由自在。

奶奶端出香喷喷的奶茶，还有牛肉干、奶酪、手把肉等具有草原特色的食品待客。周思远送上酒和茶叶，老人高兴地接过来，转身交给奶奶收起来。

他们在草原上席地而坐，一边喝着马奶酒，品尝着香甜的美食，一边听爷爷讲述草原上的趣闻轶事。吃喝得差不多时，包玉柱向老人说明来意："爷爷，周思远听说您会制作牛肉干和奶酪等食品，他要向您学习如何制作，您就教教他呗。"

"想学制作牛肉干技术？好啊，你算找对人了，我告诉你，在咱们草原上，我制作的牛肉干，那是赫赫有名。不瞒你说，当年蒙古王爷和旗长都喜欢吃我制作的牛肉干。其实制作牛肉干并不难，主要在选肉和调料上。必须用不带筋的后丘或大腿肉，加上适当的佐料就行了。佐料有盐、花椒、麻椒、大料、圆葱、辣椒，少量的味精和糖，还有料酒。只要你把这些佐料添加齐全，我保证你制作的牛肉干味道纯正，备受欢迎。"老人兴致勃勃地说完，端起了酒碗，将剩余的酒一口喝干。

"爷爷，你光说用料了，还没说如何制作呢。"周思远将配方记在本上，进一步请教制作方法。

爷爷用手抹了一下胡须上的酒珠儿，然后开口说道："至于制作嘛，那就更简单啦，你把牛肉清洗干净，切成条，放佐料入味，入味一天后，将牛肉放在干燥处晾干，然后用油烹熟晾干即可食用。这就是制作方法，听懂了吗？"爷爷说完了制作方法，不放心地问他是否听明白了。

"听明白了，爷爷，谢谢您！"周思远十分感谢地回答。

"不算啥事，我这么大岁数了，能把这些经验传授给你们年轻人，我心里高兴，总比带进棺材强。"老人笑呵呵地说着，然后又详细地告诉他各种调料的比例以及制作过程中的一些细节。

接下来，周思远又向奶奶请教了制作奶酪和奶茶的方法，老人毫无保留，直言相告。同时告诉他制作奶茶粉的配方，建议他加工制作奶茶粉。周思远被老人的热情和坦诚所感动，一再表示感谢。临行时，他拿出二百元钱，想留给老人，以表酬谢之意。可是两位老人却执意不收，并邀请他再次来做客。两位老人一直把他们送上车，一再挥手致意，直到车子驶离了他们的视线，老人才转身回到蒙古包。

周思远回来后，根据两位老人提供的配方，自己开始加工试验，并把制作好的食品送到老人那里去鉴定，老人品尝后，感到很满意，同时又提出了几点改正意见。周思远认真采纳老人的意见，进一步改进制作方法。经过反复加工试验，终于掌握了技术要领，制作出了味道纯正的牛肉干、奶酪及奶茶粉。他的制作手艺，得到两位老人的肯定和夸奖。

说起奶茶粉，别看这里是蒙古族自治县，居住在县城里的人，随着居住环境的改变，生活习惯也随之改变。别说牛肉干、奶酪难得一见，就连草原上每日离不开的奶茶，也从他们的生活里逐渐消失。

如今人们从周思远的商店里，看到了久违的牛肉干、奶酪、奶茶等食品，都争相购买。他的产品十分畅销，每日的生产量一再增加，依旧供不应求。如此一来他的销售额直线上升。

由于周思远广开门路，多种经营，当年的利润突破了二十万。陈准果然信守诺言，在年终时给他提成两万元，另外还颁发了一万元奖金。

周思远兴冲冲地拿着三万元钱回到了家。本想和妻子商量一下如何使用这笔钱。妻子却不在家。于是，他自作主张，给张罗结婚的弟弟一万元，母亲一万元，留老人将来应急，自己留下一万元。虽然母亲和弟弟百般推辞，周思远硬逼着他们收下。

妻子回来后，周思远把一万元钱交给妻子，妻子惊喜地接过钱，表情尤为夸张，瞳孔都放大了一倍，目光贪婪地数了好几遍。然后亲热地抱着周思远的肩膀，满意地说："思远，你真有本事，挣了这么多钱，咱们变一下子变成了万元户，我嫁给你算嫁对了。"

"一万元算啥，连提成带奖金，我一共得了三万元。"周思远得意地向妻子炫耀。

"三万元？那么多！那两万呢？"妻子惊喜得嘴都合不拢了。

"我给妈一万，留她将来治病或应急，另外一万我给了弟弟，他不是要结婚吗，急着用钱。我本打算和你商量一下，可你不在家，我就自作主张把钱给了她们，你没意见吧？”

“哼哼！我能有啥意见，我即使有意见管啥用，钱是你挣的，你想给谁就给谁，我有权干涉吗？”姝芬的态度如同雨季的天空，刚才还晴空万里，瞬间就布满乌云。

“姝芬，你别不高兴，听我把话说完，咱们家现在的日子过得越来越好，我每个月的工资一千元，咱家的生活费才用几百元，剩下一大半工资，再加上你的工资，每个月能存六七百元，如今咱们得了奖金，给妈点钱，让老人高兴高兴，儿子孝敬老人天经地义，这是儿子应尽的义务。再说弟弟要结婚，咱们现在不给钱，将来结婚时也要给，反正早给晚给都一样，你何必如此计较呢？”

“我计较？你可真行啊！猪八戒倒打一耙，好像都是我的毛病似的，你说说，咱们家的大事小情，每一宗每一件不是咱们出钱，看病吃药就更不用说了。行，你是孝子，你孝敬你妈我没意见，可是你弟弟的钱我想不通，凭什么他结婚你给一万元，当初咱俩结婚谁给过咱们，再说这一年来饭店挣多少钱，他交给你了吗？”

“你别净讲歪理，咱们结婚时，他们还小，拿什么给你？至于饭店挣的钱，不是还没算账吗？你放心，我弟弟不是那种唯利是图的人。”

“他不是唯利是图的人，我是唯利是图的人？自从嫁到你们家，你说我得到什么好处了？每日和你省吃俭用，一心一意和你过日子，谁知你却和我不是一条心，胳臂肘往外拐，心里只想着你妈和弟弟妹妹，拿我们娘俩儿当外人，我的命怎么这么苦啊！呜呜——”滕姝芬鼻涕一把泪一把地哭了起来。

她的哭声惊动上屋的母亲，老人急忙过来探问原因：“你们这是怎么啦？刚才还有说有笑的，怎么突然就哭闹起来了？思远，你怎么惹姝芬生气了？”

周思远怕母亲跟着着急上火，连忙搪塞说：“妈，我们没吵架，她是因为工作上的事，和领导闹意见，领导要处罚她，她觉得憋气，和我诉苦呢。姝芬，行了，别哭了，我明天去找你们领导谈谈，实在不行咱们给他送点礼，现在当官的都认礼，一旦他收了你的礼，无论什么事都会网开一面，不会和你斤斤计较。好啦，别哭了，省着妈跟你上火，你这么明事理的人，这点道理都不懂，还是国家干部呢！”周思远一边说一边给她使眼色，还拿来毛巾给她擦眼泪。

“姝芬，他说的是真话吗？”母亲有些不相信地问儿媳。

滕姝芬毕竟干部出身，知道自己怎么哭闹，周思远也不会将钱再从母亲和弟弟手里要回来，撕破脸对谁都不好，再说自己不占理，不但钱要不回来，传出去还会让人笑话。于是，她赶紧停止了哭声，不好意思地擤了一把鼻涕，从周思远的手里抢过毛巾，自己擦干眼泪，破涕为笑地说：“妈，他说的是真话，我就是觉得心里憋屈，和他诉诉苦。好啦，哭完心里痛快啦，妈，谢谢您，这么关心我。”须臾之间，滕姝芬的态度发生了一百八十度的转变，就连周思远都觉得不可思议，心说她这个人怎么如此善变，说哭就哭，说笑就笑，即使演技也高超的演员，演技也未必有她这么好。

母亲对他们的话将信将疑，她虽然耳朵有点背，但刚才隐约听到他们是为了钱的事吵架，猜到指定是儿媳不满意儿子把钱给了她和老儿子，心里不愿意，故此和儿子吵架。她过来的目的，就是有心把话挑明，把钱还给儿子。可她见儿子如此解释，知道儿子是怕自己着急上火，故意编谎话蒙骗自己。她理解儿子的一片苦心，又见儿媳顺坡下驴，帮儿子打圆场，便装出一副相信的神情，好言相劝了儿媳几句，然后离去。

事后，母亲抽空把儿子叫到身边，再次把钱拿出来，对儿子说：“大义，你把这一万元钱拿回去吧，放在我这儿没什么用，你拿回去做买卖吧。”

“妈，这钱是给你的，你自己手里有钱，想买啥吃的或东西都方便。”

“你把过日子的东西都置办得一样不缺，我干啥花这么多钱？你赶紧拿回去，妈知道你是一片孝心，但是我不能拿这笔钱，这么多钱放在家里，我担心丢了，搅得我晚上睡觉都不安生。你还是拿走吧。”

“妈，钱是给你的，我绝对不会往回拿，既然你担心放在家里丢了，我给你存上，你什么时候用钱，什么时候去取，非常方便。”周思远拿过钱，去了银行储蓄所，将钱存在母亲的名下，把存折交到母亲手里，母亲只好接受了儿子的安排。

弟弟的婚礼如期举行，新娘程秀英是一位铁路员工，是周思峰接手了饭店后认识的。程秀英值班时，经常去饭店吃饭，弟弟对她十分热情，经常为她免单，她对弟弟充满好感，加上弟弟精明能干，把饭店经营得井井有条，比周思远经营得还红火。她由好感逐渐转变成爱情，随着时间的推移，他们的感情愈加深厚，终于瓜熟蒂落，如愿步入新婚殿堂。

操办完弟弟的婚事，周思远终于松了一口气，如今三妹妹早已大学毕业，并且已经成家，老妹妹虽然没有考上大学，但也已参加了工作，在毛线厂毛纺车间上班，而且有了意中人。男朋友齐晖与她是初中同学。齐晖的父亲是乡党委书记。他在法院工作，长得一表人才。他们相处了三年多时间，男朋友家里早就张罗结婚，但是母亲见老儿子尚未成家，觉得对老儿子影响不好，怕邻里们笑话他们没正事儿，年长的儿子没成家，倒先给妹妹成家，所以就没有同意对方的结婚请求。

如今弟弟结婚，老妹妹和男朋友提及他们的婚事。母亲和周思远商量后，同意他们结婚。可是母亲却不同意马上为他们举办婚礼，不知她从哪里听来的说道：兄妹的婚礼之间必须间隔一百天，否则他们之间相克。尽管妹妹对此说法不以为然，但她还是顺从母亲的心愿，答应等三个月后结婚。好在一百天时间不长，她们张张罗罗地筹备着婚事的相关事宜，转眼之间就临近婚期。按照周思远的想法，打算把妹妹的嫁妆置办的丰厚一些，妹妹坚决不同意，说一切从简，就连哥哥和母亲给她的一万元陪嫁，她也不肯接受。她流着泪说：“妈，哥，这么多年，你们为我操的心够多的了，尤其是大哥，为了这个家，付出了那么多的辛苦，我现在长大成人，怎么忍心让母亲和哥哥破费，虽然我马上要出嫁了，即将离开咱们家，但是这里永远是我的家，我会永远记住母亲和哥哥对我的关爱。可以说没有哥哥的努力和付出，就没有我的今天，更没有咱们家的今天。哥哥，小妹发自肺腑地说一声，谢谢你！”

妹妹的话，让周思远感到一阵心疼，他激动地拉着妹妹的手，含着眼泪说：“老妹儿，哥知道你的心情，你是舍不得离开母亲，离不开这个家。你放心，有哥哥在，就没有过不去的坎儿，你安心和齐晖过日子，遇到什么难处尽管跟哥说，哥和这个家永远是你的坚强后盾。再说现在咱们家生活好了，给你钱你就拿着，这也是咱们家的一份心意和祝福，假如你不拿，妈和我们会伤心的，会给我们留下遗憾的。如果你不拿这笔钱，人家男方会笑话咱们家不懂礼数，哥哥也没脸参加你的婚礼，何去何从，你自己看着办吧！”

“哥哥，你别说了，小妹收下就是了。哥哥，我们都已成家立业，你不必再像以前那么辛苦，要多为嫂子和侄女着想，更要保重身体，千万别太操劳，否则小妹于心不忍。”

“好，好，哥记住你的话了，你不必惦记这个家，只要你过得幸福，哥哥和母亲就心满意足。”周思远面对即将出嫁的妹妹，心里很是不舍，特别不是滋味，就像打翻了调料瓶，酸甜苦辣咸，五味杂陈。

弟弟和妹妹相继成家，周思远心里轻松了许多。现在他除了照顾母亲，就是安心上班，忙于做生意。在他的努力和开拓下，商贸公司生意十分红火，利润不断提高，他的业绩和经商能力，赢得了奶粉厂领导的肯定和广大职工的赞扬。

正当周思远生意风生水起，效益一路攀升之时，奶粉厂却遇到前所未有的困难，由于奶源充足，产品产量多，但销售渠道少，导致产品过剩，出现产品积压的问题。

陈准连续召开了几天会议，商讨如何走出困境，最后决定加大销售力度，力争打开局面，解决企业面临的难题。他考虑再三，决定将周思远从商贸公司调出，由他担任销售科副科长，主抓外埠的销售工作。

尽管周思远深知销售工作难度之大，但由于陈准对他有知遇之恩，周思远知难而进，毅然接受了任命。

回到家里，周思远把工作变动情，告诉了妻子，没想到妻子坚决反对，她说：“你真是糊涂，现在许多企业产品滞销，销售难度非常大，你本来在商贸公司干得好好的，偏偏逞能去到外地搞什么销售！你说咱们外地两眼一抹黑，连个熟人都没有，你又不是神仙，靠什么打开销路？如果干不出成绩，岂不得不偿失，连以前的成绩都搭进去了。再说了，你这一走，家里怎么办？你把这一家老小交给谁抚养？我自从嫁给你，就没有过一天消停日子，以前你拼死拼活地挣钱养家，害得我跟你吃苦受罪，我也认命了，谁叫我嫁给你了呢！如今你的弟弟妹妹们成家立业，好歹不用你跟着操心了，本以为能过几天消停日子，可没想到，你又要离开我，到外地去搞什么销售。当初我嫁给你，没打算跟你享什么大福大贵，只想能和你终日厮守，过老公孩子热炕头的平淡日子。”

“你怎么如此平庸！我是去工作，陈厂长对我有知遇之恩，如今企业遇到困难，他找到我，我怎么好意思推辞。再说我虽然去外地搞销售。但经常可以回来。我想好了，妈可以交给弟弟和弟媳照顾，你只要把孩子带好就行。”

“啊，你说得好听，你妈不用我管，你说上下屋住着，有什么事情我能躲清静。你说当初你是怎么想的，非把房子盖在眼皮底下，如果盖的远点，眼不见心不烦。如今倒好，成天竟是烦心事，难得清静。我的命怎么这么苦啊！呜呜……”

“姝芬，你说的这叫什么话？赡养老人是儿女应尽的义务。我父亲去世早，当初弟弟妹妹们年幼，你说我能不管他们吗？人活着不能光考虑自己，要多考虑亲人和朋友的感受，我作为儿子和哥哥，有责任和义务去照顾他们。难道我赡养老人、照顾弟弟妹妹有错吗？”

“你没错，你能有什么错呢！是我错了，是我当初瞎眼，嫁了个无情无义的人，既然你离不开你的妈和弟弟妹妹，你当初结婚干啥，干脆一辈子别成家，和她们过一辈子得了。如今倒好，你拍拍屁股走了，到外地去吃喝玩乐，把我一个人扔在家里守活寡。”滕姝芬的哭声越发大了，吓得女儿跟着哭了起来。

“你真是不可理喻，说的是人话吗？我今天彻底认识你啦，你真是太自私了。我告诉你，我的主意已定，无论如何，我不能食言，一定会遵守承诺，把陈厂长交给的销售工作做好，你说出天大的理由，也难以改变我的主意。”

母亲及弟弟、弟媳，听到他们夫妻吵闹，急忙赶过来探看原因。周思远说了事情的经过。弟弟当即表示支持哥哥的决定，并许诺由他照顾母亲。弟媳也劝嫂子，说她会尽量抽出时间，帮她接送孩子。母亲虽然心里不愿意儿子的远离，但她清楚儿子干的是正事，不能阻拦，忍痛支持儿子的决定，同时劝说儿媳支持儿子的工作。滕姝芬见众口一词，全都支持周思远的决定，知道自己即使哭闹反对，也于事无补，只好无奈地接受现实。

第六章　如鱼得水

周思远与销售科的宋平前往外地考察市场。宋平原本是一名普通工人，他的岳父是火车站站长。当时物流主要靠铁路运输，铁路的车皮非常紧张。宋平的岳父可以搞到车皮，于是，宋平被调到厂销售科，主要负责联系对外发货业务。众所周知，当时销售工作有油水，是令人羡慕的美差。宋平靠着岳父的关系，尽管业绩平平，却什么好事都落不下。听说周思远要去外地考察，他想乘此机会出去游玩一番，便找到主管厂长，要求跟周思远一同去考察市场。主管厂长不敢得罪他，只好同意他的要求。

周思远每到一个城市，首先买一份旅游图，熟悉当地的地理环境。然后多方打听，寻找规模较大的食品批发市场。住的是廉价旅店，吃的更不讲究，每天早餐包子或油条外加豆浆、粥。早晨出去，一走就是一天，中午饭更不准时，饿了就随便对付一口，还经常不吃午饭，晚上回来后，随便在附近找个小饭店，点两个廉价菜，让宋平喝点酒。由于周思远省吃俭用，每天考察市场要走几十里路，几天下来，宋平受不住了，他抱怨道："我说周经理，咱们出差都是单位报销，花的是共产党的钱，又不用你个人掏腰包，你干吗这么节省？"

"宋老弟，我知道咱们出差都是单位报销，可是现在单位经济困难，咱们能节省就节省点，再说住的地方，每天只是回来睡个觉，好点差点有啥？至于吃的方面，吃饱就行了呗，咱们出来是为了工作，又不是游山玩水享清福。考察市场就得步行，才能详细了解当地的市场行情，熟记地理环境，走马观花怎么考察市场？"

宋平虽然对周思远的话很反感，但因为他是领导，自己无法反驳。于是，他便采取装病的办法，每天不是头疼就是肚子疼，用各种理由拒绝考察市场。周思远知道他是故意装病，却不和他计较，自己每日起早贪黑，不辞辛苦地考察市场。周思远出门后，宋平一直睡到自然醒，起床后，自己找个饭店，拣可口的饭菜吃喝完毕，便去逛商场，游公园，肆意游玩。

初始时，周思远没有和他计较，但是见他每日如此，便找他谈话，要求他与自己考察市场并节省费用。宋平被迫无奈，只好跟他又出去考察了两天，而且不停地喊累，第三天故伎重演，躺在床上装病。周思远一气之下，将他打发回去。

周思远孤身一人，继续在各地考察市场。用了两个月时间，先后对辽宁、河北、山东、河南、湖南、湖北等华东和华南地区进行考察，除了川、藏、云，贵、内蒙古、新疆等一些边远省市，他几乎走遍了经济发达的省会城市。

通过细致的考察，他最后挑选了沈阳、郑州、汉口、星沙、南昌五座省会城市，作为销售重点。

他亲自带人，先从沈阳开始，铺设销售处，首先租赁住房和仓库，在当地有名的南马路批发市场租赁门面，并从人才市场招聘销售员，给他们提供食宿和基本工资，按销售业绩给予提成。他将业务员分为市区和外埠两部分，市区的销售对象是奶制品加工厂、商场、小市场以及各零售店。外埠主要是与奶制品加工厂、大型商场，批发市场联系，寻找代理商。

由于深入了解市场，加上销售方法得当，很快在当地打开局面，销售量不断加大，第一个月销售了几百吨，第二个月翻番往上涨。在沈阳销售成型后，他采取承包的方式，与销售处的负责人签订了销售合同，规定了销售定额，实行奖罚分明的办法：完成销售任务给予奖励和提成，完不成销售任务，则进行罚款，并解除合同。

接下来，他在汉口、星沙按照沈阳的销售模式，建立了销售处，铺设了销售网点，与负责人签订了销售合同，建立了完整的销售体系。

如此一来，销售量大增，积压的产品销售一空，随着销量不断增加，货款也源源不断地打入单位账户，一举扭转了企业的困境。由于销量好，出现了产品短缺、供不应求的大好形势。为了保障供应，工厂只好加班加点生产。

周思远常驻在星沙市，每日接听各地的电话，了解销售情况，每当外地销售处遇到重大麻烦，他则以最快的速度赶到，协助当地销售处负责人处理。

沈阳的铁西商场，是一家名气很大的国营商场，一直经销周思远他们厂的奶粉，由于他们是国营单位，从一开始就采取先销售后结款的赊销方式。半年下来，累计欠款达二十余万。销售员催讨几次，主管销售的卢经理总是推托资金紧张，迟迟不予结款。销售处的谭经理出面协商，不但没有协商好，反而与卢经理吵了起来，闹得不欢而散。

周思远得知情况，连夜坐飞机赶到沈阳。他详细了解了情况，决定前去找卢经理谈谈，协商解决欠款问题。

他在小谭的带领下，来到铁西商场，却被告知卢经理不在。接连去了三次，均以出差为名，吃了闭门羹。他私下询问售货员，是否看到了卢经理，由于售货员不认识他，告诉他早上在商场内看到了卢经理。

周思远在商场转了一圈，了解到他们的产品“四季香”销量很好。他心里有底了，回到销售处后，果断决定不再给铁西商场供货。小谭心里没底，担心地说：“周总，这么做能行吗？如果拒绝供货，他们更不会给咱们结款，二十万元欠款追不回来怎么办？”周思远胸有成竹地告诉他：“你别害怕，我心里有数，不管出啥问题，都由我承担。”

"哪……哪……哪好吧，我听您的，不过我心里还是没底。"小谭仍然忧心忡忡，担心二十万欠款追不回来。

按照周思远的决定，铁西商场领货员打电话要货时，销售人员告知铁西商场中断他们的业务，不予送货。

一天过去了，对方没有消息，两天过去了，对方依旧没有反应。小谭有点坐不住了，他建议周思远再去商场一趟，找卢经理好好谈谈，缓和一下关系，尽量别把关系搞僵，以免没有回旋余地。周思远却不为所动，像没事人似的，依旧不慌不忙，有条不紊地处理各地的销售业务。

第三天上午，铁西商场领货员再次打电话要货，销售人员依旧拒绝供货。

上午十一点多，周思远正与外地经销处通电话，小谭快步走进来告诉他："周总，铁西商场的卢经理来了。"

周思远听后，微微一笑，说道："那还等什么？赶紧迎接客人。"

"周总，你得有点思想准备，我看他带着一脸火气。"

"呵呵，带火气有啥可怕的，兵来将挡，水来土掩。请他进来，我会会他。"

小谭答应着转身出去。一会儿工夫，小谭领着一位四十多岁，身材魁梧的中年汉子走了进来。他的脸色很难看，分明带着火气。周思远起身迎接。小谭指着周思远介绍："这是我们奶粉厂主管外埠销售的周思远总经理。"然后指着对方向周思远介绍："这位就是铁西商场主管销售的卢经理。"

周思远伸出手来与他握手，卢经理却视而不见，一屁股坐在沙发上。周思远没有理会他的态度，吩咐小谭倒水沏茶。

"我说谭经理，没见过你们这么做生意的，说不给送货就不给送货，你们还讲不讲诚信？"卢经理火气十足地质问。

小谭刚想反驳，却被周思远拦住，他面带微笑地说："卢经理，你别生气，我是他的领导，他有什么做错的地方，你跟我说，我一定让他改正，并向你认错道歉。"

“周总，既然你是他的领导，那好，我跟你说，本来我们之间合作得很愉快，他们突然断了货，我们领货员催了几次，他们就是不肯送货，你说哪有这么干的。”他的语气变得温和了一些。

“卢经理，你喝口茶，消消气，我了解一下情况，一定给你满意的答复。”周思远转头向小谭使了个眼神，满脸严肃地问：“你是怎么搞的，为什么不给人家送货？”

“周总，您听我说，事情是这样的，咱们和铁西商场有销售合同，合同上规定结款方式是送二结一，他们违约在先，不及时结款，累计欠款二十余万，我们催促多次无果，只好停止送货。”小谭一脸委屈地说明原委。

“小谭，你尽胡说，人家铁西商场是国营单位，财大气粗，怎么能无故拖欠货款呢？一定是你们工作衔接不到位，缺乏沟通，闹出了误会，导致欠款和送货不及时，否则卢经理不会生气找上门来。卢经理我说的对吧？”

“周总，我们是欠了你们一些货款，但是没说不给你们结账啊，如今你们单方毁约，停止供货，你们的二十万货款还想不想结了。”

“卢经理，咱们第一次打交道，按年龄我应该管你叫大哥。你们是国营单位，我们虽然也是国营企业，却属于个人承包，每年都有销售定额，如果完不成定额，我们就得丢饭碗，所以压力非常大，请你体谅我们的难处，及早把欠款结了。”

“想结款，哼，先欠着吧，你们单方面毁约，我不追究你们违约的责任就不错了。”

“卢经理，话不能这么说，我们不送货，是我们的不对，若要追究违约责任，也是你们不按合同规定，首先拖欠货款，违约在先。”

“周总，看来你是不想合作，不想结欠款，只想和我们追究违约责任了？我告诉你，你们外地人来我们这里做生意，人生地不熟，打官司也得输！”，

“呵呵，卢经理，话不能这么说，我们不想因为这点小事，与你们对簿公堂，可是我们虽然不惹事，但绝对不怕事。俗话说光脚的不怕穿鞋的，既然你们

国家干部都不怕名誉受损，我们一个承包户有什么可怕的！再说现在是法制社会，我相信法律是公正的，不相信人情大于法！”尽管周思远依旧面带微笑，说出来的话却很硬气。

“好，既然你把话说绝了，我也不客气地告诉你，你们就等着吃官司吧，过几天法院的传票就到。”卢经理勃然变色，气急败坏地大声说完，站起身来，连招呼都没打，气呼呼地转身往外走。

周思远不甘示弱：“好，我奉陪到底。”周思远没有挽留，任凭他独自离去。

“周总，咱们和他打官司，有胜算的把握吗？”小谭心里没底。

“你别怕，即使打官司，也是他们违约在先。再说他们是国营单位，不可能真的和咱们去打官司，不过咱们要有准备，你把合同拿来，咱们仔细研究一下对策，以免事急抱佛脚。”

周思远责成小谭，把与铁西商场的往来账整理好，每一笔货款都写清楚，同时咨询了律师。律师看了销售合同，仔细询问了事情经过，告诉他可以打赢官司。得到了律师的肯定，周思远的底气更足了。

正当周思远积极筹备打官司的事宜时，卢经理再次找上门来，与他同来的还有铁西商场一把手于经理。小谭把卢经理和一位五十多岁，长的清瘦，戴着眼镜的人领进门，向周思远介绍：“周总，这位是铁西商场的于总经理。”

“啊，啊，于经理，您好！幸会，幸会。”周思远热情地与对方握手寒暄，同时友好地与卢经理握手，这次卢经理没有拒绝，而是红着脸，主动伸出胳膊，躬身与他握手。

周思远特意添了一个果盘招待客人，他一边为客人沏茶倒水，一边观察他们的表情，揣摩他们的来意。

双方落座后，于总经理首先开口：“周总，不好意思，由于我们工作疏忽，致使咱们的合作产生了不必要的麻烦，我表示歉意！咱们的生意还得继续做下去，你们该送货送货，至于拖欠的货款，你们大可放心，我们一定按合同履行，给你们结清。”

周思远本来做好与对方打官司的心理准备，没想到事情却来了个一百八十度转变，急忙说道：“哎呀，于总经理，您太客气啦，我的下属办事不力，双方疏于沟通，出现了不必要的麻烦，您是前辈，每天日理万机，却礼贤下士，亲自登门到访，真是蓬荜生辉，让我们这些后生晚辈无言以对，深感愧疚！”

“周总，没见到你之前，我以为你是一个久经商场、饱经世故的商家，没想到你如此年轻，竟这么有魄力，真是年轻有为，后生可畏呀！佩服，佩服！”

“于总，您过奖了，能结识您这样德高望重的前辈，周某三生有幸！姜还是老的辣。希望您以后多指教！”

“指教不敢当，我经商半辈子，还是头一次见到你这样年轻有为、做事老练、精明过人的商业精英，你能把生意做得这么大，绝非浪得虚名。我最佩服有本事的人，我认定了你，愿意结交你这个忘年朋友。”

“哎呀，承蒙抬爱，不胜荣幸，在下高攀了。”

接下来，他们不再客套，而是十分随意地聊起经商做生意的话题，俩人越聊越投缘，大有相见恨晚之意。亲热地聊了一个多小时后，周思远见时近中午，便挽留他们一起吃午饭，于总经理欣然同意。

他们一行人驱车来到市中心一家高档饭店，点了一桌子好菜好酒，席间，他们频频举杯敬酒，畅所欲言地聊着双方感兴趣的话题，如同多年未见的老朋友。这顿饭吃了两个多小时，于总经理和卢经理吃得心满意足，尽兴而归。

当天下午，周思远安排人员给铁西商场送货。于总经理言而有信，第二天便结清欠款，他们的生意再次走上正轨，彼此之间的业务更加顺畅。

事后，小谭私下问周思远，为什么当初那么胸有成竹，周思远告诉他：“一是咱们占理，再者咱们的产品在他们商场销量好，他们直接从经销处进货，减少了中间批发环节，利润空间大。对方不会不明白这个道理，也不会轻易放弃。二来他们是国营单位，领导都是要脸面的人，不可能背负赖账的骂名！这点欠款在他们眼里根本不算啥，即使他们真的打赢官司，也揣不到他们个人兜里一分钱，根本涉及不到个人利益，所以我算定，他们是不会和咱们对簿公堂的。

后来，又发生了一桩欠款纠纷，欠款数额八万多，周思远再次前来处理。在他未到之前，小谭按照以前的做法，和人家来硬的，双方闹得各不让步，几乎到了对簿公堂的地步。

周思远来了之后，向他详细了解情况，事情与上次如出一辙，也是因为经销商拖欠货款引起的经济纠纷。不同的是，这次是一个姓梁的个体户，在市场搞批发兼零售。

周思远得知事情原委，却采取了截然不同的处理方式。他让小谭准备了名贵的烟酒，亲自登门拜访。不但让小谭给老梁赔礼道歉，他也十分诚恳地表示歉意。一开始老梁的态度强硬，话说火气很大。但是周思远不愠不火，始终面带微笑，一再向老梁赔礼说好话，并解释单位领导催款太紧，小谭如果不及时回款，就得下岗，小谭也是没办法，因此导致了今天的局面。同时一再请求对方帮忙，并主动降低了供货价格。老梁见他的态度如此诚恳，脸上的表情多云转晴，答应先结一半欠款，剩余的欠款以后再结。

小谭有些不情愿，想一次性结清，老梁坚决不同意。周思远却大度地表示同意，并设宴招待老梁吃饭。酒桌上，周思远谈笑风生，一再给对方夹菜敬酒，十分亲热地和老梁唠家常，说起了自己下乡、丧父，以及养牛开饭店做买卖的经历。老梁与周思远年纪相仿，俩人论起年庚，结果老梁比周思远大一岁，周思远一口一个大哥，叫得十分亲热。由于是同龄人，老梁对周思远的经历深有同感，并被周思远的经历所打动，他带着几分醉意，讲述了自己的经历，他少年丧父，母亲受尽千辛万苦，将他们五个子女养大成人。由于他是长子，小学三年级辍学，十几岁帮母亲挣钱养家。他拣过废品，拾过煤核，到车站扒过树皮，而且还经常受人欺负。他下过乡，在农村生活了几年，回城后找不到工作，只好摆地摊卖杂货养家糊口，如今好不容易在亲戚朋友的资助下，开起了食品销售部，生活逐渐有了起色。

说起伤心往事，俩人都唏嘘不已。通过这番推心置腹的交谈，彼此同情对方的遭遇和不幸，增进了相互之间的友谊。酒至半酣，老梁十分仗义地说："周总，你是个好人，我愿意与你交朋友，我跟你说句实话，我不是故意欠账不还，而是因为母亲生病，手术费用高，资金一时周转不过来，所以才拖欠了货款。"

闻听老梁的母亲生病做手术，周思远当即说道："老人家得的什么病？在哪个医院治疗？我去看望老人。"老梁说："谢谢你，不过你看不成了，我母亲已经治愈出院，被妹妹接走了。妹妹大学毕业，分配到天津工作，并在天津成了家。"

周思远从兜里掏出一千元钱，动情地说："梁大哥，我最敬重孝敬父母的人，一个人如果连父母都不孝顺，那还是人吗？这点钱你拿着，算我孝敬老母亲的。"

老梁深受感动，连忙推辞，动情地说："兄弟，你的心意大哥心领了，不过这钱大哥不能收。"

"大哥，你一定要收下。这是做兄弟的一点心意再说这钱又不是给你的，而是孝敬咱们老娘的，你一定收下，否则就是瞧不起兄弟。"

"好，兄弟，大哥代老娘收下。兄弟，你为人做事真是太讲究了，大哥自愧不如，这么办，我先还你一半欠款，剩余的我一个月之内还清。你放心，我说到做到，决不食言。"

"大哥，谢谢！如果有困难，可以往后缓缓。"

"不行，我说到做到，否则对不起你的一片诚心。"老梁固执己见，信誓旦旦地表示。

老梁果然言而有信，第二天结了一半欠款，二十天之后，将剩余的欠款结清。

事后，小谭再次询问周思远，为什么这次采取截然不同的做法。周思远告诉他："这次情况与铁西商场不一样，铁西商场是国营单位，他们都是有头有脸有身份的领导，生活在社会上层，有地位，有尊严，对钱财看的不重，而是看重脸面和名誉。老梁是个体户，和他们正相反，他生活在社会底层，没有社会地位，对名誉和脸面看得不重，看重的是钱财。假如咱们用上次的办法，非得砸锅不可，这叫‘水无常态，兵无常形’。为什么说商场如战场，做生意和打仗一样，要讲究战略战术，要根据出现的不同情况，采取不同的方式方法来处理，不能用同一种办法去解决各种事情，要随机应变，因人而异，方能立于不败之地。”

周思远的一席话，说的小谭连连点头，钦佩不已。

周思远用了两年时间，陆续成立了郑州销售处和南昌销售处，他是个非常敬业的人，把所有心思都投到“四季香”奶粉销售当中。为了搞好销售，他起早贪黑，废寝忘食。穿梭于各地的销售处，解决各种纠纷和难题。因为他平时很少回家，妻子对他的抱怨与日俱增，由抱怨转变为怨恨，由怨恨演变为失望，再由失望转变到绝望。几乎每次和周思远通电话，他们都以吵架而结束。周思远好不容易回趟家，她也唠唠叨叨，抱怨不停，吵闹不休，弄得俩人总是不欢而散。

周思远做事认真执着，善于动脑筋想办法。为了减轻运输压力，同时也是为了送货及时，他向陈准建议，在星沙市建立销售基地，成立加工包装厂。这样一来，他们可以错过运输高峰，提前把大包奶粉运到加工基地，进行二次包装。需要什么品种就包装什么品种，需要什么日期，就打印什么日期。既能保证产品供应，又避免产品过期而带来的麻烦。陈准对周思远的意见几乎言听计从，当即表示同意他的建议，立即拨款在开发区租赁了地皮，筹建加工基地事宜。

经过一年时间，加工基地顺利建成并投入生产。加工基地建立了严密的安保制度，每个进出的人都要接受门卫检查，尤其外来办事人员，必须接受门卫的仔细盘问，检查有效证件，进行登记，然后打电话请示领导，方可准许进入厂内。

鉴于周思远的突出贡献，奶粉厂自建的第一幢住宅楼竣工，没等分配方案下来，陈准就特批了一套九十多平方米，采光好的住宅，给周思远居住。

周思远回来搬家，他试图说服妻子，带母亲一起到楼房生活，妻子却死活不同意。周思远没有办法，只好和弟弟商量，继续留母亲在弟弟家生活。弟弟二话没说，当即表示同意，并请哥哥放心，一定会照顾好母亲。

乔迁新居，住上楼房的喜悦，并没有冲淡周思远与妻子的隔阂，相反因为接母亲上楼的事情，加深了他们之间的矛盾，夫妻关系出现了严重的裂痕。

此时，周思远已是远近闻名的能人，走在家乡的街道上，总有人跟他亲热地打招呼，无论走到哪里都能看到人们羡慕的目光，有些人把他当成发家致富的典型，当成学习和努力的榜样，有的人还把他当作教育孩子的正面教材。周思远在人们的夸奖和吹捧下，感到特别受用，嘴上虽然谦虚，心里却逐渐产生了高人一等的优越感。

自古忠孝不能两全，周思远为了销售产品，整日在外地奔波，无暇顾及母亲和妻子，每天只能用电话向母亲问候，与妻子女儿沟通，心里感到非常愧疚。

这天早上，他起床后，照例抄起电话问候母亲。电话里却传来母亲一阵剧烈的咳嗽和虚弱的声音。他心里一惊，急忙询问原因。母亲一边咳嗽，一边说不要紧，可能夜里着凉，因风寒引起了咳嗽，并劝慰他不必惦记，已经吃完药，过一会儿就会好的。

周思远放下电话，急忙拨通弟弟的电话，问他是否知道母亲生病，弟弟说知道，并且已经给母亲服药，如果不见好转，他会带母亲去医院治疗。周思远电话里告诉弟弟，让他务必带母亲去医院检查，确诊病情。弟弟满口答应，放下电话，急忙找车，带母亲去医院瞧病。

周思远一直与弟弟保持电话联系，不停地探问检查结果。临近中午，他再次接通弟弟的电话，询问母亲的病情，弟弟却带着哭音说："哥，咱妈可能得了肺癌，医院要做进一步检查。哥，你说怎么办啊？！"

弟弟的话犹如晴天霹雳，彻底击垮了周思远，他陷入了巨大的痛苦之中。他强忍悲痛，当即决定让弟弟速带母亲坐飞机来星沙，做进一步的检查和治疗。

弟弟和妹妹怕增加母亲的心理负担，对母亲隐瞒了病情，谎称她患了急性肺炎，哥哥不放心，让她去星沙治疗。一是哥哥工作忙，无法回来，二是省城大医院医术高明，医疗设备先进。母亲信以为真，欣然同意儿子的安排。

由于母亲一向身体不好，尽管这几年治疗及时，身体才得以好转。但是因为她的体质弱，免疫力低，经常头疼感冒，基本处于常年不离药的状态。她时常去医院看病治疗，对看病的事情习以为常。如今之所以同意坐飞机去看病，主要原因不是为了看病，而是她心里牵挂儿子，想借机去看看他。这几年儿子忙于销售，常年在外奔波，平时很少回家，有时过春节都赶不回来，更别说其他节日了。虽然儿子每次回家，都给她买一大堆高档营养品，以及当地难得一见的进口水果、海鲜、衣物等，但是老人心里想的却不是这些高档物品，而是觉得与儿子相见的时间太少。儿子每次回来忙忙乎乎不得消停，每次和儿子刚唠几句嗑，儿子的手机就响，手机一响，儿子就中断与她聊天，匆忙离去。老人虽然心里不高兴，但是知道儿子干的是正事，自己不能拖后腿，只好忍痛割爱。如今儿女们让她去治病，正好借机到儿子那里看看，与儿子多待一些时日，加上自己一辈子没坐过飞机，正好了却这个心愿。

于是，老人高兴地与小儿子登上飞机。平生第一次近距离看到飞机，想到自己能坐上飞机，老人心里特别激动，同时又有几分担心，飞机在空中飞得那么高，万一掉下来可怎么办？老人怀着患得患失的心情，等待这个庞然大物起飞，儿子为她系好安全带，她的座位靠舷窗，不时地朝窗外看着，感觉非常新鲜。

飞机缓缓从跑道上启动，由慢到快，最后加大速度，冲天而起，在飞机拔高的瞬间，她感觉胸闷气短，仿佛心一下子提到了嗓子眼。儿子见母亲脸色煞白，问她是否不舒服。此时飞机已经平稳，她的不良反应随之消失。老人笑了笑，说："没事，只是刚才起飞时感觉有点不舒服，现在好了，没事了，你放心吧。"

母亲在飞机上吃了一些食物，又睡了一觉，感觉没多长时间，飞机就到了星沙。

周思远撂下电话，立即赶到省人民医院，通过俞保军的关系，联系到俞保军的远房伯父俞教授。俞教授是位肿瘤专家，今年七十多岁，享受国务院津贴，是省内治疗肿瘤的领军人物。周思远联系好医院，便提前赶往机场，直接将母亲接到医院治疗。

周思远看到母亲面色苍白，神情憔悴，在弟弟的搀扶下，缓缓向他走来，心头不由得一阵痛楚，泪水不由自主地夺眶而出。由于担心母亲看到自己流泪，会增加心理负担，他赶紧扭头拭去泪水，强装笑颜地向母亲奔去。

母子相见，自然一番亲热情景，无须细述。当下周思远强忍悲痛，一边与母亲说话，一边将母亲搀扶到车上，车子快速朝医院驶去。

到了医院之后，俞教授先为老人做了常规检查，然后又做CT等一系列检查。由于需要等待检查结果，周思远就近找了个饭店，招待俞保军等人，并邀请俞教授参加，俞教授借故谢绝。

周思远点了母亲喜欢的饭菜。母亲由于见到儿子，心里高兴，一边向儿子及俞保军等人讲述飞机上的见闻，一边大口吃着饭菜。众人见老人情绪很好，都刻意避开病情，赔着笑脸与她吃饭聊天。

为了避免母亲看到检查结果，吃过饭后，周思远让弟弟陪母亲坐在走廊的椅子上等候。他与俞保军前去取化验结果。

拿到化验报告后，周思远一下子就瘫坐在椅子上，整个人像傻了似的，泪流满面，一言不发。俞保军接过化验报告，看到化验报告确诊为肺癌晚期。他赶紧劝慰周思远："周大哥，生老病死是自然规律，既然大娘得了这种病，也是没有办法的，我劝你还是想开点，目前最主要的是别让老人知道病情，其实癌症并不可怕，可怕的是人的心理作用，得癌症的人没有几个是病死的，都是被癌症吓死的。假如一个人不知道自己患癌症，就不会产生心理负担，照样吃喝玩乐，像没事人似的。可是一旦知道自己得了不治之症，他的心理防线就会崩溃，整天愁眉不展，茶饭不思，身体素质急剧下降，过不了几个月就去世了。而不知道病情的患者却平安无事，活得很健康。我们单位有个副科长，就是典型的例子，他平时喜欢喝酒吸烟，有一次喝醉了，早餐起床后，发现痰里带血丝，赶紧到医院做检查。医院的大夫也缺德，没有给他看结果，而是让他的家属取结果。他心里不由得暗自琢磨，怀疑自己得了不治之症。

"他的妻子从医院回来，脸色十分难看。他急忙询问病情，妻子说没啥事。他说假如没事，为什么医生让你去取报告，为啥不直接交给我。妻子在他的逼问下，竟哭了起来。他一下子明白了，自己得了不治之症。妻子在他的追问下，将医生的话告诉他，说他得了胃癌。结果他的精神一下子崩溃了，整日不吃不喝不睡觉，烟酒全都戒了，见到人就哭，如同生离死别一般。没几天，他就瘦了一圈，脸色蜡黄，眼睛充满血丝，那副样子早已没了往日的风采，真是形销骨立，痴若木偶，心如死灰。

“后来，单位派人领他去北京积水潭医院治疗，万万没有想到，积水潭医院却开出了与当地医院截然不同的诊断，说他只是胃溃疡，根本不是胃癌。听说自己是误诊，他心里非常高兴，却不敢十分相信这个诊断结果。又到301医院检查，结果还是当地医院误诊，排除了胃癌。他大喜过望，大有劫后余生之感，兴奋地拉着陪他看病的人，到全聚德吃了一顿烤鸭，喝了一瓶茅台，特意买了一条中华烟，与陪他看病的人一起分享。

“现在已经过去十几年，他依旧吸烟喝酒，每日和朋友们吃喝玩乐，活得有滋有味。假如当初不去外地医院检查，只相信当地医院的检验结果，他可能早就忧虑成疾，愁闷而死了。你说人的思想作用有多大。依我之见，你还是想开些，现在还不是悲伤痛苦的时候，你现在赶紧想办法，抓紧给老人治病，千万不要让老人知道病情，老人在没有心理负担的情况下，不但有利于治疗，还能延长生命。听说中医对恶性肿瘤很有疗效，咱们不如双管齐下，中西医结合治疗老人的病。最主要的是，必须瞒着老人，千万不能让老人知道真实的病情。”

经过俞保军的开导，周思远强忍悲痛，收起眼泪，来到俞教授的诊室，向他讨教治疗方案。俞教授仔细看了检验报告，告诉他目前病人已是胃癌晚期，无法进行手术，只能采取保守治疗。并说病人只能活半年左右的时间，让他做好心理准备。俞教授的话，无疑在周思远的胸口上刺了一刀，并在伤口上撒了一把盐。但他强忍悲伤，含泪央求俞教授，不要告诉母亲真相，只说患了肺炎，让她安心养病。

俞教授理解他的心情，答应了他的要求，把他母亲叫到跟前，说她得了肺炎，没什么大事，只要听从医生的安排，安心养病就会好。母亲信以为真，痛快地答应了。

当即周思远办理了住院手续，母亲因为心疼钱，不同意住院治疗。周思远劝说母亲听从医生的安排，不要顾虑花钱的事，尽管安心养病。“儿子现在挣大钱了，咱们不差钱，住在医院治疗，顺便治疗一下其他老病。”周思远说。

母亲在他的劝说下，在医院里住了半个多月，由于治疗对症，老人的病情有所缓解。在俞教授的劝说下，周思远答应暂时出院，回去养病。

出院后，周思远又到其他医院检查，结果都一样。虽然清楚母亲的病情。但他不肯放弃，四处托人寻找治病的药方，无论是什么祖传秘方还是偏方，只要听说能治疗母亲的病，周思远都毫不吝惜。虽然有时难免吃亏上当，花一些冤枉钱。但他却始终不肯放弃，坚持为母亲治疗。有人为他介绍一位年近八旬的老中医，据说是祖传三代的中医世家。周思远找到老中医，求他给母亲看病。老中医看了母亲的病情，为她配了几大包中药，让她每日按时服用。

母亲一边服用中药，同时继续西医治疗。治疗了半年后，老人的病情不但没有加重，反而有所好转。在此期间，家里的兄妹们都抽出时间，轮番前来照顾母亲。滕姝芬也请了长假，领着女儿前来探望。考虑到女儿已经上学，同时母亲需要照顾，周思远和妻子商量，把女儿转到星沙来读书。这么多年来，滕姝芬一个人领着女儿在家，独守空房，受尽孤苦，她当即表示愿意与丈夫团聚。于是，周思远为女儿办理了转学手续，一家三口在星沙暂住下来。

俗话说：“久别胜新婚。”由于周思远和滕姝芬这么多年聚少离多，夫妻生活几乎名存实亡，如今一家三口在星沙团聚，彼此都非常珍惜这来之不易的相聚，夫妻之间的隔阂在一点点消除，矛盾也有所缓解。由于心情好，滕姝芬对母亲的照顾也尽职尽责。但是时间一长，夫妻间的新鲜劲儿一过，她就腻烦了，对老人的态度也变了，由以前的嘘寒问暖，变得不上心，做饭时常不及时，经常忘记给老人服药，心情不好时还与老人顶嘴，发脾气。老人怕他们吵架，隐忍在心，不肯对儿子说。时间长了，周思远发现滕姝芬对老人的冷漠态度，就在背后耐心地开导她：“姝芬，我知道你伺候老人很辛苦，可是既然摊上有病的老人，咱们就要尽到儿女的责任，尽最大努力照顾老人。再说母亲得的是不治之症，活不了多长时间，咱们要尽量顺着她，让她高兴地度过余生。”

“是不是你妈又跟你告状了？我这么奴打奴做的，到头来还得不到好。嫌我伺候的不好，你赶紧找别人，我是猪八戒摔耙子——不伺候（猴）了。”

“你这个人怎么这样？我又没说你伺候的不好，只是让你不要和母亲计较，顺从她一点，这有什么不对？还惹来你这么大一堆牢骚。”

“我怎么不顺从了？都快用祖宗牌把她供起来了，你还嫌我做得不好！我算看透了，我在这个家，就是外人，如论我怎么做，你们都不满意，我告诉你，我不是家庭妇女，我是有工作的妇女干部，若不是时运不济，说不定早就当县长了，我现在是看在孩子的分上，委曲求全，没想到你还步步紧逼，你到底安的什么心？是不是在外边有情人了，嫌弃我们娘俩儿啦？要是有人，你就明说，我给你腾地方，大不了我们娘俩儿回东北，能挣干的，我们吃干的，能挣稀的，我们吃稀的，死了都不用你管。呜呜——”滕姝芬鼻涕一把泪一把地大声哭了起来。

“好啦，好啦，我又没有责怪你，你哭啥呀。行，是我不对，不应该说你，你别哭了，别让妈听见跟着上火。”

“你别打一巴掌，给一个甜枣，我又不是三岁小孩，那么好糊弄。我告诉你，我高低不伺候你妈了，谁愿意伺候谁伺候。”

“好啦，别闹了，自古养儿防老，你说老人有病咱们当儿女的不伺候，谁伺候？”

“你的话说对了，养儿防老不假，可她又不是就生了你一个儿子，你们兄妹六个，他们为什么不伺候，为什么非得我伺候？我伺候这么长时间，也够意思了，轮班也轮到他们了。”

“轮什么班啊，你不怕丢人，我还怕丢人呢！”

“你怕丢人你伺候，今天你说破天我也不伺候了。”

“我伺候就我伺候，我就不信还能难住谁。”周思远生气地大声说，这时，隔壁房间里传来了母亲的咳嗽声，周思远知道母亲没睡着，担心母亲听到他们吵嘴，就用被子把头蒙住，不在理睬妻子。

第二天早上，周思远醒来时，发现妻子依旧躺在床上赌气，他只好起床下厨房，动手做了早饭。吃饭时，滕姝芬没有起床，母亲关切地问儿子："大义儿，你媳妇怎么不起床吃饭，她咋的了？"

"她身体有些不舒服，不想吃饭，妈，你别管那么多，咱们吃。"

"身体不舒服？吃药了吗？不行你带她去医院看看，都是伺候我累的，你说我这个病啊，也不知道啥时能好，快点好吧，省着拖累你们。"母亲用衣角擦着眼泪。

"没什么大碍，估计休息一下就没事了，您不用惦记。"周思远伺候母亲吃完饭，便送女儿上学。母亲不放心儿媳，关切地问候了两遍，她都没言语，母亲知趣地回到自己的房间。

中午，周思远来了个重要客户，本应该陪客户吃饭，但他不放心家里，只好让手下的销售经理去陪。他回到家里，发现妻子依旧躺在床上怄气，叫了两遍，妻子没理他。他只好到厨房做饭，母亲从房间里出来，再次问儿子是不是与媳妇吵架了。周思远连声说没有，并劝母亲不要多心，安心养病。母亲叹了一口气，没有言语，默默地回到房间。

晚上，妻子依旧不肯起床。周思远原以为她昨天晚上与自己发牢骚，说说气话而已。现在看她这架势，知道她是来真的，真不打算伺候母亲了，心里非常生气。但是，他怕母亲知道后上火，强忍着不与妻子计较，伺候母亲服药吃饭。母亲休息后，他端着饭菜来到妻子面前，打算劝她消消气，起来吃点东西。可是妻子却毫不领情，对他不理不睬。

第二天，周思远做好早饭，这次妻子没等招呼就起床吃早饭。周思远见她起床了，心里轻松了许多，他吃过早饭，急忙跑到公司忙着处理业务。中午，他没有回家，在饭店招待客户。刚端起酒杯，他的手机响了，见到是家里的电话号码，他赶忙接通电话，电话里传来女儿的声音："爸爸，你什么时候回来呀？我和奶奶都快饿死啦！"

“姑娘，你们怎么还没吃饭？你妈呢？”

“我不知道啊，我放学回来就没看到她。”

“姑娘，你别着急，我马上回去给你和奶奶送饭。”

周思远撂下电话，赶紧让司机打包几样饭菜，并向客人道歉，然后起身离开饭店，赶回家中。

他服侍母亲和女儿吃完饭，并让司机开车送女儿上学。服侍母亲服药时，母亲再次追问儿媳妇是否因伺候她而生气。周思远知道母亲已经看出原委，因此没有辩解，而是劝母亲安心养病，不要为他们操心。

其实母亲早已明白儿子儿媳吵架的原因，她手拍打着大腿，痛恨地说：“唉，都是我不好，得了这么缠手的病，害的你们不得安生，我看我还是回东北吧，省得给你们增加负担。”

“妈，你什么都别多想，安心在这里养病，哪儿都不去，她不愿意伺候，还有儿子呢。”

“大义，妈知道你是最孝顺的孩子，最惦记妈，可你做生意这么忙，妈不忍心再拖累你，你还是让妈回东北吧，老家的人多，照顾起来方便。我不能拖累你一个人。”

“妈，我也知道你是心疼我，这么多年，我不在家，都是弟弟妹妹们照顾你，如今不同了，您生病了，我怎么能不在您的身边伺候您呢？”

“大义，妈知道你不放心，可你媳妇和你赌气，你做生意又忙，哪有时间伺候我呀？不行让你妹妹来吧，她正好下岗在家闲着没事做。”

“妈，您说的也有道理，让我想想，如果实在不行，就让她来伺候您一段时间。”

直到晚上，滕姝芬方才提着购买的衣物，回到家中。周思远虽然心里生气，但他怕母亲着急上火，没有理她。

上床休息后，周思远问她：“你这一天干什么去了？也不告诉我一声，害得孩子和咱妈中午没饭吃。”

“你不会如此健忘吧，不是说你伺候妈吗？怎么反倒埋怨起我啦？”

“我那不过是话赶话，说的气话，我哪有时间在家照顾妈和孩子！”

“男子汉大丈夫，吐口吐沫都是钉，你岂能出尔反尔，说话不算数！”

“夫妻之间叫什么真儿？我看都两天了，你的气也该消了吧，明天总可以起床做饭了吧？”

“你想的倒美，我告诉你，我是伤透心了，以后别再打算让我伺候你妈。”

“那好，既然你铁心不伺候咱妈，我只好让老妹妹来伺候，你不反对吧？”周思远见她执意不肯伺候母亲，心里十分生气。

“你愿意让谁来我管不着，哪怕你再找个小老婆来伺候我都不管，我不是说了吗，实在不行我们娘俩儿回东北，我不相信天老爷饿死瞎家雀。”滕姝芬依旧火气十足，她是算定了周思远为了顾及母亲的感受，不敢和她吵架，所以才毫不顾忌地拿话挤对他。周思远知道再说无益，有心想和她大吵一架，又担心母亲经受不了，只好暗气暗憋，不再和她理论。从此，他们的感情愈加疏远，刚刚修补起来的感情基础，毁于一旦。

第二天，周思远打电话给老妹妹，问她是否能抽时间前来伺候母亲，老妹妹二话没说，当即满口答应，而且以最快的速度赶到星沙。也为了方便照顾母亲，也为了避免和妻子发生矛盾，周思远在外边租了一套楼房，让母亲和妹妹单住，一来母亲可以安心养病，二来也可以避免家庭矛盾。

自从母亲搬出去后，滕姝芬感到自己做得有些过分，不时地做点好吃的，给母亲送去。母亲早把滕姝芬的所作所为告诉了妹妹。妹妹却大度地非但不跟嫂子计较，还一如既往地和嫂子来往。周思远看到她们姑嫂相安无事，心里感到很欣慰。

周思远考虑到滕姝芬一个人在家闲着没事，自己生意上缺少帮手，便让妻子到他的经销处帮忙。妻子由于不懂业务，加上人员不熟，每天只能做一些接听电话，做电话记录，跑腿学舌的零散事。时间一长，人员都熟悉了，她就拿出了老板娘的派头，无论什么事都过问，而且指手画脚瞎指挥。

有一次，周思远外出办事。滕姝芬坐在办公室内，销售部的人员来找周思远，听说他不在，销售员准备打电话请示周思远。滕姝芬拦住销售员问他有什么事。销售员告诉她，有一个销售员新开发一个经销商，本来说好货到付款，可是货到后，经销商却提出结一半的货款，销售员不同意，结果与经销商发生了争执，双方僵持不下，销售部只好请示周思远。偏偏周思远不在，滕姝芬擅自做主，同意经销商的结款方式，结果后来运营的一直很被动。周思远得知此事，考虑到她初来乍到，不懂业务，没有批评她，只是婉转地告诉她，这种做法不妥。

由于惦记母亲的病情，周思远总是抽空往母亲的住处跑。刚开始时，滕姝芬没有说啥，可时间一长，她就开始找茬，限制丈夫看望母亲的次数。

还有一次，也是销售员和经销商之间发生纠纷，这次是经销商接货结款时，经销商说自己遇到了困难，想暂时欠百分这二十的。货款，下次进货保证一并付清。滕姝芬想到上次的经验，当即表示不同意，还接通对方的电话，不问青红皂白，把对方一顿奚落，并让销售员把货运了回来。

周思远得知这一情况，心里很生气，因为他与经销商已合作多年，对方的销量很大，而且信誉好，是个难得的好客户。这次只是因遇到急事，资金一时周转不开，暂时欠一部分货款，没想到竟招致滕姝芬的一顿奚落，还把货都拉走了，弄得他无货可买。

周思远说了她几句，她不但不承认错误，竟当着下属的面与他争吵，说了一些很难听的话，搞的周思远很没面子。考虑到影响，周思远没有和她计较。回到家中，他生气地指出妻子的做法不妥当，并警告她以后做事注意影响，别什么事情都擅自做主。滕姝芬不但不思悔改，反而继续和他吵闹。由于母亲不在跟前，周思远这次没有惯她，生气地和她大吵一架，不准她再去公司帮忙，并且连续几天没有回家。

周思远以为吵完闹完，过几天就没事了。可他却没有想到，滕姝芬的心里再次发生了变化。她见丈夫和她吵完架，赌气不肯回家，积压在心中的积怨再次爆发，她不顾母亲重病在身，跑到母亲的住处，与周思远大吵大闹，把母亲气得差点送了命。周思远一气之下，动手打了她。她的心态发生了严重扭曲，已经从原来的抱怨到怨恨，从怨恨到失望，从失望到绝望，进而转变得更加绝望。古人云："哀莫大于心死。"她在绝望中，一气之下，收拾东西，带着女儿，偷着回到东北。

尽管周思远十分疼爱女儿，可是妻子竟在母亲重病期间与他无理取闹，他觉得十分伤心，对妻子的所作所为，更加反感。但是，他的心里还是十分牵挂她们母女，无论工作多忙，每天晚上都要抽时间给妻子女儿打电话，问候她们。每次女儿接电话，总说想爸爸，周思远听后，心里很不是滋味，他有心抽时间回去看望她们娘俩儿，但是由于工作忙，加上病重的母亲离不开人，所以一直没有成行。

母亲在儿女们多方治疗和细心照料下，竟躲过了俞教授下的结论，活了三年多时间。后来癌细胞扩散，病情加重。根据中国人落叶归根的风俗习惯，母亲多次流露出死后回家乡与父亲并骨的愿望。因此，在老人病危时，周思远遵照母亲的愿望，决定带母亲回老家。他本来要跟着一起回去，却临时接到卫生部门通知，近日到单位进行卫生大检查，为了应对检查，周思远万般无奈，只好忍痛留下。

他派了两个身强体壮的小伙子，用担架将母亲抬到站台，并指派他俩跟着姐姐和妹妹一路同行。由于没有找到熟悉的值班人员，车子无法开进站台，周思远只好提前将母亲抬到站台上，等候上车。周思远望着已经进入半昏迷状态的母亲，知道这是与母亲的最后一面，不由得心如刀绞，悲痛万分，觉得自己作为儿子，不能送老人最后一程，愧对父母的养育之恩，"扑通"跪倒在母亲的身旁，以此表达自己的悲痛之情。

站台上站满了候车的旅客，看到周思远直挺挺地跪着，都好奇地围了过来，探询事情的原因。得知他是送病入膏肓的母亲回家乡，众人都肃然起敬，啧啧称羡。

他一直跪着，直到列车进站，方才被人拉起来，整个人像被抽空了灵魂一般，既没流泪，也没言语，只是默默地目送母亲被抬上车，目送列车开动，直到列车开出站台，不见了踪影，他还依旧呆站在那里，不肯离去。司机见他如此，只好强行把他拉走。他才从悲恸中返回现实，坐在车里，默默地流泪，一直哭到公司，方才强忍着止住眼泪。

他强忍悲恸，打起精神，神情恍惚地配合卫生部门检查完卫生。三天后，他乘飞机返回家乡。此时，母亲已经撒手人寰，并已办完后事。

因为母亲的遗愿不同意火化，当时要求一律实行火化，他早就和弟弟商量好，一旦母亲去世，就采取偷偷下葬的做法。母亲回家的第二天晚上便溘然长逝，弟弟按照与哥哥的约定，没有通知亲属和朋友，一再告诫姐姐和妹妹不许大声哭泣。黎明时分，他们用车将母亲的遗体和棺材悄悄地运到墓地，将母亲入殓，葬在父亲的棺木旁，将两位老人合葬在一起，完成了母亲的遗愿。

周思远按照风俗习惯，母亲去世三天，到墓地为母亲上供圆坟，他在坟头痛哭了一场，然后匆匆离家，返回星沙。

第七章　一意孤行

周思远怀着复杂的心情，向汪洋讲述了自己的经历，当他讲述结束时，已是午夜时分。汪洋听完他的经历，深有感触。在周思远的询问下，他将自己这么多年的经历讲述给周思远，他的经历颇为曲折，由于在拙作《兴安杜鹃》中有详尽的叙述，恕不赘述。

时间在他们的讲述中悄然流逝，不知不觉，窗外已经发白，周思远起身去了一趟厕所，回来后打了个呵欠，笑着说："兄弟，你看咱们光顾唠嗑了，没想到天都亮了，你困了吧？咱们抓紧时间睡一会儿，白天还有好多事情要处理呢。"

"行，睡吧，我也困了，咱们有时间再聊。"汪洋起身去厕所，等他回来时，周思远已经打起了呼噜。汪洋放轻动作，躺在床上，舒展身躯，闭上眼睛，迷迷糊糊地进入了梦乡。

汪洋一觉醒来，发现阳光已经透过窗纱照在床上，周思远亦不知何时已起床离开。汪洋揉了揉眼睛，看了一下时间，已是上午九点多。他赶紧穿衣起床，整理好床铺，来到客厅，看到茶几上摆放着早点，他赶紧洗漱，然后开始吃早点。

吃过早餐，汪洋打开电视机，看了一会儿电视，周思远回来了。他关切地问汪洋："兄弟，吃早餐了？我怕打扰你，没叫你，而是让小马把早点送回来，没凉吧？"

"吃过了，没凉，豆浆还热乎呢。"

"昨晚咱们光顾唠嗑了，没休息好吧？"

"休息得挺好的，我睡觉轻，每天睡五六个小时就足够了。大哥，你忙完了？"

"呵呵，我们做生意的，每天都有忙不过来的事情，哪有完啊。"

"大哥，你看我每天除了吃喝就是睡觉，闲的无聊，你又这么忙，真是于心不忍。你看我是否能帮你做点事儿？"

"我本打算让你来散散心，好好地放松一下。既然你觉得无聊，我看你就帮我清清账吧。"

"我没有这方面的经验，你看我能行吗？"

"你头脑精明，有才华，社会经验丰富，我看你准行。"

"既然你信得过，我就试试看，但愿别耽误你的事情。"

"凭你的能力，一准没错，若说清账的事情，难度比较大。如今的生意很难做，别看我每天销售量很大，但是卖出去的货，一大部分是赊销，故此欠账很多。就拿'美登高'来说，历年累计欠款已达五十多万。虽然他们是外资连锁企业，不可能倒闭或破产，但是赊欠货款太多，势必会影响企业资金周转。我派人交涉过几次，每次结果都不理想，我让财会的人领你去，以奶粉厂副厂长的身份讨要欠款。这样力度会大些。"

"五十多万欠款？怎么这么多啊，我去可以，不过我不懂销售业务，也不懂奶粉生产情况，万一露出破绽咋办？"汪洋有些担心地说。

"说来话长，这五十多万是历年累计的，这么说吧，我每次给他送十几万元的货，他们只给结整数，剩下的就成了欠款，有时一两万，有时三五万，聚少成多，几年下来，最多时高达近百万。每次业务员去讨要，他们只结三万、五万的，我也出面要了几次，他们最多给结十万元，现在还剩五十多万。因为他们是大主顾，业务量大，我又不能得罪他们，所以每次去要账，都要编造正当的理由。说实在的，能想到的理由我都用了，真是再也想不出恰当的理由了。正好你来了，就辛苦一趟，帮我讨要一下。没经验不打紧，凭你的智商和社会经验，一定不会露馅，你主要和他商量欠款问题，就说春季奶农忙于春耕生产，急需资金解决奶资，你代表厂领导上门催欠款，要账的理由又很充分，他们肯定会给你面子。以前我们去要账，他们顶多给结个十万八万的，你的身份不同，一定要让他们多结点欠款，如果能结一半最理想了。”接下来，周思远详细地介绍了一些注意事项，交给他一部手机，告诉他手机号以及如何使用。

汪洋从没用过手机，他接过来按照周思远教的使用方法，仔细摆弄一通，弄清楚了使用方法。

周思远让汪洋穿上新买的名牌夏装，帮他梳理了发型。汪洋在屋里走了几步，周思远连声说：“兄弟，你别说，这么一捯饬，还真挂架儿，像个领导干部。”

“嘿嘿，像啥呀，我这个领导是冒牌的，但愿别演砸了。”

“你放心大胆地去吧，我相信你的应变能力，准能马到成功。好几十万字的小说都写成功了，这点小事还能难住你！”周思远一边帮他整理衣角，一边给他打气。

“写小说和讨债是两码事，我这是大姑娘上轿——头一回，心里没底。”

“啥事都是学而知之，没有生而知之。你的悟性好，脑袋反应快，又能够随机应变，用武侠小说的话叫“见招拆招”，凭你的能力，绝对没问题。”

“好吧，但愿不虚此行。”在周思远的鼓励下，汪洋增强了信心。他在家备好功课，便同销售部的曹经理及会计陈碧岚一起，让小马开车，拉着他们前去讨账。

小马开着车，穿过了市区的几条街道，朝着郊区驶去。行驶约半个小时，来到了一个高墙环绕的工厂大门前。厂门是不锈钢电动拉门，四周是高达三米的围墙，高大的门楣上赫然写着“美登高”三个大字。

曹经理下车走到门卫室，由于他们合作多年，门卫和小曹很熟悉。小曹登记后，门卫开门放行。

工厂的规模很大，工人们一律穿着印着“美登高”字样的白色工作服，头戴白色工作帽，脚穿白色胶靴，厂区内人来人往，一派繁忙景象。

小马径直把车开到办公室大楼门口，汪洋在小曹的引领下，来到二楼一间标有“副总经理”字样的办公室，他敲了敲门，里面传来“请进”的声音。

他们推门而入，办公室装饰得很气派，宽大的老板桌，一套组合皮沙发，墙上挂着两个条幅，条幅上分别写着“继往开来”和“锐意进取”。字迹龙飞凤舞，潇洒自如，遒劲有力。房门两边摆放着盆景，皮转椅上坐着一位四十岁左右的高个男子。

小曹上前与他握手问候，然后，小曹为他们做介绍：“汪厂长，这位是吴总。”“吴总，这是我们奶粉厂的汪厂长。”

吴总听说是奶粉厂的厂长，立即起身走到汪洋的身边，热情地与他握手。汪洋握着吴总的手说：“吴总，幸会，幸会！”吴总回敬道：“汪厂长，失敬，失敬！请坐！”

汪洋落座后，吴总拿出一包小熊猫香烟，请他吸烟。汪洋摆了摆手，欠身客气地说：“谢谢，我不吸烟。”吴总叫来下属为他们每人沏了一杯茶，然后问道：“汪厂长，您是什么时候到的？”

“昨天下午的飞机。”汪洋其实没坐过飞机，但他还是按照周思远的意思回答。然后他话题一转，向吴总问道：“我看你们的生产很忙啊，效益一定很好吧？”他这是按照周思远教的办法，先发制人，抢占先机，尽量多向对方提问，以免对方问一些他不熟悉的问题，一旦回答不上来，就容易露出马脚。

“现在的生意不好做，主要是竞争太激烈。我们企业还行，虽然称不上好，但也说得过去。你们厂的效益如何？”

“我们厂的生产一直很忙，就是各地经销处的资金回笼太慢，拖欠农民的奶资太多，由于当前处于春耕季节，农民等钱种地播种。不瞒你说，每日前来讨要奶资的人多得几乎推不开门，害得我们不敢待在办公室。无奈之下，我们几位领导只好分工到各地经销处亲自坐镇，限期追讨资金，就尽快回笼货款，以解奶农的燃眉之急。”

“哦，我理解你们的难处，也明白您此行的目的，不过说句良心话，我们企业也面临着资金短缺的问题，下面的经销商也拖欠我们的货款。”汪洋等人一进屋，吴总已经猜出他们的目的。

“是啊，是啊，我知道每个企业都有难处，如果不是遇到特殊情况，我也不会硬着头皮来向你们求援，请你看咱们多年合作的情面，伸出援手帮我们渡过眼前的难关。”

“汪厂长，您太客气了，按理说咱们合作多年，今天您又把话说到这个份上，我岂有袖手旁观之理，理应把欠款给您结清。可是，我们不能这么做，因为我们怀疑你们的产品质量有问题。最近几个月，有不少经销商向我们反映，说我们的产品味道不正，有一股说不出来的怪味，口感也不好，销量也大打折扣。”

“我们的奶粉存在质量问题？不会吧，如果质量有问题，咱们怎么会合作这么多年？一定是你们搞错了，或是其他环节出现了问题而影响到产品质量！”汪洋颇感意外，这是他们事先没有想到的问题，他只能随机应变，推脱责任。

“说句实话，我们目前也不能确定是不是你们的产品出现质量问题。因为咱们以前一直合作得很好，没有出现过质量问题，只是这半年来，质量有所下降，我们现在正在积极查找原因，准备将你们的产品及其他配料取样，送相关的职能部门检验，查找质量下降的原因。”

“既然现在无法判断是否有质量问题，您就理应帮忙解决我们的实际困难，期望你看在合作多年的感情上，帮我们一把，我们感激不尽。”

“唉，我现在也很为难，自从出了质量问题，我们董事会决定暂时冻结一切货款，等查明真相再说。”

“吴总，我敢担保我们的奶粉质量绝对没有问题，因为我们生产的产品，每个批次都要经过检验室检验，确认合格后方能出厂，怎么会出现质量问题呢？请您伸出援助之手，将我们的货款付清，帮我们渡过难关。我代表奶粉厂向您郑重承诺，假如日后查出我们的奶粉质量有问题，我们愿意承担一切后果。”

“汪厂长，既然您对你们的产品这么有把握，我也不能刁难您，再说这么多年，我和周总的交情也很好，这样吧，我跟董事长请示一下，尽量帮您解决，至于您说的结清全部货款，您那是为难我，我只能尽量帮您争取，至于解决多少，得看董事长的意思。”说完，他起身出门，去找董事长商量。

屋里只剩下他们三人，汪洋压低声音问小曹：“小曹，你是主管销售的，他说咱们的奶粉有问题，是真的吗？”

“汪老师，这话一句两句说不清，现在不宜探讨这个问题。”小曹是个谨慎的人，说话模棱两可。

汪洋知道事关重大，此时此地不宜探讨这个问题，只好打住话题，端起茶杯一边品茶，一边等待吴总的消息。

大约十几分钟，吴总回来了，他告诉汪洋：“汪厂长，我好说歹说，我们董事长只同意给你们结一半的欠款。”

“吴总，您再跟董事长请示一下，能否再多给我们解决一部分，我们急需资金渡难关呢。”汪洋听说解决一半欠款，心里虽然很满足，但是他还想再争取一下，尽量多结一点，也算不虚此行。

“汪厂长，我已经做到仁至义尽，真的无能为力了，请您不要再为难我！”吴总露出一副为难的神情，回绝了他的请求。

这时，一直没作声的陈碧岚接过话茬：“汪厂长，既然吴总已经把话说到家了，我们就先按吴总的意思办吧，先把这一半结了，剩下的以后再商量，您看行吗？”

“好吧，就按吴总的意思，先结一半，吴总，谢谢您！剩下的货款，还请您多费心。中午咱们一起出去吃个便饭，感谢您的帮忙。”汪洋点头表示同意，陈晓兰和小曹二人起身前去结款，汪洋向吴总发出邀请。

“汪厂长，不必客气，我中午有事，改日我请您。”吴总婉拒了他的邀请。

“吴总，您千万别客气，周思远曾多次跟我介绍过您的为人，我是久闻大名，只是无缘相见，今日一见，果然名不虚传，咱们还是出去吃点饭，聊聊天，彼此增进一下感情。”

“汪厂长，我不是客气，我真的有事，改日咱们再会。对了，您把联系方式留下，便于咱们以后沟通。”

“啊，好，好，我把手机号留给您，我的号是……是，你看我的记性，一着急还懵住了。”汪洋一着急，忘记了手机号，神情显得有些不自然。

这时陈碧岚走了进来，她已经和财会对完账，请吴总在结算单上签字。

她见汪洋忘记了号码，赶紧替他打圆场，笑着说：“呵呵，忘了号码啦，这不奇怪，我也经常忘记自己的号码，这么办，您把吴总的号码记住，给他打过去不就行了。”

“呵呵，对，吴总请您把号码告诉我，我给您打过去。”汪洋顺坡下驴，不好意思地笑着对吴总说。

“行，没问题，我的号是13807316688。”

汪洋以前没使用过手机，好在周思远教过他使用方法，他略显笨拙地按照吴总的号码拨了回去。心里暗自庆幸，多亏陈碧岚及时提醒，否则这出戏就演砸了，谢天谢地，总算不辱使命。

回来的路上，由于出色地完成了任务，他们几个都很高兴。陈碧岚兴奋地对汪洋说：“汪老师，你真厉害，他们的业务太难做，业务量虽然大，就是结账困难。我们来了多少回，多数是空手而归，有时只给结三五万，最多不超过十万元，您一出手，就结了二十五万，真是老将出马，一个顶俩，佩服，佩服！”

“呵呵，陈会计，这是咱们大家的功劳，我怎么能独占呢？说来惭愧，我是第一次做这种事，心里没有谱儿，真是赶鸭子上架。没想到吴总要我的联系方式，我一着急，竟忘了号码，多亏你的反应快，及时提醒我，否则今天就演砸了！小陈，小曹，谢谢你俩的配合！”

“汪老师，您太客气了，我们俩只不过是引荐您和吴总认识，您才是今天的主角，您的应变能力和口才真是一流，具有经商潜质。假如您投笔从商，一定与周总不相上下。”

“小陈，你真会说话，我怎么敢和周思远相提并论呢。他的生意做得多大呀，我做梦都不敢想。我了解自己的能力，即使做生意，也不过是小打小闹，挣点辛苦钱而已。哎，对了，小曹，吴总凭啥说咱们的奶粉质量有问题？”

“汪老师，他有什么依据我不知道，可是我对咱们的奶粉质量却不敢打保票，反正我是从来不喝咱们的奶粉。”

“小曹，这是为什么？”汪洋疑惑地问他。

“嘿嘿，汪老师，您就别问了，等您在这里待上一段时间，就知道咋回事了。”汪洋知道小曹是个谨慎的人，故此没有继续追问。心里却产生疑惑，难道周思远的产品真的存在质量问题？

周思远得知他们结回二十五万欠款，心中非常高兴，兴奋地对汪洋说：“兄弟，你真是个人才，我看你别急着回去，更不要自己做生意，干脆和我一起干得了，你放心，凭咱们之间的感情，我决不会亏待你的。”

“大哥，谢谢你的信任，但是我既不懂经商之道，又不懂奶粉质量和生产流程，恐怕难以胜任你的工作。这次只不过侥幸，恐怕下次就没有这么幸运了。”

“兄弟，咱们从小一起长大，我了解你的为人和性格。其实做生意没啥难的，只要你用心去琢磨就行，我相信你的智商和能力以及丰富的社会经验，只要你诚心想干，就没有干不成的事。”

“好吧，我先试试，帮你干一段时间再说。”

“这就对了，明天我就开会宣布，任命你为副总经理。”

“大哥，你先别急于任命，让我先熟悉熟悉业务，等精通了业务，再任命也不迟，否则我什么都不懂，恐怕难以服众。”

“也好，反正是自己的买卖，咱们自己说的算，任命不任命都无所谓，下属都知道咱们的关系，你说话他们谁敢不听。”

“大哥，这个手机交给你吧。”

“兄弟，这个手机是我特意给你配备的，有了手机方便些，再说你出门在外，与弟妹远隔千里，天各一方，没事经常打电话问候一声，就是看不到人，心里也热乎，我说的没错吧?”周思远笑着对他说。

“呵呵，都老夫老妻啦，用不着这么近乎。”汪洋不以为然地回答。

“老夫老妻也要问候，你和弟妹的感情那么好，分开时间长了，彼此能不想吗？我和你嫂子虽然感情日渐生疏，但我还是牵挂她和孩子，每天都打电话问候她们。说良心话，我长年出门在外，把她们娘俩儿丢在家里，除了在经济上满足她们，其他的根本无法满足，真是亏欠她们。”周思远神情黯淡地说出心里话。

汪洋听从周思远的话，抽空跟妻子通电话，把自己的决定及手机号告诉给妻子。施玉梅赞同他的决定，叮嘱他照顾好身体，并告诉他家中一切均好，无须挂念。

周思远召集公司主要部门负责人开会，宣布汪洋前来帮忙的决定，希望大家尊重他的意见，全力配合他的工作。

接下来，汪洋在小曹的带领下，先后考察了市内市外的销售情况。考察完毕，周思远带着汪洋前去生产基地熟悉情况。

上午九点多，周思远忙完了业务，与汪洋来到了生产基地。

此时，车间大门紧闭，周思远用手机与里面的人联系，里面的人方才从里边打开大门。车间很宽敞，摆放着一垛垛纸箱和奶粉袋。汪洋没想到，在这反锁的车间里，竟然有十几个人在忙碌着，他们有人专门从奶粉垛上，分别将二十五公斤包装不同的奶粉，倒在一个大铝槽子内，两个身强体壮的工人，手握平板锹，站在铁槽子前，用力地反复搅拌，搅拌均匀后，由其他人用铁撮子重新装进崭新的，印着“四季香”商标的牛皮纸袋子。然后拖到台秤前称重量，每袋规定重量二十五公斤，称完重量后，由负责封口的人用封口机将袋口封好，再由人重新码垛，整个生产流程告以完成。见到周思远和汪洋进来，一个腰里别着一串钥匙，负责往槽子里倒奶粉的高个子年轻人过来和他们打招呼："过来了，周总？"

"小韩，一切都正常吧？"周思远关心地问他。

"正常，都是按照你给的配方生产，我尝了，质量很好，样品我都给你装好了，一会儿你走时带着。"小韩恭敬地回答着，并用余光瞥了汪洋一眼。

"那就好，你要小心谨慎，保持警惕，无论谁敲门，都别答应，手机千万别关机，有事咱们好联系。"周思远带着汪洋，在各道工序前看了一遍，不时地叮嘱着注意事项，然后又把小韩叫到一旁，低声叮嘱了几句，然后带着样品，离开库房。

"大哥，你这是自己加工生产啊？"汪洋坐在车上，向周思远证实自己的猜测。

听了他的话，周思远笑着说："呵呵，你说的不错，咱们现在不光销售，还兼营生产加工，这样利润空间大。现在竞争这么激烈，如果不想点办法，怎么能赚到钱？"

"我听说奶粉生产要求很严的，咱们这样生产，能保证产品质量吗？"汪洋单纯地问。

"要是都按照国家标准，我敢说没有一家奶粉厂的奶粉合格，现在是八路军糊弄共产党，糊涂庙糊涂神，只要质检部门不找麻烦，质量就没有问题！"周思远胸有成竹地回答。

尽管汪洋不认同周思远的说法，但他觉得自己初来乍到，做生意是门外汉，说不清里面的门道，便知趣地打住话题。

周思远领着汪洋来到另一个库房，库房的大门依旧紧闭。周思远如法炮制，打电话让里面的人打开门。库房里面也有人在干活，不同的是，库房里大多是妇女。她们穿着白色工作服，戴着工作帽，正在进行小袋奶粉包装。只见一位男士，把成袋的大包奶粉，倒在一个铝槽子里，有几个妇女用小撮子，往印有"四季香"商标的新奶粉袋里灌装，装好后放在身后的工作台上，再由人将奶粉称好重量，旁边有人负责封口和打印生产日期，然后由两位男士负责往印着"四季香”商标的纸箱里装箱、封箱以及码垛。整套工序和那个库房一样，都是按部就班，有条不紊，非常娴熟，一看就是经常从事这种工作的熟练人员。

这里负责的是一位大姐，周思远向她询问了一下情况，又挨个工序看了一遍，不时地叮嘱了几句，然后放心地离去。

汪洋跟在周思远的身后，一直没有说话，他虽然不懂做生意，但他看得明白，他们这是私自生产奶粉，心想：“周思远怎么能这么干呢？这不是坑害消费者吗？且不说生产的奶粉质量怎样，卫生条件首先就不合格！难怪吴总说奶粉质量有问题，考察时亦有经销商向他反映奶粉质量的问题。”

周思远见汪洋不发一言，一副心事重重的样子，笑着说：“兄弟，你怎么不说话？是不是觉得我这么干不妥当？我跟你说，现在和以前的形势不一样，我刚开始时，也看不惯这种做法，只是单纯地销售厂子发来的货。可是利润非常小，我的开销又大，根本不赚钱。无奈之下，只好采取这种办法，增加利润空间。再说了，我这么干自有这么干的道理，我在奶粉厂工作过，清楚整个生产过程，都是把过期变质的奶粉掺到好奶里重新加工生产，还亲眼看到他们将变质结块的奶粉粉碎，进行第二次加工。然后按照新出厂的产品销售，照样卖好价钱。我跟你说实话，工厂里除了生产设备和工艺先进，其他方面还不如我要求严格呢！他们把过期的产品掺到好牛奶里，重新加工生产，你说能保证质量吗？至于卫生条件那就更不用提了！所以说，我这么干属于正当防卫，根本没有你想象的那么严重。如果我的做法有问题，早就被工商和卫生检疫部门查封了，还能等到今天！所以你大可不必担心，我这么做并不是有意坑害消费者，更不是为了发财，昧着良心去赚黑心钱，而是正常的生产经营范围。”周思远半是开导半是解释。

汪洋对周思远的解释，开始觉得有些道理，这么多年来，他的生意做这么大，而且这么自信，可能不算犯毛病，否则早就东窗事发，关门大吉了。但是汪洋静心细想，觉得不是这么回事，分明是自圆其说，为自己的所作所为辩解。自己虽然没有经商经验，也不明白经商的奥妙，但他知道做生意必须讲诚信，必须货真价实，他这么做，分明是以次充好，坑骗消费者。自己作为一名文学创作者，假如认同他的做法，岂不是与他同流合污，自己的良心何在？作家的良知何在？假如好坏不分，良莠不辨，怎么去著书立传，如何去宣传和引导社会正义和良知？记得有人说过，做生意先做人，自己写东西也是如此，如果不能树立正确的人生观，不能端正自己的思想态度以及行为准则，背离了自己的道德底线，这是绝对不可饶恕的犯罪行为。他决心和周思远好好谈谈，阐明自己的观点，希望他能醒悟，改变这种生产和经营方式。否则自己宁可得罪他而离开，绝不为虎作伥。

于是，他接过周思远的话茬，话语有些生硬地说："大哥，我承认我对生意一窍不通，也不懂你说的这些门道和窍门，但我懂得一个道理，无论做什么事情，都要光明磊落，坦坦荡荡，要上对得起天，下对得起地，中间对得起良心。我总觉得你这么干，不是正规做法，否则你也没必要这么偷偷摸摸，像做贼似的！说句良心话，我不赞成你的做法，我奉劝你还是把自己加工生产模式蠲免，彻底改变你的经营方式，否则将来你会后悔的！"

"兄弟，做生意不像你写小说那么简单，可以凭着自己的想象，随意发挥和杜撰。做生意就要敢想敢干，甚至不择手段，才能立于不败之地，才能赚到大钱。现在竞争这么激烈，假如不采取特殊手段，你就会亏本，就会倒闭，就会被淘汰。你这么多年，闭门在家搞写作，根本不知道外面世界的变化，说句不中听的话，你别生气，你现在真的是落伍啦！"周思远固执己见，不肯让步。

"大哥，我知道自己这么多年待在家里，对外面的世界知之甚少，但凭我的直觉，感觉你的做法不妥当，我劝你还是早点收手，宁可少赚钱，也不能干坑人害人的事情。你这么干即使赚钱再多，心里也无法平静。"汪洋性格耿直，丝毫不顾及周思远的感受，始终坚持自己的观点，不肯妥协。

"好啦，好啦，咱们别争论了，真是江山易改，本性难移，这么多年，你还是那么好较真，咱们别因为这件事，伤了兄弟之间的和气，我知道你是为了我好，我也会认真考虑你的意见的。"周思远这么多年，始终当老总，平时听到的都是恭维话，养成了心高气傲的性格，非常自负，没有人敢像汪洋这样与他说话。他觉得面子有些挂不住，心里有些不高兴，但他考虑到与汪洋的感情，同时也知道他是为了自己好，而自己很难说服他，只好婉转地平息争论。同时，他也感到后悔，不应该让汪洋知道底细。

汪洋觉得自己说话过于直率，担心周思远心高气傲，自尊心强，难以接受。于是赶紧顺着他的话题，笑了笑说："我这么多年，知道自己的性子直，也曾因此吃亏上当，但就是改不了。你说的对，江山易改，本性难移。大哥，我说的话有些过火，你千万别生气。"

"兄弟，看你说的，咱们兄弟什么感情，争执几句怕啥，只要不骂娘，谁也不会记仇。好啦，天已中午啦，你说，想吃点什么口味？"

"大哥，咱们还是到食堂吃吧，别太浪费了。"

"兄弟，瞧你说的，好像吃点饭就能把你哥吃穷似的。你没听说吗？吃不穷，喝不穷，算计不到才受穷。食堂是大锅饭，味道和口感差远了，偶尔吃几顿还行，怎么能让你经常吃呢？我已经告诉食堂做饭的，只要你去吃饭，让他们特意给你加菜，不知加了没有？"

"大哥，加了，我每次去吃饭，他们都给我加个一两道菜，弄得我怪不好意思的。"

"有啥不好意思的，这是应该的，你说你马上当作家了，我当然得好好招待你，假如招待不周，将来说不定你会把我写到书里去，我多没面子啊！"周思远笑着和他调侃。

"招待好与坏没关系，我也不会往书中写，不过要是把我看到的生产情况写进去，我估摸着够你喝一壶的。"汪洋笑着反击。

"哎呀，兄弟，你可别往里写，假如你真写进去，大哥就完了，这些事只能背地里操作，民不举，官不究。你把这些写进去，我不但会受人唾骂，而且还会被人打倒在地，再踏上一只脚，永世不得翻身。"周思远套用"文革"时期的词汇与汪洋说笑，心里却悚然一惊，产生了一份担心。于是带着几分玩笑，更像是表白的态度说："兄弟，你的话吓死我了，求你高抬贵手，放哥哥一马，哥哥知道错了，我向你保证，今后一定在保证质量的前提下，进行生产加工，尽量少往里掺次粉，这样总行了吧？”

“大哥，既然你表明态度，说明我的话没有白说，相信你会说到做到。”

“兄弟，咱们这么多年的感情，我岂能骗你！走吧，赶紧吃饭去，我都饿了。”周思远说完，拉着汪洋的手，朝停在不远处的车走去。

自从汪洋知道生产情况后，周思远不知道出于什么心理，再也没有让他去过车间和库房。而是时常把生产的样品拿给他品尝，汪洋虽然不懂行，但觉得口感好了一些，没有其他怪味，感到很放心。殊不知周思远给他品尝的是好奶粉，而生产的依旧是原来的奶粉，他对自己的经营理念和经营方式十分自信，觉得没有什么不妥。而且他很固执，一向我行我素，根本听不进别人的意见，如果仅凭汪洋几句劝说，就能改变他的经营方式，岂不是天方夜谭。

汪洋独自跑了几天市场，由于不懂业务，对销售工作外行，所以没有什么业绩。他感到有些灰心，觉得自己不是搞销售的料儿。周思远则劝他要有耐心，慢慢摸索经验。

这天，他正在市区的市场调查市场行情，突然接到了周思远的电话：“兄弟，咱们的老同学柳刚今天晚上到，你抓紧时间回来，咱们一起去机场接他。”

听闻柳刚要来，汪洋心里很高兴。他和柳刚的关系一向很好，同时因为和柳霞有过一段情感纠葛，觉得比其他人更近一些。他以最快的速度赶回经销处，一见面，周思远就告诉他：“兄弟，赶紧洗一洗，一会儿咱们去机场接柳刚。”

“好的，我马上就完事，他坐几点的飞机？”汪洋一边洗脸，一边问道。

“晚上七点多的航班，时间来得及。”

由于是下班高峰期，路上车辆很多，小马不时地按着喇叭，缓慢地前行。用了一个多小时，方才赶到机场。周思远看了一下时间，说：“没到七点，时间正好，航班马上就到。”

“已经十几年没见到柳刚了，以前还有书信往来，这几年断了音信，不知他现在混得怎么样？”汪洋好奇地问周思远。

“他现在可厉害啦，听说已经当上团级干部了。”

“哦，都当团级干部啦，不简单啊！”汪洋感到很惊讶。

“嗯，他是挺厉害的，在咱们的同学当中，也算出类拔萃的人物。”

这时，广播通知航班到了，周思远与汪洋来到出口，在人群中仔细找寻柳刚的身影。

“大哥，你看那个穿军装的是不是柳刚？”汪洋仰着头问周思远。

“在哪儿呢，我怎么没看见？”周思远踮着脚，伸长脖子张望。

“你看，那边过来的高个不是么？”汪洋用手指着给他看。

“哦，我看见了，没错，是他！”周思远自信地说。

随着周思远的喊声，柳刚快步走到他们跟前，三个人见面后，顾不上握手寒暄，而是激动地紧紧抱在一起。

“老同学，你是啥时候来的，思远在电话里说你在这里，我感到很意外，能在这里和你见面，真是太高兴了！”情绪稳定后，柳刚握着汪洋的手问他。

“我已经来了一个月了，咱们十几年没见面，真想你呀。听说你现在当团长了，真了不起！“汪洋望着眼前的柳刚，脑海里极力搜寻当年的影子，他的轮廓没有变，只是比以前壮实一些。他身着戎装，肩上戴着两杠两星的肩章，漂亮的大檐帽下，露出英俊的面容，显得更加威武和成熟。他的身边站着一个手提皮箱，中等身材，面目清秀，三十五岁左右的年轻军官，肩上戴着一杠三星的肩章。见过面后，柳刚对年轻的军官介绍说：“小王，你过来，我给你介绍一下，这是我的两位老同学，也是发小，周思远和汪洋。”

小王赶紧挺直身板，举手敬礼，嘴里像汇报工作似的，说：“两位首长好，干事小王向您报到，请指示。”

“小王，这不是在部队，你不必这么正规。”柳刚笑着对下属说。

“是，首长，小王明白。”

“就是的，你别首长、首长地叫，我们听不习惯。”周思远笑着说他。

“是，首长，小王遵命，可我不知道该如何称呼这两位首长。”

“这位姓周，这位姓汪，你称呼他们大哥。”柳刚指着周、汪二人告诉小王。然后又转头对周思远和汪洋说道：“这个小王，是我当连长时招来的兵，这小子头脑聪明，会来事儿，很讨人喜欢，尤其难得的是对我忠心耿耿，我看他有出息，托人帮他找关系，送他上军校学习，毕业后一直在我手下工作，现在是上尉干事。我们感情很好，他既是我的下属，也是我的兄弟。”

“既然柳大哥说了，我理应听从，请两位大哥多关照。”小王再次向他们敬礼。周思远把小马也向柳刚和小王做了介绍。小马接过小王拿的皮箱，放进车后备厢。

小马开车驶离了机场，他们一路上说着话，来到一家豪华酒店，乘电梯来到五楼，走进包厢。包厢内早已有人等候，除了汪洋认识的蔺德斌夫妻，以及俞保军、樊总等人，还有一位三十多岁，名叫孟涛的警官。周思远为他们相互做了介绍，然后对柳刚说：“这些都是我的好朋友，可惜汤三哥，和马总没在家，出差开会去了，没有汤三哥，喝酒不热闹。”蔺大嫂笑着说：“没有他们更好，消停，怎么你还想他俩啊？”

“看到嫂子，我还想他们干啥，这些人都不来才好呢，只有咱们俩更消停。”周思远和她开玩笑。

“行啊，你把他们安顿好，然后咱们出去单独喝，怎么样？”

“今天不行，今天是给我老同学接风，改天我单独请你。”

“好，咱们一言为定，不许反悔。”蔺大嫂性格开朗，喜欢开玩笑。

“不反悔，不反悔。”周思远笑着回答，然后开始点菜点酒。周思远点的菜肴相当丰盛，朋友们一再向柳刚和小王劝酒，柳刚与小王都很有酒量，几乎是来者不拒，杯杯见底，喝得热火朝天，高潮迭起。一个个酒足饭饱，抱醉而归。

晚上，周思远在宾馆开了两个房间，本来打算留下来陪柳刚，却突然接到公司打来的电话，说有急事需要他回去处理，只好和小马离开。

柳刚虽然喝了很多酒，但他的神智很清醒。他和汪洋同住一个房间，俩人相互问起分别后的情况，他首先问到汪洋小说出版的事情。汪洋把自己的经历以及小说出版事宜，向他述说了一遍。

柳刚听后，深有感触地说："你这么多年，一个人独自在外闯荡，混到今天这地步，真是不容易，特别是你的小说得到出版社认可，更是难能可贵！我和你不同，我在部队当兵，虽然部队管得严，生活条件艰苦，但是总比你当初独自闯荡大兴安岭强多了，最起码不必为生计和以后的工作发愁。在部队说难也难，说容易也容易，就看出发点和追求是什么。假如不想在部队发展，你可以随大流，稀里糊涂混日子，服满兵役，就可以回家安排工作。你知道我，我当兵的想法是想在部队好好干，争取入党提干，根本没打算回地方。都说有志者事竟成，此话真是有道理，我通过努力，终于取得了成功。"

"虽说有志者事竟成，部队的人才那么多，你能脱颖而出，当上团级干部，真是不简单，一定吃了不少苦，付出许多努力吧？"汪洋同情地问他。

"世界上的事情，哪有一帆风顺的，每个成功者背后，都有一段饱含辛酸的奋斗史，今天咱们老同学见面，心里高兴，我把入伍当兵、入党、提干以及结婚的经历，统统告诉你。"

接下来，柳刚向汪洋讲述了自己的人生经历，为了便于描写，独立成章，以飨读者。

第八章　天道酬勤

柳刚自幼就喜欢舞枪弄棒，愿意玩当兵打仗的游戏，喜爱军人以及古代那些武艺高强、飞檐走壁的侠士豪杰，特别崇拜岳飞、文天祥、史可法、戚继光等民族英雄，更把当代的英雄人物董存瑞、黄继光、邱少云以及李向阳、杨子荣、高传宝等人当作偶像。

由于父亲在话剧团工作，柳刚和弟妹们有着得天独厚的优越条件，每次上演新剧目或外地剧团演出，他们全家都能免费观看。他每次看完，总会把内容讲给小伙伴，小伙伴对他羡慕不已。

每当空闲时间，他便与小伙伴们凑到一起，玩打仗战斗的游戏。柳刚每次都争当正面人物，有几次与周思远争当英雄人物，致使双方发生矛盾。他赌气地宁可放弃游戏，也不肯去当反面人物。后来小伙伴见他真生气了，只好迁就他，几乎每次游戏都让他扮演一号英雄人物，或者古代的大将军，以及打入敌人内部的地下党，总之必须扮演最后的胜利者，死活不肯当反面角色。久而久之，就形成了固定的游戏模式。

童年是人生最美好、最值得留恋的时光。在父母的呵护下，柳刚度过了快乐的童年，步入了美好的少年的行列。由于家境好，母亲又在被服厂工作，总是别出心裁，做出样式新颖的服装给儿女们穿。柳刚长得英俊漂亮，肤色细腻，五官端正，胖乎乎的小脸蛋如同剥了皮的花生，白里透着粉，粉里透着红，两颗小酒窝，一对水灵灵的大眼睛，长长的睫毛，鼻直口方，唇红齿白，活脱杨柳青年画上的送财童子下凡，十分招人喜爱。由于他长得好看，又经常穿好看的新衣服，小伙伴们特别羡慕。

中学时代，情窦初开的少男少女们，对未来的美好生活以及爱情充满了憧憬。那些懵懂的少女们，把柳刚当成了爱情的偶像，梦中的白马王子。尽管当时社会风气淳朴，校园内更是情感的禁区，有关情爱的话题更是讳莫如深，但是，无论怎么禁锢、限制，都无法阻止俊男靓女们对美好爱情的追求和向往。那些怀揣美好梦想的少女们，总是想方设法，利用一切机会向他示好、献殷勤，甚至有人往他书本里偷偷夹纸条，以此表达爱慕之情。

柳刚心高气傲，根本不把这些庸俗之辈放在眼里。只是对班里的谭丽梅情有独钟，谭丽梅的父亲是话剧团团长，是他父亲的顶头上司。由于在同一个单位，尽管地位不同，但逢年过节或遇到红白喜事，父辈们接触的机会比较多，孩子们也断不了来往。因此，柳刚和谭丽梅从小就认识，谭丽梅长得很漂亮，俩人关系很好，常在一起玩耍，人们把他们比喻金童玉女，还有好事者开玩笑，说他们是天造地设的一双，将来一定会成为夫妻。由于当时年龄小，听不懂大人说话的含义，故此没有多想。等到他们情窦初开，对男女之间的事情有所了解，明白了这些话的意思，彼此都感到害羞，每次见面都不好意思地低头躲避对方，表面上似乎因为这层关系而疏远，实际上他们内心却有着一种说不出口的，十分强烈的情感。彼此挂念对方，细心留意对方的一举一动，尤其对方受到委屈或遇到什么难处，他们的关切之情更是溢于言表。

随着年龄一天天长大，这种埋藏在心底的情愫，犹如雨后春笋，无论遇到多大的阻力都难以遏制生根、发芽、成长的步伐。自古美女爱英雄，谭丽梅对柳刚平日所表现的英雄主义特别崇拜！人们都知道美女爱英雄，殊不知英雄更爱美女，否则就不会有“英雄难过美人关”的说法了。试看古往今来的帝王将相，英雄豪杰，有几个不是拜倒在美女的石榴裙下，他们不惜一切代价，想方设法去讨美女喜欢，有多少英雄豪杰为了美女而身败名裂，甚至为了美女而丢掉江山。周幽王为了博得褒姒一笑，置国家安危于不顾，烽火戏诸侯，失去了诸侯的信任，导致国家危亡之际，无人相救。李隆基为了宠爱杨贵妃而失去了民心，几乎丢失了江山！殷纣王为了妲己，最后不但丢了江山，断送了性命，还留下千古骂名。隋炀帝和海陵王都是因为贪恋女色，淫乱后宫，而丢掉江山并送命，纵观历史，沉溺女色而误事，甚至断送性命的事例不胜枚举。

另外还有一些凄美的爱情故事，彼此郎才女貌，忠贞不渝，爱得轰轰烈烈，而且与世无争，到头来却难以如愿，无法长相厮守。总是因为种种原因，导致他们被迫分手或改嫁他人，留下的只是令人心酸的故事和遗憾。不但平民百姓如此，就连神仙也难逃爱情的魔咒，我这不是信口开河，《牛郎织女》中的织女和《天仙配》中七仙女的命运，就是对爱情最好的诠释。

难怪古人云：“自古多情空余恨。”这是因为失败的爱情太多而归纳的经验教训，以此警示后人，不要刻意追求完美和轰轰烈烈的爱情。其实爱情很简单，就是夫妻间彼此信任，彼此忠诚，相互关爱和体贴。平平淡淡的生活才是真正的爱情！不要有非分之想和贪得无厌的奢望，你看现在一些道德败坏的男人，尤其一些有权势和地位的人，几乎不可一世，他们见到有几分姿色的美女，便想占为己有，恨不得把天下的女人都拥入自己的怀中，不顾良心和道德的谴责，任意胡作非为。一旦事情败露，他们极力为自己开脱责任，不但不知悔改，反而把一切责任都片面地归罪于女人，说什么“红颜祸水”“牝鸡司晨”等，真是无稽之谈。

古往今来，爱情失败的教训不胜枚举。但是，追求美好的爱情是人的天性，更是与生俱来的欲望和本能。柳刚和谭丽梅也不例外，处在青春期的青年男女，都对未来的爱情充满了天真的幻想，希望用自己的魅力去打开对方的心扉，博得对方的青睐。

柳刚和谭丽梅曾在背地里互诉衷肠，也曾山盟海誓，表示相爱一生！对于同龄人来说，柳刚无疑是幸福的！他家庭条件优越，天生一副讨人喜欢的英俊面孔，而且头脑聪明，学习成绩优秀。这些先决条件，使他成为学校的佼佼者。初中就入团，并且担任了组织委员。高中申请入党，若不是入党的名额有限，他是最有希望在学生时期入党的人。与他的同学汪洋相比，他无疑是幸运儿。汪洋由于家庭条件限制，虽经努力却连团组织都无法加入。柳刚十分同情汪洋的遭遇，并尽最大努力帮助汪洋。但是他的能力毕竟有限，在一些原则的问题上，他的帮助显得微不足道，与其说在行动上帮助，莫不如说是道义上的支持，更让汪洋感到舒服和满足。

虽然他们关系密切，亲如手足，他处处帮助和袒护汪洋，但在妹妹柳霞与汪洋的关系上，他还是有私心的。自从发现妹妹对汪洋有好感，而汪洋也乐于接受，他的感情天平开始向妹妹倾斜。尽管他对汪洋的相貌，性格、聪明才智以及道德品质都无可挑剔，可是汪洋的家庭条件却是他们之间最大的障碍。自己是城镇户口，即使将来上山下乡当知青，也会有机会当兵或返城当工人。汪洋不但父亲是“黑五类”，家庭出身不好，而且还是农村户口。这两条就是最大的缺欠，无论当兵还是抽调城里当工人，都与他无缘，更别说保送上大学了！将来他只有一条路可走，就是回乡当农民，修理一辈子地球。假如妹妹真和他相爱，将来只能受苦遭罪，没有什么幸福可言。

站在哥哥的角度，他的想法无疑是正确的，可对汪洋来说，却是一种伤害。柳刚虽然感到内疚，觉得对不起汪洋，但是为了妹妹的幸福，他只能两利相权取其重，两害相权取其轻。他不惜牺牲朋友的感情，保全妹妹将来的幸福。

他明明知道妹妹喜欢汪洋，却装作不知，背地从中作梗，想办法破坏汪洋和妹妹的感情。每当妹妹和汪洋单独相处时，他总是及时出现，并找各种借口将他们分开，并故意拿话刺激汪洋，问他将来做什么，打算找什么样的对象，每当这时，汪洋总是神色痛苦，无言以对，黯然离去。

望着朋友痛苦的表情，柳刚心里觉得很不是滋味，更希望将来汪洋的前途有所改变。他对汪洋没有过高要求，只要他能脱离农村，在城里当一名普通工人，他就心满意足，就会同意他与妹妹相爱。但他这点要求，在当时的社会条件下，无疑是天大的难题，除非发生奇迹，否则难以实现。他为了维护妹妹的幸福，不惜伤害朋友的感情。但他万万没有想到，他的感情也出现了问题，面临着女友的伤害和背叛。

毕业前夕，同学们八仙过海、各找出路，想方设法逃避下乡。周思远去了姐姐家，准备在那里找工作。粟杉虽然属于回乡，却没有务农，而是当了一名乡村教师。汪洋更是坚决，彻底断绝了回乡务农的念头，决定去大兴安岭林区投亲。对于汪洋的想法，柳刚举双手赞成，从心里往外高兴，希望汪洋就此改变命运。那样一来，他和妹妹的事情就有希望，自己也免去了内疚和惭愧。

柳刚的最大理想是当兵，但谈何容易。由于当时有政策：必须在农村劳动锻炼两年，才符合当兵条件。无奈之下，柳刚只好接受命运的安排，下乡去劳动锻炼。本来他和谭丽梅商量妥当，一起去文化局下属的知青点劳动锻炼。没想到她父亲不知道运用了什么关系，把谭丽梅送到部队去当文艺兵。这个消息，不啻晴天霹雳，让他始料不及！

谭丽梅当兵走得很突然，他们只是在商店匆匆见了一面，就被她母亲叫走。柳刚牵挂谭丽梅，多次在她家门外徘徊，想找机会与她话别，并打算顺便送她一条红围巾，作为分别礼物。可是，她家进出的人很多，谭丽梅虽然看到他，却没有出来与他道别。面对谭丽梅的变化，柳刚心里第一次失去了自信，虽然他为谭丽梅当兵而感到高兴，心里却充满失落和痛苦！他不敢想象，随着彼此条件和地位的变化，自己与谭丽梅的关系能否维持下去，而且更加担忧谭丽梅变心。

谭丽梅当兵离去，柳刚更加坚定了当兵的决心。由于没有门路，不能像谭丽梅那样，直接靠关系，走捷径。他只有接受命运的安排，去农村劳动锻炼两年，然后再去当兵。于是，柳刚跑到知青办，办理了一切下乡手续，在亲人和朋友的欢送下，来到了知青点苦熬岁月。

时间在等待中缓慢地消逝着，柳刚苦盼着谭丽梅的来信。一个月后，柳刚终于接到谭丽梅的来信，柳刚激动得双手颤抖，打开了这封盼望已久的来信：

柳刚：

您好！

我已抵达部队，早就想给你写信，心中却很矛盾，不知如何下笔。自从离开家乡的那一刻起，我就坚定信念，不管将来如何，决不再回到那个贫穷落后、闭塞愚昧的小县城，尤其置身于繁华的大城市，更让我茅塞顿开，这种想法愈加强烈。

柳刚，请原谅我以前年幼无知，说了一些不应该说的幼稚话，办了一些草率不负责任的蠢事，这一切都是我的错，我向你道歉！请你不要记恨我，就当是做了一场梦，把我忘掉吧！作为同学和普通朋友，我劝你注意身体，安心劳动，争取两年后想办法当兵入伍，实现自己的理想。我马上就要去新兵连锻炼了，由于新兵连管理严，以后没事就不给你写信了，你自己多保重！再次说声对不起！请原谅我以前的草率和幼稚，并祝你以后生活快乐，早日找到属于自己的幸福！

致以革命的敬礼！

同学：谭丽梅（草）

望着这封冷漠无情的来信，柳刚彻底绝望了！他清楚，这是谭丽梅写给他的绝情书，他们的关系就此走到了尽头。柳刚一气之下，将信一把撕碎，然后赌气躺在床上，不吃不喝。同伴以为他病了，纷纷关切询问，张罗寻医问药。

大凡失恋的人，无外乎两种表现，一种是伤心欲绝，失望至极，觉得天都塌了，失去理智，甚至失去活下去的勇气，陷入极度痛苦中难以自拔。另一种就是伤心过后，痛定思痛，知耻而后勇，把痛苦转化为动力，把失败当成镜子，重新激发生活的勇气和信心。柳刚就是后一种人，他躺在床上想了一夜，终于想明白了，谭丽梅之所以选择和他分手，无非就是因为双方的地位和条件发生了变化，觉得彼此地位相差悬殊，将来不会得到幸福。这与当初自己反对妹妹和汪洋交往如出一辙，现在他十分同情汪洋当初的遭遇，觉得自己与汪洋同病相怜。但是却不能怪他，谁不希望自己的亲人将来生活幸福呢？这是人之常情。更不能怪谭丽梅无情，要怪就怪自己无能，怪自己没本事，不能拴住她的心，否则她就不会背叛自己。她不就是当个文艺兵吗？有什么了不起！自己以后一定好好干，想办法当兵入伍，争取在部队入党、提干，凭着自己的刻苦努力和聪明才智，一定能够有所作为，说不定将来能当将军呢！想到这里，他释然了，不再痛恨谭丽梅，也不再失望痛苦，而是把这次失恋当作动力，激励自己更加积极向上，努力干出一番事业。

从此以后，柳刚调整心态，不再把谭丽梅的事情放在心上，虽然时常在梦里还能梦见谭丽梅，闲暇时也偶尔想起她，但他的理智却能克制自己的感情，知道这是无法挽回的事实，多想无益。他知道自己无论多么努力，都必须等上两年时间，方能符合当兵的条件。于是，他在知青点里，抱着混日子的态度，表现得很平庸，凡事不求进步，也不招惹麻烦，就像一碗温开水，在平淡无味中掐着手指度日，盼望时间快点过去。

时间老人最公正无私，不管你嫌时间过得缓慢，还是过得快，他都始终如一，按照自己的步伐行进，不会格外施舍一分一秒。

春夏秋冬，寒来暑往，在焦急的期盼中，柳刚几乎抱着犯人盼望刑满释放，重获自由的心理，在知青点苦熬两年。他在面临两种抉择，一是返城当工人，二是报名入伍当兵时，毫不犹豫地选择了后者。

柳刚按照当兵入伍的相关规定，办理了报名手续，然后回家等待政审和身体检查。恰好此时汪洋回来办理农转非户口，得知汪洋已经把农村户口改变为城镇户口，意味着汪洋彻底脱离了农村，有资格参加工作，当一个名副其实的城里人。柳刚打心眼里为他高兴，非常佩服汪洋的自立能力。在那个年代，如果没有特殊关系，若想农转非，几乎难以想象，但是他却靠自己的努力，彻底改变了命运！由于经历了谭丽梅情感上的背叛，他现在更加同情汪洋，更为当初一己私心，伤害了朋友的感情而后悔不已。所以他想再次促成妹妹和汪洋的好事，尽量给他们创造机会，希望他们能够重归于好。

可是，如今的汪洋，经历了社会磨炼，不再是当年那个单纯的毛头小子，已经变得理智和成熟。他对爱情的价值观和人生观，已经发生了改变。他对柳刚家人的热情以及柳霞的态度，感觉到他们此时已经对他刮目相看，有心促成自己与柳霞的恋情。可是此时的汪洋已经今非昔比，不但办理了农转非户口，而且回去即可参加工作。最主要的是他听到一些有关柳霞的传闻，以及自己在车站无意间发现柳霞去车站接人的秘密，所以他对柳霞感到失望，致使他无法面对柳霞，更无法接纳柳霞的感情。他抱着复杂的心情，婉拒了柳刚及其家人的好意。但是，他的内心却非常痛苦，毕竟柳霞是他的初恋，也是青梅竹马的恋人，他对柳霞有着深厚的感情，非常留恋她。可他是个恩怨分明、十分正直的人，在他的心里，只有好或坏的区分，没有其他中间的选择。可以说当时汪洋是怀着痛恨交加的心情，做出了痛苦的抉择。以致他一生中都感到对不起柳霞，更对她后来生活的不幸遭遇感到内疚。假如不是当初自己任性，假如不是自己看到车站发生的那一幕，说不定自己会和她结合，她就会避免后来的不幸遭遇。人的一生当中，没有后悔药，许多错误都是因为偏执和任性所造成，假如当初自己不看到车站上的一幕，说不定他们早就结合到一起。唉！人生如果没有假如该多好！

柳刚家庭出身清白，政审绝对没有问题，唯一担心的就是体检。柳刚生怕身体某个部位有毛病，影响当兵入伍。在他的央求下，父亲事先托人为他检查身体。检查的结果让他亦喜亦忧，喜的是身体健康，各个器官均属正常，没有毛病；忧的是血压偏高，由于当兵的体检非常严格，有一点毛病都无法通过体检。因此他四下打听降血压的方法，得知吃苹果和喝醋降血压，他就每天吃苹果、喝醋。等到体检前一天，他不放心，再次找人量血压，结果血压低于正常值。他急忙寻找升血压的方法，听说跑步和喝红糖水管用，他赶紧喝红糖水，同时跑步锻炼。

体检那天，他在家喝了一碗红糖水，跑步来到医院。排队等候体检。他担心血压升高，急忙跑到附近的饭店，讨要了半杯醋，一口气喝了下去。然后怀着患得患失的心情，开始接受体检。直到看见体检医生在他的体检表血压一栏里写上“血压正常”，他的那颗一直悬着的心才放了下来。

柳刚终于如愿以偿，实现了当兵的梦想。由于汪洋急于回去落户，无法等到柳刚出发的日期，只好提前为他送行，特意买了礼物并与之道别，然后匆匆返回大兴安岭林区。

柳刚在亲人的欢送下，登上了运送新兵的列车，开始了军旅生涯。

列车在一片欢送声中，缓缓驶离了家乡的车站，望着亲人渐渐远去的背影和熟悉的景象，柳刚心里突然升起一缕淡淡的乡愁，感到不舍和留恋。故乡虽然贫穷落后，但毕竟是哺育自己成长的地方，有自己牵挂的亲人和朋友，熟悉的父老乡亲，有着难以割舍、无法替代的情怀。自己无论走到哪里，都不能忘记家乡的亲人，都不能忘记这片养育自己长大成人的热土。

柳刚的一缕思乡之情，很快被车厢里的热烈气氛所冲散。新兵们大多都是第一次出远门，沿途看什么都新鲜。他们贪婪地趴在车窗向外观望，嘴里不时地发出少见多怪的惊呼声。与柳刚同时入伍的有同学麻有志，还有邻居程智学。由于彼此熟悉，又是同期入伍，他们感到非常高兴，聚在一起亲热地聊着彼此熟悉、感兴趣的话题。

“咱们仨儿一个车皮入伍，真是缘分，今后咱们一定要抱成团，遇到什么事情，相互有个照应。”柳刚开心地说。

“可不是咋的，我就怕被人欺负，我求求你们俩，将来如果有人欺负我，你们可得帮我。”程智学接过柳刚的话，向他俩相求。

“瞧你那窝囊样！动不动就怕受欺负，谁敢欺负你，我干死他！”麻有志一副天不怕地不怕的样子。

“有志，部队不比地方，纪律严明，要求严格，你要注意点脾气，千万不能胡来。”柳刚知道他的脾气暴躁，故此劝说他。

“部队咋地？当兵就不是人啦？我不管谁，只要我看不顺眼，我就不惯他！”

“麻大哥，你真是好样的，以后我就跟定你啦，要是有人欺负我，你可得帮我呀。”程智学谦恭有加地说。

“行，没问题，包在我身上，谁敢欺负你，尽管告诉我，我替你出气！”麻有志十分仗义地表白。

开饭时间到了，带兵的连长为大家送来了米饭，还有猪肉炖粉条、白菜猪肉炖豆腐，每个人发了一套餐具，新兵们按顺序排队打饭，然后端着可口的饭菜，各自找熟人，凑到一起用餐。

柳刚和麻有志还有程智学，各自打来饭菜，准备吃饭。当时经济困难，细粮按比例供应，平时很少吃到细粮，至于大米饭，更是难得一见的奢侈品，只有过年过节才能吃到。如今入伍当兵的第一顿饭，吃的是大米饭，而且还有诱人的猪肉炖粉条和白菜猪肉炖豆腐，他们都感到很高兴。有人向连长请示是否可以喝酒，连长表示同意，叮嘱他们少喝，不能喝醉。得到连长首肯，新兵们一片欢呼雀跃，纷纷从随身携带的提包里拿出酒瓶以及家人为他们带的食品，三个一伙，五个一堆地喝了起来。

柳刚的父母为他带了两瓶当地产的银泉大曲。麻有志也带了两瓶白酒，柳刚没有让他往出拿，坚持喝他的酒，同时还拿出了几个煮鸡蛋分给他俩。他们彼此都不客气，兴致勃勃地喝了起来。柳刚喝了一两多，便不肯再喝，因为他喝酒脸红，担心被带兵的看见，误以为自己醉酒而留下坏印象。麻有志已经喝了半斤白酒，此时满面通红，呈现出几分醉意，兀自喝个不停。柳刚好心相劝：“有志，适可而止吧，今天咱们刚入伍，千万别喝醉了，影响不好。”

麻有志不屑一顾地说：“怕啥呀？喝醉能咋的！”

“喝醉了影响不好，咱们刚入伍，要给领导留个好印象，对以后的工作有好处。”

“你就是胆小怕事，喝点酒能有啥影响？我就不信邪，今天我就喝，看他们能把我咋地！”麻有志带着几分酒劲，不顾柳刚劝阻，大声地嚷着。

“有志，柳刚说的对，你就别再喝了，为喝酒让领导说一顿犯不上。”程智学也从中相劝。

“你懂个啥呀？瞧你那熊样，除了顺地垄沟找豆包，还知道啥？”程智学是郊区农村的，麻有志根本瞧不起他。他的话一下子把程智学噎住了，程智学红着脸不再出声。

“有志，他是为了你好，你怎么这么说话？”柳刚继续劝说他。

“你们俩一对胆小鬼，将来上战场打仗，没准会吓尿裤子！今天我就喝，看谁敢管我！”麻有志逞能地说着，又拿起酒瓶，将瓶里剩下的一两多酒一口喝干。

麻有志将空瓶子丢在座席底下，站起身来还想从背包里取酒。柳刚见他喝得差不多了，上前一把将他拉住，死活不让他拿酒。麻有志因为与柳刚有同学之谊，不好意思和他发火，只好听从他的劝说。

酒足饭饱之后，车厢里热闹起来，他们有的高谈阔论，有的高声唱歌，还有个别想家的人哭鼻子。一直闹腾到夜里十点多，才逐渐安静下来。

坐了二十多小时火车，他们在辽宁省赤峰市（当时行政区域赤峰市隶属辽宁省管辖）车站下了车，然后乘坐客车，来到地处山区的新兵营。

安顿好之后，他们投入了紧张的新兵训练。每天天不亮出操，练习标准的站姿、敬礼、列队、行走以及端枪瞄准、格斗刺杀等科目。晚上开完班会，还要进行体能训练，要求每个人做俯卧撑，数量不限，而是在每个人的身下铺上一张报纸，直到累得浑身出汗，汗水将报纸淋湿为止。

面对大强度的训练，新兵们开始有些吃不消，一个个牢骚满腹，有的干脆装病躲避训练，柳刚没有发牢骚，而是咬牙坚持。他在训练时认真听讲，记住训练要领，没事就揣摩自己的动作是否标准，经常利用休息时间，一个人跑到没人的地方，苦练各种技能。功夫不负有心人，由于他训练刻苦，加上用心揣摩要领，第一次评比，就获得优秀，受到连里表扬，并被指派为班长。

程智学平时训练虽然很认真，体能训练也不偷懒，但他反应愚钝，无论做什么事情，只知道死记硬背，没有窍门，一条道跑到黑，结果各种科目不到位，评比不合格。

麻有志虽然头脑精明，做事反应快，接受能力强，他被但他不肯吃苦，平时训练不认真，结果评比不合格，反而受到批评。

三个月新兵训练结束，鉴于柳刚的优异表现，他被分配到军区后勤仓库当保管员。为了战备和保密需要，仓库地处山区深处。他们过着与世隔绝、枯燥乏味的生活，许多人都叫苦连天，抱怨不休。柳刚却把精力投入到工作当中，仓库里存放着近万种装备和零件。他每天勤学苦练，对业务力争做到精益求精，要求自己不但记住每个零件的型号、规模、用途，并记住它们的摆放位置以及库存情况。他经常用布蒙上眼睛，暗中进行摸索，熟悉业务。他用了半年时间，终于精通业务，对于自己保管的物品了然于胸，即使闭着眼睛也不会弄错。

程智学却经常丢三落四，每天正常的出库入库业务也经常出错，整天忙得头昏脑涨，焦头烂额。结果没到半年时间，他就被调到勤务连站岗放哨，搬运物资。

麻有志当初分配到机械连，学习驾驶技术。由于脾气暴躁，工作不认真，经常和战友吵架，有时还动手打人，领导对他再三教育，他却不知悔改，只好把他调离机械连，到勤务连去站岗放哨，搬运物资。

调到勤务连之后，麻有志更是破罐子破摔，整天吊儿郎当，工作不认真，罔顾军容军纪。听说程智学来到勤务连与他做伴，心里非常高兴，连招呼都没打，私自领着程智学到二十里外的小镇去喝酒。俩人边喝边聊，很晚才回来。班里晚点名发现他们俩不在，只好报告连里，连里得知他们擅自外出没有归队，赶紧派人去找，结果在半路上把他们找到。由于他们私自外出喝酒，不按时归队，经连里决定，给予麻有志警告处分，程智学口头警告处分。

麻有志得知受处分，心里十分生气，他不找自身原因，而是迁怒于班长，说他故意向领导汇报，踩着他的肩膀往上爬，把班长臭骂一顿。班长气不过，反驳了几句，他举手就是一个大嘴巴，抬腿又是一脚。恰好排长闻讯赶来，见他动手打人，急忙厉声劝阻，没想到他挥手又给了排长两拳，连长赶来批评他，他又把连长大骂一顿。

如此一来，连里关了他三天禁闭，给予行政记大过处分，并把他的错误行为连同处分决定一并装进档案。

柳刚为了实现当将军的梦想，对自己严格要求，工作刻苦努力，不怕苦不怕累，积极要求进步，对业务勤学苦练，追求精益求精。俗话说：“一分耕耘一分收获。”由于柳刚工作认真负责，刻苦钻研业务，受到领导和战友的好评，当年就荣立了三等功，并被评为“五好战士”。他把立功受奖的奖状寄回家，父母都为他感到高兴，来信鼓励他在部队好好干，争取早日加入中国共产党。

柳刚信心满满，觉得不会有什么问题，凭着自己的工作表现，足以达到入党的要求。可是，他的入党问题却迟迟未能解决。他找到自己的入党介绍人张指导员，从侧面打听原因：“指导员，我当兵已经一年半了，一直积极要求入党，您是我的入党介绍人，平日对我的帮助很大，也了解我的为人，从您的身上我学习到很多知识，我按照您的教导，一直严格要求自己，盼望能够早日加入伟大的中国共产党。您看我还有什么不足之处，还有什么地方做得不到位，请您给予指点，我今后一定虚心接受并加以改正。”

张指导员为人比较谨慎，他对柳刚的印象很好，认为他是一棵好苗子，对他的政治前途很关心。他知道柳刚为了入党的事情着急，但是，他不能违背组织原则，向他透露党支部开会讨论他入党问题的内容。于是，他没有正面回答，而是话中有话地说：“柳刚，我知道你自从入伍以来，工作积极努力，对业务精益求精，善于团结同志，这些方面做得都很好，不过我觉得你在政治学习上还欠火候，若想成为一名合格的革命战士，就必须做到政治合格，思想过硬，又红又专才行。”

张指导员的话，柳刚听出了端倪，他是侧面提示自己只顾业务，不注重政治，导致入党问题迟迟不能解决。于是，他暗下决心，一定要在政治上加大力度。因为他写一手楷书，以前曾帮连里写过板报，后来忙于业务，推辞不干了。得知自己入党问题出于政治原因，他便主动找到负责宣传工作的党支部委员，要求在政治上多帮助自己，有什么政治任务，尽管交给他。同时提出由他负责板报工作，并表示一定完成任务。

那位主管宣传的党支部委员，以前因为柳刚拒绝过他，心里对他有成见，故此在讨论柳刚入党的支部会上，提出柳刚政治不合格的反对意见。如今见他主动请缨，负责板报工作，便欣然同意。

柳刚自从接手编写宣传栏工作，便利用业余时间，积极走访先进人物，将他们的先进事迹轮番在宣传栏上登载。同时不断把自己的政治学习心得写在板报上，每逢 “五一”“七一” “八一” “十一”以及元旦、春节等重大节日，他都写上一篇短文，歌颂伟大的中国共产党，歌颂伟大的人民军队，歌颂伟大的祖国。由于他的政治表现活跃，那些认为他政治不合格的人对他改变了看法，不再对他横加指责。

恰逢此时爆发了对越自卫反击战，柳刚第一个咬破手指，带头写血书，坚决要求上战场杀敌立功。由于他们是后勤部队，上级没有下达作战任务，故此柳刚上前线打仗的请求无法实现。但是，他的表现却赢得了赞赏，为自己赚足了政治资本。

他在政治上的突出表现，虽然出于真心，但也让人觉得有作秀之嫌，于是，有的人提出他是说得多，做得少，哗众取宠，沽名钓誉。由于这些看法，导致他的入党问题再次搁浅。

柳刚没想到，自己一再努力，竟然换来一次次失败。他感到迷茫，不知道下一步究竟该如何去做，怎样做众人才能满意，才能达到组织要求？他甚至怀疑自己不是当兵的料，在部队发展只是一厢情愿，根本无法实现。

就在柳刚心灰意冷、感到迷茫彷徨之际，突然接到了连里通知，让他前去军区参加大比武。虽然他已经对前途失去信心，甚至萌生了退伍复员的想法，但是他却服从命令，代表后勤仓库前去参加比赛。

比赛按照各类项目、各类特点要求进行比试。柳刚凭借着勤学苦练的基本功，一路破关斩将，杀入决赛。决赛的场面非常隆重，军区首长以及所属的各级领导悉数亲临现场，观看比赛。比赛在柳刚与另一个军需仓库的选手之间进行，比赛的科目是选手蒙住眼睛，用手摸着摆放在台上的几十种零部件，并以最快的速度说出它们的名称、型号及用途。结果柳刚凭借平时苦练的基本功，准确无误地说出答案，一举赢得了比赛，获得了冠军头衔。他们的精彩表演，赢得了全场人员的一片喝彩和一阵阵热烈的掌声。

柳刚载誉归来，仓库领导特意为他举行了庆功会。他披红挂彩，胸佩大红花，走上主席台，一一向与会的领导敬礼，然后宣讲了此次获奖的经过和自己的体会。会场气氛十分热烈，他的汇报发言不时被台下阵阵热烈的掌声所打断。

后勤仓库的田主任，作为仓库的一把手，最后做总结。他在讲话中高度赞扬柳刚的敬业精神，为他取得的成绩表示祝贺，要求全体人员向柳刚学习。最后他宣布对柳刚的嘉奖令："鉴于柳刚的突出贡献，授予二等功，同意他的入党请求，批准他为中国共产党预备党员。提拔为正排级干部。"

在会后的庆功宴上，田主任特意安排柳刚坐在身旁，柳刚受宠若惊，激动得浑身微微颤抖，感觉无所适从。

田主任对他非常友善，不但劝他喝酒吃菜，还关心地询问他的家庭情况。柳刚如实回答了田主任的问话。田主任问完他的大致情况，颇有深意地说："柳刚，你的家庭条件和自身素质都不错，是个难得的人才，希望你今后继续努力，戒骄戒躁，不断进取，我相信你一定会有所作为，前途不可估量！"

柳刚闻听田主任如此看重自己，心中倍感高兴，急忙站起身来行了一个标准的军礼，感激地说："谢谢您的鼓励，我是您带出来的兵，我能够取得成绩，与您的领导和教育分不开，我一定牢记您的教诲，保证不骄不躁，更加努力工作，争取获得更大的成绩，回报您的厚爱！"

"小柳，你不必如此拘谨，以后你就把我当成你的长辈，把我的家当成你的家，如果遇到什么困难，尽管到家来找我，我一定会帮助你解决，希望你以后常到家里去玩，我和家人都欢迎你。”田主任此时丝毫没有领导架子，就像一位和蔼可亲的长者与自己的晚辈拉家常。柳刚心里觉得热乎乎的，倍感亲切。

古人云：“宝剑锋从磨砺出，梅花香自苦寒来。”柳刚终于凭借刻苦努力，赢得了部队领导和广大官兵的认可，在部队站稳了脚跟，为实现自己的理想，迈出了坚实的第一步，为未来事业的发展以及爱情生活奠定了基础。

第九章　乘龙快婿

田主任今年五十多岁，是个解放战争时期参加革命的老军人，祖籍山东省泰安，十六岁参加革命队伍，十八岁入党，经过解放战争和抗美援朝战火的洗礼，由一个农家孩子成长为战斗英雄，他在战斗中勇猛冲杀，奋不顾身，屡立战功。在抗美援朝战争中，有一次部队攻占敌人高地，他不幸被炮弹炸成重伤，昏迷不醒，奄奄一息。战友们把他从前线抬下来，送到战地医院，他已命悬一线，生命体征十分微弱，就连救治他的医生都摇头说没有希望，除非出现奇迹！但是医生出于治病救人的责任，为他进行了手术。他昏迷了三天三夜，终于凭着顽强的生命力和过硬的身体素质，从鬼门关活了过来。在医院养伤期间，他结识了战地医院的护士杨梅，经过接触和了解，彼此产生了感情，田主任伤愈出院时，他们在部队领导的主持下，举行了婚礼。

田主任因作战勇敢，多次立功受奖，在战斗中迅速成长。1955年，部队换装授衔，他不满三十岁，被授予少校军衔。由于他多次受伤，被迫离开野战部队，转到后方军区，担任后勤军需仓库的主任。他的爱人杨梅也随同来到军需仓库，担任仓库医务所所长。

他们一共生育了三个子女，大女儿叫田园，老二是男孩，名叫田野，最小的女儿叫田芳。如今他们均已长大成人，田园是军区医院的医生，田野在野战部队任连长。小女儿田芳，从小受父母宠爱，父母舍不得她远离，安排在医务所当护士。他们全家都是军人，就连女婿、儿媳亦都是军人，真可谓正宗的军人世家。

田芳身高一米六，体形苗条，面目姣好，自幼备受父母宠爱，性格有些心高气傲，优越感强，比较任性，听不进别人的意见，一向我行我素。尤其是在婚姻问题上，更是目空一切。父母的老战友给她介绍了几个男友，其中有老战友的孩子，还有部队干部以及军区的参谋等优秀人才，她一个都没看上眼。

母亲眼看女儿大了，婚姻大事没有着落，心里着急，背地里询问女儿，到底想找啥样的男朋友。女儿先是不吭声，后来抵不住母亲再三逼问，不得不说出心里话。原来她早就心有所属，看上的不是别人，正是柳刚。

说起田芳和柳刚之间的关系，还有一段不愉快的插曲。由于仓库坐落在偏远山区，远离城市和集镇，平日接触的几乎都是清一色的男性，没有特殊情况，他们根本无法与异性接触。在这充满阳刚之气的军营里，医务所和话务班的几位姑娘，简直就是凤毛麟角。人都是有七情六欲的感情动物，每个人都有感情需求，特别是那些血气方刚，男性荷尔蒙旺盛的年轻军人。他们那情感匮乏的荒漠世界，急需爱河之水滋润和浇灌。为了能够接触异性，有些战士编造各种理由和借口，前去医务所及话务班，借此与自己心仪的姑娘见面。他们几乎把女兵的门槛踏平，弄得女兵们不胜其烦，避之不及。

有一次，柳刚身患感冒，头痛发烧，只好向领导请假，去卫生所看病。那天值班的是田芳，她刚撵走一个泡病号，装病赖在卫生所，磨磨唧唧和她套近乎的战士，此时田芳正坐在那里生气。恰好柳刚来看病，正在气头上的田芳，误把他当成泡病号，借故与女兵套近乎的人。柳刚进门就说看病，田芳没好气地看了他一眼，坐在那里没有吭声。柳刚以为她没听见，便抬高声音：“同志，我看病。”

“你喊什么？没见过像你们这样的人，整天不好好工作，就知道泡病号！”田芳瞪了柳刚一眼，反感地大声斥责。

“你说谁不好好工作？谁泡病号啦？你这是什么工作态度？”柳刚被她的态度激怒了。

“就说你，怎么啦？没事跑这儿捣什么乱？”

“我再说一遍，我是来看病的，不是来捣乱的！你这个人真是不可理喻！”柳刚愤愤不平地提高声音与她理论。

争吵声惊动了隔壁的李医生，她赶紧过来解围。李医生把柳刚领到她的医务室，一边劝慰柳刚，一边为他做检查，结果确诊为重感冒，发烧三十八度。

李医生为柳刚打了退烧针，开了感冒药，告诉他按时打针吃药。柳刚离开后，李医生将柳刚的病情告诉田芳。田芳得知自己错怪了柳刚，心里觉得很内疚。第二天柳刚来打针，田芳想向他解释并道歉。可是柳刚对她的态度十分冷漠，甚至不拿正眼瞧她。田芳从小娇生惯养，自尊心非常强，长这么大还没有一个人敢这么藐视她！她一气之下，不但放弃了解释和道歉的想法，反而故意和柳刚较劲，摆出一副冷冰冰的面孔，有时故意冷言冷语，拿话讥讽他。柳刚也不甘示弱，反唇相讥。

世界上的事情就是令人难以捉摸，田芳虽然嘴上与柳刚打口水仗，表面上冷冰冰的，可是心里却被他的倔强所折服，并对柳刚产生了莫名其妙的好感。

因为柳刚性格倔强，不同于那些没事经常与女兵套近乎、献殷勤的人，从不无故涉足女兵的领地，每次办完事抬腿就走，不肯在女兵面前多待一分钟。柳刚不卑不亢的个性及英俊的面孔，深深打动了田芳的心，觉得他的个性与自己很相似。你想田芳以仓库一号首长公主身份，加上俊俏的容貌，令多少人把她当成追求的目标。假如哪位男性有幸与她攀上关系，岂不是乘龙快婿，前途一片光明。不说平步青云，起码可以少奋斗几年时间。你说柳刚能不明白其中的道理？可是柳刚就是那么傲，不拿正眼瞧她。

几乎每个人都犯同样的毛病，越是得不到的东西越觉得珍贵，得到的反而不知道珍惜。田芳自幼受人宠爱，唯我独尊，没有人敢这么对待她。因此她暗下决心，这辈子一定要征服柳刚，要让他对自己缴械投降，俯首称臣。

田芳看中的不光是柳刚的外表，同时看中他的个性和内涵。虽然柳刚出身于普通家庭，但他不趋炎附势，骨子里透出一股傲气。尤其是对待她的态度，更是让她既恨又钦佩。

母亲知道女儿的心事，对柳刚的情况做了多方了解，知道他是个有上进心，追求理想的有志之士，无论长相还是人品，她都很满意。若按母亲的意思，想托人把事情挑明。田芳却坚决反对母亲的做法，她不想操之过急，而是想再进一步考察他。她这么做并不是对柳刚不满意，而是想看看柳刚如此傲气，是徒有虚名，狂妄自大，中看不中用的绣花枕头，还是真有本事，想看他能否凭着真才实学，去完成普通士兵所追求的入党和提干两项目标。

柳刚果然不负众望，在军区的大比武中独占鳌头，一举成名，不但立功受奖，并且入党提干。田芳感到非常高兴和满意，父母更是喜之不胜，觉得女儿慧眼识珠，没有看错人。

可是，此时的柳刚沉浸在成功的喜悦之中，对于酒席上田主任说的那番饱含深意的话，根本没有领会其中玄机。

星移斗转，光阴荏苒，山上的树叶绿了黄，黄了又绿，周而复始循环三次。三年时间倏忽而过。柳刚和少数幸运儿在这三年时间里，完成了入党提干的目标，得以留在部队继续发展。而与他一起当兵入伍的麻有志和程智学等人，却没有他这么幸运。就在柳刚穿着四个兜的干部服，照着镜子独自欣赏时，麻有志和程智学等人却忙着整理行装，准备打道回府。程智学虽然没能提干，却荣幸地加入了中国共产党，麻有志因为处分在身，入党提干都没有份。他们和大多数服役期满，表现平平的战友一样，失去了在部队继续发展的机会，复原回家，各奔前程。

三年的军旅生涯，对这些处在和平年代的普通士兵来说，没有机会上战场立功受奖，令人感到遗憾。但是紧张火热的军旅生活，丰富了他们的人生阅历，留下了令人难忘的记忆和深厚的战友之情。望着昔日朝夕相处的战友即将各奔东西，从此天各一方，战友们不禁潸然泪下，相互拥抱，互道珍重！

程智学是农村兵，复原后本想托人在城里找个工作，可是没有过硬的关系，在家等了半年时间，没有着落，无奈之下，只好回乡继续务农。乡镇领导考虑他是部队复员的共产党员，对他高看一眼，安排他到镇直属的砖厂工作。

麻有志是城市兵，按照相关政策，被安排在城里工作。他按程序前去县民政局报到，把档案交给复员军人安置办公室。负责接待他的同志审查他的档案时，看到他的档案里有打班长、踢排长、骂连长的处分材料，不由得信口调侃道："哎呀，你挺厉害啊，简直是战斗英雄！"旁边办事的人听到负责同志的话，信以为真，向他投来敬佩的目光，有的人好奇地问他是否参加对越自卫反击战立过功。麻有志心里非常恼火，有心发脾气，但觉得底气不足，只好红着脸，不满地瞪了那位负责人一眼。负责的同志觉察到自己失言，赶紧向他赔礼："啊，对不起，我刚才说走嘴了，请原谅。"麻有志没有搭理他，赌气地离开了。

因为麻有志在部队学习过驾驶技术，被分配到县客运公司，当了一名客车驾驶员。每当战友聚会，有的战友提及他在部队的一些往事，说他假如不饮酒闹事，打班长、排长，骂连长而背了处分，凭他的聪明才干，很有机会留在部队发展。他却不以为然地回答："人各有志，不能勉强，我之所以去当兵，就是想到部队锻炼一下，增加点见识，开阔一下自己的视野，一个人如果没有当兵的经历，他的人生就不完整。我压根没打算在部队干一辈子，至于说我因处分而没留在部队，我实话告诉你们，对此我从不后悔，因为我志不在此，有什么好后悔的？"

俗话说："铁打的营盘流水的兵。"柳刚送走昔日的战友，又迎来了新兵，他现在已经调离了原来岗位，到新兵连负责训练新兵。三个月的训练任务结束后，他回到军需仓库，担任军需管理科干事。军需科科长姓肖，名叫肖锋，比柳刚大十几岁，是个认真负责，作风严谨的人。当年就是他到柳刚家乡接兵，由于这层关系，他们一直相处得很好。

自从柳刚当了干事，工作轻松了许多。每天负责统计进出库情况，做一份统计报表，偶尔到仓库检查一下工作，剩余时间就是待在办公室内，看报纸或做一些临时分派的工作。他每天早晨上班，先将各科室的卫生打扫一遍，然后提着暖瓶，去锅炉房为科长打开水。几乎每天如此，从未间断。

这天下午，他正在办公室做报表，桌上的内部电话响了起来。他急忙操起话筒，话筒里传来了肖科长的声音："小柳，到我办公室来一下。"

"好的，科长，我马上去。"柳刚痛快地回答，撂下话筒，快步来到科长办公室。

他礼貌地敲门，得到允许，方才推门而进，举手敬礼说："科长，您找我有什么事？"

肖科长用手指着沙发，示意他坐下。然后笑着开口说："柳刚，我都说过了，咱们在一个科室工作，整天见面，你不必这么客气。"

"科长，我是您接来的兵，虽然现在在一起工作，但您是我的领导和前辈，无论到什么时候，我都必须尊重您。"

肖科长正色说道："我说没必要就没必要，你记住，下次不许这样，这是命令，你必须执行，否则我不高兴了！"

"是，科长，下次我一定注意。"柳刚回话时，身子习惯地往起站，想到刚才科长的命令，又赶紧坐下。

"柳刚，刚才田主任的爱人杨大姐来电话，说家里有点事儿，需要人帮忙，你赶紧过去一趟。"肖科长吩咐柳刚。

"是，我马上去，保证完成任务。"柳刚起身敬礼，离开办公室。

自从柳刚调到机关工作，他不时地被派往田主任家，时常送东西、送文件，尤其最近一段时间，他被派往田家的次数更频繁。由于接触的次数多了，他和田家人熟络起来，田主任和他的爱人杨梅每次对他都很热情，沏茶倒水、拿水果。唯独他们的女儿田芳，对他的态度有点让人捉摸不透，她就柳刚时好时坏，父母不在身边时，她对柳刚很客气，说话也算温柔得体。每当父母在场，她就冷言冷语，故意拿话气他。特别是当着外人的面，她对柳刚不理不睬，仿佛这个人不存在似的。刚开始柳刚对她这种忽冷忽热的态度，有点接受不了。后来接触时间长了，尤其他们单独接触时间多了，他对田芳的态度习惯了，有时还反驳几句，田芳不以为忤，一笑了之。

柳刚快步来到田主任家，轻轻地敲了敲门。屋内传来了“请进”的声音。柳刚轻推房门，放轻脚步走了进来。此时，杨梅坐在沙发上，正和女儿田芳说话，柳刚规矩地立正敬礼：“首长您好！柳刚前来报到，有什么事情，请指示。”

田主任的爱人杨梅，虽然年届五十，但由于保养得好，又会打扮，显得很年轻。她笑呵呵地从沙发上站起来，摆摆手说：“小柳，你到家就随便点，不必拘礼，先请坐吧。”

“是，首长，柳刚遵命。”柳刚再次敬礼，然后坐在一旁的椅子上。

“我说你是怎么回事？我妈都说了不必拘礼，你怎么还左一个首长右一个首长地叫？拍马屁没有你这么拍的。”田芳在一旁故意挑理。

“啊，你怎么能说我拍马屁呢？你说我不称呼首长该怎么称呼？”柳刚被她说得有些不知所措。因为以前他一直称呼杨梅首长，她们家也没人反对。

“该怎么称呼就怎么称呼呗，这么大人了，连个称呼都搞不明白，难道用我教你不成。”田芳调皮地歪着脑袋，眼睛盯着他。

“那好，我就称呼杨大姐。”因为部队有个惯例，对首长的爱人一般都称呼“大姐”，大姐在这里只是尊称，并不代表辈分，故此柳刚也沿袭这种称呼。

“你才多大年纪，管我妈叫大姐？大姐该你叫的？真不懂事！”田芳依旧不依不饶。

“称呼大姐怎么啦？别人都是这么称呼的，怎么到我这儿就行不通啦？”柳刚委屈地反驳，心说这大小姐的脾气可真让人受不了。

“对了，别人这样称呼可以，你这样称呼就不行。”

“请问我该怎么称呼？”柳刚有些赌气地问她。

"好啦，好啦，田芳，你别闹了。柳刚，你就叫我阿姨，田芳和你开玩笑呢，你别往心里去。"杨梅见柳刚当真了，赶紧为女儿打圆场。田芳也忍不住"扑哧"笑了，她笑靥如花，语气温柔地说："人家和你开玩笑，没想到你还当真了，你咋这么不懂幽默呢？"

柳刚听她们母女这么一说，低头用手挠了挠脑袋，不好意思地笑了。

"小柳，其实找你来也没什么大事，田芳想把屋里的家具重新摆放一下，你就受累帮帮她，我去军人供销社买点菜，今天你留在家里吃饭。"杨梅说完，提着拎兜出门了。

屋里只剩下了他们俩，反而都不说话了，沉默了片刻，田芳首先打破了沉默，笑着说："刚才我和你开玩笑，你不会真生我的气吧？"

"不会，你是首长家的大小姐，我只是个普通的军人，我怎么敢生你的气呢！"柳刚低声回答。

"你少用话挖苦我，不过你还别说，我喜欢你刚才生气的样子，怪逗人的。"田芳笑着逗他。

"拉倒吧，我没听说生气的样子好看，别拿我开心了。"

"我说的是真心话，我真的很喜欢你生气的样子，真的，不骗你！"田芳诚恳地说。

"你真是个怪人，喜欢看人生气的样子。"柳刚故意拿话逗他。

"你不生气我也喜欢，不过我更喜欢你生气的表情。"田芳下意识地说，大概她觉得自己的话有些暧昧，脸上飞起红晕，不好意思地低头笑了。

"你喜欢我啥呀，我一没才，二没貌，一个穷当兵的，有啥赢人的地方让你喜欢？"柳刚故意拿话挤对她。

"你这人怎么这样？得理不饶人！一说喜欢你，瞧你臭美的，不知道姓啥了。好啦，咱们别闹了，抓紧时间干正事吧。"田芳见说不过他，赶紧转移话题。

"行，我听你的，你说咋弄？"柳刚四下看了看，问田芳。

“好，你帮我把书橱的书倒出来，把书橱搬到我的卧室，再把书摆放到书橱里就行了。”田芳指着办公桌后面的书橱，对柳刚说出自己的想法。

“好的，没问题，保证完成任务。”柳刚说完，弯腰打开书橱，从书橱里将书一本本拿出来，摞成一摞，直接抱到田芳卧室。卧室很大，足有三十多平方米，靠窗下摆放着一张紫檀色双人床，床上铺着一个粉色牡丹图案的床单，床上摆放着相同样式的枕头和被子。窗台上摆放着一盆兰草，一盆月季花，还有一盆芦荟。靠墙边摆放着一个紫檀色三门衣柜，中间门上镶嵌着一面镜子，床旁边一个床头柜，床头柜上摆放着几样女性用品，一个一尺见方的相框。照片上的田芳一身戎装，脸上洋溢着甜蜜而带有几分调皮的微笑，散发出少女特有的温馨和靓丽。室内装饰虽然简洁，却格调高雅，十分温馨。

柳刚虽然多次与田芳接触，却从未近距离端详过她的长相，更没有机会欣赏她的照片，柳刚被她的美丽惊呆了，不由自主地停下来，忘情地欣赏着她的倩影。柳刚的举动，被随后进来的田芳看到，她不由得面色一红，有些害羞地低声说：“你干吗盯着人家的照片看个没完，又不是没见过本人。”

“嘿嘿——”柳刚觉察到自己有些失态，面色通红，自我解嘲地憨声笑着离开闺房，继续搬运书籍。

柳刚接连搬运了五六趟，将书搬完。挪动书橱时却遇到了麻烦，按理说他们应该各抬一端，可是书橱比较重，田芳试了几下，根本抬不动。柳刚沉思片刻，转身走到院子里，四下踅摸着。他在一个角落看到了一个废弃的拖布杆，他把拖布杆从中间一踹两截，拿着两截拖布杆回到屋里。

“你干什么去了，拿这两截棍子有啥用？”田芳不解地问他。

“我这是利用滚杠原理，你别小看这两截棍子，咱们有了它，就可以省力地把书橱挪到你的房间。”柳刚得意地说着，同时他弯下腰，抬起书橱的一端，让田芳将木棍放进书橱底部，然后又抬起另一端，田芳明白了他的想法，赶紧把木棍放进去。柳刚站起身来，双手用力一推书橱，木棍便滚动起来，书橱开始向前移动。推了一段距离，柳刚停下来，重新将木棍放好，然后再继续往前推，他们如此这般循环几次，便把书橱移到了田芳的房间。

“哎哟，看不出来，你做事还挺有窍门的。”田芳点头赞许。

“这点小事算啥？只要肯动脑筋，再大的困难也有办法克服。”柳刚自信地回答。

“耶，耶，夸你两句还来劲了，你就不能谦虚点？”田芳笑着和他逗趣。

“谦虚啥呀？没能力的人才谦虚呢，有本事的人应该骄傲！”

“哼，说你胖还喘上了，真是给点阳光就灿烂，给点棉花就纺线。”

“这说明我会利用资源，总比那些浪费资源的人强。”

“你这纯属狡辩，本姑娘不屑与你争辩，你赶紧把书橱往东面挪一挪，把书搬过来，我按种类摆放。”柳刚按照田芳的要求，把书搬到书橱前，田芳分门别类地将书逐一摆放妥当。

田芳摆放书籍时，柳刚来到客厅，按照田芳的想法，将其他家具重新摆放，填补了书橱移走留下的空间，然后开始打扫卫生。

这时，杨阿姨买菜归来，她看到柳刚正在弯腰拖地板，脸上浸出了汗珠，心疼地说：“哎呀，小柳，你都累出汗了，快坐下休息休息，来，喝杯水。”她一边说着，一边给柳刚倒了一杯凉开水。

“阿姨，谢谢！我不累，一会儿就搞完了。”柳刚赶紧接过水杯，放在茶几上，继续拖地板。杨阿姨走上前去，将他强行按在沙发上，把水端到他的手上，亲切地劝他说：“这也不是什么要紧的活儿，这么着急干啥，你先休息一下，喝口水再做。”

柳刚顺从地接过水杯，喝了两口，放在茶几上，继续拖地。杨阿姨转身来到女儿房间，见到书橱已摆放妥当，高兴地说：“你们这么快就搞好了？这个书橱很重的，你们是咋挪过来的？”

“妈，你别说柳刚真有办法，他只用了两截木棍，就毫不费力地把书橱挪过来了。”田芳带着几分炫耀的口吻夸奖柳刚。

“嗯，是挺有办法，我还寻思等一会儿喊人帮忙呢。”杨阿姨赞许地点点头，然后走进厨房做饭。这时柳刚已经拖完地，拿起拖布准备去卫生间冲洗，打算去拖田芳的卧室。

这时，田主任下班回家，柳刚赶紧站直身体，立正敬礼，规矩地说："首长好！"田主任笑着摆摆手，说："小柳儿，你来啦，累了吧？快坐下休息休息。"

"首长，我不累，马上就搞完了。"柳刚说着，来到田芳的房间，手上加快了动作，想尽快搞完卫生，抓紧时间撤退。

柳刚擦完地板，起身向田家人告别："首长，阿姨，没什么事情了吧，我回去了。"

田主任和杨阿姨急忙挽留，杨阿姨说："小柳儿，你都累一下午了，怎么能走呢？阿姨特意给你买了鸡和鱼，今天就在阿姨家吃饭。"

"对，你就在家里吃饭，田芳，你陪柳刚说话聊天。"田主任也出面挽留。

田芳顺从地来到柳刚身边，嗔怪地说："你这个人怎么不识抬举，吃顿饭还能把你药着。来，到我的房间，我还有事呢，没干完活就想走，没门！"说着，她拉起柳刚的胳膊，把他拽到自己的房间。

柳刚来到田芳的房间，问她干什么活，田芳笑而不答，显然她是借故编理由留他吃饭。柳刚见田家人一片盛情，只好留下来。

杨阿姨为柳刚准备了可口的饭菜，田家人对他十分热情，杨阿姨不断为他夹菜，田主任特意拿出了一瓶茅台酒招待他。由于初次在领导家吃饭，柳刚显得有些拘谨，坐在饭桌旁觉得浑身不自在，以致夹菜时手微微颤抖。杨阿姨见状，笑着相劝："小柳，你不必拘束，以后没事你就到家里来，把这里当成你的家，想吃什么跟阿姨说，阿姨给你做。"

"谢谢阿姨！"柳刚礼貌地致谢。

"来，小柳，陪我喝两杯。"田主任举起酒杯相劝。

"谢谢首长，我的酒量有限，请您原谅！"柳刚不好意思地推辞。

"小柳，你阿姨都说了，让你把这里当成家，你怎么还这么外道？咱们家没有那么多规矩，你放松点，该吃就吃，想喝就喝，不必拘束。”田主任和颜悦色地劝他。

“就是的，你看我爸妈都这么说了，你还客气啥？我看你是敬酒不吃吃罚酒，来，我陪你喝一杯。”田芳说着，拿起酒杯，斟满酒，举到他跟前。柳刚见田家人对自己如此热情，觉得盛情难却，只好举起酒杯，感激地说：“首长，阿姨，田芳，感谢你们对我的厚爱，这是我的荣幸，以后有什么需要，我一定竭尽全力，赴汤蹈火，在所不辞。”

“小柳，你言重了，以后你就把这里当成家，把我们当成你的亲人，不要总那么客客气气的，随便一点，阿姨是不会怪罪你的。至于田芳说你什么，你千万别往心里去，她就是这个脾气，都是我从小把她惯坏了。她是刀子嘴豆腐心，其实她蛮优秀的，为人心地善良，贤惠懂事，就是嘴上不饶人，以后你们相处时间长了，就知道她是个外冷心热的好人。”杨阿姨像和家里人聊家常似的嘱咐柳刚。

“妈，你瞧你，那有这么变相夸自己女儿的？”田芳脸一红，不好意思地抱怨母亲。

“呵呵，我说的都是实话，我女儿的确很优秀。只要你把脾气改改，就更优秀啦！柳刚，你说阿姨说的对不？”杨阿姨笑着和女儿说笑，并转头问柳刚。

柳刚顺着杨阿姨的话说：“对，阿姨说得很透彻，真是知女莫若母。”

“好啦，你们就别拿话刺激我啦，我以后改还不行吗？”田芳笑着回答，说话的同时，故意瞪了柳刚一眼。

“小柳，我今天高兴，来，咱爷俩儿干一杯。”田主任再次举杯相劝，柳刚赶紧起身举杯与他碰杯。他在碰杯时，有意把酒杯往下放，比田主任的酒杯低几公分，以示对长辈的尊敬。田芳举杯过来凑热闹，大声嚷嚷着：“哎，我说你们俩不能落下我呀，我刚才提的那杯酒还没兑现呢！我说柳刚你咋回事？就知道拍领导马屁，不把战友放在眼里。”

“你这孩子，怎么说话呢？刚说改脾气，转身就忘了！”杨阿姨嗔怪地用手指点着女儿的额头数落道。

“我是说改脾气，但没说对他改脾气啊，我改脾气是有针对性的。”田芳冲母亲做个鬼脸，晃着头调皮地笑了。

“好，咱爷仨共同干一杯。”田主任慈爱地看着女儿，脸上洋溢着慈祥的笑容，完全看不到领导的威严和派头，与普通家庭的父亲没有什么两样。

经过刚才这番说笑，柳刚的情绪趋于平稳，不再像刚才那么拘谨，但他暗自提醒自己，一定要注意形象，绝对不能喝酒过量，以免闹出笑话，让人瞧不起。同时，他也从田家人，尤其是田芳的态度上，感觉到有些不正常，以前他曾多次到田家帮忙干些零活。每次干完活，除了得到一句“谢谢”就是干完活走人，别说吃饭喝酒，连喝水的机会都不多。特别是田芳，更是傲气十足，除了拿话挤对他，就是对他不理不睬。如此一比对，他似乎猜出点端倪，难道田芳对自己有意思，田家人看中了自己？不会，绝对不会！自己一没钱二没势的，只是普通工人家庭出身，与她的地位相差悬殊，门不当户不对，她们怎么会看中自己呢？这简直是痴人说梦？即使天上下七七四十九天牛毛细雨，这样的好事也淋不到自己头上，就别自作多情啦！

俗话说：“事不关心，关心则乱。”他在心里反复想着今天发生的情况，觉得无论如何田家人不会看中自己，他们可能是看在自己立功受奖，为部队赢得荣誉的分上热情地招待自己，自己绝对不能往其他方面想，更不能自作多情，那样岂不贻笑大方。由于他的心头没有顾虑，因此放松了心态，从容地与田家人说话聊天，不再感到紧张。

吃完饭，柳刚帮着收拾桌子，并抢着洗刷餐具，然后起身告辞，却被杨阿姨叫住：“小柳，先别急着走，我这里有几张小礼堂的电影票，今天演的是有关对越自卫反击战的内部片，正好你跟我们一起去看。”尽管柳刚觉得自己与田芳没有希望，但他还是痛快地答应和他们一同去看电影，能和一号首长的家人一同观看内部片，这是他的荣幸！

由于田家住地与小礼堂距离很近，他们没有坐车，而是一边散步，一边来到小礼堂门口。路上不时有人与田家人打招呼，人们像发现新大陆似的，用异样的眼神看着走在他们中间的柳刚，心里充满疑惑和猜测。人们更多的是联想到他与田芳的关系。

走进礼堂，在工作人员的安排下，他们坐在第一排中间的位置。不知道是有意还是无意，田芳和柳刚坐在一起。

电影开演了，伴着隆隆的枪炮声，双方军人在拼死厮杀，刀光剑影中透出战争的血腥与残酷。别看田芳在部队长大，平日啥也不在乎，但她毕竟是个和平年代长大的女孩儿，从未经历过战争的洗礼，每当看到嗜血的场面，都会不由自主地抓紧柳刚的胳膊，身子吓得直往柳刚身子上靠，柳刚则承担保护神的责任，用手拍着她的肩膀，嘴里不停地安慰她不要害怕。柳刚看着田芳一副小鸟依人的样子，心里感到很自豪，同时他也有预感，田家人这样对待自己，一定不是无意之举，而是有意为之，他和田芳之间一定会有不同寻常的事情发生。

影片分上下两部，上部描写战争场面，下部讲述战争中出现的一些失误，以及对这场战争的总结。田主任和杨阿姨看完了上部，中场休息时，没打招呼便离场回家。留下田芳和柳刚继续观看。没有父母在身边，田芳更没有了顾忌，索性抱着柳刚的胳膊不撒手，把头靠在他的肩膀上。她的亲昵举动让柳刚更加确定了自己的猜测，感到面红耳赤，心跳加快，一股幸福的暖流涌上心头。他暗自庆幸，自己能够得到如此美丽且地位显赫的姑娘的芳心，真是三生有幸，觉得自己是世界上最幸福的人！

时间在他们的缠绵幸福中悄然流逝，电影不知不觉进入了尾声，随着终场的铃声响起，礼堂的灯光亮了起来，柳刚和田芳赶紧正身坐好。田芳不好意思地整理一下凌乱的头发，美丽的脸庞像个熟透的苹果，她冲柳刚羞涩地一笑，不好意思地低下头。

他们手拉手走出礼堂，观看电影的人们在礼堂门口，朝四处散去。田芳挽着柳刚的胳膊，沿着库区漫步前行。浩瀚的夜空群星闪烁，路上不时有车驶过，明亮耀眼的灯光与天上的星光相映生辉，一辆汽车从他们身边擦身而过，由于车速快，车辆带起的风掀起了田芳的衣袂。柳刚急忙把田芳拉到身体右边，他是担心来往的车辆给田芳带来意外，他是用身体来保护田芳的安全。田芳明白柳刚的用意，心里非常感动。觉得自己没有看错人，柳刚不但事业上有造就，生活上也很细心，从这件小事上就能看出来，他是个做事认真负责，有责任感的好男人。

田芳心情激动，十分幸福地抱住柳刚，含情脉脉地说："柳刚，我爱你！"

田芳的大胆表白让柳刚欣喜若狂，他不由得一把将田芳搂在怀里，无比激动地说："田芳，谢谢你对我的爱，我感到非常幸福和荣幸。可是我不明白，咱们仓库那么多追求你的人，你为什么偏偏喜欢我？我有很多缺点和毛病，希望你慎重考虑，以免将来失望后悔。"

"柳刚，我和你说句实话，其实我早就喜欢你，只不过没有机会向你表达。至于你问我为什么喜欢你，我也说不清楚，反正我就觉得你本质好，心地善良，有上进心，有骨气，不像那些肤浅的人那么庸俗。爱一个人是不需要理由的，这也是缘分。"田芳十分坦诚地向柳刚表达了心扉，此时，她像个温顺的绵羊，依偎在柳刚的怀里，与平日那个我行我素、心高气傲的性格相比，简直判若两人。

由于柳刚与田主任一家人公开亮相，田芳与柳刚搞对象的消息就像有人往沸油锅里撒了一把盐，火爆地在营区里传播开来，引起了人们的好奇和热议。那些了解柳刚和田芳为人的老战友，纷纷向他们表示祝福。那些曾经追求过田芳的人，对他们的恋爱关系，既羡慕又嫉妒，同时也抱怨自己没有福分。还有一些人说柳刚攀高枝，想借田主任的关系往上爬。他们非常眼红，恨命运不公，这样的好事，却与自己无缘。一时间，他们恋爱的消息成了营区的热门话题，各种说法都有，林林总总，各不相同。

俩人确立了恋爱关系，柳刚经常出入田家，田芳也经常去柳刚的办公室找他，还不时地给他送可口的饭菜，俩人的感情更加融洽。

柳刚自从当兵来到部队，屈指算来已经四年，由于为了入党提干，他始终没有回家探亲。如今作为一号首长的准女婿，请探亲假已不成问题。柳刚决定春节带田芳回家探亲，一来是看望日思夜想的父母，二来让父母看看这个准儿媳。同时也让家乡的亲朋好友看看，自己不但凭着刻苦努力，在部队入党提干，还携手美人归，而且这个美人还是一号首长的掌上明珠。他感到非常荣耀和自豪。他把自己的想法告诉田芳，并请示了她的父母，得到田芳的同意她和父母的批准。柳刚便用自己多年积攒的军贴费，为父母以及弟弟妹妹们准备了礼物。杨阿姨拿了一些礼品，让柳刚带回去送给他的父母，作为女儿亲家的见面礼。田芳也为未来的公婆以及弟妹们准备了礼物。

一切准备就绪，柳刚兴致勃勃地偕同田芳，踏上了返乡探亲的列车。

回到阔别四年的家乡，见到了久违的亲人，柳刚的心情无比激动，他带着田芳拜访了长辈，走访了亲友，如同展示宝贝似的，炫耀着自己的未婚妻。田芳初来乍到，对他们的生活习惯有些不适应，但她还是耐着性子，强迫自己努力去适应。她的大方得体、善解人意，以及她的美貌，赢得了父母的认可和亲朋的喜欢。亲友们纷纷夸柳刚有本事，找到这样优秀的部队首长的女儿，前程不可估量，真是了不起！听到亲人和朋友的夸奖，柳刚心里美滋滋的，如同喝了玉液琼浆，陶醉在幸福和满足之中。

第十章　浪子回头

柳刚讲到这里，停顿了下来。汪洋正听得入迷，意犹未尽地问道："大哥，你咋不讲了，后来呢？"

柳刚拿起茶杯，喝了一口凉茶，然后接着说："后来就简单啦，我和你嫂子结婚成家，又生了个儿子，经过这么多年的努力拼搏，我现在已是中校军衔。"

"你可真厉害！现在都当团长了，你当将军的理想一定会实现。"汪洋由衷地羡慕。

"呵呵，我能干到今天这个地步就满足了，至于将军的梦想，现在还很难说。如今部队提倡有素质的军事化管理，部队军官从军事院校提拔，我没有上过军校，在提拔重用干部方面不占优势，再往上干很难的。"

"你的岳父不是领导吗？他在你的提拔问题上，不能帮你说句话？"

"我的岳父如今已经退居二线，再说他倔强正直，坚持原则，这么多年来，别说我的事，就是他儿子的事都不肯徇私情。我能干到今天的程度，不知道真相的人，以为我是借了岳父的光，其实不然，我今天的一切，都是凭自己努力工作所取得的结果。你也不能说一点光都借不上，倒是他的那些老部下，看在他的面子上，在工作上给予了我很多帮助和关照，否则我不会提得拔这么快。”

“大哥，你太幸运了，不但在部队发展得这么好，而且还娶了条件优越的妻子，真是让人羡慕！”

“有啥好羡慕的，他们的家庭条件虽然好，对我的事业有所帮助，但我却时常感到自卑，有一种寄人篱下的感觉。我在这个家庭里，话语权很少，家里的事基本都是她们母女说的算，就连我儿子取名都不肯采纳我的意见！按我的想法，应该给儿子取个有意义的名字，像什么柳毅、柳嘉城、柳玉麟的，可岳母却坚持叫柳从戎，我只好遵从她的意见。诸如此类的事情很多，为此我时常感到苦恼，真是有得必有失，世上没有两全其美的好事。”柳刚有些愤愤不平地说。

“你这是虚荣心在作祟。你现在是堂堂的中校军官，又有着幸福美满的家庭，还有啥不知足的？至于孩子起名，有什么大不了的，其实人名就是个代号，只是个称呼而已，叫什么都一样。只是咱们中国人普遍存在望子成龙的想法，希望起个讲究的名字，寄托自己的美好愿望，你说对不？”汪洋劝慰他。

“道理我懂，只是心里觉得有些不平衡，其实细想也没啥。好啦，咱们兄弟多年未见，不说这些琐碎事，你现在帮周思远做事？以后有啥打算？”

“打算自己做点生意，不知道你有什么好主意？”

“你想做生意？那好办啊，我现在就有个好生意，只是没有合适的人选。还没来得及跟你说，我现在担任仓库的副主任，主管后勤工作，兼多经办主任，主抓经商做生意的事情，今天恰好遇到你，真是最合适的人选，咱们联手做这个生意，保证能赚到钱。”

“你说得这么热闹，到底什么生意啊？”汪洋感兴趣地问他。

“事情是这样的，我们部队现在想做粮食生意，听说你们那里土地肥沃，现在开荒种地的人很多，每年粮食产量很可观，你熟悉当地的情况，咱们联手成立一个粮油收购公司，我出资，你出面张罗，利润均分，你觉得如何？”

“你的想法很好，我听说做粮食生意的人很多，不但占用成本大，而且听说籴与粜之间每斤的差价只有几毛钱，利润这么低，再加上收购及运输费用，能挣到钱吗？”汪洋觉得心里没底。

“虽然每斤差价只有几毛钱，但是收购的数量大，你算一算账就知道了，每斤差价几毛钱，假如几万斤是多少钱？几十万斤又是多少？数量越大，利润就越可观。”柳刚很有信心地说出自己的意见。

汪洋按照柳刚的思路，掐着手指仔细算了一下：一斤几毛钱，十斤几元钱，一百斤几十元钱，一千斤几百元，一万斤几千元，假如十万斤就是几万元。想到这里，汪洋不由得脱口说道：“真是不算不知道，一算吓一跳，真是个好生意！只是担心周转资金数量太大，不知你们部队是否有这个实力？”

“资金不成问题，你要相信我们部队的实力。不瞒你说，如今部队财大气粗，动用几十万资金我这个主管后勤的副主任就有权批准。我早就想做这个生意，只是苦于没有合适的人选，交给外人我又不放心。你是最合适的人选。你是本地人，占有地利之便；我有部队做靠山，资金不成问题；再加上咱们兄弟联手，正所谓天时地利人和都占了。你说能不赚钱？这真是雪中送炭，想啥来啥！”柳刚高兴地说。

“听你这么一说，我的心里有底了，好的，我明天就跟周思远说这件事，我想他一定会同意的。顺便征求一下他的意见，再让他帮着出出点子。他经商的经验丰富，筹备工作没问题，我在当地有一些知己朋友，他们一定会帮忙的。”

“那好，咱们就这么说定了，等我把这里的事情办完，咱们一起动身，张罗筹备成立公司的相关事宜。咱们兄弟甩开膀子大干一场，我保你发大财！”柳刚兴奋地说。

“真是机缘巧合，我正想做生意，你就送来了赚钱的机会，真是我的福星。”

“俗话说兄弟同心，其利断金。我借用你的脑力，你借用部队的财力，正所谓强强联手，想不赚钱都难！好，咱们就这么说定了！聊了大半夜，我有点饿了，晚上光顾着喝酒，没吃主食，我让小王给咱们弄点吃的。”说完，他抄起宾馆内部电话，拨通了王干事住的房间的电话，告诉他赶紧去弄点吃的。

大约十几分钟，小王拎着几个食品袋回来了，他在宾馆附近的一个超市买来烧鸡、火腿肠、花生米、松花蛋等食品，还有榨菜、方便面，外带十听啤酒。

柳刚指挥小王把茶几搬到两个床中间，充当餐桌，然后打开食品，三人坐在床上开始边喝边聊天。小王陪着喝了两听啤酒，便回房间休息，柳刚与汪洋二一添作五，每人喝了四听，一直喝到凌晨才上床休息。

第二天上午，柳刚和汪洋向周思远说了他们的打算，周思远听后，当即表示同意。他同意的原因有两条，一是觉得确实是件好事，可以赚到钱。二来知道汪洋反对他的经销模式，令他很为难，他们是好朋友，不想为此事闹僵，虽然他答应汪洋，不再自己加工奶粉，可是瞒得了一时，却瞒不了一世，一旦汪洋知道自己欺骗他，非但不高兴，说不定还会影响他们之间的感情。柳刚的建议对他来说一举两得，既成全了汪洋，也免去自己的担忧。同时他还提出自己的看法：“我觉得这是个好买卖，汪洋头脑精明，在当地有人脉，而柳刚又有雄厚的资金，你们真是强强联合，生意一定红火。不过我觉得光经营粮食有点单一，听说经营粮食生意有季节性，仅限冬春两季，你们是否考虑一下再增加点其他项目？”

“真不愧商界精英，想问题就是全面！我看咱们再成立一个军用品商店，现在军用品很受欢迎，咱们有便利条件，可以从部队军工厂直接进货，汪洋负责销售，咱们足不出户就把钱赚了，真是人多出韩信！”柳刚受到周思远的启发，心里对他更加佩服。

接下来，三人对具体事宜进行探讨，详细制定了具体方案。有了柳刚的资金支持和周思远的出谋划策，汪洋踌躇满志，恨不得立马赶回甘河市，大张旗鼓地干一场。

柳刚办完事情，他们张罗动身，周思远留他们多玩两天，并陪着他们参观了韶山、马王堆、橘子洲头等旅游景点，并为他们购买了去北京的飞机票。柳刚到北京办事，汪洋则想利用途经北京的机会，前去看望表哥江群。临行时，汪洋拿出手机，准备还给周思远。周思远笑着说："你就留着用吧，当初就是给你买的，再说以后做生意，没有手机不方便，这是我给你的五千元钱，你拿着用，以后如果遇到什么困难，尽管给我打电话，我一定尽全力帮忙。"周思远的仗义，汪洋非常感动，虽然他坚辞不受，周思远却不容分说，强行将钱塞进他的口袋。汪洋心怀感激地收下。

汪洋第一次乘飞机，感到很新奇，同时还有几分忐忑。由柳刚和王干事带领，汪洋跟着他们顺利地办完登机手续，通过安检来到候机大厅。临登机前，汪洋再次拨通妻子的电话，告诉她飞机起飞时间，同时把周思远送他手机及五千元钱的事告之，并告诉了她储蓄卡的密码。妻子感到有些奇怪，说："你过几天就回来，忙着告诉我卡号密码干啥？"汪洋没有正面回答，其实他生怕飞机出事，有点托付后事的意思。然后，他与表哥江群通了电话，告诉他飞机到达时间，表哥答应到机场接机。

汪洋的担心是多余的，飞机飞行了两个小时，平稳地降落在首都机场。他们取完行李，走出了机场。柳刚的战友已在出口接机。双方见面后，非常随便地说笑着，看来他们的关系非比寻常。柳刚把汪洋介绍给他的战友认识，汪洋一边与他们握手寒暄，一边在人群中四下张望，却没有看到表哥的身影。汪洋数次给表哥打电话，电话一直处于忙音状态。柳刚没有急于离开，与他一起等候表哥，此时见表哥迟迟未到，电话打不通，相劝道："你别着急，可能有什么急事耽搁了，我看你不如先和我们去宾馆，然后再与表哥联系。"

"你不知道，表哥是个很讲信用的人，即使有急事，他也会给我来电话的，咱们再等等，他一定会来接我的。"汪洋自信地说。他与表哥感情深厚，急于见到表哥，所以没同意柳刚的建议。柳刚说："既然你这么自信，咱们就再等等，万一他有事来不了，你和我们先去宾馆，让表哥去宾馆接你。"

"行，按你说的办，再等一下，如果表哥还不来，我就跟你们去宾馆。"汪洋依旧不死心，他相信表哥的为人，没有特殊情况，表哥是不会爽约的。

正当他们说话的工夫，只见远处快步走过来一个身穿迷彩服，手里拿着一张纸，上面写着“接汪洋”三个字。柳刚首先发现了，急忙用手指着说：“汪洋你看，那个人是表哥吧？”汪洋顺着他手指的方向望去，发现来人不是表哥，但那个人手里举着一张纸，上面写有他的名字。他们急忙迎了上去。

“请问你是江群派来接人的吗？”汪洋来到那个人跟前，客气地问道。

“对，江总派我来接机，您就是汪洋？”那个年轻人止步问他。

“我就是汪洋，表哥怎么没有来？”

“您好！我是司机小陈，本来江总打算来接您，可临时接到城建局电话，找他有急事，所以委派我前来接您。不好意思，由于路上塞车，我没能及时赶到，让您久等了，请您原谅！”年轻人歉意地解释道。

“不必客气，来了就好。”汪洋客气地回答。

“汪洋，有人来接你，我们就放心了。咱们就此别过，明天我们可能回去，有事咱们电话联系，如果没有什么大事，你不要在北京逗留时间过长，赶紧回去办咱们的正事，再见吧！”柳刚对汪洋叮嘱了几句，王干事过来与之握手道别，然后各自乘车离开。

汪洋第一次来到首都，坐在车里，不停地向车窗外张望，贪恋地浏览北京的景色。以前虽然没有来过北京，但是他早就听说过北京的名胜古迹，对天安门、故宫、长安街，还有人民英雄纪念碑、毛主席纪念堂、人民大会堂等标志性建筑，充满了好奇和向往。他原本以为会途经这些景区，没想到小陈驾驶轿车，穿行于偏僻的街道，他根本没有见到那些向往已久的名胜古迹，径直把车开到郊区，驶进一片建筑工地。

小陈直接把车开到工地办公室，这是临时搭建的活动板房。汪洋刚下车，看到表哥快步迎了过来。他急忙迎了上去，兄弟俩没有说话，而是激动地拥抱在一起。

情绪平定后，汪洋打量着表哥，只见他身穿迷彩服，头戴安全帽，脚穿旅游鞋，人比以前瘦了，也黑了一些，脸上增添了一些细密的皱纹。虽然看上去没有以前那么英俊潇洒，但是却显得成熟稳健，唯独没有变化的是眼睛，依旧那么炯炯有神，充满自信。

兄弟二人走进办公室，聊着家常，却数次被前来请示的工作人员打断。江群苦笑着说：“兄弟，工地的事情太多，我没时间陪你，你先在办公室休息一下，晚上咱们细聊。”

“表哥，我不累，反正闲着无事，我跟你一起去工地看看。”汪洋站起身对表哥说。

“也行，你跟我来吧。”江群让人给他找来一顶安全帽，领着他来到工地。

整个工地一派繁忙，不时有运送建筑材料的车辆进出，铲车忙碌地往搅拌机里填料，搅拌机不停地搅拌混凝土，钢筋工忙着预制钢筋，有人往塔笼里摆放红砖，高高的塔吊不停地转动起吊，往高处吊着各种建筑材料。江群走到装砖的工人跟前，嘱咐说：“你们每次不要装太多，最多不能超过三百五十块，其他的材料也不能超过载重量。”

他们来到沙石堆旁，江群告诉清洗沙石的工人：“千万要把沙石清洗干净，否则会影响质量。”然后他们来到搅拌机前，对往搅拌机里填水泥的工人说：“你一定记住，每次不能少于三袋水泥，保证达到C300，否则我罚你款。”说完，他们来到钢筋工地，对负责人说：“你千万注意，做好钢筋除锈工作，不能使用带锈的钢筋。”

他在工地转了一圈，对各道工序叮嘱了一番，然后又带着汪洋爬上建好的楼层，顺手拿起放在墙角，一根大手指粗细，一米多长的钢筋，用力地在浇筑的楼板上敲打。楼板发出厚重敦实的响声，他脸上露出满意的笑容。他带着汪洋来到另一个楼层，再次顺手拿起放在墙角的钢筋，继续敲打楼板，一连走了几处，都有钢筋放在墙角，供他敲打楼板。汪洋好奇地问原因，江群告诉他：“我用这种土办法，检验楼板浇筑的质量，我可以根据敲打的声音，来判断楼板水泥标号是否合格，那些短钢筋，是我事先准备好的，供我检验质量用。”

“表哥，你可真行，仅凭声音就能断定质量，假如发现质量问题咋办？”汪洋信服地说，同时拿起钢筋，模仿表哥的动作，用力敲打了几下，却无法分辨质量。

“一旦发现质量问题，施工方必须无条件返工，这一点绝不能含糊。建筑是关系到国计民生的大事，丝毫马虎不得，一旦出事就是人命关天的大事，我不能为了赚钱，就放松质量要求。百年大计，质量第一，这个口号不是一句空话，一定要落到实处。宁可不盈利，也绝不做坑害人的事，这就是我的经营理念。”

“嗯，难怪你的生意做得这么大，看来信誉和口碑是最主要的因素。我没见过像你这样的老板，亲临现场监督指挥，对每个环节都严加要求，严把安全质量关。”

“不亲临现场怎么能发现质量问题？建筑就是两个大问题，一个是质量，一个是安全。稍一疏忽就容易出事故，所以要时刻提高警惕，严加防范，力争把事故消灭在萌芽中。我不但开会时提醒工人时刻注意，而且还亲临现场督促检查，安全和质量是头等大事，千万马虎不得，必须严防死守才行啊！”

江群和汪洋从楼上下来，来到工地周围的铁栅栏边上，工地的南侧是一条公路，公路上过往的行人和车辆很多，栅栏内堆放着建筑材料，还有一些使用过但还有利用价值的脚手杆及模板等。栅栏与地面有一些缝隙，缝隙高低不等，有的地方几公分，有的地方十几公分。材料堆附近有人看守。江群告诉汪洋：“你看这里紧靠马路，过往的车辆及行人很多，我担心行人丢弃烟头或车辆排放尾气引发火灾，另外还有一些迷信的市民，他们在清明前后，经常到十字路口烧纸，一旦有火星儿刮进工地，容易引起火灾，所以我特意加派人手，在工地外围看守，防止火灾发生。平时也不敢掉以轻心，日夜派人看守。”

汪洋看了周边的环境，点头说道：“这里确实存在安全隐患，你怎么不把这些材料移走？至于那些用过的废料，干脆处理掉，省着派专人看守。也免去担心。”

“你也看到了，工地的可利用空间太小，根本没有地方存放这些材料，至于这些用过的材料，更没有地方存放，这些二手材料，还有一定的利用价值，能节省很多成本，丢掉太可惜，我只能派专人日夜看守。这里的环境你都看到了，真让人担心。再过一段时间，楼层再高一点就好了，这些东西都能派上用场，剩下少量的材料就好办了，就能腾出安全的地方堆放，我也就省心了。”江群担忧地说。

他们沿着工地逐一巡看着，江群的电话不时地响起，电话几乎都是工地业务。他们走走停停，一边处理业务，一边查看工地情况。汪洋看到工地上同时有几栋高楼在建，对表哥更加钦佩，不由得暗自赞叹道：“表哥可真厉害，短短几年时间，竟把生意做这么大！还把偌大的工地管理得井井有条，真是了不起啊！”

江群领着汪洋，用了将近两个小时，把工地检查了一遍。天色渐渐暗了下来，一天的工作接近了尾声。随着工人们陆续离去，繁忙喧嚣的工地恢复了平静。江群在各位工长的陪同下，对工地的水、电以及可能引发火灾隐患的部位逐一进行检查，然后召集各部门负责人开会，商量第二天的工作以及材料供应问题。

散会时，已是晚上九点多。江群让人把饭菜端到办公室，这是一间二十平方米的彩钢板房，江群用来办公兼住宿。为了欢迎表弟，江群特意吩咐司机小陈买了烤鸭和一些熟食，还有酒水。食堂为他做了红烧鱼，炒了肉片，一个青菜，加上烤鸭和两样熟食，一共六个菜。

小陈把一切安排妥当，江群便让他去休息。室内剩下他们兄弟二人，江群知道汪洋不喝白酒，为他斟上啤酒，他用白酒作陪。江群擎杯在手，对汪洋说：“本来打算领你到酒店或者回家去吃，可我这里忙得不可开交，你又不是外人，用不着讲究客套和排场。我让他们简单准备了饭菜，咱们哥俩儿边吃边聊。来，走一个。”

汪洋知道表哥为人仗义豪爽，他没客气，举杯仰脖一饮而尽。江群再次为他斟满，接着说：“咱们哥俩儿的感情就不用说了，一晃分别这么多年，中间只见过一次面，我是真的想你，也时常回想那段不堪回首的岁月。为了咱们哥俩儿再次相逢，再来一杯。”汪洋急忙相应，再次与表哥碰杯并将酒喝干。

汪洋拿过酒瓶，分别斟满了酒，举杯说道："表哥，自从我离开家，独自走上社会，尤其是咱们在旅途邂逅，你一直关心和帮助我，兄弟我铭记在心。再次见到你，心里特别高兴，我也敬你一杯，祝贺咱们兄弟再次相逢！"

"兄弟，一家人不说两家话，咱们兄弟能够在旅途中不期而遇，说明咱们兄弟有缘分，我作为兄长，有责任和义务帮助你，这是哥哥应该做的，你不必放在心上。咱们为了兄弟再次相逢，干杯。"江群说完，俩人互相碰杯，豪爽地一口喝干。

他们兄弟二人推杯换盏，你一杯、我一杯，喝得十分尽兴。酒至半酣，江群向汪洋问道："兄弟，你的作品创作完成了吧？出版了没有？"

闻听表哥提起作品的事情，汪洋似乎有点不好意思，苦笑着说："我的作品已经完稿，而且得到出版社的认可，同意出版发行。因为他们让我先行付印刷费，才肯排版印刷，故此停滞下来。"

"他们同意出版，这是好事啊，你先把印刷费交了呗……哦，是不是经济上有困难？难为你这么多年一直埋头写作，基本没挣什么钱，整个家庭生活仅靠弟妹的工资支撑，经济一定不会宽裕。告诉我需要多少钱，我给你出印刷费用。"江群仗义地问他。

"呵呵，表哥，谢谢你！你说的是实情，我现在确实囊中羞涩，不过这不是主要原因。我原以为出书能挣到大钱，可以名利双收，可是，事实并非如此，不光一万元印刷要由自己垫付，同时还要看销量，如果销量好，还能有所盈利，假如滞销，只能赔钱。所以我改变主意，决定不急于出版，而是想做生意赚钱。说实话，这么多年，家里家外都是你弟妹一个人张罗，她为了我写作，为了支撑这个家，付出了很多艰辛和汗水。面对残酷的现实，我觉得无论做什么事情，都不能只为自己考虑，而是要更多地考虑亲人的感受。我现在是上有老，下有小，年迈的父母需要赡养，孩子的成长需要培育，通过这段时间的观察和思考，我的思想意识和观念发生了质的转变，一个人生活在社会上，肩负着多种角色，我既是儿子，又是丈夫，同时还是父亲，不能因为追求自己的理想，就放弃应负的责任。我虽然追求理想，但不是理想至上的纯粹的理想主义者，因为每个人都不可能生活在真空里，更不是不食人间烟火的神仙，我们要面对现实，要有责任心和使命感，承担起自己的责任和义务。只有满足父母晚年生活及妻儿幸福的基础上，才能心安理得地去实现自己的理想，只有这样，我的良心才不会受谴责。”

“兄弟，我了解你的为人，更赞同你的想法，男子汉大丈夫就要有责任心，敢于担当，想办法让老婆孩子过上富裕的生活，这是最起码的原则，也是男人的底线。不过做生意很难，你一没经验，二没资金，做起来不容易，依我看你这么办，先从我这里拿点钱，先把书出版了，免去你的后顾之忧，将来再做生意也不迟。作品出版了，了却了你的心愿，不必再为此分心，可以专心致志地做生意。你看如何？”江群给他提出建议。

“表哥，你说的有道理，让我考虑考虑。咱们先把这个话题放到一边，表哥你跟我说说，你用什么办法，把生意做这么大？我学学经验。”

“兄弟，我刚才说了，做生意不容易，当初我和你嫂子来到北京，她是科技人员，根本不懂做生意，我是门外汉，更是一窍不通。你知道我的性格，一向不服输，作为男人，我不能整天在家吃闲饭，所以我就尝试做生意。我先在东单卖服装，后来又在天桥附近开饭店，然后又开建材商店，后来又投身房地产开发。这么多年，我虽然吃了不少苦，遭了不少罪，但是我秉承一个原则，就是不坑人，不骗人，老实做人，诚信经商。这也是你嫂子的经营理念和做人原则，她说如果当奸商，不如不经商。她还时常提醒我，要遵纪守法，文明经商。谈起你嫂子，我有说不完的话，她不但是我的妻子，更是我的良师益友。如果没有她，就没有我的今天，就没有我的一切，可以说她是我一生最大的恩人！她不但为人大度，心胸开阔，而且识大体、明事理，无论做人还是做事，她都有原则，有底线。尤其难能可贵的是，她以一个科技工作者的身份，可以说前途一片光明，而我是个罪不可恕之人，不但在感情上曾经背叛过她，而且还犯下罪过，但她却能够不计前嫌，毅然与我结婚，让我备受感动，更让我深感愧疚，愧对她的厚爱和真情！

“说起你嫂子兰鸽，我是三天三夜也说不完，这辈子能够得到她的理解和爱情，是我一生最大的荣幸，也是上天对我的眷顾。假如当初不是她帮忙，我只能在贩毒的罪孽深渊中越陷越深，也会同其他那些所谓的朋友一样，落个入狱判刑甚至枪毙的下场！她深明大义，帮我摆脱了贩毒团伙的控制，及时认清了自己的罪孽，彻底与贩毒团伙划清界限，挽救了我的人生，使我获得了人民和政府的宽宥和特赦。唉，往事如梦，令人不堪回首！”江群提起爱人和往事，心中充满感慨。

“表哥，你和嫂子的事情我也听说过。她确实是个难得的好人。你真是有福，找了个善解人意，明辨是非，睿智聪慧的爱人。”

“我跟你说，我觉得她就是中华民族优良传统女性的化身，无论用什么华丽的词汇来赞美她都不过分！哎，你没见过她，真不凑巧！她没在家，到基地去执行任务，过一段时间回来。她的工作性质就是保密性强，从不跟我说工作上的事情，我也从不过问。她对工作一向认真负责，非常敬业，前些年为了工作，她受到辐射，差点影响生育，多亏了一位老中医，帮忙治愈她的病，我们才有了宝贝女儿。今年女儿已经十岁了，不但聪明可爱，而且学习成绩非常好，唯一遗憾的是，如今我们一家人分了三处，她经常去基地执行特殊任务，女儿只好托付给姥姥照看，我在这里做生意。尽管我们一家人聚少离多，但我们彼此都互相想念和牵挂，每天至少通一遍电话，问候和关心对方的生活情况。虽然我们天各一方，但彼此却感觉非常充实和幸福！”江群说起爱人和女儿，一脸的幸福和自豪。这时，他的电话响了，是他女儿打来的电话，江群在电话里和女儿亲热地交流着，脸上始终流露着幸福、满足的笑容。

表哥刚放下女儿的电话，电话再次响起，这次是他爱人打来的。他们在电话里相互问候，关心对方的身体，劝对方注意休息，关切之情溢于言表。

望着表哥的幸福神情，汪洋不由得想到了妻子和儿子，妻子虽然没有兰鸽那么高尚，那么伟大，那么轰轰烈烈，但她却是一位真正的贤妻良母，她以淳朴和善良，默默地操持家务，相夫教子，毫无怨言地支持丈夫的理想和事业。她的所作所为足以堪称伟大！她的伟大来自于默默奉献，来自于对丈夫、儿子的挚爱，来自于对家庭的责任心，来自于良好的教养和道德情操，来自于中华民族的传统美德！

他们兄弟二人边喝边聊，一直到十一点多才上床休息，他们同榻而眠。江群让汪洋先上床休息，他则拿着手电，戴着安全帽准备出门。“这么晚了，你干啥去？”汪洋问表哥。

“我每天晚上都要到工地去检查，一是检查夜保人员是否履行职责，他们以前曾偷着睡觉，导致建筑材料丢失，二来担心发生火灾，尽管工地严令禁止吸烟，但是我不放心，担心有人吸烟，将未熄灭的烟蒂随手乱丢，一旦酿成火灾就惨了。尤其担心紧靠公路的那些建筑材料，都是一些易燃材料，即使零星的火种，也能导致火灾，虽然我派专人看守，但我怕他们玩忽职守，只好时常去查看，这是头等大事，丝毫大意不得。你没听老话讲‘天天防火，夜夜防贼’？安全防火工作必须防患于未然，要常备不懈，时刻不能放松警惕。”

“表哥，我跟你一起去吧。”汪洋坐起身说道。

“不用，你先睡吧，我一会儿就回来。”江群说完，顺手关闭电灯，打着手电走出房门。

汪洋看着表哥的背影，心里感慨万千，表哥能把生意做得这么红火，与他的为人和性格有关，更与他的经营理念密不可分。他的诚信和敬业精神，让人钦佩，尤其他说的诚信经商原则，更是成功的法宝，既有诚信又有敬业精神，如果不成功岂不没有天理！

时近午夜，工地上一片寂静，偶尔从远处传来汽车行驶的声音，设在塔吊上的探照灯发出耀眼的强光，一束灯光从窗户泄了进来，照得室内的物品清晰可见。

汪洋本打算等表哥回来，可是等了一会儿，没见到表哥的身影，眼皮却有些发硬，合上眼睛，迷迷糊糊地进入了梦乡。

凌晨时分，汪洋在睡梦中被一阵轻微的动静惊醒，他睁开眼睛，看到表哥再次拿着手电走出房门。这次他没有再睡，一直等了半个多小时，表哥才轻手轻脚地开门回来。

“表哥，你又去工地检查啦？”汪洋问江群。

“我尽量放轻脚步，还是把你惊醒了。在工地休息不好，明天我去宾馆给你开个房间，以免影响你休息。”江群抱歉地说。

“表哥，开啥房间啊，咱们哥俩儿难得聚到一起，说说心里话。我哪儿都不去，就和你住在一起。你不必担心我，你不知道，我睡眠比较轻，每天五个小时睡眠时间足够，这是我常年写作养成的习惯，我却担心你日夜操劳，身体会吃不消！”汪洋一边说自己的理由，一边关心表哥的身体。

“我还行，一来身体素质好，精力充沛，二来养成了习惯，即使回家睡觉，晚上也要醒几次，不醒两次反倒睡不踏实。再说我是不定时检查，我睡眠好，身子倒在床上就能入睡，睡觉间隔两到三个小时，睡醒了我就起来查看一遍，回来再睡，所以对我的休息影响不是很大。这也是我多年工作养成的习惯，他们都说这是职业病。”江群笑着对他解释。

“表哥，你真行，一般人吃不了你这份苦。”

“做什么事情都要付出艰辛和努力，没有一帆风顺的。尤其是搞房地产，风险更大，如果平时疏于防范，一旦出现火灾或者人身安全事故，不但危及员工生命，还会给企业带来负面影响，承受媒体的指责和社会舆论压力，失去民心和凝聚力，那样你的企业就离倒闭不远了，我这是居安思危，防患于未然。”江群苦笑着说出自己的担忧。

为了不打扰表哥休息，汪洋没有再和他说话。江群躺在床上，正如他所说的，没过几分钟，便发出了均匀的鼾声。

由于条件反射，汪洋也很快进入了梦乡。

汪洋再次被机械轰鸣声惊醒时，天色已经大亮。江群早已起床去了工地，汪洋赶紧穿衣下床，来到外边的水池，简单地洗漱完毕，信步来到工地。他远远就看到表哥忙碌的身影，在工地的不同方位出现。他时而来到搅拌机前了解情况，时而来到钢筋制作工人跟前，用手比画着叮嘱几句。他抬头见到汪洋，快步走了过来，抱歉地说："工地生活就是这样，只要一开工，就别想睡安稳觉，我看今天还是给你安排房间吧。"

"不用，我能适应工地的生活，你不必为我担心。"汪洋再次推辞。

"好吧，顺从你的意愿，洗漱了吧，那好，咱们吃饭去。"江群说完，领着汪洋离开工地，来到生活区的食堂。食堂的做饭师傅正在忙碌着准备早餐。一位五十多岁的胖师傅，抬头见到江群，急忙笑着过来与他打招呼："来了，江总，你们是在这里吃，还是端到办公室去吃？"

江群摆了一下手，笑着说："就在这里吃，你把早餐端来，另外再加两个菜。"

"行，我马上安排，加啥菜？你看来盘酱牛肉，一盘凉拌海带丝如何？"胖师傅笑着征求江群的意见。

"可以，不过要快。"江群点头表示同意。

早餐很快端了上来，早餐是馒头、粥，两小碟咸菜，几个鸡蛋，外加牛肉和海带丝。江群和汪洋谁都没客气，各自吃了起来。

吃过早餐，他们回到了办公室，此时小陈已经将昨天晚上吃的残羹剩饭打扫干净。江群处理了一些事务，然后对汪洋说："兄弟，你是第一次来北京，应当到各处的名胜古迹去游览一下，我比较忙，就不陪你去了，我让小陈陪你。"

"表哥，我自己去就行，让小陈留在工地跟你忙吧。"汪洋知道工地事情多，故此不同意小陈陪他。

"我已经安排好了，就让小陈开车陪你，北京地方大，开车游览方便一些，就这么说定了。"江群坚持自己的意见。汪洋见表哥执意如此，只好同意他的安排。

小陈载着汪洋，来到天安门广场，把车停在远处的停车场内，步行走到广场，先在广场上游览了一圈，然后拜谒了毛主席纪念堂，参观了人民大会堂，接着走进天安门城楼，购买了门票，前去故宫游览。小陈带着相机，为汪洋拍了好些照片。他们游览完故宫，已经是下午两点多了，在汪洋的建议下，他们来到王府井大街，先在小吃店吃饭，然后又游览了一番。晚上五点多，他们返回建筑工地。

晚上收工后，江群处理完工地的事情，便带着汪洋，还有他的两个副手，来到全聚德烤鸭店。尽管江群知道汪洋不在乎如何招待，但他作为兄长，一定要陪表弟吃顿像样的饭，否则有点不近人情。

江群特意点了烤鸭，外带几样特色菜肴，在两个副手的陪同下，他们喝得十分尽兴。吃完饭之后，他们返回工地。江群按惯例先去工地检查一遍，然后才上床休息，夜里又起来两次，去工地检查。

第二天，小陈陪着汪洋游览了颐和园，下午爬了长城。在长城上休息时，汪洋提起表哥工作的辛苦和敬业精神。小陈告诉他："我们江总可真是实干家，他每天都把精力放在工作上，除了喝点酒，没有其他任何不良嗜好。人们都说'男人有钱就学坏，女人学坏就有钱"，你看现在多少大款儿，他们每天出入高档酒店，花天酒地，吃喝玩乐，包小姐、养情人，啥事都干，可是我们江总，从不沾女人，也从不涉足酒吧、歌厅等场所，即使有时候为了陪客人，他也是让手下的人去应酬。他为人正直敬业，洁身自好，说话一向算数，说到做到，从不食言。尤其对待手下的员工，更没得说，无论哪个遇到困难，他总是想办法帮助解决。你说像他这样的好男人，这样的好领导，哪里去找？员工们都愿意跟着他做事，即使苦点累点都毫无怨言。我们家有好几个亲属都在这里工作，我们都非常敬重江总的为人，跟着他做事，感觉心里特别痛快！另外江总热心公益事业，不但捐助贫困大学生，为贫困山区儿童捐建希望小学，定期到敬老院看望孤寡老人，每当国内出现重大灾情，他都积极带头捐款捐物，为灾区人民献爱心。他还出资与相关司法部门联合创办了戒毒所，帮助吸毒人员戒毒。他献爱心帮扶弱势群体的事情太多了，三天三夜都说不完，总之，只要遇到有人需要帮助或听说哪里发生灾难，他都会慷慨解囊。他的义举不但受到广大员工的拥护和爱戴，更受到广大人民群众的赞扬和尊敬。他是远近闻名的企业家，无论走到哪里，只要一提起我们‘广厦房地产开发有限公司’和江总的大名，人们都会赞不绝口，都会高看一眼，我们这些做下属的都跟着沾光。”

小陈的话引起了汪洋的共鸣，他回想起表哥以前对自己的帮助，深有感触地连连点头表示赞同。

汪洋关心地给柳刚打电话，询问他的去向，柳刚告诉他自己已经返回部队，并叮嘱他没事早点回去，尽快办好粮食收购手续。

汪洋回到工地，向表哥说明情况，提出第二天返回大兴安岭。江群得知他要回去办正事，没有多挽留，而是托人给汪洋买了卧铺票，临行时，他拿出一万元钱，对汪洋说：“兄弟，我知道你忙着回去办正事，就不留你了，以后有事就给我打电话，这一万元钱你拿着，留着出书用。”

“表哥，你如此辛苦做生意，挣钱不容易，这钱我不能要，你还是留着做生意用吧。”

“兄弟，给你就拿着，咱们兄弟之间还客气啥，我的生意还行，不差这点钱。”

“不，表哥，我真的不能拿，你还是收回去吧。”

“你们既然是兄弟，我看你还是收下吧，我们江总的为人我知道，他一向乐于助人。不瞒您说，我们江总每年花在公益事业及捐助社会弱势群体的钱，就不下几十万，你们即是兄弟，又是帮你出版作品，也算是“帮扶对象”，你就收下吧，否则我们江总会不高兴的。”小陈在一旁帮着劝说。

“兄弟，你就别推辞了，咱们兄弟之间还有啥说的，就当我赞助文化事业了。”江群说完，不容他推辞，强行把钱装进他的提包，把提包放到车里，将他推上车，示意小陈开车。汪洋怀着感激之情，挥手与表哥告别。

汪洋从表哥以及周思远的身上，深深体会到什么是真正的情谊，体会到了他们对自己的一片深情。他们都是商业精英，都是腰缠万贯的成功人士，而自己则是个功不成、名不就的一介寒士，他们非但没有轻视和嫌弃自己，反而对自己多方关照，慷慨解囊。说句良心话，如此厚重的馈赠，亲兄弟也不过如此！这让他深受感动，更觉得受之有愧。自己回去以后，一定要和柳刚好好合作，先把生意做起来。虽然印刷费有了着落，但他决定暂缓出版，他要把这笔钱，用于经商，要想办法把生意做好，想办法赚大钱，以此感谢亲友的馈赠，回报社会的厚爱！

第十一章　小人得志

乘坐卧铺出门旅行，感觉就是不一样，不但车厢的卫生环境好，能够随时休息，就连乘务员的态度都与硬座车厢不一样。她们说话的态度很客气，服务到位，如果遇到什么旅行难题，她们会不厌其烦地给予解答和帮助。

汪洋从服务员口中得知会途经家乡，他临时改变了主意，决定中途下车，顺道回家看望父母和亲人。

这几年，汪洋沉湎于写作，回家的次数明显减少，每年只有春节回去，平时几乎没有机会回家看望父母，如今恰好途经家乡，岂有越门而过之理。

列车行驶了二十多个小时，傍晚时分，驶进了谙达车站。汪洋心情迫切地走出车站，快步朝家走去。他推开家门，父母和弟弟、弟媳正在吃饭。突然看到他，颇感意外，他们赶紧停下筷子，高兴地讯问他突然回家的因由。汪洋简单地把近来的外出情况述说了一遍。如今弟弟妹妹都已成家，父母跟着弟弟一起生活，弟媳是个通情达理、贤惠孝顺的人，她对父母照顾得很好，此时她走到厨房，忙着添加菜肴。汪洋看到父亲的身体更加虚弱，说话气喘吁吁，显得有些费劲，头发几乎全白了，瘦弱得形销骨立。母亲的身体虽然比较硬朗，但无情的岁月为她添加了两鬓白发，额头上增加了几道深深的皱纹，皮肤松懈，两腮塌陷，显得有些老态龙钟。望着年迈体衰的父母，汪洋心里不由得一阵难受，泪水差点掉下来。

弟弟说了几句话，起身来到门口的食杂店，买了几瓶啤酒、两样熟食，并用食杂店的公用电话通知了哥哥。这时，弟媳已经把菜做好，把剩菜回锅热了一下，将弟弟买回来的熟食切好装盘，端到桌子上。恰好哥哥赶到，他们高兴地入座，开始喝酒。父亲由于身体原因，已经很长时间没有喝酒，儿子回来，他心里高兴，倒上一杯白酒，陪着儿子喝酒聊天。

姐姐和妹妹闻讯赶来，姐夫和妹夫一同前来，全家人陪着汪洋喝酒聊天。由于没有准备，饭菜比较简单，但是一家人团聚的喜悦，远远超出了饭菜的价值。沉浸在浓浓亲情中，谁还计较饭菜的质量，他们其乐融融地把盏碰杯，尽情享受天伦之乐。

第二天，汪洋来到邮局，花了一千多元钱，给家里安装了一部程控电话。然后来到商店，给父母每人买了一套衣服，给侄子侄女还有外甥等人买了一些礼物，顺便到市场买了一些肉、鸡、鱼、蔬菜等食材。

回到家中，刚把东西放下，负责安装电话的工人就到了。他们从外边电线盒里接上线头，从窗框上钻洞，把电话线引进屋里，接到电话机上，安装完毕。父亲心疼钱，对他直埋怨："你这孩子，花钱安电话干啥，我们这么大岁数，既不上班，又不做生意，有没有电话都一样，我听说电话费很贵的，省下这笔钱干正事多好。"

"爸，现在电话基本都普及了，有个电话方便多了，再说也没花多少钱，你就放心用吧。"说完，汪洋掏出手机，拨通了电话，父亲好奇地拿起话筒，与儿子说了几句，由于心疼电话费，他赶忙撂下话筒，脸上露出了满意的笑容。

上午十一点钟，汪洋着手准备饭菜，他当年担任食堂管理员时，学会了炒菜做饭的手艺，虽然手艺不精，当不了饭店厨师，但在家里招待客人还说得过去。

这时，门外传来了汽车喇叭声，他急忙起身瞧。只见一辆黑色轿车停在大门口，从车上走下两个人他赶紧迎了出去。只见一个身体瘦削，中等身材，西服革履，长方形脸庞，肤色黝黑，嘴上镶着两颗金牙，戴着一个墨镜，手上戴着一个大金戒指的人，来到他的跟前，大大咧咧地说：“老同学，听说你写书当作家啦？真是了不起呀！回来也不告诉我们一声，是不是把老同学都忘啦？”

“你是……你是谁呀？我怎么有点认不出来呢！”汪洋端详着对方，脑子急速旋转，极力辨别对方的身份。与此同时，他认出了身后的麻有志，赶紧与麻有志打招呼：“老同学，你来了，这人是谁啊？我怎么有点认不出来啦。”

“他就这德行，封德水，你赶紧把蒙眼摘了，装神弄鬼的。”麻有志挖苦地笑着说出了来者的名字。听到封德水的名字，汪洋这才辨认出。他们虽然上学时有些隔阂，但如今都是成年人了，经历了社会的世态炎凉，回过头来，还是感觉童年时代的感情最纯真无邪，最真挚。再说他亲自上门看望，自己岂能计较孩童时期那些不愉快。于是，汪洋赶紧与封德水握手，亲热地说：“哎呀，老同学，没想到是你呀！怪我眼拙，仓促之间，没能认出你来，休怪休怪。”

“瞧你这酸劲儿，还什么眼拙啊，休怪的，老同学之间，哪那么多讲究？我是故意戴上墨镜，看你能不能认出来。”封德水笑着与他调侃。

他们说笑着走进屋里，封、麻二人问候了汪洋的父母，汪洋张罗着拿烟沏茶。封德水说：“汪洋，你别张罗了，我们说几句话就走。”

“这么着急干吗？吃了中午饭再走，我刚好买了菜，咱们老同学多年未见，一起叙叙旧。”汪洋热情地挽留他。

“我就是找你叙旧的，在家吃饭多麻烦，咱们到外边吃，走吧，我都安排好了，还有几位同学在饭店等着呢。”封德水不容分说，拉着汪洋的胳膊往外走。

封德水把汪洋让到副驾驶座上，麻有志坐在后排座，他开车调头，直奔饭店而去。

“你们怎么知道我回来呢？”汪洋问他们。

“我早晨上班时，碰到你弟弟了，得知你回来，就和封老板说了，封老板非要来看你。现在封老板可厉害啦！自己开公司当老板，现在是咱们县里数一数二的名人，这么说吧，在从东街一跺脚，西街都乱颤。”麻有志话中带着几分揶揄。

“你小子就是能埋汰人，好话从他嘴里出来都变味，我虽然生意做得大，但没像他说的那么邪乎，一跺脚乱颤什么的。”封德水话中带着几分自得地反驳。

“拉倒吧，你的意思是说我埋汰你，如今咱们县只要一提起你封三爷，上至八十岁，下至少先队，中间妇女会，谁不知道？”

“嘿嘿，你这话虽然有些夸张，但基本属实，不是我封三爷夸口，在咱们这一亩三分地，没人敢驳我封三爷的面子。”封德水一副洋洋自得的神情。

他们说话的工夫，车子已经来到了乌兰图雅饭店门口。这是当地最豪华的酒店，据说一顿饭至少上千元钱，普通的工薪阶层不敢问津，只有政府官员和做生意的大款儿敢来消费。

他们下车后，封德水趾高气扬地走在前头，饭店里的人不断与他打招呼。他没有停下脚步，旁若无人地一边走，一边摆手示意，那副派头不亚于国家领导人。

他们径直走进一间装饰豪华的雅间，屋里的人纷纷站起来与汪洋握手，汪洋认出了他们都是自己的同学，有高个的单涛，浓眉大眼的陈红高，老实稳重的李青山，还有两名女同学甄亚凤和刘淑敏。因为都是同学，他们没有过多的客套，封德水当仁不让地坐了主位，汪洋坐右边客位，刘淑敏坐在封德水的左边相陪，甄亚凤挨着刘淑敏，然后他们依次坐下。

酒菜陆续端了上来，都是一些有特色的美味佳肴。封德水让单涛给汪洋倒白酒，汪洋提出自己不能喝白酒，封德水的神情有些不悦：“你可真行，咱们老同学都快二十年没见面了，好不容易聚在一起，你不喝点白的，多扫兴！我以前听周思远说你能喝白酒，咋地，是嫌弃我的酒不好，还是嫌这些同学不够级。不行我把县长找来陪你，我不是吹，我打个电话，县长准到。你看需要不？”

“老同学，我相信你有这个实力，可是咱们今天同学聚会，没必要找外人。你别误会，我以前曾喝过白酒，现在喝白酒过敏，浑身出血点，同时胸闷气短，喘气困难，再说既然咱们老同学相聚，没有说道，我喝啤酒相陪，请你和诸位同学谅解！”汪洋向他解释。

“你可真能编故事，我不信，我听说文人一般都能喝酒，喝酒兴奋能产生灵感，你没听说‘李白斗酒诗百篇’吗？你不喝酒怎么能有灵感？今天你喝点白酒，说不定会来灵感，当面给我们作首诗，为我们助助酒兴。”

“呵呵，老同学，你过奖了，我怎么敢和诗仙李白相比呢？我既没有饮酒作诗的才华，更没有出口成章的水平。”

“既然你如此谦虚，不肯赏光为我们作诗，我们就不逼你了，我只要求你少喝点白酒，你身体这么健壮，我不信你喝不了白酒？实在不行，我现在打电话把120叫来，如果你真有事，我们直接送你进医院，这样总行了吧？给我点面子，少整点。”他一边说着，一边从单涛手里抢过酒瓶，作势往汪洋的酒杯里倒酒。

汪洋赶紧用手挡住酒杯，抱歉地说：“老同学，我知道你是一片至诚，我感激你对我的热情款待，但我确实不能喝白酒，希望你们体谅我的难处！”

这时，刘淑敏出面帮着汪洋说话：“我说封德水你咋回事？见到谁都不依不饶地让人陪你喝白酒。汪洋为人诚实，他说不能喝就算了，你干吗死乞白赖地非逼人家喝酒？实在不行，我替他喝。”封德水和刘淑敏的关系很微妙，当初上学时，他曾经追求过刘淑敏，虽然没有追到手，但是心里一直有好感，她说的话封德水一般不反驳。

“行，行，就你能装好人，我是王八犊子行了吧。汪洋，我不是非逼你喝白酒，我是寻思咱们老同学相聚，喝白酒能掀起高潮，既然你真不能喝，那就算了，你喝啤的吧。不过你不能留量，咱们一定要喝尽兴。”

“三哥，今天能和咱们这些同学相聚，我非常高兴，你放心，我一定喝尽兴。”汪洋担心封德水有想法，赶紧痛快地答应。

封德水让服务员为汪洋启开一瓶啤酒，其他人都满满地倒了一大杯白酒，足有三两多，两位女同学也不例外。封德水首先举杯向众人劝酒，其他同学随后依次敬酒，汪洋回敬了一杯啤酒，向封德水及同学表示感谢。

封德水一边喝酒，一边挑菜的毛病，他不是嫌这道菜咸，就是嫌那道菜口味不好。八个菜挑出四种毛病，虽然服务员一个劲儿赔礼道歉，他还是逼着服务员端回两道菜，让厨师重新加工，才算罢休。一圈酒劝下来，他们的酒杯已经见底。汪洋一瓶啤酒也已喝完。在封德水的坚持下，男士及刘淑敏再次斟满，甄亚凤酒量有限，退而求其次，陪着汪洋喝啤酒。

封德水嫌喝酒不热闹，提议划拳，他让服务员取来小酒杯，规定输者喝酒。他先邀请汪洋，汪洋摇头拒绝，声称不会。他与单涛、陈红高、李青山等人轮番划拳，他们一边比画，一边大声喊着“哥俩好”“三星照”“四喜财”“五魁手”“六啊六”“八匹马”等划拳术语。结果他们几个划拳水平均不如封德水，封德水是连连得胜，他一边逼着输者喝酒，嘴里还一边埋汰他们：“就你们这帮臭手，还想赢我，真是坐飞机放屁——想（响）得高，臭得远。不是我封三爷夸海口，我是划拳的祖师爷，在座的谁不服，尽管来。”

“我看你是老虎不在家，吹个豹（爆）拣软柿子捏，算啥能耐，来，我陪你玩两拳。”麻有志不忿地向他挑战。封德水以前曾和麻有志较量过，俩人划拳的水平在伯仲之间，不相上下，故此相互之间不服气。封德水知道与麻有志划拳占不到便宜，但他却不肯服输：“就你这小样，还敢跟我叫号！我赢你就是玩儿，划你就是船儿。”

“你先别吹，咱们比画几下，让大伙儿都看看，到底谁厉害。”麻有志故意用话激他。

“你想输还不容易，哪天有工夫咱们好好比画比画，不过今天我没时间陪你玩，因为咱们今天为汪洋接风，他不会划拳，咱们划拳没完没了，岂不冷落了他。我看咱们换个玩法，抽扑克牌，大家都能参与，那该热闹。”封德水避重就轻，转移话题。他让服务员取来扑克牌，他按人头，按顺序从一到八挑出八张牌。他把八张扑克牌洗了几把，又上下倒了两次，然后放在众人面前，每个人抽一张。众人抽完亮牌，结果是麻有志的牌最小，他只好喝酒，接下来由他坐庄，继续抽牌，单涛抽到最小的牌，单涛认赌服输。他们觉得这种游戏公平，也很刺激，兴致勃勃地继续玩。玩了不到半个小时，结果他们多者三五杯，少者一二杯，无一幸免。

酒足饭饱之后，封德水带他们来到一家旅店，开了一间有麻将机的房间，开始玩麻将赌钱。封德水让汪洋玩，汪洋推辞说不会，他便与麻有志、刘淑敏还有单涛玩了起来。甄亚凤和陈红高坐在一旁瞧热闹，汪洋则和李青山坐在床边说话聊天。

他们聊起了童年往事，汪洋关心地打听一些同学的近况，问到粟杉时,李青山说：“粟杉现在依旧在农村教书，不过已经从民办教师转为国家正式教师，每月挣工资，他的生活条件有了很大改善，我们经常去他家玩。”

这时，封德水在一旁插话：“哎，咱们怎么把粟杉忘了，那小子喝酒是个手，我就愿意和他喝酒，不像你们几个尽玩赖。青山，开车把他接来，咱们好好热闹一番。”

李青山答应着，拿起车钥匙往外走。汪洋和粟杉的关系一向很好，分别多年，心里还时常挂念对方。汪洋当即决定和李青山一起去接粟杉，顺便去他家看看。

汪洋让李青山开车到商店，他买了几样水果和点心，然后驱车前往粟杉家。车子沿着公路行驶了十余公里，沿着村土路走了五公里，来到了粟杉居住的村子，李青山径直把车开到粟杉家门口，按了几声喇叭，院子里的一只狗对着车子狂吠起来。这时，一位妇女闻声从屋子里走了出来，她一边喝止狗叫，一边用手遮着光线辨别来者。当他看到李青山时，便笑着说：“是青山呐，你怎么来啦?”

“我来看你呀，嫂子你挺好呗，我哥呢？”李青山常来粟杉家，和她很熟悉。

“你哥马上就下班，你们先进屋吧，我去学校叫他。”她将汪洋和李青山往屋里让，准备去学校找丈夫。

“嫂子，你不用去了，我们开车去接他。”李青山说完，便和汪洋上车，前往学校。

学校与粟杉家相距不足一公里，车子很快到了学校门口。李青山和汪洋下车，走进了学校。学校的环境很简陋，教室是一栋二百多平方米的旧砖房，教室侧面有一栋土房，教室前边是个只有半个足球场大小的操场，操场前竖立着一根十余米高的旗杆，旗杆上悬挂着国旗。唯有这面迎风飘扬的国旗，为这萧条破旧的校园带来了几分生机和活力。

他们走进学校，只见从旁边的土屋里走出一个身体健壮的人，汪洋虽然看不清来人的面貌，但通过走路的姿势和身体轮廓，他一眼就认出粟杉，李青山对他挥手喊道：“粟杉，我们接你来啦，你看他是谁。”粟杉怔了一下神，立刻快步奔了过来，他的表情有些激动，声音颤抖地说：“汪洋，你什么时候回来的？”

“昨天，粟杉，你还好吧！”汪洋也激动地迎了上去，俩人相互有力地拥抱。

“咱们自从毕业，一晃二十多年没见面，你还是原来那模样，我一眼就认出你来了。”粟杉拉着汪洋的手，一边端详汪洋，一边兴奋地说。

“粟杉，你的体形也没大的变化，只不过比以前健壮。”虽然汪洋从远处一眼就认出粟杉，但走到跟前，他又觉得有些不像，眼前的粟杉与上学时相比，简直判若两人！他的手上长满老茧，肤色黑里透红，额头上增添了几道刀刻般的皱纹，虽然两腮刮的发青，脸上络腮胡须的痕迹仍清晰可见。看到眼前的粟杉，他脑海里浮现出中学时读过鲁迅那篇有关闰土和他父亲的课文。当年的粟杉，仿佛就是当年鲁迅笔下描写的闰土，此时的粟杉，与书中二十年后的闰土十分相似。岁月的风霜竟把一个翩翩少年，改变成地道的庄稼人，让人有一种说不出来的凄凉和沧桑感。若不是汪洋事先知道粟杉的教师身份，光凭眼前粟杉的形象，无论如何也无法与教师这个名称挂上钩。艰苦的生活环境和无情的岁月，彻底改变了粟杉的人生轨迹和容颜。看着眼前变化如此之大的粟杉，汪洋感到悲哀和后怕。

假如当年自己不去大兴安岭，一定会与眼前的粟杉一样，变成地地道道的农民。

他们一起坐车回到家里，汪洋把买的东西交给粟杉。粟杉客气两句并收下，他把汪洋介绍与妻子认识，然后拿烟沏茶，并吩咐妻子杀鸡做菜，招待汪洋。李青山和汪洋赶紧将他拦住，告知此行目的，粟杉方才作罢。

这时，一个背着书包的半大小子跑了进来，粟杉将他叫住，向汪洋介绍说："这是我的儿子，今年十三岁了，小学六年级，秋天就上初中。"接着他对儿子说："粟小雨，这是你汪叔叔，这是你李叔叔。"粟小雨懂事地叫了两声叔叔，然后就回到里屋去写作业。粟杉告诉汪洋："这个是小儿子，还有个大女儿，今年十六岁，在县城里读中学。"

"你儿女双全，好福气啊！"汪洋夸奖他。

"唉，啥福气啊，在农村生活，没有儿子让人瞧不起。依我的想法，儿女都一样，可你嫂子不干，她非要第二胎，为了逃避计划生育罚款，我特意求在计生委工作的甄亚凤，谎称女儿身体有毛病，要了个二胎指标。幸亏生了个儿子，否则你嫂子还不死心。"粟杉苦笑着告诉汪洋。

"你别得便宜卖乖，当年的二胎指标多难搞，为什么甄亚凤偏偏给你办，我求她却不答应，谁不知道你们上学时就有好感！儿女双全多好啊，既能当老公公，又能当老丈人。"李青山笑着和他开玩笑。

"这事儿你眼气不得，甄亚凤就是和我关系好，她愿意给我办二胎指标，就是不给你办，你有啥招吧！"粟杉故意气他。

"嫂子，你听听，我哥有相好的，你还跟他过啥呀。"李青山转头对他的媳妇挑唆道。

"他愿意和谁好那是他的权利，只要他把工资如数交给我，我才懒得管闲事。"粟杉的爱人笑着说。

临别时，汪洋故意走在后边，待李青山出屋后，掏出一百元钱，送给孩子作见面礼，尽管粟杉的爱人一再推辞，汪洋还是将钱强行塞到孩子的手里。

他们回到旅店，麻将桌前的几位"麻友"依旧鏖战不已，麻有志的前面赢了厚厚一叠钞票，另外三人面前只有一些零星票子。

“你们输赢如何，谁输没钱就下去，我来换换手。”粟杉凑到桌前说道。

“他妈的，别提了，今天的手气太臭，都让麻有志一个人划拉了，我说你干脆改名算了，你别叫麻有志，叫麻赢钱得了，”封德水生气地说。

“我这是情场失意、赌场得意，你是情场得意、赌场失意，输钱是应该的，至于你叫我啥都无所谓。可你不能说我把你们都划拉了，人家刘淑敏能让我“划拉”吗？再说你还不得吃醋！”麻有志乘机拿他和刘淑敏开玩笑。

“你这小子，见便宜就占，你‘划拉’谁和我有啥关系，我又不是她老公。”封德水笑着反驳道。

“我说你们两个没一个好东西，拿我开什么玩笑？我可是正经八百的良家妇女。”刘淑敏假装生气地打了一下身旁的麻有志。

“拉倒吧，你还号称良家妇女？谁不知道你是大众情人！”封德水继续开玩笑。

“大众情人也比不上梦中情人啊，我说封老三，你的那位小妹呢？我最近怎么没看到？”刘淑敏不管不顾地问封德水。

“我的小妹多了，你说的是哪一位啊？”封德水自鸣得意地问她。

“就是前一段时间，你走到哪儿领到哪儿，长得一副魔鬼身材，留披肩发的那位。”

“啊，你说的是圆圆吧，我和她早就断了。她像个僵尸似的，一点都不性感。”封德水不屑一顾地说。

“既然你说那个圆圆不性感，像僵尸，以前那个长得比较丰满，一笑两个酒窝的女孩呢？怎么也不跟你来往了？”刘淑敏继续刨根问底。

“啊，你说的是丽丽，她更不是好东西，整天就知道想办法从我手里骗钱，还私自吞占我的工程款，我一气之下，把她打发了。”

“你可真行，今天领一个，明天换一个，赶上倒腾人口的了。人家都说男人有钱就学坏，真是不假。”刘淑敏摇头撇嘴说道。

“这年头就兴这套，你没听人说 ‘看着二，养着一，发展三四五六七’。男人没小姘，活着也没劲儿，女人守空屋，活着不如猪。”封德水说得兴起，满嘴唾沫星子。

“要是按你的说法，那些寡妇就不用活了，那些分居两地的女人都应该搞破鞋呗？“刘淑敏有些气愤。

“基本差不多，你看那些分居两地的女人，有几个耐得住寂寞的？”

“你说的毫无道理，我的老公在线务段工作，每年夏天都出去施工，一走就是好几个月，我不是照样领孩子过，你说我找谁了？”

“我又没说你，你跟着心惊啥呀？再说你找没找谁我哪知道，反正你没找我。我知道你是不会找我的，因为你年轻时就看不上我，否则咱们早就是一家人了。你看哥儿现在多风光，当初你要是跟了我，该有多幸福，你就是没有享福的命。”

“我多亏没跟你，若是跟了你，恐怕早就被你气死了，你虽然有俩臭钱，但是今天领一个、明天换一个的，谁能受得了！我真不知道，你家嫂子怎么忍气吞声跟你过日子。”

“你少提那个黄脸婆，一提她我就生气！你说要钱有钱，啥东西都不缺，你就安心过日子呗，可她却三天两头跟我闹，等哪天把我气急眼了，说不定真的休了她。”

“封德水，你说这话丧良心，当初你父亲去世，扔下你母亲和弟弟妹妹，你那时进修上大学，多亏了她在家操劳，她又要上班，又要操持家务，还要照顾你们一家老小，你说她多不容易？现在你有俩钱儿了，嫌弃人家了，你的良心让狗吃了？”

“我们家的事情你少管，这个该死的黄脸婆，又在背后乱嚼舌根子，看我回家怎么收拾她！”封德水愤恨地直咬牙

“你少冤枉她，人家可没说你不好，再说你那点破事儿，谁不知道？”刘淑敏替他老婆开脱，担心他回家和老婆吵架。

“知道就知道，能把我咋地，我就不信，听蝲蝲蛄叫还不种黄豆了。”封德水气得脸红脖子粗，用麻将牌直敲桌子。

“我说你们闲的无聊，说那些破鞋烂袜子的事情有啥用，再不出牌我就不玩了。”麻有志没好气地说。

“这事能怨我吗？是他说话不中听，好像女人离开男人就活不了。”刘淑敏替自己辩解。

“好啦，我不跟你一般见识，好男不跟女斗，我认输，就当我啥也没说，当我放屁行了吧？”封德水知道与她斗嘴讨不到便宜，正好借着麻有志的话就顺坡下驴。

刘淑敏知道自己说什么封德水都听不进去，只能白费口舌，根本于事无补，因此，她没有再言语。

他们又玩了两圈麻将，天色渐渐暗了下来。麻有志把牌一推说道：“就玩到这儿吧，咱们吃饭去，今天我请客。”

“是得你请客，钱都让你赢了，你不请谁请？”封德水表示赞同。其他人也纷纷附和。于是，他们来到一家火锅店，闹闹哄哄地开始涮羊肉。封德水、麻有志、粟杉等男士互不服气，在酒桌上划拳猜令，相互比拼酒力，一个个喝得东倒西晃，酒气熏天，方才罢休。

走出酒店，两位女士坐车回家，其他男士准备各自回去，封德水却死活不同意，硬拉大伙儿回到旅店，另开一个房间，供汪洋和粟杉休息，他和麻有志、单涛、陈红高继续玩麻将。

汪洋和粟杉上学时关系非常好，加上多年未见，俩人躺在床上，相互聊起了分别后的一些往事。汪洋把自己的经历大致述说了一遍。粟杉感叹地说：“这么多年，你一个人在外闯荡，真是不容易！唉，我当初要是不差老人需要赡养，我动过和你一样的念头，去大兴安岭林区闯荡一番，说不一定也能在林区站稳脚跟。你不知道，当初听说你在大兴安岭落户并参加工作，我心里很上火，非常羡慕你，你是咱们同学的骄傲，我们许多人都以你为荣，把你当成自身奋斗的偶像！你能有今天，说明你有能力，也说明你的本质好，为人讲良心，尤其是你能在文学上有所作为，更是让人钦佩！不像封德水那种人，有点能力就不可一世，目空一切，好像天底下都容不下他似的。”

“他现在混得好，财大气粗，张狂点也很正常。他到底做什么生意，这么有钱？”汪洋好奇地问栗杉。

“他这个人一贯好张扬，喜欢吹牛，现在有点钱更是牛的不行。我看不惯他的做派，不可一世，目中无人！他做房地产生意，确实很赚钱，但是他为人过于张狂，吃喝嫖赌啥事都干，到哪儿都盛气凌人的，好像世界都搁不下他似的，我不太愿意搭理他，今天若不是你回来，我是不会来的。”

“你说的话有理，他在学校时就好显摆，处处显示自己，好像他是诸葛亮，咱们都是阿斗。我对他也没好印象，若不是他和麻有志到家去接我，我不会和他混在一起的。不过话说回来，他虽然人品次，但是现在这个社会，就他这种头脑灵活、能说会道的人吃香。现在提倡‘一切向钱’看，评论人的标准发生了变化，以前都是看工作能力和人品，现在看的是谁能赚到钱，谁有钱谁就是大爷。封德水就是最好的证明，你看他开着轿车，穿戴讲究，出手阔绰，到哪儿都有人吹捧。虽然人们看中的是他的钱，而不是人品，但是有些事情就是让人难以琢磨，你说像他这种人，偏偏能够发财，苦干的人却挨累受贫，上哪儿说理去？”汪洋感叹命运不公。

“这年头，真是让人心里不平衡，他这个人我比较了解，当初他由于两个姐姐下乡，按政策留城当了工人。分配到县基建公司工作，整天与砖头、水泥、钢筋打交道，劳动强度大，社会地位比较低。加上他的父亲突然患病去世，家庭生活压力大，他早早结婚成家，每天上班挣钱，养家糊口，为生活而奔波，混得比较惨。假如不是意外救了突发心脏病的副县长，他这辈子有可能与普通人一样，过一辈子普普通通、安分守己的生活。”

“他是怎么救的副县长？一定很惊险吧？”汪洋饶有兴趣地问栗杉。他是搞文学创作的，善于搜集素材，尤其是一些富有传奇感的素材。

“别看咱们和他是同学，说句良心话，我看不惯他的所作所为。自从回到农村，我很少与他来往。他是有正式工作的城里人，我是个农村民办教师，跟他们的条件和地位相差悬殊，不是说人家瞧不起咱们，而是自己感到自卑，觉得比人家矮三分，所以很少跟他们来往。这几年我由民办教师转正为国家正式教师，与他们的来往逐渐增多，对他们各自的情况有所了解，尤其对封德水，了解得更详细。要说他救副县长的事情，其实很平常，根本谈不上惊险。那年春节期间，晚上九点多，他和爱人从岳父家回家途中，看到前边一个骑自行车的人突然跌倒在路旁。他们出于本能，急忙上前查看原因。借着昏暗的路灯，他们发现一位中年人摔倒在地，双目紧闭，呼吸困难，面色苍白。封德水不想管闲事，本打算一走了之。他爱人心眼好，为人善良，劝说丈夫跟她一起将病人送到附近的医院。医生救治时，从病人工作证上发现，病人竟是副县长。封德水得知自己无意之间救了副县长，态度立刻来了个一百八十度转变。不但跑前跑后张罗交款取药，而且还主动留下来帮助护理病人。副县长住院治疗期间，只要有时间，他就往医院跑，还经常带一些营养品给病人补养身体。副县长一家人对他十分感激，副县长治愈出院，把他们夫妻请到家中，准备了丰盛的答谢酒宴。一些下属得知副县长康复，前来看望老领导，城建局局长也位列其中。

“在酒桌上，副县长当着众人的面，把封德水夫妻救治自己的过程夸奖了一番，并动情地说他们夫妻是自己的救命恩人，要求下属以后对封德水夫妻多关照。众人自然满口答应，同时纷纷举杯赞扬他们夫妻道德品行高尚。封德水则谦逊地一再表示不敢当，并说这是他们应该做的。从此，封德水夫妻成了副县长家的常客，逢年过节或平时有大事小情，都能看到他们夫妻的身影，俨然成了副县长家的成员。

“城建局长见自己的顶头上司如此看重封德水，更是心领神会，回去后立刻叫来基建公司经理，安排封德水到办公室工作。没过多长时间，封德水获得了带职进修的好机会，在省城建筑学院学习两年，毕业后被提拔为副经理。由于有副县长的关照，他又善于钻营，结交了一些有权势的人，在咱们这个小县城名声鹊起，成了家喻户晓的名人。他得意忘形，不可一世，自称封三爷，整天出入高档酒店和歌厅，吆五喝六地到处张扬招摇，根本不把别人看在眼里。他那两颗无辜的门牙，就是他张狂自大付出的代价。

“一天晚上，他喝完酒开车回家。倒车时，把停在一旁的轿车后尾灯撞坏了，对方下车找他理论，他理都没理，直接开车扬长而去。对方十分生气，立刻开车追赶。直到他的家门口，对方追上他，质问他为什么撞车后逃跑。没想到他竟破口大骂：‘你他妈的算什么东西，敢找我封三爷的麻烦，真是瞎了眼！撞你活该！谁叫你停车不看地方，挡了我封三爷的道。给我赶快滚，惹怒了封三爷，叫你们脸上挂彩，满地找牙！’

“对方也是不怕事的主儿，见他如此嚣张，气不打一处来，挥拳上来就打。你别看他平时瞎咋呼，到了真章就草鸡了，被对方三人殴打，毫无还手之力，只好抱头求饶。面对他的求饶，对方不但没停手，反而更加愤怒，他们一边打，一边骂：‘你他妈的不是挺横吗？刚才那个豪横劲儿哪去了，你不是自称封三爷吗？你不是让我们脸上挂彩，满地找牙吗？我今天倒要看看，咱们到底谁脸上挂彩，谁满地找牙！’

封德水见求饶不起作用，只好丢下车，抱头鼠窜，落荒而逃。你别看他打架不行，逃跑却很在行。他使出吃奶的力气，拼力猛跑，很快就消失在远处的胡同里。对方追了一阵，没有追到他，只好骂骂咧咧地返回，同时害怕他喊帮手，担心吃亏，百且气也出了，急忙开车离去。

“他在远处看对方开车走了，害怕他们再返回来，所以没有立刻回来，而是观察了好一会儿，见对方确实走了，方才仗着胆子，左右张望着返回车旁。

“回到家中，妻子见他眼眶青肿，嘴里少了两颗门牙，关心地问他原因。他不好意思说是被人打的，谎称喝醉酒碰伤的。妻子虽然心存疑虑，但是怕他发火，不敢多问，姑且相信他的谎话。

“他怕别人知道了笑话他，好几天没敢出门，待消肿后，镶了两颗金牙，方才出门见人。他自以为别人不知道，依旧在人前人五人六的。俗话说‘好事不出门，坏事传千里’，其实人们早就知道了此事，只是不在他面前提起罢了。

“前几年，那位副县长离休，举家搬迁回老家养老。他失去了靠山，单位领导的态度也随之改变，他在单位的日子愈来愈不好过，只好赌气下海经商，自己成立了建筑公司。刚开始时，他凭着当初在单位工作时积攒的人脉，生意做得还可以，赚了一些钱。但他生性好玩好赌，贪恋女色，情人换了一个又一个，经常夜不归宿，与情人在外鬼混。妻子知道后，与他着实吵闹几场，他却毫不悔改，依旧我行我素，后来干脆不回家，与妻子长期分居。前年他在舞厅认识了一个小姐，名叫玫瑰。这位玫瑰小姐来自边远的农村，我见过一次，长得有几分姿色，嘴很甜，很会撒娇，封德水对她一见钟情，俩人打得火热。封德水被她哄的六神无主，整天围着她转，对她动了真情，萌生了与妻子离婚，与玫瑰结婚的念头。由于妻子不同意离婚，他竟当面吞食农药相威胁。妻子把他送到医院抢救，由于抢救及时，脱离了生命危险。妻子见他如此绝情，同时怕他再次寻短见，只好同意与他离婚，可没等他办理离婚手续，那个玫瑰却不辞而别，与他失去了联系。其实玫瑰和他交往，就是为了骗他的钱，根本没有什么感情可言。如今见他动了真情，为了和妻子离婚，不惜喝农药，她怕弄出人命，牵连到自己，再说钱也骗够本了，便脚底下抹油——溜了。

“封德水与玫瑰失去联系，依旧不死心，想办法多方查找，最终没有音信，只好无奈地接受现实。由于他服过农药，虽说被抢救过来，药物却伤及胃肠，留下后遗症，吃不了硬的和凉的食物，加上他生活没规律，身体日渐消瘦。妻子不计前嫌，把他接回家中服侍，养了三个多月，他身体得以复原。

“由于他的人品不行，口碑很差，结交的都是一些相互利用的酒肉朋友，不像咱们同学之间，看在以往的同窗情分，和他保持同窗之谊。你看他有俩钱得瑟的，简直不知天多高地多厚！他说话特别损，喜欢挖苦人，不埋汰人不说话，总有一种高高在上的优越感。麻有志等人都曾和他吵过架。我以前基本不和他来往，别看我在农村，虽然生活比较贫困，但是人穷志不短，不欠谁不短谁的，即使吃糠咽菜也心安理得，犯不着看谁的脸色行事，更用不着刻意去巴结和奉承谁。你说是不是这个理？”栗杉性格耿直，说话一向不隐瞒观点。

“你说的有道理，人就是要自强自立，咱们的性格差不多，都是属于不会阿谀奉承，不会溜须拍马的倔人，虽然咱们没有做出什么轰轰烈烈的大事，却活得踏实，活得问心无愧。”汪洋心有同感。

接下来，俩人又聊了一些家常，直到午夜时分，方才准备入睡。不曾想封德水他们打牌告一段落，前来叫他们出去吃夜宵。汪洋本来对封德水就有成见，如今听了栗杉的介绍，心里对他产生了反感。本不想出去吃夜宵，但又不想驳他的面子，只好跟着他们来到经营烤肉的夜宵店。他们每人喝了一杯白酒，汪洋依旧用啤酒相陪。喝完一杯白酒，众人接着喝啤酒，每人分别喝了两瓶啤酒，都不同程度地产生醉意，尤其封德水，此时已经醉得有些站立不稳，却依旧吵闹着要继续喝。众人见他已经喝醉，担心他酒后闹事，极力劝阻他，并强行拉着他离开烧烤店，送回旅店去休息。

他们回到旅店，已是凌晨时分，封德水依旧叫嚷着要打麻将。麻有志等人见他已经喝醉，加之时间太晚，便一起离开旅店。栗杉本打算与汪洋一起回房间休息，却被封德水拉住，让他与自己同住一个房间。栗杉知道他喝多了，担心他出事，便留下来照顾他。

汪洋回到房间，闭灯上床，合上眼皮休息，不久便发出了均匀的鼾声。

“笃笃笃……”汪洋在睡梦中被一阵敲门声惊醒，他以为栗杉或封德水找他有事，赶紧翻身下床，打开房门。

让他感到意外的是，进门的竟是一位妙龄女郎。她涂脂抹粉，穿着暴露，打扮得十分性感。“请问您找谁？”汪洋颇感意外地问她。

“嘻嘻，我就找你呀。”女郎冲他甜甜一笑，嗲声嗲气地回答，一屁股坐在床上。

“找我……，找我有啥事？”汪洋一时没有转过弯，感到疑惑。

“大哥，我是特意为你服务的。你说这良宵美景，我们孤男寡女独处一室，除了巫山云雨，还能干什么？”女郎笑靥如花，挑逗地跟他调情。

汪洋闻听此话，方才恍然大悟，急忙红着脸说："小姐，你找错人了吧？"

"大哥，没错，是封三爷特意叫我来陪你的。"

"封三爷，哦，我明白了！"汪洋听闻，顿时明白对方的来意。他从未经历过这类事情，一时没了主意，不知该如何处置。

"大哥，小妹床上功夫很好的，一定把你伺候得舒舒服服，保证让你有欲死欲仙的感觉，你试试就知道了。"女郎一边笑着和他调情，一边顺势躺在床上。

汪洋望着眼前性感迷人的女郎，他像一个喝醉酒的醉汉，有些神情迷乱，不由得心猿意马，想入非非。

"大哥，春宵一刻值千金，你还等什么，快点上床来陪小妹呀！"

正当汪洋意乱神迷之际，他的脑海里出现了妻子的身影，一想到对自己恩爱有加、情深义重的妻子，他顿时醒悟过来，急忙开口拒绝："请你放尊重些，我不需要什么服务，请你抓紧时间离开。"

"大哥，你怎么如此无情，我看你也是过来人，岂能不解风情？就让小妹好好陪陪你呗！"

"我已经说过了，我不需要，请你尽快离开。"

"既然你不肯与我做爱，你把钱付了我就走。"

"付钱？付什么钱？我又没怎么着你。"

"大哥，你是真不懂还是装糊涂，干我们这行的有个规矩，只要你喊我出台，不管你干不干，都得付钱。"

"你什么规矩我不管，我又没喊你，谁喊你来你找谁要钱去。"

"你想赖账？我告诉你，干我们这行的，是不要什么脸面的，假如你不给钱，我就不走，一旦吵闹起来，恐怕对你不利。难道你就不怕家里人知道，就不顾忌脸面？"女郎神色严肃地威胁道。

"我告诉你，我走南闯北见识多了，想威胁我，门儿都没有。假如你再赖着不走，我就报警，看咱们谁害怕。汪洋说着，拿起手机，作势拨打电话。

"大哥，别，别，千万别报警，既然你不需要，我走就是了，何必发火呢？”女郎听闻汪洋要报警，方才着急，不情愿地从床上爬了起来。

“大哥，你这是干啥呀？人家封三爷好心好意叫我来陪你，你不但不领情，反而还要报警，岂不是辜负了他的一片好意？你这样的男人我还是第一次遇到，你说世上哪有猫不吃腥的，真是不可思议！”女郎仍然赖在床上，和他说着无聊的话。

“这没什么奇怪的，我虽然算不上正人君子，但是做人做事一向讲良心，有自己的道德底线。你多说无益，还是赶快离开吧。”汪洋语气稍缓，不再那么生硬，但话语中却透出一种坚毅和正气。

那个女郎见他一副拒人千里之外的神情，不但不上道，而且还要报警，知道再闹下去也达不到目的，只好怏怏不乐地起身离去。走到门口，她停下脚步，回眸向汪洋望去，她的目光很复杂，失望中流露出几分赞许和敬畏。

第十二章 情意难忘

那位女郎离开后，汪洋躺在床上再也无法入睡，睡不着觉的原因不是因为女郎的骚扰，而是因为这一天见到、听到的有关封德水的事情。虽然他们上学时有过不愉快，但他不是那种小肚鸡肠，睚眦必报的小人。随着时间的推移，学生时代那些不愉快早已淡忘，可是如今发生的事情，却让他难以接受。他不齿封德水的所作所为，更鄙视他的人品。汪洋是个恩怨分明、敢爱敢恨的人，无法忍受封德水的这种不负责任、乱搞关系、道德败坏、丧失道德伦理的无耻行为。古人云："道不同不相为谋。"看来自己与封德水不是一路人，与他混在一起会玷污自己的人格。想到此，他起身下床，穿好衣服，推门走出房间。

汪洋走过封德水住的房间，听到房间里传出了一阵女人做作的叫床声，他赶紧加快脚步，走出旅店。令他没想到的是，粟杉竟坐在路边的栏杆上。

"粟杉，你怎么坐在这里？"汪洋问道。

"我不想看他干龌龊事，只好躲到外边。你咋也出来了？"粟杉没好气地说。

“别提了，他给我安排了一个小姐，让我轰走了。这种人我一分钟都不想和他待在一起，我准备回家。”

“哼，他也给我安排了一个，还想让我和他在一个屋里做龌龊事，真是不知羞耻！我一气之下走出来，他竟留下两个小姐与之淫乱，简直没有人性！”粟杉十分气愤。

“他是不可救药，以后你少和他来往，小心名声被他败坏了。”汪洋也很生气。

“我以前听说他吃喝嫖赌啥缺德事都干，只是没有亲眼看到，否则我早就不和他来往了。今天算是让我开眼了，彻底了解了他的为人！若不是我家住得远，现在没有客车，我早就回家了。”粟杉说出自己的想法。

“也是，可现在离天亮还有两个小时，你也不能在外边干坐着，实在不行你跟我走，到我父母家睡一觉，吃过早饭再回去。”

“算了吧，这个时间怎么好意思打扰老人休息。我再坐一会儿天就亮了，天亮了客运站就有路过的客车了。你先回去吧，不必为我担心。”

“我怎么能撇下你独自回去，我看咱俩干脆去客运站吧。一般客运站附近都有早餐店，咱们去吃点早餐，顺便候车，岂不是一举两得。”汪洋提出建议。粟杉想了想，觉得有道理，点头同意他的建议。他俩一边说话，一边朝客运站走去。

他们来到客运站，此时客运站尚未开门，他们在附近找到一家早餐店，吃了一些早餐。天色亮了，客运站开始运营，他们走进客运站，等了半个小时，粟杉搭上顺路客车，俩人紧紧握手道别。直到客车远离了视线，汪洋才转身朝家中走去。

接下来的两天，汪洋探望了一些至亲好友，封德水数次打电话相邀，均被汪洋以各种借口拒绝。一天晚上十点多，封德水再次开车来家敲门，邀汪洋出去，汪洋躲在屋里没出声，而是让父母谎称他下乡探亲未归而回绝。

时间过得真快，转眼之间汪洋已回来一个星期。柳刚数次来电话催问他何时返回甘河市，尽快抓紧时间筹备收购粮食的事宜。汪洋虽然不情愿离开父母，但有事在身，必须回去。无奈之下，他只好买了车票，顺便去市场买了一些鸡鸭鱼肉，亲手做了一顿丰盛的晚餐，把家人聚在一起，其乐融融地共进晚餐。

临行前，他给父母留下两千元钱，叮嘱兄弟姐妹们照顾父母，遇到什么困难尽管给他打电话，然后恋恋不舍地挥泪与父母告别。弟弟妹妹们送他到车站，彼此互道珍重，挥手而别。

列车行驶十余小时，清晨时分，到达林海市。由于事先已经告诉妻儿归期，母子二人早早来到车站等候。一家人见面后，显得特别亲热，儿子懂事地帮爸爸拿背包，虽然分别只有两个月，儿子似乎长高了许多，修长的身体酷似篮球运动员。

回到家中，妻子端出早已准备好的可口饭菜，儿子则在一旁好奇地摆弄手机。施玉梅对儿子说：“清辰，别玩了，赶紧吃饭，一会儿上学该迟到了。”

“妈，你让我玩一会儿吧，你上班时骑自行车带我去学校，保证来得及。”

“今天妈妈有事，就不带你去学校了，你还是早点走吧。”

“好的，我现在就吃饭。”儿子懂事地放下手机，坐在桌子旁吃饭。

“妈妈，你不是答应给我买自行车吗，啥时候买呀？”儿子边吃饭边问妈妈。

“这个月不行，下个月吧，下个月妈妈一定给你买。”妻子面露难色地回答。

“儿子，不用下个月，爸爸今天就给你买。你中午放学后，爸爸带你去，要什么样式的，你自己选。”汪洋笑着对儿子说。

“哦，太好啦！我也有自行车啦！爸爸，我们班的李墨有一辆变速自行车，我可喜欢了，我也想买变速自行车。”儿子高兴地直拍巴掌。

“好的，咱们就买变速的。”汪洋肯定地回答。

儿子吃完饭，兴高采烈地背着书包上学去了。妻子收拾完碗筷，来到卧室，对汪洋说："你怎么答应给儿子买那么好的自行车，得花多少钱啊？"

"这么多年，我连像样的玩具都没给儿子买过，现在你丈夫有钱啦，你就让我给儿子买辆喜欢的自行车吧。"汪洋说着话，从上衣口袋里掏出一沓百元大钞，交到妻子手上。

虽然妻子早已从汪洋的电话中得知周思远和江群慷慨送钱的事情，但她见到这么多钱，还是显得很激动，十分感激地说："表哥和周大哥真是好人，一下子给你这么多钱，咱们可要记住这份情意，将来有机会一定想办法报答。如今经商发财的人多了去了，可有些人却一门心思挣钱，有的人不惜损人利己，想方设法挣黑心钱！他们越有钱越抠门，把钱看得比命还重。这些人和表哥、周大哥相比，差距真是太大了。好，就依你，给儿子买辆变速自行车。说来怪对不起儿子的，就说这个自行车吧，都跟我说了半年了，我也没舍得买，这下好了，总算满足儿子的心愿了。"妻子愧疚地说。

"你不是说有事吗，怎么还不去办事？"汪洋望着妻子问道。

"嘿嘿，我是有事，是和你有事要办。"妻子面带红晕，似乎有些不好意思，含情脉脉地依偎在他的身边。汪洋见妻子这副神情，立刻心领神会，一把将妻子搂在怀里，开心地吻了起来。妻子则像个顺从的小绵羊，一脸甜蜜地任丈夫亲热。当丈夫采取进一步动作时，妻子挣脱了他的拥抱。汪洋有些诧异地看着妻子，妻子却笑着走到窗前，拉上窗帘。俩人久别重逢，两情缱绻，亲热无比，无须细言。

中午，他们一家三口，来到了市中心商业区的一家自行车专卖店。按照儿子的要求，汪洋给他买了一辆变速自行车，看着儿子开心地骑着自行车，围着他们身边绕圈，夫妻二人脸上露出了欣慰的笑容。

下午，他们来到内弟家看望岳母，内弟热情地留他们吃晚饭。席间，岳母和内弟关心地询问汪洋书的出版情况，汪洋如实告知。内弟闻听出版事宜又发生变故，表示惋惜，同时对他经商的想法表示认可。

第二天下午，恰逢学校开家长会，由于妻子有事，汪洋前去开家长会。说来惭愧，自从儿子上学，这是他第一次开家长会。他和儿子一起来到学校，在教室里找到儿子的座位。按家长会的规定，学生先离开，由家长和老师沟通，然后再让学生参加。

由于儿子个高，坐在最后一排。汪洋坐在儿子的座位上，身边坐着几位家长，其中一位男士对旁边一位干部模样的女士说："唉，这孩子真让人操心，他太贪玩，不愿意学习，每天都要看着他写作业，真是气死人了！"

"可不是咋的，我家的孩子也是如此，整天就知道玩，一问起学习情况，他每次都说还行，可每回考试都不理想，每次开家长会都被老师点名批评。摊上这么个不争气的孩子，我真没脸开家长会。"那个女家长摇头诉苦，看来他们彼此认识。

"谁说不是，孩子的名次落后，当家长的脸上无光，你们家的孩子排名多少？"男家长问女家长。

"嗨，别提了，四十六名，我都不好意思说。你们家的孩子多少名？"女家长向他反问。

"哼，我们家孩子还不如你们的呢！五十二名，真是愁人。我发现一个问题，凡是个子高，坐在后排的孩子学习都不好。"男家长说完，转头向汪洋问道："你是哪个孩子的家长？我怎么没见过你？"

"我是汪清辰的父亲，以前没有参加过家长会，所以咱们不熟悉。"

"啊，你就是汪清辰的父亲！是的，以前总是他母亲来开家长会，你们行啊，孩子学习好，家长的脸上有光，听说你儿子又考了第二名，真行！"男家长带有几分羡慕的口吻。

"好像是第二名吧，也不行，还得继续努力。"汪洋谦虚地回答。

"哎，你就知足吧，第二名还不行？！我家的孩子要是能考20名，我就心满意足了。"

"你看人家的孩子，再看看咱们的孩子，真是没法比。你给我们讲讲，你们是怎么教育孩子的？"女家长感叹地说。

“其实也没怎么教育，就是顺其自然。首先培养他的学习乐趣，让他主动学习，而不是被动学习，再者就是回家写作业时，要让他专心致志。就拿看电视来说，刚上学时，他有时一边写作业一边看电视，我们及时加以纠正，让他回家后先完成作业，然后再看电视，久而久之，他就养成了回家先完成作业的习惯。我们从不检查他的作业，而是让他自己检查，以免孩子产生依赖性。另外不搞奖励或物资刺激这一套，孩子一旦得了奖，就更不主动学习了，这个办法实在不可取。”汪洋说出了平时教育孩子的心得。

“你说的有道理，我们也都明白，但是，我们家的孩子不听话，别说主动，就连被动都不肯好好学习，假如不看着他，他就更不想学了，我们也是没办法，才劳神费力地看着他学习。你们家的孩子学习那么好，将来一定能考上名牌大学。”女家长敬佩地说。

“这也说不好，就看他将来能否保持住。”汪洋听他们夸奖儿子，虽然嘴上谦虚，但心里觉得美滋滋的。

从学校回来，汪洋向妻子述说家长会经过。妻子告诫他，不要把得意的情绪向儿子表露，以免孩子骄傲自满。汪洋信服地直点头，他知道，孩子学习成绩这么好，又如此乖巧懂事，都是妻子平时教子有方，精心培育的结果。想到此，他觉得有些愧疚，对妻子更加满意，觉得妻子称得上名副其实的贤妻良母。

汪洋在家中短暂逗留几天，动身前往甘河市。彭宗元和巴建华等人得到消息，前往车站接他。他们来到饭店，为汪洋接风。席间，汪洋谈起了暂缓出版作品以及下海经商的打算。巴建华一向力挺他的作品早日出版，觉得暂缓出书有些可惜。彭宗元却不以为然，他说：“我觉得你先经商的想法很好，不失为良策。既然你有这么多商机可以利用，何不先经商赚点钱，积累一定的经济基础，如今是市场经济、商品社会，有了钱就有资本，到那时别说出版印刷书籍，就是拍电视剧也不成问题。”

汪洋对他们的建议只是报以一笑，他的心里早就打定主意，先经商后出书，省着为区区的出版印刷费用而发愁。

第二天，柳刚的下属王干事抵达甘河市，带来了筹建公司的费用。汪洋与他住进招待所，并介绍巴建华、彭宗元等人与他认识，然后踌躇满志地着手筹备公司工作。此时彭宗元已经调到市交通局任副局长，巴建华调任市纪检委副主任。他们手里拥有一定的权力，在甘河市的人脉很广。他们和汪洋是知己朋友，对于汪洋成立公司的事情，自然竭尽全力帮忙。

由于巴建华和彭宗元托朋友帮忙，他公司的筹备工作进展十分顺利，不到一个星期，公司的一切相关手续均办理完毕。汪洋在二马路旁租了一个院落，院落很大，前后各有一排房子，前边的房子辟为军用品商店，柳刚根据当地市场的需求，通过关系，不但从部队军工厂购进军大衣、军鞋、军帽、迷彩服等军需用品，同时还购进一批优质大米、优质豆油等商品，供商店销售。后边的房子则用做办公和住宿，院落内搭建遮雨的棚子，用来储存粮食。

筹建公司期间，汪洋特意考察了当地的粮食市场，通过调查走访，他发现粮食市场行情很好，尤其粮食收购行业，更是抢手。由于甘河市地处大兴安岭南山麓，与松嫩平原接壤，境内山势平缓，属于丘陵地带，加上幅员辽阔，土地肥沃，非常适合种植农作物。所以人们看中了这块风水宝地，纷纷前来开垦荒地，种植庄稼。为此，粮食收购行业特别火爆，但是收购粮食占用资金多，一般没有实力的人只能望洋兴叹，不敢问津。

汪洋有柳刚的部队做靠山，不用担心资金，所以才敢做粮食收购生意。在走访市场的过程中，汪洋了解到自己以前的一些朋友和同事，均下海经商。二保下岗后开了一家配件商店；司机邹兴华买了一辆大货车跑运输；那个因帐篷失火而蹲拘留的小梁，开了一家粮油商店；当年在部队食堂当炊事员，后来在单位后勤食堂做饭的王师傅，开了一家饭店。还有其他下岗同事，也自找门路下海经商，有的贩卖服装，有的批发销售蔬菜水果，还有经营钢材、倒卖木材等经营建筑材料的。总之五花八门，林林总总，经营着各种生意，真是八仙过海各显神通。汪洋离开甘河市短短三年时间，但他万万没想到，这里的人们思想意识竟转变得这么快。

经过紧锣密鼓地筹备，公司终于正式挂牌营业，公司的名称“沈阳军区后勤部817仓库驻甘河粮贸公司”，商店命名为“阳刚军用品商店”，取自他俩名字的谐音，同时寓意军用品属于男子汉的阳刚之气。柳刚特意从部队赶来主持开业仪式，彭宗元和巴建华以及林忠瑜、谌伟等一些老朋友前来表示祝贺。

开业典礼定于上午十点五十八分。随着一阵震耳的鞭炮声，汪洋引导柳刚、巴建华、彭宗元等人举行揭牌仪式。汪洋宣告公司正式成立，柳刚进行了简短的演说：“祝贺公司成立，感谢诸位朋友大力支持，并预祝公司生意发达，买卖兴隆。”柳刚和王干事一身笔挺的军装，在人群中非常显眼。有关汪洋与部队做生意的消息，早已在当地传得沸沸扬扬。人们知道他们有部队做靠山，实力雄厚，资金不成问题，所以当地几家经营粮油的公司老总，闻讯赶来祝贺，并向他们表达合作意向。汪洋和柳刚见开张当天就有人上门合作，自然喜出望外，满口答应。

开业庆典结束，军用品商店正式开门营业。商店里挤满前来参加庆典的客人以及前来购买商品的人。他们看中的是部队商品质量好，尤其是那些军大衣、军用鞋以及军服、军帽等更是抢手货，人们早就得知信息，故此前来购买。两个售货员忙得不亦乐乎，郁金凤和乌兰等人均上前帮忙。看到生意这么好，汪洋心里很高兴。

中午，他们按照事先安排，在当地有名的宏远大酒店举办答谢酒宴。汪洋和柳刚在门口接待客人，王干事、巴建华和彭宗元等人在大厅负责安排客人就座。前来参加庆典的朋友纷纷奉上红包，然后入座。

酒席开始前，汪洋走到台前，拿起麦克风，致答谢词：“尊敬的各位来宾，尊敬的各位领导，尊敬的先生们、女士们，大家中午好！感谢诸位在百忙中前来参加我们公司的开业庆典，我代表公司向诸位表示热烈欢迎和衷心感谢！

“改革开放的春风，带来了下海经商的浪潮。我公司在经商大潮中应运而生，在部队的资助下扬帆起航。所话说‘一个篱笆三个桩，一个好汉三个帮’，我相信有部队的鼎力支持，有各位朋友的鼎力相助，有各位同行的捧场，我们公司的生意一定会兴旺发达，蒸蒸日上！

“为了答谢各位朋友的莅临，我们特意准备了薄酒素菜，希望各位朋友开怀畅饮，最后祝愿诸位来宾身体健康，家庭美满，生活幸福，万事如意！”汪洋的话赢来一片热烈的掌声。

汪洋致辞后，酒席正式开始。由于来宾大多都是汪洋的熟人，他们多年未见，如今相聚在一起，心情都很激动。汪洋出于礼貌和旧友重逢的心情，用啤酒向各位来宾一一敬酒，在一片感谢和祝贺声中，酒桌上杯觥交错，高潮迭起。直到酒足饭饱，酒宴方才结束。

晚上，彭宗元夫妇宴请汪洋及柳刚、谌伟、林忠瑜等人，巴建华，韩世杰作陪。韩世杰现任林业局办公室主任，他对汪洋弃文经商有些想法，觉得他不应该放弃文学理想。他把汪洋叫到一旁，推心置腹地说：“兄弟，我既是你的朋友又是兄长，我觉得你不应该经商，你的理想是当一名作家，你也有这方面才华，何况现在你的作品已经得到出版社认可，离成功只有一步之遥，你却放弃了出版，投身商海，我觉得有些得不偿失。假如经济上有困难，我们这些朋友都肯赞助你。”

“世杰大哥，谢谢你的肺腑之言，我知道你是为了我着想，始终支持我的文学创作之路。我跟你说实话，我经商是暂时的，只是想积累一些资金，以备将来出书之需。你放心，我绝对不会放弃理想。”汪洋道出心中的真实想法。

“我乍一听你弃文经商的消息，觉得有些不可思议，听你这么一说，我就放心了！你有文学创作的天赋，具备作家的潜质，只要你勤奋努力，一定能成为一名优秀的作家，但你切记：不要在商海涉足太深，以免被金钱迷失了本性！虽然现在是市场经济、商品社会，一切向钱看。但是，金钱是流通的货币，你今天拥有它，可能明天又会失去，流通到别人的腰包里，人生苦短，生命只有一次，不要把钱财看得太重。钱财是身外之物，正所谓生不带来死不带去，即使家财万贯，临终也带不走一分一厘。一个人无论有多少财富，无论如何富有，只不过是过眼烟云，不可能流芳百世，而文学作品就不同了，‘文章千古事’，一部好作品，不但能流传于世，还能给后人以启迪。只有优秀的文学作品，才能永垂不朽，流芳百世。”韩世杰喜欢读书学习，见识自然高于常人。

“世杰大哥，你的见识异于常人，真是振聋发聩，知我者世杰兄也！文学创作是我的梦想，我一生的所作所为，几乎都是围绕着梦想而生活，我怎能为了追求钱财，轻言放弃理想呢？”汪洋几乎是信誓旦旦地表白心迹。

韩世杰听了他的表白，信服地用手拍拍他的肩膀，点头表示赞许。

酒桌上，各位朋友轮番向柳刚和王干事敬酒。柳刚从军多年，常年的军旅生涯，让他养成了军人豪爽耿直的性格，尤其遇到巴建华，俩人经历相同，年纪相仿，性格相近，共同的军旅生涯让他们倍感亲切。俩人都很有酒量，彼此大有相见恨晚之感，你敬我一杯，我敬你一杯，喝得兴致勃勃，无比畅快。

酒足饭饱之后，巴建华提议去市内最好的红玫瑰歌厅唱歌跳舞。众人借着几分酒劲，纷纷表示同意，于是，一行人离开酒店，驱车前往歌厅。

红玫瑰歌舞厅坐落在城市的中心地带，以前是市文工团的演出剧场，歌舞团解体后，这里改建为歌舞厅。

歌舞厅高大的门楣上，霓虹灯不停地闪烁，“红玫瑰歌舞厅”六个明亮的大字炫然夺目，显得十分豪华气派。他们走进歌舞厅，在服务生的引导下，来到一个包厢。巴建华点了一个大果盘，几样干果，无非是葵花籽、葡萄干之类的食品，同时还点了饮料和啤酒。服务生特意问他们是否需要陪舞小姐，他们均摇头表示不需要。

巴建华熟练地摆弄着VCD播放机，询问柳刚唱什么歌曲。柳刚点了一首《小白杨》，他的歌声铿锵有力，具有穿透力，体现了当代军人的气魄和风貌，赢得了阵阵掌声。

接下来，巴建华演唱了一首《草原上升起不落的太阳》。巴建华是蒙古族，他的音域宽阔，悠扬的歌声仿佛把人们带到了辽阔无边的大草原，仿佛听到了草原上的鸟语花香，仿佛听到了舒缓悠长的马头琴声，让人听得如醉如痴，忘记了叫好和鼓掌，直到一曲唱完，歌声停了十几秒，众人才从陶醉中清醒过来，响起了热烈的掌声。

虽然谌伟和林忠瑜嗓音不如柳刚和巴建华，但他们趁着酒兴，各自唱了一首，汪洋和彭宗元还有韩世杰的嗓音不行，唱歌跑调，他们有自知之明，坐在一旁一边欣赏歌曲，一边喝啤酒聊天。王干事则殷勤地忙着为众人服务，汪洋觉得过意不去，劝他坐下喝酒，并提议他唱歌。王干事征得柳刚的同意，演唱了一首《东方之珠》，他的歌虽然唱得不如柳刚和巴建华，与谌伟、林忠瑜等人相比却毫不逊色。

在众人的要求下，柳刚和巴建华又连续唱了几首歌，其他人也随着旋律翩翩起舞。时间在欢快的歌声中缓缓流逝。午夜时分，他们起身离去。巴建华来到吧台付账，却被告知不必付款，巴建华连忙询问原因，服务员告知经理已为他们免单。

巴建华觉得奇怪，因为他和歌厅的经理并不熟悉，没来由为自己免单。他担心对方搞错了，生怕闹出笑话，所以要求面见经理，一问究竟。

对方见他执意不肯，只好把经理叫来。只见一位打扮时髦、气质高雅的女性缓步来到吧台，笑着说：“巴主任，咱们都是朋友，我为你们免单了。”

“朋友？还免单？我怎么想不起来您是谁。”巴建华疑惑地问她。

“巴主任，你真是贵人多忘事，咱们在汪洋的婚礼上见过面。”她说话的同时，把视线转向汪洋等人，笑着说道：“汪洋，他们把我忘了不奇怪，难道你也把老朋友忘啦？”汪洋听对方叫他的名字，急忙上前细看，发现歌厅经理竟是郝妍。

他赶紧走上前去，郝妍也快步走了过来，俩人激动地紧紧握手。汪洋颇感意外地问：“郝妍，怎么会是你，什么时候改行开歌厅啦？”

“汪洋，咱们几年未见，你还好吧？”郝妍没有回答汪洋的问话，而是关心地问他。

“好，一切都好，你也好吧？”汪洋关切地问她。

“我很好，嫂子和儿子都好吧，你什么时间回来的，怎么不来看看我，难道你真的把我忘了！”郝妍依旧握着他的手，眼里闪着泪花，嗔怪地问他。

“她们都很好，我回来一个多星期了，没想到竟在这里见到你，你是怎么知道我们来了？”汪洋好奇地问她，并松开相握的手。

“你们一进来，我就看见你了，你们只顾着去包厢，没有注意我，我有心去包厢看你，又怕打扰你们的雅兴。”

见此情景，巴建华不再坚持结账，而是和众人在一旁看着他们说话。汪洋见朋友们都看着他俩，觉得有些不好意思，他简单地告诉她自己回来的目的，并递给她一张名片，然后和朋友们离开。郝妍将他们送到大门口，和彭宗元等人一一握手告别。

汪洋没想到在歌厅与郝妍碰面，虽然过去这么多年，他对郝妍依然有好感。尽管他们之间阴错阳差，没有缘分成为夫妻，但他的心里却时常牵挂郝妍，对她下海经营歌舞厅感到意外和惋惜。

回到住处，柳刚询问他与郝妍的关系，汪洋讲述了他们之间的恋爱经历，他在讲述中隐瞒了他与郝妍曾经发生关系的事实。即使面对老朋友，他也无法把隐私说出口，毕竟不是什么光彩事。柳刚听了他的讲述，对他们之间的关系表示理解，同时夸奖郝妍长相漂亮，气质优雅，对他们无缘结合感到惋惜。

第二天上午八时，商店开门营业，汪洋担心售货员忙不过来，前去商店帮忙。今天的生意依然很好，购物的人陆陆续续，接连不断。由于他们的商品从部队直接调拨，不但质量好，而且价格合理，因此特别受欢迎。

汪洋在商店里忙了两个多小时，直到接近中午才回到办公室休息。他刚坐下，就听到电话铃声。他急忙拿起话筒，话筒里传来郝妍的声音："汪洋，忙什么呢？我数次拨打电话都没人接听。"

"啊，郝妍哪，我一直在前边商店里忙碌，办公室没人。你有事吗？"

"我听说你的作品已经获得出版社认可，你不好好当作家，怎么跑回来经商了？我说你是咋回事，回来怎么也不告诉我，开业也不通知我，难道我在你心中竟没有一点位置？我就这么不招人待见？"

“呵呵，郝妍，你别多想，这次回来筹建公司，时间比较仓促，整天忙开业的事情，没时间打听你的情况。你怎么放弃歌唱，改行开歌舞厅了？”

“唉，我也是被逼无奈，我们文工团解散了，我总得吃饭哪。好啦，不说这些陈年往事了，我给你打电话是想邀请你和部队的朋友吃顿饭，你无情我不能无义，你回来做生意，我怎么也得请你一顿，尽到地主之谊。”

“我看吃饭就免了吧，我们刚开业，时间比较紧。”汪洋不客气地推辞。

“你怎么这样？请你吃顿饭推三阻四的，难道我们之间连吃顿饭的情分都没啦？再说我这不是请你，而是请你的朋友，你充其量就是作陪。好了，就这么说定了，咱们中午在迎宾楼见。”郝妍不等他答复，武断地挂断了电话。

汪洋了解郝妍的性格，一向自视清高，说一不二，如果自己爽约，她说不定会上门兴师问罪。再说事情过去这么多年，自己没必要计较以前的是是非非。于是，他找到柳刚，说了郝妍请客的事。柳刚笑着和他调侃道：“我看她是醉翁之意不在酒，她请我是假，借机与你叙旧才是真，我就不去给你们当灯泡啦。”

“你别拿我开心，我们以前虽然有过恋情，但如今只剩下友情，我是这么想的，虽然由于种种因素，我们无缘成为夫妻，但也不能反目成仇。你是了解我的，我不是那种脚踏两只船的人，做事做人都有道德底线。”汪洋怕他误会，赶紧向他解释。

“我和你开玩笑，你怎么还当真了？莫非你心里有鬼？好啦，不逗你了，我相信你的为人，既然人家好意请客，如果咱们拒绝，显得多不礼貌，你去前边交代一下，咱们这就走。”柳刚笑着点头同意。

他们坐车来到迎宾楼，发现郝妍已等候在门口。她笑着与柳刚及王干事握手问候，对汪洋没有客套，只是嫣然一笑，算作打招呼。然后他们相互礼让着走进包厢。

落座后，郝妍问汪洋：“怎么就你们几位，你的铁哥们儿巴建华和彭宗元怎么没来？”

“他们工作忙，中午没时间。”汪洋向她解释，其实他根本没告诉他们，他不想让太多的人知道自己与郝妍来往，虽然他们现在早已没有私情，只是朋友，但他们之间毕竟有过不同寻常的感情，容易让人产生想法，所以他要避嫌，以免产生不必要的麻烦。

“我也知道他们工作忙，本应该晚上宴请，但是晚上我实在走不开，只好安排在中午，好吧，改日再请他们。柳大哥，你初次来林区，这里穷乡僻壤，没什么美味佳肴，只有当地的一些山珍野味，你看看菜谱，点几个喜欢的菜。”郝妍把菜谱递给柳刚，让他点菜。

“郝妍，你别客气，请随意，我吃什么都行。”柳刚客气地把菜谱推给郝妍。

“汪洋，你们是老朋友，你知道他喜欢什么口味，你来点菜吧。”郝妍把菜谱递给汪洋。

“好的，我来点，到林区来就得吃山珍野味。服务员，给我们来个野鸡炖榛蘑、清炖细鳞鱼、柳蒿芽炖排骨，油炸蛤什蚂，再来个汤，你们这里的飞龙汤是野生的飞龙吗？”汪洋指着菜谱问服务员。

“大哥，你就放心吧，我们这里都是野生的，绝对没有家养的。”服务员肯定地回答。

“如今不是禁猎了吗？你们怎么会有这么多野生动物，这可都是属于国家禁猎的保护动物啊！”汪洋似乎不信任地问。

“大哥，你是外地来的吧？难怪你不知道我们老板的实力，你就放心享用吧，我们保证都是正宗的野味。”服务员再次肯定回答。这时，郝妍在一旁告诉汪洋：“你离开这里好几年了，对咱们这里的情况有些不了解，我告诉你，这是旗委书记的外甥开的酒店，他的进货渠道很广，再说我和他很熟悉，他绝对不会拿家养的来骗我。”

“哦，原来如此，有权贵罩着就可以享受特权，真是中国人的悲哀！”汪洋感叹地说。

“你这是看三国掉眼泪——替古人担忧。这些事不该咱们平民百姓操心，我们只管花钱消费，其他的与我们不相干。”郝妍对此不以为然。

“现在中国有些现象很不正常，现行政策对官员的监管不到位，给那些不自律的官员以可乘之机，所以贪腐问题十分严重，我想这只是暂时的，党和政府一定不会坐视不管，那些贪腐的人将来一定会受到惩罚的。”柳刚接过话题发表自己的看法。

“柳大哥，你说的有道理，我们今天不探讨大是大非问题，我们还是书归正传，先把菜点完吧。”郝妍适时地转移了话题。

“行了，够吃了，咱们四个菜一个汤，正好符合中央的招待标准。”柳刚笑着说。

“柳大哥，你是远道而来的客人，我一定得把你招待好。服务员，你告诉老板，让他再给我们安排两个特色菜。”郝妍挥手对服务员吩咐道。

酒菜很快端了上来，郝妍亲自把盏，为柳刚和王干事斟酒，汪洋则自己斟上啤酒。然后郝妍擎杯在手，笑容可掬地说：“柳大哥，能够和您结识，郝妍感到十分荣幸，我虽然是个女流之辈，但我喜欢结交朋友，尤其是柳大哥和王老弟这样优秀人才！柳大哥，我知道您是汪洋的同学和好朋友，我和汪洋的关系非同寻常，他的朋友就是我郝妍的朋友，这第一杯酒，首先敬柳大哥，欢迎您到甘河来，同时也为了咱们相识而干杯！”郝妍说完，与在座的人一一碰杯，然后一饮而尽。汪洋和柳刚等人齐声响应，把酒喝干。

郝妍再次斟满酒，接着说：“咱们好事成双，这第二杯酒祝贺你们公司成立，虽然我没有参加你们的开业庆典，作为朋友，我向你们表示诚挚地祝贺，祝你们公司生意兴旺，财源广进，红红火火，日进斗金！”说完，郝妍再次与众人碰杯，一起干杯。

紧接着，郝妍将第三杯酒满上，依旧举杯说道：“这第三杯酒，我希望通过汪洋这个纽带，咱们彼此成为好朋友，在生活中相互帮忙，在生意上互通有无……”

“郝妍，你请人喝酒怎么不叫我一声？”郝妍的话说到一半，被一个破门而入的人打断。众人急忙举目相望，只见来人四十左右，身材偏瘦，西服革履，面皮白净，打扮得油头粉面。他大大咧咧地说完，一屁股坐在郝妍的身旁。

“齐斌，你怎么来啦？”郝妍有些意外地问道。

“我没打算来，可是路过此地，在酒店门口看到你的车，知道你一定在里面，就进来了，这都是哪儿来的贵客，你怎么不介绍我认识？”

郝妍似乎有些不情愿地说：“好……好吧，我给你们介绍，这是我的丈夫齐斌，这是柳大哥，王老弟，这……这是汪洋大哥。”

汪洋等人出于礼貌，起身与齐斌握手，齐斌与汪洋握手时，仔细地打量了一眼，有些阴阳怪气地说：“哦，原来你就是汪洋啊，失敬失敬，我对你的大名早就有所耳闻，听说你现在搞写作，发表过什么大作？恕在下孤陋寡闻，请告之。”

汪洋心里反感，眉头紧蹙，他早就听说郝妍成家的事情，但他对眼前的这个男人，却有一种说不出来的厌恶。但是看在郝妍的面子上，他还是客气地回道：“让你失望了，我虽然喜欢文学，却没有奢望成为名家，没有什么大作相告。”

“哎呀，你太谦虚了，当年你在甘河曾是风云一时的人物，报纸上经常能看到你的文章，许多不谙世事的小姑娘对你崇拜得五体投地，怎么能说没有发表过大作呢？”

“齐斌，你真不像话，你干什么来啦？想吃饭就坐下，否则别在这里给我丢人现眼！”郝妍面带愠色地呵斥道。

“你看你，动不动就急眼，我只不过和汪洋开句玩笑，你就这么生气，行，是我不对，我向他们赔不是，来，我自罚三杯，”说完，齐斌果真自斟自饮连喝三杯，但然后又分别向众人敬酒，接着又自斟自饮，连续喝了十几杯，很快就醉眼蒙胧，站立不稳，但依旧不住地大呼小叫，拉着柳刚和汪洋等人喝酒，本来很高兴的场面，被他这么一搅和，弄得谁都没了心情。

郝妍见他如此胡闹，忍不住出言相劝：“齐斌，喝得差不多就行了，别没完没了的，在客人面前注意点形象。”

“形象，你让我注意什么形象？我知道我形象不好，不应该来，给你丢人现眼了，我向你赔罪。”齐斌说完，拿起酒杯一口喝了下去。喝完之后，他抢过酒瓶，对着瓶嘴“咕咚咕咚”连喝几大口，然后大声说：“我早就知道你看不起我，嫌我形象不好，谁的形象好？你的形象多好！你别以为我什么都不知道，我问你，你和汪洋到底什么关系？我曾听你在梦里多次喊他的名字，如今竟背着我与他约会，我不应该来，搅了你们的好事，我现在就走，免得碍眼。”齐斌说完挣扎着站起身来，但刚一迈步，便跌倒在地，他索性坐在地上，鼻涕一边泪一把地哭闹着耍起酒疯来。

郝妍气得脸色青一阵紫一阵，十分尴尬地说：“柳大哥，王老弟，对不起，让你们见笑了。”

“没什么，他喝醉了，赶紧把他送回去吧。”柳刚理解地说。

“你看这事闹的，谁都没吃好，改天吧，改天我再重新请你们。汪洋，你帮我把他送回家去。”郝妍满面愧疚地向柳刚表示歉意，并要求汪洋帮他将齐斌送回家。

汪洋觉得此时自己不便出头，所以没表态。柳刚知道汪洋为难，急忙告诉王干事说：“小王，你赶紧扶着他，把他送回去。”

王干事答应着，没好气地强行把齐斌从地上拖起来，连拖带拽地朝门外走去。他们几个相跟着走出包厢。郝妍走在后面，告诉服务员，回头再来结账。然后像做了什么错事，低着头逃也似的匆匆离开酒店。

汪洋和柳刚回到住处，心想柳刚肯定没有吃好，便怀着歉意说：“都是我不好，不应该和郝妍一起出来吃饭，我当时欠考虑，觉得郝妍诚心请咱们吃饭，假如咱们拒绝了不礼貌，没想到让齐斌这么一闹，大家都不愉快，我再给你搞点吃的？”

“不用了，虽然没吃主食，但是菜很好吃，酒也没少喝。郝妍这么优秀的人，怎么会找这样的丈夫！人品太次了，简直就是流氓无赖，‘自古红颜多薄命’，你当初为什么没有娶她？”

“我们恋爱时感情很好，后来她调到文工团，在文艺圈里受西方文化影响，思想意识发生了变化，我们对恋爱和家庭观念产生了严重分歧，最终导致分道扬镳。”

“感情这东西，真让人琢磨不透，有些看似般配，爱得死去活来的爱情，到头来未必能够得到幸福，相反那些看似平常，不被人看好的爱情，却能白头偕老。难怪有人说‘自古多情空余恨’。”

“你说的有道理，我对此深有同感。世界上的任何事情都有定律，爱情也是如此，轰轰烈烈未必长久，平平淡淡才是真。”汪洋深有感触地说。

这时，王干事推门走了进来。“小王，你把他送回去了？他回家后没再闹吧？”柳刚问王干事。

“哼，他那德行还能不闹！他不但吵闹，而且还把门窗玻璃都打碎了，真不像话！”王干事愤恨不平地说。

“王干事，辛苦了，坐下喝杯茶。”汪洋起身给他沏了一杯茶。

“汪大哥，没什么，你不必客气。”王干事双手接过茶杯，放在茶几上。

汪洋闻听齐斌回去后继续和郝妍吵闹，心里觉得过意不去，是自己给郝妍带来了麻烦，若不是请吃饭，齐斌也不会追到酒店去闹，他一定知道自己与郝妍以前的事情，否则他的反应不会如此强烈。看来自己以后还是应该少和她接触，尽量保持距离，以免她的丈夫心生妒忌，产生负面影响。

柳刚在甘河市待了三天便匆忙赶回部队。因为商品销量好，开业前准备的商品告罄，王干事返回部队发货。汪洋白天在店里忙碌，晚上在办公室无事可做，只是看电视或者看书，感觉很无聊。

这天夜里，他躺在床上看书，一直看到午夜，方才有了睡意，起身去了一趟厕所，回来后随手关灯，上床休息。

这时，他的手机响了，他心说这么晚了谁来的电话，一定有什么急事。于是，他赶紧拿起电，“您好！请问您是哪位？”

“汪洋，我是郝妍，歌厅出事了，请你赶快来一趟。”话筒里传来郝妍焦急的声音，然后便挂断了电话。

汪洋想问个究竟，赶紧回拨了郝妍的电话，电话却一直处于无人接听的状态。汪洋心里着急，急忙起身穿好衣服，走到马路边，打了一辆出租车，赶往郝妍的歌舞厅。

当他赶到红玫瑰歌舞厅时，只见门口围着一群人，旁边还停着一辆警车。他急忙挤进人群，看到郝妍正和警察说话。汪洋来到郝妍身旁，焦急地问道："郝妍，发生了什么事？"郝妍听到汪洋问话，抬头冲他笑了笑，感激地说："是一群醉鬼闹事，他们不但不给钱，还动手打人，并打坏了设备。我心里一急，连忙给你打电话，想让你帮忙，后来打110报警了。刚才真是吓死人了，幸亏警察来得及时，否则不知道会闹出什么乱子，现在他们都老实了。"看见郝妍安然无恙，事情基本平息，汪洋这才放心。

警察了解完情况，便把酒后闹事的一干人带回派出所处理。歌厅的员工们也都下班离开。偌大的歌舞厅只剩下汪洋和郝妍，他们坐在吧台里，郝妍望着汪洋，心生感激，动情地说："汪洋，还是你关心我，这么快就赶来了，谢谢你！"

"谢啥呀，我接到你的电话，不知道发生了什么事，给你打电话无人接听，赶紧打车过来，见你平安无事，我才放心。"

"汪洋，那天真是对不起，我的本意是想请你和柳哥吃顿饭，叙叙旧，没想到齐斌找来胡闹，不但搅了雅兴，还让你和柳哥见笑，真是气死我啦！"

"郝妍，我知道你成家了，但没想到竟是这种人，他是做什么的？"

"他也是我们文工团的，父亲是市领导，他不学无术，典型的纨绔子弟，靠关系进到我们文工团的。我父亲为了巴结他父亲，硬逼着我嫁给他。自从我们团解体，他整天啥也不干，无所事事，只知道和一帮狐朋狗友喝酒赌钱，家里家外的大事小情根本指望不上他。而且他心胸狭隘，自私多疑，生怕我给他戴绿帽子，经常跟踪我，那天就是他跟踪我到饭店的，他知道咱们的关系，所以才借酒闹事耍酒疯。说实话，我早就和他过够了，若不是看在女儿的份上，早就和他吹灯拔蜡了，都怪当初我的父母硬逼着我成家，你说我当初一个人过得多好，何必找男人成家，成天怄气，活着都没意思。”

“郝妍，人生没有一帆风顺的，别和他计较，凡事想开些。”汪洋没想到郝妍的情感生活竟是如此不堪，他不便多说，只能出言解劝。

“唉，都怪我命不好，摊上这么个不争气的男人，怪我当初太任性，追求什么狗屁名利，把你拱手让人，这都是上天对我的惩罚！”郝妍一副追悔莫及的表情。

汪洋听她说出这种话，心里虽然同情，却不敢接她的话茬，只能适时地劝解道：“郝妍，过去的事情就不必再提了，既然我们之间没有缘分，就只能听从命运安排了。”

“汪洋，你不必说这些隔靴搔痒的话来搪塞我，我知道咱们之间没有缘分，也知道施玉梅对你非常好，所以我不敢奢求你对我做什么。我现在只是把你当作知己朋友，倾诉一下自己的烦恼和痛苦而已。你放心，我决不会做出有悖道德伦理的事情。”

“我知道你明事理，相信你不会做出格的事情，但是我们毕竟有过非同寻常的关系，正所谓瓜田李下之嫌，你丈夫的怀疑不是空穴来风，属于人之常情，应该理解。”汪洋进一步劝解。

“你只知其一，不知其二，假如他单纯为我们接触而和我过不去，我岂能不理解？他这个人心理阴暗，整天对我疑神疑鬼，我只要和男人说话、打交道，他就怀疑我和人家有不正当关系，你说我活得多累。”郝妍气愤地大声说。

“像他这种人真不多见，他是不是精神方面有问题，我建议你咨询一下心理医生。”

“我以前也这么想过，曾带他咨询过心理医生，结果非常正常，说白了，他就是个不可救药、心胸狭窄的小人。好啦，咱们多年没单独在一起聊天了，不提这些不愉快的烦心事，现在已经凌晨了，饿了吧？咱们出去吃点东西。”

“我不饿，时间太晚了，你也累一天了，还是早点回去休息吧。”

“好吧，听你的，我开车送你回去。”

“我还是自己打车回去吧，以免你丈夫知道了又说三道四，影响不好。”

“身正不怕影子斜，别人说什么不重要，重要的是我们问心无愧。我现在想开了，他愿意咋想就咋想，我不能违心去满足他的无理要求，更不能任由他摆布，能过就过，不能过就散。我不能这么委屈和他过一辈子。你也不必替我担心，更不用怕这怕那的，上车吧，听蝲蝲蛄叫还不种黄豆了。”郝妍说完，拽着汪洋的胳膊，强行拉他上车，将他送回住地。

尽管已是凌晨，汪洋经过这番折腾，此时躺在床上思前想后，毫无睡意。对于郝妍的遭遇，他深表同情，同时又觉得自责，仿佛郝妍的所有不幸，都是他一手造成的。虽然对她深表同情，却无能为力，无法帮助她摆脱困境。他的脑海里浮现出当初他们在一起的情景，想起自己这么多年的经历，联想到发生在身边的许多往事，一切都历历在目，好像就发生在昨天。他的心里产生了创作的冲动，觉得有必要把这一切都写出来，再说自己白天做生意，晚上没事可做，可以利用晚上休息时间继续文学创作。这样一来，不但生意没耽误，也延续了自己的梦想。他可以通过文学创作，对自己的人生经历、价值观，以及社会发展趋势加以总结。

汪洋想到做到，立刻翻身下床，找出纸笔，俯案写作。由于选择的题材都是发生在身边的事情，每个人物都有原型。同时因为长期写作，积累了一定的写作经验，因此写起来得心应手。旺盛的创作灵感，致使文思泉涌，笔走龙蛇，他沉浸在创作喜悦中难以自拔。

自此，他白天打理生意，晚上专心致志写作。能够重新开始他所钟爱的、难以割舍的文学创作事业，同时兼顾做生意赚钱，真是一举两得，令他感到非常欣慰。

汪洋的生意逐渐步入正轨，商店日趋红火，特别是入秋以来，柳刚携带雄厚的资金，前来收购粮食，汪洋只好抽出时间和精力，全力以赴协助王干事收购粮食。他们每天起早贪黑，坐车走访周边的种粮大户，洽谈收购业务，还要联系车皮发货，忙得不可开交，至于文学创作之事，更是无暇顾及，只好被迫搁笔。

从十一月份始，一直到第二年三月份，是粮食收购的黄金季节。由于忙于做生意，汪洋春节不能回乡探望父母，只能给老人汇钱以表达孝心。春节期间虽然没有人卖粮，但是工人放假，公司需要照看，汪洋无法回去，施玉梅领着儿子前来过春节。

虽然一家三口过年，略显冷清，但是他兴致勃勃地带着儿子，精心置办了年货，为儿子买了新衣服、新鞋及鞭炮。儿子现在已经出落成英俊少年，长相酷似汪洋，平时的一举一动与汪洋也十分相似。他不但学习成绩好，而且懂事听话。汪洋知道，这些都是妻子的功劳，在儿子的成长教育上，他是不称职的父亲，妻子却倾注了全部精力和心血。儿子如此优秀，妻子功不可没。

他们一家三口，其乐融融地欢度春节，除夕还特意给父母打电话拜年。没想到正月初五他突然接到弟弟打来的电话，被告知父亲病危，让他速回。汪洋接到电话后，强忍悲痛将父亲病危的消息告诉柳刚，让他安排人前来接替。柳刚赶紧将王干事派来，汪洋与他进行了短暂的交接，然后携妻儿坐火车赶往家中。

他们心急火燎地赶到家，父亲已经卧床不起。汪洋含着热泪，询问了父亲的病情。医生告诉他，父亲由于常年患病，身体大部分器官已经衰竭，失去了功能，病入膏肓，药物已经不起作用了，目前只是靠着顽强的意志和求生的欲望维持生命。汪洋听后不由得悲从中来，泪如雨下。父亲这一生，命运多舛，际遇坎坷，饱经苦难，过度的劳累和沉重的心理负担，使他长期处在压抑和痛苦之中无法排遣，致使其身患多种疾病。自己常年不在父母身边，没有尽到应有的孝道，他深感内疚。

父亲的生命力非常顽强，他凭着坚强的毅力和病魔进行抗争，但是无法抗拒自然规律，在自然规律面前，一切努力和抗争都显得微不足道。父亲与病魔苦苦抗争一个多月，最终带着无限的留恋和遗憾，溘然长逝。

汪洋怀着极度悲恸的心情，办理了父亲的丧事，根据父亲的遗愿，将父亲葬在祖父墓旁。处理完父亲的后事，兄妹们一起开家庭会议，商量母亲的赡养事宜。最后商定并征求母亲同意，母亲跟弟弟一起生活。家里的房产归弟弟所有，其他儿女根据自身生活条件，不限数量给母亲赡养费。

第十三章　自食苦果

汪洋在家护理父亲及处理后事期间，得到一个坏消息，周思远所在的“四季香”奶粉厂，由于经营不善，负债累累，已经宣布倒闭。

汪洋听闻此信，担心周思远的处境，打电话向他询问，周思远在电话里证实此事，对于汪洋的关心表示感谢，对其父亲不幸去世表示沉重哀悼！

周思远所在的“四季香”奶粉厂，由于长期疏于管理，在生产过程中一味追求数量和利润，甚至把过期变质的奶粉进行再次加工，重新包装上市销售。在突击检查时，产品的各项指标均不合格，大肠杆菌严重超标，存在着严重的质量问题。职能部门根据实际情况，勒令他们限期整改，并处以一定数额的罚款。陈准因为严重渎职被撤职。周思远听闻消息，感到十分震惊，想到陈准对自己有知遇之恩，急忙打电话表达关切之情。陈准的声音嘶哑，语气沉重，对自己的过失感到追悔莫及，说到动情处失声痛哭。周思远兔死狐悲，陪着陈准撒下几滴伤心泪。

由于奶粉厂的设备老化，生产人员观念陈旧，工作敷衍了事，生产把关不严，整改后的产品依旧不合格。上级领导数次开会研究对策，均都没有良策，无法达到预期效果。加上数千万银行贷款无法偿还，无奈之下，只好宣布企业破产。

随着企业破产，周思远的生意随之陷入低谷，由于他主要销售厂里的产品，无须花钱进货，销售之后，逐步往单位返钱，年终进行统一核算，故此他的经销处的账面上有数百万欠款。如今企业倒闭，他必须还清所有欠款。周思远领人盘点了库存，发现库存无法抵账。因为销售过程中赊账现象严重，有些账由于拖欠时间长，已经变成了死账；还有一些经销商由于经营不善，濒临倒闭，无力偿还欠账，只好用其他商品顶账。周思远把上述情况告知清欠工作组，工作组根据实际情况，同意用其他商品顶账。周思远把销售商顶账的商品如数返回厂里，并托人找关系，以低廉的价格购进一批廉价白酒、糖果等，然后以高出原价数倍的价格返回厂里顶账。如此一来，他不但还清了全部欠款，还从中渔利几十万。

周思远还清了欠款，心里却没有感到丝毫轻松，开始为下一步发愁。没有企业支持，生意难以为继，他不甘心就此失败，靠着自己经营多年积累的人脉，代理了几家产品，自己成立了销售公司，继续搞奶粉销售。

可是，世上的事情总是难以预料，有些事情在理论上成立，而在实际操作过程中却难以达到预期目标。周思远代理的产品虽然质量没问题，但是价格较高，利润小，而且知名度不够，在市场上缺乏竞争力，销量少。周思远的公司每天开销大，自己以前大手大脚挥霍惯了，朋友多，每天光招待朋友和客户的费用就多达几百元至数千元不等。他又是好脸面的人，虽然公司销售不景气，入不敷出，却依旧打肿脸充胖子，硬撑着与朋友出入于高档酒店及娱乐场所。

周思远苦苦支撑了半年，最终支撑不下去了。这半年时间，他不但没有盈利，反而还欠了几个厂家近百万货款。由于年底各单位清理账目，追缴欠款，无奈之下，他开始琢磨出路，他思来想去，最后还是觉得造假来得快。于是，他再次铤而走险，在仿冒生产“四季香”奶粉的基础上，同时仿冒其他代理的商品。

尽管“四季香”奶粉厂已经倒闭破产，但是只有当地人知道实情，远在数千里之外的消费者岂能明白其中的内幕，所以还有一定的市场和固定的消费群体。

由于有二次加工产品的经验，周思远仿冒其他商品可谓轻车熟路。他如法炮制，找地下印刷厂为他加工了包装袋，从一些厂家购进一批优质大包奶粉，然后掺入一定比例的白糖、乳清粉还有麦芽糊精等原料。开始仿冒其他品牌。如此一来，大大地降低了生产成本，利润大幅提高，

他一面造假，一面从代理厂家购进少量商品，害怕厂家追查他的产品来源，同时用正规厂家产品应付职能部门检查。他这一做法果然奏效，公司迅速扭亏为盈，濒临倒闭的公司起死回生。

周思远自以为得计，暗自庆幸自己做生意办法多。没想到发生了一件意想不到的事情，导致他的公司面临灭顶之灾。事情本身并不严重，与造假的事扯不上关系，只是一次工伤事故。事情起因是一名临时雇来的搬运工，送货时不小心从车上摔了下来，造成了小腿胫骨骨折。可是由于处理不当，引起连锁反应，导致造假事情败露。

周思远对伤者比较负责，当即派车将伤者送到医院治疗，由于伤情并不严重，经过一段时间治疗，伤势基本痊愈。谁知伤者却赖着不肯出院，他在家人的唆使下，向周思远讨要损失费。周思远觉得他因工作受伤，自己理应赔偿，并为此咨询了相关部门，根据有关文件精神，这种伤情应该赔偿医疗费、误工费、护理费以及养病期间的营养费等。按当时的物价计算，除去医院治疗花销的医疗费，应该给予他两万多元补偿。对方不同意这个数目，竟狮子大张口要求赔偿十万元钱。

周思远派人与伤者数次协商，由于双方赔偿数额相差悬殊，无法达成共识，那个伤者依旧赖在医院。周思远觉得拖下去不是办法，在两万元的基础上，又加了两万元，对方仍然不肯接受，周思远便从侧面想办法，托人找关系让医生出面，为其停止治疗，变相撵他出院，以期迫使伤者就范。

没想到伤者不信邪，一纸诉状将周思远告到法院，同时还把周思远造假的事

情披露给工商部门。

工商部门得知周思远造假，立刻采取行动。他们赶到周思远的加工基地，把正在加工制造假奶粉的周思远等人抓了个现行。工商部门查封了他的基地和相关账目，还把他带回工商局进行调查。在事实面前，周思远无言以对，只好乖乖地承认造假事实。工商部门根据情况，对他进行了严厉处罚。不但查封了加工基地，没收了所有库存，还给予数额巨大的罚款。

周思远按照工商局的处理决定，如数交了罚款，事情才得以了结。交完罚款，他的账面已经亏空，为了筹集工人工资，他变卖了轿车，从一个腰缠万贯的公司老板，变成了一文不名，名副其实的无产者。经过这次意外打击，周思远感到身心疲惫，觉得无颜再见昔日的老朋友。他留下陈碧岚、小曹、小马等几个知近的人处理善后，遣散了其他员工，心灰意冷地离开伤心地，沮丧地回到家中。

妻子早就得知他造假的事情败露，公司破产的信息。对于他的归来，妻子虽然嘴上没埋怨，态度却显得很冷淡。周思远知道妻子对自己造假导致公司破产而不满，再说自己沦落到这种地步，没有心情与她计较。周思远由于生意失败，觉得无颜面对家乡父老，整天躲在家中闭门不出。尽管妻子态度冷淡，女儿却对父亲的归来感到高兴。由于周思远常年在外，与女儿聚少离多，女儿十分想念父亲，尤其逢年过节，女儿更是盼望与父亲团聚。如今父亲回来了，而且一直待在家里陪她，她自然十分高兴。周思远看到女儿乖巧懂事，心里感到很宽慰，知道自己亏欠妻子女儿太多，便亲自下厨，每日三餐几乎不重样，花样翻新地做着可口的饭菜。女儿高兴万分，欢呼雀跃。妻子的态度也发生了变化，言谈之间表示对丈夫理解，并劝他不要闷在家里，出去散散心。这么多年来，周思远一直忙于生意，与妻子的感情愈见生疏，如今每日三餐，尽心伺候妻子和女儿，妻子感到非常满足。夫妻之间的裂痕逐渐缩小，感情也不断升温。家庭的温暖冲淡了周思远的苦闷和忧伤，随着时间的推移，他的心情有所好转，渐渐地走出了失败的阴影。

一个月后，陈碧岚来电话告之，善后事宜基本完毕，请他前来拍板决定。

周思远再次回到星沙。望着熟悉的城市，他感慨万千，这里是他事业起步的地方，这里留下他创业的艰辛，也留下过成功的喜悦，更有失败的惨痛教训。再次回到伤心之地，他的复杂心情难以言表。

陈碧岚和小曹打车来接他，周思远虽然依旧面带微笑与他们握手问候，心里却很不是滋味，以前都是自己公司的车接他，如今已经沦落到打车的地步，真是世事难料。

由于公司破产，陈碧岚等人已经退还了租用的写字楼，如今只剩下周思远以前居住的出租房。因为租金交到年底，按合同他们可以居住到年底。回到出租房后，陈碧岚和小曹把善后的相关情况向他做了汇报，并把相关账目以及剩余钱款交给他。

周思远用剩余款为陈碧岚等人结清工资，含泪与他们告别。

周思远呆坐在沙发上，望着人去屋空的房子，心中百感交集。这时陈碧岚走了进来。周思远好奇地问她："你怎么还没走？""周总，我压根没打算走。"

"现在公司已经破产，你留下来做什么？再说我也没能力支付工资了。"

"周总，我留下并不是为了挣你的工资，我是想和你共渡难关，帮你东山再起。"

"唉！我现在这种情况，根本不可能东山再起，别说身无分文，即使有钱也没人愿意和我合作，我劝你还是离开吧，不必跟我受罪。"周思远叹着气劝她。

"周总，人生哪有一帆风顺的，无论做什么事都会遇到坎坷，你现在虽然遇到困难，但是不必灰心丧气，凭你的聪明才智和进取精神，我相信你一定会东山再起的。"

"嗨，谢谢你的鼓励，我现在已经心灰意冷，无心也无颜面再去拼争。"周思远苦笑着摇了摇头。

"周总，在我的心目中，你的意志坚强，遇到挫折一蹶不振不是你的性格。人生可怕的不是困难和打击，最可怕的是被自己打倒。只要你不被自己打倒，就没有任何敌人能把你打倒，你要振作起来，重新开始，从哪里跌倒就从哪里爬起来。”

陈碧岚这番话虽然激起了周思远的信心，但是他深感忧虑：“败军之将不可言勇，我现在这种情况，不但一贫如洗，而且名声扫地，若想重新开始谈何容易！”

“人家都说三百六十行，行行出状元。你不要只盯一个行业，可以转行做其他生意，何必在一棵树上吊死呢！”

“你说的虽然在理，可其他行业咱们没经验，万一赔钱怎么办？”

“路在人走，事在人为，没经验不要紧，咱们可以虚心学习，人都是学而知之。你以前不是开过饭店吗？我觉得咱们应该转行开饭店，这段时间我详细考察了市场，如今餐饮业很红火，也很赚钱，咱们不妨试试。”

“我也知道餐饮行业挣钱，但是投资大，风险也大，再说我也没有那么多资金。”

“咱们的资金虽然不足，但是别贪大，先开个小饭店，赚到钱再扩大经营规模，就像滚雪球似的慢慢发展。我已经考察和计算过了，开个小型饭店，本钱只需三至五万元，咱们可以想办法筹集，现在当务之急是寻找门面，开饭店地理位置很关键。”

“好吧，依你之见，咱们先开个小饭店试试。这么办，你先寻找门面，我回去想办法筹钱，咱们电话联系。”周思远点头表示赞同，心里暗自说道：“到底是大学毕业的高才生，见识果然不同凡响，真是个难得的人才！”此时，他对这个善解人意的姑娘刮目相看。

俗话说瘦死的骆驼比马大，此话一点不假。别看周思远生产基地倒闭，公司破产，可是开饭店需要几万元钱，对他来说还不算什么难事。因为这些年他虽然没有积蓄，每年却都给妻子一笔钱，而且数目不菲，即使除去花销，至少还能剩余几十万元。故此他说回去筹钱，就是打算从妻子手里拿几万元钱，作为开饭店的本钱。周思远觉得心里有底，因为他们是夫妻，别说这些钱是他挣的，就是妻子挣的钱，他也有权用来做生意。

周思远信心满满地返回家中，向妻子告知处理善后的大致情况，同时说了自己准备去星沙开饭店的打算，让妻子给他准备几万元钱。周思远满以为妻子会赞同他的做法，没想到妻子听后却面带不悦，非但不肯出钱，反而极力反对。她生气地说：“咱们结婚这么多年，总是聚少离多，没过几天消停日子，如今你的生意失败，也应该收收心，消停在家待着，别出去瞎折腾啦。再说你现在单位倒闭，生意失败，以后的日子会很艰难的，以前你是给家里一些钱，除去我们娘俩儿的日常花销，已经所剩无几。再说这是我们娘俩儿的度命钱，我绝不能再让你拿去穷折腾！”

“不对呀，我每年都给家里几万元钱，这些年累计下来少说几十万元，怎么会所剩无几呢？你跟我说说，这些钱咋花的。”

“咋的，你还想查我的账啊？现在物价这么高，什么东西都涨价，孩子上学的费用也越来越高，成天不是这个费就是那个费的，还有各种没完没了的补习班，再说人情往份的，哪里不花钱？虽说现在还剩下一点钱，但是眼看孩子大了，以后上大学、安排工作，花钱的地方越来越多，你就死心吧，别惦记家里这点钱，我决不能任由你胡来，再拿钱去瞎折腾。我说你也是四十多岁的人了，做事怎么不过脑子，你说那么大的产业都让你败没了，还想什么重新起步，真是异想天开，我劝你别做什么发财的美梦了，安心在家干点实事吧，消停地在家里干点啥得了，实在不行找个看门打更的活儿，每个月挣个千儿八百的，总比你出去瞎折腾强。”

“你说得轻巧，咱们这里比较封闭，每天消费的都是当地人口，外来人口很少，消费和购买力有限，能有什么好生意。至于你说让我看门打更，我绝不干。我在咱们县里曾是风光一时的人物，现在让我给人看门打更，亏你说得出口！”

“你这个人就是虚荣心太强，看门打更有什么丢人的？又不是让你去偷去抢、去干违法的事情！人要面对现实，到什么时候说什么话，别驴倒架不倒的，你不替自己考虑，也得替我们娘俩儿考虑，假如你再出去，把家里剩下的这点钱赔光，你说我们娘俩儿后半生怎么活？真不知道你的心里有没有我们娘俩儿！

“我怎么没有你们娘俩儿？我出去做生意为的就是让你们娘俩儿生活得更好！”周思远有些生气地反驳。

“你口口声声说为了我们娘俩儿着想，可你总想着抛下我们娘俩儿往外跑！你要是真心为我们娘俩儿着想，就老老实实待在家里，能挣多少算多少，挣干的咱们吃干的，挣稀的咱们吃稀的，实在挣不来钱，我养活你，即使日子艰苦，总比丢下我一个人在家守活寡强。我的命怎么这么苦啊，打结婚就跟着你瞎折腾，没过过一天的消停日子。”妻子一边说一边伤心地抹眼泪。

“你这是干啥？我这不是跟你商量吗？又没拿刀逼你，哭哭啼啼的做什么？”

“我心里委屈，你不但不体谅，反而还责备我，我告诉你，这种守活寡的日子我早就过够了，你若想和我好好过日子，就老实在家待着，否则咱们离婚。离了婚你愿意咋折腾就咋折腾，和我没有一毛钱关系。总之你休想从家里拿走一分钱。”

“你讲不讲道理？别说这些钱都是我挣的，就是你挣的钱，我也有权力支配，因为咱们还是合法夫妻，这些钱是咱们共有的财产，即使离婚法院也要判给我一半家产。”

“哼，你想得美！你想分一半家产，可以啊，这个破家也值不了几个钱，再说也得给我们娘俩儿留个住的地方，至于你说给我的钱，对不起，你根本就得不到，法院是讲道理重证据的地方，你说给了我几十万，有什么证据？谁能证明？没有证据法院就拿我没辙。我告诉你，如果你和我离婚，只能人财两空，你根本得不到一分钱，我劝你还是别干傻事。”

“看来你是早就计算好啦，难怪你动不动就吵着和我离婚，我告诉你，别拿离婚吓唬人，我不怕！”

“你别以为我吓唬你，只要你不听劝，继续出去瞎折腾，我就坚决和你离婚。这样的日子老娘早就过够了，早离早省心。”

“我知道你不讲道理，没想到你竟如此蛮横不讲理，我也告诉你，我主意已定，无论你肯不肯拿钱，我都必须出去做生意，即使离婚我也在所不惜。”周思远赌气地说道。

“我也告诉你，你想出去折腾，趁早把离婚手续办了，我眼不见心不烦，图个清静，你咋折腾和我没有任何关系。”

“你想咋办都行，我奉陪！”

“好，既然你同意离婚，咱们现在就去办手续，谁不去谁是婊子养的。”

“去就去，难道怕你不成！”周思远气得浑身哆嗦。

“你是男子汉，说话必须算数，不许反悔！”

“男子汉大丈夫吐口唾沫都是钉，我保证说话算数，绝不反悔！”

“好，我就等你这句话，不过我有条件，孩子必须跟我，楼房必须归女儿所有。你要是同意我的条件，咱们就去办手续。”

“家产可以给你，但是女儿必须由我抚养。”

“不行，我害怕她将来落入后妈手里受罪，女儿必须归我。看来你是不敢和我离婚，故意拿女儿要挟我。”滕姝芬故意拿话激他。

“我不敢和你离婚？你真是趴在门缝看人，我豁出去了，答应你，啥都不要！”周思远被她气得失去了理智。

“好，咱们现在就去办手续。”滕姝芬说完，找出户口本和结婚证，穿好衣服走出门。周思远不甘示弱，跟着走出家门，俩人一路上谁都没说软话，赌气直奔民政局。

由于没有子女和财产纠纷，工作人员没有难为他们，简单地询问各自的情况，便同意为他们办理离婚手续。由于刚才周思远在气头上，没有想那么多，此时方才意识到事情的严重性，尤其想到女儿，心里觉得愧对女儿，为自己刚才赌气和不慎重感到后悔。但是自己作为男子汉大丈夫，不能出尔反尔，假如自己现在反悔，以后滕姝芬会更加瞧不起自己，气焰会更加嚣张，自己的日子更不会消停。想到此，心一横，忍痛接受了离婚的事实。他们各自拿着离婚证，走出了民政局。

周思远没有回家，直接来到三妹妹家，三妹妹见他一脸不高兴，关心地询问原因。周思远知道此事无法长期隐瞒，便把离婚的事情告之。妹妹听后，感到很惊讶，她详细地询问了事情的经过。虽然她对嫂子没有什么好印象，但她出于对哥哥的关心和对侄女的疼爱，前去找滕姝芬，想劝她们复婚。可是滕姝芬却连门都不肯开，而是隔着门绝情地说让她少管闲事，并说以后她与周家没有任何关系。三妹妹气得流着泪回到家里。

周思远在妹妹家住了两天，女儿不知父母离婚，见父亲不回家，便找到姑姑家。周思远看到女儿如此懂事，心里更觉得愧对女儿，生怕女儿知道真相后伤心，只好继续隐瞒实情，谎称有事回不去，把女儿劝回家。望着女儿的背影，周思远不由得悲从中来，泪流满面，真是男儿有泪不轻弹，只因未到伤心处。

正当周思远因为家庭变故而苦恼不已时，恰好陈碧岚打来电话，告诉他选中一个理想的门面，让他前去拍板。周思远简单地收拾了行装，准备动身前往。弟弟妹妹听说他要走，关切地前来为他送行。得知开饭店需要本钱，弟弟妹妹们慷慨解囊，为他筹集了两万多元资金。

周思远怀着对女儿的无限思念和歉疚，情绪低落地再次离开家乡。

周思远回到星沙的第二天，陈碧岚约他前去看门面。这个门面坐落在五一大道旁，距离火车站约五百米，地理位置很好。原来是个米粉店，由于经营不善而赔钱倒闭。整个门面面积八十多平方米，每年租金八千元。周思远以前曾经营过饭店，有一定的经验，虽然对地理位置很满意，但觉得面积太小，达不到经营规模。他把自己的想法告诉陈碧岚，陈碧岚觉得有道理。他们打算放弃这个门面。房东听说他们嫌面积小，表示可以帮助解决。他告诉周思远与之毗邻的烟酒店也打算出兑。周思远来到烟酒店，看到两个门面面积相同，加起来将近一百七十平方米，假如把两个门面打通，除去后厨用地，还能摆放十张餐桌，而且还可以搭建一层阁楼，阁楼上可以间壁出四个小包房。经过与烟酒店老板讨价还价，加上房东从中做工作，最终达成意向，两个门面的年租金一万六千元。虽然条件已经谈妥，价位也合理，但是周思远却不同意立即签合同，而是说要考虑一下。

看完门面回来，陈碧岚不解地问周思远："周总，这个门面无论从地理位置还是价位都很理想，你还犹豫什么？"

"小陈，你说的没错，虽然门面无论地理位置还是价位都很理想，非常适合咱们开饭店，可是不瞒你说，我现在手里只有两万多元钱，交了房租，就没有装修费和购买餐具的费用，所以不敢与他签订合同。"

"周总，我没搞过饭店，也不懂到底需要多少费用，你说咱们还缺多少钱？"

"我大致算了一下，最少缺一万元。唉，真是一分钱憋倒英雄汉，想当初区区几万元算啥，真是此一时彼一时啊！"周思远苦笑着说。

"周总，你别上火，这几年我积攒了一万元钱，你拿去做启动基金。"陈碧岚说着从口袋里掏出一个存折，递给周思远。

"小陈，谢谢你的好意，你赶紧把钱收起来，我怎么能拿你的钱呢？"周思远急忙把存折还给她。

"周总，你不必推辞，这钱你一定收下，就算我借给你的，或者算我入股。"

"我绝对不能收你的血汗钱，万一赔了我拿什么还你。"

"你头脑精明，有多年经商经验，相信你一定会成功，即使赔了我也毫无怨言。"陈碧岚坚定地表示信任他，并再次把存折塞到他的手里。

"真是患难见真情，好吧，既然你这么说，我先收下，假如生意赚钱，这就算你的股份，如果赔了，我一定想办法连本带利还给你。"周思远无限感激地表态。

"行，就这么说定了，挣到钱算我的股份，如果你将来成了亿万富翁，我就赚大发了，到时候你可不许反悔。"陈碧岚笑着点头表示同意。

"借你的吉言，假如将来东山再起，无论挣多少钱，都有你百分之三十的股份，我决不食言。"周思远已经把这个昔日的下属当作知己。

离婚这件事在周思远心里留下挥之不去的阴影，饭店刚开始装修时，他每天忙于饭店的装修和筹备工作，无暇思考其他事情。可是每当夜深人静，他就特别思念女儿，晚上经常梦到女儿，每当他从梦中醒来，便会泪流满面，再也无法入睡。他经常因为思念女儿而失眠。于是他便借酒浇愁，用酒精来麻醉神经，时常喝得酩酊大醉，人事不省。陈碧岚等人劝说多次，犹如沸汤浇石，丝毫不起作用。

随着时间的推移，他对女儿的思念非但没有减轻，反而变得更加强烈。周思远的情绪日渐消沉，精神萎靡不振，整天只知道借酒浇愁，连饭店的筹备工作都没心思。好在负责装修的是陈碧岚的叔叔，她叔叔搞装修多年，有自己的装修队，因此饭店装修的事情不用周思远多操心，可以放心地交给叔叔去办，不必担心上当受骗。另外以前的员工听说周思远开饭店的消息，小曹、小马等人的念及周思远以前对他们的好处，纷纷回来帮忙。有了陈碧岚及小曹等人的大力协助，饭店的装修工作得以正常进行。陈碧岚看到周思远为了离婚的事情如此痛苦，劝他抽时间回去看看女儿，同时与滕姝芬好好谈谈，看在女儿的份上，与滕姝芬复婚。周思远早有此意，觉得离婚这件事他们过于草率，考虑得不周全，其中包含着赌气的成分，害得女儿缺爹少娘，容易给女儿幼小的心灵造成创伤和阴影。于是，他听从陈碧岚的劝说，动身返回家乡看望女儿。

周思远带着复婚的希望，心急火燎地赶往家乡，恨不得立马见到日思夜想的女儿。下车时已是晚上八点多，他直奔家中。当他拿出钥匙开门，却怎么也打不开房门。他仔细看了一下，发现滕姝芬已经更换了门锁，叫门也无人应答。无奈之下，他只好去妹妹家打探消息。

妹妹告诉他，现在滕姝芬基本和他们断绝来往，不许她们看望孩子。她们若想看孩子，只能偷偷到学校和孩子见面，给孩子买东西孩子都不敢要，说是滕姝芬不允许。周思远听后，心里十分沮丧，虽然妹妹给他做了可口的饭菜，妹夫陪着他喝酒，但他只是胡乱吃了几口菜，酒却喝了不少，没有吃饭，和衣躺在床上休息。

由于思念女儿，他辗转反侧，无法入眠，直到深夜才勉强入睡。凌晨时分，他再次因梦见女儿而惊醒。他有心去看望女儿，担心再次吃闭门羹，只好起身坐在床上，一支接着一支不停地吸烟，大量的烟吸入肺脏，呛得他不住地咳嗽。

天光大亮，周思远再也无法克制对女儿的思念之情，走出妹妹家，来到他昔日住的楼下。他知道自己再去叫门，滕姝芬未必能给他开门，只好站在角落里等女儿出来。

大约六点三十分，只见滕姝芬领着女儿从楼道走了出来。周思远不顾一切地冲到女儿跟前，一把将女儿抱在怀里，泪流满面地说不出话来。女儿冷不丁见到爸爸，高兴得连声喊叫“爸爸”，两只小手紧紧搂住爸爸的脖子，生怕一撒手爸爸就会消失。

滕姝芬站在一旁，对他们父女之情视而不见，而是生硬地上前强行将女儿从周思远怀中抢走，嘴里气愤地说：“你现在知道想女儿了，当初离婚时干啥啦？我告诉你，以后你少来打扰我们母女的生活，我们母女即使讨饭也不用你管！”

“姝芬，你听我解释，我承认当初离婚确实是和你赌气，没仔细思考就轻率地与你办理离婚手续，是我不对，请你看在女儿的份上，咱们坐下来好好谈谈。”

“我们已经恩断义绝，有什么好谈的？我虽然是女流之辈，但说话做事从不后悔，再说好马不吃回头草，既然咱们离婚了，我压根没打算与你破镜重圆，从今以后，你走你的阳关道，我走我的独木桥，咱们谁也别打扰谁的生活。”说完，她强行拉着女儿，头也不回地走了。女儿舍不得爸爸，频频回头向他张望，周思远觉得心都碎了。

周思远失魂落魄地回到妹妹家，没心思吃早饭，躺在床上望着天花板出神。他的脑海里不断闪现出女儿含泪回头张望的情景，他忍不住暗自伤心流泪。心里无法割舍对女儿的爱和思念，不想就此失去对女儿的关爱，他决定去找秦书记夫妇帮忙，求他们出面劝说滕姝芬与自己复婚。即使她不同意复婚，最起码让他们劝说滕姝芬，允许自己看望女儿，否则他会被逼疯的。

于是，他准备了丰厚的礼物，来到秦书记家。由于和滕姝芬结婚，周思远对秦书记的称呼已经改叫姐夫。此时秦书记已经退居二线，赋闲在家。他们已经得知表妹离婚的消息，由于秦书记的爱人偏听表妹一面之词，故此对周思远很冷淡。秦书记却一如既往，客气地把周思远让到沙发上，给他拿烟沏茶，显得十分热情。

“思远，听说你又到南方去了，什么时候回来的，见到姝芬和孩子了吗？”秦书记关心地问周思远。

“姐夫，你可能听说了我们离婚的事情，见是见到她们了，可是姝芬死活不肯原谅我，也不许我见孩子。”

“周思远，不是我说你，你说你们日子过得好好的，怎么说离就离了呢？真是让人难以理解。”秦书记的爱人性格直爽，说话开门见山，生气地质问周思远。

“表姐，这件事因为我们彼此赌气，在气头上做错事，我这次回来就是想请您们帮忙，劝说姝芬与我复婚，以免女儿缺爹少娘，不是缺少父爱，就是缺少母爱，给孩子一个完整的家。我求求你们啦！”

“思远，你能这么想，我感到很高兴，我一定和你表姐劝说滕姝芬与你复合，不看大人还看孩子呢！”秦书记点头赞许。

“你要是这么说，我的心里还痛快些。我不是向想着表妹说话，你说你长年在外地经商，把她们母女扔在家里，一个女人带孩子过日子多不容易！我这个人刀子嘴豆腐心，说话直，有什么说什么，既然你把话说到这种程度，我也不追究你们以前的是是非非。俗话说：‘宁拆十座庙，不破一桩婚。’只要你们以后好好过日子，比啥都强，我答应你去劝说姝芬，力争让你们重归于好。”表姐的态度和缓下来。

“表姐、姐夫，让你们费心了，谢谢你们！”她们肯帮忙劝说复婚，令周思远十分感激。

周思远在秦书记家吃了定心丸，心里敞亮了不少。他知道滕姝芬一向尊重表姐和姐夫，她们的话对她很有分量，但愿这次她能听劝。

秦书记的爱人找到滕姝芬，把周思远找上门求情的经过告诉表妹，并征求她的意见。滕姝芬得知周思远求表姐劝她复合，非但不高兴，反而态度变得更强硬，生气地说："他还好意思求你们说情，当初离婚时想啥了？他想离就离，现在想复婚又找人说情，不能什么事情都由着他的性子来，他想过我的感受吗？这么多年我和他过的是什么日子？他一个人在外边吃喝玩乐，把我们娘俩儿丢在家里活受罪。如今生意赔了，他不安心在家待着，却盯着家里那点钱。我算是把他看透了，他不把这个家败光了，他不会死心，要我说他复婚是假，想借复婚的幌子从家拿钱是真。我不会让他的阴谋得逞！"

"姝芬，我看他的态度很诚恳，不像说谎，再说我也了解他的为人，而且你们还有女儿。你们之间没有什么根本的冲突，如今他亲自找人说情，正好借这个台阶，我劝你就坡下驴得了。再说你一个人带着孩子，日子该有多难！一个女人出一家进一家不容易。如今你的年龄大了，不比年轻时候，你没听说'男人四十一枝花，女人四十豆腐渣'。假如他哪天碰到合适的，跟别人结婚了，看你怎么办，到那时你上供都找不到庙门。"

"表姐，你怎么竟向着他说话？你到底是谁的表姐啊？我承认，你说的有道理，我现在领个孩子不容易，再难找到可心的对象，可是他也不好找，假如以前他的生意没有破产，我相信会有人冲着他的钱，跟他结婚，如今他穷光蛋一个，试问哪个女人肯跟他？现在的人多现实啊！"

"表妹，你也别太自信，周思远这个人我知道，他是一个不肯轻易认输的人，凭他的智商和经商经验，说不一定哪天会东山再起，我劝你还是认真考虑一下，即使不想和他复婚，也不要把他伤得太深，以免他对你失望而另做打算。你别把事情做绝了，该让他看孩子还是让他看，毕竟人家是亲骨肉，谁也没有权力阻止父女相见。"

"表姐，既然你把话说到这种程度，我跟你明确表个态，说实话，我和他过这么多年，总是聚少离多，我们俩人基本没什么感情。再说我们俩的生活方式和人生追求不一样，我们是两种截然不同的人，当初结合在一起就是个错误，如今离婚算是一种解脱，正所谓人各有志，不能勉强。他是个心高气傲的人，一生不服输，总想出人头地挣钱发大财。我图的是一家人平平安安过日子，只要夫妻长相厮守，团团圆圆，和和美美的，即使生活艰苦点也无所谓，所以我们经常吵架，感情愈来愈疏远，若不是因为女儿，不一定我们早就离了。也知道，离婚对孩子伤害最大，我也不想让孩子缺爹少娘的，可是，他整天这么穷折腾，挣到钱就胡吃海喝，把钱都挥霍了，如今破产了，又盯上我手里的这点钱，假如再赔了，我拿什么去供养女儿，拿什么去供女儿上大学？所以我现在不打算和他复婚，至少暂时不考虑复婚的事情。”

“你暂时不想复婚，我也能理解，可是你不能把关系搞得太僵，至少得留个回旋的余地。做事留一面，日后好相见，最起码得让他看望女儿。”

“行，我答应你，女儿可以看，但是得有时间限制，不能他想什么时间看就什么时间看，每个星期天可以看，其他时间不行，以免影响孩子学习。”

“其实没必要限制看望孩子的时间，他在外地经商，不经常回来，有必要限制时间吗？”

“好吧，就依你，他想什么时间探望女儿都可以，不过一不能影响孩子学习，二不能留女儿过夜，当天就得把孩子给我送回来，以免孩子和他时间长了，他们那些叔叔和姑姑说我的坏话，孩子和我分心。现在女儿是我唯一的希望，我可不想让他们把女儿教唆坏了。”

秦书记的爱人把滕姝芬的话转告给周思远，虽然周思远感到失望，但是允许看望女儿，已经让他感到非常满足了。

恰好第二天是周末，他一大早接走女儿，陪着女儿上街买了许多穿戴和学习用品，然后又陪女儿到饭店吃饭，直到天黑，才恋恋不舍地把女儿送回去。女儿十分懂事，她绝口不提父母离婚的事，而是一再告诉爸爸，让他经常回来看望她和妈妈。望着乖巧懂事的女儿，周思远心如刀割，泪流满面。

第十四章　日久生情

由于惦记饭店的事情，周思远忍痛割爱告别女儿，动身返回星沙市。

此时饭店装修已接近尾声，陈碧岚的叔叔看侄女面子，只收取了人工费，另外还在购买装修材料上为他们节省了一笔开支。整个酒店装修完毕，费用不到一万元。周思远和陈碧岚加起来共计三万元钱，除去租金和装修费，剩余五千多，恰好够他们购买厨具和餐具，但还缺少购买原料和酒水的资金。陈碧岚对叔叔说了实际困难，并提出暂缓付给叔叔装修的工时费，用这笔钱解决饭店前期准备资金。面对侄女的求情，叔叔只好同意。就这样解了燃眉之急。

经过一个多月的紧张施工，饭店终于装修完毕。陈碧岚建议：饭店取名“松花江酒店”，主要经营东北菜和饺子。因为松花江是东北的河流，人们一听名字就知道是东北风味饭店，同时觉得松花江这个名字有诗意。时下东北饭店在南方非常盛行，尤其是饺子，颇受南方人欢迎。周思远在星沙经商多年，对南方的饮食习惯比较了解。由于南北生活习性差异，南方人本来喜欢米饭，不喜欢面食和饺子。但是改革开放以来，北方到南方打工的人增多，他们喜欢吃北方饭菜，尤其每年中央电视台举办春节联欢晚会，每到除夕夜都有吃饺子的场景，南方孩子受此影响，也非常喜欢吃饺子。现在大多都是独生子女，家长对孩子娇生惯养，孩子在家说一不二，一切都以孩子的意志为转移，在饮食习惯上也顺从孩子的意见，因此南方的饺子店都很红火，效益非常可观。

周思远利用装修期间，查看了大量有关饺子的资料，特意到市里一些经营饺子的饭店去品尝。根据自己开饭店的经验，反复试验，研制出一套口感和味道都非常理想的饺子配方。他用自己研制的配方，包饺子让众人的品尝，并征求意见。然后根据众人的意见，加以改进，最终确定了自己的配方，同时听从陈碧岚的建议，对外号称祖传秘方，以此招揽生意，扩大饭店的影响力。

酒店如期开张，周思远从家乡请来表弟王军帮忙，表弟看在亲戚的情分，毅然辞去星级酒店的工作，给他上灶并负责后厨管理，同时还带来两个徒弟与他一起工作。陈碧岚负责前厅管理，小曹负责菜品采购。陈碧岚特意叫来表妹柳卉任收银员。柳卉原来从事过餐饮业工作，有一定的工作经验，她按照表姐的意见，找来几个昔日的同事做服务员。有了这些人的加盟，无论从后厨还是前厅，饭店管理及服务人员均已配齐。在周思远的提议下，他们实行饺子现包现卖，客人点完单，后厨接到单后开始制作。虽然现包现卖用人多，时间相对较长，但是周思远却坚持这种经营方法，并把饺子制作间放在前厅，以明档的形式，让客人看着工作人员当面包饺子。客人们看到身着白色工作服，头戴白色工作帽的制作人员，干净整洁的着装，以及清洁明亮的工作环境，觉得很新颖，感到非常放心，这一招吸引了客人的眼球，受到好评，提高了饭店的知名度。

与此同时，周思远总结了以往造假失败的教训，选用原材料时，一律使用经过检验合格的商品，杜绝使用假冒伪劣商品。所有经营的菜品及酒水都明码标价，做到童叟无欺。并根据陈碧岚的建议，制作了贵宾卡和一次性消费卡，一次性消费卡用餐时可享受八点八折优惠，使用五次以上优惠卡的顾客，可领到一张贵宾卡，贵宾卡可终身享受八点八折优惠，而且只认卡不认人，无论谁持有贵宾卡，都可以享受优惠待遇，并把贵宾卡送给相关单位领导和朋友。如此一来，虽然饭店利润降低了，但是饭店的人气却一再飙升，每到饭点都人满为患，致使一些客人因为抢座而发生争执。由于饭菜可口，价格合理，经营得当，饭店的生意日渐红火，知名度越来越高。

为了满足客人的需求，周思远又将毗邻的两间门面租赁下来，扩大了店面。同时招聘多名后厨及面案人员，以及前厅服务员，配齐了人手。由于生意好，两个月下来，便收回了前期投入的成本，周思远放心地将后厨交给表弟管理，自己则专心抓经营管理和对外的相关事情。

饭店生意逐步进入正轨，生意越来越红火，周思远的心情却无法高兴。每当夜深人静，他都会自然而然地想起女儿，每当思念女儿，他便借酒浇愁。醉酒后泪流满面地捧着女儿的相片，喊着女儿的名字进入梦乡，睡梦中时常惊呼女儿的名字。对女儿的思念之情，令他痛苦万分，寝食难安。

周思远心灰意冷，不但疏于管理，连自己的饮食起居都没有规律，整天无精打采，不修边幅，邋遢得不成样子。陈碧岚经常抽出时间，为他打扫房间卫生，帮他洗衣服，同时开导他想开点。他虽然表面答应，过后却依然如故。陈碧岚生怕他愁闷出毛病，再次劝他回家看望女儿。这次他十分听话，立马买票赶回家中，看望女儿。

周思远在家中待了几天，抽时间看了女儿两次，并试图与滕姝芬谈复婚的事。可是滕姝芬一口回绝，不留丝毫余地。无奈之下，周思远只好怀着失望的心情，返回星沙。

周思远回来之后，还是和从前一样，无心打理酒店业务，整日借酒浇愁。陈碧岚看在眼里，急在心上。她想如此下去不是办法，便私自决定，起身前往周思远家乡，打算劝滕姝芬与周思远复婚，以免周思远为思念女儿而痛苦伤心。

她谎称家中有事，向周思远请了几天假，周思远当然同意。陈碧岚动身坐火车前往周思远的家乡。

下车后，已是傍晚时分，她按照地址，找到了滕姝芬的家。她轻轻地敲了几下门，随着答应声房门被推开。滕姝芬上下打量着陈碧岚，面带狐疑地问：“请问你找谁？”

“您就是滕姝芬吧？”陈碧岚笑着问道。

“我是，请问你是哪位？”

“嫂子，我是周思远的下属，我叫陈碧岚。”

“哦——请问你找我有什么事？”

“嫂子，我这么大老远来看你，你怎么也得请我进屋啊！哪有在门口接待客人的。”陈碧岚笑着说滕姝芬。

“啊——啊——好，您请进屋吧。”滕姝芬有些不情愿地将她让进屋。

听闻爸爸单位来人，女儿周静显得特别高兴，急忙过来向陈碧岚问道：“阿姨，你真是和我爸爸一起的？我爸爸还好吗？爸爸一定想我了吧？他怎么不回来看我？”

“想，你爸爸很想念你，他工作忙，抽不出来时间，所以派我来看你。你看这是爸爸让我带来的玩具和食品。”说完，陈碧岚从挎包里拿出一个芭比娃娃和电子琴，还有一些精美好吃的食品。

“大人说话小孩子别跟着瞎问，回屋去写作业。”滕姝芬见女儿对陈碧岚很亲热，不知出于什么原因，心里感觉很不舒服。所以呵斥女儿离开。

“你说周思远派你来看望女儿？”滕姝芬似乎有些不相信地问。

“嫂子，我和你说实话，我这次来周总不知道，我是见他因为思念你们娘俩儿，整日茶饭不思，闷闷不乐，所以前来看望你们，同时想劝嫂子和周总和好，一家人和和美美过日子。”

“谢谢你的好意，这事咱们先抛开，我想问你几个问题，希望你能如实回答。”滕姝芬正色问她。

“可以，嫂子有什么话尽管问，我是知无不言、言无不尽。”陈碧岚笑着回答。

“那好，我就不客气了。你是背着周思远来看望我们娘俩儿的？”

“是的，周总不知道我来，我和他撒谎，说家里有事。”

“请问你出于什么目的？”

“目的？没什么目的啊。我就是看周总整日惦记你们娘俩儿，经常借酒浇愁，痛苦万分，所以想劝你们复婚，以免你们相互惦记，彼此痛苦。”

“哦，看来你是个乐助于人的好人啦？”

“好人谈不上，要说乐于助人吗，差不多。”

“那好，我再问你，我们复不复婚和你有什么关系？让你如此上心，几千公里跑来劝说我们复婚。”

“其实你们复不复婚和我没有什么关系，我只不过是希望你们复婚，一家人团团圆圆安心过日子。”

“说得很好听。我再问你，你们现在饭店的生意如何？”

“饭店的生意很好，也很红火，才三个多月时间，前期投入就都挣回来了。嫂子，不瞒你说，这三个月，我除去当初投入的一万元本钱，还另外得了六千多元钱。”陈碧岚显得很兴奋，把饭店的经济情况如实地告诉滕姝芬。她是想让滕姝芬知道饭店的效益好，心里一高兴，说不定会同意和周思远复婚。

“什么，饭店有你的投入？你们是如何凑到一起的？你们到底是什么关系？”滕姝芬脸色阴沉地厉声问道。

“嫂子，你别误会，我和周总只是上下级关系，只是这次他的公司破产，缺少开饭店的资金，我才拿出积蓄，凑钱帮他，他不愿意接受我的帮忙，所以提出入股。”陈碧岚知道自己说走嘴，赶紧向她解释。

“怪不得你如此好心，这么老远跑来看我们，你是想看我到底能不能复婚，假如我们不复婚，你好乘虚而入，我说的没错吧？”

“嫂子，你说的是啥话？什么叫乘虚而入？你不要误解我的一片好心！”

“我误解你？你少给我装单纯，也不必前来探听口风。你告诉姓周的，他不就是想让你来气我吗？我还真不在乎这一套，他想找谁和我没有关系，老娘一个人过得舒服自在，即使他将来变成亿万富翁，老娘也绝不后悔，他娶啥样的狐狸精我也不眼气！”

“嫂子，你真是误解我啦，也误解了周总，他现在经常借酒浇愁，以泪洗面，而且整天闷闷不乐，我是出于好心，背着他前来劝你们复婚的，你千万别往其他方面想。”陈碧岚极力为自己的来意辩解，但是不知什么原因，她觉得自己说话的底气不足，好像做了什么见不得人的亏心事。

“行啦，你的好意我心领了！我和你没有什么共同语言，也不欢迎你，你还是赶紧离开吧。”滕姝芬起身向她下逐客令。

“嫂子你别生气，我现在就走，我是好心不得好报，多此一举，你多保重吧。”陈碧岚失望地摇着头，边说边往外走。就在这时，周思远的女儿周静从里屋走出来，向她招手说：“阿姨再见！”陈碧岚停下脚步摆手说：“再见！阿姨有空会来看你的。”“阿姨，你告诉爸爸，我想他，让他回来看我。”“好的，阿姨一定转告你爸爸。”陈碧岚痛快地回答。

“周静，赶紧回屋去。”滕姝芬厉声呵斥女儿，然后生气地对陈碧岚说：“我说你这个人怎么回事，听不懂中国话啊，我让你离开，我家不欢迎你！”滕姝芬的话让陈碧岚感到非常气愤，愤然摔门而去，心想：“这个女人真是不可理喻，把我的一片好心当成歹意，难怪周总和她离婚，若是换成我，一天都无法和她生活。不知道周总这么多年怎么熬过来的？周总这么好的人，这么会找这样蛮横不讲理，胡搅蛮缠的人，真是令人不可思议！”

陈碧岚连夜乘车返回，她是乘兴而来，败兴而归。本来抱着一片成人之美的好心，没想到却被人泼了一头脏水。通过这件事，她悟出一个道理，那就是好人难做，好心不得好报！自己一片好心却换来滕姝芬的嫉恨！看来世界上的事情，光凭说教和劝导远远不够，内因不努力，外因难以奏效。假如世上的人都能听从劝说，不管冥顽不化还是十恶不赦的坏人，就都可以千篇一律地使用说教和帮助手段。难道他们就能乖乖听从教诲，幡然醒悟，改邪归正？就能让十恶不赦的人放下屠刀立地成佛？岂不是滑天下之大稽，真是异想天开，痴人说梦！在残酷的现实面前，说教和帮助只是人们的一厢情愿，根本不可能现实。因为世界多元而复杂，每个人生活环境不同，受教育程度和思维方式各异，世界观也不尽相同，看问题的角度不一样，审美观也不同，都有自己的见解和理念，因此不能一概而论，更不能用简单的说教去解决问题。而是应该采取相应的手段去制约，必要时拿起法律武器对其加以限制和制裁，才能对坏人起到震慑作用，才能达到预期效果。

尽管陈碧岚的想法有些偏激，脱离了正常的思维范畴，却令人深思！这是她通过滕姝芬的所作所为，得出了这样的想法，觉得滕姝芬已经不可救药，同时对周思远的好感进一步加深，为她日后的所作所为奠定了基础，埋下了伏笔。

晚上七点多，正是客人用餐的高峰，大厅和包房里坐满了客人。由于陈碧岚请假，周思远只好前厅和后厨前后忙碌。这时他的电话响了起来，他急忙翻看号码，发现是家里的电话，急忙接通问道："姝芬，是你吗？有什么事？"没想到话筒里竟传来滕姝芬近似咆哮的声音："我说姓周的，你也太阴损了，咱们婚都离了，你还派狐狸精来气我。你到底安的什么心，以为来个狐狸精吓唬我，我就害怕了，就和你复婚？真是白日做梦！我告诉你，就是天下男人死绝了，我也不会和你复婚。你想找啥样的狐狸精尽管找，和我一点关系都没有，就是找杨贵妃老娘也绝不眼气。"

周思远被她劈头盖脸一顿数落闹得不知所措，急忙问道："姝芬，什么狐狸精？我……"他刚想询问仔细，电话里却传来嗡嗡的蜂音。周思远赶紧拨了回去，电话却处于无人接听的状态，他不死心，多次拨打，依旧无人接听，只好满腹狐疑地作罢。滕姝芬的话，说得他一头雾水，想了好半天，也没能弄清其中的原委。

陈碧岚回到星沙，第二天就去上班了，她没有对周思远说起这件事，只是一如既往，尽职尽责地照顾周思远的饮食起居。这让周思远很感激，把她当作知己朋友，时常向她述说自己思念女儿以及心中的苦闷，特意提到滕姝芬打电话无理取闹，冲自己发无名火的事情。陈碧岚知道这就是自己惹的祸，自己好心劝说无果，反遭滕姝芬误解。但是她又无法向周思远解释，只好假装不知原因，含笑不语。

饭店的生意越来越好，周思远的心情却依旧郁郁寡欢，每日与酒结伴，经常无端生气，员工们稍有不慎，或做了不符合他心思的事，他就会发火，甚至态度恶劣地出言怒斥，弄得员工们心存怨恨，见到他纷纷躲避，甚至有的提出辞职。陈碧岚和小曹等人看在眼里，急在心上。他们一边安抚员工，一边出面劝说周思远注意工作方法。周思远知道自己做得过分，醒酒后亲自给当事人赔礼道歉。可他一喝醉，便旧病复发，遇到不顺心的事情，不管不顾与员工发脾气，事后再去赔礼道歉，逐渐形成了恶性循环。

这天晚上，饭店下班后，周思远特意把陈碧岚、小曹、小马及表弟留下，吩咐表弟做了几道好菜，打开一瓶五粮液招待他们。众人见他情绪很好，心里感到高兴，便在他的提议下，陪他喝酒聊天。一瓶酒很快喝完，他让小马再开一瓶，陈碧岚等人害怕他喝多了，极力劝他不要再喝了。他固执地让小马把酒打开，神色黯淡地说："你们今天陪我多喝点，今天是周静十二岁生日，我这个当父亲的不称职，也不是个好父亲，不能亲自为女儿过生日，只好在远方遥祝女儿生日快乐。来，为我女儿生日干一杯！"众人听闻是周静的生日，不好劝阻他，只好陪他干杯。陈碧岚心说坏了，周思远今天一定会喝多，她不由得看了小曹等人一眼，意思是让他们多喝点，赶紧把瓶中酒喝完。小曹明白她的意思，拿起酒瓶，自己先斟满，站起身来说道："周总，我是你的老部下，跟随你这么多年，跟您学了很多知识和经验，你既是我的领导，也是我的恩师，今天妹妹过生日，我心里高兴，这杯酒我干了，祝贺妹妹生日快乐！"说完，他仰脖将酒喝干。

其他人明白陈碧岚的意思，相继效仿，每人借用周静生日的名义，主动举杯喝酒。周思远开始觉得很满意，后来觉得有点不对劲，仔细一琢磨，明白了众人的良苦用心，心里非常感激，便顺从众人的意思，不再劝止。当众人轮番喝了一杯酒，周思远方才拿起酒瓶，分别给诸位斟满酒，小马想替他倒酒，被他制止。他端起酒杯，动情地说："你们都是我的左膀右臂，也是我最亲近的人，咱们的饭店能有今天，与诸位的努力工作分不开，你们劳苦功高，尤其陈碧岚和小曹、小马，你们跟随我多年，对我一直忠心耿耿，在我最困难的时候，你们没有弃我而去，反而给予我无私的帮助，我真诚地向你们表示敬意！另外，我要说的是，由于我的家庭变故，导致我心情不好，酒后经常发火，弄得员工们人心浮动，怨声载道。是你们出头，帮我安抚人心，稳定了局面，为此，我再次感谢你们！谢谢你们的理解和支持，同时说声对不起，平时对各位多有得罪，还请谅解！”说完，他一一与之碰杯，然后干杯。

众人被他的真诚所感动，纷纷举杯响应。

陈碧岚见他如此，心里很欣慰，知道周思远心里牵挂女儿，对女儿疼爱有加，觉得自己离婚给女儿造成极大伤害，他因思念女儿而借酒浇愁，这是人之常情。尤其她去了一趟东北，与滕姝芬见过面，对滕姝芬的脾气秉性有所了解，知道她蛮横不讲理，周思远和这样的人一起生活十几年，而且还想和她复婚，虽然女儿的因素占主导作用，但也不排除对滕姝芬负责任的成分。从这一点来看，足见他是有情有义、有责任心、有担当的好男人。想到此，她站起身来，拿起酒瓶，分别给在座的人斟满酒，然后举杯说道：“周总，感谢你对我们的信任，小曹说的好，你是我们的领导，更是我们的良师益友，我们都是你的员工，虽然在工作上尽了一些微薄之力，取得了一些成绩，但也是与你的领导和帮助分不开的，要说感谢，我们都应该感谢您，是您把我们这些从学校毕业，对社会一无所知的学生培养成企业管理人员。咱们饭店虽然刚刚起步，发展势头却很好，我对未来充满信心，只要我们齐心协力，心往一处想，劲往一处使，我们的企业一定会做大做强！既然你这么信任我们，我们感到很荣幸，作为您的下属和您信任的人，我想奉劝您几句，您在我们心目中，是个聪明睿智，社会经验丰富，有经商天赋，敢想敢干，永不言败的人。尽管以前遭受过重大挫折和失败，但人非圣贤、孰能无过，你不但没有一蹶不振，而是毅然东山再起。难能可贵的是，您汲取了以往失败的教训，认真总结经验，一改以往投机取巧、弄虚作假的做法，而是以诚待人，使用的原材料都是最好的，所以饭店才有今天的好局面。就凭这一点，您就应该赢得我们的尊重和爱戴！唯一美中不足的是，您现在依旧陷在失败婚姻的阴影里不能自拔。我们理解你的心情，也知道您是一个负责任的好男人！但是，人不能生活在以前的阴影里，而是要向前看，要学会忘却和正确面对失败，过去的让它永远过去，您和前妻离婚，我相信并不是您一时冲动，而是你们的缘分尽了，是你们平时日积月累，矛盾逐渐形成，最终在一定的时机下爆发。正所谓冰冻三尺，非一日之寒，所以你没必要自责，更不要为此痛苦不堪。其实离婚也不都是坏事，有时离婚也是一种解脱，既然彼此没有感情，勉强生活在一起，彼此觉得痛苦。没有爱情的婚姻，是不道德的婚姻，彼此放手，各自寻找未来的幸福，未必不是一件好事。至于孩子，只要您真心去关爱她，心里时刻牵挂她，以最大的爱心去关心她，尽到父亲的责任，您就是个称职的好父亲。所以您不必自责，更不要陷入失败的阴影而无法自拔。我相信，像你这么优秀的男人，一定会赢得姑娘的芳心，收获真正的爱情！来，为了企业蒸蒸日上，为了我们的美好明天干杯！”

陈碧岚一席话，说得众人心悦诚服，说得周思远自愧弗如，闭口无言。这番话说得义正词严，铿锵有力，犹如醍醐灌顶，将周思远从痛苦的深渊中唤醒。此时，他意识到自己以前的所作所为很过分，不应该把家庭的不幸带到工作当中去，更不应该强加给关心和支持他的下属。自己真是自私，只想到自己的痛苦和不幸，没有体会朋友的一片苦心，更没有想到别人的感受，无端给他们造成伤害！从今往后，一定约束自己，尽最大努力去关心和爱护员工，争取把饭店的生意做大做强，创造更大的利润，决不辜负朋友的支持和厚望。

想到此，他再次把酒斟满，动情地说："刚才陈碧岚的这番话，让我感触颇深，深深触动了我的心，我感到非常抱歉！我是当局者迷，光想自己的痛苦，没有顾忌他人的感受和自尊。愧对你们的厚爱和支持。我保证，从今往后，我一定约束自己的行为，洗心革面，把精力投入到饭店经营当中，没有重大事情，绝不饮酒，在座的都是见证人，也是监督人。今天就算告别酒，咱们放开酒量，陪我一醉方休！”

“好，周总，好样的，我们相信您！”众人齐声表示赞同。陈碧岚更是感到宽慰，她了解周思远的为人，知道他一向言而有信，说到做到，便吩咐众人放开酒量，陪周思远畅饮。

由于心里高兴，他们各自放开酒量，彼此推杯换盏，喝得十分畅快，周思远更是喝得酩酊大醉，被众人搀扶回寝室。

回到寝室，众人扶周思远上床休息。陈碧岚见时间太晚，生怕众人休息不好，影响明天正常营业，便吩咐众人回去休息。她则留下来照顾周思远。由于周思远饮酒过量，此时酒性发作，酒往上涌，急忙起身欲吐，陈碧岚赶紧将他搀扶到卫生间，周思远趴在便池旁一阵呕吐，陈碧岚取来温水为他漱口。然后把他扶到床上。没过多久，他又起身捂嘴欲吐，陈碧岚赶忙再次扶他到卫生间，他趴在座便上接着呕吐。陈碧岚见他吐得差不多了，再次为他端水漱口，将他扶到床上休息。吐过之后，周思远躺在床上响起鼾声。陈碧岚担心他醉酒出什么意外，便留下来照顾他。周思远睡了一会儿，又呕吐了一次，一直折腾到凌晨，陈碧岚见他的外衣沾上呕吐的污渍，便帮他将外衣换下，为他换上睡衣。周思远醉倒梦乡，浑然不知，沉沉地入睡了。陈碧岚见他消停下来，方才放心地靠在椅子上，迷迷糊糊地进入梦乡。

由于劳累过度，陈碧岚睡得很实。当她被外边的嘈杂声惊醒时，天光已经大亮。此时周思远尚且酣睡未醒。陈碧岚轻手轻脚地从椅子上起身，生怕惊醒周思远，却不小心碰倒了桌上的水杯。周思远被响声惊醒，迷迷糊糊地睁开眼睛，发现了陈碧岚，颇感意外地问："小陈，你怎么在这里？哦，我明白了，是你照顾了我一夜。"陈碧岚笑着点头回答："是的，你昨天喝醉了，夜里吐了好几次，我只好留下来照顾你。"

"哎呀，我昨天喝得太多了，真不好意思，让你受累了。哎，不对，我的睡衣是谁换的，难道是你？"周思远觉得有些难为情地问她。

"你昨天醉得不省人事，呕吐时弄脏了外衣，我只好帮你换上睡衣。"陈碧岚平静大方地回答。

"这……这……"周思远愈发不好意思。

“这什么呀？我只是帮你换个睡衣，又没把你怎么着！我一个姑娘家都不在乎，你一个大男人却害起羞来，心里一点都不阳光。”陈碧岚笑着数落他。

“我……我不是害羞，可是——可是——”周思远欲言又止。

“你平时说话挺利索的，今天怎么这么婆婆妈妈的，有话就说，别可是可是的。”

“我是觉得你一个姑娘家，在我这里照顾了一夜，而且帮我换睡衣，传出去影响不好。”周思远说出心中的顾虑。

“有什么影响的？别人愿意怎么说，尽管让他们说去，再说我是心甘情愿留下来照顾你的，假如你不嫌弃我，我愿意照顾你一辈子！”陈碧岚说完不由得面色一红，不好意思地低下头。虽然她平时处事大方，不拘小节，但此时也不由得害羞起来。

“小陈，别胡闹，这话传出去好说不好听，再说我也没资格让你照顾。”周思远听出陈碧岚的弦外之音，明白她在向自己表白爱意，觉得自己不配，赶紧拒绝。

“你有没有资格你说的不算数，你拒绝也没用，我说你有资格，就有资格，我不是胡闹，我说的是真心话。你是我遇到最好的人，我心甘情愿照顾你一辈子！”

“小陈，婚姻是一辈子的大事，你千万不要一时冲动，心血来潮，我并没有你想象的那么好，我不但文化低，身上还有许多缺点和毛病，再说我比你大十几岁，而且离婚有孩子，这对你不公平！你是有文化、有素质的好姑娘，你的条件这么好，将来生活一定会幸福美满的，何必自找苦吃？”

“你说的这些我都清楚，但是我不在乎，因为爱情是不受任何条件限制的，爱情是两厢情愿的，没有什么公平不公平之说。即使将来跟着你吃苦受罪，我也毫无怨言。”

“小陈，谢谢你对我的一片真情，但是我无论如何不能答应你，我的条件那么差，不能连累你，希望你以后不要再提这件事，否则我良心有愧，寝食难安。”

“我不管你咋想，反正我的主意已定，今生今世非你不嫁。你现在不同意没关系，我会一直等着你，直等到你同意为止。”

“你就死心吧，我说什么也不会答应你。”

“你不答应没关系，我想好了，即使你不同意和我结婚，我也会一如既往地照顾你，照顾你一辈子。”陈碧岚信誓旦旦地再次表白心迹。

“小陈，你怎么这么固执，我说不可能就是不可能，你说什么都没用。什么一辈子两辈子的，你就死了这份心吧！”不知什么原因，周思远突然神色骤变，态度一百八十度大转变，语气非常强硬，断然拒绝了陈碧岚，并且不容陈碧岚分辨，愤然起身夺门而去。

陈碧岚被他这几句话说的如坠云雾之中，觉得不可思议，目瞪口呆地含泪站在那里，她怎么也想不明白，自己的一片真心告白，却换来周思远的无情拒绝。难道周思远根本看不上自己，自己自作多情？她思前想后，百思不得其解。

自从捅破了这层窗户纸，俩人见面时，感觉有些不自然。虽然周思远铁了心不接受陈碧岚的爱情，但是他们整日忙着打理饭店生意，低头不见抬头见，无法刻意与之回避。

其实周思远之所以疏远陈碧岚，是他故意为之。他觉得自己的条件与陈碧岚相差悬殊，她年轻漂亮，各方面都很优秀，自己与她根本不般配。一个人活着，不能只为自己考虑，要多为他人着想。所以周思远狠心出此下策，目的是让她知难而退，放弃这段对她不公平的感情，寻找属于自己的幸福。

周思远果然言而有信，自此基本上断绝了饮酒，除非遇到重大场合，不得已浅酌几杯应付了事。他还恢复了常态，认真做事，只是对陈碧岚的态度不冷不热，除了工作的交流和配合，在生活上尽量与她保持距离。陈碧岚虽然对周思远戒酒感到满意，却对他那副拒人千里的态度深感痛苦。她虽然不理解周思远的做法，心里感到很痛苦，可是她却把这份痛苦深埋心底，表面不露声色，亦不计较周思远的态度，一如既往地关心照顾周思远的饮食起居。

周思远故意冷淡她，拒绝她的关心和照顾，却丝毫不起作用，陈碧岚根本不理会他的态度，弄得他无计可施，只好听之任之。

寒来暑往，花开花落，时光倏忽而过，转瞬之间又是一年。这一年时间，周思远和陈碧岚的关系就这样不尴不尬地度过。虽然他们的生意做得很有声色，但是关系却丝毫没有进展。陈碧岚不甘心，几次想找机会旧话重提，却欲言又止，生怕再次招致周思远拒绝。俩人的关系一旦弄僵，就会失去回旋的余地。尽管如此，陈碧岚没有死心，她是在寻找机会，她下定决心，一旦时机成熟，就会主动出击，争取将他一举拿下，让他心甘情愿地与她携手步入婚姻殿堂。

这一年多时间，周思远经常给女儿打电话，关心她的学习及各方面情况。由于白天没有时间，他经常利用晚上，在女儿上床休息之前打电话。滕姝芬对此习以为常，不加干涉。

这天，他接通电话，话筒里传来女儿的声音："爸爸，你怎么才来电话呀，我都等着急了。""女儿，你想爸爸了吧，爸爸也想你呀！"每当周思远听到女儿的声音，心情就特别激动。"爸爸，我有一件好事告诉你，你猜猜是什么好事？"

"我猜猜，你考试得了第一名。"女儿的学习成绩一向名列前茅，因此周思远往这方面猜。

"不对，爸爸，你再猜。"女儿故意难为他。

"那就是评为三好学生。"

"也不对，你再使劲猜。"

"那是什么好事呢？女儿，爸爸实在猜不着，你别让爸爸猜了，快点告诉爸爸吧。"周思远央求女儿。

"爸爸你真笨，我奥数比赛得了三等奖，你怎么会猜不到呢！"

"爸爸笨，没有猜到女儿奥数得奖，恭喜你！"周思远高兴地向女儿祝贺。接下来，他仔细地询问了得奖的过程，鼓励她努力学习，然后心满意足地挂断电话。

自从离婚之后，周思远对女儿的思念日愈强烈，可以说现在女儿是他唯一的牵挂，难得女儿不但乖巧听话，而且学习成绩一向很好。作为父亲，对于女儿的每一步成长，每一点进步，都感到格外高兴。

他已经半年多时间没有见到女儿了，此时女儿得奖，他心里更加想念女儿。他的脑海里不断闪现出女儿的身影，觉得应当给女儿买奖品鼓励一下。他打算征求女儿的意见，看她喜欢什么礼物。虽然已经十点多钟，由于女儿获奖，他的心情特别亢奋，顾不得打扰女儿休息，再次拨通了家中的电话。

电话里传出了“嘟——嘟——”的声音，处于无人接听的状态，大约响了二十多秒，周思远心说一定是她们母女睡着了，刚想撂下电话。没想到话筒里传来了一个男子的声音：“请问你找谁？”周思远听闻不由得心头一怔，疑惑地想道：“这么晚了，这么会有男人接电话？”他有些不知所措，结结巴巴地说：“我……我……我找滕姝芬，请问你是哪位？”

“我是她的同事，你是谁，这么晚找她干什么？”对方的语气很强硬。

“我……我是……是周思远，你让她或者女儿接电话。”

电话里顿时没了声音。过了一会儿，传来滕姝芬的声音，声音有些不自然，“周思远，这么晚了还打电话，女儿早就休息了，有事明天再说吧。”说完，她急忙挂断电话。周思远拿着话筒，听着里面传来“嗡嗡嗡”的忙音，怔在那里，一时之间没有醒过神来。

午夜时分，喧嚣的城市逐渐安静下来，窗外的路灯暗淡了许多，劳累一天的人们早已进入梦乡。此时周思远躺在床上，思前想后，辗转反侧，难以入睡。那个出现在滕姝芬身边的男子，让他感到意外，同时他也知道，这个人与滕姝芬关系非同一般，否则不会那么晚出现在家中。周思远以前考虑女儿的处境，打算与滕姝芬复婚。由于这个男人突然出现，彻底打破了他的想法，他知道自己与滕姝芬的缘分已尽，不可能再复合。可是他最不放心的是女儿，他不愿意看到女儿跟继父一起生活。他决定回去一趟，把情况弄清楚，然后再做打算。

第二天，他把工作向陈碧岚和小曹做了交代，然后派人购买飞机票，当天下午就飞到省城，弟弟开车赶到机场，把他接回家。

通过弟弟妹妹的了解，周思远得知滕姝芬与这个男人已经交往半年时间，他们以前是同学关系，如今是同事，他两年前丧偶。俩人以前关系很好，平时走动得很频繁，如今俩人都没有家庭的羁绊，来往得更加密切，已经发展到谈婚论嫁的程度。弟弟妹妹们早就知道此事，一是他们已经离婚，哥哥无法出面干涉，二是怕哥哥知道生气，不敢告诉他。如今既然哥哥知道真相，他们没必要隐瞒，索性把一切都告诉他。

周思远得知事情真相，心情反倒平静下来，知道与滕姝芬的缘分已经走到尽头，所以不再抱有幻想。现在唯一惦记的就是女儿，他决定要回女儿的抚养权，并特意咨询了律师。律师告诉他："按相关法律规定，父母离异，假如一方再次成家，没成家的另一方有权要回子女抚养权。"他得知此信息后，心里有底，找到滕姝芬，询问以后的打算。事已至此，滕姝芬不再隐瞒，坦然承认自己有了新的恋情，并打算与之结婚。周思远见她如此坦诚，也无话可说，只是问她女儿怎么办。滕姝芬理直气壮地说："女儿有什么难办的，当初离婚时判给我抚养，以后继续和我生活。"

"当初离婚时，你是一个人带孩子生活，女儿跟你生活我没意见。如今不同了，你已经找到另一半，并准备成家，女儿应该归我抚养。"

"归你抚养？你连想都别想，女儿是我一手拉扯大的，交给你我不放心。你拍拍良心想一想，女儿长这么大，你照顾过她几天，又和她生活过多长时间，你现在想起心疼女儿，早干吗了？若是以前多关心关心我们母女，我何必走今天这条路，你以为我愿意离婚，愿意改嫁啊？！告诉你，这一切都是你逼的，你想从我身边夺走女儿，那是做梦！女儿是我这一生唯一的希望，我宁肯死，也绝不容谁把女儿夺走。"滕姝芬疾言厉色地喊道。

"你别激动，事情已经到了这种地步，再说以前的事情已经没有任何意义了。我们都理智一点儿，设身处地为女儿未来考虑考虑，我知道你和女儿感情深厚，也相信你对孩子好，但是今非昔比，你打算成家，女儿是你亲生的，你当然对她好，可是你的那位，却不是孩子的亲生父亲，你有把握他会像亲生父亲一样对女儿好吗？”周思远理智地对她说。

“你这话说到点子上了，别看我答应与他成家，但是前提必须对女儿好，他也答应了我的要求，我相信他不会食言的。”

“现在没结婚，还没有接触到家庭矛盾，他当然会答应对女儿好，可是一旦你们组成家庭，他未必会对女儿好，俗话说人不保心，尺不保寸，你拿什么担保他一定能对女儿好？”

“你说的有道理，但是我却不怕这些，假如他敢对女儿不好，我就和他离婚，反正我也是离过婚的人，不怕再离一次。总之不管无论如何，我决不让女儿受屈。”

“世上的任何事情，都是正反两方面，世事难以预料，你现在信誓旦旦保证对女儿好，假如以后发生改变，你将如何处置？”周思远不放心地追问。

“我对天发誓，假如以后我对女儿不好，死无葬身之地！同时任凭你处置，交出女儿的抚养权，我说话算数，绝不反悔！”

滕姝芬的一番话，说得掷地有声，刚烈决绝。周思远被她的母爱所打动，他知道滕姝芬同他一样，视女儿如生命，自己不能太自私，生生剥夺她抚养女儿的权利。他们在一起生活十几年，虽然不算和睦，也没有什么感情，可是他了解滕姝芬的为人，她为了女儿，什么事情都做得出来，她说为了女儿不惜再次离婚，绝对是真心话。因此，周思远决定暂时放弃女儿的抚养权。

此时恰逢学校放寒假，周思远想接女儿去星沙待一段时间，他担心滕姝芬不同意，试探着提出要求，没想到滕姝芬竟答应得非常痛快，同意女儿跟他去星沙。原来她想与男友结婚，虽然彼此不在乎有子女，但是结婚时孩子在场总觉得别扭，如今周思远提出带女儿住一段时间，正好一举两得，所以她爽快地答应了周思远的要求。

自从离婚以来，周思远没有和女儿单独在一起生活的机会，如今能够带女儿回星沙，心情自然无比高兴。小马将他们父女接回饭店，小曹和柳卉等人前来看望他的女儿。周思远一一介绍给女儿认识："这是你曹哥哥，这是柳卉姐姐。"女儿十分懂事地点头说："曹哥哥好！柳卉姐姐好！"陈碧岚从外边办事赶了回来，周思远连忙为她介绍："周静，这是陈姐姐。"可是陈碧岚却不接他的话茬，而是满脸带笑拉着周静的手说："周静，你来啦，对不起，阿姨出去办事，没到车站接你。"

"小陈，你比周静大不了几岁，还是叫姐姐吧。"周思远故意与她拉开辈分。

"咱们是同事，周静理应叫我阿姨，再说以前周静也是这么叫的，周静，你说对不？"陈碧岚笑着问周静。

"是的，以前我叫你阿姨，现在还叫你阿姨。"周静肯定地回答。

"周静，以前你们见过面？"周思远狐疑地问女儿。

"见过，她去过咱们家，还送给我玩具和好吃的呢"周静十分肯定地回答。

"什么时候去的，我怎么不知道？"周思远一头雾水。

"我没告诉你，你当然不知道了。那是去年，我看你整天痛苦万分，借酒浇愁，决定去劝说嫂子和你复婚。我害怕你不同意，谎称家里有事，向你请了几天假，前去做嫂子工作，没想到适得其反，招致嫂子的不满和猜忌，差点被她赶出门，我是乘兴而去，败兴而归，无功而返，所以不好意思跟你说。"

"哦，难怪滕姝芬打电话把我好一顿数落，我当时感到不可思议，原来你是始作俑者，真是多此一举，我们俩冰冻三尺，非一日之寒，岂是你好言相劝能解决的，不过我还是谢谢你的一番好意！"

"谢就不用了，只要你明白我的一片苦心就行了。"陈碧岚话里有话地摆手回答。

周思远听出她的话里有所指，因此没有回答。他们父女在陈碧岚和小曹等人的陪同下，愉快地吃完晚饭，然后回去休息。陈碧岚一直陪伴在周静左右，跟着他们父女来到住处，拿出新买的床单和被套，帮他们铺好床。将水果洗干净，摆放在茶几上，并帮周静调试水温冲凉，待一切就绪后，方才回去。

第二天，陈碧岚陪着周静，到商场给她买了几身价格不菲的服装，然后坐车前往岳麓山和橘子洲头游玩。

接下来的几天，陈碧岚带着周静，转遍了市里的景点，然后亲自开车去周边的旅游景点游览，她们先后去韶山参观了毛主席故居和花明楼刘少奇故居，游览了张家界。特意去了南岳衡山，拜谒了黄帝陵。

周静在星沙的这段时间，陈碧岚和她几乎形影不离，她们白天出去游玩，晚上她经常陪周静住在一起。俩人的关系日渐亲密，变成了无话不说的好朋友。周思远见陈碧岚对女儿这么好，虽然知道她是讨好女儿，为日后打基础，但是心里十分感激陈碧岚，觉得她是个难得的、善解人意的好人，更理解她的一片苦心。

一个月时间倏忽而过，春节过后，周静须返家上学。尽管周思远舍不得女儿，想把女儿转到星沙来读书。但是滕姝芬数次来电话催促，自己也曾经答应滕姝芬，开学时让女儿回去，无奈之下，只好忍痛送女儿回去。陈碧岚毛遂自荐，要求去送周静。周静也愿意陈碧岚去送她，周思远拗不过她俩，只好同意。

陈碧岚和周静坐飞机到了省城，叔叔来车将她们接回家。陈碧岚没有立刻回去，她向周思远的弟弟和妹妹们述说了她对周思远的爱慕之情，以及周思远对她的拒绝。弟妹们听了陈碧岚讲述，同时看到陈碧岚不但人长得漂亮，而且善解人意，有学问，有素质，对陈碧岚感到非常满意。于是，他们给大姐和二姐打电话，说了哥哥和陈碧岚的事情。大姐、二姐觉得很满意，姐妹几个一商量，做出决定：同意他们俩的婚事，并相约前去星沙为他们筹备婚礼。

周思远看到姐弟们一起陪陈碧岚来星沙，一时没弄明白怎么回事。大姐将他叫到跟前，当着陈碧岚的面，要他做出决定。周思远知道这是陈碧岚采取的策略，虽然心里感到与她不般配，但通过这么长时间的相处，知道她是出于诚心，真心爱自己，这样的好姑娘真是世上难寻，暗自庆幸自己幸运，况且她与女儿及姐妹们相处得非常好，此时就是自己不同意，恐怕姐妹们也容不得他做主，再说自己不能辜负她的一片真心，于是，他当即表明心迹："大姐，我知道陈碧岚是个难得的好姑娘，不但各方面都很优秀，而且善解人意，对周静也非常好，我对她的所作所为深表感谢，我之所以拒绝她，是觉得自己配不上她，同时也怕她是一时冲动，心血来潮，想给她足够的考虑时间，以免后悔。通过这么长时间的相处，我相信她是诚心诚意爱我的，我也非常爱她！但是婚姻大事不能草率，我不想现在就和她结婚。”

“既然你承认她爱你，你也爱她，为什么不想结婚？”大姐不解地问他。

“大姐，你看我们的事业刚起步，以我们目前的经济状况，没有能力购买楼房，陈碧岚这么优秀的人嫁给我，本身就委屈她了，如果我不能风风光光地娶她，连最起码的楼房都没有，岂不是对不起她，所以我决定推辞婚期，等我们购买了房子，有足够的钱办婚礼，再娶她不迟。”

“周思远，我看中的是你这个人，不是看中你是否有钱或其他经济条件，我不计较那些虚荣的东西，我要的是实实在在的生活，只要咱们俩真心相爱，长相厮守，即使将来和你讨饭也绝不后悔！”

陈碧岚的话让周思远十分感动，他感激地看着陈碧岚，不再出声反对。大姐见她的态度如此坚决，深感信服，当即决定，马上为他们筹备婚礼。

大姐准备了丰厚的礼品，同周思远一道，在陈碧岚的陪同下，前去拜望她的父母。陈碧岚的父母都是老实本分的农民，虽然心里不情愿女儿嫁给一个比她大十几岁，而且有女儿的二婚，可是他们清楚自己女儿的个性，做事一向有主见，知道劝说对她不会起作用，只好无奈地接受女儿的选择。

经过简单而忙碌的筹备，婚礼如期举行。尽管他们没有属于自己的新房，而是把出租屋充作新房，在自己的饭店内，举办了简单的婚礼，只有他们的亲友前来祝贺。婚礼场面虽然简单，但是祝贺的亲友为了助兴，提出让新郎和新娘谈恋爱经历，还别出心裁地要求两位新人完成咬糖果、吃苹果、接吻等亲昵动作，员工们跟着起哄，场面十分热闹。赢得到场嘉宾一阵阵开怀大笑，陈碧岚的脸上始终洋溢着甜蜜的笑容，觉得自己是世界上最幸福的新娘。

第十五章　殃及池鱼

婚后，陈碧岚承担了全部家务，每天从饭店忙完回来，已经是夜里十点多，她还要洗衣收拾室内卫生，直到午夜才上床休息。早上七点钟，她起床准备早餐，然后招呼周思远起床，俩人吃过早餐，一起来到饭店，开始安排一天的营业事宜。他们每天早出晚归，夫妻双栖双飞，虽然忙绿而辛苦，但是他们夫妻相亲相爱，工作上互相支持，生活上互相照顾，遇到家庭矛盾相互包容和理解。尽管生活简单而平淡，但是他们夫妻恩爱，生活甜蜜，对未来充满信心和希望。

周思远在陈碧岚的精心照顾下，每天穿戴整齐，容光焕发地到饭店里打理生意。由于爱情的滋润，周思远已经从事业失败和离异的阴影中走了出来，精神面貌和心情也发生了前所未有的改变。

在他们夫妻共同努力下，饭店的生意更加红火，他们把毗邻的几个门面以高于市场价租赁下来，扩大了饭店规模，饭店的面积多达五百平方米，同时改建了十几个包房，饶是如此，每天前来用餐的客人依旧爆满。

这天上午，周思远正在和供货商洽谈供货事宜他的手机响了，他急忙按下接听键，客气地问道：“您好！请问您是哪位？”

“老同学，我是柳刚。你好啊！”话筒里传来柳刚的声音，但是他的声音沙哑，语气显得很沉重，没有了以前那种优越而得意的声调。

“哦，是你呀，柳刚，我现在很好的，你也好吧？”

“我，我现在还行，老同学，你的奶粉生意还好吧？”

“我现在已经不做奶粉生意了，改行开饭店了。”

“怎么改行了，你的奶粉生意不是做得很好吗？”

“奶粉厂倒闭了，我只好改行开饭店，”周思远不愿意多说自己公司被查倒闭的事。

“哦，现在奶粉市场萧条，奶粉生意不好做，转行开饭店也是明智之举，饭店开好了也很挣钱。你饭店开业多长时间了，一定发财了吧？”

“开业一年多，生意还可以，发财谈不上，反正吃喝不用愁。你的生意一定做得越来越大吧？”

“唉，老同学，不瞒你说，我现在遇到了大麻烦啦！”柳刚叹着气，情绪很低沉。

“你怎么会遇到麻烦呢？你们部队财大气粗，而且有岳父做靠山，能有什么麻烦？”

“老同学，说来真是一言难尽！你还记得跟我一起干的王干事吧？”

“怎么不记得，他怎么啦？”

“他出大事啦！他去林区倒腾木材，被人骗走五十多万，连累到我啦。”

“他出事，他负责，怎么会连累你呢？”

“他是我的下属，而且这桩生意经我同意，由我亲自签字拨款，我负有连带责任。”

“你没找你岳父帮忙吗，让他出面帮你摆平啊。”

“我的岳父已经离休，现在人走茶凉，根本指望不上。五十万不是小数目，如果不想办法还上被骗的公款，恐怕我的军籍都保不住了，没想到我在部队辛苦努力干了二十多年，到头来竟是这样的下场，真是难以接受。”

“那你赶紧想办法还哪，丢了军籍岂不可惜！”

“唉，五十万不是小数目，我上哪里去找这么多钱哪？”

“可也是，数目确实大，假如我的公司不破产，我倒是有能力帮你偿还，现在是心有余而力不足。不过你放心，我一定想办法帮你，我的账上还有五万元钱，我立马给你汇过去，剩余部分，你找其他亲朋好友想想办法，无论如何要保住军籍。”

“谢谢你，真是患难见真情啊！”

“柳刚，咱们什么关系？还用感谢吗？你把账号告诉我，我现在就去给你汇款。”

柳刚十分感激地把账号告诉周思远。周思远立刻去银行给柳刚汇款。

柳刚和周思远通完电话，紧接着汪洋打电话，把自己的难处告知。汪洋听后心里十分着急，立刻清点银行存款，发现还有七万多元，他没留一分流动资金，全部汇到柳刚的账号上。

事出无奈，柳刚只好放下面子，找亲戚朋友东挪西借，凑了三十多万，加上自己的积蓄，筹措了近四十万元。王干事拿出自己的全部积蓄，又四下借钱，俩人好不容易凑够了五十万，还上了被骗的公款。由于还款及时，柳刚保住了军籍和军衔，但是却受到了党内严重警告和撤销行政职务的处分。如此一来，他在部队的前程彻底断送了。

屈指一算，汪洋经商已两年时间，这两年里，汪洋平时经营商店，冬季配合柳刚收购粮食。他们的生意很赚钱，汪洋利用赚来的钱，在林海市购买了一套楼房，平时还经常给妻子一些生活费。

汪洋通过做生意，家庭生活有了很大改善，尤其让他感到欣慰的是，他利用生意闲暇时间，创作了他的第二部长篇小说《达紫香花》。达紫香花属杜鹃花科，学名兴安杜鹃，别名满山红，当地人称达紫香或达达香，生长于干燥山脊或山坡及林下的酸性土壤中，它虽然生长在严寒地区，饱经风雪严寒的侵袭，却依然在春天凌寒怒放。这种花不惧严寒，具有超强的生命力，象征着不屈不挠，在逆境中顽强的拼搏精神，深受汪洋的喜爱，故此将书名定为《达紫香花》，目前已经基本截稿。由于书中的故事和人物是根据发生在身边的一些人或事情创作而成的，每个人物都有原型，故事情节非常真实。他一改从前的创作手法，在创作中，把自己置身于读者的角度去审视作品，而不是站在作者的角度去创作，每当书中出现矛盾，他总是考虑读者的感受，本着读者至上的想法去创作。这是他多年创作过程中悟出的心得。

本来他的生意很红火，没想到柳刚那边出事了，他也跟着倒霉。自从柳刚被撤职，柳刚以前的投资均被部队收回，商店盈利的钱都用来帮柳刚还公款。商店失去了资金支持，进货渠道被迫中断，没有充足的货源，就无法满足顾客需求，故此，汪洋的生意陷入困境。

以前商店缺货，只要汪洋一个电话，王干事就会把货发过来，他只负责末端销售，因此有时间去搞创作。如今他们均被免职，无法再为他提供货源，失去了以前的便利条件，面对着这种无米下锅的困境，汪洋顿时傻了眼。

尽管汪洋知道柳刚被免职，心情郁闷，无心再做生意。但是汪洋不忍心经营两年多的生意就此倒闭，他被迫无奈，打电话向柳刚述说了自己面临的困境，并征求解决意见。

柳刚自从被免职，整天心灰意冷地躲在家里，不愿意出门见人，基本上断绝了与外界的联系。面对汪洋的求助，他只好硬着头皮，找到昔日的下属，现任调拨科牛科长帮忙。没想到昔日对他毕恭毕敬的牛科长却以部队整顿纪律，上级要求严为借口而拒绝。看到柳刚失望的神情，牛科长觉得有些过意不去，向他提供了一个信息，告诉他有一个老乡，从事军用品经营多年，有自己的进货渠道，可以帮助提供货源。

于是，柳刚将供货商的联系方式告诉汪洋，让他找对方联系。汪洋根据柳刚提供的信息，给供货商牛经理打电话，与他商谈进货事宜。牛经理接到汪洋的电话，不但满口答应汪洋的进货要求，还亲自带着女秘书前来洽谈业务。

牛经理四十多岁，身材魁梧，操着一口地道的辽宁口音。同行的张秘书年轻漂亮，装着时髦，打扮入时。汪洋把他们二位接到商店，牛经理拿出携带的样品及价格表，供汪洋参考。汪洋仔细看了样品，参考了价格，觉得产品质量还可以，无论布料和样式都与以前的商品基本相同，只是做工稍差一些。双方经过一番讨价还价，最后以低于进货价百分之二十成交。

由于初次合作，汪洋对他的商品不托底，提出第一批进货结一半货款，另外百分之五十留做质量保证金。牛经理却不同意，一再坚称自己的货物没有质量问题，要求货到结全款。

汪洋一是担心商品质量，二来考虑自己流动资金不足，故此据理力争，不肯让步。双方各不相让，眼看谈判陷入僵局，牛经理的秘书张小姐在一旁说道："牛经理，我看汪经理也是老实本分的商人，他和咱们初次合作，担心质量问题也情有可原，我看咱们就同意他提出的条件吧。"

"我说小张，你是我的秘书还是汪经理的秘书？胳膊肘怎么往外拐！"牛经理有些生气地瞪了小张一眼。

"呵呵，牛经理，你别生气，我这不是帮汪经理说话。我看双方彼此都有诚意，再说咱们做生意一向讲诚信，汪经理担心质量，咱们的质量又没有问题，莫不如给他留一部分保证金，以免他对咱们的商品不放心。待他经销一段时间，证明咱们的货没有质量问题，他就会主动把保证金退给咱们，汪经理，你说对不？"张秘书赔着笑脸劝牛经理。

"小张说的对，我也不希望出现质量问题，到时候我会把保证金如数付清，我说话算话，决不食言。"汪洋语气坚定地保证。

"既然话说到这个分上，我只好委曲求全，同意你的意见，但是第二批进货就必须结全款，而且保证金退还时间不能超过三个月。"牛经理似乎不情愿地同意了汪洋的要求。

接下来，双方根据各自的要求，对一些细节进行了商谈，然后由张秘书执笔草拟一份合同，合同内容如下：

商品经销合同

甲方：万兴商品有限责任公司

乙方：甘河阳刚军用品商品

经甲、乙双方友好协商，就商品销售事宜，达成协议如下：

一、甲方根据乙方需求，向乙方提供所需商品，合同期为一年，合同期内如单方中止合同，视为违约，违约方负责赔偿受害方一切经济损失。

二、甲乙双方商定，第一批货，乙方付50%货款，另外50%留作保证金，三个月后付清，如出现质量问题，乙方有权扣留保证金。

三、乙方根据需求，向甲方提供货物清单，必须预付货款80%，剩余20%货款，货到三日内付清，乙方货款到账后，甲方必须保证三日内发货，否则视为违约。

四、甲方保证商品符合质量要求，如发现质量问题，乙方必须在接货三日内向甲方提出，逾期不予处理。

五、如果商品出现严重质量问题，双方协商解决，达成共识后，甲方负责退货或赔偿，否则视为违约。

六、合同期内，任何一方不得擅自终止合同，违约方负责赔偿对方经济损失。

七、合同期内，如出现纠纷，双方本着友好协商的态度进行协商，达不成共识，由甲方所在地法律部门仲裁。

八、本合同一式两份，具有法律效力，双方签字盖章生效。

甲方：万兴商品有限责任公司

法人或代理人：牛伟民

乙方：甘河阳刚军用品商店

法人或代理人：汪洋

某年某月某日

汪洋仔细看了合同，对付款方式提出异议，他觉得预付80%过高，同时不同意在甲方所在地解决纠纷。

听了汪洋的意见，牛经理似乎感到很委屈，显得很无奈地说："汪经理，我们是正规销售公司，管理模式和规章制度都非常健全。不瞒你说，像这种销量的合同，我们都不留保证金，并且百分之百付款，我们才肯发货。你是通过朋友介绍的，我是看朋友面子，给你如此优惠。说句良心话，别看咱们签了合同，却是君子协议！你放心，即使你违约，我也绝不会和你打官司的。说句不中听的话，就你这点钱儿，都不够起诉费和走人情的。咱们之所以签合同，就是怕你不放心，给你吃颗定心丸。至于其他条款，你更没有必要计较。我的话说到家了，你自己看着办，做不做这笔生意都无所谓，买卖不成仁义在嘛，就当我们交朋友，到林区来旅游了。"

牛经理这番话，说得很实在，汪洋觉得有道理，正当他犹豫不决时，张秘书在一旁说："汪经理，你还犹豫什么，我们牛经理已经做到仁至义尽了，假如你错过这个难得的机会，一定会后悔的，你是没有做过大生意，所以做事前怕狼后怕虎，生怕上当受骗，现在都什么年月了，每个人都一门心思做生意，谁有闲心去打官司告状，你没听说'大盖帽、两头翘，吃完原告吃被告'。你这点利润都不够我们牛经理一天挣的，你想他会去和你计较吗？"汪洋被他们说得动心，既然他们负责质量问题，并承诺退货和赔偿损失，再说还有第一批货款的50%保证金，自己有啥好担心的，于是，他不再犹豫，痛快地签了合同。

然后，他又邀彭宗元及巴建华等人作陪，在饭店设宴款待牛经理和张秘书。宾主之间推杯换盏，气氛十分热烈，尽欢而散。

牛经理果然言而有信，他们按照双方约定，认真履行合同。由于货源充足，且价格合理，汪洋原本为人诚实，进货的价位虽然低于从前的价位，但是他不赚黑心钱，而是按照进货价合理加价，销售价格相对便宜。故此购买商品的人多了起来，商店恢复了生机。

汪洋看到商店起死回生，心里非常高兴。三个月后，他按照合同规定，结清了质量保证金。又陆续进了几批货，并按照合同规定，全部结算了货款。

当汪洋再次进货时，牛经理告诉他，现在货源很紧张，已经到了供不应求的地步。他的库存数量有限，劝他这次多进一些货，以免断货而影响商店的正常营业。

自从与牛经理合作，他的供货一向很及时，更没出现质量问题，销量也很可观，汪洋觉得很满意。因此决定听从牛经理的劝说，增加进货数量。可是他手里的货款不足，只好找到彭宗元和巴建华二人，借了一万元钱，购进三万多元的商品。

汪洋检查质量时，发现这批货的质量不如从前，便给牛经理打电话，说明货的质量有问题。牛经理信誓旦旦地保证，质量绝对没有问题，只是与以前的货不是一个批次，故此看着不一样，让他尽管放心销售。汪洋见他如此有把握，放心地投放到商店销售。

刚开始，货卖得很快，也没有什么反应。可是，时间一长，产品质量存在的隐患逐渐显现出来，经常有消费者拿着出现质量问题的产品找上门来。因为有些消费者买回去，穿用没几天，产品就出现这样或那样的质量问题。有的服装开线裂缝，有的鞋子出现开胶断底现象。这种现象以前从未出现，分明不是正宗军用品，而是冒牌货！面对消费者的指责，汪洋无言以对，只好赔礼道歉并为其退货赔钱。

俗话说："好事不出门，坏事传千里。"汪洋的商店卖假冒伪劣商品的事情，就像快速传播的瘟疫，迅速在甘河市内传开。他的名声一落千丈，商店里冷冷清清，无人问津。

汪洋认识到问题严重性，联想自己当初因周思远造假售假事情感到非常气愤，自己虽然没有直接造假，但是间接参与售假行为，这和造假没有什么两样！自己怎么如此糊涂，稀里糊涂地加入了销售假货的行列，为什么当初对周思远的造假行为感到气愤和难以理解，轮到自己却迷失了做人的本性。真是当局者迷，旁观者清！自己这两年跻身于商海，把金钱看得愈来愈重，由于利欲的驱使，自己轻信了骗子的话，造成了今天这种不可收拾的局面，丧失了做人的底线和原则。这么做对得起自己的良心吗？对得起广大的消费者吗？这种欺骗消费者的行为，既不道德又可耻，别说现在自己能够维持生计，即使穷困潦倒，也决不能做这种坑人害人的生意。

他打定主意，再次联系牛经理，向他提出退货并终止合同的要求。牛经理却矢口否认质量问题，同时告诉他，他们的合同并没有明确说明提供的商品是军用品，或是仿冒的产品，所以不算违约，假如汪洋要中止合同，属于单方违约，按合同规定必须赔偿对方的经济损失。假如不经双方协商，私自终止合同，对方有权追究他的法律责任。

汪洋心里不服气，拿着合同咨询了律师。律师仔细看了供货合同，失望地告诉他："这份合同对你非常不利，因为合同中没有明确说明商品的名称，在商品名称上，故意用了比较模糊的'商品'一词代替，并没有具体指定所需商品是军用品。更没有涉及提供的商品是仿冒品还是正宗的军用品，单从这一点上看，你无法追究对方的责任，另外合同规定，出现质量问题，必须双方协商，达成共识后，对方负责退换或退货，现在对方不承认质量问题，所以无法达成共识，就不能算违约，更不用承担违约责任。你看这份合同，根本没有谈到具体的供货名称，也没有涉及实际问题，对方在签订合同时，故意用模棱两可的话欺骗你，以便日后打官司。你抓不到他把柄，无法追究他的违约责任。所以我明确地告诉你，假如打官司，你没有胜算把握。"

听了律师的话，汪洋心里非常生气，同时感到懊悔，签合同时，自以为有文学功底，在文字上曾加以推敲，盲目地认为自己的合法权利得到保障，一旦出现质量问题，对方必须承担违约责任，没想到自己不懂法，让对方钻了法律的空子。分明是他们故意设了圈套，让自己往里钻，自己却自以为聪明，稀里糊涂地掉进了对方预设的陷阱。

面对这份自己有理却不占理的合同，汪洋懊恼不已，他不肯就此罢休，横下一条心，决定与牛经理打一场官司。即便官司输了，豁出去赔偿违约金，也绝不让骗子的阴谋得逞，即使倾家荡产也在所不惜。

汪洋再次找到律师，询问是否有办法打赢这场官司，律师告诉他："按你们签订的合同，若想打赢官司很难，但是也不是一点办法没有，除非你和他打另外一场官司，才能使对方害怕，才能放弃这场官司。"

"律师，我没搞明白，你说的另一场官司是啥意思？难道我和他还有纠纷需要解决？"汪洋不解地问律师。

"不是你和他还有纠纷，而是他自己有过失，你想他销售仿冒的军用商品，是否违法？假如你起诉对方非法销售仿冒军用品，他是不是要承担法律责任？他经营假军用品时间这么长，非法所得的利润一定非常可观，岂能因小失大，甘冒身败名裂的危险，去和你打一场微不足道的官司？"

"哦，你这么一说，我弄明白了，我和他合作几个月时间，即使输了官司，按合同要求全部赔偿，也没有多少钱，他不会放在心上。假如按你所说的起诉他销售假货的责任，他就赔大发了，说不定真会身败名裂，倾家荡产，孰轻孰重，他自然明白。对，就按你所说，去起诉他。"汪洋兴奋地表示。

"你别高兴得太早，假使你起诉他，他一定会败诉，但是你也难以逃避你们之间的违约责任，还是要给予对方一定的经济赔偿，同时必须向法院提供直接的证据。没有足够的证据，对方不会认罪伏法，再说法院也不会受理。"

律师的话给汪洋泼了一盆冷水，他清楚地知道，若想采集足够的证据，难度非常大，但他还是义无反顾地决定与对方打一场没有胜算的官司。

眼看商店每况愈下，濒临倒闭，堆积在库房的几万元货物无法处理，汪洋心急如焚，再次给牛经理打电话，要求按合同退货。牛经理非但不承认有错，还以事忙为由挂断了电话。汪洋不死心，再次拨通牛经理的电话，电话一直处于无人接听状态，汪洋知道他是故意躲避而不接电话。

汪洋无奈，只好给柳刚打电话，告知事情原委。柳刚得知情况，立马找到那个牵线搭桥的牛科长，委托他去找牛经理，问明原因。

牛科长找到牛经理，牛经理拿出合同，说他提供的是普通民用产品，合同里根本没有体现销售军用品的字样。而且说他提供的产品价格便宜，双方属于自愿合作，根本不存在欺骗行为。

牛科长把牛经理的话转告柳刚，柳刚把牛经理的话转告汪洋。汪洋把事情的来龙去脉详细告之，指出牛经理故意推诿，以此逃避责任。柳刚得知详情，感到很气愤。他让汪洋带着样品，前来找牛经理理论。

汪洋立马坐车来见柳刚，柳刚安排他住进部队招待所。然后带他到饭店吃饭，回到招待所后，柳刚看完合同和样品，为难地对汪洋说："这份合同确实没有说明产品的具体名称，更没有明确是军用品，质量问题说的也是模棱两可。看来一开始他就诚心欺骗，而你不懂其中玄机，致使他的骗术得逞。"

"我知道上当受骗，但是不甘心，明明知道被他骗了，却无法讨回公道，难道就没有说理的地方吗？"汪洋愤恨地说。

"说理的地方当然有！可是咱们签的合同不占理，即使打官司也难以胜诉。"

"我知道签的合同对咱们不利，但是我咨询了律师，他出了一个主意，让我以另外的名义去起诉他。"

"另外的名义起诉？什么名义？"柳刚急忙追问。

"他让我以对方造假，仿冒军用品的名义去起诉，说他一定害怕。"

"你别说，这个主意很好，眼下正在打假，假如咱们用这个理由起诉，他肯定害怕，说不一定会乖乖地赔偿咱们的损失！"柳刚十分赞同汪洋的建议。

"不过律师说了，咱们要是以造假的名义去起诉，必须有足够的证据，否则法院不会受理。"

"这倒是实际问题，现在谁起诉谁举证，没有足够证据，法院即使受理，咱们也无法胜诉。不过对方做贼心虚，咱们先找他谈谈，把起诉造假的话透露给他，看他有啥反应，假如他害怕，咱们就和他谈赔偿问题，如果他不买账，咱们再想办法搜集证据，查找他的货源，顺便把他的造假窝点给端了，省着他继续坑害消费者。”柳刚态度十分坚决。

“行，就按你说的办！”汪洋高兴地表示同意。

俩人商议好计策，柳刚找到从中介绍的牛科长，提出让他带着去见牛经理。牛科长面露难色，迟疑着不愿意去。柳刚不再为难他，让他说出牛经理的联系方式和住址。牛科长虽然不情愿，但是面对昔日的老上级，没理由不答应。

柳刚和汪洋按照牛科长提供的地址，找到了牛经理。他们突然到访，牛经理感到很惊讶，他佯装镇定，摆出一副若无其事神情，为他们点烟倒茶。柳刚身着中校军装，向他亮明身份并说明来意，问他对此事有何打算。

面对柳刚的气势，牛经理的态度明显软了下来，狡辩说：“我们当初签合同，出售的是民用商品，而且合同上没有标明军用品，所以我不承担任何责任，至于产品质量问题，当初签合同时有言在先，双方必须达成共识，否则不算违约。因此，我不承担赔偿责任。”

牛经理如此强词夺理，柳刚很气愤，但是他却不动声色，没有继续追问赔偿问题，而是漫不经心地和他拉家常。他问牛经理：“牛经理，你老家是哪里的？”

“我，我是咱县郊区的。”牛经理有些不情愿地回答。

“你是怎么认识牛科长的？”

“你说牛科长啊？我们是老乡。”

“哦，原来如此，你干这行多久了？”

“大约十几年了，刚时兴做买卖时，我就开始做军用品生意。”

“时间蛮长么，既然你做了这么多年生意，怎么不懂商场规矩。俗话说‘兔子不吃窝边草’，你们当初是靠销售我们部队的军用品起家，怎么反过来欺骗到我们头上了，真有点不仗义！”

"我是卖军工产品起家不假，但是凭良心说，我没有欺骗过部队，再说也没白让你们帮忙，"牛经理似乎感到很委屈。

"你说没有白帮忙？是什么意思？你说说怎么没白帮忙？你给我们部队的人什么好处了？"柳刚不失时宜地追问。

"这……这……这……"牛经理迟疑着说不出话来。

"刚才理直气壮的，怎么现在结巴啦？我告诉你，现在部队正在打击不正之风，假如你举报某些人的违法行为，应该受到奖励！现在不光部队整顿军纪，地方上也在治理造假售假的不法行为，但愿你的产品都是正宗的真货，否则也在打假之内。牛经理，有牛科长的关系，咱们也算是朋友，我奉劝你千万别做违法的事，否则麻烦大了！"

"我——我——我没有造假。"牛经理底气不足地说。

"没有造假就好，那我就放心了，不过汪洋却不这么认为，他说你当初为他提供的就是军用品，而且每件商品上都印有某个军工厂的生产标识。不知道这算不算造假。"

"这怎么能算造假？现在大家都这么干，我也是从别人手里倒来的，即使算作造假，也找不到我头上，再说合同上没有注明批发的是军用产品，即使把我告到法庭你们也得不到赔偿。"牛经理拿合同做挡箭牌。

"牛经理，你还好意思提合同，你当初是怎么向我承诺的，你不是说咱们签的是君子协定吗？你不是信誓旦旦地保证产品绝对没有质量问题吗？"汪洋忍不住反驳他。

"咱们做的是生意，签的合同受法律保护，至于我的口头承诺，没有法律约束。再说你也太天真了，我顺口说的话怎么能当真？难怪你的生意失败。"

"牛经理，你不要太得意，我们是有备而来，假如你不怕事情闹大，咱们就走着瞧。"汪洋话中带着几分威胁地说道。

"你说大话没啥用，反正我没有造假，更不怕威胁，即使到法院，也要讲道理，不能偏听你的一面之词，假如你起诉我，我奉陪到底！"牛经理想到签的合同对自己有利，故此底气很足。

“牛经理，我劝你不要把话说得太满，假如没有十足把握，我们也不会上门找你，我承认你签的合同很圆滑，正如你所说，打官司我们不一定能赢。但是，我们要是有证据证明你造假售假，我想你不会这么自信吧？你是愿意包赔我们的损失，还是愿意为造假售假对簿公堂，劝你冷静地思考一下，切莫因小失大。俗话说遇事三思，免去后悔，我给你三天考虑时间，孰轻孰重，希望你做出明智的选择。”柳刚说完，起身同汪洋离去。

望着他们远去的背影，牛经理心里如同十五个吊桶打水，七上八下，坐立不安。当初签合同时，他故意在合同上做文章，存心欺骗汪洋。由于汪洋没有经商经验，第一次签合同，不懂里面的猫腻，轻信了他的承诺，上当受骗。假如汪洋要是单独就赔偿事情与他打官司，他绝对有把握打赢这场官司。可是他万万没想到，对方竟要以造假售假的名义起诉他，这下击中了他的软肋。他经商这么多年，刚起步时，靠老乡关系，从部队仓库弄来军工产品销售。后来自己另辟蹊径，暗中造假售假，由于质量不过关，他靠欺骗商家来赚钱。他用相同手法，导致包括汪洋在内的多人上当受骗。他之所以屡屡得手，就是在合同上做文章，让对手有口难辩，干吃哑巴亏。

如今汪洋与部队领导找上门来，看来来者不善，他们是否掌握了自己造假售假的证据，牛经理心里没底。一旦他们掌握证据，自己就会身败名裂，倾家荡产。为今之计，还是摸清他们的底牌，然后再做打算。

于是，牛经理赶紧找到牛科长，向他打听有关柳刚的情况。牛科长告诉他：“柳刚原来是我的领导，现在犯错被免职，他与汪洋是发小，上次就是他托我询问你们生意纠纷。你怎么想起来打听他？”

“别提了，就是因为这件事情，他今天领着汪洋找上门来，自称是你们部队的，穿着中校军装，我担心他知道我的底细，因此向你打听他的情况。”

“哦，原来是这样，我看他不一定知道你的底细，不瞒你说，就连你的住址都是我碍于老领导情面告诉他的，你想他连地址都不知道，怎么会了解其他情况呢?”

“哦，你这么一说我就放心了，看来他是拿话吓唬我！一个被贬职的，我还在乎他做什么。”得知柳刚的情况，牛经理的心安稳下来。

“不过我劝你小心为妙，别看他被免职了，但是他的能量不可小觑，他的岳父是离休的正师级干部，他在我们仓库干了二十多年，无论部队还是社会，都结交了很多朋友，有一定的人脉，他若和你动真格的，恐怕你不是他的对手。”牛科长好心提醒他。

“行，我知道怎么办了，谢谢你的提醒，改日我请你喝酒。”

得知对方没有掌握真凭实据，牛经理那颗悬着的心终于安定下来。但是他觉得牛科长说的有道理，自己决不能掉以轻心，要采取相应对策，以防露出马脚，造成不必要的损失，因此，他决定暂停一切业务，以免被对方抓住把柄。

汪洋与柳刚从牛经理公司出来，没有急于回去，而是将车子停在距离牛经理公司附近的一个隐蔽处，用军用望远镜监视牛经理的举动。

牛经理坐车离开公司，柳刚开车一路尾随，跟踪至牛科长家。柳刚知道他这是来打探消息，便将车停在隐蔽处等候。柳刚一向胆大心细，知道没有真凭实据，牛经理不会乖乖认错赔偿。事先他已经和汪洋商量妥当，并做了相应准备，决定跟踪监视牛经理的日常活动，查找他造假售假的相关证据。

他们整整跟踪了一天时间，发现牛经理去了一趟牛科长家，下午去了一趟银行，其他时间一直待在公司。晚上下班直接回家再没出来。柳刚他们一直等到牛经理熄灯休息，方才停止跟踪。一天下来，他们没有任何收获。汪洋感到有些失望。

第二天，他们早早来到牛经理家附近，继续监视他的一举一动。可是一天下来，仍然没有收获。汪洋烦躁起来。

连续三天下来，监视和跟踪依旧没有任何进展。眼看三天期限已到，汪洋感到非常沮丧。柳刚却不急不躁，他让汪洋给牛经理打电话，让他语气不要强硬，改用央求的口气，说自己面临经济困难，求他给予赔偿。

牛经理从电话里听出汪洋的态度有明显变化，不但一改前日的强硬，而且是用哀求的语气述说自己的困境，求他看在合作一场的情分上，给予他相应的赔偿。

牛经理看到汪洋的态度软化，坚信他没有直接证据。柳刚放出三天答复的狠话，纯属说大话吓唬人，否则汪洋不会低三下四求他。这下他的心里更有底了，那颗一直悬着的心也随之放下来。因此，他不但拒绝了汪洋的请求，还用嘲弄的口气，将汪洋奚落了一番，然后解气地放下电话。心情一放松，牛经理得意地哼唱起家乡小调。

两天后，早晨八点多钟，柳刚开车来到部队招待所，将汪洋接走。临走时办理了退宿手续，声称送汪洋回家。由于是上班时间，仓库里很多人都看到这一幕，牛科长将经过看在眼里，并打电话告诉牛经理。牛经理彻底放松戒备，放心大胆地通知下属，一切业务照常进行。

由于这几天停止了所有业务，致使一些发往外地的货物停滞，造成了货物积压。为了缓解压力，尽快解决积压事宜，牛经理命令负责送货的货车司机，马不停蹄地多次往返于仓库和配货站之间，并到加工厂拉了两车货，足足忙了两天，才处理完积压的业务。

牛经理的服装加工厂设在远离县城的牛家堡子，这是牛经理的老家。加工厂里雇用了三十多名当地工人，他们每天加工军装、军大衣、军帽，还有迷彩服等。

这天取货的车来到之后，门卫听到汽车喇叭声，他从旁边进出的小门探出头来，警惕地四下张望了一下，没有发现异常，才放心地打开大门，让货车驶入工厂。但是他却没有注意到，距离工厂不足二百米的一个树林里，停着一辆黑色的轿车，车上坐着的柳刚和汪洋，此时正拿着望远镜向工厂方向观察。

原来汪洋并没有真的离开，而是柳刚虚晃一枪，他知道牛科长与牛经理是老乡，一定会给他通风报信。他故意让汪洋示弱，打电话向牛经理服软求情，求他网开一面，赔偿一部分经济损失。牛经理自以为得计，断然拒绝。这是他们预先料到的结果。然后他们又在牛科长面前演了一出汪洋被迫离开的假戏，造成汪洋离开的假象，故意让牛科长给牛经理报信。目的是为了让牛经理放松警惕，继续进行正常业务，以便从他们日常活动中发现蛛丝马迹，找到他们造假的证据。

这一招果然灵验，牛经理信以为真，放心大胆地恢复了一切业务。柳刚和汪洋依旧采取监视手段，通过送货车找到他们存放货物的仓库，再从仓库一路跟踪，找到了加工仿冒军用品的黑窝点。

查明了事情真相，得到了确凿证据，汪洋首先想到报案，却被柳刚制止。他带着汪洋再次来到了牛经理的办公室。牛经理对他们的再次出现感到很惊讶，神情显得有些慌乱。

这次柳刚没有客气，单刀直入地直接谈到有关赔偿的问题，刚开始牛经理还强词夺理，一再狡辩。柳刚胸有成竹，不慌不忙，像聊家常似的提到牛家堡子的服装厂。牛经理听闻此话，立刻神情大变，态度立马软了下来，不但痛快地答应赔偿损失，退还全部货款，并且同意无条件终止合同。

汪洋当即给彭宗元打电话，让他帮忙将库存全部返回。三天后，牛经理接到货物，主动给汪洋打电话，通知他前去结款。

汪洋虽然拿回属于自己的货款，但是心里依旧觉得不平衡，对柳刚不让他举报的事情耿耿于怀。然而柳刚却笑而不答，张罗着为他设宴饯行。

临别时，汪洋忍不住再次提起举报的事情，柳刚依旧没有正面回答，而是笑着说："汪洋，你只管把自己的事情处理好，其他的事情你就别操心了，牛经理这么多年造假售假，不知坑害了多少人，如今栽在咱们哥俩儿手里，他是罪有应得，你是搞文学创作的，岂不知，'恶有恶报，善有善报，不是不报，时机不到，时机一到，一切都报'。你就放心回去吧，剩下的事情我来办。"

汪洋回去后，处理了剩余货物，关闭了商店，退还了房屋，还清朋友的欠款，只身回到了林海市。

几天以后，汪洋接到柳刚的电话，柳刚告诉他，牛经理的黑服装加工厂已经被工商部门查封，牛经理因造假售假受到公安机关法办，造假售假的非法所得均被工商部门全部查收。柳刚当初之所以不让汪洋举报，担心牛经理一旦被法办，他的非法所得被查收，汪洋虽然是受害者，但也涉嫌销售假货，一旦追究起来，不但得不到赔偿，弄不好还会追究贩卖假货的责任。故此柳刚不同意汪洋举报，而是先找牛经理交涉，迫使他赔偿汪洋的损失。待汪洋将一切事宜善后处理完毕，柳刚方才举报牛经理。如此一来，汪洋不但追回经济损失，牛经理亦得到应有的惩罚，岂不是一举两得。

汪洋听完柳刚的解释，心里暗自敬佩柳刚处事老练成熟，想的周全，自叹弗如。

第十六章　梦想成真

汪洋是个勇于进取，从不轻言放弃的人，凡是认准的事情，总是坚持到底，决不半途而废。在文学创作方面，更是如此。虽然因变故数度中断，但是文学创作的梦想始终萦绕于心，即使下海经商，他也尽量挤出时间，继续自己的文学创作。如今回到家里，他有了充裕时间，全身心投入到文学创作之中，对以往创作的手稿再次进行修改。施玉梅知道这是他的心愿，不但全力支持，并告诉他已经准备好了出版印刷所需的费用。原来她把这几年汪洋交给她的生活费全部积攒起来，已经是一笔很大的数目，出版印刷作品绰绰有余。妻子的善解人意和对他事业的支持，令汪洋深受感动。如今印刷费用有了着落，汪洋免去后顾之忧，一门心思筹备作品出版发行事宜。

儿子现在读中学，虽然只有十三岁，但是个头高挑，身材均匀，身高已经超过一米七，比同龄孩子高出半头。学校的体育老师看中他的身高，打算让他参加学校篮球队，并征求他的意见。儿子把这一情况告知父母。汪洋思考片刻，提出不同意见：“参加体育运动虽然是好事，可以锻炼身体，增强身体素质，但是你是学生，应该以学习为主，你本身学习成绩不错，我担心你一旦参加篮球队，会影响你的学业。即使你喜欢篮球，只能当作业余爱好。现在最主要的是把精力放在学习上。”

其实儿子十分喜欢篮球运动，但是他顺从父亲的意见，拒绝了体育老师的邀请，只是利用业余时间或上体育课时玩篮球，把主要精力投入到学习当中。

这天，儿子放学后，对父亲说：“爸爸，老师让我入团，你说入不入？”

“儿子，入团是好事，是青年要求进步、积极上进的政治表现，你应该加入。”汪洋听闻儿子参加了青年团，心里非常高兴。

“爸爸，入团到底有啥好处，怎么老师还让交团费？”儿子不解地问。

“儿子，中国共产主义青年团是中国共产党领导的先进青年组织，是广大青年在实践中学习共产主义的学校，是中国共产党的助手和后备军。中国共产主义青年团的基本任务是以共产主义精神教育青年，帮助青年用马克思列宁主义、毛泽东思想和现代科学文化知识武装自己，引导青年在社会主义现代化建设实践中，锻炼为有理想、有道德、有文化、守纪律的共产主义事业的接班人。凡是年满十四岁至二十八岁的青年，只要你积极向团组织靠拢，政治表现突出，就有资格加入团组织。至于收取一定数额的团费，那是每个团员应尽的义务，也是团章所规定的。”

“啊，我明白了，原来入团是这么神圣而光荣的事情，我一定加入。爸爸，你也是团员吧？”儿子为自己有幸加入团组织而高兴，同时觉得父亲一定也是团员。在他的心目中，父亲的形象一向很完美，既然加入共青团是件光荣的事情，父亲应该理所当然是团员。

听了儿子的话，汪洋的心里觉得有些酸楚，想起自己当初因家庭关系，虽经多番努力，最终还是被团组织拒之门外，留下了终生遗憾，不由得说道：“儿子，爸爸不是团员，爸爸没能加入团组织，不是爸爸表现不好，也不是政治上不要求进步，而是当时入团受家庭出身限制，咱们的家庭出身不好，所以没有获得团组织批准。”

“爸爸，什么是庭出身，我怎么没听说过？”儿子好奇地问。

“家庭出身嘛，这个问题一句两句话说不清楚，你现在年纪小，等你长大了，自然会明白的。”汪洋不愿意提及以前那些不堪回首的往事，所以没有正面回答儿子的问题。

汪洋整理完手稿，准备动身前往出版社，商谈出版事宜。临行前，妻子特意给他买了卧铺票，为他准备了旅途所需的食品。他带着两部手稿，动身前往内蒙古自治区首府呼和浩特市。他单独出门，旅途相对漫长，中途还须换乘。因为事先购买了卧铺票，带足了食物，一路上困了睡，饿了吃，闲着无事看看书，与邻座的旅客聊聊天，没有感觉旅途寂寞，三十多小时的旅程，不知不觉就过去了。

下午四点多，列车正点到达呼和浩特，汪洋随着下车的旅客走出车站。这次他没有再去站前的小旅店，而是直接坐二路公交车，前往鼓楼附近的九州商厦宾馆。他上次来，就了解到九州商厦的住宿条件虽然不算高档，但是价位合理，标准房四五十元，这次他决定住在那里。

二路公交车途经九州商厦，汪洋下车后，提着旅行箱，来到大厦接待室。

“同志，住宿吗？想住什么房间？”一位年近四十的女服务员问他。

“我先看一下，等会儿再定。”汪洋向墙上的价格表望去，看到价格表上标有二十五元一间的普通房，便向服务员问道：“请问你们的普通房的条件怎么样？卫生条件如何？我能看看房间吗？”

“可以看，其实普通房间和标间的格局一样，就是不带卫生间，如果你想住便宜一点的，普通房间就可以。你先上去看看吧，客房服务员在九楼。”服务员态度诚恳地告诉他。

他把旅行箱托服务员照看，乘电梯来到九楼，服务员让他看了房间。汪洋见室内一张双人床，其他设施一应俱全，卫生条件也很好，厕所在本楼层，距离房间只有十余米，上厕所很方便。

汪洋感到很满意，随后乘电梯回到前厅服务台，办理了普通房间的入住手续。

第二天，他步行来到出版社，在门卫室登记后，来到编辑室，却被告知乌编辑现在已经提升为副总编。他按照指点，在副总编室见到乌编辑。

“乌老师您好！”汪洋亲热地与他握手。

“哦，汪洋啊，什么时间到的？”乌老师热情地问他。

“昨天下午到的，乌老师，您现在是副总编了，恭喜呀！”

“呵呵，有啥喜的，跟原先差不多，整日与稿子打交道。”乌老师谦虚地说。

“虽然同样是审稿，但是权限不一样，而且待遇也不同啊。您原先是与他人同室办公，现在自己单独一个办公室，区别蛮大的。”由于是熟人，汪洋说话很随便。

“嗯，区别还是有的，你是为出版的事情来的吧？”乌副总编猜到他的来意。

“是的，我特意为出版的事情来的，这次还带来一部新创作的手稿，请您帮忙看看能否一同出版。”汪洋说话的同时，从提兜里拿出手稿，交给乌副总编。

“嚯，又是一部长篇，汪洋，你真行啊！”乌副总编看着足有半尺厚的手稿由衷地说道。

“乌老师，您先别夸我，还是麻烦你审阅一下，看是否可以出版。”汪洋谦虚地说。

乌老师点点头，拿起他的手稿，先看书名和简介，边看边问道：“这个书名很独特，我曾在呼盟工作过，知道达紫香花就是兴安杜鹃，别名又称满山红、达达香。可是这个书名有一定的局限性，假使没在呼盟和大兴安岭林区生活过的人，不可能知道什么是达紫香。我有个建议，你莫不如将书名改为《兴安杜鹃》，这样不但读者都知道，而且我觉得兴安杜鹃这个名字富有诗意，容易让人接受，不知你意下如何？”

“嗯，你说得非常有理，我也觉得达紫香没有兴安杜鹃好听，我当初只是为了增加一点神秘感，故意叫达紫香，如今听您这么一说，觉得兴安杜鹃比较贴切，依您之见，改为《兴安杜鹃》。”汪洋十分信服地同意乌老师的意见。

乌老师看完简介，满意地点着头，说：“不错，单从简介看，就知道这是一部充满生活气息，激励年轻人上进的励志作品，出版没有问题。但是你有所不知，现在我们出版社已经进行了调整，成立了出版集团，在出版和人事上进行了重大调整，我留在集团工作，同时对各个门类进行重新整合，分别成立了独立的出版社，虽然隶属于出版集团，但是经济单独核算。你这属于文学类的书籍，应当归文学出版社负责，你只能找他们商谈出版事宜。”

“我两年没来，想不到竟发生这么大变动，文学出版社在哪里？找谁联系？”汪洋有些失望地问他。

“也在本市，离这里不远，在乌兰察布东路，我先给他们的总编打个电话，帮你联系一下。”乌副总编热心地拨通了电话。

“王总编，我是老乌，我有个作者，有两部手稿，想出版……对，文学方面的，写作水平还可以，我看过了，认为可以出版……那好，我让他去找你，好的，再见！”乌副总编放下电话，对汪洋说：“我已经联系好了，你一会儿就去找王总编，我和他是老同事，而且私人关系很好，有什么事情你尽管跟他讲，他一定会帮忙的。”

“乌老师，谢谢您！”汪洋感激地向他致谢。

“谢啥，培养和发现文学新人是我们编辑的职责，再说咱们算是朋友，我于公于私都责无旁贷，理应帮忙。”乌老师笑着摆手辞谢。

汪洋收拾起书稿，准备和乌老师告辞，却被他叫住，“你等等，你没去过他们那儿，担心你找起来麻烦，这样吧，我派司机送你过去。”乌老师说完，立刻给司机打电话，司机很快就到了，乌老师告诉他：“你跑一趟，把汪老师送到王总编那里。”

“乌老师，您费心了，谢谢！”汪洋一边与他握手告辞，一边由衷地表示感谢。

乌副总编的司机开车将汪洋送到出版社门口。汪洋下车后，来到出版社门卫室，门卫是一位六旬老者，汪洋向他说明来意，门卫没有为难他，热心地告诉他王总编的办公室在四楼。

汪洋来到五楼，找到总编室，礼貌地轻声敲门，室内传来了“请进”的声音。汪洋推门而进，看到办公桌前坐着一位中年人，身高一米七十公分左右，体型适中，面目清秀，戴着一副眼镜，很有学者风度，上身穿黑色夹克衫，下穿米色西裤，脚穿黑色皮鞋。

“请问您就是王总编吧？”汪洋礼貌地问道。

“是的，你有什么事？”王总编抬起头看着他。

“我叫汪洋，乌老师介绍我来找您。”

“哦，知道了，您请坐！”王总编站起身来，客气地让座，转身为他用一次性水杯泡了一杯茶，放在汪洋身旁的茶几上。

“你的手稿带来了吧，拿给我看看。”王总编开门见山，直截了当地问道。

“带来了，请你审阅指正。”汪洋将书稿送到他面前，客气地说。

王总编接过书稿，低头翻看了几页，边看边问道：“你的书稿乌总编都看过了？”

“《黑色诱惑》他审阅过，《兴安杜鹃》没看，《兴安杜鹃》是新创作的。”汪洋如实回答。

“这两部都是什么题材？大约多少万字？”

“《黑色诱惑》是缉毒方面的，《兴安杜鹃》是励志方面的，每部约三十余万字。”

“缉毒方面的作品很难创作，题材必须真实，同时还不能夸大事实。”

“我的作品取材于甘河地区公安局侦破的真实案例，描写的基本都是真人真事，其中有的干警名字都使用的真名。”

“用干警的真名？这不妥吧？一般缉毒警察都隐姓埋名，你怎么能用真名呢？不怕毒贩对其打击报复？”

“我们那里贩毒的都是个案，不像南方贩毒团伙那么严重，而且都已经结案了，故此不必担心报复。”

“哦，这还差不多，我是缉毒题材的电视剧看多了，以为缉毒警察都需要隐姓埋名，看来也得因人而异，因地制宜，不能一概而论。对于缉毒题材的作品，我们出版社把关比较严，也很慎重，但是你的作品既然乌总编亲自审阅过，我相信一定不会有问题。但是为了慎重起见，我们还是要连同《兴安杜鹃》一起交给责任编辑审阅，然后才能决定是否出版。”

“我同意您的意见，不知审稿需要多长时间？”

“一般需要两周时间，你不必在这里等候，你把联系方式交给我，回去听信就行。”

“可以，我现在把联系方式留给您。”汪洋说着，掏出笔，拿出电话记录本，趴在茶几上开始写。

“你坐在我这里写，茶几上不舒服。”王总编站起身来，将他让到办公桌前。

汪洋写下书名和联系方式，同时署上笔名，他的笔名叫谙达，取自故乡的地名，以此表达对故乡的怀念之情。

汪洋将联系方式交给王总编，他放进办公桌里，然后起身走出门，叫来了两个年轻编辑，指着其中一位身材苗条，长相姣好，年纪二十五六岁的女编辑介绍道：“这是林编辑，她是咱们‘内大’文学院毕业的高才生，专攻文学编辑专业。”

然后指着身材高挑，性格内向，三十岁左右的男编辑介绍道：“这是鲍编辑，学的也是编辑专业。由他们二位负责你的作品编辑工作，你们各自留下联系方式，便于日后沟通。”

汪洋客气地与二位编辑握手寒暄，表达感谢。林、鲍二人拿着书稿回到各自的办公室。汪洋向王总编提出所关心的费用问题：“王老师，我冒昧地问一句，假如这两部作品侥幸出版，大概需要多少费用？”

“费用么，我帮你算算，你这两部都是三十多万字，审稿加排版再加印刷费，大概得两万多。现在的情况大概乌总编和你说了，自从出版社整合以来，除了上级部门指定发行的出版物，或有一定知名度的作家，由出版社承担印刷费用。其他的一律由个人承担印刷费用，这样很不利于文化事业发展，在很大程度上打击了作者创作的积极性，难免导致一些有才华却没有资金支持的作家被迫放弃了出版作品，致使许多有才华的作家被埋没，这是我们文化事业的一大损失，不符合文艺创作的‘双百’方针。但是国家的总体形势就是这样，这也是改革开放所必须付出的代价！”

“王老师，您说的这种出版方式，乌老师已经告诉我了，我就是想知道具体的数目，说实在话，这几年我跟同学做点小生意，赚了一些钱，出版费用不成问题。”

“那就好，我遇到过几位作者，他们的作品也很优秀，就是因为没有资金而放弃了出版，真是可惜，我们这些编辑人员虽然感到心痛，但是却爱莫能助，只能表示同情。”

“王老师，出版作品是我人生最大的梦想，童年时代我就幻想当一名作家，可以说我这一生的生活轨迹，几乎都是围绕着文学创作这个主题去生活，去努力，至于出版费用，我心甘情愿，毫不吝惜。”

“看来你是属于真心喜欢文学，甘愿为文学艺术献身的有识之士，难怪乌总编对你如此器重！如今像你这种对文学孜孜以求的人不多了！由于工作关系，我接触了许多作者，他们有的对文学根本不喜欢，甚至胸无点墨！只是做生意发财赚了钱，想用作家的光环冒充文人，提高自己的身价，甚至请人捉刀代笔，写了一些乱七八糟的东西，仗着自己财大气粗，便想出版发行，目的只有一个，就是满足虚荣心！另外还有一部分人，虽然有一定的才华，但是他们对文学的动机不纯，抱着发财赚钱的思想，幻想自己的作品一夜走红，达到名利双收的目的。对于这些人，我是嗤之以鼻，不愿理睬。”

他们二人虽然初次见面，但由于乌总编引荐，加上彼此看法相同，所以俩人聊得非常投机。不知不觉已近中午，汪洋起身相邀："王老师，请您赏光一起出去吃点便饭。"王总编婉言谢绝，"汪洋，吃饭就免了吧，我中午要参加一个朋友小孩的婚礼，既然乌总编让你来找我，而我和他又是好朋友，所以你不必客气。这是我的名片，以后有什么事情尽管找我，只要我能办到的，一定会尽全力帮忙。"

王总编的话让汪洋深受感动，他怀着感激之情，与王总编握手告辞。从王总编的办公室出来，汪洋特意与两位责任编辑道别。

离开出版社，汪洋没有返回旅店，而是坐公交车直奔火车站。由于事情办得顺利，再说审稿需要一定时间，自己没必要在呼市等候，决定回家等候消息。

车站售票大厅的每个售票窗口都排起长队，汪洋选了一个人数相对较少的窗口，排队等候买票。排队将近半个小时，汪洋来到售票窗口，客气地问售票员："您好！请问去林海市在哪个车站倒车有卧铺？"售票员告诉他："你去林海市必须在北京或齐齐哈尔以及通辽倒车。现在北京和齐齐哈尔都没有卧铺，只有通辽有卧铺。"汪洋听说通辽有卧铺，立刻想到何爱民住在那里，自从分别后，虽然保持联系，彼此都很想念，但是他们已经十几年没能见面，此时恰好顺路看望他。于是，汪洋购买了去通辽的车票。

列车晚上六点发车，汪洋回到旅店时，已经中午了。他向前台服务员询问退宿时间，得知退宿时间是下午十四时，十四时至十八时收半费，十八时后收全费。

汪洋为了省钱，决定按时间退宿。他给何爱民打了电话，告诉他自己坐的车次及到达时间。何爱民听后十分高兴，当即表示去车站接站。汪洋见时间够用，便走出旅店，踱步来到附近的小吃店，吃了一碗羊杂汤，外带两个焙子，又到附近的商场，买了一些车上吃的食品。再次返回旅店，已经接近下午两点，他到前台办理了退宿手续，然后提着旅行箱，坐公交车来到书店。由于时间尚早，正好利用这段时间，在书店里一边看书，一边消磨时间，真是一举两得。

将近五点钟，汪洋离开了书店，坐公交车直奔车站。在候车室等候了不到二十分钟，车站开始通知旅客检票。汪洋进站上车后，找到了自己的卧铺号，待列车员换完票，他拿出食品，简单吃完饭，然后上卧铺休息。

尽管车上睡的不踏实，时常受到上下车旅客的惊扰。汪洋除了夜里去趟厕所，其他时间一觉接着一觉，一直睡到天亮，方才起床。他去了一趟厕所，简单洗漱，吃过早饭，躺在卧铺上看书。

上午十点钟，列车员前来换票，告诉他列车即将到达通辽市。汪洋赶紧收拾物品，等待下车。这时，他的手机响了，原来是何爱民打来的，向他询问列车是否正点，并告诉他在出站口接他。

列车进站停稳后，汪洋提着旅行箱走出检票口。发现何爱民正在焦急地向四下张望。汪洋高声喊着他的名字，何爱民闻声奔了过来，俩人久别重逢，格外激动，相互拥抱表达彼此的思念之情。

何爱民打了一辆的士，带汪洋回家。他家住在交通小区二单元三楼。他的爱人杨华，身材高挑，性格开朗大方，说话声音清脆，此时早已准备好饭菜。进屋后，何爱民简单地介绍他们认识，然后杨华便热情地张罗开饭。

对于汪洋的到来，何爱民非常高兴，得知汪洋不喝白酒，便用啤酒作陪。他们围绕当年下乡的话题，边吃边聊。汪洋将别后的经历以及写作的事情告之，何爱民也讲述自己回来的经历。何爱民特意打听林忠瑜、谌伟以及陈焕章、赵坤等人的近况。

将近十二点，何爱民的儿子放学回来，他长相英俊，无论身高还是长相都酷似其父，性格很文静，见到汪洋有些腼腆。何爱民让他叫叔叔，他红着脸，低声问候一声："叔叔好！"然后默不作声地低头端碗吃饭。

汪洋从兜里掏出二百元钱，送给他做见面礼，夫妻二人推辞不受，汪洋一再坚持，他们只好让儿子收下，儿子懂事地接过钱，说了声"谢谢叔叔"，然后继续吃饭。吃完饭，他在卧室休息一会儿后，背起书包去上学。

交谈中汪洋得知，由于他们工作的第二毛纺厂早已解体，夫妻二人双双下岗。下岗后，夫妻二人自寻门路，杨华在小商品市场开了一个商铺，经销小商品。他在单位当过电工，下岗后利用特长，在建筑工地承揽用电设施方面的小工程。通过几年努力，他们已经从下岗的阵痛中解脱出来，目前生活得很富裕。

交谈中，汪洋关切地问他父母的身体情况，何爱民告诉他，母亲已于年前因患乳腺癌去世，父亲现在与哥嫂生活。下午，汪洋让何爱民带他，前去看望何爱民的父亲。他到商场买了几样高档营养品。何爱民的父亲及哥嫂对他非常热情，并留他吃晚饭。汪洋本打算乘晚车离开，何爱民死活不同意。汪洋感到盛情难却，只好客随主便。他们在哥嫂家吃了晚饭，回到何爱民家里休息，接下来的两天里，何爱民一直陪着他，除了喝酒吃饭，还带他去市内的公园以及商场逛了一圈。由于汪洋一再坚持，何爱民只好同意他离开。

何爱民恋恋不舍地为汪洋送行，与妻子将他送到车站，抢先为他购买了车票，并将他送上车，直到列车启动，夫妻二人仍然恋恋不舍地向他挥手道别。

望着渐渐远去的身影，汪洋心情非常激动，他为自己结交这样真诚的知己朋友感到骄傲和自豪！

回到家中，汪洋把此行的大致经过告诉施玉梅，对其他人只字不提，原因是有关出版之事数次未果，自己都没有信心，生怕这次再节外生枝，招致他人讥笑。这天星期日，汪洋约谌伟一起来到林忠瑜家，林忠瑜和于颖对他们热情款待。吃饭时，他俩问起有关出版事项，汪洋回答编辑在审稿，至于什么时间出版，尚不得知。汪洋不愿意谈及有关出版的话题，转口提起自己中途看望何爱民以及他目前的现况，转达何爱民对他们的问候，同时将何爱民的联系方式告诉他俩，二人当即拨通了何爱民的电话，分别与何爱民交谈了很长时间，彼此倾诉着思念之情。

其余时间汪洋待在家里，每天看看电视，读读书，练练书法，并主动为妻儿做饭，妻子下班后，看到摆在餐桌上热腾腾的饭菜，高兴得合不拢嘴。尽管有时觉得味道不正，施玉梅还是满意地夸奖饭菜可口。

时间在不经意间匆匆而过，一个月后，汪洋正在做午饭，他的电话响了，汪洋赶紧接通电话，电话里传来林编辑的声音：“汪老师，我是出版社小林，您的书稿已经审完，出版社同意出版，请您抽时间来我社一趟，商谈印刷以及封面设计等事宜。”

“林老师，感谢您为我的书稿付出的辛苦，我一定抓紧时间前往。”汪洋十分激动地说。

“汪老师，您不必客气，这是我们编辑应该做的。”林编辑谦虚地回答。

放下电话之后，汪洋心里特别激动，呆坐在椅子上，脑海里回想着自己这么多年，为了文学创作付出的艰辛和努力；今天终于有了回报。如今书稿得到出版社认可，虽然是自己努力创作的结果，但是却与妻子的鼓励和支持分不开，为了支持他的理想，妻子一个人支撑这个家，省吃俭用操劳，甘愿清贫地生活，毫无怨言地支持他，付出常人难以想象的辛苦和牺牲。能够有幸娶了这样善解人意的妻子，真是三生有幸！妻子的理解和支持，让他免去后顾之忧，专心致志地投入到文学创作当中，妻子的付出和支持，是他成功的动力。自己终于迈出了令人欣喜的第一步，今后一定不辜负妻子的期望，继续努力，争取在文学创作上取得更大收获。

施玉梅下班回来，发现他呆坐在椅子上出神，不由得好奇地问道：“怎么啦？像中邪似的发什么呆？”听闻妻子问话，汪洋从沉思中醒过神来，平静地说：“出版社来电话，说书稿已经通过，让我前去设计封面以及商谈印刷事宜。”

“这是好事啊！恭喜你的梦想终于实现，可是我看你怎么一点都不高兴，不会像范进中举似的兴奋过度中邪了吧。”妻子笑着和他调侃。

“我知道这是好事，这是我梦寐以求的理想，这么多年，为了文学创作，虽然我自己付出努力和艰辛，但是你为了支持我的事业，付出了更大的辛苦和牺牲，正如歌词上唱的那样‘军功章上有我的一半，也有你的一半’。假如没有你的支持和理解，就没有我的今天。”汪洋动情地说。

“你可真是的，夫妻之间应该相互理解和支持，只有相濡以沫，才能白头偕老，共度一生，这是夫妻感情的基本要素，也是咱们之间的缘分。你想世界上六十多亿人口，光中国就有十三亿，咱们能在茫茫人海中结为夫妻，岂不是上天的眷顾和恩赐，我们一定要加倍珍惜和爱护！”施玉梅深有感触地述说心中的想法。

“妈妈，你们俩干什么呢？怎么还不做饭？我一会儿上学会迟到的。”儿子冷不防推门进来，见到桌子上摆放的生菜，不由得着急地说。

“儿子，你爸爸的作品即将出版了，今天咱们出去吃饭，向你爸爸表示祝贺！”施玉梅高兴地对儿子说。

“噢，太好啦！爸爸要当作家喽！妈妈，你要找个高档的饭店，好好为爸爸庆祝庆祝！”儿子高兴地跳脚拍手。

汪洋和妻子没有声张，一家三口悄悄来到饭店，吃了一顿简单的饭菜，以表庆贺。然后汪洋准备启程，特意让妻子找齐所长帮忙，买了几斤山珍，准备送给为他辛苦改稿的编辑。

汪洋再次登上开往呼市的列车，一路上无非吃饭、看书、睡觉，无须细说。下车后，依旧来到九州商厦，住进了普通房间。

第二天早上，汪洋带着山珍，来到了出版社，见到了王总编。王总编对他很热情，高兴地告诉他：“你的书稿已经审批通过，接下来着手准备封面设计。我认识一位专业搞设计的章老师，目前她自己开一个工作室，假如你有兴趣，不妨找她谈谈，我可以提供她的信息。”王总编向他推荐。

“太好啦，我一定找她帮忙设计，不过她专业搞设计，怎么收费啊？”汪洋担心价格过高，想了解一下收费标准。

“我和她业务上有来往，个人关系也很好，你就放心去找她，她一定合理收费，不会要高价的。”王总编自信地说。

“王老师，由于我没有搞过书面设计，不知道行情，她们按什么标准收费？”

“收费标准么，据我所知，一个封面至少三百元，不过你去找她，她看在我的面子上，一定会给你优惠的。”

"哦，我心里有底了，谢谢您！"汪洋再次表示感谢。

"你不必客气，有乌总编的关系，我当你是朋友，你别一口一个'老师'，一口一个'您'的叫，我年长你几岁，你把我当成兄长吧。"王总编诚心实意地说。

"有幸结识你这样的朋友和兄长，我感到非常荣幸！这是我带来的土特产，请你收下。"汪洋一边说话，一边从提包里取出两袋山珍，送到王总编面前。

"汪洋，你这就不对了，咱们兄弟之间，没那么多说道，我怎么能收你的礼物呢！"王总编急忙推辞。

"这算不上礼物，只是大兴安岭的特产，咱们草原上没有，带来给你品尝，这也是我的一点心意，请你务必收下。"汪洋半是劝说，半是解释。

"你看你真是的，让我说什么好呢！既然你大老远带来了，我暂且收下。不过怎么处理你就别管了，我打算把东西分给小林和小鲍，他们是最辛苦的，也是你最应该感谢的。"王总编提议转手送给手下的编辑。

"这是我特意送给你的，你就安心收下，至于他们两位编辑，我事先有准备，一会儿我就给他们送过去。"汪洋笑着拍着提包说道。

"嗨，真是拿你没办法！好啦，我收下，不过下不为例。我现在就把他俩叫过来，你把东西给他们，顺便谈谈申请书号的事儿。"王总编把山珍放到桌子后边，然后起身走出门，把林、鲍两位编辑叫过来。

汪洋急忙起身，与他们二人握手致谢，并给他们每人送了一斤木耳和一斤榛蘑。俩人急忙摆手谢绝，王总编说："你们就别客气了，这是他的一点心意，你们就收下吧。"

听王总编如此说，他俩方才收下，并表示谢意。接下来，按照编辑的要求，根据自身经历，写下了自己的简历：

汪洋，笔名讷达，1957年8月18日出生于黑龙江省讷达县，1977年工作于大兴安岭林管局，大杨树林业局基建工程处，历任后勤管理员、木材采伐队队长、筑

路队队长、林业局汽车队副队长，办公室文秘等职。1979年参加大兴安岭日报社在大杨树林业局举办的通讯员培训班，稿件获第一名，并在大兴安岭的日报上发表。随后几年间，陆续发表通讯报道十余篇。喜欢文学，对文学创作情有独钟，业余时间坚持文学创作，几经挫折与失败，依旧痴心不改，多年笔耕不辍，现创作《黑色诱惑》《兴安杜鹃》两部书稿，请相关主管部门批准为盼！

申请人：汪洋

某年某月某日

汪洋写完申请，并与小鲍签了出版合同，然后交了相关的出版及印刷费用。王总编挽留他吃午饭，汪洋婉言谢绝。

下午，汪洋按照王总编提供的电话，联系设计封面的章老师，俩人约定下午三点在设计室碰面。

汪洋向章老师询问工作室的具体地址，章老师告诉他工作室位于乌兰察布西路与呼伦贝尔路交界路口往南一百米，位于路西的锦江大厦，设计室的名字叫百分笔工作室。汪洋根据章老师提供的地址，查看了呼市地图，看到路途很近，决定步行前往。他比约定时间提前半个小时出门，沿着乌兰察布西路一路行来，一边走一边注意路两旁的标志性建筑，以便记熟道路。汪洋步行十五分钟，基本没费事儿，找到了锦江大厦，乘电梯来到六楼，来到百分笔工作室门口。

汪洋伸手敲了几下工作室的玻璃门，室内传来“请进”的声音，汪洋推门而入。这是一间一百多平方米的大工作间，紧靠进门这边用落地玻璃间隔出一个独立的办公室，从外边就能看到里面摆放着一个老板台，一把转椅，身后靠墙摆放着两个书橱，里面整齐地摆满各种书籍。外边是一个大工作室，用齐胸高的木质隔断分隔成若干小工作间，靠左边是一条过道。办公室和过道之间摆放着一套沙发和茶几。室内摆放着几盆形态各异的盆景。整个工作室布置的清新典雅，给人一种耳目一新的感觉。室内几位年轻人坐在电脑前忙碌着，一个高个的小伙子，站起身来向他问道：“您好！请问您有什么事？”

“章老师约我三点钟见面，请问哪位是章老师？”

“噢，章老师出去办事了，您先坐在沙发上等一会儿，她很快就会回来。”这时一位年轻的女孩过来将他让到沙发上，并用一次性纸杯泡了一杯茶，送到他跟前的茶几上，客气地说：“请喝茶！”汪洋客气地回敬：“谢谢！”那个女孩嫣然一笑，然后回到电脑前忙碌。

三点整，章老师准时从外边回来。她是一位三十七八岁的年轻女性，身体偏瘦，个头在一米六五以上，一头秀发，皮肤细腻，柳眉杏眼，直鼻梁，樱桃口，声音甜美，双眸顾盼多情。她进门后，刚才那个小伙子对她说：“章老师，有人找你。”

汪洋赶紧站起身来，客气地说：“章老师您好！我叫汪洋，是王总编介绍来的。”章老师热情地与他握手，客气地回敬：“汪老师您好！让您久等了！”

“不客气，我也刚到。”

“请问您找我什么事？”

“我有两部长篇小说出版，麻烦您帮忙设计封面。章老师，我冒昧地问一句，您的设计费怎么收？”

“我和王总编是朋友，既然是他介绍来的，我一定给您优惠。我给别人设计一个封面，至少三百元，您两个封面，我给你优惠价，四百元。”章老师爽快地回答。

由于事先王总编已经告诉了他底价，汪洋对这个优惠价很满意，点头表示同意：“行，就按您说的价位，不知道设计需要多长时间？”

“我们一般设计一个封面是三个工作日，你是两个封面，大约六天左右。”

“章老师，我的时间很紧，您是否能缩短一下时间？”

“既然如此，我就加班为你设计，今天算一天，后天取样。”章老师掐着指头计算时间。

“太好了，就这么定了，我把设计费交了。”汪洋痛快地说。

“您不用着急交设计费，我们一般都预交百分之三十，待您满意后再交剩余的设计费。”

“不用，反正没多少钱，我一次全交了，麻烦您给我开个收据。”汪洋爽快地说。

“呵呵，好吧，我现在就开收据。”章老师说完，将他让进里面的办公室，从抽屉里拿出一本收据，以及公章。她坐在椅子上，俯身提笔刷刷刷瞬间写完，并盖上公章。汪洋将四百元钱交给她，拿过收据放在钱包里。

“您的书是哪方面题材？先说说您的创意，我们根据您的创意进行设计。”章老师征求他的建议。

“我的书一本叫《黑色诱惑》，是有关缉毒题材的长篇小说，我的意思是封面颜色要重一些，同时突出罂粟，要有罂粟花以及罂粟果。另外一部《兴安杜鹃》是励志方面的，封面要突出大兴安岭的景色，要有山川树林，还要配上鲜艳的杜鹃花。”汪洋几乎不假思索地道出酝酿已久的想法。

“您的创意很好，不过我建议《兴安杜鹃》的封面不要太鲜艳，那样容易让人联想到旅游书，我建议你采用冷格调，景物不必太突出，而是带有若隐若现的沧桑感，与书中的故事情节相匹配，您看如何？”章老师说出自己的建议。

“章老师，您是行家，说的有道理，就按您的意见进行设计。”汪洋信服地表示赞同。

第二天，汪洋应约来到出版社，与小林和小鲍两位编辑，对书中的一些不妥之处予以商榷，汪洋根据他们提出的意见，共同探讨及修改。由于两部书同时修改，工作量较大，他们一直忙到晚上六点半，方才修改完毕。汪洋甚感过意不去，提出请他们吃晚饭，却被他们婉言谢绝。

第三天上午，汪洋再次来到百分笔工作室，见到章老师。章老师拿出两份设计草图，请他定夺。汪洋看到《黑色诱惑》的封面背景以黑色为主，靠右边一块突出，类似岩石的红色图案，衬托着一朵粉红描白边的罂粟花，旁边是两个形状各异的罂粟果，整体设计都很完美，汪洋感到很满意。《兴安杜鹃》的设计是灰白色的冷格调，山峦和树木都很模糊，中间部分是一束杜鹃花，旁边是一对牵手的动漫人物。汪洋虽然对设计封面不在行，但是却没有相中这个图案，自己又说不出来具体的修改意见，只好带着设计，前去请教王总编及林编辑等人，征求他们的意见。

王总编看完之后，对《黑色诱惑》的封面表示满意。对《兴安杜鹃》的封面提出看法，他说："这个格调过于冷，让人视觉不舒服，另外景色不清晰，虽然有山、有树和杜鹃花，但是过于零乱，尤其是两个人物，显得不伦不类，不能突出主题，我建议不采用灰白色，而是要淡黄色，另外景物少而精，人物的线条要重，凸显出人生面临的坎坷和挫折，以及与命运抗争的顽强拼搏精神。"

汪洋又征求了负责修改此书的林编辑，林编辑看了样稿后，说："这个颜色显得有些昏暗，景色有些凌乱，尤其这两个动漫人物，更与书中所阐述的故事不贴切，本来是励志方面的题材，如果加上这对牵手的人物，会让人误以为描写爱情故事。我建议整体色彩要冷中带暖，要让人感到人生不光有艰辛和曲折，还要体现人与人之间的关爱与温暖。另外这对人物我觉得没必要保留，以免人们误解书中的内容。我工作时间短，意见不是很成熟，请你斟酌。"林编辑谦虚地表达了意见。

汪洋再次返回百分笔工作室，根据两位编辑的建议，提出了修改意见。除了在颜色和景物上进行改正，同时建议删掉人物。

章老师按照他的思路，重新进行设计。汪洋看过样稿，对一些细节加以改动，虽然依旧觉得不理想，但苦于拿不出具体的修改意见，只好勉为其难，确定了这款封面。

设计完封面，王总编告诉汪洋，出版的相关事宜均已落实，剩下的只是等待书号以及排版、印刷等后续事项。他可以安心回家等候消息。

汪洋晚饭后，来到车站购买返程车票，被告知只有坐票，没有卧铺票。他只好买了一张硬座票。考虑到旅途漫长，硬座休息不好，汪洋不死心，决定第二天再去碰碰运气，看有没有临时退票。

第二天清晨，他早早起床，乘坐第一班公交车来到车站售票厅。由于来得早，售票厅里购买车票的人寥寥无几。汪洋来到售票口，询问是否有卧铺票，没想到竟有退票，他大喜过望，急忙拿出自己的车票，添钱补办了卧铺票。

出版事宜一切准备就绪，真是万事俱备，只欠东风。汪洋了无牵挂地返回家中。

汪洋回到家中，每天依旧看书、练字、看电视，在平静的生活中耐心地等候消息。

这天，他接到林编辑的电话，告诉他书号已经批下来，同时还抱歉地说由于疏忽，审批书号时，用的是汪洋原名，而不是笔名，虽经协商，却无法改正，对此深表歉意。汪洋闻讯后，虽然觉得用原名不如笔名合适，因为“谙达”这个笔名不比寻常，不但是他的故乡，有纪念意义，同时在蒙语中代表兄弟或朋友的意思，故此汪洋非常喜欢这个笔名。没想到林编辑竟然弄错，他感到惋惜，但事已至此，只好同意署上自己的名字。

汪洋在家中足足等待了两个月，终于盼到林编辑的电话：“汪老师，恭喜您的书已经印刷完毕，社里领导请您前来商谈发行事宜。汪老师，我想求你一件事情。”

“林老师，您不必客气，有事尽管说，只要我能办到的，一定尽力而为。”汪洋爽快地回答。

“呵呵，汪老师，我负责的是《兴安杜鹃》，由于您的书相互之间有关联，我在修改《兴安杜鹃》时，从一些段落中感觉《黑色诱惑》很吸引人，很想拜读，可是社里只能给我《兴安杜鹃》的样书，我想请您送给我一本《黑色诱惑》留作纪念。”林编辑不好意思地笑着说。

“林老师，没问题，您和鲍老师为了我的作品，付出了辛勤的汗水和心血，我理应表示感谢，我会分别送给您和鲍老师留作纪念。”

“汪老师，太谢谢您啦！您抓紧时间来社里，销售部的柳主任还等您前来洽谈发行事宜呢。咱们见面再谈，再见！”

撂下电话，汪洋忙不迭地把喜讯告诉妻子，妻子高兴地向他表示祝贺。妻子提议把喜讯遍告亲朋好友。汪洋却不同意，以前书没有出版时，他每时每刻、想着盼着，焦急地盼望作品早日出版；如今作品终于出版发行，他的心情反倒平静下来，不想过于张扬，以免产生炫耀之嫌。

但是，他难以遏制心中的激动，在日记中写下了感想：

今天是个不同寻常、值得纪念的日子。吾费尽心血创作的两部长篇小说《黑色诱惑》《兴安杜鹃》终于出版发行。这是我梦寐以求的理想，是我人生奋斗目标的里程碑。对于我来说，简直是天大的喜事。然而，我的心情喜忧参半，喜的是梦想终于变成现实，忧的是写作水平有限，作品存在瑕疵，恐怕难以得到广大读者的认可，有负众望……

不管结果如何，今后我一定再接再厉，争取创作更多更好的作品，以此报答关心我、鼓励我的亲人、朋友以及出版社的老师！力争做一名读者满意、行家认可的优秀作家。

敬爱的亲人和朋友们，请一起分享我的喜悦和快乐吧！

今天是个值得庆幸，令人终生难忘的日子！

第十七章 忠实读者

汪洋怀着成功的喜悦，再次踏上开往呼市的列车，一路无话，平安到达。下车后，依旧投宿于九州商厦。

次日，他来到出版社，见到了王总编。握手寒暄后，王总编告诉他：“由于你的书初次面世，无法预知销量，所以第一版印刷的数量较少，按规定只能给你二十套样书，其余的由发行部统一向全国新华书店销售。”王总编说完，打电话给主管发行的柳主任，让他从库里取回二十套样书。

等了约半个小时，有位工作人员送来了样书。汪洋用微微颤抖的手打开书的包装。初次见到自己的作品，汪洋的心情特别激动，那个兴奋劲无法言表，不亚于儿子出生，自己初为人父时的喜悦心情。这两部作品，倾注了他毕生的心血，是他孜孜以求的梦想，更是他勤奋努力的结果。

汪洋拿了两本书，来到编辑室，见到了林、鲍二位编辑。分别送给每人一本。林、鲍二人接过书，表示感谢。汪洋动情地说：“要说感谢，应当感谢你们两位老师，我知道自己的写作水平有限，书稿中存在着许多瑕疵，是你们费尽心血，对我的手稿进行仔细修改，致使我的作品得以出版发行。我真心诚意地感谢你们！”

“汪老师，您不必客气，跟您说实话，别说您是初次发表作品，就是那些名家，也会出现病句与瑕疵。说句玩笑话，假如你们作家都精通语法修辞，我们这些做编辑的岂不失业了。为作者修改书稿，是我们编辑的职责所在！再说您的作品写得确实很好，我们越改越有兴致，故事情节真实可信、精彩动人，能够抓住读者的心理，非常吸引人。修改时有爱不释手的感觉，总想尽快把书稿审完，以便知道故事结果。不像有些不成形的作品，越改越没劲儿，最后索性丢到一边，这样的作品即使出版也难以得到读者的认可。”一向不善于言谈的鲍编辑，道出了心中的感受。

“就是的，汪老师，您的作品确实写得很好，如果不了解内情，决不会认为这是您的处女作，会误以为是知名作家的作品。我相信您的作品一定会受到读者欢迎，成为畅销书。”林编辑笑着补充。

“谢谢您的吉言，只要作品能够得到读者认可，我就心满意足了，岂敢奢望畅销。”汪洋谦虚地回答。

“汪老师，我不是故意吹捧您，说的是真心话，我这番话不是站在编辑的角度，而是站在读者的角度，是发自内心的看法。期待您继续努力，创作出更好更多的作品。”林编辑诚恳地对汪洋说道。

“谢谢您的鼓励，我一定不辜负你们的期望，我有个规划，因为这两部书，故事情节和人物都有关联，另外还有一部，是我创作计划内的三部曲，书名我都想好了，叫作《商海沉浮》，写作提纲均已酝酿成熟，将来一旦截稿，还请你们帮忙修改校正。”

“汪老师，只要您有手稿，尽管拿来，我们愿意和您合作，更期待您的三部曲早日问世。”林编辑和鲍编辑均表示愿意再度合作。两位编辑的话，让汪洋深受鼓舞，他对自己的创作充满了信心。

告别了林、鲍二人，汪洋回到了王总编的办公室，王总编叫来发行部的柳主任。介绍他们认识，两人相互握手问候。柳主任三十多岁，个头不高，性格内向，为人忠厚，他们具体商谈了有关发行销售的事宜。柳主任根据出版社的相关规定，提出利润分成比例，汪洋没有提出异议，表示采纳出版社的规定及利润分成方案，与之签订了销售合同。

下午，汪洋带着作品来到出版集团，见到乌副总编，把有关出版的经过大致述说一遍，然后将书送给他，留作纪念。

吴副总编一边翻看，一边高兴地说："很好，祝贺你的作品出版！你是一位很有潜力的作者，希望你继续努力，创作出更好更多的作品，以飨读者。另外你要加入作家协会，加入作协以后，就有机会参加一些学术研讨方面的活动，认识一些名家和学者，帮助你开阔视野并提高写作水平。"

"乌老师，我想加入作家协会，不知道我的条件是否符合入会资格？"

"若想加入作协，按规定必须有两部长篇作品，你恰好符合入会条件，可以申请加入作家协会。我再帮你详细了解一下具体的入会手续。"

"谢谢！如果需要什么手续和费用，请及时通知我。"

"行，这事我帮你办，再就是你应该刻个像样的名章，以便将来签名售书及馈赠亲朋使用，显得正规有档次。"

"我知道应该有个像样的名章，可是苦于没有好的材料，所以迟迟没有刻章。"

"也是，如果材料不好，刻出的名章也不上档次。恰好有个朋友送给我一块印章料，颜色和质地还可以，说是和田玉，我也弄不懂，看着还可以，样式也很好，我把它送给你，算作对你作品出版的祝贺！"乌副总编说话的同时，从抽屉里拿出一个精致的包装盒，送到汪洋的跟前。

汪洋打开包装盒，只见里面是一方深黄色的印章料，这块印章料高约三寸，一寸见方，上面雕刻着一个类似狮子的坐兽。汪洋以前在电视中经常看到古代印章上有这种造型，一时却想不起这个动物的名称。这块印章与电视上看过的和田玉非常相似，汪洋知道这枚印章料很贵重，急忙推辞：“乌老师，我怎么能收您这么贵重的东西呢，您还是自己留着吧！”汪洋将印章料放回桌上

“古人云：‘宝剑赠英雄，红粉送佳人。’我已经有了名章，留着它也没用，恰好你能用上，你就用它刻个印章，至于它的价值，你无须考虑，无论它价值连城或一分不值，都是我的一片心意，你留个纪念！”乌副总编把印章料再次送到他的手上。

“恭敬不如从命，乌老师，您对我有知遇之恩，又赠送如此珍贵的礼物给我，我真是感激不尽，无以为报，只有今后更加努力，争取创作更多的作品报答您！”汪洋十分感激地表示自己的谢意。“乌老师，这方印章料我知道很贵重，我一定好好珍藏！可是这个造型，尤其上边的坐兽，我以前曾见过，却叫不上名字，请您不吝赐教。”

“呵呵，赐教不敢当，不过我知道这个坐兽就是古代传说中的动物，叫狴犴，据传是龙王的第七个儿子，据说它不但急公好义、仗义执言，而且明辨是非、秉公而断，形态威武雄壮，古代一些珍贵玉石印章上都雕有它的造型。”乌老师笑着说出了缘由。

“哦，我明白了，乌老师，您的知识渊博，让我受益匪浅，真是与君一席话，胜读十年书。”汪洋十分感慨，由衷赞道。

“汪洋，过奖了，我也是从资料中查出来的，不值得你如此赞赏。”乌老师连连摆手，谦虚地解释。

从乌副总编处出来，汪洋带着印章料，一路打听，走访了几家刻章的店铺，有的说刻不了，有的要价太高。最后他来到了位于长乐宫附近，一家不起眼的刻字店，这个店主是一位年逾七旬的老师傅，他看了印章料，赞叹是一块好料，手工费要价一百元。汪洋和其他的几个店铺一比较，觉得价位比较合理，他还想少花钱，与之讲价。老师傅声称自己手工刻字，与其他工艺不同，而且价格合理，价格没商量。汪洋见他态度坚决，而且价格合适，不再讨价还价。他提出用篆体字，并与老师傅一起商定了字样，然后预交手工费，约定明天来取。

下午临下班时，汪洋再次来到出版社。提出宴请王总编和林、鲍以及发行部的柳主任，还有排版的老师吃饭。王总编等人予以谢绝，汪洋却一再坚持。王总编见他诚心诚意，只好同意。他们一行人就近找了一家中档饭店，汪洋出于尊重客人的想法，客气地请王总编等人点菜，王总编点了六个价位偏低的菜肴，一瓶宁城老窖，外带啤酒和饮料。汪洋还想再点两个菜，王总编等人加以阻止，劝他不必浪费，王总编这是故意为他节省。

虽然饭菜简单，众人的兴致却很高，气氛也很热烈，他们一边吃喝，一边谈论有关汪洋的作品以及与文学有关的话题。众人杯觥交错，畅所欲言，相同的志趣和爱好，拉近了彼此的距离，增进了相互之间的友谊。

席终人散，汪洋送走客人没有回旅店，而是直奔火车站，好在不是客运高峰，有幸买到了次日中午发车的卧铺票。

回到旅店，尽管夜色已深，汪洋却毫无睡意，虽然开着电视，却没兴趣观看节目，而是坐在床上翻来覆去地独自欣赏自己的作品。看着印刷精致，散发着淡淡墨香的作品，他感到十分惬意，时而端详书的封面，忽而翻看书中的内容，如同把玩奇珍异宝一般。

直到午夜，汪洋手捧着书，脸上带着笑容，心满意足地进入梦乡。他在睡梦中梦到自己成了知名的作家，他的作品拍成了电影和电视剧，受到了观众的欢迎和专家的认可，并在电影节上获得最佳奖项。他与一些著名的影星、歌星共聚一堂，合影留念。自己站在领奖台上，手捧奖杯，发表获奖感言，由于心情激动，干张嘴说不出话来，只是站在台上傻笑，直到从梦中笑醒。他仔细回味着梦境，多么希望梦中的一切是真的。他怀着美好愿望，再次进入梦乡，各种奇怪的梦接踵而至，梦到自己的书被偷，梦到书被大火烧光，梦到书上作者改为他人的名字，急得满头大汗，前去找编辑理论，最后被自己的叫喊声惊醒……

这一晚上，他反反复复做着各种与书有关的梦，数次从睡梦中惊醒。

翌日，汪洋吃过早餐，信步来到刻字店，取回印章。然后来到新华书店，想看看自己的书是否上架。他围着书店仔细寻找一圈，没有发现自己的书。他打电话给柳主任，询问书店里怎么没有他的书。柳主任告诉他：由于书刚刚发行，新书必须申报上级主管部门批准，之后才能运往书店销售，运到书店后还需入库验收，然后才能上架出售。这一套手续很麻烦，大约需要一个星期。汪洋听了柳主任的话，知道无法看到自己的书，感到很失望，只好怏怏不快地离去。

汪洋来到旅店附近的商场，买了旅途所需的食品和饮料，顺便买了一盒印油和一个大旅行袋。几十本书虽然体积不大，但是重量却不轻。因此他特意挑选了一个结实耐用的旅行袋，用来携带自己的书。

他在附近的小饭店简单地吃完饭。回到旅店，开始整理随身带的物品及书籍。开车前一个小时退宿离开旅店，乘坐二路公交车来到火车站，

列车正点到达，汪洋随着上车的人流，一手拉着旅行箱，一手费力地拎着旅行袋，走进站台，走进停在站台上的列车。安顿好物品之后，他抑制不住喜悦心情，再次从旅行袋中拿出书翻看欣赏。

汪洋看《黑色诱惑》时，将《兴安杜鹃》信手放在茶桌上。这时与他坐对面铺，一位学生模样，长相俊俏的女孩子看了一眼书，抬头看了看他，用商量的口吻问道："大哥，这是您带的书吧？借我看看可以吗？"

汪洋将目光从书上挪开，望着那个女孩说："可以，你看吧。"

那个女孩拿起书，先是看看封面，然后又翻看回折的作者简介。因为简介里有作者的相片，女孩好奇地看了看相片，又抬头仔细端详汪洋，反复对比后，她像发现新大陆似的，惊喜地说道："哎呀，大哥，您就是本书的作者啊？！"

汪洋似乎有些不好意思，腼腆地说："是的，你说的没错，这两本都是我新出版的作品。"汪洋说话时，出于礼貌，将书放在茶桌上。

"能够亲眼见到作家，我真是太幸运了！"女孩笑靥如花，兴奋地抓着汪洋的手直摇晃。

她的声音惊动了周围的旅客，旅客们不约而同地投来羡慕的目光。还有几位好奇的旅客凑了过来，一个小伙子拿起他刚放下的《兴安杜鹃》，仔细地看着，其他旅客也探头一起观看。"哎呀，真了不起！""可不是咋地，同时出版两部

长篇小说，真让人敬佩！”旅客们一边围观，一边赞叹。

“诸位，过奖了，我不过是个普通的文学创作者，没有你们说的那么优秀，而且我的作品还存在一些瑕疵，请各位指正！”汪洋虽然表面上谦虚，心里却觉得很受用。

“大哥，这套书写得真好！，请问在哪里能买到。”那个女孩看完简介，饶有兴趣地问他。

“我的书在全国新华书店经销，一般城市的新华书店都能买到。”

“哎哟，太好了！我回去就买一套，不过没有您的亲笔签名，让我深感遗憾!”女孩先喜后忧。

汪洋听了她的话，觉得无法帮忙，只好报以同情一笑。

“大哥，求您一件事呗，请您务必答应我！”女孩向他请求。

“什么事？只要我能办到的，一定帮忙。”汪洋爽快地回答。面对崇拜自己的粉丝，汪洋的虚荣心得到了莫大的满足。

“大哥，您可是答应我啦，不许反悔！”女孩没有急于说事儿，再次敲定汪洋是否答应她的请求。

“呵呵，我答应，不过有言在先，如果力不能及，休怪我的承诺不算数。”汪洋面带微笑表明自己的立场。

“我……我是想让您把这套书卖给我，而且您要亲笔签名。”女孩说出自己的要求。

“这……这……这有点难办。”汪洋感到有些为难，因为这二十套书，除去送给乌副总编和林、鲍两位编辑，只剩下十八套，众多至亲好友都难以满足，岂能轮到这个萍水相逢的女孩。

“大哥，我长这么大，第一次见到作家，既然咱们旅途相遇，说明咱们之间有缘分，假如您不肯答应，将是我一生最大的遗憾！希望您成全我的愿望！”女孩眼圈发红，再次央求他。

面对女孩的请求，汪洋的心软了，既然她如此欣赏自己的作品，怎么忍心拒绝呢！俗语说得好："有饭送给饥人，有话送给知音。"想到此，汪洋痛快地答应："承蒙抬爱，我送给你一套书作纪念。"

"大哥，你忍痛割爱，同意卖给我，我就心满意足了，假如你无偿送给我，我绝不接受！"女孩态度坚决地表示反对。

"呵呵，你别急，先看看内容再说，假如确实感兴趣，咱们再谈有偿还是无偿。"汪洋提出建议。说实在话，直到现在，他对自己的作品依旧心里没底。

"大哥，我刚看了开头，就被内容所吸引，急于想知道故事如何发展，我想接下来故事情节一定会更精彩，你就别推辞了，卖给我一套吧！"女孩再次央求。

"你先读几章，假如读后感兴趣，我就答应你。"汪洋提出建议。

女孩见他如此坚持，只好听从他的建议，坐在卧铺上认真地读着。

那个小伙子捧着《黑色诱惑》，坐在旁边的座位上看着。其他的人见他们各占了一本书，失望地回到座位上。

列车沿着内蒙古草原快速行驶着，此时已是初秋时节，车窗外的草原已经泛黄，不时有成群的牛羊从眼前掠过，很快又被抛向身后，一座座高大的风力发电塔，犹如巨大的风车，耸立在内蒙古高原上。

列车驶近了集宁站，车厢内传来了播音员甜美的声音："旅客同志们，前方停车站是集宁站，集宁站是个比较大的停车站，是乌兰察布盟所在地，也是著名的草原英雄小姐妹的故乡。集宁站下车的旅客，请您带好随身携带的物品，准备下车。"汪洋从小学就知道草原英雄小姐妹的动人故事，却不知道故事发生在集宁市。以前曾数次路过这里，都不知道这个"秘密"。列车停稳后，他好奇地下车转了一下，想找寻有关草原英雄小姐妹的形象。结果让他失望，站台上没有看到任何有关草原英雄小姐妹的印迹。列车即将启动，他带着几分失落回到车厢。

对面看书的女孩儿，依旧埋头看书，那个小伙子将书带回自己的座位，投入地看着。

见到汪洋从车下回来，女孩放下书，揉揉眼睛，欣喜地对他说："大哥，您的作品很精彩！太吸引人了！我已经被书中的故事情节吸引了！您就答应卖给我一套吧！”

“既然你喜欢，我打八折优惠，你看如何？”女孩儿的夸奖让汪洋心里美滋滋的，决定八折优惠卖给她一套。

“行，大哥，我接受您的建议，谢谢您！”女孩见他同意，高兴的满面含笑，手舞足蹈，按照书的标价，拿出八折的钱，交到汪洋的手上。汪洋原本不想收钱，但是怕女孩伤自尊，只好收下。

女孩起身来到那个小伙子跟前，向他说明情况，小伙子不情愿地将书交给她。

汪洋从旅行箱里取出名章和印油，在扉页上签上名字，盖上名章。女孩接过书，如获至宝地捧在怀里，口中一再称谢，并从随身带的电话记录本上撕下一张纸，写下了自己的名字和联系方式，交到汪洋的手上。然后心满意足地躺在卧铺上，贪婪地继续看书。

汪洋看了女孩的纸条，只见上面写道：“乌日娜，内蒙古自治区师范大学文学系，联系电话：15561069567。”汪洋看了一下，将字条放进钱包里保存，目的是以后反馈信息，征求她对作品的看法和意见。

清晨时分，女孩在开鲁站下车。临下车时，她一再称谢，并请求汪洋留下联系方式。汪洋见她出于至诚，只好将自己的联系方式告之，那个女孩大方地与他握手道别，满意地下车离去。

列车继续前行，下午三点多，到达齐齐哈尔车站。汪洋提着书和物品，艰难地走下车，他的行程到此告一段落，必须在这里换乘开往林海市的火车。

汪洋提着物品，颇为艰难地朝出站口走去，却突然听到有人喊他的名字。汪洋以为听错了，没有在意，继续往前走。直到喊声再次在耳边响起，他急忙回头观看，只见一位四十左右的男子笑着走到他跟前。“啊！赵坤，是你呀！你怎么在车站呢？”汪洋颇感意外，惊喜地问道。

“我来送站，刚才你下车时，只好撵上来叫你。你干啥去了？”赵坤高兴地握着他的手。

“我去呼和浩特办事，在这里换车，这么多年未见，你还好吧？”

“好，没想到在车站与你邂逅，咱们哥们儿真是有缘！走，跟我回家。”赵坤说着，上前帮他提起旅行袋。

意外邂逅昔日知青战友，汪洋感到非常高兴，他没有推辞，跟着赵坤走出站台。

“你去呼和浩特办什么事？拿的什么东西，这么重？”赵坤边走边问。

“嘿嘿，我去出版社办事，我写的两本书都出版了，你拿的就是我的书。”汪洋有些不好意思地回答。

“啊！你的书出版啦？真是功夫不负有心人，祝贺你呀！我得赶紧欣赏一下老战友的书。”赵坤惊喜地停下脚步，弯腰打开旅行袋拉链，拿出书看了起来。

“哎哟，这么厚！多少万字呀？书名起得很有意义，封面设计得很新颖，作者像也很有风度，一看就是个学者！”赵坤笑着对他说。

“呵呵，你小子就拿我开心吧！”汪洋笑着拍了一下他的肩膀。

“我没和你开玩笑，说的都是真心话，你能同时出版两部书，真是了不起，作为老战友，我由衷地为你高兴！”赵坤郑重地说道。

“谢谢你的夸奖！不过我的书还有一定瑕疵，不知道读者是否喜欢。”汪洋说出了心中的担忧。

“虽然我不知道写的是什么题材，光看书名就觉得吸引人，我相信一定会受欢迎的！”赵坤说话时，眼睛始终没有离开书，

“《黑色诱惑》是缉毒方面的，《兴安杜鹃》是励志方面的，其中有咱们下乡时的一些经历，书中还有你的原型呢！”

“还有我！真没想到，我更得仔细拜读，看看你是如何描写我的。哎，你必须送给我一套珍藏。”赵坤提出要求。

“没问题，我一定送给你一套。”汪洋痛快地答应。

“这我就放心了，你看我光顾看书了，赶紧走吧，回家再细聊。”赵坤提起

旅行袋，领着汪洋朝家里走去。

赵坤的家离火车站很近，俩人出了站前广场，往南走了不足五百米，来到了铁路家属住宅楼。他家住二楼，赵坤开门后，爱人小张恰好在家，赵坤为他们做了介绍。小张是个能说爱笑的爽快人，早就听赵坤说起过汪洋，知道他们的关系很好，所以没和汪洋过多客套，沏茶倒水后，便去厨房张罗饭菜。

汪洋和赵坤二人，坐在客厅的沙发上随意聊天，聊的话题都是他们共同度过的那段难忘的下乡岁月，以及共同经历过的一些趣闻轶事。汪洋送给了赵坤一套书，并在扉页上签名盖章。

赵坤看到他的名章，好奇地问道："哎，这个名章很漂亮！这料是和田玉吧？"

"我也说不准是什么料，这是朋友送给我的。"汪洋如实告诉他。

"这个料很精致，质地和造型也很好，一看就很有档次！"赵坤一边把玩一边夸奖。

他们说话的工夫，小张已经非常麻利地做好了饭菜，赵坤陪着汪洋喝酒聊天，他的妻子不时地为汪洋劝酒夹菜。这时，他们的女儿放学回来，小张对女儿说："萌萌，叫汪叔叔。汪叔叔是你爸下乡时的好朋友，现在是作家，这是你汪叔叔写的两本书。"她一边说着，一边把放在桌子上的书递给女儿。

"汪叔叔好！"萌萌一边向汪洋问好，一边翻看着书。她长这么大，初次见到爸爸的朋友，而且还是作家，令她感到新奇，同时觉得非常自豪。

"萌萌好！快点吃饭吧。"汪洋笑着叫她吃饭。

"萌萌，你要好好学习，争取以后像汪叔叔一样，当一名作家。"小张对女儿鼓励到。

"汪叔叔，您是怎么当上作家的，能告诉我吗？"萌萌好奇地问道。

"只要持之以恒，努力学习，刻苦钻研，就能成为作家或成功人士。"汪洋半是回答，半是鼓励。

"汪叔叔，如果我按照您说的去做，我能当作家吗？"萌萌认真地问汪洋。

"能！只要你有理想、有毅力、有信心，一定能！"汪洋肯定地回答。

听了汪洋的话，萌萌笑着拍手叫好，继续缠着汪洋问这问那。赵坤为了不影响他们喝酒，慈祥地笑着劝女儿吃饭。小张也在一旁劝止女儿，萌萌只好停止问话，端起饭碗吃饭。

汪洋买的是通票，在齐齐哈尔的换乘时间是晚上八点多。无奈赵坤夫妇不肯放他走，汪洋担心车票作废，坚持要走。赵坤和爱人都在铁路上班，他们告诉汪洋，通票可以去售票厅改签。汪洋见他们一再挽留，只好同意住下，并在赵坤的陪同下，前去车站改签了第二天上午的车票，赵坤通过熟人，帮他办理了卧铺票。

晚上，赵坤陪着汪洋同榻而眠，他们聊起以前的往事，相互告知别后的一些生活经历，一直聊到午夜才休息。

第二天早晨起床后，小张已经准备好早餐。并招呼他们洗漱吃饭，萌萌吃过早餐准备去上学。汪洋拿出二百元钱，送给萌萌作为见面礼。赵坤和小张赶忙推辞，汪洋一再坚持。最后他们只好让孩子收下。

萌萌十分懂事地与汪洋挥手告别。汪洋将她送到门口，叮嘱她好好学习。萌萌答应着，蹦蹦跳跳地背着书包去学校。

吃过早餐后，小张忙着去上班，并邀请他常来作客。赵坤帮着汪洋提着东西，来到车站，将他送上车。

列车走走停停，行驶了八个多小时，傍晚时分，终于到达了林海市。妻子早早就推着自行车来接他。回到家中。汪洋看到早已闻讯赶来的何强大哥以及内弟等人。妻子事先已经准备好饭菜。进屋后便张罗吃饭。何强和内弟顾不上吃饭，急忙打开旅行袋，拿出书来欣赏。他们品论着书的外观和内涵，并提出要一套书留念。汪洋只好满足他们的要求，分别送给他们一套，并签字盖上名章。他们又好奇地探讨一番名章的材质，然后才安心地坐下来喝酒吃饭。

儿子对父亲的书爱不释手，拿着一套书，效仿舅舅的做法，让爸爸给他签名盖章，汪洋见儿子对书如此爱惜，心中十分高兴，思忖再三，在扉页上赋诗一首，以资鼓励：

七律·示儿

雏鹰展翅欲飞翔，前程万里莫彷徨。
栉风沐雨任洗礼，崎岖坎坷斗志昂。
潜心专研学识广，邃密群科经纬长。
品学兼优成大业，振兴中华做栋梁。

儿子由于年纪小，对诗的含义不是很懂，他却特别喜欢，特意让父亲给他讲解一遍，然后放进自己的书柜珍藏起来。

第二天，林忠瑜和谌伟闻讯赶来祝贺，施玉梅特意安排酒菜款待。兄弟之间无须客套，肆意地开怀畅饮。酒足饭饱后，每人拿走了一套书。妻子几位要好的姐妹，早就知道汪洋创作的事情，并提出索书要求，施玉梅当时没考虑那么多，答应每人送一套。如今得知汪洋作品出版的消息，她们找到施玉梅，吵着闹着上门讨账。尽管施玉梅一再解释，出版社送给的样书有限，无法满足她们的意愿，可是姐妹们却不依不饶，逼着她兑现承诺。施玉梅没办法，只好将情况告知汪洋，汪洋为了不让妻子为难，提出一个折中办法：让妻子拿一套书，借给姐妹们轮流阅读。姐妹们知道施玉梅有苦衷，只好退而求其次，接受施玉梅的办法。

何强初中没毕业就上班工作，由于文化低，看书时难免遇到生字。以前他看书只是走马观花，对生僻字一带而过，不肯仔细推敲。如今却特意拿来儿子的字典，一边看书一边查字典，读得非常认真。因为工作较忙，他将两本书家里放一本，单位放一本，在家读一本，在单位工作之余读另一本。同事们见他如此投入，调侃他准备复习考大学。他却用炫耀的口吻说："这是我兄弟写的书，我岂能不好好拜读！"同事们听闻，都好奇地向他借阅，他却将书锁在桌子里，谁也不借。同事们抱怨说："不就是一本书嘛，又不是什么宝贝！再说我们看完还你，有啥舍不得的。"

何强笑着说："在你们眼里是一本书，在我的眼里却比宝贝都珍贵。这本书不光是我兄弟的心血，还是他的亲身经历。其中还有我的原型呢！我岂能不珍惜！"

同事们听他这么一说，更想一睹为快，何强只好答应他们，自己阅读完一定借他们阅读。同事们只好听从他的安排。有的同事为了满足好奇心，向他询问书中描写的主要内容和故事情节。何强这下来了精神，利用工作之余，把书中的故事绘声绘色地讲给同事们。由于讲的都是书中一些精彩片段，故此同事们听得津津有味。在众人的赞扬声中，何强的虚荣心得到了莫大的满足。

汪洋特意抽时间，专程去了一趟甘河，分别送给彭宗元、巴建华、韩世杰各一套书。朋友们向他表示祝贺，轮流设宴款待。酒宴上，巴建华故意旧话重提，说："我说汪洋，你说咱们是不是应该说话算数。"

"对呀，应该说话算数！你说这话什么意思啊？谁说话不算数啦？"汪洋一时没明白他的意思。

"你说还有谁？是谁当初答应作品出版就喝白酒，怎么现在还拿啤酒糊弄我们。你现在已经是作家了，你的梦想已经实现，你是否应该兑现诺言，陪我们兄弟喝点白酒。"巴建华笑着说，同时拿过白酒瓶往汪洋的酒杯倒白酒。

"哎，兄弟，慢着，我有话说。"汪洋赶紧用手护住酒杯，接着说道："建华说的没错，我当初为了写作，曾立誓戒酒，并说假如书出版，破戒喝白酒……"

"——既然你没忘记，还推辞什么？赶快喝白酒。"巴建华高兴地抢过他的话。

"建华，你别着急，等我把话说完。"汪洋摆了摆手，然后继续说："按理说我不应该食言，但是现在我改变了想法，虽说我的作品侥幸出版，但是我对作品还不满意，作品中存在一定的瑕疵，我的文学创作之路刚刚起步，距离读者的要求相差甚远。所以我应该继续努力，力争创作出更好更多的作品，回报朋友和读者的厚爱。正如伟大先行者孙中山先生所说：'革命尚未成功，同志仍须努力。’我是理想尚未实现，理应继续努力。在座的都是知己朋友，所以恳求诸位，理解我的一片苦心，尊重我的选择，不要逼我喝白酒。”

汪洋的话，让在座的朋友深受感动，韩世杰理解地说：“汪洋，你这么多年潜心创作，今天作品终于出版发行，真是可喜可贺，作为朋友，我们为你感到高兴和自豪，我们几个原本商量好，今天让你破戒喝白酒，咱们兄弟开怀畅饮，好好庆祝一番。可是听了你这番话，我们深受感动，非常敬佩你对理想的不懈努力和追求，你为了追求理想，付出了辛勤的汗水和心血，我们作为好朋友，理应理解和尊重你的选择，支持你对理想的执着，更敬佩你对艺术精益求精的精神！我们保证以后不再劝你喝酒，同时期待你创作出读者满意、行家认可的好作品，早日跻身于作家行列！”

众人听从韩世杰的话，不再劝汪洋喝酒，汪洋自此彻底戒了白酒。

汪洋的朋友们都为汪洋的作品出版发行感到自豪，他们把这喜讯遍告亲朋好友，有关汪洋作品出版发行的消息，就像长了翅膀一样，迅速地在甘河地区传播开来。

这天上午，汪洋正在旅店房间休息，没料想郝妍找上门来，进门就责怪道：“我说你是咋回事，出了名就不搭理人了，回来也不告诉我一声，怕我吃了你呀？”

“嘿嘿——我这几天一直和朋友们喝酒，所以没有时间去看你，请谅解！”

“拉倒吧，你说得好听，你什么时候主动看过我，每次不都是我先来看你。”

“你们家的那位多疑，猜忌心重，我怕给你找麻烦，所以不敢去看你。”

“你想的还挺多，不过我告诉你，不必再担心他找我麻烦，我已经和他打‘八刀’了,以后你想啥时候看我都行。”

“离啦？什么时候离的，我怎么没听说？”汪洋颇感意外地问。

“两个月前办理的手续，这么多年我和他在一起生活，都是在猜忌和吵闹中度过的，从未感到幸福和快乐，这下好啦，总算解脱了！”

“离婚对大人来说没什么，却给孩子带来伤害，孩子归谁抚养？”

“当然归我，这么多年一直是我抚养孩子，他从未帮过我，他有什么权力和我争夺孩子的抚养权！”郝妍气愤地说。

“虽然他没有尽到父亲的责任，但毕竟是孩子的亲生父亲，这是任何人都无法更改的事实。”

“他是父亲不假，但是没有尽到父亲责任，这样的父亲还不如没有。我是伤透心了，以后不用他掏一分钱抚养费，我独自抚养女儿，再也不想和他有任何瓜葛。好啦，不说我这些闹心事，还是说说你吧，听说两本书都出版了？怎么不送给我一套？别忘了，当初是谁给你送的稿纸，是谁送给你《辞海》。你这个忘恩负义的家伙，刚当上作家就把曾经真心帮助你的人忘到脑后,真是让人心寒呐！”

“看你说的，我怎么能忘记你当初对我的帮助呢！”

“还好意思说没忘记！那我问你，为什么不送给我一套书？！”

“你听我说，这次出版社只给了我二十套书，你想这么多人，怎么分得过来？”

“我不听你解释，也不管别人，反正必须送给我一套，否则我绝不答应！”

郝妍的话让汪洋感到很为难，他此次确实没打算送给她，虽然施玉梅不介意他们之间的关系，但是汪洋却不愿与郝妍过多接触，因为他们毕竟有过不同寻常的情感纠葛，担心过多来往会产生不必要的麻烦，刻意与她保持一定距离。如今听到她离婚的消息，心里非常同情她的不幸，虽然他们现在只是普通朋友，但是他的心里还是很感激她当初对自己的帮助，不管当初她是出于什么想法和目的，毕竟有恩于己，自己怎么能为了避嫌而刻意去疏远她。当初是当初，现在是现在，毕竟时过境迁，他们都是过来人，没必要再去计较过去的恩恩怨怨，是是非非。再说施玉梅也不会责怪自己送书给郝妍。于是，他从挎包里拿出一套书，笑着对她说：“我刚才和你开玩笑，其实早就给你准备好了，施玉梅在我临出门时，特意叮嘱我送给你一套留念！”

“不是我说你，你这个人就是命好，找了一个通情达理的妻子，我可告诉你，你现在出名当作家了，假如你敢做出对不起她的事，我可饶不了你！”郝妍指着他数落道。

“你放心吧，有你的监督，我绝不敢越雷池一步。”汪洋虽然嘴上这么说，心里却暗思道：“只要你不纠缠我，我就谢天谢地啦，还用你来监督!不过她能有这个想法，还是让人感到庆幸，这样可以减却许多麻烦。”汪洋心里想着，手上也没闲着，他在扉页上签字盖章后，将书送给她。郝妍当即坐在床上翻看，汪洋突然想到，书中的一些章节里，有关于他们两人爱情故事的描写。由于故事情节的需要，他如实地描写了他们之间的爱情故事，特别是曾经发生在他们身上的肌肤之亲，这会让她感到难为情，自己有必要提醒她。于是，他用半开玩笑半认真的口吻说：“郝妍，有件事必须和你说明白，书里有咱们当初下乡时的一些趣事，也真实地记录了一些爱情故事，为了体现真实，我所描写的爱情经历基本保持原貌，故此有些情节和咱们当初的经历相似，请你不要介意，更不要对号入座。”

“哎哟，这么说书中还有我的一席之地，那我更应该仔细拜读，至于你说的这些话，我明白，你不必为此担心，我知道文学作品来源于生活，但高于生活，没有生活经历，就无法创作出好的作品。毕竟一切都过去了，谁还会计较那些陈年往事？再说我们都是过来人，又不是当初啥也不懂的青涩小姑娘，只要你不把我比喻成十恶不赦、道德败坏的女人就行。”郝妍性格开朗，对此事毫不介意。

汪洋听她如此说，心里感到释然。这时彭宗元携同郁金凤敲门进来。他们看到郝妍，有些意外，彭宗元笑着开玩笑说：“哎哟，我来得有点不是时候，没打扰你们吧？”

郝妍大方地笑着回敬：“这就是你们不对了，明知道汪洋今天和我有约，却故意来打扰，难道不知道成人之美吗?”

“我当然知道你们有约，不光我们知道，而且施玉梅也知道，她特意嘱咐我们两口子来监督你们。”彭宗元笑着回答，他以前就认识郝妍，加上这几年汪洋回来经商，他经常带朋友去郝妍的歌厅消遣，郝妍看汪洋的面子，对他很照顾，彼此相处得很好。郝妍的性格开朗，不拘小节，与汪洋的这帮朋友相处得很融洽，平时见面经常开玩笑。郝妍是歌唱演员出身，不仅能说会唱，而且伶牙俐齿，她与朋友们开玩笑从不吃亏，一般的人不是对手，彭宗元也是如此。这次见到她和汪洋单独在一起，岂能放过这报仇的机会，所以故意拿他们以前的关系调侃。

“你怎么连撒谎都不会，我刚才和施玉梅通电话，她怎么没有提起你们呢？”郝妍笑着编话骗他。她的思维敏捷，脑筋反应特快。

“那是她故意不告诉你，就是想看看你是否有什么不良企图。”彭宗元依旧和她说笑。

“好啦，不和你瞎闹了，我今天来一是要书，二是向作家表示祝贺！特意安排了饭店宴请作家，另外也诚邀你们这帮铁杆朋友一起聚聚。恰好你们来了，免得我费事通知，汪洋你赶紧给其他朋友打电话，咱们共进午餐。”

“巧了，我们也是请汪洋吃饭的，你就不必费事了，由我来请客吧。”郁金凤说出他们的目的。

“你们别跟我争了，我只有中午有时间，晚上歌厅离不开，请你们务必赏光，否则就是看不起我。”郝妍态度坚决地再次邀请。

汪洋见她态度诚恳，难拂其情，只好同意她的宴请，并按照郝妍的要求，打电话通知巴建华等人。

他们一行人驱车来到一处装潢豪华的酒店，在包房里等了片刻，巴建华等人如约来到，郝妍又找了两个女友作陪。郝妍已经事先安排好一桌丰盛的酒席，他们谈笑风生，轮流把盏。郝妍的两个闺蜜很有酒量，她们一口一个“作家”地叫着，轮番向汪洋敬酒，虽然汪洋喝的啤酒，但是面对如此盛情款待及真心祝贺，只好勉为其难，与众人一再干杯，直到酒阑人醉，方才尽兴而散。

在甘河逗留期间，汪洋每天身陷肉山酒海，朋友轮番宴他。汪洋盛情难却，只有尽力相陪，每日不醉不归。汪洋无法拒绝，只好“三十六计，走为上”，谎称家中有事，悄悄离开了甘河市，直到上了火车，才与朋友们打电话告别。

回到林海市，以前一起下乡的许嘉、 富等人纷纷登门祝贺兼索书，汪洋只好带着歉意，向他们解释书的数量少，无法满足他们的要求。他们的谈话中，汪洋得知消息来源于林忠瑜，是林忠瑜拿着他的书，到处和朋友炫耀。

为了表示歉意，汪洋特意留他们吃饭，并通知林忠瑜及谌伟等昔日下乡的知青们一起用餐。饭桌上，他们开怀畅饮，围绕汪洋的作品为主题，追思下乡时那令人难忘的艰苦岁月，众人都非常感慨。汪洋感叹道："往事不堪回首，虽然过去了二十多年，可是每当回想起那段难忘的知青岁月，许多往事依然历历在目。那时候的生活多么艰苦，吃点细粮和肉都像过年似的！我把那段经历都写进了书里。"

林忠瑜接过他的话头，笑着说道："汪洋，你别提这个话题，一提我就生气。"

"忠瑜大哥，你看了他的书，快点跟我们说说，他的书写的是啥内容。"许嘉感兴趣地问他。

"别提了，他把咱们都写进去了，不过他对你们还算笔下留情，却把我的糗事都给抖搂出来了，我心里很不平衡。"林忠瑜故意板着面孔，假装生气地说。

"林忠瑜，我既没杜撰，也没有故意贬低你，基本是实话实说，你有啥不平衡的？"

"我知道你是实话实说，但是我不平衡的是，你把自己和他们写的都很好，唯独贬偏低我，就连我争吃罐头，把嘴刺出血的事都抖搂出去，多丢人哪！"

"忠瑜，听你这么一说，我也想起来了，你怎么能把那个王……叫王啥啦，我记不起来了，给我写求爱信的事儿也给曝光了，你安的是什么心？"谌伟乘势追问。

"你们都把我说糊涂啦，有这些事吗？我怎么不记得了！"汪洋故意装糊涂。

"你怎么会不记得，你的书里白纸黑字写的清清楚楚，还想打赖？我看你就是成心糟蹋我们！"林忠瑜得理不饶人。

“你就知足吧，我这算笔下留情了，没有把你追求于颖的经过写出来呢。你记不记得有一次国庆节放假，我提前回来，你和于颖在宿舍床上亲热被我堵住了，假如我把这段写进去，你会有何感想？”汪洋故意气他。

林忠瑜听汪洋提起这件事，赶忙调转话题，笑着起身作揖求饶：“好，好，我说不过你，你们文人真是惹不起，笔头一歪，想咋埋汰人就咋埋汰，我甘拜下风。”众人见他的态度瞬间发生了一百八十度转变，加上他平时说话幽默，愿意开玩笑，而且总占上风，这次见他拱手认输，不由得开心大笑。

第十八章　受人之托

汪洋抽时间去邮局、分别给江群、周思远还有柳刚寄去一套书。他们仨接到书后，分别打来电话表示祝贺。周思远祝贺的同时，盛情地对他发出邀请："兄弟，你的书我收到了，你的梦想终于变成了现实，恭喜你啊！我现在每天忙得不可开交，没时间阅读，陈碧岚由于在家带孩子，有时间读你的书，对你的书赞不绝口，一再夸奖你的写作水平。对了，我忘记告诉你啦，我儿子周颂已经六个月了。我的生意也特别红火，目前已经开了三家分店，效益非常可观，就是事情冗杂，琐碎事太多，每天都要与职能部门打交道。现在做生意不容易，尤其搞餐饮，麻烦事太多，哪个部门都能管着你，真像有人说的那样，除了带黑胳膊箍不管，其他的都管。我整天忙于打理外围，陈碧岚由于带小孩，无暇顾及内部管理，致使内部管理混乱，资金和原材料及人员的浪费现象都非常严重！咱们是好兄弟，你又有能力，假如你能抽出时间，务必请你前来帮忙捋顺一段时间，让企业走上正轨。我知道你现在功成名就，时间有限，但是我确实被逼无奈，请你在百忙中抽出宝贵时间，前来帮帮我，哥哥感激不尽！”

因为事情突然，汪洋没有思想准备，只好告诉周思远，容他跟爱人商量一下再答复。

汪洋待妻子回来，便将周思远邀请他帮忙的想法告诉妻子，并与她商量是否答应周思远的要求。妻子没有马上表态，而是先征求他的意见。

汪洋自从撂下周思远的电话，就不停地思考这件事情。此时妻子征求他的意见，他便说出了自己的想法：“这件事我考虑了很长时间，觉得应该去。现在我的作品已经出版发行，我的心愿已了，虽然我的理想是在文学创作上继续发展，但是不知读者对作品的反响如何，假如读者反响强烈，书的销量好，我就继续写作。我本打算利用这段时间，系统地学习一下语法修辞，进一步提高自己的写作水平。现在既然周思远请我去帮忙，说明他遇到了困难，这是他对我的信任，作为同学和朋友，我不能眼看他有困难而坐视不管。再说我去他那里帮忙有几点好处：第一可以利用闲暇时间，学习相关写作知识；第二满足了朋友的信任和请求；第三还可以多挣点钱，让咱们家的生活水平有所提高。这是一举三得的好事，我觉得无论从哪个角度都应该去。只不过又把你们娘俩儿丢在家里，让你独自承担抚育儿子的责任和家庭重担，我于心不忍！”汪洋动情地说。

“你的想法很有道理，我支持你，家里的事情你尽管放心，这么多年咱们聚少离多，我已经习惯了。不过你要和周大哥说明，帮忙可以，但是不能时间太长，你的作品已经发表，不管读者的反应如何，你都不能灰心，要坚持不懈地在文学创作的道路上走下去，不要被金钱或其他诱惑迷住眼睛，更不能半途而废。”妻子点头表示同意，并提出自己的观点。

“你放心吧，我此去时间不会太长，多则一年，少则半年。我不会被金钱迷住眼睛，更不可能放弃文学创作，因为这是我毕生追求的理想。在战争年代，人们为了追求理想，不惜流血牺牲，而在和平年代需要付出勤劳和汗水，相比之下，我们是幸运的，我决不会半途而废，一定沿着文学创作道路坚定不移地走下去。咱们一起生活这么多年，难道你还不了解我的为人和性格吗？到了星沙后，我边工作边学习，如果有空闲时间，还可以像在甘河做生意那样，利用业余时间继续写作，保证不会让你失望！”

汪洋的话彻底打消了妻子的顾虑，施玉梅着手准备丈夫的行装。

考虑到此去路途远，时间长，汪洋决定途中回家看望母亲。儿子听说爸爸要回去看望奶奶，也吵着要和爸爸一同去看望奶奶。施玉梅担心耽误儿子学习，不同意。

汪洋见儿子对奶奶的感情这么深，心里非常高兴。尊老爱幼是中华民族的传统美德，儿子这么小就知晓这个道理，真是令人高兴。作为父母一定要支持和鼓励孩子的良好行为，这对培养孩子的道德情操、树立正确的人生观都有益处。于是，他与妻子商议：“咱们坐星期五晚上的火车，第二天早上便可到达，可以在奶奶家住两天，然后我前去星沙，你周日带儿子坐晚上的车返回。既满足了儿子孝顺奶奶的愿望，又不影响学业，岂不是一举两得。”

施玉梅听从了丈夫的意见，前去购买了一些物品和车票。一家三口坐上火车，满怀欣喜地回乡看望母亲和家中亲人。

对于儿子突然携妻带子归来，母亲感到特别高兴，亲热地拉着孙子的手，觑着眼睛仔细端详着宝贝孙子，嘴里不停地问这问那。当她得知儿子的书已经出版，更是异常激动。老人虽然不识字，却拿着书反复翻看，看到儿子的照片，她高兴得老泪横流，嘴里不停地叨咕着：“孩子他爸，你看咱儿子的书出版啦——你看这两本书多厚啊！书里还有儿子的照片呢，照得可漂亮啦！你活着的时候，成天惦记儿子写书的事，这下你该满意了吧？这回你能闭上眼了吧？呜呜——”

“奶奶，我爸出书你应该高兴啊！怎么哭了？”孙子一边为奶奶擦眼泪，一边劝说。

“好孙子，奶奶不是伤心，奶奶这是高兴！我让那个没福的老东西听听，我的儿子多么有出息！”奶奶脸上带着泪花笑了。

“奶奶，爷爷不是去世了吗？他能听到你说话吗？”孙子好奇地问。

“能，我有什么事情都告诉他，省着他一个人躺在那里躲清静！”奶奶肯定地回答。

听到他们举家归来，哥哥姐姐都赶了回来看望。全家人争相传看他的书，都为他感到高兴和自豪。简单地吃过早饭，汪洋便与弟弟出门，准备到市场购办伙食，儿子好奇地要跟着一起去，施玉梅也陪着一起上街。他们一行四人先到百货商店转了一圈，然后又来到农贸市场，买了一些鸡鸭鱼肉，弟弟争着花钱，却被施玉梅阻止。

回到家中，施玉梅和弟媳着手准备饭菜，汪洋和儿子陪着母亲唠嗑。汪洋告诉他准备前往星沙帮周思远打理生意。母亲担忧地说："你去周思远那里帮忙，他一个月给你多少钱啊？干啥活呀？累不累呀？"

"妈，不能太累，我是去帮忙管理，又不是出苦力，至于多少钱，他虽然没说，但是我相信他不会少给我的，你就放心吧！"

"啊，那还行，不过就是离家太远，回来一趟不容易，又要长时间抛下她们娘俩儿，过日子男人不在家，该有多艰难呐！施玉梅是个难得的好人，她不但心眼好使，而且做事周到，聪明懂事，有主见，是难得的好儿媳妇！你一定要好好珍惜她！现在当了作家，将来出息了，可千万别走岔道，我的年纪一年比一年大，身体也愈来愈不中用，说不定哪天就蹬腿去找你爸爸了，看到你们的日子一个比一个好，我就放心啦，就是死也能闭上眼睛啦！"母亲说着又开始掉眼泪。

"妈，瞧您说的啥话呀？您的身体这么硬朗，少说还得活个十年八年的，你看我们的日子过得都很好，你啥都不用想，啥也不用操心，只管安享晚年。"汪洋赶紧劝母亲。母亲的这番话让他心里感到一阵酸疼，仿佛有种不祥的预感。于是，他赶紧转移话题，把母亲的注意力引到书的方面来。为了让母亲高兴，汪洋特意让儿子挑选书中的精彩片段，读给母亲听。儿子读得十分卖力，声音抑扬顿挫。母亲静静地听着孙子的朗读，脸上露出了悠然自得、愉快开心的笑容，儿孙绕膝的天伦之乐，让老人家高兴得合不拢嘴。

施玉梅和弟媳准备了一桌丰盛的午餐。一家人围坐在母亲身旁，尽情地举杯畅饮，把酒言欢。母亲显得特别开心，她端起酒杯，心满意足地说："咱们家祖祖辈辈是农民，世代以种地为生，从你爷爷那辈往上，几乎都没有文化，只有你爷爷读了几天私塾，你爸爸读到高小毕业，而我一天学没上，只是在解放初期参加过扫盲班，认识了一些简单的字。可以说咱们整个家庭没有文化人！没想到如今儿子争气，出了这么厚的两本书，这要是在古代，不亚于秀才、举人。你为咱们家增光添彩，扬眉提气，你爸爸在地下也会为你高兴……”母亲的声音哽咽，说不下去了。

“妈，您老人家多有福，如今儿孙满堂，我们的日子一个比一个过得好，我劝您啥都别想，每天开开心心地安享幸福的晚年。来，儿媳敬您一杯，祝您老人家晚年幸福，健康长寿！”施玉梅见老人伤心，赶紧站起身打圆场，举杯敬酒，以期转移老人的注意力。

“好，好，好！”母亲痛快地回答，将手里的三钱小瓷酒杯一口喝干。母亲年轻时有点酒量，如今上了年纪，血压有些偏高，平时儿女们不让她饮酒，只是逢年过节或特殊场合，母亲才少量饮酒。

接下来，兄弟姐妹轮流劝酒，汪洋担心母亲年老，不胜酒力，只是让她象征性地 一口。席间，兄弟姐妹都为汪洋出书而高兴，哥哥提出分给他们每人一套留作纪念。汪洋无奈地道出苦衷：“这次出版的数量有限，只给我二十套，除去送给编辑及其他亲朋好友，只剩下三套，我自己留一套，还得给作家协会准备一套，只能给家里留一套，你们轮流看，将来如果销量好，说不定会再版，到时候我一定每人给一套。”

家人听他这么说，都很理解地不再多说。一家人兴致勃勃，热闹非凡，开心畅饮，高兴劲不亚于过年。

晚上哥哥和嫂子准备晚饭，母亲和全家人来到哥哥家吃饭。嫂子平时过日子比较节俭，今天为了款待弟弟弟媳，特意准备了丰盛的饭菜，还特意买了两样海鲜。弟弟见状，便调皮地与她开玩笑：“嫂子，今天太阳怎么从西边出来了，出这么多‘血’多心疼啊！”

嫂子笑着反驳说：“你哪来的这么多废话，出不出‘血’的，又不是请你，你是星星跟着月亮走——借好人光。让你跟着吃蹭就不差啥了，再多嘴就连蹭都吃不着。”

“呵呵，还是亲戚远来香，我们这么多年都没在你家吃过这么好的饭菜，行啊，吃蹭总比吃不着强。再说你好不容易出回‘血’，我要是吃不着该多后悔！”弟弟故意拿话气她。

“你今天敞开肚皮吃，只要不吃到肚皮外头就行。”嫂子不急不躁地回敬。她的话惹来施玉梅等人一片笑声。

第二天上午，汪洋与妻儿正陪着母亲唠嗑，这时传来了敲门声，汪洋答应着推开门，原来是麻有志与粟杉俩人。汪洋笑着问：“是你们俩呀，你们咋知道我回来的？”

“我在上班时碰到了你弟弟，是他告诉我的，恰好粟杉到我单位办点事儿，我们俩就来看你了。”麻有志一边往屋里走，一边回答。

汪洋为施玉梅做了介绍，施玉梅客气地与他俩握手寒暄，然后拿烟倒茶招待，他俩先向汪洋的母亲问好，汪洋叫过儿子，说：“儿子，这是你麻叔叔，这是你粟叔叔。”

儿子很有礼貌地低头施礼问候：“麻叔叔好！粟叔叔好！”

“哎呀，这小子长这么高！和你爸的身高差不多，今年多大啦？”麻有志笑着问道。

“叔叔，我十四周岁。”

“十四岁，长的可真高，我记得你当年十四岁时，身高还不到一米六。”麻有志转过头问汪洋。

“可不是咋的，我上学时个头很矮，上课时始终坐前两排，从未坐过第三排，直到十八岁那年冬天，我一下子长高了十几公分，结果原来穿的衣服又瘦又小，那年春节，我妈特意给我添置了两套新衣服，当时把我乐够呛。”汪洋笑着说道。

“那时候生活困难，过年有一套新衣服就很高兴，你一下子有两套新衣服，岂能不高兴！”粟杉感叹地说。

“你还不知道吧，他搬到街里住了。”麻有志告诉汪洋。

“什么时候搬来的，你的工作咋办？”汪洋关切地问粟杉。

“我现在办理了内退手续，加上孩子在县中学读书，我便搬到街里，住咱们一中的家属楼。”粟杉告诉汪洋。

“这太好啦，街里咋说比农村的条件好，教学质量高，对孩子学习有帮助。”汪洋点头说。

“可不是咋的，我就是考虑到孩子学习，才搬到街里的，走吧，你领着弟妹和孩子，到我家去认认门。”粟杉向他发出邀请。

“粟杉，实在抱歉，今天中午我大姐请我们吃饭。”汪洋推辞道。

“你告诉大姐，今天中午我请客，让她安排到晚上。你们必须得去，我已经通知了咱们的同学，他们听说你的书出版了，都想见见你，你不去多不好！”粟杉态度十分坚决。

“哎，你不说我还忘了，你的书呢？快点拿出来让我们欣赏欣赏！”麻有志对汪洋说。

没等汪洋回答，儿子已经从桌子里面将书拿出，送到麻、粟二人面前。他们两人赶紧一人拿过一本，仔细地翻看着。

他俩一边看着，一边夸奖写得好，并向他索要。汪洋抱歉地解释书的数量少，无法满足他们要求。他们二人只好作罢。

由于粟杉一再邀请，汪洋只好采取折中办法，自已前去赴约，留下妻儿陪母亲去大姐家。粟杉只好同意他的办法。

他们辞别汪洋的母亲，出门坐出租车前往粟杉家。粟杉住的家属楼，坐落在第一中学旁边，这是他们读中学时的母校。汪洋伫立在校园旁，心中倍感亲切，当年上学时的印记又浮现在脑海里。他仔细寻觅当年的景象，可是令他感到失望，以前那低矮的教室已经被楼房取代；那片他们经常光顾，甚至为之逃课而受到老师惩罚的果园早已不见了踪影。此时真是人非物也非！不由得汪洋心潮起伏，感慨万千！

来到粟杉家不久，同学们陆续来到，无非是一些经常来往的李青山、陈红高、单涛还有甄亚凤、刘淑敏等人，汪洋没有看到封德水的身影，感到奇怪地问麻有志：“封德水怎么没来，他是个不甘寂寞的人，这个场合怎么会落下他？”

“他呀——没在家，出去打工去啦！”麻有志摇着头不屑一顾地说。

“他不是自己开公司吗？怎么会给别人打工呢！”汪洋不解地问。

“别提了，他刚开始确实赚了不少钱，可是后来不务正业，整天吃喝嫖赌，啥事都干，这两年把钱败霍光了，如今老惨了，公司破产不算，连住房都被银行收回抵贷款了，他被逼无奈，只好与妻子去南方给人打工，据说妻子在饭店做面案，他给人洗碗打杂，幸亏他的妻子贤惠，否则早就不跟他过了。”麻有志鄙视地告诉汪洋。

汪洋闻听此信，心里觉得很不是滋味，尽管他对封德水有看法，对他的为人处事也看不惯，但是毕竟同学一场，如今听说他如此落魄，心里为他感到惋惜。

在酒桌上，同学们得知汪洋的作品出版发行，纷纷向他表示祝贺，尊称他为作家，轮番举杯向他劝酒。尽管汪洋嘴上谦虚，心里却十分受用，加上同学之间说话随便，没有忌讳，汪洋盛情难却，只能竭力相陪。虽然只喝啤酒，但是喝的数量多，他又不经常喝酒，身体已无法承受酒力。喝到最后，不由得脸红心跳，立身不牢，显现出醉意。汪洋心里高兴，在酒精的作用下，非但不肯承认醉酒，还抢着与同学们干杯。粟杉见他确实不胜酒力，便制止众人，不再相劝。

酒阑人散，粟杉和麻有志用车将汪洋送回家，汪洋倒床便睡，直到晚饭时被施玉梅叫醒。兀自醉意朦胧，他喝了一杯凉白开，方才清醒。

弟弟准备了可口的饭菜，兄弟姐妹们前来为施玉梅母子送行。母亲没让汪洋喝酒，而是用白水作陪，施玉梅在弟弟妹妹以及妯娌的撺掇下，喝了足有三两白酒，若不是母亲担心她途中有闪失，及时劝止，弟弟妹妹及妯娌们不会善罢甘休。

施玉梅返程时间是晚上八点多，尽管天色已晚，母亲不顾儿女们劝阻，坚持将她们娘俩儿送到车站，母亲流着泪拉着孙子的手，叮嘱他好好学习，有时间常回来，孙子含泪点头答应。列车即将进站，母亲流泪与她们挥手道别。施玉梅和儿子更是恋恋不舍，眼含热泪登车离去。

送走了母子俩，汪洋陪着母亲唠嗑，一直唠到午夜才休息。

第二天，汪洋准备动身前往星沙。他必须先坐车到省城，然后转乘开往星沙的列车。吃过中午饭，汪洋拿着随身物品，与母亲告别，母亲想送他到车站。汪洋担心母亲累着，便一再劝阻，母亲只好答应送他到大门口。汪洋怕母亲伤心流泪，假装不在意地快步走出家门。母亲和弟弟妹妹紧随其后。汪洋走出大门，来到路口拐弯处，停下脚步回头与母亲告别，可是却没有看到母亲的身影，他感到奇怪，明明听到母亲和妹妹一起出来送他，怎么只看到妹妹，没有看到母亲呢？他疑虑地再次回头看望，依旧没有见到母亲的身影。他本想回去与母亲当面道别，又一想反正自己经常回来，这样直接走免得母亲伤心，便与弟弟直奔车站而去。

事后，汪洋曾问过妹妹，母亲是否和她一起出来送他，妹妹十分肯定地回答母亲和她一起出来相送，并且看着他拐过路口才回屋。难道是自己眼花，没有看清楚？还是……汪洋心里有些疑惑，甚至唯心地产生一种不祥预感。

话说汪洋乘车来到省城，在车站用电话联系到周思远的朋友严伟，严伟为他送来卧铺票。严伟是省城奶粉厂的销售员，当初周思远销售奶粉时，他们在业务上有往来，由于彼此投缘，他们的交情早已超出业务范围，变成关系密切的好朋友。

严伟将车票送给汪洋，并没有急于离开，而是带着汪洋去饭店吃饭，然后又为他购买了饮料和食物，一直等到火车进站，将他送上车方才离去。

虽然旅途时间长，又是独自一人，汪洋却没有感到寂寞，他吃饱喝足，倒头便睡，睡醒了拿出书自我欣赏。这次他总结了上次坐车的经验，没有把两本书同时拿出来，而是只看一本，因为他现在仅存两套书，无法再送人或卖出，他担心再遇到乌日娜之类的情况，会感到为难。

列车相继行驶了三十多小时，第二天午夜时分，到达了星沙市。周思远亲自到出站口接他，俩人见面后紧紧握手，周思远面带笑容地说：“老弟，辛苦啦！车上休息的咋样？”

“周大哥，我坐车能吃能睡，休息得非常好。”

“哦，那就好，我真担心把你累着！”周思远亲热地拉着汪洋的手，司机小马上前问好，并接过他的旅行箱，他们边走边说走出车站。

三人来到停车场，在一辆白色的“广本”轿车前停下，小马提前用钥匙打开车门，周思远谦让着请他坐副驾驶座，汪洋没有同意。于是俩人一起坐在后排。车子只走了三分钟左右，就到了饭店门口。汪洋下车后，只见饭店的门楣上的霓虹灯闪烁炫目，“星沙松花江酒店”七个大字赫然明亮。

周思远引领汪洋步入店堂，门口的迎宾员面带笑容，热情地与他们问好，店堂里的服务人员也纷纷与他们打招呼。此时虽然已过午夜，店堂里还有一些客人吃夜宵。这时一位身材高挑，长相美丽的姑娘笑容可掬地问道：“周总，接到客人啦？”周思远回答：“接到了。”他边说边指着对方向汪洋介绍：“汪老弟，这是前厅经理晏紫。”然后又对晏紫说：“这是我的老同学汪洋。”晏紫赶紧伸出手与汪洋相握，热情地说：“您好！，欢迎您的到来！”“晏经理，您好！”汪洋一边与之握手，一边仔细端详对方，他觉得好像在什么地方见过。于是他好奇地问道：“晏经理，咱们好像在哪里见过面。”

“是吗，我怎么没印象。”晏紫疑惑地回答。

“你以前是否在赤宫殿工作？”汪洋进一步核实自己的揣测。

“对呀，我以前确实在那里工作过。”晏紫肯定地回答。

“这就对了，前年我和周思远去赤宫殿吃饭，见到过你。”汪洋肯定地说。

“哦，我想起来了，那是三年前，你和周总去我们那儿用餐。汪大哥，您的记性可真好！简直过目不忘！”晏紫惊叹地说。

“过奖，我的记性没有那么好，只不过你长相出众，很有气质，所以对你的印象比较深，故此一眼认出你来。”

“老同学，不愧是作家，见一面就能认出来，真是记忆力非凡！晏紫是个非常优秀的管理人员，我刚开始搞酒店时，就把她请来帮忙，她为咱们酒店付出了汗马功劳。”周思远得意地夸奖他们两人。

晏紫嘴上谦虚着，将他们带进包厢。刚刚落座，陈碧岚走了进来。她笑容满面地向汪洋问好：“汪老师，您好！旅途辛苦啦！”汪洋早已知道她与周思远的关系，赶忙站起身来与之握手并表示祝福：“您好！见到您非常高兴，无缘参加你们的婚礼，我感到非常抱歉！在此送上迟来的祝福，祝二位身体健康，爱情甜蜜，永远幸福！”

“汪老师，谢谢您的祝福！我代表我们全家欢迎您的莅临！”

“碧岚，你就不用和他咬文嚼字了，他是我最好的同学和朋友，也是我的兄弟，彼此不必客气。”周思远对妻子说。

“对，我同意，咱们之间的称呼是得改了，你们现在是一家人，怎么还对我称呼老师呢？按理说我应该叫你嫂子才对。”汪洋说出自己的想法。

“那我怎么承受得起，您不必客气，还是称呼我小陈吧。”陈碧岚赶紧推辞。

“碧岚，汪洋说的有道理，你一口一个“您”的称呼，显得生分，按理说你应该称呼他兄弟；汪洋，你也不必称呼嫂子，干脆称呼碧岚吧，这样显得随便些。”

“思远，我晓得了，汪洋可以直呼我的名字，但是让我叫他兄弟却难以开口，莫不如还是叫他老师，一来叫着顺口，二来也显得尊重，你看行吗 ？”陈碧岚难为情地红着脸征求周思远的意见。

“也行，只要去掉‘您’字，怎么称呼都可以。”周思远笑着说。

“那好，我听你的，晏紫，赶紧安排饭菜，汪老师一定饿了。”陈碧岚笑着答应，并转身吩咐晏紫。

“岚姐，饭菜早就安排好了，我马上通知后厨上菜。”晏紫爽快地回答。

饭菜很快端上桌，周思远知道汪洋不喝白酒，自己亦听从陈碧岚劝告，所以酒吩咐晏紫取红酒招待汪洋。同时他让晏紫以及后厨经理作陪。后厨经理是位三十多岁的男子，身材高挑健硕，浓眉大眼，五官端正。周思远为汪洋介绍："这是后厨经理王树华。"然后又对王树华说："这是汪洋，你叫汪哥吧。"王树华赶紧上前与汪洋握手问候。

然后周思远又打电话，将表弟王军及小曹叫来作陪，他向汪洋介绍了表弟："这是我的表弟王军，现在是厨务总监，小曹你早就认识，他现在担任后勤经理，主管采购及后勤业务。"在座的除了王军及王树华，其他都是熟人，因此他们没有过多寒暄，而是相互握手问候。众人就座后，服务员分别为他们斟酒。周思远让服务员取来一瓶雪碧，将雪碧与红酒勾兑，汪洋效仿他的做法，红酒里勾兑雪碧。周思远首先把盏祝酒："在座的除了表弟和王树华，其余的都与汪洋熟悉，我就不多介绍了，我今天着重说的是，你们只知道他是我的同学和兄弟，可能有的人还不知道他是作家，他出版了两部长篇小说……"

周思远停下话，从随身带着的皮包里，拿出汪洋的两部作品，向下属们展示，晏紫等人好奇地从他手里拿过来翻看，并向汪洋投来钦佩的目光。然后周思远接着说："这就是汪洋的作品，前一段时间特意给我寄来的。我和碧岚都拜读了，写得非常好！我为他感到高兴和自豪，更对他的到来表示热烈欢迎！"说完，周思远与汪洋及在座的人一一碰杯，众人赶紧躬身与之碰杯，陪他将酒一口喝干。

陈碧岚亲自为汪洋和周思远斟酒，然后又欲给其他人斟酒，晏紫赶忙抢过酒瓶，为她及在座的人斟酒。陈碧岚把酒说道："汪老师，首先祝贺你荣膺作家，祝愿你的作品备受广大读者青睐，同时感谢你不辞旅途劳顿，屈尊前来帮忙，我们感到非常荣幸，并表示热烈欢迎！由于孩子尚在哺乳期，我不能喝酒，只好以茶代酒，敬你一杯，表达感激和谢意！"汪洋赶紧起身，与她碰杯并喝干。

接下来，晏紫及在座的人轮番向汪洋敬酒，汪洋知道这是当地的习惯，只好入乡随俗，接受众人的敬酒。周思远知道汪洋已戒酒多年，担心他不胜酒力，示意服务员斟酒时尽量少斟红酒，多兑雪碧。

俟众人敬酒后，汪洋站起身来，他知道此地喝酒规矩，作为客人，必须回敬在座每人一杯，周思远知道他的酒量有限，在座的又都是他的下属，没必要遵守那些规，便出言相劝："汪洋，你不善于饮酒，不必遵守当地的饮酒规矩，你象征性地与众人共饮一杯酒，表示一下意思就行。

汪洋遵从周思远的建议，举杯敬酒："在座的都知道我和周总的关系，我们既是同学，更是最好的哥们儿。看到饭店如此红火，我由衷地感到高兴！诸位都是知己朋友和得力助手，饭店能有今天的业绩和规模，与你们的支持和努力密不可分。在饭店创业和发展的过程中，你们付出了勤劳的汗水和智慧，没有你们的努力和付出，就没有今天这样兴旺发达的局面，作为同学和兄弟，我向你们表示最诚挚的谢意！我有幸加盟这个集体，感到非常荣幸，希望与诸位通力合作，心往一处想，劲往一处使，齐心努力，共同经营，在原有的基础上，更上一层楼，获得更好、更大的利润空间。祝愿松花江酒店的生意越做越大，越做越强，祝愿在座朋友身体健康，生活幸福，万事如意！"在众人一片喝彩和掌声中，汪洋与之一一碰杯，然后一饮而尽。

席间，周思远特意与汪洋单独干杯，再次表达心中的感谢之情，他借着几分酒劲儿，兴致勃勃地讲述他们儿时的故事："汪洋从小就喜欢看，而且记忆力惊人，简直过目不忘，他看完书都能记住，经常为我们讲故事，讲得非常精彩，那时候国家穷，每家生活都很，家家都编织苇席，以此添补家用。我们不到十岁就学会编织苇席，每到假期，我和他每天编织一领苇席。中午偷着去东大泡子洗澡，我俩的游泳技术就是那时候学会的。他毕业后，自己独闯大兴安岭，凭着自己的努力，把户口农转非，变成了城镇的'红粮本'，并参加了工作，如今更是锦上添花，出版了作品，当上作家，真是了不起！作为朋友和兄长，我由衷地为他感到高兴和自豪！能够请他来帮忙，我感到特别高兴，我相信，他的加盟会为我们的企业注入新的活力，将促使企业更加规范，利润空间更大，希望你们以后要尊重他，积极支持和配合他的工作，以后在企业里，他说的话就代表我，希望你们无条件地执行。咱们丑话说到前边，假如发现有人故意抵制或拆台，别说我不讲情面！”

周思远这番话，看似闲谈，其实却借机抬高汪洋的身份，帮他树立威信，以便日后更好地开展工作。众人早就知道他们关系非同一般，周思远对他如此器重，特意请他来帮忙，岂能不明白周思远的用意，当下纷纷表示一定全力配合。

这顿饭一直吃到饭店夜宵结束，员工们下班，他们才散席。周思远把汪洋领到四楼办公室，办公室的面积很大，足有四十平方米，里边间壁出一个套间，作为休息室。休息室里摆放着一张单人床，床上铺有新添置的被褥，以及拖鞋和其他生活用品，旁边摆放着一个衣柜，一个床头柜，一把椅子，还间壁出一个洗手间。

周思远亲自为他铺床，细心地查看一遍生活物品是否齐备，方才告辞离去。

汪洋躺在床上，翻来覆去睡不着觉。此时虽然是深秋季节，大兴安岭林区早已冰封大地，白雪皑皑，提前进入了冬季。但是地处南方的星沙，依旧热气逼人，气温高达二十多摄氏度。令他感到浑身燥热，很不适应，他索性开灯下床，去卫生间冲凉，然后打开窗户通风，感觉凉爽舒服一些，方才进入了梦乡。

当他被一阵电话铃声从睡梦中吵醒时，已经天光大亮，透过窗帘的缝隙，发现外间的办公室有人来了。他赶紧起床，盥洗完毕，穿戴整齐地走出休息室，看到一个中等身材，面目清秀的小伙子正在电脑前办公。见到汪洋，小伙子赶忙站起来，面带笑容地与他打招呼：“汪老师您，我叫张扬，是办公室文员，刚才周总来电话，问您醒了没有，他在店里等您吃早餐。”

“啊，知道了，快坐下忙吧。”汪洋点头示意他坐下，然后出门下楼来到店堂。

此时饭店刚开始营业，店堂里有些零散的客人在用餐。正在弯腰查验猪肉质量的周思远看到汪洋，赶忙笑着走过来，关心地问：“怎么样，休息得还好吧？”

“挺好的，我一觉睡到现在，连梦都没做。”汪洋一边回答，一边随着周思远坐到一个长方形餐桌旁。一位服务员赶紧端着茶壶走过来，为他们倒茶。

“那就好，咱们赶紧吃早餐，你想吃啥？”周思远征求汪洋的意见。

“早餐简单吃一口就行了，不必麻烦。”

“这是咱们自己家的饭店，想吃啥尽管说，何谈麻烦。”

“那好，你就让后厨包点饺子，我品尝一下味道。”

“好，咱们就吃饺子，你来什么馅的？”

“牛肉馅的，三两就够了。”

周思远告诉服务员：“你告诉后厨，来三两牛肉的、三两驴肉的，再来三两酸菜馅的，给我们切一盘小份酱牛肉，一碟辣白菜，一份萝卜皮，一份蜇皮瓜丝。”

服务员按照他的吩咐，飞快地记在菜单上，然后去后厨送单。

此时早班服务员正忙着搞卫生，只有两位负责接待客人。客人们不时地喊叫服务员，有一桌客人连喊了几声，都不见回应，气得客人直发脾气。周思远赶紧走过去，汪洋也紧随其后，周思远赔着笑脸，向客人解释并道歉，客人方才平息下来。

回到座位后，周思远不好意思地告诉汪洋：“现在咱们的前景非常好，有一定的知名度和稳定的客源，每到周五至星期日或节假日，都人满为患，甚至有人为争坐而吵架。另外两个分店由老妹和老弟负责管理，他们都已下岗，我让他们各自管理一个店，自己家人，总比外聘的人可靠。整体看来效益很好，美中不足的是现在管理混乱，缺乏一定的管理模式，我每天忙于应付职能部门，无暇顾及内部管理，碧岚因为抚养孩子无法抽身，以至于造成客人投诉、跑单、漏单以及与客人吵架等诸多问题，另外还存在后厨浪费原材料、偷懒等现象。这下好啦，你来了我心里就有底了，你大胆地帮我抓起来，我相信你的能力，一定能让企业走上正轨。晚上召集各店管理人员开个会，一是介绍你与大家认识，便于日后开展工作，二是公布一下你的职务，任命你为副总经理。”

“依我之见不要急于任命职务，我初来乍到，对酒店工作不熟悉，万一闹出笑话反为不美，莫不如先熟悉一下业务，摸摸具体情况再说。”

“嗯，你说的有道理，就按你说的办。”周思远点头表示同意。

饭菜端了上来，晏紫前来上班，见到周思远和汪洋，赶紧过来打招呼。周思远让她坐下来一起吃早餐，晏紫推说要检查卫生而拒绝。

吃过饭后，周思远叫来司机小马，他们坐车前往另外两家分店。见到了周思远的老弟和老妹，汪洋与他们自幼一起长大，虽然年纪相差几岁，但是由于周思远这层关系，故此弟妹们对汪洋特别亲热。

回来之后，周思远忙着出去办事，汪洋便在张扬的陪同下，来到后勤办公室，见到了小曹。小曹正向两位采购员布置工作，见到汪洋，赶紧起身问候，并为他泡茶。汪洋向他具体地了解有关采购及后勤情况。小曹先向他介绍了手下的采购员，他指着一位年纪三十多岁，身体健壮结实，面色红润的车轴汉子介绍说：“这是采购员刘平，负责原材料采购工作。”汪洋礼貌地与刘平握手，刘平面带微笑向他问好。

然后小曹又指着一位身材不高，头上剃着短寸发型，圆头圆脸的小伙子介绍：“这是采购员小蒋。”接着又指着一位身材高挑，留着偏分发型，长相清秀的小伙子介绍：“他叫陈均，是陈碧岚的堂弟，担任店里的采购员。另外还有几位采购员，他们出去送货和办事，等有时间再介绍您认识。”当下小蒋和陈均恭敬地站起身来，向汪洋躬身问好。

汪洋简单地询问了采购部的相关业务，小曹一一如实汇报。

接下来，张扬领着汪洋来到财务室。财务室内的几位财会人员正低头忙业务，见到他们进来，赶紧起身让座。

张扬首先指着汪洋向几位姑娘介绍：“这是汪老师，周总的朋友，是一位作家，发表过两部长篇小说。”

“汪老师，我叫逄莱，是公司的会计，您真是太了不起啦！我长这么大还是第一次见到作家，真是太幸运了！”那位自称逄莱的姑娘，眼睛里流露出惊喜的目光。她身材苗条，娇媚动人，语气中充满了崇拜之情。

“谢谢！过奖！”汪洋谦虚地回答，但是他的心里觉得很受用。

张扬指着一位梳着短发，身材均称，肤色白皙，细眉毛，单眼皮，五官秀气的姑娘介绍：“汪老师，这是现金员庄淑娴。”然后面色一红，显得有些不自然地指着一位身高一米六五，体形丰腴健美，五官端正，大眼睛，柳叶眉，鸭蛋形脸庞，颧骨有点高的漂亮姑娘介绍道：“她，她叫柳卉，劳资员兼仓库保管员。”

“我说张扬，你介绍柳卉时结巴啥呀？我看你们俩好像有情况。”逄莱笑着对张扬说。

柳卉没等张扬开口，赶紧打断逄莱的话，大方得体地说：“妹子，当着汪老师的面别瞎闹，人家汪老师是来了解工作情况的。”

坐在一旁的庄淑娴显得很文静，她友好地冲汪洋笑了笑，并起身泡了一杯茶，端到汪洋跟前，客气地说：“汪老师，请喝茶！”

“谢谢！”汪洋报以一笑，点头相谢。庄淑娴个头比逄莱稍矮，一米六左右，俩人的身材虽然差不多，但是逄莱却显得更加苗条。她们三人当中，逄莱性格开朗，庄淑娴文静稳重，柳卉却显得老练成熟，彼此之间性格截然不同，形成了鲜明的反差。

“汪老师，我也喜欢文学，很想拜读您的作品，更愿意做您的忠实读者，不知怎么能够实现我的愿望？”逄莱大方地道出了自己的意愿。

“谢谢你的抬爱！非常抱歉！出版社的样书有限，无法奉送。不过我的书在全国新华书店均有销售，我想当地新华书店一定有售。”

“哎呀，太好了！我一定抽时间买一套，不过我有个不情之请，麻烦您给我签字！”逄莱笑容可掬地请求。

“好的，没问题，我一定满足你。”汪洋痛快地答应。

接下来，汪洋向她们了解有关财务情况，她们知道汪洋是周思远请来帮忙管理企业的，便毫无保留地如实汇报。

汪洋离开时，逄莱等人将他送出门口，尤其是逄莱，怀着无限崇拜之情，一直目送汪洋的身影消失在走廊尽头，才若有所失地回到屋中，大有相见恨晚之感。

从财会室出来，张扬告诉汪洋：“逄莱是省财经学院的毕业生，工作能力很强，精通业务，就是说话尖刻，言辞泼辣，得理不让人，是个典型的湘妹子，遇到不公平的事情，感到气不过，便挺身而出，抱打不平，公司的员工都惧怕她三分。庄淑娴很有心劲儿，虽然没有受过高等教育，不到二十岁就出来打工，先在饭店当服务员，由于工作积极努力，头脑精明，后来做收银员；当收银员期间，被社会上的骗子以换零钱为由，骗走一千元钱。为了此事，她既心疼又恼火，陈碧岚为她减免了被骗的钱，同时看到她为人老实本分，头脑精明，提拔她当了现金员，并亲自教她相关业务。庄淑娴在陈碧岚的帮助下，业务能力提高很快，现在已经能够独当一面，业务非常精通。另外她特别爱干净，无论个人卫生还是环境卫生，她都收拾得一尘不染，衣服基本穿一天就换洗。她每天下班后，第一件事就是洗衣服，她的床铺如果有人坐过，她一定会马上换床单，干净得有些过头，同事们都说她有洁癖。”

“张扬，你对这些女孩子很了解啊，你是怎么知道这些情况的？”汪洋好奇地问他。

“她，她们和柳卉住在一起，我是听柳卉说的。”张扬说到柳卉时，神情有些不自然。

“哦，你说的柳卉就是劳资兼保管的那位美女。看来你对她们的情况都很了解。你详细介绍一下她的具体情况，便于日后开展工作。”汪洋为了工作需要，必须了解公司主要部门员工的具体情况。

“柳卉是陈碧岚的表妹，是一位性格开朗，美丽大方的姑娘，她说话干脆，办事利索，工作能力强，身兼多职，本身是劳资员，同时还兼职公司仓库的保管员，同时负责监管总店的现金和营业款。由于身兼数职，工作量大，每到月底做工资表，她经常在办公室忙到深夜！刚开始接手这几项工作时，由于业务不熟练，加上事情繁多，她有时急得直哭鼻子，但是她要强好胜，哭过后继续做事，没有因工作量大耽误过工作，而是把各项工作经管得井井有条，没有出现过任何瑕疵。而且她工作认真负责，从不怕得罪人。”

“听你这么一介绍，柳卉真是一位难得的好姑娘！看来你对她很有好感啊！”汪洋刚才从逢莱的话里听出了弦外之音，所以故意拿话逗他。

“汪老师，不瞒您说，我是在追求她，可是她却不为所动，您说追求一个人怎么这么难？！”张扬有些心灰意冷地说。

“张扬，既然你喜欢她，就应该大胆去追求，切莫灰心，你没听说‘精诚所至、金石为开’吗？只要你真心实意地爱她，用实际行动感化她，相信你一定会获得姑娘的芳心！”

汪洋的话，让张扬似有所悟，他没有说话，而是细细品味汪洋说话的含义。

接下来的十几天里，汪洋相继了解了后勤财会及采购等情况，并利用饭时，轮流量去各店蹲点，了解客流量及服务质量。通过细致了解和仔细观察，汪洋基本掌握了饭店的经营模式，从中发现了酒店经营运作以及管理上存在的弊病。经过认真思考，他决定对症下药，对酒店实施必要的整治和调整。

第十九章　忠人之事

汪洋经过深思熟虑，拟定了一份完整的方案，方案中包括成立管理机构以及采购部、人事部、人员培训等诸多事宜。汪洋将方案交给周思远，周思远仔细看过，感到很满意，便与汪洋约定了时间，商定具体的实施办法。汪洋首先提出酒店目前管理混乱，各个店之间各自为政，缺乏统一管理的弊病，提出成立一个统一的管理机构，以便更好地协调和管理。采购原材料上价位不统一，质量良莠不齐，导致个别人与供货商勾结，从中捞取好处。

周思远听了他的建议后，十分赞同地说："兄弟，我真没看错你！你的想法与我不谋而合。不瞒你说，这个想法在你来之前，我就酝酿已久，只是苦于没有精力去实施，再有就是这个管理机构的名称，我还拿不定主意，这个名字既要响亮，又要有说服力。你是搞文学的，你看起什么名字好？"

"名字我曾考虑过，现在一般都实行餐饮连锁机构，咱们有三家酒店，也算连锁形式，我看莫不如就叫'松花江餐饮连锁集团'，这个名字既代表了咱们的酒店，又突出了连锁的意义，同时显得有实力，因为一般实力小的企业不敢用‘集团’这个名称，你看如何？”

“行，你的见解很精辟，就按你的意见办！另外我同意你成立采购部的设想，咱们可以在现有的基础上，加大仓库面积，所有原材料实行统一采购，统一发放。日常用的肉类和蔬菜，均由采购部负责采购，各店根据每天需求量，如实上报采购部，由采购部按需采购，然后分送各店，这样既保证质量，又减少漏洞，同时还节省人员。由你任副总兼采购部经理。”

“周大哥，我没有这方面的经验，我看你还是找个懂行的人来管理，我从中协助为好，以免耽误事。”

“汪洋，跟我谦虚啥？我把你请来，就是看中你的能力和水平，不懂怕啥？谁生下来就啥都懂？不懂可以边干办摸索，你原先还不懂写作呢，照样创作出版两部长篇小说！你不要有顾虑，放心大胆地去干，我给你做后盾，出了错算我的！我让小曹给你当助手，具体业务让他去跑，你给他掌舵。再说了，采购部每天都跟钱打交道，这么大的资金交给别人我还不放心呢！你别推辞啦，这个差事非你莫属。”

“好吧，既然你这么信任我，我责无旁贷，理当效命。”汪洋笑着答应。

“哎，这就对了，你说咱们的关系，我有困难，你不往前上谁上？我相信你一定不会让我失望！再有就是人员培训问题，这个建议非常好，我看让碧岚和晏紫负责，我们商量好了，把岳母接来帮着带孩子，她腾出时间抓财务和培训工作。另外你挤出时间，帮我制定一套管理制度，‘没有规矩不成方圆。’这两年我吃亏就吃在没有健全管理制度，才导致今天这种混乱局面。这下好了，有你我心里就有底啦！”周思远深有感触地说道。

商定好规划，周思远马上付诸行动，他和汪洋前去工商局办理餐饮集团注册登记手续，周思远告诉汪洋：“汤三哥的妹妹汤静，担任市工商局副局长。由于汤三哥的关系，汤静和我很熟，以前饭店的营业执照都是她帮着办理的。有她帮忙，我觉得办理餐饮集团不会有啥问题。”周思远感到很有把握。

“有这么硬的关系，当然方便多了，汤三哥现在忙啥呢，怎么没看到他？”汪洋对汤三哥的印象比较深。

“他现在调到质量监督局任副局长，工作非常忙，这几天去北京开会，所以你没有见到他。他喜欢吃咱们店里的饭菜，平时经常过来喝酒，只要他有时间，一准到店里来喝酒。”

“汤三哥喝酒有意思，不但有酒量，而且还能调节气氛。”汪洋想到了他们初次在酒桌上喝酒的场景。

他们坐车来到工商局，在办公室里见到汤静。汤静个头不高，体形偏瘦，梳着齐耳短发，显得精明干练。周思远为汪洋与汤静做了介绍。汤静显得很热情，起身为他们拿烟沏茶。然后汤静面带微笑地问：“周哥，你有什么事情？”

“我们是想把几家分店进行整合，准备成立一个餐饮连锁集团，进行统一管理，想求你帮忙办理。”周思远说出此行的目的。

“周哥，你可真厉害！生意越做越大，应该统一管理。不过成立集团有难处，因为集团的手续很难办，需要一定数额的注册资金，必须有五个以上的子公司，才允许成立集团公司。”

“哦，没想到成立集团这么难办，你帮着想想办法，看咋办合适？”周思远笑着求汤静。

“周哥，你不就是想成立统一机构，管理这几个店吗？我看莫不如成立餐饮连锁公司，其实无论叫什么名称，集团也好，公司也罢，只要能起到统一管理作用，叫啥都一样，干吗非得成立集团呢？”汤静不解地问。

“我们当初不知道集团手续这么难办，觉得集团的名气大，显得有实力。”周思远笑着解释。

“嗨，有没有实力不在名称，而是看你的内涵，我劝你还是成立连锁公司，作用是一样的，手续相对简单。”汤静对周思远劝说道。

“兄弟，我看就按汤静说的，咱们成立餐饮连锁公司，你看如何？”周思远转头征求汪洋的意见。

“既然集团的手续难办，成立公司也一样，行，咱们成立连锁公司。”汪洋表示赞同。

“汤静，我们听你的，成立连锁公司，你看需要什么手续？”周思远做出选择并询问如何办理手续。

“那好，我现在就打电话，把具体负责的小孙叫来，让她告诉你怎么办理。”汤静说完，抄起电话，叫来了负责具体业务的小孙。小孙三十岁左右，身材苗条，长相秀气。汤静指着周思远和汪洋向她介绍：“这是松花江饭店的周总和汪总，他们准备成立连锁公司，你看都需要哪些手续，带他们去办理一下。”

“好的，没问题，汤局长您就放心吧！”小孙痛快地答应。

周思远和汪洋起身与汤静告辞，汤静将他们送到门口，与他们握手告别。

周思远和汪洋跟着小孙来到一楼业务大厅。小孙拿出一沓表格，交给周思远，同时告诉他：“成立公司必须要到会计事务所办理五十万元的注册资金，另外还要提供办公场地的房契，以及法人的身份证、计生证，还要卫生许可证等相关手续，按照表格的要求，填写好注册申请，把这些手续办好后给我，我帮你们办理。”

“小孙，谢谢你，改日我请你吃饭。”周思远客气地表示谢意。

“周总，您不必客气，这是我应该办的。”小孙摆着手，谦和地回答。

周思远与汪洋回到饭店，汪洋按照申请书的要求，认真填写了表格，周思远则带着财会人员，前去会计师事务所办理注册手续，并找到房东，索要了房契复印件及房东的身份证复印件，又到卫生防疫站办理了卫生合格证。一切手续办理完毕，汪洋前去工商局，把手续交给小孙。小孙认真检查了一遍，告诉他还需要企业法人资料以及计生证，让他回去抓紧送来。汪洋只好返回，向周思远说明原因，并按照要求，将个人资料和计生证备齐。汪洋再次来到工商局，将手续交给小孙，小孙见一切手续齐备，告诉汪洋回去等候，等审批后，再打电话通知前来领取营业执照。

接下来，汪洋同周思远前往汽车销售公司，根据需要购买了一台江铃箱式货车。用来夜间买菜、日常购货及各店配送原材料。周思远按照汪洋的要求，配备了夜间买菜司机和采购员，各店安排一名采购员，便于购买临时急需用品。所有采购人员统一归采购部管理。汪洋根据周思远的建议，制定了相关管理制度，并按各部门具体工作性质，制定了奖惩条例。

十天之后，连锁公司营业执照批了下来。周思远重新制作了酒店招牌，将第一个起步的饭店改名为“星沙松花江连锁酒店总店”，把开在步行街路口的改为“星沙松花江连锁酒店二分店”，坐落在南湖路口的改为“星沙松花江连锁酒店三分店”。另外还统一制作了服装，餐桌餐椅统一样式，餐椅上刻上松花江的标记，餐具上印有松花江的标记。他还委托汪洋去商标事务所，申请注册商标。一切准备就绪，周思远召开全体员工大会，宣布星沙松花江餐饮连锁公司成立，并在公司组织结构和人员上做了大幅度调整：首先任命汪洋为公司副总经理兼采购部经理，任命陈碧岚为财务部经理，任命小曹为采购部副经理，兼后勤主任，任命王军为厨务总监，具体负责菜品质量和研发新菜品。任命晏紫为总店店长，任命周思峰为第二分店店长，周思明为第三分店店长。还宣读了公司的规章制度以及奖惩条例。汪洋及各部门负责人做了简短讲话，无非表示努力工作，忠于职守等内容，所以不一一表述。

第二天上午，汪洋召开了采购部会议，他在会上任命了各店的采购员，并根据工作需要，将人员分为夜班和白班。夜班由一名司机，两名采购员组成，主要负责夜间到蔬菜批发市场买菜。白班司机一名，采购员两名，负责运送原材料，去食品批发市场采购原材料。汪洋根据工作需要，特意制作了详细的报料单，将日常所需的用品统统列入其中，下发到各店。要求各店保管员根据日常所需，及时上报详细的菜品数量及鸡、鸭、鱼、肉、蛋等原材料，由采购部统一采购并配送到各店，由各店负责人验收并签字。规定采购员实行当天报账制度，每个采购员必须当天报账，特殊情况例外。明确采购员的具体工作任务，各负其责，以免出现纰漏而互相推诿。同时规定每个采购员必须严把质量关，如出现质量问题，追究采购员责任，并给予一定数额的经济赔偿。

与此同时，汪洋将负责送鸡、鸭、鱼、肉、蛋及煤气等其他材料的供货商召集到公司开会，分别与他们签订供货合同，合同中明确规定：实行统一的送货价，按月进行结算，保证货物及时，如供货商送货不及时，耽误酒店正常营业，由供货商负责赔偿经济损失。合同中特别强调质量问题，如发现质量问题，公司有权冻结货款，并追究违约责任。多数供货商对此表示赞同，个别供货商提出异议，汪洋当即告知，假如不签合同，立即解除供需关系，停止交易。因此所有供货商无一例外地签订了合同。

一切安排就绪，汪洋正式开始工作。他每天根据工作要求，深入第一线，监督和检查采购员的工作，同时还抽出时间，到蔬菜批发市场和商品批发市场进行考察，了解市场行情，力争做到心中有数。

俗话说："万事开头难。"虽然成立了公司和采购部，明确了采购员的工作职责，但是有些采购员却不以为然，他们大多都与周思远或陈碧岚有亲戚关系或交情，有些人对汪洋根本不买账，觉得自己有靠山，即使出现毛病和失误，周思远夫妻也不会真拿他们开刀。

刚开始时，他们怕枪打出头鸟，确实收敛了许多。可是时间一长，看到汪洋虽然去市场考察，但是对他们采购的商品，尤其一些价格偏高商品，汪洋也没什么反应。他们以为建立规章制度只是走形式而已，胆子逐渐大了起来，以前那些以次充好，故意虚报价格，从中渔利的现象有所抬头，尤为严重的是负责夜班采购蔬菜的小蒋，他是周思远的远房表弟，原来学过厨师，由于是亲属关系，周思远特意委派他负责夜班采购蔬菜。他却辜负了周思远的信任，每天到了批发市场，既不考察市场行情，也不主动去采购菜品，而是把采购单往供货商手里一丢，就去台球室打台球，供货商午夜为他准备酒菜，酒足饭饱之后，他既不检验质量，也不讲价，而是按照供货商的价格付钱。

汪洋在考察市场时，发现了小蒋的做法，便把考察价格与他采购的价格进行比较，发现购买的青菜质量和价位都有较大出入。于是，他与周思远商议，决定对他严肃处理。为了让他心服口服，汪洋暗中按照报料单，带着小曹和逄莱，摸清了市场行情，然后找到小蒋。此时小蒋已经酒足饭饱，正在指使供货商装车，打算付账走人。汪洋的突然出现，让小蒋感到意外，但是他仗着和周思远有亲戚关系，显得满不在乎。汪洋拿过他的采购单，对比行情，发现他采购的蔬菜价格均偏高，而且质量较差。汪洋当即决定，退掉小蒋采购的蔬菜，责成小曹等人另行采购。小蒋还想狡辩，供货商也表示反对，汪洋却不为所动，当即解除了小蒋的职务，让他回去听候处理，并指出供货商与其相互勾结的事实。汪洋说中他们的问题，供货商无力辩解，只好眼睁睁地看着汪洋等人将车上的蔬菜卸下。

汪洋带着小曹等人，重新采购蔬菜，他们采购的蔬菜，不但质量好，而且价格便宜百余元。在事实面前，小蒋无话可说，乖乖地接受一千元罚款，灰溜溜地回到后厨炒菜。

通过一段时间的了解和观察，汪洋得知采购员刘平为人老实持重，便决定由接替小蒋的工作，汪洋特意把刘平叫到办公室谈话。汪洋语重心长地对刘平说："刘平，咱们既是同乡，又是同龄人，咱们虽然接触时间不长，但是通过各方面了解，知道你为人诚实，对工作认真负责，所以我把夜班采购工作交给你负责，期望你切实负起责任，把工作做好。"

"汪总，你就放心吧，我虽然是农村人，没见过什么世面，但是我这辈子没有干过坑害人的事情。再说我都这个年纪了，怎么能像年轻人那样没正事儿呢。我刚来时在后厨洗碗，后来周总见我老实肯干，破格把我调到采购部，我是感恩不尽，既然你和周总这么相信我，我一定竭尽全力，把工作干好，决不给你和周总丢脸。"

"好，有你这句话我就放心啦。"汪洋满意地点头说道。

为了防微杜渐，避免类似的事件再次发生，汪洋采取了相应的措施，明确规定：无论夜班还是白班的采购员，一个负责管现金，一个负责记账，管钱的不管账，管账的不管钱，俩人各负其责，共同把关，报账时必须俩人签字，无论哪个环节出现问题，均有据可查，由具体经办人负责。如此一来，不但规避了经济损失，也免去了采购员之间出现问题而相互推诿。

同时还与每个采购员签订了责任书，明确了每个人的责任和义务，并根据工作需要，规定了采购员十不准。

一、不准欺上瞒下，弄虚作假。
二、不准打架斗殴，违法乱纪。
三、不准营私舞弊，以公谋私。
四、不准吃喝嫖赌，道德败坏。
五、不准办事不公，感情用事。
六、不准假公济私，贪赃枉法。
七、不准收受贿赂，挪用公款。
八、不准玩忽职守，迟到早退。
九、不准拉帮结派，破坏团结。
十、不准钩心斗角，尔虞我诈。

落实了责任制之后，汪洋加大了监管力度，经常抽出时间，深入到市场调查行情。每次调查市场，都是在采购员不知情的情况下进行。并根据调查结果，突击检查采购员的账目，发现问题，就地解决；如果出现重大失误，由采购员负责赔偿损失。如此一来，采购员再也不敢掉以轻心，生怕出现纰漏而承担经济责任。杜绝了以往利用职务之便，弄虚作假、中饱私囊的不正之风。面对汪洋的真抓实管，以前那些曾犯过类似错误的人，虽然不死心，但迫于形势，只好收敛起来，有贼心而没贼胆。

汪洋为了工作，每天早晨七点起床，一直忙到很晚才上床休息，如果去市场调查行情，休息的时间更说不准。蔬菜批发市场晚上营业，汪洋必须十点以后动身，市场的规模很大，一圈转下来，大约需要两小时，已经午夜时分。他的记忆力非常强，调查一遍下来，各种蔬菜的价格早已烂熟于心。与夜班采购员碰头后，他拿过采购员的账目与自己了解的价格相对照，并指出哪种蔬菜的价格高，哪种蔬菜的质量差，说得采购员心服口服。采购员们对他的敬业精神和超常的记忆力深感敬佩。每次调查市场，返回公司已是凌晨，汪洋不管多么晚休息，第二天照常正点上班，从未耽误过工作。每天工作多达十六七个小时，幸亏他身体好，精力充沛，否则早就吃不消了。看到他每天不知疲倦地工作，下属们都戏称他为“铁人”。周思远心疼地一再劝他注意休息，汪洋却一笑了之，依旧兢兢业业地工作。

酒店事务繁杂，每天除了正常业务，还要处理一些突发事情。汪洋为了不耽误事情，每天早晨起来，把应该处理的事情逐条列入工作日记，然后按照先后顺序进行处理。由于生意好，原材料用量较大，光煤气每天使用多达几十罐。送煤气的姜经理为了多赚钱，故意提高煤气价格。汪洋通过市场调查摸底，了解了市场行情，并与其中两位送煤气的供货商谈妥，他们愿意比姜经理送货价格每罐低两元钱送货。汪洋心里有底，果断地通知各店收货人员，降低了煤气价格。姜经理得知信息，立刻找到汪洋，气呼呼地质问：“汪总，这生意没法做了，你这么搞我赔本啦。你也太不讲道理了，为什么不与我商量，单方面降价？”

汪洋见他如此，便据理力争，“姜经理，你的价格过高，我是按照合理的市场价进行调整，没必要与你协商。”

“汪总，你这个价格我没法合作，我不能做赔本买卖。”姜经理不听汪洋的解释，并以中断供货相威胁。

汪洋听后微微一笑，说：“做生意都是两相情愿，互惠互利，既然你不愿意继续合作，我不勉强，明天你来结账吧。”

“行，我明天就来结账，你这个人真是要不得，我没办法与你合作。”姜经理气愤地摔门而去。

汪洋成竹在胸，没有计较姜经理的态度，而是准备与其他供货商合作。没想到过了不长时间，姜经理打来电话，他在电话里的态度，来个一百八十度转变，语气和蔼地说：“汪总，对不起，我刚才有些不冷静，在言语上多有冒犯，请您原谅！您现在是否有时间，我想当面向您道歉！”

“姜经理，不必了，生意场上讨价还价很正常，我不会介意你的态度，你明天把送货单据带来，我保证一次性给你结清货款。”

“汪总，看来您还是不肯原谅我，您看咱们之间合作多年，周总开第一家店时，我就为你们送货，也算是老朋友啦，我不想结账，想继续与您合作。”

“姜经理，你也是经商多年的生意人，怎么说话出尔反尔？”汪洋故意拿话挤对他。

“汪总，我刚才已经向您赔罪了，您别和我一般见识，我现在在您的楼下，我马上上去，再次给您道歉！”姜经理撂下电话，很快来到汪洋的办公室。进门后，他面带笑容，一再赔礼道歉，并提出继续合作的意愿。

汪洋见他不但不计较价格，反而一再赔礼道歉，因而转变了态度，诚恳地对他说：“姜经理，我听周总介绍过你，知道你经商多年，经验老到，与我们周总是老朋友。不过朋友归朋友，生意归生意，这是两码事，作为具体负责人，我不能拿公司的利益当儿戏。你想一想，我这个职位，掌握着公司的经济命脉，不是特别信任的人，周总怎么会交给我管理？周总既然这么信任我，我怎么能辜负他的厚望？我也愿意与你继续合作，不过刚才我已经另行通知供货商送货了，我总不能失信吧！”

“汪总，我求求您，看周总的面子，咱们继续合作吧！”姜经理低声下气地相求。

“既然你诚心与我们合作，我又不能失信于人，我看你暂时送一个店，假如以后确实讲信用，我再想办法满足你的要求，这是我最后的底线，请你不要难为我。”

姜经理见汪洋态度坚决，只好退而求其次，选了生意最好的总店。他没想到自己偷鸡不成反蚀把米，心里懊悔不已。

通过这次交锋，供货商们知道了汪洋的厉害，没人再敢与他叫板，而是顺从地以合理的价格与之合作。汪洋觉得一家送货有弊病，因此逐步打乱独家垄断，所有物品都采取这种办法，每个店分别安排一个供货商供货，以免对方一家独大，拿拒绝供货相威胁。

为了价格合理，汪洋和开捷达车的司机小谢，特意来到煤气公司了解行情，负责接待的是一位年轻女业务员，汪洋客气地与她握手，并适时地亮明身份，“同志，您好！我是松花江餐饮连锁公司的，这是我的名片。”

女业务员接过名片，看了一眼，客气地说：“汪总，您好！我叫黄曼，这是我的名片。我知道你们松花江的生意好得不得了，饭菜，特别是饺子很好吃，我经常带着孩子去你们那里消费，就是时常等桌位，真是烦躁！这下好了，我再去吃饭就找您，您可千万多关照哟！”

“好的，没问题，你以后有事尽管打电话找我。不过我听说你们南方人不喜欢面食，你怎么喜欢吃饺子呢？”汪洋好奇地问她。

“汪总，你有所不知，我们大人不太喜欢面食，但是小孩喜欢，他们从电视上看到人们吃饺子，尤其是春节晚会，每年除夕新年钟声响起，主持人同全国人民一起吃饺子，小孩感觉新鲜，特别喜欢吃饺子。现在的孩子都是‘小皇帝’，惯得不得了，我们只好顺从孩子的意愿，经常带孩子去你们那里消费。”

“哦，原来如此，你说的没错，现在都是孩子说了算，既然你和孩子这么喜欢吃饺子，我这里有几张店里的代金券，送给你和孩子，欢迎你去我们店里消费。汪洋一边和黄曼说话，一边从皮包里取出三百元代金券，送到黄曼的面前，并向她解释说：“这是我们公司的代金券，你拿着它，可以到我们任何一家连锁店免费吃饭。”

“汪总，无功不受禄，我怎么好意思接受馈赠呢！”黄曼赶紧推辞。

“小黄，虽然咱们初次见面，但是我觉得和你投缘，只当交朋友啦，况且我还有事要麻烦你，假如你不收下，我也不好意思开口。”汪洋笑着把代金券塞在她的手上。

“汪总，您真是太客气啦，有什么事情您尽管说。”黄曼将代金券放在抽屉里。

“小黄，是这样的，我想和你商谈一下煤气的供应业务。”汪洋向她说明来意。

“不知你们每天需求量多大？”

“我们的用量很大，每天平均四十多罐，假如你们直接送货，价位是否能优惠？”

“哎呀，你们的量太少，构不成批发的规模，我们每天都是整车批发送货，每车几百罐，对不起，我没法帮你。”黄曼无能为力地说。

“哦，没想到你们的批发量竟会这么大，既然如此，那就算了吧。不过我还想了解你们的批发价格，不知能否告知？”

“汪总，按理说不可以，公司有规定，价格保密，不得私自泄露。但是看汪总这么仗义，我就破例透露给你吧！”

“谢谢！感谢您的帮忙！给您添麻烦了。”

“汪总，您不必客气，以后有事尽管找我，只要我能办到的，一定尽力而为。”

“黄曼，再次谢谢你！改日我请你和家人吃饭，希望你能赏光，今天就不打扰了，先行告辞。”

黄曼客气地把汪洋送到门口，相互握手道别。

从此，汪洋根据黄曼提供的信息，及时调整供货价格。尤其遇到价格调整，黄曼总是及时告知，汪洋立马调整价位，难怪姜经理信服地说汪洋的信息，比他掌握得还准。

汪洋经常派人给黄曼送些代金券，感谢她的帮忙。同时受到启发，采取终端了解行情的办法，以便掌握市场行情。饭店猪肉用量大，他便前去猪肉屠宰场，找到主管人员，采取与黄曼相同的办法，了解市场行情，及时掌握市场动态，避免了不必要的损失。

另外，汪洋还对一些用量较大的原材料，如酒水及其他调料，按出厂地址及联系电话，主动与厂家联系，由厂家直接发货，以批发价进行交易。这样节省了很大一笔开支，同时避免了假货，真是一举多得！

周思远和汪洋双管齐下，汪洋整治内部管理，周思远则在菜品质量上狠下功夫，他本身就有烹饪基础，综合自己的经验，与厨务总监王军及后厨经理王树华等人，制定了菜品创新奖励办法：规定每个厨师每月必须推出一道新菜，如果新菜能够得以推广，受到顾客的欢迎而保留，奖励三百元钱。同时周思远鼓励厨师积极钻研业务，叫王树华到书店购买了多种烹饪书籍，供厨师们学习与参考。以上奖励办法收到了成效。他们先后推出铁板东北粉、东北酱骨架、菊花鱼、干锅驴肉等一系列特色菜，受到广大消费者的喜爱和认可，满足了不同消费群体的需求。

同时他们在面食上下功夫，借鉴其他饭店的经验，研制出别具一格的冰花煎饺。用胡萝卜、菠菜等蔬菜榨汁，用天然菜汁和面，包出多种颜色的饺子，既保证食品质量，又新颖美观，让人一看就觉得有食欲。另外还推出了手撕饼、鸡蛋玉米饼、香酥糖饼、韭菜盒子等一系列面食，受到了不同地域、不同口味消费人群的欢迎。

与此同时，陈碧岚和晏紫的培训工作进行得如火如荼，她们利用业余时间，对服务员、传菜生、收银员等各个岗位的工作人员，进行针对性的专业培训，制定了“您好”“欢迎光临”“请用茶”“请问您有什么事”“请稍等”“请慢用”“请多关照”“请慢走”“再见”“欢迎下次光临”等一系列文明用语。经过系统培训，各个岗位的工作人员素质都有很大程度的提高，整体服务质量有了飞跃性提升。

周思远是个有胆量、有魄力，敢想敢做的人，他不但成立了连锁公司，统一了管理模式，还不惜花巨资，重新对三个店面进行装修。通过周思远、陈碧岚、汪洋等人的共同努力，整个公司的人员专业素质和精神面貌焕然一新，扩大了酒店的影响力，提高了知名度。酒店的生意愈加红火，每日顾客盈门，应接不暇。松花江酒店声名鹊起，享誉三湘，备受广大消费者的青睐。

酒店的生意愈来愈好，效益愈加可观，每到饭时，就餐的顾客蜂拥而至，络绎不绝，尤其是周五、周六、周日以及节假日，更是应接不暇。就餐场面如同赶集一样热闹，顾客只好打电话提前预约，生怕没有桌位。有些临时就餐、来得比较晚的顾客，只好排队等候，有些顾客甚至为了争抢桌位而吵架。

汪洋为了缓解前厅服务员的压力，每到饭时，他都召集后勤人员前去店里帮忙，主要帮着服务员干一些撤餐具、摆台、买单等力所能及的工作。

采购员陈均，家住星沙市郊区，是陈碧岚的堂弟，头脑灵活，聪明机灵，由于有陈碧岚这层关系，他担任总店采购员，主要负责购买店里临时急需物品。由于工作量有限，他每日采购之后，便可自由活动，工作相对轻松自在。如今汪洋提出后勤人员到店里帮忙，他心里很不情愿，迫于多种因素的压力，勉强帮了几天忙，就以各种借口加以推脱。

汪洋看到店里忙得不可开交，却找不到他的身影，便打电话询问他在做什么。陈均不是回答买物品，就是说考察市场。汪洋开始没多想，觉得这是采购员的正常工作，自己不便干涉。可是时间一长，汪洋发现了问题。他每次都是如此回答，汪洋曾问过店里的保管员，店里不缺货，陈均却声称在外购货或考察市场。汪洋觉得陈均在故意撒谎，决心弄清其中原委。

这天恰逢周六，中午客人特别多，陈均依然不在店里。汪洋打电话询问，电话里陈均打着哈欠说在考察市场。汪洋从他的语气中听出他好似刚睡醒，便不动声色地说让他继续考察。汪洋挂断电话，快步来到陈均的宿舍，发现陈均正躺在床上睡觉。

汪洋不由得生气地质问："你不说是考察市场吗？难道是在睡梦中考察？"

"陈均被堵到床上，觉得理亏，无法分辨，只好低头不语。汪洋气愤地告诉他："你的身份比较特殊，我领导不了你，你现在就去公司人事部报到，至于公司怎么处理，我无权干涉。"汪洋说完转身离去。

中午饭时刚过，汪洋接到陈碧岚电话。她在电话里询问有关陈均的事情，汪洋把事情原委一五一十地告诉她。陈碧岚听后非常生气："真不像话，我已经狠狠批评他了，并让他找你承认错误，你不必看我的面子，一定严肃处理，不能姑息养奸，助长这种不正之风。我和周思远都支持你！"

“好的，你让他来找我吧。”陈碧岚的话，让汪洋感到宽慰，他之所以没有直接处理，是因为担心自己处理不当，陈碧岚会有想法，如今她的态度如此坚决，他感到心里有底。陈碧岚夫妻的理解和支持，让他心存感激。

下午，陈均来到办公室，面带羞愧地一再向汪洋承认错误。汪洋见他认错态度诚恳，考虑到陈碧岚的面子，十分诚恳地对陈均说：“小陈，你是陈碧岚的亲戚，我是他们的朋友，都是为他们帮忙和捧场的，再说其他员工都在看着我们的一举一动。他们做生意不容易，我们作为知近的人，理应竭尽全力帮助他们，而不是故意拆台！你想过没有，假如咱们这么做，别人会怎么想，假如众人都效仿你的做法，我们如何管理企业，怎么去领导其他员工，一旦引起连锁反应，后果将不堪设想。”

“汪总，您别说了，我真是糊涂，只想偷懒，没有想那么多。刚才岚姐已经把我好顿批评，我现在知道错了，您放心，我一定改，您怎么指挥，我就怎么去做，绝对不再犯类似错误。请您给我一次改正错误的机会！”陈均痛心疾首地向汪洋承认错误。

“好，我相信你，但是我必须对你的错误行为做出处理决定：一、书面检查，并在采购员会议上承认错误；二、按照规定，交一定数额的罚款；三、保证以后积极努力，决不再犯。不知你是否接受处理意见？”

“汪总，我愿意接受您的处理意见，保证以后绝不再犯，只是……只是我求您别让我在会上做检查了，您说多难为情啊！我实在张不开嘴！”陈均红着脸哀求道。

“既然觉得面子上过不去，我可以不让你在会上做检查，但是我要在会上宣读处理决定，以儆效尤。”

“行，只要不让我在会上做检查，怎么处理我都没怨言。汪总，谢谢您的帮助，以后您就看我的实际行动吧！”陈均感激地表决心。

从此以后，陈均果然言而有信，不但认真做好自己分内的工作，而且对分外工作也积极努力，抢在前头，做在前头，任劳任怨，毫无怨言。

由于酒店生意好，员工的需求量较大，为了更好地解决用工问题，周思远成立了人事部，由小曹担任人事部经理。考虑到采购工作量大，周思远特意请妹夫的弟弟齐源来帮忙，并让他担任采购部副经理。

齐源原来在国营单位工作，曾担任销售科科长。他搞销售工作多年，有一定的工作和社会经验，他也非常自负，自以为搞销售出身，有工作能力，又与周思远有亲戚关系，觉得自己高人一等。

周思远为了让齐源更好地配合汪洋工作，特意带着他前来采购部办公室，与汪洋见面。他用敬佩的口吻对齐源说："汪洋既和我是同学，又是最好的兄弟，现在任公司副总，主管采购及后勤工作，另外他还是作家，出版了两部长篇小说，论才华和能力，都在我之上，希望你能虚心向他学习，配合他搞好采购工作。"

"哟，没想到你还是作家，不知道写的啥内容？"齐源大大咧咧地问汪洋。

汪洋出于礼貌，笑了笑说："一本是励志方面的小说，一本是缉毒方面的。"

"你哪天把缉毒的书拿给我看看。"齐源很随意地说。

"呵呵，对不起，我现在手里没有存书，无法满足你的要求。"

周思远听齐源如此说，心里觉得有些不快，担心汪洋有想法，急忙打圆场："汪洋的书销量非常好，很受读者欢迎，如果你想拜读，改日我把他送给我的借给你，你们都是我最信任的人，也是我倚重的左膀右臂，希望你们能够精诚团结。齐源，你刚来，对公司业务不熟，希望你虚心向汪洋学习，尊重并服从他的领导。"周思远这番语重心长的话，是故意说给齐源听的，目的是提醒齐源，尊重并服从汪洋的领导。

由于齐源性格骄傲，一向自以为是，加上与周思远的亲戚关系，他根本不把其他人放在眼里。虽然表面上对汪洋还算客气，但是心里并不服气，觉得汪洋不过浪得虚名而已。

公司有规定，工作时间不许饮酒，但是齐源却不听这一套，每顿都要喝酒，并且拉着其他人员一起喝，周思远虽然对他的做法不满意，但是碍于妹夫的情面，不好出面劝说，只好采取息事宁人的隐忍态度。

齐源喝完酒，喜欢说大话，经常与采购员们吹嘘他以前的历史，说自己如何有能力、有心计，为单位销售了多少产品，自己得到了多少回扣。

齐源在工作上自以为是，独断专行，遇事从不跟汪洋商量。南方的气候比较潮湿，尤其是冬季，有些原材料存放时间长容易发霉变质。汪洋以前都是按照各店的需求量，严格控制库存和保质期。可是齐源在采购过程中，不考虑发霉变质的因素，而是凭着自己主观意愿，随意购进货物，而且跟供货商套交情、拉关系，吃拿卡要，屡屡违反公司的规章制度，视《采购员十不准》为无物。

齐源的做法，让汪洋很气愤，周思远也感到为难。他从侧面规劝过齐源几次，齐源虽然口头答应，却依旧我行我素，不知悔改。

由于齐源购进原材料没有规划，掌握不住数量，有些原材料难免积压，存放在仓库里短时间用不完，导致易变质原材料，如花生米、粉条、面粉等发霉变质。

柳卉对工作认真负责，她把齐源购买的原材料因积压而变质的事情如实向汪洋反映。汪洋感到非常气愤，一气之下，当即做出决定：停止齐源工作，并让他按照损失的数额给予赔偿。

齐源不服气，与汪洋大吵大闹，并找周思远诉苦。他满以为周思远会替他说话，却没想到周思远早已了解他的所作所为，非但没有帮他说话，反而把他狠狠地批评一顿，并给他提出三点意见：一是接受处罚，调离采购部；二是向汪洋赔礼道歉；三是保证以后决不再犯。假如不同意这三点，立刻辞职走人。

齐源没想到周思远的态度竟如此强硬，只好乖乖地向汪洋赔礼道歉，接受处罚，调到人事部负责招聘工作。

齐源调离采购部之后，周思远见汪洋每天从早忙到晚，担心他的身体会吃不消，建议为他配备助手，并让他推荐人选。汪洋经过慎重考虑，提议让陈均担任采购部副经理。周思远尊重他的建议，陈碧岚却不同意，她说："他曾因偷懒而受到批评，加上年轻，没有工作经验，同时又是我的堂弟，如果干不好，会产生不良影响。”

汪洋却提出了截然不同的看法，他说：“你别看他以前贪玩偷懒，但是为人机灵，头脑灵活，做什么事情肯动脑子，而且有办法。特别是上次受到批评后，不但没有再犯过类似的错误，工作也积极努力，不论分内分外工作总是抢在前头，不计较个人得失。他虽然年轻，缺少工作经验，但是他有潜力，只要假以时日，好好带带他，我相信他一定会干得很出色的。不能因为是你的弟弟，就不同意提拔他，古人云：‘举贤不避亲。’我这也是为了工作考虑，请你相信我的眼光和判断力，我担保他一定的胜任这份工作！”

陈碧岚听了汪洋的解释，只好尊重汪洋的意见，同意提拔堂弟当副经理，但是她还有点不放心，特意对汪洋说：“既然你这么说，我也不好再坚持，但是你必须对他严格要求，我知道他从小淘气、贪玩，如果让他任性而为，说不定会捅出什么篓子，我的意见是先别忙着任命，让他先实习一段时间，干得好，让他接着干，干不好也不丢人，省着众人说三道四，对我的影响不好。汪老师，我说句实话，我现在不怕别的事情，就怕我的亲戚们打着我的旗号，不好好工作，给我惹麻烦。上次的事情，让我感到很难堪，如果再出点什么事，我真的无法面对！”

“行，按你说的办，暂时不下任命，让他代理实习。你不必多虑，我相信陈均不会让你失望的！”汪洋同意了陈碧岚的意见。

陈均果然不负众望，自从代理采购部副经理以来，工作更加积极努力，白天工作尽职尽责，晚上经常骑着电动车，到蔬菜批发市场、屠宰场等地考察市场行情，然后及时反馈给汪洋，汪洋根据他的信息，及时调整价格，不但节省了采购费用，而且减轻了汪洋的工作压力。

第二十章　蓝颜知己

通过多方治理，公司的各项工作逐步走上正轨。周思远感到很满意，汪洋的心情也感到轻松，觉得自己没有辜负周思远的重托。

光阴似水，岁月如梭，秋去冬来，花开花落，转瞬已是年末，汪洋已经来到星沙三个多月了。这一百多天，他起早贪黑，辛勤工作，全身心投入工作当中，在他的带动和监督下，公司的各项工作都很有起色。员工们对汪洋很信服，对于他安排的工作都尽职尽责，不敢懈怠，生怕出现差错。如今初见成效，汪洋总算松了一口气。陈均的人力协助，分担了他的工作，他觉得肩上的担子相对轻了一些。因此抽出闲暇时间，编写了一首《松花江之歌》。

蓝蓝的天上，白云在飞翔，

美丽的松花江啊，我的故乡！

巍巍地长白山，直插云端，

滚滚地天河之水，
浇灌着万亩良田。
这是我童年生活的地方，
令人魂牵梦绕，心驰神往。
北国江南鱼米之乡，
那是松花江人繁衍生息的天堂。

蓝蓝的天上，雄鹰在飞翔，
勤劳的松花江人，励志图强，
展开追梦翅膀，飞向远方。
湘江边上创基业，
伟人故里续辉煌。
中华传统美食源远流长，
松花江的佳肴誉满三湘。
打造百年精品名店，
这是松花江人梦寐以求的理想。

周思远和陈碧岚看过歌词，对《松花江之歌》感到很满意，特地找人花钱谱曲，请专业歌手演唱并录制，在各个店里播放，赢得了员工的喜欢和消费者的好评。周思远看在眼里，喜在心上，对汪洋的文学水平以及工作能力更加欣赏。

这天午休时，汪洋刚回到办公室，逢莱拎着一个挎包走了进来。她很随意地坐在汪洋对面，关切地说："汪老师，中午不休息呀？身体吃得消吗？"

"我没有午休习惯，身体没问题。"汪洋拍着胸脯自信地回答。

"汪老师，你每天从早忙到晚，每天才休息多长时间啊！你可千万注意身体，别累出毛病，否则大姐会心疼的！"逢莱调皮地和他说笑。几个月以来，由于工作上接触较多，而且逢莱的性格开朗大方，彼此之间说话很随意，称呼也有所改变，已经由当初的“您”变成了“你”。

“大姐心疼属于正常，不像某些人累坏身体没人疼，多悲哀啊！”汪洋笑着反驳。

“我是你的下属，我要是累坏身体，别人不心疼，你应该心疼啊！”逢莱歪着头眯着眼睛笑着说。

“你有没有搞错，上级与下属之间应该叫关心，只有最亲近的人才叫心疼！”汪洋纠正道。

“我是你的崇拜者，更是你的粉丝，你心疼我也没毛病啊！”

“去，去，该干吗干吗去，别在这里耍贫嘴。”

“这就是你的不对啦，我看你独自在外，大姐不在身边，担心你寂寞，好心来陪你说话聊天，你怎么不领情啊！”逢莱笑着调侃。

“你有事赶紧说，没有正经事赶紧走，别影响我工作。”汪洋笑着下逐客令。

“你怎么如此不近人情啊！我是无事不登三宝殿，来找你兑现承诺的。”

“兑现什么承诺？我答应过你什么？”汪洋疑惑地问她。

“我看你是工作忙晕了头，怎么如此健忘！当初是谁答应我，在他的作品上签字盖章的？”逢莱洋洋自得地晃着头问他。

“哦，原来是这件事儿，没忘，只要你把书拿来，我就兑现。”汪洋痛快地回答。

“那好，你现在就兑现吧！你看这是不是你的书？”逢莱一边说着，一边从挎包里拿出两本书，送到他面前。

汪洋见到自己的书，感到很亲切，赶紧问道：“你从书店买的？”

“你吝啬，不肯送给我，我只能去书店买啦。哎，我告诉你个好消息，书店的售书员说你的书销量很好。”

“真的？售书员真是这么说的？”汪洋显得很兴奋。

“我骗你干吗？恭喜你的作品畅销！”逢莱正色说道。

汪洋见她如此郑重，知道并不是开玩笑，心里不由得一阵高兴，这是他最关心，最感到忐忑不安的事情，他担心自己的作品滞销，受读者冷落，出于担心的角度，他甚至没有勇气去书店了解销量。如今听说销量好，怎能不兴奋，不激动！他爽快地答应逢莱，给她签字留念，由于心情激动，汪洋在签字时，手有些微微颤抖。因为心里高兴，他不假思索地应邀在扉页上赋诗一首：

海内存知己，

天涯若比邻。

斯文同一脉，

墨迹透芳馨！

逢莱激动得面泛桃花，一再称谢不已，心满意足地捧着书离去。

逢莱提供的消息，让汪洋感到很欣慰。但是他又担心逢莱搞恶作剧，所以特意抽时间去书店核实。走进书店，在出售文学作品的书架上，他看到自己的作品堂而皇之地摆在书架上，尤其看到自己的作品与一些优秀作品并排摆放在一起，心情更加激动！他表面上装作若无其事，拿起自己的书翻看，想引起周围读者注意，但是却没人理会他。汪洋感到有些失落，只好拿着书走到售书员跟前。售书员以为他要买书，顺口问道：“同志，您是要买这两本书吗？”“我不买，只想了解一下销量。”

“了解销量？你是做什么的？”售书员感到有些意外。

“我……我……我叫汪洋。”汪洋似乎有些难为情地说出自己的名字。

“哦，原来您就是本书的作者啊！真是失礼！您请坐。”售书员恍然大悟，赶紧站起身来，将自己的椅子让给他。

“谢谢！我站着就行，我主要想了解一下作品的销量。”汪洋谢绝了售书员的好意，依旧站着问她。

“您的作品销量很好，库存已经不多了。汪洋同志，您的作品我已拜读，写得确实很好，非常受读者欢迎，今天有幸见到您，我感到很荣幸！我想收藏一套您的作品，您能否给我签字？”售书员用崇拜的语气向他请求。

“好吧，我答应你。”汪洋受到售书员的追捧，心里感到很受用，当即满口答应。

售书员赶紧拿过汪洋手中的书，并从收款台里取出笔，送到他的手上。汪洋略一沉思，便在书的扉页上写道：“感谢售书员同志辛勤付出！惠存指正。汪洋，书于星沙新华书店。”

售书员拿着汪洋签名的书，感到很兴奋，一再向汪洋表示感谢。她的举动引起了附近两位读者的注意，他们赶紧凑过来，请求汪洋为他们签字留名。汪洋没有拒绝，痛快地为他们在作品上签字，满足了两位读者的请求。汪洋感到庆幸，觉得不虚此行，不但了解了书的销量，还受到读者的追捧，心里觉得无比惬意。

自从汪洋为逄莱题词签名后，她对汪洋的态度更是与众不同，经常去汪洋的办公室，请教有关文学创作方面的知识，并根据自己的想法发表见解，与汪洋共同探讨。她还帮助汪洋打扫卫生、洗衣服，虽然汪洋一再谢绝，甚至把脏衣服藏起来，逄莱却执意找出来帮他清洗，并且理直气壮地说：“汪老师，你别多想，你是干大事的人，应该把精力放在大事上，不要关注这些琐碎事，这些生活小事，大姐不在身边，让我替她代劳。你既是我的领导，又是我崇拜的偶像，能够为你分担生活琐事，是我的荣幸！再说我也不是单方面帮你，同时有求于你，咱们干脆做个交易，我帮你整理卫生，你教我学习写作，咱们各取所需，互不相欠。”

汪洋见她如此说，不好再反驳，只好默许逄莱的做法，但他还是采取相应办法，将换洗的脏衣服及时清洗完毕，尽量不麻烦逄莱。

南方的冬天，虽然最低温度在零度左右，平时晴天零上十几度，但由于室内不取暖，时常阴天下雨，气候显得阴冷潮湿。汪洋洗的衣物，挂在室内好几天，仍然潮湿不干。逄莱告诉汪洋：“汪老师，这里的天气就是这样，这就是干衣服啦，你若想晾得像夏天一样干爽，那是不可能的。”

汪洋点头表示认可。从此不再傻等衣服彻底干爽，而是半湿不干地穿在身上，用自己的体温去捂干。

周思远由于事情较多，不能经常陪汪洋吃饭，特意吩咐后厨，汪洋想吃什么，后厨就给做什么。汪洋为了不搞特殊化，没有接受周思远安排的小灶，而是与公司管理人员一起用餐。经常与汪洋用餐的有逢莱、张扬、柳卉、庄淑娴、陈均、小曹、刘平等人。他们的伙食标准是在员工餐的基础上，另外添加两个菜。

用餐时，逢莱总是喜欢坐在汪洋身边，并把汪洋喜欢吃的菜放到他跟前，不时地为他夹菜添饭，显得很亲热。汪洋虽然感到有些不好意思，但在众目睽睽之下，他无法直接拒绝。柳卉见逢莱对汪洋如此亲热，故意和她开玩笑：“我说逢莱，你对汪总这么好，是不是有什么企图啊？”

“你说对啦，我当然有企图，因为他是我的老师，我心甘情愿为他做事，你眼气什么？”逢莱歪着头不愠不火地笑着回敬。

“你拉倒吧，我们对汪总也称呼老师，谁也没像你这么殷勤，我看你是醉翁之意不在酒！”柳卉喜欢开玩笑，故意拿话讴她。众人跟着一起笑了起来。

“你少顺嘴胡嘞，我看你是以小人之心度君子之腹。你说汪老师这么忙，我们做下属的帮他做点力所能及的事情不应该吗？”逢莱咧嘴笑着反驳。

“帮忙做事应该，不过要有个尺度，我劝你不要有什么非分之想，否则不道德。”

“我看你是马列主义手电——照人不照己。人家张扬那么追求你，你却铁石心肠，死活不答应，你才是不道德呢！”公司的人都知道张扬追求柳卉，而且柳卉还在犹豫，所以逢莱也故意拿话讴她。

“这是两码事，你不能混为一谈，我俩是他未娶，我未嫁，牵扯不到道德层面。倒是你应该好好反思一下，你的行为是否符合道德准则！”柳卉说话幽默风趣，能言善辩。

逢莱说不过她，故意赌气：“不管你们咋想，反正我问心无愧！”

“咋地？还急眼啦？我看你是心里有鬼！”柳卉依旧不依不饶。

“你才心里有鬼呢！不知你是咋想的，心里这么阴暗？汪老师是我的偶像，我对他非常崇拜，能够有幸结识并一起共事，是我的荣幸，更是前世的缘分，能为自己喜欢、崇拜的人做事，我觉得是一种幸福，我愿意为汪老师做任何事！”逄莱正色说道。她的话既是反驳柳卉，又似表白心迹。柳卉本来与她开玩笑，见她如此认真，反倒觉得有些不好意思，急忙向她解释：“逄莱，我是和你开玩笑，你别当真。”

逄莱却认真地说：“柳卉，我知道你是开玩笑，但是我今天郑重地告诉你，我打算正式向汪老师拜师学艺。汪老师，希望你不要嫌我愚钝，收下我这个学生！”

汪洋对逄莱拜师学艺的想法，虽然不以为然，但是怕逄莱下不来台，只能顺水推舟，笑着点头表示同意。众人纷纷跟着起哄，柳卉与她开玩笑说：“我说逄莱，你的心不诚啊，既然要拜师，就得行拜师礼，光说怎么能算数呢！”

“你说得有理，好，我现在就给汪老师敬酒。”逄莱说着自己走到吧台，花钱买了一瓶红酒，随手拿过来两个红酒杯，斟满一杯酒，双手举着对汪洋说：“汪老师，既然你答应收我做学生，请你饮了这杯酒！”汪洋伸手欲接酒杯，却被柳卉拦住，“我说你心不诚，你还不明白我的意思，既然要拜师，就得重装其事，怎么这么草率？”

“柳卉，你哪来这么多讲究，既然敬酒不行，你说该怎么办？”

“你必须向汪老师行跪拜礼，才显得心诚！”

“好，既然你说跪拜，我就跪拜。”逄莱说着，举杯欲跪。汪洋知道这是柳卉故意搞恶作剧，赶紧起身将逄莱扶住。张扬及小曹等人笑着劝逄莱不必如此。看到众人掩口笑个不住，逄莱顿时醒悟，气狠狠地瞪了柳卉一眼。然后郑重其事地双手举起酒杯，诚恳地说：“汪老师，感谢你收我为学生，请接受学生的敬酒！”汪洋见她出于一片至诚，爽快地双手接过酒杯，一饮而尽。

柳卉本来与逄莱开玩笑，没想到她竟然当真，真打算给汪洋下跪行礼，觉得有些不好意思，便不再说笑，低头吃饭。

汪洋知道南方女子思想开放，说笑不拘小节，她们之间经常开这种半荤半素的玩笑，自己时常与她们逗闷取乐，所以没把拜师之事当回事。

张扬为人诚实耿直，工作一丝不苟，认真负责，对待爱情也是如此。他追求柳卉已经半年时间，柳卉却始终不答应，他没有灰心，依旧穷追不舍。同事们都觉得他俩比较般配，极力撮合。难怪逄莱说她不道德。

张扬家住河南南阳，与诸葛孔明是同乡，中专学历，电脑专业，无论人品还是工作能力都很优秀。他每天忙于公司的各项工作，打印各类文件，负责维修各店的收银机，同时还要抽出时间，布置店面，尤其节假日或搞宣传活动，他都亲自到各店悬挂彩灯、花环、条幅等，忙得不可开交。

汪洋与张扬同室办公，接触时间比较多，汪洋看到张扬在电脑前手指翻飞，熟练自如地敲打键盘，心里非常羡慕！自己若是学会使用电脑，将来写作该有多么方便快捷。于是他向张扬提出学习电脑的想法，张扬自然满口答应。可是张扬每天都很忙，汪洋的事情更是冗杂，很难有时间聚到一起安心学习。汪洋只好自己边背字根，边琢磨。

逄莱得知汪想洋学习电脑，便毛遂自荐，主动来教他。她告诉汪洋："其实学习电脑并不难，你学习电脑并不是从事电脑专业，无非想利用电脑写作，没必要这么系统地学习，只要学会使用电脑，熟练打字就行。"

"世上的事情，都是说起来容易，做起来难，正所谓是会者不难，难者不会。你说得倒容易，我背字根已经一个星期了，现在还没背熟呢！"汪洋烦躁地说。

"你这是聪明反被聪明误，你背字根干什么？你不就是为了写作吗？使用拼音不就得了。张扬真是笨得死，干吗非得让你使用五笔？用拼音也是一样的！来，我教你使用拼音。"

逄莱把汪洋拉到电脑前，手把手地教他电脑操作技巧和如何用拼音练习打字。在她的悉心教导下，汪洋很快学会了使用电脑，并能熟练地用拼音打字。

由于逢莱与汪洋工作接触比较频繁，俩人都爱好文学，所以关系相处得很融洽，没事时，俩人经常在一起探讨文学，彼此成了无话不谈的朋友。逢莱向汪洋表明心迹："汪老师，不怕你笑话，我自幼喜欢文学及文学创作，曾梦想将来成为一名作家，却阴差阳错学了财会专业，与文学专业失之交臂。但是我心中始终没有放弃文学梦想，工作之余偷偷练习写作，尤其遇到你这位良师益友，为我树立了榜样，我的文学梦变得更加强烈。我仔细拜读了你的作品，从作品里受到启迪，书中所描写的写作经历，让我倍受感动和鼓舞。我决心拜你为师，虚心向你学习写作知识，无论将来成功与否，我都绝不后悔，都会义无反顾沿着文学创作之路走下去，绝不动摇！"

"逢莱，你有这种坚定的信念，真是难能可贵，我总结了自己写作和生活经历，认为无论做任何事情，都要勤奋努力，都要持之以恒，无论遇到任何艰难曲折，都不能灰心丧气，更不能半途而废。失败是成功之母，只要你认准目标，坚定信念，我相信你一定会实现自己的理想！"汪洋根据自己的亲身经历，说出自己的心得。

"汪老师，与君一席话，胜读十年书。你这番话真是精辟，犹如醍醐灌顶，令人茅塞顿开。我一定记住你的话，认定文学创作道路，坚定不移地走下去，不达目的绝不罢休！"汪洋的话，让逢莱深受鼓舞，更坚定了她的信心。

在汪洋的鼓励下，逢莱开始利用业余时间练习写作，并把习作拿给汪洋进行点评，汪洋看了之后，虽然觉得她的作品，无论写作水平还是故事情节都欠火候，但是为了鼓励她的积极性，都给予了充分肯定，并提出了中肯的修改意见。

这天晚上，逢莱来到汪洋的办公室，面带羞色地把一个信笺纸叠的方胜交给汪洋，然后转身告辞而去。

汪洋感到奇怪，打开方胜，原来是她作的一首诗：

读佳作有感

拜读佳作心喜之，

字里行间透珠玑。

千里有缘为师友，

新朋尤胜旧相知。

逢莱特意注明要汪洋和诗一首。汪洋便信笔步原韵和诗一首：

承蒙谬爱心愧之，

溢美之词掩瑕疵。

今生有缘结诗友，

忘年之交君自知。

汪洋对逄莱的反常举动，感到一丝不安，为了避免产生误会，他在和诗中故意使用忘年之交的词汇，以此表示他们是两代人，不可能发生感情纠葛。

但是，逄莱好似根本没有理解他的意思，继续送来一首诗：

续读佳作有感

心意相通唱和诗，

何计差异与瑕疵。

前生有缘再聚首，

恨不相逢未笈时。

汪洋见逄莱的诗中，愈来愈流露出爱慕之情，心中甚感不安。面对她的热情火辣，直抒胸臆的大胆表白，汪洋不敢接招。理智告诉他，自己有家室，妻子是世界上最好的贤妻良母，绝不能做出对不起妻子，对不起良心的事情。于是，他断绝了逄莱的唱和，刻意与她保持距离，以此表明立场，让她知难而退。

由于汪洋和逄莱接触过于频繁。齐源乘机在同事面前添油加醋，污蔑他们之间关系不正常，恶意造谣中伤。同时授意他的老婆刘桂花帮着传播谣言，刘桂花是家庭妇女，由于有齐晖的面子，担任分店保管员。她这个人平时喜欢搬弄是非，乱嚼舌根子，如今更是把丈夫的话当作新闻来传播。俗话说："好事不出门，坏事传千里。"这些谣言传到了周思远的耳朵里，他虽然相信汪洋的人品，但是众人传得沸沸扬扬，说得有鼻子有眼，他抱着维护汪洋的形象和公司声誉的心理，特意找汪洋核实真伪。由于俩人关系特殊，周思远没有拐弯抹角，而是直截了当地向汪洋道出众人的谣传和自己的担忧，汪洋听后虽然很气愤，却坦诚地说："我和逢莱之间因为都爱好文学，平时来往较多，关系相对密切，但是我们光明磊落，问心无愧，根本没有做什么见不得人的事情。"

"老同学，我相信你的话，也知道你的为人，不会做出有悖道德的事情。但是人言可畏，咱们又是公司主要领导，一定要注意影响！"

"老同学，你放心，我决不会做出有悖道德伦理，损害公司形象的事情。"

"老同学，有你这句话我就放心了！我会追查谣言的始作俑者，还你一个公道。"周思远对汪洋的话很满意，同时更痛恨传播谣言的人。

"老同学，谢谢你的信任，有道是清者自清、浊者自浊。反正我们问心无愧，我劝你没必要和无知的小人计较。"

"汪洋，你不愧是做大事的人，真是有涵养和肚量，哥哥我自愧不如！"周思远信服地一再点头表示赞赏。

汪洋与周思远谈话之后，对逢莱采取了刻意回避的态度，不但白天尽量减少接触，晚上更是避免与逢莱单独见面。为了避嫌，汪洋晚饭后，将办公室门反锁，躲在办公室内轻易不出屋。

然而，面对人们的风言风语，逢莱不但没有退却，反而数次敲门来访。汪洋为了避嫌，只好装聋作哑，躲在屋内，避而不见。逢莱无奈，只好悻悻而去。

这天晚上，汪洋刚回到办公室，没来得及锁门，逢莱尾随而至，抢先一步迈进屋内。哀怨地看着汪洋，委屈地抱怨道："汪老师，我什么地方得罪你了？干吗故意躲着我？"

“逢莱，我理解你的心情，但是咱们之间应该保持距离，否则影响不好”汪洋故意不看她，而是把目光转向窗外，注视着街道上川流不息的车辆。

“我不怕影响，我们之间冰清玉洁，只是探讨文学，并没有做什么越轨的事儿，怕什么影响！逄莱双手叉腰赌气地问他。

“逄莱，我们之间虽然没有越界的事情，但是人言可畏，流言蜚语能够害死人，我不得不防！”汪洋苦笑着摇了摇头。

“汪老师，我看你平时说话做事，不是胆小怕事的人！怎么能够被几句流言蜚语所吓倒？”逄莱眼睛盯着汪洋问道。

“逄莱，我并不是胆小怕事，而是为了公司利益和全局考虑，同时也为了你考虑，我是过来人，知道这些谣言对于一个没有成家的姑娘意味着什么！我不能眼睁睁地看着这些谣言毁了你将来的幸福生活！咱们今后要注意影响，保持一定距离，以免那些不怀好意的人乱嚼舌头根子。”

“汪老师，俗话说不做亏心事，不怕鬼叫门。咱们走得正、行得端，没必要在意那些小人的恶语中伤！谣言止于智者，咱们越害怕，他们就越说得起劲儿，假如咱们不怕，保持正常交往，时间长了，也就见惯不怪，没人再造谣诽谤。”

“你说的虽然有道理，但是我担心招致他人猜忌，更会给心怀不轨的人以口实，编造出更加难听的谣言，你还年轻，不知道人言可畏，有时候谣言会导致无辜者身败名裂，我们一定要三思而行。”

“汪老师，事到如今，不管咱们如何应对，都要冒一定的风险，我记不得是谁说过的话，‘最好的防御就是进攻’，与其被动逃避，莫不如主动出击。再说我知道有些同事，并没有什么恶意，只不过喜欢起哄和嚼舌根而已，咱们不必和他们计较！”

“话是这么说，但是我们也要注意自己的言行，晚上没事你尽量不要来找我，有事白天在办公室里说。另外，你不必再帮我洗衣服，我这个人从参加工作就住宿舍，这些洗洗涮涮的小事，早就习惯了，不必麻烦你，免得有人说闲话。”

“好吧，我尊重你的意见，尽量减少不必要的麻烦，但是假如有事，我还会不分场合来找你，咱们没必要像做了亏心事似的，处处小心谨慎。”

“好，依你之见，咱们既不刻意逃避，更不能为了避嫌而影响公司的正常工作。”汪洋点头同意逢莱的意见。他与逢莱把话说开，心里感到踏实和释然。

然而，树欲静而风不止，尽管汪洋和逢莱尽量减少接触，但是齐源却继续让他老婆造谣，说他们已经生米做成熟饭，现在已经不怕别人说闲话，还说汪洋已经和妻子离婚，准备娶逢莱为妻……

众人不知就里，不辨真相，有人信以为真，跟着起哄传播。种种不实之词接踵而来，比以前传得更厉害。汪洋为了彻底击败谣言，在春节前夕，征得周思远同意，给妻子打电话，让她带着儿子来星沙与他共度春节。

施玉梅接到电话后，爽快地答应了丈夫的建议。儿子听说要去星沙和爸爸一起过春节，心里非常高兴。这之前妈妈说爸爸不能回来过春节，觉得非常失望。如今听说前去与爸爸团聚，正中下怀，加上懵懂年少喜欢游玩，此去既能和爸爸团聚，又可以借此机会好好游玩一下，见识一下江南景色，真是一举两得。

施玉梅赶紧向单位领导请假，然后张罗动身。她托同学齐所长买了一对家养飞龙和野鸡、十几斤家养二代野猪肉，还买了都柿和山丁子制作的果干。如今人们已经把都柿改叫蓝莓，把山丁子改叫红莓，但当地人还是喜欢称呼都柿和山丁子。

一切准备就绪，她们母子动身启程。由于没有直通车，他们需在省城换车，考虑到省城换车时间是晚上五点多，施玉梅决定中途在谙达下车，看望婆婆及家中的亲人。她们只能在家待一上午，中午必须坐车赶往省城。奶奶见到儿媳和孙子，心里特别高兴，亲热地拉着孙子的手，不停地问这问那，孙子懂事地一一回答。孙子劝奶奶和她们同去看爸爸。奶奶含笑说：“孩子，奶奶身体不行了，无法承受长时间的旅途劳累，你去吧，等回来后，把你见到的景色讲给奶奶听，奶奶就心满意足啦！”

时间在人们的笑谈中不知不觉地流逝，很快到了中午，施玉梅简单吃过午饭，便与婆婆及亲人告辞，动身前，她拿出五百元钱给婆婆，让她留着零花。婆婆说什么也不留，说：“你们也不宽裕，出门需要花钱。”施玉梅将钱硬塞到婆婆手里，然后与亲人告别，弟弟妹妹把她们母子送上车。清辰懂事地与叔叔姑姑挥手再见，弟弟和妹妹一直等到列车启动，才转身离去。

施玉梅领着儿子坐车来到省城，已是下午三点多，她按照汪洋告诉的电话号码，打通了严伟的电话，双方约定在候车室门口见面，严伟已经按照汪洋的嘱托，为她们母子提前购买了卧铺票。

由于双方从未谋面，施玉梅和儿子只好站在候车室门口等待。此时正是北方最寒冷的季节，她们母子又是去南方，所以身上穿的比较少。在门口站了一会儿，感觉浑身发冷，手脚发麻，他们焦急地等了十几分钟，只见一个身材魁梧的年轻人走到他们跟前，打量了他们母子两眼，开口问道：“你就是汪洋的儿子吧？”

没等施玉梅反应过来，汪清辰已经接话说：“是的，我是汪清辰，您是严叔叔吧？”

“对，我是严伟，你们父子长得真像，我一眼就认出来啦！嫂子，不好意思，我临时有事耽搁了，害你们久等了，嫂子，这是两张卧铺票，你收好了。”严伟一边说着，一边从口袋里掏出卧铺票送到施玉梅手上。

施玉梅接过车票，仔细看了票价，拿出钱包，准备给严伟车票钱。严伟笑着阻止说：“嫂子，你不必给钱，我和周总他们有往来账，到时候一起结算。嫂子，离开车时间尚早，我带你们去吃点饭儿。”

“兄弟，谢谢你这么辛苦为我们买票、送票，我心里感激不尽，吃饭就免了，再说我们刚吃完不到仨小时，一点都不饿，车上我们带足了食品，你就不必操心了！”施玉梅拒绝了严伟的邀请。

“那好吧，咱们先进室内等候，外边天太冷。”严伟说着，拿起施玉梅随身携带的旅行包，领着他们走进候车室。由于是春节客运高峰期，候车室内候车的旅客很多，严伟好不容易在候车室内找了一个空座，安顿他们母子坐下歇息。

施玉梅感激地对严伟说："兄弟，辛苦你啦。"

"嫂子，我和周总是老朋友，和汪大哥相处得很好，你跟我不必客气。你们先坐着，我出去有点事，很快就回来。"

"兄弟，你有事就去忙吧，我们带的东西不多，你不必回来送站。"施玉梅劝他回去。

"那怎么行呢，周总和汪哥大特意叮嘱我把你们送上车，我岂能失信！"严伟仗义地说完，转身离去。

约莫半个小时，严伟回来了，手里拎了一袋红肠，足有四五斤，他把红肠交到施玉梅的手上，说："嫂子，我本想请你们吃饭，你不肯去，只好买点红肠，你们在车上吃。"

"哎呀，兄弟，你真是太客气啦，我带的食品很多，一路上都吃不完，你还破费买这么多红肠干吗？"施玉梅客气地对严伟说道。

"嫂子，你们在车上三十多个小时，多带点吃的有好处，你就赶紧装起来吧。"严伟见施玉梅的旅行包东西装得很满，把目光转向汪清辰背的书包，看到书包还有些空隙，便打开书包拉链，将红肠装进书包。

"严叔叔，谢谢您！"汪清辰十分礼貌地向严伟道谢。

时间在人们的焦急等待中，缓慢地向前移动。旅客们终于听到广播里传来准备检票的通知，严伟帮着施玉梅提着旅行包，随着拥挤的人流，走进站台。

列车停稳后，严伟将他们母子送上车，将东西安顿妥当，叮嘱他们车上注意安全，然后下车离去。

列车开动时，天色已经黑了下来。施玉梅打开食物包装袋，拿出食品与儿子吃晚餐。儿子一边开心地吃着可口的食物，一边好奇地向妈妈问一些有关旅行方面的常识，施玉梅耐心地一一给予解答。吃过晚餐，施玉梅催促儿子上卧铺休息，儿子却迟迟不肯，他坐在过道的便座上，好奇地向车窗外张望。尽管天色已晚，外面漆黑一片，只有偶尔闪现的灯光和途径的一些小站从眼前一掠而过。但是他却看得很着迷，心里盼望着车速再快一些，时间过得再快一点，早一点见到日思夜想的爸爸。此时他虽然坐在车上，思绪却早已飞到爸爸身边。

春节期间，饭店生意更加红火，采购部必须为各店准备足够的原材料，以保障酒店正常营业。汪洋这几天为储备原材料而忙得不可开交。他先找来姜经理，商量春节期间煤气供应问题。姜经理早已领教过汪洋的厉害，对汪洋提出的春节期间不休息，保证正常供气的要求满口答应。

汪洋根据各店上报的用肉数量，召集供货商按需悉数备齐，为了更好地保存，他与送海鲜的供货商小崔商量，临时借用她的冷藏库存放肉类。小崔十分爽快地答应了汪洋的请求，放心地将冷库钥匙交给汪洋。汪洋知道她的库里还存放着一些贵重的海鲜，她对自己这么信任，汪洋感到很感激。

经过周密细致地安排，春节期间所需的各种原材料基本就绪，仅剩下水产品尚未落实，他让采购员和供货商联系，要求他们春节期间正常供货。供货商却声称过年要回家与亲人团聚，不能满足要求。汪洋只好亲自出马，约供货商小何面谈。向他说明实际困难，请他帮忙送货。小何是个比较腼腆、性格内向的人，本打算一起同妻儿回老家陪父母过年。如今见汪洋求他，感到很为难。他常年在外做生意，平时很少回家看望年迈的父母，好不容易等到过年，得以抽出时间回家陪老人共享天伦之乐。谁知节外生枝，汪洋求他帮忙。为了做生意，他无法断然拒绝，感到左右为难。

汪洋问他老家住在哪里，小何告诉他，住在一百公里外的岳州。汪洋思考了一下，用商量的口气说："小何，我理解你作为儿子希望与父母团聚的孝心，你看这样可不可以，你三十上午给我们送足三天的货，然后你动身回家陪父母过年，初三上午赶回来，再送三天的货，然后你再回去，过了初六就好办了，只不过要辛苦你往返一趟。这么办，往返的费用我来承担，你看可否？"

小何沉思片刻，说出了顾虑："汪总，这不是费用问题，关键是要提前备货。因为给我供货的渔民，春节期间也休息，我若不提前将货备好，即使不回家也无货可送。如果多备货，必须按时打氧，否则鱼就会死掉。汪总，我虽然和你打交道时间不长，但是我对你的为人及敬业精神非常敬佩，咱们合作以来，你虽然对质量要求很严，但是价位却合理，结款也很及时，说到做到，我们都很服气！你为人正直，做生意明明白白，不搞那些乱七八糟的事情，我们也是正经的生意人，都想正经八百地做生意，所以我们愿意和您合作。如今你们遇到困难，如果我不帮忙，以后还怎么继续合作！我想好了，我三十下午将堂客和仔送回去，在家陪父母过除夕，吃顿团圆饭，初一上午我就返回来，继续为你们送货。至于你说的往返费用问题，你这不是骂我吗？既然咱们是合作伙伴，理应相互帮忙，假如我接受你的费用，那我以后还有啥脸面与你合作。你就放心吧，我一定保证及时送货，决不影响你们正常营业。”

“小何，谢谢你！你可帮了我大忙，这么着，我这里有好酒，你带几瓶回去，替我孝敬你的父母！”汪洋感谢地说着，同时叫张扬取来四瓶精装北大仓高粱酒，送给小何，表示心中的谢意。

小何接过酒，口中一再表示感谢，满意地回去准备春节送货事宜。

春节前的一切准备工作均已就绪，汪洋终于松了一口气。晚上，他与司机小谢去车站接施玉梅和儿子。没想到周思远和陈碧岚也随后赶来接站，他们在出站口等了一会儿，看到施玉梅母子从人流中走了出来。儿子见到汪洋，嘴里喊着“爸爸”，快步跑上前来，可是到了跟前，见到有外人，他却红着脸停了下来，似乎有些不好意思地望着父亲不作声。

汪洋赶紧拉着儿子的手，疼爱地打量着儿子。他发现这几个月儿子又长高了，汪洋看到儿子身高接近一米八，心里非常高兴。施玉梅从后面快步来到跟前，周思远与陈碧岚迎上前去。汪洋为他们做了介绍，小谢将东西接过来，放进车后备厢。陈碧岚拉着施玉梅的手说：“大姐，路上辛苦啦！”

“不辛苦，你们这么忙，还到车站来接我，真是不好意思！”

“大姐，瞧你说的，咱们初次见面，我岂能不来接你，否则显得失礼！”陈碧岚诚恳地回答。

“哎哟，这孩子今年几岁啦？怎么长这么高！”陈碧岚望着汪清辰惊呼。

“他已经十五周岁了，这两年个头长得很快。”

“大姐，你都给孩子吃什么营养品？孩子长得这么高，快点告诉我，我也要让我们的孩子将来像大哥哥一样高。”陈碧岚看着汪清辰羡慕地说。

“呵呵，其实孩子并不需要什么特殊的营养品，只要膳食合理搭配，注意不让他偏食，以免缺少营养。对了碧岚，你的孩子多大了？你们都来了，谁照看孩子？”施玉梅关心地问起孩子。

“大姐，孩子已经快满周岁了，现在已经牙牙学语，学会走路了，就是太淘气，整天不着消停，我妈妈帮着带呢，把老人累得够呛！”陈碧岚抱怨中带着欣喜。

“孩子淘气是好事，你没听说‘淘小子出好的，淘姑娘出巧的’。从医学角度讲，孩子淘气说明身体好，没有毛病，说明孩子智商高。”

“大姐，你是医生，在抚养和教育孩子的问题上，比我们有见识。”陈碧岚对施玉梅的话非常信服。

“都说三个女人一台戏，你看这只有两个，就聊个没完没了！有什么话到店里再聊不行吗？弟妹和孩子坐了这么长时间火车，一定很疲劳，咱们还是赶紧回店里边吃边聊吧！”周思远见她俩聊个没完没了，在一旁催促。

“呵呵，我一见到大姐，感到非常投缘，所以多聊了几句，忘了大姐旅途疲劳。走，大姐，咱们回去接着聊。”陈碧岚抱歉地一笑，拉着施玉梅的手，朝停车的方向走去。

回到饭店，厨师早已将饭菜准备妥当。周思远考虑她们母子旅途劳累，没有叫其他人作陪，只是他和陈碧岚两人陪着他们一家三口用餐。周思远和汪洋喝红酒，陈碧岚陪施玉梅喝白酒，儿子喝饮料。两家人在一起高高兴兴，边吃边聊天，气氛非常热烈。

周思远特意在楼上宾馆开了房间，考虑到孩子大了，住在一起不方便，周思远特意定了个套间。他们吃完饭，便到楼上休息。由于旅途时间长，加上思念父亲，儿子没有休息好，如今见到了父亲，心满意足，加上旅途劳累，他与父亲亲热一阵儿，上床倒头便睡。

汪洋和施玉梅躺在里间，俩人亲热地说着彼此的想念，以及别后的一些琐事，一直聊到黎明时分，方才拥抱着进入甜蜜的梦乡。

第二天，汪洋早早起床上班。施玉梅吃过早饭，带着礼物，前去看望陈碧岚的母亲和孩子，另外送给周颂一千元红包，作为见面礼。

周颂已经满周岁，模样十分可爱，脸蛋儿圆乎乎、胖嘟嘟的，大眼睛，黑眼仁，长长的睫毛，忽闪着好似会说话。他虽然尚小，但是聪明可爱，拉着汪清辰的手，缠着大哥哥跟他玩儿，用含糊不清的语言，为他背诵唐诗和儿歌。

临出门时，周颂拉着汪清辰的手，吵着闹着要跟他玩。陈碧岚好说歹说劝了半天，周颂才同意汪清辰离开，并懂事地与汪清辰挥手说“拜拜”。

施玉梅来到汪洋的办公室。同事们闻讯前来看望她，逢莱位列其中。施玉梅落落大方，十分得体地与他们握手交谈，并应邀为庄淑娴等人把脉瞧病，交流得非常融洽。她的医术和为人让同事们称道不已。逢莱在一旁仔细观察施玉梅的举止言行，被她的气质所折服，深感相形见绌，自叹弗如！

周思远准备了两千元红包，送给汪清辰作为压岁钱。其他一些同事如逢莱、柳卉、庄淑娴及小曹等人，纷纷送来红包。汪洋极力拒绝，担心一旦收了红包，以后不好开展工作。施玉梅却说：“这是人之常情，你以后再找机会把人情还回去就行了，不必拒人于千里之外。”汪洋觉得妻子说的有道理，记住每人送红包的钱数，准备以后奉还。

有些供货商听说汪洋的妻儿到来，便借机向他讨好，送来丰厚的红包。还有人为施玉梅买了贵重的衣物。汪洋百般拒绝，但是他们不容分说，丢下就走。施玉梅告诉汪洋：“这些供货商的钱物绝对不能收，假如你收受了他们的钱物，以后工作势必受到影响，俗话说拿人家东西手短，吃人家东西嘴短。一旦在人手里有短处，你就会受制于人，说话做事硬气不起来，甚至还会让人牵着鼻子走。咱们是出于朋友情谊，为周大哥帮忙，绝对不能因为一己之私，做出对不起朋友的事情，那样你的良心会受到谴责！你把这些东西放好，一定要在最短的时间内退回。”

后来，汪洋按照施玉梅的话，在供货商前来结算时，以退回红包和礼物为结款的先决条件。假如对方不收回红包，就不予结算货款。供货商无奈之下，只好将各自的红包和礼物收回。有两个供货商死活不肯，其中有送煤气的姜经理，他说："汪总，我知道你为人正直，但是过年给孩子压岁钱是风俗传统，你大可不必如此，再说咱们生意是生意，人情是人情，这根本是两码事，我现在已经拿你当朋友，难道朋友之间给孩子送压岁钱都不可以？"

汪洋听了姜经理的话，并不为所动，他说："姜经理，我知道你是一片好心，也知道你不会有其他企图，但是，'人不保心，尺不保寸'，我不敢担保每个人都像你一样，只是出于礼节，没有任何企图。如果我收受你们的钱物，我的良心会受到谴责。再说你知道我现在的位置对公司的重要性，这个职位不是一般人能担任的，我和周总是发小，他出于对我的信任，让我担此重任，我岂能辜负他的重托！咱们之间的合作一向很愉快，我这人你了解，虽然做生意时间短，但是我秉承一个原则，只要你的东西好、价钱合理，咱们就可以合作，至于和什么人合作，主要是看质量和价位，绝对不是看关系，我今天把话说明白，你如果打算继续与我们合作，赶紧把红包拿回去，否则只能中断合作。你应该了解我的为人，我是说到做到的。"

姜经理听了汪洋这番话，知道此事行不通，只好将红包收回。汪洋用这个办法，将红包一个不留，统统送还原主，了却了心病。

春节期间，周思远、陈碧岚夫妇，为社区的孤寡老人送去大米、面粉、色拉油，还有现金。到敬老院、孤儿院慰问，为他们送钱送物。老人们见到周思远感到非常亲切，一位年近八旬的老大娘，激动地拉着周思远的手，颤声说道："孩子，你可真是个难得的好人，你每个月都来看我们，还给我们送钱送物，真比我亲儿子还亲！"

"大娘，尊老爱幼是中华民族的传统美德，我们都是您的孩子，理应看望和照顾您老人家，这是我们每个年轻人应尽的义务。"

除夕，汪洋拨通了弟弟家的电话，给母亲拜年，并询问老人的身体情况。然后儿子接过电话，依次给奶奶和各位长辈拜年，向哥哥姐姐问好。施玉梅接过电话，给婆婆拜年及向全家人问好。自从弟弟家安装了电话，汪洋隔三岔五就和母亲通电话，询问母亲的身体情况。母亲每次接到电话，都非常高兴，总是不放心地询问他的身体以及其他情况。

春节期间就餐的客人特别多，汪洋每天从早忙到晚，根本没时间陪妻儿。本来逢莱等财会人员春节放假休息。逢莱却破例没有回家与父母团聚，而是毛遂自荐，陪着施玉梅母子到各处景点游玩。

逢莱带着她们母子，游玩了岳麓山、橘子洲头，以及海底世界等景点。她们一边游览，一边聊天，逢莱看似无意地问起他们夫妻之间相处经过以及婚后的感情。施玉梅对汪洋一往情深，说的都是婚前婚后一些幸福甜蜜的往事，脸上始终洋溢着幸福的笑容。逢莱听得既羡慕又心酸，好像打翻了调料瓶，五味杂陈。

欢乐的时光总是十分短暂，转眼春节假期已过，施玉梅只好忍痛，带着儿子启程返回。汪洋同周思远、陈碧岚等人将她们母子送上车，挥手与妻儿告别。望着列车驶向远方，汪洋心里有一种说不出来的失落和惆怅。短暂的相聚更让他倍加思念和牵挂妻儿，此时他的魂好像随着妻儿离开了自己的躯体。

谣言止于智者，施玉梅的到来，令那些诋毁汪洋的谣言不攻自破。齐源只好暂时消停下来，不再说三道四。员工们见他们夫妻如此恩爱，不但不再相信这些谣言，反而对汪洋夫妻间的情分倍感羡慕。逢莱的内心更是复杂，说不清自己与汪洋到底是啥关系，同事、朋友还是学生？看似是却又不是。像她这种年纪，对爱情充满幻想和渴望，同时又带有一种盲目和冲动，由于共同的爱好，致使她对汪洋充满了崇拜，把他作为心中的偶像。明明知道汪洋有家室，但她却抑制不住自己的情感，对汪洋产生了近似疯狂的感情。面对那些流言蜚语，她听后不但不生气，反而暗自高兴，她之所以频频与汪洋接触，就是想通过接触，让汪洋对她产生好感，慢慢培养感情，期待有一天能够收获理想的爱情。谁知汪洋不但不为所动，还把妻儿接来过年，当她看到施玉梅第一眼时，心里就失去了自信，觉得自己无论从相貌还是气质，自己都无法与之相比，感到相形见绌，自惭形秽。尤其看到他们夫妻之间幸福甜蜜的神情，让她感到更加失望，犹如在她心里浇了一盆冷水，彻底熄灭了心中的爱情火苗。

逄莱经过激烈而痛苦的思想斗争，决定放弃这段错误的感情，与汪洋保持纯洁的友谊，想明白之后，逄莱提笔给汪洋写信，阐明了他们之间的关系，以免产生误会而给双方带来不必要的影响和伤害。信的内容如下：

汪老师：

您好！

我怀着复杂的是在心情，给你写这封信。汪老师，你是我有生以来见过的最有才华和魅力的男人。自从和你相识，尤其拜读了你的作品，我的心里对你更加仰慕！你的才华和魅力，深深地拨动了我的情怀，我为有幸结识你倍感荣幸和自豪，同时感到非常幸福，并幻想能与你有个完美的未来！我知道你是有家室的人，我的内心充满痛苦和矛盾，但是我还是情不自禁地给你写诗表明心迹，希望得到你的垂青和关爱！面对众人的议论和猜测，我不但不生气，相反感到高兴和满意。他们议论的那些话，正是我求之不得，渴望得到的东西。我的心里充满了期待和渴望！

但是，你的正直和对爱情的忠贞，打破了我的幻想，使我陷入痛苦的泥淖中难以自拔。心里充满痛苦和惆怅。特别是施玉梅大姐的到来，看到你夫妻和睦，家庭幸福，我的心里更加痛苦不堪，但是我却没有死心，我忍痛放弃了与父母团聚的机会，陪着施玉梅去游玩，故意从侧面去了解你们之间的感情，试图从交谈中窥探到你们婚姻不和谐的因素或感情裂痕，以决定自己对未来的选择和走向。可是结果让我大失所望，我从她的言谈及脸上洋溢的幸福笑容，知道你们的生活非常美满，作为一个心地善良的人，我怎么忍心去打扰和破坏你们的幸福生活呢！痛定思痛，考虑再三，我决定给你写信，表明自己的立场和心迹！从此以后，我愿意做你的学生和志同道合的朋友，甘心做一名不掺杂任何情感色彩的蓝颜知己！努力学习写作知识，期望有朝一日能够跻身作家行列，这是我最终的选择！请你不要笑话小妹的幼稚，更应该体谅小妹的一片苦心和真情！我既然做出选择，一定说到做到，绝不反悔，唯一遗憾的就是生不逢时，错过了追求幸福的机会！但是苍天有眼，让我今生有幸与你相遇，结为蓝颜知己，这是上天对我的眷顾，此生此世，心愿足矣！

逢莱（妹妹）

第二十一章　商场斗智

随着生意日愈红火，周思远雄心勃发，决定继续扩大经营规模，把经营范围扩大到周边的一些中等城市。他在星沙经商多年，对周边城市非常熟悉。先后派人到附近的岳州、长德、宜杨、岑州等地，进行市场考察兼寻找合适的门面。

考察人员根据考察结果，不断将信息反馈回来。周思远根据反馈信息，针对各地的具体情况加以分析和研究，同时督促考察人员加大寻找门面的力度。

这天，周思远接到陈均从岑州打来的电话，告诉说找到一个将近两千平方米的饭店对外转让，地理位置很好，处于闹市之中。周思远以前曾多次去过岑州，对岑州非常熟悉。他详细地询问了酒店所处的地理位置及周边环境，觉得比较理想，决定与汪洋前去，进行实地考察并商定转让事宜。

周思远和汪洋坐小马开的车，一路疾驶来到岑州。陈均见到他们，首先汇报了具体情况，然后带他们一同前往实地考察。他们来到岑州老商业区，只见这里店铺林立，各种商品琳琅满目，叫卖声不绝于耳，显得十分繁华。陈均指着一栋三层青砖小楼，招牌上用烫金大字写着“岑州风味粥铺”的门面，告诉周思远；“就是这个门面，三层加一起，将近两千平方米，里面装潢不怎么样，我们若要接手，店面必须重新装修。”

“他们的转让费多少？每年的租金多少？合同期多少年？转让原因是什么？”周思远向陈均进一步了解情况。

“我都仔细了解了，经营饭店的是个女老板，姓苏。据说因与丈夫离婚，无心经营，所以转让，转让费五十万元，每年租金二十四万元，每月平均两万元，合同一共签了五年，他们经营了一年半，剩下三年多时间。她保证合同到期后可以续签。”陈均简明扼要地回答。

“地理位置不错，面积够用，租金也不算贵，转让费可以和她讨价还价，你现在就和对方联系，咱们先看看再说。”周思远觉得很理想，吩咐陈均与饭店老板联系。

陈均拨通了对方电话，说明来意。对方立马同意他们前去店里考察，但是却提出因目前饭店还在营业，为了避免负面影响，叫他们不要声张。

陈均将这一情况告诉周思远，周思远点头表示理解。他们一行人下车，来到饭店门口。门口站着一位三十岁左右的男士迎接他们。陈均小声告诉汪洋：“周总，他姓张，是总经理助理。”周思远为了不给对方带来影响，只是和张助理握手，简单问候一声，跟着对方走进店里。

此时是下午三点多，没到客人用餐时间，店内只有几位零星的客人。周思远与汪洋等人，从一楼仔细看到三楼，只见一楼是散座，清一色的长条桌，小座椅，桌椅都是本色白茬木料制作，连油漆都没刷，故意显出乡土气息。二楼是卡座，桌椅的样式基本相同。三楼是包房，装潢比较上档次，风格迥然不同，都是仿红木的桌椅，包房的墙壁贴了壁纸，顶棚是相同颜色的插板，安装着漂亮的吊灯。地面是棕色釉面地砖。周思远边看边向张助理提问相关问题，张助理一一予以解答。

看完之后，张助理将他们一行人请到办公室，只见一位年近四旬的女士在门口迎接他们。张助理为他们做了介绍。这位苏女士长得丰满，穿着高档服装，描眉涂脂，打扮得性感时尚。她笑容可掬地与汪洋等人握手问候，并为避免影响而没有陪他们看房而致歉。

经过一番寒暄，苏女士热情地请各位就座，张助理端上茶水，并拿出中华牌香烟招待他们。苏女士没等谈到主题，就像祥林嫂似的诉起苦来："周大哥，我是个要强的人，早年摆摊卖服装，挣了钱后开了家饭店，饭店生意很火的，也很赚钱，就是命不好，摊上一个无情无义的丈夫，他整天啥也不干，就知道吃喝玩乐找女人！如今又卷走家里的存款与女人私奔。我现在已经心灰意冷，无心经营饭店，所以忍痛割爱转让饭店。"苏女士说到伤心处，竟然流下眼泪。

"苏总，你不必太伤感，人生没有十全十美的，总会遇到这样那样的困难，我们理解你的苦衷，把饭店转让出去，好好调整一下心态，不失为上策。但是你的转让门槛太高，我们难以承受。"周思远表示理解她的处境，同时提出转让费过高，自己无法接受。

"大哥，你有所不知，我这个地理位置，是整个岑州最好的，地处繁华商业中心，人气非常旺，生意特别好。说句良心话，若不是有苦衷，我绝对舍不得转让！大哥，我这已经是跳楼价了，求你不要再为难小妹了！"苏女士可怜巴巴地说着，眼泪止不住流了下来。

"苏总，既然你诚心转让，我们也是抱着诚意而来，咱们没必要兜圈子，你就给我们一个最低价，假如我们能够接受，咱们继续谈，如果不能接受，就当交朋友啦。"周思远喝了一口茶，诚恳地说出自己的想法。

"大哥，我一看你就是爽快人，这和我对脾气，别看我是女流之辈，说话办事喜欢干脆利索。既然大哥把话说到这个份上，我也买大哥一个人情，最大限度地降低转让费。房租必须与房东交涉，我可以帮你做工作，但是希望不大，因为按现在的行情，这个租金并不高。我可以把转让费降到四十五万，这是我的底线，你们觉得行，咱们就详谈，如果不满意，我也没办法！"苏女士显得很仗义，又很无奈地降低了转让费。

“苏总，我们回去商量一下，然后再给你回话。”周思远说话留有余地，起身准备告辞。苏女士却热情地挽留，十分诚恳地说：“周总，既然咱们有缘相识，你们远道而来，我理应尽到地主之谊，赏光留下来吃顿便饭。”

周思远见她热情挽留，同时想借机看看客流量，便接受邀请。苏女士将他们带到三楼一间包房，彼此说了一会儿闲话，饭菜很快端上来，苏女士见他们不饮酒，就用红酒招待。双方边吃边聊，气氛显得很融洽。

六点多钟，客人们陆续进店用餐，周思远借上卫生间的机会，到店里转了一圈，见到就餐的客人确实很多，整个店堂里几乎座无虚席，服务员上下楼忙碌着，生意确实很红火。周思远觉得很满意。

他们吃完饭，与苏女士告辞，回到宾馆。周思远征求汪洋的意见。汪洋回答说：“依我之见，饭店的地理位置很理想，人气也很旺，凭着咱们的声誉，做起来一定会很火。但是我觉得转让费还是高，必须继续和她谈条件，尽量压低价格。”

“你说的很对，我也觉得这个门面比较合适，而且房租和转让费基本合理，如果再降低一些更理想，你觉得对方是否还有降低价格的空间？我看这么办，你不是有东北的电话卡吗？一会儿你用那个电话卡与她联系，看她能否降低转让费。”

“老同学，我弄不懂你的意思，如果两个电话与她联系，对方岂不是更有底气，如何能降低转让费？”汪洋不解地问周思远。

周思远笑着说：“兄弟，你别想那么多，只管按我的意思去和对方谈，你放心，我这么做自有道理，到时候你就明白了。”周思远自信地说。汪洋知道周思远商场经验丰富，做事老道，不再细问。

当初汪洋来到星沙，周思远为他换了当地电话卡，汪洋将原来的电话卡保存起来。如今恰好派上用场。

汪洋换上异地电话卡，拨通了苏女士的电话，他担心苏女士听出破绽，故意压低声音，说：“喂，您好！请问您是苏女士吗？”电话里传来了苏女士的声音："是的，请问您是哪位？"

"我姓王，东北来的，听说你的饭店转让，请问转让费多少？"

"王先生，假如你有诚意，咱们不妨见面谈谈，价位好商量。"

"我在广州办事，想先了解一下具体情况，假如有必要，我会尽快抽时间去面谈，请你先说说转让条件。"

"那好吧，我的条件是这样的：经营面积将近两千平方米，地处繁华闹市区，转让费是四十八万，租金每年二十四万，合同期还有三年半。"

"哦，地理条件和经营面积还不错，就是转让费太离谱，我是个痛快人，不喜欢讨价还价，你就一步到位，说个兜底价。"

"大哥，跟你说实话，我有不得已的苦衷，忍痛转让，既然你有意接手，我看你也是实在人，我就破例给你让到四十五万，你看如何？"

"四十五万太高了，岑州的行情我知道，没有这个价。"

"大哥，我这个价很合理的，假如不是有难处，我决不会这么低接手，有人已经跟我谈到这个价位，我不能再低了。"

"苏老板，我跟你说实话，我已经考察过你的店，觉得地理位置还行，所以诚心诚意想接手，但是我最多能出四十万，多一分都不谈。"

"王大哥，我光装修费就花了五十多万，你给我出四十万，我岂不是赔本啦。"

"你也是生意人，怎么说话如此幼稚，我相信你当初投入的多，但是使用过的东西，怎么能和没使用的东西相比呢？我打个比方，假如一个姑娘结婚又离婚，还能有黄花姑娘值钱吗？岂不是要打折扣！"

"理是这么个理，但是你也不能让我亏的太多呀！咱们电话里说不明白，我看你还是抽时间来一趟，咱们见面详谈。"

"见面可以，但是你必须按我说的价位转让，否则我去了也没有意义。"

"我再考虑一下，你等我的电话好吗？"

"好的，我等你回话，但愿我们合作成功。"汪洋说完，挂断了电话。他把通话内容转告周思远。周思远觉得对方已经松口，决定暂时不给对方答复，拖一拖再说。

第二天上午，苏女士打来电话，询问周思远的意见。周思远回答价位高，难以接受，需要慎重考虑一下。

苏女士的态度比较强硬："周总，你们抓紧时间做出决定，目前我的店面比较抢手，而且有的人出的价位与你们相等，假如你们再犹豫，有可能会失去竞争机会。"

周思远知道这是汪洋的电话起作用，他心里有底，故意说道："苏总，虽然咱们谈得很融洽，但是在商言商，每个人做事都有自己的底线，至于花落谁家，选择权在你手里，我们不强求。"说完，他果断地挂断了电话。

没过多长时间，汪洋的电话响了，一看是苏女士的号码，汪洋赶紧示意其他人不要出声，然后接通了电话："王老板，您好！我是小苏啊。"

"哦，苏总，您好！请问你是否答应我的条件。"汪洋单刀直入，直奔主题。

"王老板，你什么时候回来，咱们见面商量一下。"

"苏总，假如你不同意我的条件，即使见面也没有用，再说我这里的事情没有办完，恐怕暂时回不去。"

"哦，是这样啊，假如我同意四十万转让给你，你是否能尽快赶回来商谈？"

"既然你同意我的条件，我一定尽快赶回去，只是这边的事情很重要，我不能丢下不管。我一定抓紧时间给你回话。"汪洋说声"再见"挂断了电话。

下午，周思远再次接到苏女士的电话，表示同意四十二万的价格转让，周思远却再次以价格高而回绝。苏女士问他到底能出多少转让费，周思远没有说具体数字，只是一味地强调价格高。俩人争执半天，无法谈拢，只好遗憾地放下电话。

下午五点多，苏女士又打来电话，她在电话里只字未提转让的事情，而是再次邀请他们吃饭。周思远以与朋友有约而拒绝。

第二天上午，苏女士再次打来电话，商谈转让事宜，周思远依旧坚称价格高。苏女士问他到底能出多少转让费。周思远回答三十五万。苏女士说他根本没诚意，赌气挂断了电话。

苏女士挂断电话后，汪洋有些担心地说："咱们是不是出的价格过低了，万一别人出的价格比咱们的价高，咱们岂不是很被动。"

"你放心，她是因为你的原因，故此和我赌气，我相信她过不了多长时间，就会给你打电话。"周思远胸有成竹地说。

"有可能，我该如何答复？"

"这次你索性直接回绝，让她彻底失望，她在走投无路的情况下，极有可能同意咱们的条件。"周思远告诉汪洋。

周思远果然厉害，没过半个小时，汪洋就接到苏女士的电话。汪洋根据周思远的想法，告诉她因自己的事情有变化，不再考虑转让饭店的事情，并向她表示道歉。

下午，苏女士再次给周思远打来电话，她在电话里的态度非常友好，表示价格好商量，并邀请他们前去面谈。

周思远见她的态度软化，知道没有其他人与之竞争，自己的目的基本达到，便与汪洋等人再次与苏女士会面，商谈转让事宜。

苏女士见到他们，面带笑容，嗔怪地抱怨道："周大哥，你算让我长见识了，真是经验老到，小妹望尘莫及。"

"苏总，过奖了，我们本着互惠互利、两相情愿的原则，按照自己的底线做生意。"

"周总，您太厉害了，我是个单纯的女子，从未接触过像您这样的经商高手，在您面前，我甘拜下风，反正都赔了，我也不在乎多赔十万八万的，就当我交学费了！我接受您的转让价格，您看咱们什么时间签合同？"

"合同好说，只要其他手续没问题，随时随地都可以签。"周思远见已经达到的目，便痛快地答应签合同。

“苏总，你把房产证以及与房东签订的合同拿来让我们看看。”汪洋提出要求。

“好的，没问题，张助理，你把房产证和合同拿来，给周总过目。”苏女士吩咐张助理。张助理答应着，打开一旁的文件柜，取出一个文件袋，交给周思远。周思远大致看了一遍，转手递给汪洋。

汪洋仔细地看着内容，然后指着其中的第六项条款说：“我觉得这第六项条款有些不妥，你看写的是‘合同期内，如果遇到动迁或国家征用土地，合同自动终止，房东不承担任何责任’。假如真的遇到上述情况，我们岂不是损失惨重。我建议找房东协商，将这项条款加以修改。”

“没有这个必要，这个条款只不过是合同常用的套词，这是绝对不可能发生的事！你想这里的建筑都有上百年历史，基本属于保护建筑，怎么可能轻易拆迁呢？虽然我佩服你们做生意心思缜密，但是也未免过于谨慎。”苏女士急忙劝止并解释。

“哦，这点我还真没注意，不过也没啥，一般合同上都有这样的条款。”周思远不以为然地对汪洋说。

“周总，一看你就是见多识广的商业精英，做事英明果断！既然你们没有异议，请你们预交定金，这样我们心里有底，不必再与其他的人商谈转让事宜。”苏女士提出预付定金的要求。

“苏总，你把账号给我，我们回去就让财会汇款，估计明天就可以签合同，至于定金，我看完全没有必要。”汪洋没等周思远表态，急忙抢过话头回答。

周思远点头表示赞同，并对苏女士说：“是的，我们明天就过来签合同，没必要交什么定金，请你相信我们，决不会反悔的。”

“好吧，我相信你们的诚意！为了庆祝咱们合作成功，请你们留下来吃饭。”苏女士盛情挽留他们。

“苏总，我们还要回去安排汇款事宜，今天就不叨扰了。”周思远谢绝了苏女士的挽留，并与之告辞。

回宾馆的路上，汪洋担心地对周思远说："我看苏女士很精明，她的饭店很赚钱，为什么急于转让呢？假使如她所说，感情受到伤害无心打理，但是她可以委托手下人代为经营，没必要急于转让！"

"汪洋，你看问题很透彻，其实我对这点也有所怀疑。她的表现确实有些反常，虽然咱们采取了相应的策略，但是她没必要如此心急！尤其是你从合同中挑出毛病的第六条款，更让人担心，诚如你所说，一旦动迁，咱们的损失就惨了！即使你不阻拦，我也不会交定金的，咱们得掌握主动权，不能让她牵着鼻子走。"周思远说出了自己的担忧。

"咱俩想到一起去了，我觉得这种赚钱的生意，她为什么不转给亲朋，再说当地人应该知道她的饭店赚钱，为什么没有人接手，这正常吗？我现在最担心就是动迁问题。不知你发现没有，附近的一些店铺都打着动迁甩货的名义招揽生意，虽然这是商家招揽生意的噱头，但众多商家都用同样的手段，我看恐怕不是空穴来风。"汪洋进一步分析。

"我担心的也是这一点，俗话说：'便宜没好货，好货不便宜。'饭店生意很赚钱，她一再让步急于转让，绝非情感受挫那么简单，一定还有其他不为人知的因素。我让汤三哥托人帮着了解一下，看看这里有没有动迁的规划。另外咱们再仔细了解一下这里的情况，掌握更多的信息。把情况了解清楚后，再做决定。"

周思远当即给汤三哥打电话，托他帮忙了解情况，然后他让小马调头，把车开到街口停下，带着汪洋等人下车了解情况。他们沿着街道两旁商铺，一路打听两个多小时，行人多数回答不知道，只要个别人说好像有动迁的信息，但是具体时间不确定。周思远见天色已晚，便找一家饭店，简单地吃了晚饭，然后回宾馆休息。

第二天早上五点多，汪洋睡醒后，见周思远还没醒，就悄悄起床，轻轻地推开门，走出宾馆大门，打算向早起晨练的市民打探消息。

汪洋沿着街道信步前行，由于时间尚早，大街上来往的行人不多，除了清洁工就是一些晨练的老人。汪洋一边走，一边不时地向行人打听，均未得到确切消息。他信步前行，随着一些晨练的人来到了公园，公园内晨练的人很多，有的练剑，有的打太极拳，有的散步行走，有的人聚在一起聊天。汪洋凑到一伙老者跟前，他们正你一言他一语地议论时政。一个戴鸭舌帽的老者说："你说咱们这里发展速度可真慢，你看人家广东，发展的就是快，短短几年时间，不但城市高楼林立，街道整齐划一，老住宅早就改造完了，咱们这里却像乌龟爬行，除了几条主要的街道尚且说得过去，其他街道大多都破烂不堪，不知政府领导都是干什么吃的？"

一个戴着礼帽，穿一套运动服的老者接过话头说："老哥儿，你怎么能跟人家广东比呢？人家是改革开放的窗口，国家政策对他们倾斜，加上外商投资的力度大，当然发展速度快。咱们这里每年财政收入有限，经济不发达，当然发展就慢了。"

他的话音未落，旁边一位穿着黑色夹克衫，戴着眼睛的老者相跟说道："咱们这里确实发展太慢，这也不能埋怨政府领导没有作为！我听说咱们的城市规划早就拟定好了，只是苦于没有资金，上级不拨款，他们也是巧妇难为无米之炊。"

"现在这些领导，有几个真心为老百姓做事，你说哪像咱们那一代人，不但工作尽职尽责、劳而苦干，而且没有私心，现在的领导根本没法比！只知道享受，有点钱还不够他们搂的，岂肯把钱花在城市建设上，真是站着茅坑不拉屎。"戴鸭舌帽的老者气愤地发泄心中的不满。

戴礼帽的老者抢过他的话头："你说的现象虽然存在，但也不能一概而论，不是每个领导都像你说的那样，尸位素餐，不干正事。有些好的领导还是认真负责、一心为公的，咱们新调来的郝市长，据说原来是广东省的县长，由于年轻，政绩突出，被列为第三梯队，提拔到咱们这里担任市长。他上任之后，系统地了解了城市的布局，重新对城市进行规划，听说他从上级要来一笔资金，准备对城市基础设施以及老城区进行彻底改造，咱们那片老商业区，将全部扒掉，建成步行街和大型商场。”

“你别高兴得太早了，说什么新任市长有魄力，我怀疑他是新官上任三把火，等新鲜劲儿一过，就会像前任市长一样，被那些吹喇叭、抬轿子的人一忽悠，便飘飘然而忘乎所以，只知道养尊处优，贪图享受，而忘了自己的职责。再说他是镀金的空降干部，干不了多长时间就调走，岂能不顾及名声，去搞拆迁这费力不讨好、得罪人的事情。”戴鸭舌帽的老者不信任地反驳。

“我知道你的消息一向很灵通，但是这次却没说对，现在城建局已经着手拟定规划，今年秋天就动工。”戴礼帽的老者胸有成竹地说。

“这么说那片老商业区真的要拆迁？”汪洋听后心里一惊，忍不住问道。

那个戴礼帽的老者看了他一眼，点头说：“消息千真万确，因为我的儿子就在城建局工作，你们还有什么怀疑的？”戴鸭舌帽老者听他这么一说，便缄口不言。其他的人也纷纷点头附和。汪洋无心再听他们闲谈，急忙赶回宾馆。

周思远已经起床，正等他回来吃早餐。汪洋顾不得吃早餐，急忙将听到的消息告诉周思远。周思远听后心里一紧，仔细了解了消息来源，然后点头庆幸地说：“难怪苏女士急于转让，她一定听到了拆迁消息。你说现在的人怎么这样？明明知道拆迁，却故意骗人！幸亏你及时探听消息，咱们才免去吃亏上当！兄弟，这次你劳苦功高，我封你为威虎山老九，绥佳第五旅上校团副，哈哈——”周思远心存感激，开心地与汪洋说笑。

吃过早饭后，周思远接到了汤三哥的电话，再次证明了动迁消息。周思远决定放弃并立即动身返回。

返程途中，周思远接到苏女士的电话，询问他何时签合同。周思远故意逗她：“苏总，你太厉害啦，你不但做事讲诚信，而且处处为别人着想，我非常愿意和你这样诚实的人打交道。不过我有一个兄弟能掐会算，算出你的饭店闹鬼，如果我们接手会破财，还算出你也不宜经营，要不择手段转让出去，否则损失惨重，血本无归。如果实在转让不出去，必须找个福大命大的人与你合作，这个人官越大越好，最好找市长，只要他肯帮忙，你就不会赔本！好啦，不耽误你的宝贵时间，咱们来日方长，后会有期，再见！”周思远不等对方说话，断然挂断了电话，忍不住开怀哈哈大笑。汪洋等人忍俊不禁，跟着开心地笑了起来。

回到星沙的第三天，派到岳州的齐源打回电话，声称找到一个理想的门面。由于周思远对汪洋在岑州表现的谈判技巧及办事能力非常满意，故此放心地让他前去洽谈。

汪洋和司机小谢开车来到岳州，见到了齐源，并在他的引领下，来到了地处巴陵东路，一座六层楼前，门楣上悬挂着“湘楚人家”的牌匾。汪洋见到酒店吕老板，吕老板中等身材，面色白净，举止文雅。齐源为他们相互做了介绍。客套之后，吕老板陪着汪洋，对酒店进行踏勘。酒店一至二楼，每层楼接近一千平方米，一楼是大厅，二楼是包房，装潢得很高档，每个包房都安装有液晶电视。另外还有地下室，地下室很宽敞，经营的是茶社。吕老板将他们请到办公室，为他们敬烟沏茶。吕老板告诉汪洋：“这里是文化局家属楼，前年才建成，我和两个朋友一起出资，合伙经营酒店和茶社。开张一年多时间，由于缺少经验，不懂餐饮管理，导致生意不赚钱，如今朋友想撤股，我也不想继续经营，所以打算转让出去。”

汪洋听说是新建的楼房，知道不存在动迁问题，特别看到对面就是沃尔玛商场，购物的人很多，会给酒店带来人气，觉得这个店铺无论面积和位置都很理想，于是问吕老板：“你的转让费和房租是多少？”

“房租包括地下室，每年租金三十万，至于转让费嘛，你也看到了，我们装潢得比较高档，当初接手的是新楼，清一色的毛坯房，我跟你说实话，我们装修连购买设备，总计花了一百五十多万，我知道使用过的东西，不能按新购置的价位计算，我的转让费是一百三十万。”

“吕老板，你的转让费太高，如果再降一些，咱们还有的谈。”汪洋摇着头反驳。

“汪总，我是搞教育出身，不会像商人那样讨价还价，转让费是我们三人共同商议好的，无法更改。”吕老板摊着手表示无法更改。

“吕老板，我们诚心与你商谈，希望你与朋友商量一下，尽量降低转让费，然后把结果告诉我，便于我向老总汇报。”

“好的，我一定与朋友商量，然后给你回话。”吕老板诚实地回答。

汪洋与吕老板分手后，向周思远汇报了具体情况。周思远觉得很理想，让汪洋先住下，他明天亲自来拍板，并让汪洋找房东详细了解一下情况。汪洋来到了酒店后面的文化局办公室，找到了主管后勤的负责人，客气地向他打听有关酒店的情况。那位负责人告诉汪洋：“这个酒店兼茶社，他们经营不到一年时间，据说生意不景气，仨人原来是朋友，因为赔钱而无法继续经营，现在还拖欠了我们两个月的租金，我们也想找一个有实力的人合作，假如你们想接手，我可以按同等条件与你们重新签订合同。”负责人介绍的情况基本属实，汪洋放心地与之道谢告辞。

当天晚上，汪洋接到吕老板电话，他告诉汪洋，他和朋友商量之后，决定把转让费降低十万。汪洋告诉他，待与老总商量后，再与他联系。

第二天上午，周思远来到了岳州，与汪洋见面后，详细询问了情况，汪洋连同吕老板降低转让费的事一并告知。周思远感到很满意，便让齐源与吕老板联系，约他面谈。

周思远与吕老板见面后，先是看了店面，然后来到办公室。周思远对吕老板说：“你这个门面，基本符合我们的经营条件，就是转让费过高，再说这个地下室装饰格局与酒店截然不同，假如我们接手必须重新装修，如此一来，将会加大我们的投资风险。”

“周总，本来转让费一百三十万，汪总嫌价高，我和朋友做工作降低了十万，真是无法再降了，假如你觉得地下室不适用，我可以留下来经营，这样转让费就可以减少。”

“你说的倒是办法，除去地下室，你打算要多少转让费。”周思远颇感兴趣地问他。

“楼上的装修资金比地下室投入多，我不能平均摊，你给我九十万得了。”吕老板思考着说出数目。

“我们知道楼上比地下室投资多，但是不能相差那么多，既然你诚心转让，就拿出点诚意，再降低一些。”汪洋再次压价。

“汪总，我已经做出最大让步了，你还让我降低，我真是难以承受，我是个实在人，我知道说多少，你们都会觉得价高！你们说个数，什么价位能接受？”

汪洋没有立刻回答，偏着头侧目看了周思远一眼，征求他的意见。周思远明白他的意思，他假装不经意地拍了拍汪洋的手，乘机在手心上写了个“八”字，笑着说，“汪总，你在这方面比我有经验，你出个价吧。”

“好的，我看你的转让费，顶多值八十万。”

“哎呀！汪总，你真是把我往绝路逼啊！就是我能答应，我的朋友也绝不会同意。这个数目绝对不行。”吕老板情绪有些激动，红头涨脸地反对。

周思远见状，笑着说：“吕老板，历来商场上讲究的是物有所值，我们汪总出的价绝不是信口乱说，而是根据你的装修及设备进行整体评估，我认为这个价格比较合理。”

“周总，你这是逼我跳楼！我跟你们说实话，我的资金是跟朋友借贷的，如今生意赔了，朋友又要撤股，我本想转让酒店，继续经营茶社，想办法挣钱偿还债务！如今你们一再压价，无形中增加了我的债务，求求你们，不要再压价了！”吕老板态度诚恳，低三下四地哀求。

“吕老板，做生意都是有赔有赚，你们赔了也不能在我们身上找啊！我给你的数目够高的了，您应该知足了。”汪洋坚持己见，不肯让步。

“汪总，我宁可不转让，也绝对不同意这个数目。”吕老板的态度很坚决。

周思远见他们僵持不下，谁都不肯让步，便采取折中的办法，说：“吕老板，咱们之间这么大的交易，没必要因十万八万而流产。再说我们饭店开张后，会给你的茶社带来生意，客人用餐后，一定有人顺便到你这里吃茶或谈生意，你们的客人谈完生意，也会有人到我们店里消费，咱们正好互补双赢。你不要只看眼前这区区几万元转让费，要往长远看，如果合作好了，你的效益远不止这几万元。既然双方谈得都很融洽，我看这么办，你别说九十万，他也别说八十万，干脆二一添作五，八十五万，如果同意，咱们就成交，假如不同意，咱们没必要耽搁工夫。”

吕老板听了周思远的话，低头沉思了片刻，无奈地说：“唉，饥荒多了不知愁，既然已经赔了，我也不计较这五万元，就按你说的成交吧！”

双方敲定转让费，又商谈其他相关事项。汪洋回到宾馆，根据双方商定的意向，草拟了转让合同。下午，周思远在吕老板的陪同下，来到文化局，找到负责后勤的同志，说明了情况，后勤负责人按照他们的要求，与周思远重新签订了租赁合同。

一切准备就绪，周思远让吕老板把另两位合伙人找来，与他们共同签了转让合同，然后按照他们提供的账号，将转让费如数转到账户上。

接手之后，周思远与汪洋等人根据经营模式，决定把厨房设在二楼的后半部，前边的包房保持原样，一楼全部改为大厅。考虑到传菜方便，在后厨与一楼之间加设了楼梯，并留齐源负责装修，然后周思远与汪洋返回星沙。

周思远根据以往装修经验，确定一个月装修期。为了如期开张营业，确保装修质量，周思远抽调王树华等人前去岳州，协助齐源工作。同时责成各部门负责人员，为岳州店开业做好准备工作，并做了具体的分工。汪洋购置炊具及后厨等相关设备，小曹负责招聘人员，并对人员进行培训。

由于饭店装修期间，财务管理不到位，公司委派了一个现金员保管现金，所需费用都是齐源负责。每天的花销由齐源签字，在现金员处报账。装修过程中，齐源见没有财务监督，他一个人说了算，便旧病复发，利用购买装修材料之机，与销售商勾结，采取以次充好，低价买进，高价开票据报销等办法，从中捞取好处。

王树华为人正直，对工作认真负责，他对齐源购进的装修材料质量不满意，数次向齐源提出意见，可是齐源为了一己之私，不听王树华的意见，依旧我行我素。恰好汪洋前来检查装修进度，并购置厨具。王树华向他反映装修材料质量有问题，汪洋找齐源谈话，提及材料质量问题，齐源拍着胸脯保证，自己购进的原材料都是物美价廉，绝对没有问题。

汪洋为了摸清情况，便同王树华一起，走访了装饰市场，对所使用的装饰材料质量及价位进行比对，结果发现齐源购进的装饰材料不但质量差，而且价位高，所开具的票据与实际价格不符

汪洋把了解的情况汇报给周思远。周思远听闻，十分气愤，当即决定：将齐源调回公司，并根据非法所得金额，扣留工资抵偿，并给予一定数额的罚款，同时将他调离人事部，到店里当夜保。

齐源受处分后，自己非但不自省，反而归罪于汪洋，指使老婆前去找汪洋吵闹。刘桂花四十多岁，身体肥胖，面色黝黑，满脸横肉，说话蛮横不讲理，是典型的泼妇。进门后，她双手叉腰，气汹汹地质问汪洋："我说汪洋，我们与你无冤无仇，又没有抱你们家孩子跳井，你干吗背后坏齐源，我看你是想踩着齐源的肩膀往上爬！"

汪洋被她气得浑身直哆嗦，当即气愤地反驳："你不要无理取闹，这里是办公室，请你注意形象，齐源的所作所为已经违反了公司的规章制度，我是秉公办事，至于你说我踩着他的肩膀往上爬，更是无稽之谈，我现在是公司副总，可以说是一人之下万人之上，有必要踩别人的肩膀吗？"

"我知道你仗着与老板关系好，就为所欲为，你以为自己是什么好人哪，谁不知道你假借文学之名，骗取人家小姑娘的感情，冠冕堂皇地自吹什么作家，我看你是道貌岸然的伪君子！"

汪洋怒火中烧，气得一拍桌子，站起来怒斥："从没未见过你这么蛮横不讲理的人，你不要信口开河，满嘴跑火车，说话要有证据，否则我告你诽谤！"

这时，公司的人都闻讯赶来，逄莱也身在其中。她本来对刘桂花与汪洋无理取闹，感到非常气愤，听她说出脏话，把自己牵扯进去，便挺身而出，指着刘桂花的鼻子，气冲冲地说："姓刘的，你说话不必夹枪带棒，汪总欺骗了谁的感

情？你把话当众说清楚？”逢莱之所以出面与刘桂花理论，一来刘桂花话里影射自己，二来有心帮汪洋解围。

“逢莱妹妹，我……我……我是信口胡说，你别往心里去。”刘桂花虽然刁蛮，但是她心里清楚，这种望风捕影的事情，没有真凭实据，她岂敢当众胡说。同时她早就知道逢莱性格泼辣，说话刻薄不留情面，她平时就惧怕这个泼辣的湘妹子，如今见到她出面质问，顿时气馁，态度立马软了下来。

柳卉和庄淑娴等人气不过，纷纷指责刘桂花，还有好心人劝她离开。逢莱却怒气难平，继续厉声说：“姓刘的，你别以为我不知道，你平时在背后没少嚼舌头！老虎不发威，你把姑奶奶我当病猫啦？我警告你，以后你再敢满嘴喷粪，当心我撕烂你的臭嘴。”

面对逢莱的怒斥，刘桂花无言以对。她本想找汪洋吵闹一场，替丈夫出口恶气，没想到自己说错话，惹怒了这个辣妹子，偷鸡不成蚀把米。这时陈碧岚闻讯赶来，她对刘桂花生气地训斥：“你也是四十几岁的人啦，怎么如此不讲道理？你不想想齐源做的事情多严重，怎么能迁怒于汪总。汪总的人品及工作能力，众人有目共睹，我和周总都非常敬佩，岂能任由你毁谤！我警告你，现在必须向汪总赔礼道歉，如果你们两口子不知悔改，肆意胡闹，我们不会看任何人情面，将你同齐源一起开除！”

刘桂花被陈碧岚训斥得脸上红一阵白一阵，羞愧满面地低着头，迫于无奈，只好向汪洋认错服软，赔礼道歉后，在众人的嘲笑声中，灰溜溜地离去。

周思远得知齐源的老婆找汪洋胡闹，感到特别气愤。他把齐源夫妻叫到办公室，进行了严肃的批评，俩人均点头认错，并保证以后绝对不会发生此类事情。

周思远特意将公司人员聚到一起开会，严肃批评了齐源夫妻的错误做法，并警告其他人引以为戒，杜绝此类事情发生。

会后他抽出时间，单独与汪洋用餐，劝慰他不要为此事生气。汪洋表示无所谓，工作中遇到麻烦或不顺心的事情在所难免，并劝周思远不必为此事操心。周思远对他的宽宏大量深感敬佩。

岳州店如期开业，周思远安排他的弟弟负责管理，由于松花江酒店声誉好，岳州市民早就有所耳闻，所以生意特别红火。周思远心里高兴，继续派人到周边城市寻找合适的门面。陈均花了近半个月的时间，在岑州找到了一个理想的门面。汪洋前后往返数次，详细考察论证并交涉，最终周思远拍板定案，接手了门面。经过两个月时间装修，岑州店正式开张营业。周思远委派妹妹经营管理，生意亦非常红火。

第二十二章　人间真情

“五一”长假期间，店里的生意忙得不得了。尤其坐落在步行街口的第二分店，每天从早晨上班时间开始，一直忙到下午三点，客人依旧络绎不绝。员工们忙得没有吃饭时间，周思远看到员工如此劳累，派人购买便餐，以便员工们利用工作间隙，抓紧时间填补肚子。

“五一”长假结束，周思远为了犒赏员工，特意下发通知，要求每个店筹备答谢晚宴，招待所有员工。公司主要领导分别到各店作陪。周思远去生意最忙的第二分店，汪洋则留在总店，陈碧岚去了第三分店。

虽然员工们连日辛勤劳作，身心疲惫，但听说领导亲自陪员工会餐，心情都很激动，情绪十分高涨。他们无拘无束，大快朵颐，尽情享受美味佳肴。不时有员工站起身来，端着酒杯，向领导敬酒。

汪洋虽说不饮酒，但是为了让员工高兴，他只好勉为其难，用啤酒奉陪。由于敬酒的员工多，汪洋无力招架。坐在一旁的张扬知道汪洋不善于饮酒，尤其半年多时间，他与汪洋同处一室办公，目睹了汪洋学识、人品及敬业精神，令他十分钦佩，担心汪洋身体受不了，便主动为其代劳。

员工们尊敬领导，不断有人前来向汪洋敬酒，张扬为了保护汪洋，接连替汪洋喝酒。他虽然有些酒量，但是架不住敬酒的人多，他连饮了十几杯，便头重脚轻，立身不稳，呈现出醉态。汪洋见他不胜酒力，劝员工们不要再劝酒。坐在张扬身旁的柳卉也好心劝张扬不要再喝了。张扬却赌气地连喝了几杯，醉的更加厉害，已经步履踉跄，语无伦次。柳卉再次相劝：“张扬，你不能再喝了，再喝就醉了。”没想到张扬他却痛哭流涕地说：“柳卉，我知道你对我好，可是我不明白，你为什么不愿意接受我，请你告诉我原因。”

柳卉没想到张扬竟在众目睽睽之下问这个问题，顿时羞得满面通红，低声说道：

“张扬，你喝醉了，不要再说了。”

“我告诉你，我没有喝醉，有些话在我心里憋了很长时间，我就是想知道原因，究竟我哪点做得不好？哪点你不满意？今天你告诉我，我一定改正！”张扬不管不顾地说。

“我求求你，别说了，是我不好，都是我的错，我对不起你！”柳卉内疚地低声回答。

“柳卉，你没错，你是我见到最好的人，我这辈子只爱你一个人，以后你走到哪里，我就跟你到哪里，这辈子跟定你啦！”张扬伤心欲绝地哭着说。

张扬酒后吐真言，在场的人都很感动，汪洋担心他再喝酒，吩咐陈均、小谢等人，将张扬送回宿舍休息。张扬被陈均等人强行搀扶着回到宿舍，可是张扬却吵闹着要去见柳卉。众人好说歹说，他才消停下来。陈均为他沏了一杯酽茶，找来醋和白糖为他解酒，直到午夜，他才倒在床上呼呼入睡。

汪洋知道张扬追求柳卉已经一年时间，不知柳卉出于什么原因，至今没有明确表态。他看到张扬伤心欲绝的神情，有些于心不忍，同时觉得俩人很般配，有心成全他们。

这天，柳卉来送库存报表，恰好办公室内没有其他人，汪洋乘机向柳卉询问原因。柳卉虽然性格开朗，平日喜欢说笑，可是当汪洋问到她与张扬的关系时，却满脸通红，面带羞涩地说："我知道张扬很优秀，也是真心爱我，可是我的父母嫌他是外地的，担心我们成家后，他一旦返乡，我势必跟他一起回去生活。我从小到大一直在南方生活，没离开过家乡，老人担心我到了外地，生活环境改变，无法适应他乡的生活，所以不同意我们的婚事。我知道老人为了我好，他们不同意，我也不能违背他们的意愿强行与张扬结婚，所以心里特别矛盾，一直犹豫不决。"

"柳卉，我是过来人，对婚姻和家庭的概念有自己的看法。我认为在婚姻问题上，无论家庭条件，还是物质基础，都不是主要的，我认为最主要的是看对方的人品，以及是否有能力，有才华，有责任心，当然还要看他是否真心爱你。假如他真心爱你，那么其他因素都是次要的。一个人活在世上不容易，如果能找到一个真心实意疼爱你的伴侣，你就会幸福一生，反之就会痛苦一生。据我观察，张扬不但人品好，而且有工作能力，最主要的是他真心爱你，假如你与他走到一起，将来一定会很幸福的！我劝你不要错过这个难得的机会，否则你会后悔的。"

"汪总，你的话我明白，我也知道张扬优秀，真心对我好，但是我的父母性格倔强，不肯听我解释，就认定他们的想法，使我感到进退两难。"柳卉深感为难地说。

"柳卉，老人的心情可以理解，但是时代不同了，人们对幸福的认定也有所改变。老人生活在比较封闭的农村，观念比较陈旧，对外面世界的变化了解甚少，所以还按老一套规矩行事，这也不能怪他们。你想世上那个做父母的，不是盼望儿女生活得幸福美满，真是可怜天下父母心。但是他们却忽略了一个根本问题，假如女儿对自己的婚事不满意，即使其他条件再好又有什么用！一个人的择偶标准，主要就是看对方是否真心爱你，我只问你一句话，你必须如实回答我。你对张扬到底满不满意，他是否值得托付终身？"

"他……他……他是个很优秀的人，真心对我好，假如不是父母的原因，我……我……我早就……"柳卉红着脸，低下头含羞带臊的不肯往下说。

"这么说你是认可他啦？"汪洋追问她。柳卉没有说话，不好意思地点点头。

"既然你认可张扬，那么事情就好办了。我会让你表姐和表姐夫一起去做你父母的思想工作，我可告诉你，将来你们成家时，千万别忘了我这月老的喜酒。"汪洋任务完成，心里高兴，故此和她开玩笑。

汪洋把张扬和柳卉的情况告知周思远和陈碧岚，并请他们出面做柳卉父母的工作。陈碧岚当即满口答应，专程去了一趟舅舅家。柳卉的父亲见外甥女亲自来说情，知道张扬一定很优秀，否则外甥女不会如此。于是，他们的态度软了下来，改口说只要张扬保证将来在当地生活，他们便同意女儿的婚事。

陈碧岚将这一结果告诉汪洋。汪洋找到张扬，征求张扬的意见，张扬当即表示同意。

柳卉把这一消息告诉父母。父母知道女儿早就中意张扬，又见张扬答应了他们的要求，便点头同意女儿与张扬的婚事，并提出要与张扬见面。

张扬听闻准岳父岳母同意了他与柳卉的婚事，不由得大喜过望！但是听说老人要见他，心里又感到忐忑不安。他央求汪洋，陪他一起去。

汪洋觉得好人做到底，便同意了他的要求。这天下午，他们坐车来到柳卉家。柳卉的父母见汪洋亲自登门，心里十分感动。又见张扬玉树临风，一表人才，心里更是喜之不胜。他们事先已经得到女儿的信息，提前准备好饭菜，招待未来的女婿和汪洋这个"媒人"，并找来至近亲友作陪。

席间，张扬略带拘谨地向柳卉的父母及长辈敬酒，长辈们见张扬长相英俊，举止稳重，礼貌懂事，心里感到非常高兴。柳卉的父母一再向汪洋致谢敬酒，汪洋盛情难却，只好用啤酒奉陪。他们在谈话中，不经意间提到将来张扬和柳卉的去留问题。没想到张扬郑重其事地举起一杯酒，"扑通"一声跪倒在地，信誓旦旦地表态："二位老人及诸位长辈，请你们放心，我这辈子有幸遇到柳卉，是上天对我的眷顾，我今天向你们保证，将来别的事情有可能我们俩人相互商量，但是唯独将来在哪里生活，我一定听从老人和柳卉的安排，如有反悔，天地不容！”张扬的举动出乎众人意外，柳卉的父母更是倍受感动。他们赶紧亲自上前将张扬扶起，父亲满意地说：“孩子，你不必如此起誓发愿，看出你是老实本分的孩子，柳卉交给你我们放心，至于我们提的要求，你不必放在心上。今后咱们是一家人啦，有什么事情相互商量着办。”

由于心里高兴，柳卉的父亲和众位亲友轮番举杯庆贺，张扬初次登门拜见，不敢放量饮酒，汪洋只好勉为其难，与之推杯换盏，喝得十分尽兴。直至月上中天，酒阑人散，汪洋方才带着张扬起身告辞。

张扬和柳卉的关系确定下来之后，过了几个月时间，双方的父母便张罗为他们操办婚事。由于双方彼此了解，没必要再去相互考验，他们对老人十分孝顺，便遵从老人的意愿，同意举行婚礼。

恰好庄淑娴与男朋友相处多年，此时家中也在为她们张罗婚事。周思远听闻后，觉得有必要帮他们举行一个集体婚礼，并征求陈碧岚的意见，陈碧岚说：“举办集体婚礼？这是好事，既节俭，又热闹，但是只有她们两对，显得少了点儿，再多几对就更热闹了。”

“你说的有道理，可是结婚不像其他事情，没有办法凑数。”周思远摇着头说。

“我看这么办，明天下发个通知，把公司举办集体婚礼的事情告知各店，如果适龄青年想结婚，咱们不但为他们免费举办集体婚礼，并提供婚房以及免费到三亚度蜜月的优惠条件，我想一定会有人积极响应。”陈碧岚说出了想法。

“好，就依你，另外咱们也与新婚夫妇一同去三亚旅游，当初咱们结婚时，哪儿都没去，就算我为你补新婚蜜月啦！”周思远高兴地表示同意，并提出同去的想法。

“咱们都老夫老妻啦，跟人家年轻人凑什么热闹？我看算了吧。”陈碧岚摇着头推辞。

“不行，我一定带你一同去，否则我心里有愧。”周思远非常坚决地说。

“好吧，我听你的。”陈碧岚脸上洋溢着幸福的笑容，点头表示同意。

通知下发之后，短短几天时间，要求参加集体婚礼的就有六对，其中包括小曹和晏紫。他们两人已经相恋两年时间，况且已经年逾三十，若不是工作忙，他们早就成家了，如今正好借此机会，完成他们的心愿。

汪洋分别为每对新人送上了红包，因为小曹、庄淑娴、张扬等人春节时送给儿子红包。他又格外送给他们一对陶瓷花瓶和一套茶具。这些礼物是他从供货商梁经理的陶瓷店购买的，虽然只是普通的工艺品，但是无论质地还是样式，都很高档。小曹、张扬等人都很喜欢。在购买时，梁经理听说是要送给员工的结婚礼物，不肯收钱。汪洋执意付钱，并表示如果不收钱，只好到其他商铺去购买。梁经理无奈之下，只好按进价收款。

经过紧张的筹备，婚礼如期举行，届时，新闻媒体听说此事，纷纷前来采访，在媒体的介入和推动下，婚礼的影响很大，在社会上引起了强烈反响。

时间在人们的忙碌中倏忽而过，转眼又是金秋季节。这天晚饭后，汪洋回到办公室，拨通了母亲的电话。刚和母亲说了两句话，陈均推门走了进来，向他汇报市场行情。汪洋只好对母亲说他有事，等有时间再给她打电话，母亲理解地说她很好，不用惦记。汪洋撂下电话，仔细听完陈均的汇报。根据他提供的信息，对相关的一些进货价格进行调整。等他忙完，再想给母亲打电话，发现已经十点多了，怕影响母亲休息，打算明天再和母亲通话。可是他万万没有想到，这个没有打完的电话，竟为他留下了终生的遗憾！

第二天早上，汪洋把各店报上来的所需煤气、啤酒以及其他物品报给供货商，让他们及时送货。同时又把调整过的进货价格表交给采购部送货司机，分别送到各店，要求各店执行新的供货价格。

这时，汪洋的手机响了，他赶紧接通电话，话筒里传来了弟弟惊慌的声音：“哥，你快回来吧！咱妈病了。”汪洋心里一惊，急忙问道：“什么病？现在什么情况？”

“吃早饭时还好好的呢！没想到刚吃完饭准备下地时，突然昏倒了，现在昏迷不醒！”弟弟带着哭腔说道。

“哎呀！怎么这么严重？你先别哭，赶紧想办法治疗。”

“我刚给120打完电话，救护车马上就到。”

“对，马上送医院抢救，一定想办法为母亲治病！我马上动身往回赶，咱们保持电话联系。”汪洋撂下电话，急忙给施玉梅打电话，告诉她母亲的症状，施玉梅说有可能是突发性脑溢血，并说她领着儿子尽快赶回去。然后，汪洋找到周思远，向他说明母亲突然患病的情况。周思远一边安慰汪洋，一边急忙派人给他预订飞机票，并给他两万元钱，让他带回去为母亲治病。定完机票后，已经上午十点多了，飞机起飞时间是中午十二点二十分，距飞机起飞时间只有两个小时，而从市区到飞机场需一个多小时。司机小谢为了赶时间，一路上不停地按着喇叭，快速超车行驶，以最快的速度赶到机场。

此时机场已经停止办理登机手续，汪洋找到值班主任，说明原因，求主任帮忙。主任考虑到他的实际情况，破例为他补办了登机手续，在飞机起飞前十分钟，他登上了飞机。

飞机起飞前，汪洋再次与弟弟通电话，询问母亲的病情。弟弟告诉他，母亲的诊断已经出来，确诊为突发脑性溢血，现在正全力抢救。”汪洋听闻心中一沉，他知道这种病的严重性，抢救成功的概率很低。他强忍悲恸，告诉弟弟不要着急，他已经乘飞机往回赶，估计晚上能赶到家。

由于飞机上不允许打电话，汪洋心里非常焦急，大脑一片空白，神经陷入麻木之中。乘坐飞机的三个多小时，他不吃不喝，几乎是在半麻痹状态下度过的。

飞机到达省城，他走下飞机，下意识地打开手机，拨通了弟弟的电话，询问母亲的病情。弟弟告诉他，母亲已经陷入深度昏迷状态，医院已经下了病危通知书。汪洋心中一阵疼痛，恨不得立刻赶到家中。他在机场外拦了一辆出租车，司机张口要四百元钱，汪洋知道他要高价，因为他知道从省城到谙达，路程只有一百五十多公里，正常价顶多三百元，但是他没有心情讨价还价，漠然地同意了司机的价格。

他心急如焚，恨不得一步到家，见到病危的母亲。于是，他一路上不停地催促司机加快速度。司机见他面带悲戚之情，神情几近麻木，知道他一定遇到什么特别的事情，同情地尽量加快车速。当行驶至中途时，汪洋再次接到弟弟的电话，弟弟哭着告诉他，母亲已经去世了，并根据母亲的遗愿，将母亲的遗体带回家中安放。

汪洋闻听噩耗，心中悲痛万分，但是他的心已经麻木，他紧紧地咬着嘴唇，脸上的肌肉已经僵硬变形，腮边的肌肉结成硬块，痛苦的表情让人感到恐怖。

司机从他的电话里听到了他的母亲不幸去世，有心劝解他几句，但是从倒车镜里看到他因痛苦而扭曲的面部表情，心里感到几分恐惧，生怕说错话找来不必要麻烦，司机打消了劝说的念头。司机一路小心翼翼地开着车，并不住地偷瞥身后的乘客，生怕他因为伤心过度，做出什么不理智的举动。

晚上六点多钟，汪洋赶到家中。司机在收取车费时，觉得乘客是为母奔丧，假如自己多收他的钱，良心上过意不去，所以只收了三百元钱。对于司机的好心，汪洋丝毫没有感觉，连句感谢的话都没说。下车后，他急忙奔进屋内，一眼就看到母亲的遗体停放在屋地当中，身上盖着黄布。由于伤心过度，他呆呆地望着母亲的遗体，突然说道："这个老太太，你怎么走得这么匆忙，怎么不等等我？！"说完，他竟像局外人似的，转身问身旁哭泣的哥哥："咱妈都有什么遗愿？你们打算如何办理母亲的后事？"

哥哥和其他亲人本以为他会痛哭一场，没想到他竟如此镇静，有的人说他心肠狠，有的人觉得他见多识广，遇事沉着老练，还有人说他是伤心过度所致，总之猜测纷纭，莫衷一是。

哥哥听了他的问话，尽管觉得有些诧异，但是心里却敬佩他遇事沉着冷静，便停止哭泣，说："由于病的突然，妈妈没留下遗言，至于如何办理母亲的后事，我们因悲伤过度，没来得及商量，正好你赶回来，咱们商量一下吧！"

"好的，我看这么办，咱们先通知至近亲属，省着日后他们挑理，再就是赶紧搭灵棚，供亲友吊唁，另外赶紧组织人去购买食品，招待前来吊唁及夜间守灵的人。另外我建议为母亲停灵三天，母亲含辛茹苦将咱们抚养成人，咱们要风风光光地将她送走。”

“行，我们没意见，就按你说的办。”兄妹们纷纷点头表示同意。

在众亲朋的帮忙下，灵棚很快就搭建完毕。汪洋兄弟几人将母亲的遗体停放至灵棚内。汪洋找来纸笔，饱含悲痛之情，奋笔写下了一副挽联：

悲声阵阵唤不醒慈母一梦

泪水涟涟诉不尽儿女衷情

夜间，汪洋一直守在母亲遗体旁，不时地烧香烧纸。第二天早晨，施玉梅领着儿子赶到，儿子见到奶奶的遗体，立刻扑上前去，喊着奶奶放声大哭。施玉梅拉着儿子失声痛哭。姐姐和妹妹以及弟媳忍不住悲伤，一起跟着哭了起来。哭声悲戚而惨痛，惹得吊唁的亲友忍不住跟着伤心落泪。姐妹们哭了一阵儿，在亲友的劝导下，哭声渐渐停歇。唯独孙子汪清辰依旧痛哭不止，经过姑姑及施玉梅的一再劝说，他虽然止住哭声，却依旧守在奶奶遗体旁抽泣不止。众亲友夸他懂事有孝心。

第二天，远在外地的亲友陆续赶来吊孝，汪洋和弟兄们轮番陪着他们吊孝并预备酒饭招待。晚上，汪洋仍旧守在灵棚内，众亲友担心他悲痛过度，身心受到伤害，纷纷劝他去休息。任凭众人如何劝说，他执意不肯，坚持守灵一夜。众人拿他没有办法。

第三天上午，在众亲友的帮助下，按照当地的风俗，将母亲的遗体火化并安葬在父亲的墓旁。

汪洋和兄弟姐妹在酒店安排菜饭，招待前来送葬的亲友。从酒店回到家中，汪洋望着母亲睡过，如今空落落的床，心中倍感悲恸，一头倒在母亲的床上，用被子盖上头，闻着母亲那熟悉的气味，不由得悲从中来。母亲不在了，自己再也见不到亲爱慈祥的母亲，以后过年过节自己到哪里去过？失去了老人，还有什么乐趣？还有什么奔头？！想到自己永远失去了亲爱的母亲，汪洋的泪水犹如开闸的洪水，奔流不止。他一直哭了两个多小时，泪水把枕头都洇湿了。由于悲伤过度，他连日不吃不睡，身体严重透支。发泄了心中的痛苦之后，便迷迷糊糊地进入了梦乡。这一觉从下午开始，一直睡到第二天早上方醒，足足睡了十六七个小时，精神和体力总算得以恢复。

三天圆坟时，汪洋和兄妹们备办了父母平日喜欢的食物和香烛，兄弟姐妹们跪在父母的墓前，焚香上供。汪洋在父母的坟前，神情悲戚地宣读了祭文：

汪氏有母，享年七三。育有五子，二女三男。
含辛茹苦，哺育周全。吾母贤德，举止方端。
乐善好施，心地良善。和睦邻里，帮亲抚远。
持家有方，崇尚节俭。儿女康健，承欢膝前。
唯洋不孝，离家行远。奔波在外，走北闯南。
相聚时短，相见更难。母子连心，梦绕魂牵。
日思夜想，寝食难安。郁郁寡欢，度日如年。
岁月风霜，身心摧残。青丝染雪，背躬体弯。
容颜憔悴，步履蹒跚。心力交瘁，风烛残年。
苍天无情，不永天年。遽然离世，撒手人寰。
阴阳两隔，无力回天。悲哉痛哉！肝肠寸断！
世人谨记，百善孝先。莫学吾辈，抱恨终天。
呜呼吾母，精神不死。道德典范，永驻人间。
后人铭记，子孙景仰。尚飨！

汪洋怀着无比悲恸的心情，处理完母亲的后事，举家回到林海市。他们全家依旧沉浸在丧母之痛中。晚上，汪洋与妻子尚未入睡，突然听到隔壁房间传来儿子低沉的哭泣声。他们赶紧来到儿子房间，看到儿子坐在床边抹泪，声称因想念奶奶而睡不着觉。汪洋强忍悲痛，劝慰道："儿子，奶奶不幸去世，全家人都非常悲痛，我知道你对奶奶感情深，心里想念奶奶。但是生老病死是自然规律，每个人都会经历生离死别的考验，逝者已逝，活着的人要节哀顺变，不要过度悲伤。儿子，你别哭了，否则奶奶会不安宁的。"虽然儿子对他的话似懂非懂，但还是听从劝说，停止了哭泣。

看到儿子如此孝顺懂事，汪洋心里既心疼又欣慰。由于思念母亲，汪洋每日都沉浸在痛苦之中，每当他回忆起母亲生前的往事，想到自己长大成人后便远赴他乡，不能在父母身前尽孝，倍感内疚和悲伤，经常一个人在家暗自流泪，妻子几经劝说无效，心里非常着急。恰好周思远来电话安慰，汪洋表示感谢，并询问公司的情况。周思远告诉他公司业务非常忙。汪洋知道自己匆忙离开，势必导致工作脱节，影响公司的正常运转。他决定尽快返回星沙。并把想法告诉妻子。施玉梅见他每日沉浸在丧母之痛中难以自拔，担心他伤心过度，身体出现毛病，与其留在家枉自悲伤，莫不如让他尽早赶回星沙。回去后，一旦投入到繁忙的工作当中，就会分散他的注意力，也会减轻他的痛苦。因此施玉梅同意他返回星沙。

汪洋回到星沙，如施玉梅所料，全身心投入到紧张的工作中，只有夜深人静，闲暇之时，才有时间思念母亲！繁忙的工作减轻了他的痛苦，冲淡了心中的丧母之痛。随着时间的推移，他逐渐从悲痛之中解脱出来。

周思远不但狠抓企业管理，力争提高服务质量，同时更注重员工的道德品质教育，在他的倡导下，员工们自觉树立了学雷锋做好事的良好风气。由于前来就餐的客人比较多，经常有一些粗心大意的人，将手机、钱包、衣物等贵重物品遗失在店内，店里的服务员总是认真负责地将客人的物品如数奉还。这种拾金不昧，助人为乐的好事层出不穷，不胜枚举。

这天上午，汪洋正在办公室忙于日常业务，突然听到敲门声，汪洋随口说声"请进"。只见一位戴着近视镜，留着披肩发，长的眉清目秀的女士走了进来。"您就是汪总吧？我叫刘丹，是星沙晚报的记者。这是我的名片。"

汪洋接过名片，一边与来人握手，一边客气地回道："您好！我是汪洋，请坐。请问你有什么事情？"

"汪总，是这样的，我们社里接到一封感谢信，信中说他在你们店里消费，不慎将二十万元巨款遗失在店里，你们店里的李薇经理发现后，妥善保管并完璧归赵。尤其值得一提的是，客人拿出一万元作为答谢，她却加以拒绝，并说是应该做的。所以社里派我前来采访，希望您给予配合。"

"哦，这件事情我知道，确实有这回事。没想到他竟会给你们报社写信。"汪洋点头证实此事，并起身为她沏茶。

"汪总，你看是否让当事人来一下，我想当面采访她。"刘丹提出要求。

"我看没有这个必要，这是我们应该做的。"汪洋客气地回绝。

"汪总，你不要推辞，我知道你们公司一向低调，做好事不图回报，但是我们作为媒体，有义务宣传你们这种拾金不昧的精神和良好的道德风尚，这是净化社会风气，弘扬正气的大事，请你务必配合我的采访。"

"好吧，请你稍等，我现在给李薇打电话，让她前来接受采访。"汪洋说完操起电话，通知二分店前厅经理李薇速到公司。

刘丹热情健谈，她一边等候李薇，一边与汪洋交谈。由于汪洋以前曾做过报社的特约通讯员，故此俩人有共同语言，他们从通讯报道谈到文学，当她得知汪洋是位作家并出版了两部长篇小说，不由得肃然起敬，急忙改口称呼老师。

时间在交谈中悄然流逝，不知不觉过去了半个小时，李薇方才赶到。李薇长相漂亮，性格稳重，举止言行中透着聪明伶俐，梳着齐耳的短发，显得精明干练。她从事饮食行业已经数年，工作经验丰富，工作能力强。

见面后，李薇接受了刘丹的采访，向她一五一十地讲述了事情的经过。

那是十月中旬的一天下午，李薇检查卫生时，在十六号餐桌旁的椅子上，发现一个印着工商银行字样的纸袋。这种纸袋很常见，是银行为了方便大额储户而免费赠送的。纸袋里的物品方方正正，上面用两张报纸塞着。李薇知道这是客人粗心遗落的物品，不敢大意，急忙将纸袋拎到吧台，打算等候失主来认领。当她看到上面覆盖的报纸滑露出一角，便顺手将报纸往里塞了塞。目光所及之处，她却惊呆了，发现纸袋里面有个白色透明的塑料袋，袋里竟然是多捆百元面额的人民币。李薇见数额较大，不敢掉以轻心，急忙与收银员仔细查点了钱数，竟多达二十万元。她心里暗自感叹："哪位客人如此粗心，竟将这么多钱遗忘在酒店里，幸亏发现及时，若是被其他的客人捡去，那可麻烦了。"

她一边想着，一边将巨款如数包好，放进纸袋内。她想客人丢失了这么多钱，心里一定很焦急，于是，便坐在吧台里耐心等候失主。

等了大约一个小时，一位三十多岁的男子匆忙走进店里，只见他神色惊慌，脸上冒汗，十分焦急地向服务员询问是否看到一个工商银行字样的纸袋。

李薇急忙迎上去，将他带到吧台。由于担心他人冒领，李薇详细地询问了有关纸袋的外形及里面的物品。来人自称姓杨，他描述的遗失物品，无论外形包装还是钱数均相符。李薇确认无误后，方才将钱放心地交还失主。杨先生看着失而复得的巨款，心情异常激动。嘴里连声称谢，并拿出一万元钱塞到李薇手上，表达感激之情。

李薇连忙谢绝，态度诚恳地说："先生，你不必客气，这是我们应该做的。我们不能接受你的感谢，假如我们贪图钱财，就不会在此苦等你来认领。"

"哎呀！我以前经常听人夸松花江酒店菜肴好吃可口，价格合理，服务热情周到，没想到员工的思想境界这么高！你们这种拾金不昧的高尚品德，堪称活雷锋！"杨先生亲热地与李薇握手道谢，心存感激地欣然离去。

刘丹采访完李薇，告别了汪洋，并对周思远以及店里一些比较典型的好人好事进行采访。根据采访所获得的实际情况，她连夜赶写了一篇新闻稿，刊登在星沙晚报上——《学习雷锋精神，贵在持之以恒——松花江餐饮连锁公司学雷锋先进事迹集锦》。

松花江是北方一条古老的河流，有着"天河之水"的美誉。它随着星沙松花江饮食连锁公司的崛起而享誉三湘大地。自从松花江餐饮连锁公司植根三湘以来，经营规模不断扩大，目前已拥有五家连锁酒店，每个店的生意都非常红火。这在竞争激烈的饮食行业中，无疑是个奇迹。笔者怀着猎奇的心理，采访了松花江饮食连锁公司。

公司总经理周思远先生，不但精明过人，而且对企业经营管理有独到见解，早在松花江饮食连锁公司创业伊始，他就把“学习雷锋精神，奉献精品美食，造福三湘父老，竭诚为广大消费者服务”作为企业发展的宗旨。

数年来，松花江餐饮连锁公司，本着学习雷锋精神回报社会的宗旨，积极投身于社会公益活动，每年帮扶十名贫困大学生，“三八”妇女节期间慰问省妇联同志，到省女子监狱看望辛勤工作的女干警，并为服刑改造的犯人送去生活用品和热呼呼的饺子，让那些服刑人员感受到社会的温暖。为了帮助北京申奥，他把几个店当天营业款数万元，捐献给北京申奥委。为了支持贫困山区因贫困而失学的孩子，他每年都为希望工程捐款。为了减轻下岗职工实际困难，经常为社区下岗职工送米面粮油，及千元以上现金。另外为省九运会捐款，赞助省首届模特大赛。长期看望敬老院的孤寡老人，看望孤儿院的儿童，并送去数量可观的财物。每当得知国内发生灾情，如洪涝、地震等自然灾害，他都慷慨解囊，积极为灾区人民捐款捐物，多则几十万元，少则数万元不等，他的义举赢得了社会各界人士的称颂。

周思远先生不仅以身作则，不遗余力地积极投身于社会公益事业，同时非常注重提高员工的思想素质，多次组织员工参观雷锋纪念馆，把学雷锋，做好事，倡导精神文明建设，当作头等大事来抓，并把此项规定列为员工考核标准。在周思远的带动下，员工们自觉地养成了学习雷锋精神，争做好人好事的道德风尚。

由于酒店生意红火，前来就餐的客人络绎不绝，总有一些粗心大意的人，经常将手机、提包或衣物等遗忘在店内。每当遇到这种情况，员工们都会将失物妥善保管，并想办法归还给失主。每当失主拿出财物表达谢意时，他们总是婉言谢绝，从未收受过任何谢仪，并且从不告知对方自己的姓名。这种学雷锋做好事不留名，甘当无名英雄的思想道德情操，受到了广大市民的普遍称赞。

在松花江连锁酒店，归还客人遗落物品的事情司空见惯，习以为常。但是，如果在二十万元现钞面前，做到不动心，则是对人思想意志和道德标准的考验。松花江酒店前厅经理李薇，就是这样一位拾金不昧，道德品质高尚的人。她以无私精神，将拾到的二十万元巨款完璧归赵。这对月工资千余元的打工妹来说，无疑是极大的诱惑。但是，李薇在巨款面前非但不动心，还宛然谢绝一万元酬谢，这种高尚的思想品德和道德情操，在松花江餐饮连锁公司不是个案，而是普遍现象，他们这种拾金不昧，学雷锋做好事的无私精神，代表着松花江餐饮连锁公司的精神面貌，让人倍感钦佩！

俗话说一分耕耘一分收获。松花江餐饮连锁公司员工们无私奉献精神，受到了广大市民的好评。同时受到相关部门和领导的欣赏和肯定，各种荣誉接踵而至。松花江酒店先后荣获“湖南省十佳热点消费场所”“湖南百家诚信示范单位”“湖南省消费者信得过单位”“全国绿色餐饮企业”等殊荣。他们在荣誉面前，没有沾沾自喜，始终谦虚谨慎，不骄不躁，把荣誉当成鼓励和鞭策，当成企业发展的动力。

通过松花江餐饮人员的不懈努力和打拼，松花江这一餐饮奇葩，已在三湘大地生根、开花、结果，祝愿松花江餐饮连锁公司生意兴隆，事业蒸蒸日上，前程似锦，就像奔流不息的松花江水源远流长，汇入中华民族美食文化的海洋！

刘丹的报道，在社会上引起了强烈反响，松花江餐饮连锁公司的名声更加响亮。周思远被评为“年度工商联优秀会员”“年度学会先进工作者”“中国最具社会责任感企业家”，并当选人大代表。松花江的生意更加兴旺，如日中天。

第二十三章 春华秋实

春去秋来，花开花落，转眼汪洋已在星沙工作一年有余。这一年多时间里，汪洋殚精竭虑，废寝忘食，全身心投入到繁忙而冗杂的生意场中。但是，他的心里依旧放不下自己的文学梦，虽然几次产生创作的冲动，曾利用业余时间，着手创作第三部小说。但是由于事情太多，静不下心，无法安心写作，只好被迫搁笔。他的心里很不情愿，觉得如此拖延下去，势必影响自己的文字创作事业，文学创作是自己一生追求的梦想，如今已经初见成效，岂能荒废。再说如今企业已经步入正轨，自己应该功成身退，离开生意场，继续从事文学创作。

随着时间的推移，他的想法愈来愈强烈，多次下决心，想找机会把自己的想法告诉周思远，但是每次见面，想到周思远对自己如此倚重，无论什么大事，都和自己商议，对自己的建议更是言听计从，如果自己贸然提出离开，觉得对不起朋友，每次话到嘴边，却又欲言又止。在犹豫和矛盾中，离开的事情一再拖延。

这天上午，汪洋接到出版社发行部柳主任的电话，柳主任告诉他，他的作品销量非常好，库存已经告罄，出版社准备第二次印刷，希望他抽出时间，来出版社洽谈相关事项。同时还告诉他一个好消息，出版社打算把他的作品报送“五个一工程奖”评选，并对此事征求他的意见。

汪洋闻讯高兴万分，爽快地满口答应，并承诺尽快抽时间前往出版社，商谈第二次印刷事宜。

放下电话，汪洋抑制不住心中的喜悦，打电话向妻子报喜。然后找到周思远，说明了有关作品二次印刷及自己打算离开的想法。

周思远对他的成功表示祝贺，同时对他离开的事感到惋惜，于是，他提出了一个建议：“汪洋，我知道文学创作是你一生的追求，但是没必要非得离开，你在我这里一样可以搞创作，我保证减轻你的工作强度，为你留出充裕的时间，继续搞创作。”

“大哥，我知道你是出于诚心，更相信你一定说到做到，但是你知道，我做事比较投入，假如我留下来，势必还会像以往一样，全身心地投入到工作当中。如果每天只是象征性地待在公司，我无法安心做事，这不是我的性格。再说我在这里，一是无法安心写作，二来影响工作，与其两面分神，莫不如离开，两下都不耽误。我的主意已定，你不必相劝。”汪洋态度坚决地表明离开的决心。

周思远虽然心里不情愿汪洋离开，但是汪洋态度坚决，说得很有道理，他了解汪洋的性格，做事一向果断，一旦决定的事情，一般情况下难以更改。再说自己不能太自私，为了自己的利益而影响他的事业。想到此，周思远点头表示同意，并对公司的人事安排征求他的意见：“汪洋，你离开后，觉得公司内部谁接替你的工作比较合适？”

“这个问题我曾考虑过，目前咱们公司基层领导当中，我觉得陈均比较合适。”

“陈均的岁数太小，缺乏工作经验，让他担任这么重要的岗位，怕他难以胜任。”周思远说出自己的担忧。

“别看陈均年纪轻，但他头脑灵活，做事爱琢磨，总能想出一些新点子，尤其是他工作比较敬业，而且不辞辛苦，经常利用晚上休息时间去屠宰场和蔬菜批发市场考察市场，及时了解市场行情。根据我对他的了解和观察，觉得他一定能胜任这个工作。”汪洋说出自己对陈均的看法。

“你说得很有道理，好吧，就让陈均担任采购部经理，另外我打算让陈碧岚担任主管经营的副总经理，你看谁接替她的财务经理合适？”

“这个想法很好，其实早就应该让陈碧岚全面主抓经营管理，她既有专业知识，又有工作能力，加上这是你们夫妻的企业，她一定会比别人更尽职尽责，相信她一定会带领企业更快更好地向前发展。至于她的工作，我看逄莱接替比较合适，她是财会专业，懂业务，工作能力比较强，主要是她为人正直，相信她一定能管好公司的财务。”

“逄莱确实是理想人选，但是她已经向我提出申请，俟合同期满后，打算辞职。我已经答应了她的要求，人各有志，我无法把她留下来。”

“哦，原来这样，既然她去意已决，只好尊重她的选择，我看柳卉也比较合适。”

“柳卉确实很优秀，对工作更是认真负责，但是她不是专业财会人员，恐怕难以胜任。”

“柳卉虽然不是财会专业出身，但是她为人本分，工作认真务实，同时虚心好学，虽然不懂财务，但陈碧岚可以教她，人都是学而知之，没有生而知之，我相信她在陈碧岚的帮助下，一定可以担此重任的。”

“我知道你多年走南闯北，社会阅历丰富，可以说阅人无数，我相信你的眼力，就让柳卉担任财务经理。另外齐源的事情怎么安排？他毕竟是亲戚，再说有一定的社会经验，总不能让他永远当夜保吧，你看安排他什么差事比较合适？”

“齐源这个人，你在使用中一定要慎重，既然有妹夫这层关系，我看你干脆让他到岑州店工作，让他在其哥哥嫂子手下工作，假如他再胡闹，相信他哥哥不会答应他。”

“兄弟，你看问题就是英明，想出的办法技高一筹，对，就让他们夫妻去岑州，据我所知他还是忌惮他哥哥的，这真是两全其美的办法。”周思远兴奋地拍着汪洋的肩膀连声夸奖。

周思远与汪洋商定人事事宜，又对公司的发展前景进行一番探讨。然后询问汪洋的行程安排，汪洋打算顺便去北京看望表哥，周思远便派人为他购买了飞往北京的机票。周思远给他十万元钱，作为一年的报酬，汪洋虽然推辞不受，周思远却强行劝他收下。告诉他以后遇到什么困难，尽管向他开口。然后周思远带着汪洋，到商场为他购买了一套高档西服，一双高档皮鞋，还有衬衣、领带等。

为了欢送汪洋，周思远特意召集公司管理人员一起为他饯行。酒桌上，周思远显得很激动，虽然他早已戒酒，却陪着汪洋喝了一瓶红酒。陈碧岚首先起身向汪洋敬酒，陈碧岚擎杯在手，十分感激地说：“汪老师，这一年多时间，你为了公司，真是殚精竭虑，废寝忘食。尤其你为人正直无私，认真负责的工作态度和敬业精神，值得在座的每位员工向你学习。说句心里话，我和周思远都舍不得你走！你这一走，公司的工作势必受到影响。但是为了你的事业，我们不能太自私，只好尊重你的意愿，祝贺你的作品再版，希望你以后创作出更多更好的作品，我们翘首以待，敬候佳音。祝你百尺竿头更进一步！”

“陈碧岚，你过奖了，虽然这一年多时间，我为公司聊尽微薄之力，却有助于你们夫妻的信任和支持。我这个人一向崇拜英雄，尊重成功人士，你们夫妻能把生意做得这么好，知名度这么高，说明你们具有开拓进取精神和正确的经商理念。你们本着文明经商，诚信为本，竭诚为消费者服务的原则，以及向社会弱势群体献爱心的无私举动，更让我看到了你们做人做事的优良品德，让我受益匪浅，从你们身上学习到了很多经商经验和做人原则，这是你们事业成功的关键所在。我相信你们的事业会更加兴旺发达，取得更加辉煌的成功！”

“兄弟，我知道你的理想远大，在我这里无法施展你的才华，咱们是过命的兄弟，我今天说句心里话，今生遇到你这样的好兄弟，是我的荣幸。别看我的生意做得比较成功，但是无法与你的成就相比，要说成功者，你才是真正的成功者，你的书面向全国销售，这不是浪得其名，而是真正意义的成功，如果你愿意，我情愿用我的企业换取你的版权。我这不是恭维你，说的都是心里话。我们这些经商者，即使积攒再多财富，也无法与你的作品相提并论，你的作品是无形资产，是最珍贵的精神财富，你想若是过去几十年、几百年，后人看到你的作品，就会想起你这位作家，却没有人会想到我们这些经商者。什么叫流芳百世？只有文学作品才能流芳百世！”

周思远的话音未落，众人纷纷表示赞同，举杯向汪洋敬酒。汪洋心情激动地与之一一碰杯，然后将酒喝干。

逢莱站起身来，拿起酒瓶，亲自为汪洋斟满酒，深情地说：“汪老师，能够有幸结识你，这是我一生最大的荣幸！你是我的偶像！我从你的身上懂得什么是理想，什么是追求，什么是持之以恒！我今后一定向你学习，无论遇到什么艰难险阻，都会坚定不移地沿着文学创作道路走下去，不达目的，誓不罢休！”

以前人们知道汪洋和蓬莱的关系密切，曾引起过他人的误会，如今大家被她的一片诚心所打动，更被她的志向所折服。

饭后，周思远和陈碧岚亲自为汪洋去机场送行，同事们闻讯前来与他告别。逢莱临行前送给汪洋两盒西湖龙井，并赋诗一首留念。诗曰：

生平庆幸事，有缘结识君。

诗词传佳话，清茶也醉人。

话说逢莱在汪洋离开公司之后，也辞职离开松花江餐饮连锁公司，按照自己的意愿，重新规划了人生目标，报考成人大学，专修文学专业。毕业后，应聘到湘江杂志社工作，并坚持写作，先后在报社、杂志社发表文章。她与汪洋始终保持联系，并与汪洋共同改编《黑色诱惑》，将作品搬上银幕。她一直独身，专心致志地投身于文学创作，后来终于跻身于作家行列，这是后话，暂且不表。

且说周思远夫妻在机场一直陪着汪洋办好登机手续，将他送至登机口，互道珍重，依依惜别。汪洋登上飞机，一路平安地到达了目的地。

汪洋随着旅客走出机场，迎面见到表哥江群等候在机场出口。江群身着一套米色服装，上身穿一件夹克衫，下穿米色休闲裤，足蹬一双棕色皮鞋，显得干练利索。见到汪洋，他高兴地上前，接过汪洋手中的旅行箱，俩人边说话，边朝停车场走去。

他们来到一辆白色的越野车前停下来，江群对汪洋说："兄弟，这是我新买的车，因为越野车性能好，抗造，路况好坏都能通过，所以我选择了这种车型。上车吧，你嫂子在家等候咱们呢。"

"嫂子在家？她没有出差，真是太好啦！这么多年，我只闻其名未见其人，今天能够见到她，真是令人高兴！"汪洋听说能够见到这位富有传奇色彩的伟大女性，心里非常高兴。他早就听说过兰鸽的事迹，对这位心胸开阔、高风亮节的嫂子，充满了好奇和敬佩。

"可不是咋的，你和她真没有见过面，上次你来时，恰好她出差。她的工作就是这点不好，经常去基地，不瞒你说，我们有时三两个月见不到面，为了事业，我们只能把女儿托付给她的父母照看，想来怪对不起女儿的。但是我们各自忙事业，没办法，只能忍痛割爱！"江群面带愧疚地说。

"嫂子在国防科工委，从事哪项科研工作？"汪洋好奇地问表哥。

"兄弟，不瞒你说，这么多年，她从未与我说过工作，我知道她的工作性质，属于国家机密，所以从不打听她工作方面的事情。"

"哦，我明白了，她从事尖端研究工作，属于国家机密，有严格的保密纪律，当然不便向外人透露。"

"你说的对，她的工作性质决定必须保密，否则就会犯错误。所以这么多年，我从不过问她工作的事情。"

"表哥，你怎么亲自驾车来接我，工作能脱开身吗？"

"兄弟，我就是再忙，也要亲自来接你呀？你现在身份不一样了，我怎么能怠慢知名作家呢？"江群边开车，边风趣地与他说笑。

"表哥，你怎么也逗我，虽然我的作品侥幸得以发表，但是在写作方面还存在许多不足和瑕疵，怎么能跟知名作家相提并论呢？”汪洋有些不好意思。

“兄弟，我不是和你说笑，你的作品我和你嫂子都看过，你嫂子夸你写的好，你想你嫂子是什么人？那可是名牌大学毕业的高才生，如今已是教授一级的人物，她的眼光独到，欣赏水平高，她说好，就一定错不了！”江群自得地说。看得出来，他对妻子非常赏识。

兄弟俩一路聊着家常，一路沿着宽阔的大道向家中行驶，约莫过了半个多小时，他们来到了位于西郊的一片高楼前。江群告诉汪洋，这里是国防科工委的家属住宅区。他们通过门口时，接受哨兵的检查并登记，哨兵对其核对身份，方才放行。江群开着车子在楼区里转了一弯，最终将车子停在楼下。

江群带着汪洋，乘坐电梯来到十一楼，掏出房门钥匙，打开房门，将汪洋让进屋里。听到开门声，一位身材高挑，皮肤细腻，身着军便装，梳着齐耳短发，戴着一副眼镜，长相酷似电影演员朱琳，气质高雅的女性，面带笑容地迎了出来，不等江群介绍，她就笑着过来与汪洋握手：“表弟，您好，欢迎你的到来。”

“兰姐，您好！早就耳闻您是一位了不起的人，兄弟十分敬佩！只是缘悭一面，直至今日才得相见，真是遗憾！”

“兄弟，你过奖了，我不过是个普通的科学工作者，而你是作家，我和你表哥都为有你这样优秀、有才华的兄弟感到自豪！”兰鸽赞许地夸奖汪洋。

“哎，我还没介绍呢！你怎么知道他就是表弟？”江群感到奇怪地问兰鸽。兰鸽笑着解释：“你真是聪明一世，糊涂一时，你忘了书里作者简介中有表弟的照片，故此我一眼就认出来了。”

“哦，还是你聪明！”江群笑着挠了挠头发夸奖妻子。

他们夫妻将汪洋让到客厅的沙发上，兰鸽为他泡了一杯茶，然后对江群说：“你先陪着兄弟喝茶，我还有两个菜，炒完咱们就开饭。”

“好的，你去忙吧，我陪着兄弟聊天。”江群点头表示同意。

兄弟俩坐在客厅里喝着茶，聊着家常，并在表哥带领下看了房间。表哥家的住房很宽敞，表哥说房子一百七十多平方米。一个客厅足有三十多平方米，摆放着一套红木沙发，一个茶几，一个花架，花架上摆放着一盆兰草。沙发的对面摆放着一个液晶电视，沙发上方的墙壁上悬挂着一幅两米多长的梅花图。室内铺着清一色棕色实木地板，进门的走廊旁边是一个卧室，左手边是卫生间，厨房与卫生间相连，厨房的旁边是餐厅，餐厅里摆放着一个淡黄色的大理石餐桌，餐桌周边摆放着六把实木椅子。靠墙摆放着一个棕色酒柜，里面存放着几瓶高档的酒水。客厅与餐厅里面是一条走廊，走廊里面靠餐厅这一侧，是一个卧室，与餐厅相对的是一个书房，书房里面摆放着一个写字台，一把转椅，转椅后面是一个大书橱，里面摆放着各类书籍。写字台上摆放着文房四宝，以及一个地球仪，一个不锈钢的原型旗座上插着国旗和党旗。写字台对面墙壁上，并排挂着一套玉石雕刻的梅兰菊竹形条屏，每幅条屏上分别写着观梅、幽兰、品菊、翠竹。书房里面是一间卧室。整栋住宅布局合理，装饰朴实简洁，物品摆放有序，窗明几亮，一尘不染，非常干净。

兄弟俩在室内转了一圈，回到客厅。兰鸽已将饭菜端到餐厅，招呼他们吃饭。兰鸽炖了一条鲑鱼，炒了一盘竹笋、一盘羊肉，外加买回来的烧鸡、香肠，还有一个凉拌菜。

“兄弟，你喜欢喝什么酒？”江群指着酒柜，征求汪洋的意见。

“表哥，你知道我已经戒酒，今天咱们兄弟相聚，并与嫂子初次见面，我非常高兴，我看咱们喝点红酒吧。”汪洋指着红酒说道。

“好，依你之见，咱们都喝红酒。”江群点头表示同意，并从酒柜里取出一瓶红葡萄酒，找来瓶起子，打开软木塞，往高脚杯里斟上酒，然后举杯说道：“兄弟，咱们这些表兄妹之间，数咱们兄弟俩的关系最密切，今天见到你，我感到非常高兴，尤其你的作品得以发表，更是可喜可贺，来，为了咱们兄弟再次相逢，为了你的梦想变成现实，干一杯！”

接下来，兰鸽斟酒举杯，热情地说：“兄弟，欢迎你的到来，祝贺你的作品获得成功，嫂子向你表示祝贺！”

哥嫂轮番敬酒之后，汪洋拿起酒瓶，分别为他们二人斟酒，感激地说：“表哥表嫂，你们是我最敬重的亲人，表哥对我的帮助非常大，虽然与表嫂初次见面，但是我非常敬佩嫂子的为人和品行！借此机会向表哥表嫂敬一杯酒，表达我的感激之情！”

听了汪洋的话，兰鸽赶忙谦虚地说：“兄弟，你不必客气，咱们是亲戚，理应相互帮忙。表哥帮助你是应该的，至于你对我的溢美之词，嫂子实不敢当，我觉得人与人之间，都要以诚相待，这是做人的本分，更是为人处世的原则。”

“兄弟，你嫂子说得太对了，每当想起以前那些不堪回首的往事，我就觉得心中有愧，真是如同做了一场噩梦。若不是兰鸽心胸宽广，不计旧恶，义正词严地为我指点迷津，将我从罪恶的深渊中拯救出来，就没有我今天的安定生活。我今天拥有的一切美好生活，都是拜兰鸽所赐！来，咱们兄弟敬你嫂子一杯！”

江群怀着无限感激之情，举杯向妻子敬酒，汪洋积极响应，起身与兰鸽碰杯。兰鸽却连连摆手，用责备的语气对丈夫说：“我都说过多少次了，叫你忘记以前那些不愉快的事情。人生在世，都会遇到坎坷和不幸，需要我们去面对，人不能活在过去的阴影里，要向前看。至于夫妻之间，更要相互关爱和理解，爱一个人不光爱他的优点和长处，更要包容他的缺点和短处，对未来充满信心。你看兄弟多有毅力和才华！能够创作出长篇小说，真是了不起！”

“嫂子，你过奖了，我写的东西很不成熟，还有许多瑕疵。”

“兄弟，我说的都是心里话，你的两本书我都拜读了，写的确实很好，不但故事情节曲折，题材新颖，而且真实可信，你看如今一些文艺作品，不但胡编乱造，信口胡说，还假话连篇，让人读之如同嚼蜡。长期以来，人们以为新闻报道都是真的。其实不然，你看现在许多报道失实，有些新闻工作者为了某种需求，不惜说假话骗人，丧失了新闻工作者的良知。再有人们以为文学作品是假的，认为所有故事情节都是作者杜撰出来的，岂不知小说都是源于生活，高于生活，没有生活，就无法创作优秀的作品，生活是创作的源泉。就拿你的作品来说，假如没有亲身经历，怎么能创作出如此优秀的作品？我在书中看到了你对我及你表哥的描写，觉得有些言过其实，我没有你说的那么好。至于你表哥的事情，开始我不同意让他转述给你，但是他却坚持把这些经历当作反面教材，以警后人！这种知耻而后勇的精神，令我十分钦佩。做人做事应该坦坦荡荡，无愧于心！这正是他的可贵之处，也是令人骄傲的资本，我们的感情虽然历经风雨，艰难曲折，但是我们都能做到信守诺言，不离不弃。我们之间相互信任相互理解，彼此真诚坦白。我为只见找到这样诚实而有责任心的爱人感到自豪！”兰鸽这番富有哲理性的言论，说得兄弟二人连连点头表示赞许。

汪洋深受启迪，由衷地说：“嫂子，你不愧是学者，说出来的话让人受益匪浅，真是与君一席话，胜读十年书！”

“呵呵，我搞科研出身，对文学没有研究，但是我觉得你的作品很吸引人，故事情节曲折，假如能够拍成电视剧就更好了，不但能够扩大影响力，还能增加你的知名度，同时能为你带来一定的经济效益，强似帮朋友做生意。我劝你以后要在文学道路上坚定不移地走下去，相信你一定能成为知名作家。”

“嫂子，你说的话真是金玉良言，兄弟十分感动，假如能够拍成电视剧，那就太理想了，嫂子，你接触的名人多，帮我联系联系呗！”

“好的，我一定帮你联系，如果有消息我就给你打电话。”兰鸽点头答应。

他们边吃边聊天，这顿饭一直吃了两个多小时。晚上江群与汪洋同住一床，俩人一直聊到午夜方才入睡。

第二天，兰鸽早起为他们准备早餐，然后去上班。江群和汪洋吃过早餐，江群问汪洋有啥事情需要办，汪洋说准备买一台电脑。江群让他先跟着去公司安排一下工作，然后陪他去中关村去购买电脑。

他们来到江群的办公大楼，楼顶上赫然悬挂着“广厦房地产开发有限公司”的招牌，大楼显得十分气派。江群领着汪洋来到办公室。江群让汪洋坐在沙发上喝茶等候，他坐在办公桌前开始处理业务，不时有人进来找他签字或请示工作。一直忙到十点多，才告一段落。然后江群带着汪洋，驱车前往中关村。

来到电脑城之后，汪洋看到到处都是销售电脑的柜台，他和表哥来到一个柜台前，向销售员打听怎么组装电脑，销售员问他需要什么配置，汪洋他们傻了眼，由于他和表哥都不懂电脑，更说不出什么配置，对方提出为他们配置一台，他们害怕上当受骗花冤枉钱。

兄弟俩你看我，我看你，一时不知如何是好。江群思考了片刻，笑着说：“我有办法了，你跟我来。”说完，他拉起汪洋就走。他们走到另外的柜台前，这次他们没有急于上前询问，而是站在一边观看。汪洋着急地说：“咱们这么干看怎么行，还是多找几个商家，让他们给咱们拿出配置方案，咱们比较一下价格，然后再做决定。”

“兄弟，你说的办法我也想了，但是假如商家见咱们不懂，他以次充好，用低档的零配件欺骗咱们怎么办？你别着急，听我的，咱们不找商家，而是找买家帮忙，因为买家和咱们是一条心，不会欺骗咱们。”汪洋听表哥说的有道理，便按照他的意思，耐心地站在一旁观察。前来购买电脑的人很多，兄弟俩看了一会儿。见到一位年纪与他们相仿，穿西装的男士，一次购买了三台电脑，正站在柜台旁边等着商家往电脑里装程序。江群上前与之搭讪：“您好！哥们儿，我想求你件事情。”

那位穿西装的人疑惑地打量了他们一眼：“不客气，请问什么事？”

江群笑着说：“我们想买一台电脑，但是对电脑不懂，不知道如何配置，我看你买了好几台电脑，一定是内行，所以冒昧地想请你帮我们买一台。”江群说话的同时，递给对方一支烟，并掏出打火机为其点燃。

那位穿西装的男士，听了江群的话，没有推辞，而是爽快地说：“行，没问题，不知你买电脑什么用途？是单位还是家庭自用？”

“家庭用，主要是想给孩子学习用，质量好一点，千万不要过时的软件，价格高低无所谓。”

“哦，好办，我可以帮你，但是软件领域发展得太快，几乎一年就更新换代，若想跟上软件的发展是不可能的，我只能帮你组装目前最好的配置，但是不敢保证以后不淘汰。”

“只要是目前最新产品就行，以后淘汰谁都没办法。”

“好吧，我刚才为单位购买了三台，配置都是目前最好的，价格我已经和他们谈妥，不必再砍价，一台五千多一点，如果你们觉得价位合适，我就按这个标准帮你购买。”

江群回头征求汪洋的意见，汪洋点头表示同意。于是江群赞同地说：“好的，麻烦你按这个配置帮我们买一台。”

那位先生便带他们来到柜台前，对售货员说：“你按照刚才的配置和价格，再为我组装一台。”销售员见多了生意，岂有不愿意之理，爽快答应着，并开票让他们付款。汪洋刚掏出钱来，没想到江群却拿出信用卡，抢先为他付款。汪洋甚感过意不去，打算把钱还给表哥，表哥笑着拒绝。汪洋怀着感激之情，接受表哥的馈赠。他本打算买一台高档照相机，以便日后采访用，但是怕表哥抢着付钱，只好作罢。

江群考虑汪洋到呼和浩特市办事，携带电脑不方便，建议他把电脑先行托运回去，汪洋觉得有道理，便同表哥一起来到配货站，将电脑托运回林海市，并打电话通知施玉梅接货。

从中关村回来的路上，江群开车带着汪洋，来到了位于郊区的一个戒毒所。江群告诉汪洋，这个戒毒所是他出资与司法部门联合办的。尽管他一直想为缉毒工作做些事情，但是以他的现状，无法投身到缉毒斗争的第一线，只好出资兴办戒毒所，帮助那些吸毒人员摆脱痛苦，为戒毒工作尽绵薄之力。

他们走进戒毒所，来到所长办公室，迎接他们的是一位四十多岁的女士，江群向汪洋介绍说：“这位是李可欣，戒毒所的所长。”然后指着汪洋向李可欣介绍："这位是我的表弟汪洋，是位作家。"

他们两人握手问候，汪洋对李可欣的名字不陌生，江群为了给他提供写作素材，曾详细地介绍过李可欣的经历，可以说李可欣是书中的一个很重要的人物，因此对她的印象很深，只是无缘见面。但是他非常同情李可欣的不幸遭遇，对她沦为瘾君子深感惋惜。此时见到李可欣，一点儿不感到陌生，倒像老友重逢一般。李可欣虽然与汪洋未谋面，但是她读过汪洋的作品，彼此都有所了解。故此俩人没有客套，而是亲切地聊起汪洋的作品。汪洋知道李可欣曾经吸毒，可是眼前的李可欣面色红润，精神饱满，精力充沛。不知道内情的人，无论如何也无法将眼前的李可欣与瘾君子联系到一起。

李可欣陪着他俩参观了戒毒所，汪洋看到戒毒所的医护人员有条不紊地履行着各自的职责，戒毒病房内干净整洁，病床上铺着洁白的床单，摆放着电视以及其他生活用品。另外戒毒所里还有活动室，里面设有象棋、麻将、扑克牌等娱乐用品，便于那些已经戒了毒瘾，即将痊愈的患者娱乐和消遣。整个戒毒所环境优雅，管理井井有条，看得出江群和李可欣对这个戒毒所花费了许多心血。

临别时，李可欣向汪洋提出索书的要求，汪洋十分愉快地答应待二版后给她寄一套，并承诺为其签字盖章。李可欣热情地挽留汪洋留下来吃饭。江群和汪洋考虑她的工作太忙，没有答应她的要求。

回来的路上，江群告诉汪洋，他对这个戒毒所抱着很大希望，能够帮助吸毒人员戒掉毒瘾，是他最大的心愿。他对戒毒工作充满了信心，李可欣就是最好的佐证。以前李可欣曾数次戒毒，却无法彻底戒掉毒瘾。自从江群聘请她担任戒毒所长，每天身临其境，接触的都是戒毒人员，目睹吸毒人员戒毒的痛苦表情，让她感到触目惊心，心灵受到强烈的震撼。回想自己当初吸毒、戒毒的经历，更是痛悔莫及。她怀着自责和赎罪的心情，全身心投入到戒毒工作当中。为了减轻吸毒人员的痛苦，她不辞辛劳整日忙碌，在近乎麻醉和忘我的工作状态中，她的心里感到平静和安慰。由于一门心思帮助吸毒人员戒毒，无暇顾及其他事情，久而久之，她不但帮助很多人戒掉毒瘾，而且自己的毒瘾也从未发作。此时她已经彻底戒断了毒瘾。每当遇到个别不相信戒毒成功的人员，拒绝医护人员的劝说，抗拒戒毒时，李可欣总是现身说法，以自己的亲身经历当反面教材，说服并帮助吸毒人员戒断毒瘾。看到那些饱受摧残，痛不欲生的瘾君子，通过戒毒重新回归社会，过上正常的生活，李可欣觉得工作很有意义和成就感。江群对她的工作非常满意，并对她彻底戒掉毒瘾倍感欣慰。同时了却了自己为缉毒事业做贡献的心愿。

汪洋对表哥的义举深感钦佩，一位事业上如此成功的人士，念念不忘当初的誓言，用自己的实际行动，履行着自己的职责，真是浪子回头金不换，知耻而后勇。可见他是个心胸坦荡，有作为、敢担当的生活强者。

汪洋在表哥家住了两天，见他们夫妻工作非常忙，便提出离开。尽管表哥一再挽留，汪洋却以急于办事为由，执意要走。表哥没办法，只好为他购买了卧铺票，并置酒为他饯行。

旅途用时将近八个小时，清晨时分，他到达了呼市。他依旧乘坐公交车，来到九州商厦登记住宿。

上午九点多，汪洋来到了出版社，见到了王总编。王总编客气地与他握手问候，然后高兴地说："听柳主任说你的书很畅销，目前库存告罄，不错，真不错，我没想到你的书如此受欢迎！我已经请示了社长，决定第二次印刷，印刷费用由社里承担。"

"王总编，谢谢！我的书得以出版并畅销，多亏您帮忙。"汪洋感激地表示谢意。

"快别这么说，其实我也没帮什么，主要是你的作品好，即使不在我们社里出版，相信其他出版社也会为你出版。"王总编谦虚地摆着手。

"我的书稿其实很不成熟，多亏编辑们的辛勤付出，才有今天的效果。"

"我早就说过，为作者服务，是我们编辑的责任。能有好的作品问世，我们心里非常高兴，特别是你的作品如此畅销，无论是出版社还是我们这些编辑，心里比谁都高兴。我跟你说句良心话，近几年来，我们从未遇到你这种情况，自己出钱印书却如此畅销。以往很多自费印刷出版的作者，作品销量都不理想，大多都是送给亲戚朋友做纪念，剩下的摆在书店里无人问津，久而久之，成了滞销书。

像你这种情况，在我们出版社没有先例，没想到无意间社里竟出现了一位畅销书作家，真是可喜可贺！我们社长非常高兴，决定由社里出资为你再次印刷，特意说要与你面见。”

“王老师，感谢你们对我的支持和帮助。”汪洋心怀感激地再次表示感谢。

王总编带着汪洋前往社长办公室，拜会苏社长，苏社长具有蒙古王爷血统，身材魁梧，长相英俊，留着一头蓬松的背头发型，显得十分潇洒。此时他的办公室里坐着一位客人。王总编见他有客人，提出先行告退，等一下再来。苏社长连忙挽留，起身与汪洋握手，并将汪洋介绍给客人认识。苏社长指着客人介绍：“这位是人民日报社海外版韩主任，是我大学同学。”然后指着王总编和汪洋说：“这是我们社里王总编，这位是作者汪洋，他在我们社里出版了两部长篇小说，作品很畅销，我们决定第二次再版印刷。”

“哦，出版了两部长篇小说，文学大家啊！失敬！失敬！”韩主任一边与汪洋握手，一边由衷地称赞道。

“韩老师，您过奖了，我只是初涉文坛，谈不上文学大家。”汪洋脸色一红，不好意思地谦虚。

韩主任用赞许的目光对汪洋说道：“你不必过谦，能够一下子发表两部长篇小说，不是一般水平能够做到的，如果你有兴趣，我可以为你提供一些素材。”

“太好了，谢谢您！”汪洋再次表示感谢。

“汪洋，你的作品如此畅销，是我们出版社的荣誉，我已告知发行部柳主任，让他根据发行情况，提供再次印刷的数量。这是我的名片，以后有事尽管来找我。”苏社长与汪洋交谈时，将一张名片送给他。

“苏社，感谢您的支持，我今后一定会更加努力，创作更多更好的作品来报答你们的厚爱！”汪洋手捧名片，感激之情溢于言表。

“不必如此，今后如果有什么好作品，尽管交给我们社出版，我一定全力支持你。”苏社长向他做出承诺。

由于社长有客人，王总编知趣地带着汪洋向韩主任和苏社长告辞。苏社长将汪洋送到门口，握手与之告别。

由于王总编很忙，汪洋独自来到发行部办公室，与柳主任敲定了第二次印刷的数量，并结算第一次销售书所得的钱款。

从发行部出来，汪洋来到编辑室，看望林、鲍两位编辑。他们围绕着再次印刷的话题进行讨论，汪洋就书中的不足之处提出了修改意见，两位编辑均予以采纳。汪洋为了答谢他们的辛勤付出，邀请他们出去同进午餐，林、鲍均婉言谢绝。

下午，汪洋来到出版集团，见到了乌老师，向他讲述了有关作品再版，以及入围“五个一工程”奖的事情。乌老师感到很欣慰，并鼓励他一定要在文学创作的道路上继续走下去。汪洋向他说了今后从事专业创作的想法。乌老师特意告诉他，已经与文联的同志取得联系，他的条件有资格加入作家协会，并告诉了他作家协会会长的电话，让他前去办理入会的相关手续。

汪洋告别乌老师，打算前往文联。看到时间接近下午三点，由于不熟悉文联的具体地址，担心路上耽搁，对方下班见不到人，岂不白跑一趟！于是，他决定第二天再去。

回到宾馆，他看了一会儿电视，觉得有些乏困，开着电视睡着了。这一觉睡了三个多小时。醒来时，已经暮色降临，华灯初放。汪洋起身走出房间，来到宾馆后边的巷子，这里有很多小吃店。汪洋曾多次光顾这里的饭店。他吃了一份羊杂盖饭，然后沿着巷子转悠一圈，回到宾馆休息。

翌日，他向宾馆服务员打听文联该坐哪路公交车。服务员说没有直通车，若想坐公交，必须中途倒车才能到达。汪洋问清了具体的路线，用了将近两个小时，赶到文联。

汪洋向门卫说明来意，并进行例行登记，然后走进文联办公大楼，来到位于三楼的作家协会办公室。他礼貌地轻轻敲了几下门，室内传来“请进”的声音。汪洋推门而入，室内坐着两位女同志，其中一位身体稍胖的看了他一眼，问道：“你有什么事？”

汪洋客气地说：“请问哪位是赵会长？”

“我就是，请问你是谁，有什么事？”另一位四十岁左右，身高一米六，体形适中，面色白皙，戴着一副眼镜，声音很甜美，很有气质的女同志转头答话。

“您好，赵老师，我是出版集团乌老师介绍来的，我叫汪洋。”

“哦，知道了，你想加入作家协会？请坐！”赵老师将他让到沙发上，因为乌总编已经提前与她联系，她知道汪洋加入作家协会的事情，故此道出汪洋的来意。

“对，我想加入作家协会，不知道应该履行什么手续？”

“乌老师已经介绍了你的情况，你的作品带来了吗？”赵老师面带笑容地问他。

汪洋从挎包里拿出作品，送到赵老师面前，客气地说：“带来了，您请过目。”

赵老师接过书，看了一下作者简介及内容介绍，然后拿出几张表格，对汪洋说：“很好，你有两部作品，符合入会资格。你先填写入会申请表，准备两张免冠照片。我们年底讨论入会人选并由专家审议，待审议合格，次年三月份发放作家证和采访证。你先把申请书填写一下。”

“好的，我现在就填写。”汪洋接过申请表，仔细地看了一下，打算在沙发桌上填写。赵老师见状，说道：“坐沙发不舒服，隔壁有空闲办公室，请跟我到隔壁办公室填写。”汪洋跟着她来到隔壁办公室，室内有两张办公桌。汪洋在办公桌前坐下，赵老师告诉他如何填写后，回到自己办公室。

汪洋按照申请书的要求，仔细填写了简历和发表作品的名称及时间、数量等相关事项，然后回到赵老师办公室，将申请表交给赵老师，赵老师审核一遍，指出其中不妥之处。汪洋觉得划掉再改不雅，提出重新填写。赵老师又给了他一份表格，汪洋回到隔壁办公室照原样重新填写。赵老师看后感到满意，汪洋拿出随身携带的照片，用胶水贴在申请表上。然后起身向赵老师告辞。

加入作家协会是汪洋梦寐以求的。办理完相关手续，他心里欣喜不已。想到自己这么多年，为了文学创作历经了无数艰难曲折，付出了辛勤的汗水和努力，如今万事俱备、只欠东风。自己毕生追求的理想终于如愿以偿，心中不由得百感交集！

第二十四章　追梦心曲

得知汪洋回家的信息，妻儿十分高兴，儿子尤为兴奋。他这个年纪，正是属于少不更事，不知愁苦为何物，可是他自小乖巧懂事，做事有主见。父亲常年不在家，母亲平常遇到一些生活琐事或工作上的烦恼，总愿意和儿子唠叨几句。儿子竟像小大人似的，帮母亲出主意，虽然他的想法有些幼稚，却有几分道理。母亲看到儿子如此聪明懂事，心里非常高兴，故意拿一些为难的事情考他，帮助他提高辨别是非的能力。久而久之，儿子养成遇事动脑思考的好习惯。得知父亲即将归来，儿子兴奋过度，躺在床上，翻来覆去睡不着觉，竟如同成年人一样失眠了。

清晨，天未放亮，施玉梅就起床准备饭菜，她一边做饭，一边不住地看时间，为的是去车站接丈夫。六时整，她关闭煤气，摘下围裙，准备前往车站。没想到儿子早已起床，已经穿戴整齐，不停地看着墙上的电子钟。见母亲动身，他急忙走出房间，要与母亲一起去接站。母子俩走出房门，各自骑着自行车，直奔车站。

汪洋乘坐的列车六点三十分到站。她们母子赶到车站，等了不到十分钟，列车准时到达。母子俩站在出站口，翘足仰脖地在出站的人流中寻找。儿子个高眼尖，立马从人群中看到父亲的身影。他用手指着，高兴地对母亲喊道："妈妈，我看到爸爸啦！""在哪儿呢？"施玉梅顺着儿子指的方向看去，果然看到汪洋提着旅行箱，背着背包，朝出站口走来。儿子高兴地挥着手对父亲大声喊道："爸爸，我们在这里！"汪洋听到喊声，循声望去，看到了她们母子俩，高兴地笑着与她们招手。

儿子急忙挤到栅栏跟前，抢先接到父亲，父子情不自禁地拥抱在一起。施玉梅则笑着接过丈夫的旅行箱，轻声关切地问："车上休息的还好吧！"

"还行，虽然旅途长，但是买的是卧铺。饿了就吃，困了就睡，没有感到疲劳。"他们一边说话，一边将物品放在自行车后架上。汪洋打算骑车带儿子，可儿子却对他说："爸爸，我来带你。""儿子，你行吗？别累着。"汪洋颇感意外地问儿子。

"爸爸，你就放心吧，我现在是高中生了。"儿子自信地回答。

"你就听儿子的，他也经常骑车带我，保证没问题。"施玉梅在一旁帮儿子佐证。

"好，就让儿子带我。"汪洋高兴地拍着儿子的肩膀，感觉儿子仿佛一下子长大了，站在眼前的儿子已经出落成英俊的小伙子，虽然体形略显单薄，却充满青春活力，风华正茂。如今再也找不到从前那个走路蹦蹦跳跳，流着清鼻涕，说话有些吐字不清，整天缠着他讲故事，顽皮好动，充满童趣的影子。

回到家中，汪洋拿出在呼市购买的牛肉干、奶酪等食品。儿子高兴地打开包装，惬意地吃着。施玉梅端出备好的饭菜，一家三口其乐融融，一边吃饭，一边说着久别重逢的话。吃完饭后，她们母子分别上班上学，汪洋洗个热水澡，身心轻松地进入梦乡。

他在睡梦中被门铃声惊醒，连忙起床下地，趿拉着鞋前去开门。发现来者是何强和施玉芬。汪洋高兴地说："大哥大姐，是你们啊！快进屋。"由于汪洋与何强结识的早，已经习惯称呼大哥，所以这个称呼一直延续下来。

"玉梅说你今天回来，所以我和你大姐来看你，你还跟原先一样，我说你在饭店工作，尽是好吃的，怎么一点都没胖？"何强关心地问他。

"我就这个体形，腰围二尺四，体重七十公斤，这个体形标准已经保持二十多年了。"

"你这是正宗的标准体形，真行，能把体形保持得这么好，我现在不行了，没法与你相比，你说咱俩原先的体形差不多，为什么我的变化这么大呢？说来也怪，我只要吃点好东西就长膘，你看我的将军肚都出来了。"何强指着自己凸显的肚子对汪洋说。

施玉芬与汪洋说了几句话，然后去厨房做饭。汪洋发现已经十一点二十分。工夫不大，施玉梅和儿子陆续回来。施玉梅赶忙去厨房做饭，发现姐姐已经基本准备就绪。原来她特意带来了几样熟食。施玉梅赶紧淘米做饭，添加了两个素菜。

他们围坐在桌子旁开始吃饭，何强平时喜欢喝两口，汪洋用啤酒相陪。由于家人相聚，彼此无须客气，随意吃喝聊天，无拘无束。何强关心地询问汪洋在星沙的工作情况，问他是否还去帮忙。汪洋把自己准备在家专心搞创作的想法告之。何强听后，十分赞同他的想法，同时对他的作品给予了高度评价，鼓励他继续努力，期待更多更好的作品问世。

晚上，汪洋携妻儿前来看望岳母，岳母对他非常亲热，关切地一再询问他在南方的情况，汪洋如实地一一解答，听说他的书得以再版，而且他在南方挣到十万元钱，老人对他连声夸奖，高兴得合不拢嘴。姐夫归来，内弟自然是好酒好肉款待。酒至半酣，其他人吃过饭去客厅看电视，酒桌上只剩下汪洋和内弟，内弟带着几分醉意，与他聊起有关他辞去星沙的工作，在家专职写作的事情。内弟不以为然地说："姐夫，我真不知你是咋想的？你说放着这么好的挣钱的工作不干，偏偏要在家里搞什么专业写作？要我说你还是算了吧。我知道你有这个梦想，如今不是已经实现了吗？既然已经圆了你的梦想，你还有啥不满足的？以前我就反对你搞这没用的玩意儿，可是我姐心眼忒实，不顾自己吃苦遭罪，省吃俭用地支持你，看到她如此辛苦，我们都很心疼！如今你书也出了，名也出了，你还瞎折腾啥？你出书除了满足自己的虚荣心，还得到啥了？到目前为止，连出书的本钱都没挣回来！现在都什么年代了，人们都忙着做生意赚钱，谁还有闲工夫看书？我劝你还是死了这条心，好好和你同学做生意，多挣点钱，让我姐和孩子过上富裕生活才是正事。姐夫，这些话我憋在心里很久了，都是我的心里话，希望你不要当成醉话，也别不高兴，我这也是为了我姐和你的家庭着想。不管对与错，请姐夫多包涵！”

原来内弟看到姐姐辛勤操劳，心里非常心疼，背地里没少劝姐姐，不让姐姐支持他写作，可是姐姐十分固执，非但不听，还让他少管闲事。今天听说汪洋放着挣钱的事情不干，还要在家继续写作，便借着几分酒劲儿，索性把话全都说了出来。

内弟这番话，汪洋心里虽然反感，但是也觉得有几分道理。自己为了追求文学梦想，确实拖累了妻子，她为此吃了很多苦。自己一直觉得亏欠妻子的太多。但是如果因此让他放弃文学创作，他心里一百个不愿意，尤其有些看重钱财的人，拿文学和钱财相比较，他更是气愤异常，文学是圣洁无比的，不应受到铜臭的玷污，更不能用金钱来衡量其价值。他以前非常痛恨那些动机不纯，幻想以文学创作为筹码，企图达到名利双收的人。自己搞文学创作，根本没有想到以此赢利或赚钱，而是为了实现自己的理想，这不是清高，而是出于对文学事业的钟爱！

汪洋知道妻子为了支持他的事业吃了很多苦，付出了艰辛，自己一直觉得愧疚。如今听了内弟的话，心里不由得暗自思忖：内弟与自己一向关系很好，对他也很敬重，如今说出这番话，是不是妻子对自己不去赚钱，在家写作有想法？她自己不好意思说，故此假借弟弟之口道出，以便让他放弃继续写作的想法。

他觉得有必要和妻子谈一谈，弄清妻子的真实想法，如果这是妻子的想法，他必须尊重妻子的意见，暂时放弃写作，日后再做打算。

晚上上床休息，夫妻久别重逢，自然倍感恩爱。激情过后，俩人余兴未尽，合衾相拥，缠缠绵绵地说着情话。汪洋知道妻子是个诚实的人，喜欢实话实说，因此直言不讳地对妻子说：“玉梅，你对我放弃外出赚钱，继续留在家中写作，是啥意见？希望坦诚相告。”

“汪洋，咱们夫妻十几年了，虽然也有争吵和不愉快的时候，但是对于你的文学事业，我一向持支持态度，从未拖过你的后腿，你怎么想起说这种话？”施玉梅不解地问。

汪洋听了妻子的话，知道自己错怪了妻子，便把内弟说话的内容，大致向她述说了一遍。妻子听后，有些生气地说：“你别听他酒后胡说，咱们从相识到成家，已经二十余年，虽然日子过得比较清贫，但是我感到非常满足和幸福，尤其让我引以为豪的是你对文学的不舍和坚持。你的这份执着让我深受感动！你的作品能够发表并受到欢迎，得益于你的善良和诚实。你无论做事还是做人，都是非分明，把良心放在第一位，你的这种风格，也体现在你的作品里，我在书中字里行间，都能看到你的影子，都能感受到你的存在。可能是出于偏爱，我非常喜欢你的书，尤其听到亲戚朋友赞扬你的作品时，我的心里感到特别自豪。看到你今天的成就，我的心里比你还高兴，虽然不敢奢望你成名，也不指望你的作品流芳百世，但是最起码将来咱们的子孙能够记住，他们的前辈中曾经有一位作家，这比留给子孙什么财富都珍贵！以前咱们的日子那么艰辛都咬牙挺了过来，如今你挣回了不少钱，我的单位现在实行了绩效工资，每个月能挣几千元钱，足够咱们生活开销，你就安心在家写作，我一如既往地支持你！”

妻子的一番话，说得汪洋心里热辣辣的，他激动地把妻子搂在怀里，亲热地吻了一口，动情地说：“玉梅，我这辈子能够遇到你，是我一生最大的幸福和财富，我为有你这样贤惠的妻子而自豪！这么多年来，你一直独撑这个家，付出了全部精力和心血，我的作品没有你的支持和鼓励，就不会有今天的成果，真是军功章上有我的一半，也有你的一半啊！”

“咱们夫妻之间，理应齐心合力，共进共退，相互理解和支持，还分什么你我！”施玉梅依偎在他的怀里，陶醉在满足和幸福之中。

巴建华和彭宗元以及韩世杰等人，闻讯从甘河市开车赶来看望汪洋。林忠瑜和谌伟也来凑热闹。施玉梅特意在山城饭店设宴款待众位朋友。

酒桌上众人推杯换盏，相互敬酒，情绪十分高涨，场面热闹异常。酒过三巡，菜过五味，韩世杰举杯由衷地说道：“我是老大哥，我先说几句，首先祝贺汪洋的作品畅销，并得以再版，作为老朋友，我由衷地为他感到高兴，咱们在座的都是二十多年的老朋友，彼此非常了解各自的为人，汪洋为人诚实，对朋友以诚相待，尤其他对文学创作孜孜以求，锲而不舍的精神，更是令人敬佩，他虽然出身寒苦，处境艰难，但是却凭着坚强的意志和不服输的精神，顽强地与命运抗争，这是他取得成功的主要因素。他这种积极向上，刻苦努力，顽强拼搏的精神，值得我们在座的每个人学习。我们虽然在各自的工作岗位上取得了一定的成绩，但是与汪洋相比，显得微不足道，我们这些成绩，都是在父母或长辈的关照下，在顺境中取得的。汪洋身处逆境，凭着自己的信念和毅力，不但改变了命运，而且取得了如此大的成就。在他身上，体现了中华民族自强不息的伟大精神，假如我们每个中华子孙都像他这样努力拼搏，开拓进取，我们的祖国一定会更加兴旺发达，更加繁荣富强。中华民族复兴的伟大梦想一定会实现！”

韩世杰的话，赢来了众人一片热烈的掌声。在众人的心里产生了强烈的共鸣。

席间，彭宗元向汪洋透露了一个有关郝妍的消息：郝妍经营的歌厅涉嫌卖淫，已经被相关部门取缔，她被公安机关拘留法办。

汪洋听闻，心情非常复杂，虽然他与郝妍由于观念不同，没有走到一起，但是彼此之间还有一定的感情。此时闻听她落难，心里很是牵挂，有心想去看望她，但是又怕施玉梅有想法，只好隐忍不提。岂知施玉梅早已从郁金风口中得知消息，她了解汪洋与郝妍之间的感情纠葛，更知道汪洋的性格和想法，于是，她主动提出陪着他一同前往，看望身陷囹圄的郝妍。

施玉梅利用休息时间，与汪洋一同前往甘河市，看望狱中的郝妍。下车后，彭宗元开车接站，他们在彭宗元的带领下，来到公安局，办理相关的探监手续。他们走到公安局大楼门口，迎面碰上了巴日虎，彭宗元告诉汪洋，巴日虎现在是副局长，主管刑侦工作。汪洋与巴日虎比较熟悉，俩人握手互致问候。巴日虎热情地将他们请到办公室。汪洋说明了来意，巴日虎说："这个案子归我负责，由于涉嫌色情服务，此案正处于调查取证阶段。按理说没结案是不许探视的，以免出现内外沟通，以及串供做伪证等不利于因素。但是你是作家，居住在外地，与本案没有根本利害关系，所以特批你们探视。"巴日虎说完，抄起桌上的电话，与看守所的负责人说明情况，安排探视事宜。

汪洋起身告辞，巴日虎将他们送到门口，相互握手道别。然后乘车前往看守所。途经商店时，施玉梅下车为郝妍买了几样罐头和其他食品。

郝妍见到汪洋一行，甚感意外。自从进来之后，没有人看望她，因此她显得很激动。此时的郝妍头发凌乱，花容憔悴，月貌无光，失去了往日的雍容和矜持。她面带羞涩地与汪洋等人交谈了几句，便像个饕餮之徒，打开食物狼吞虎咽地吃起来，好像从未吃过这些食物似的。汪洋心里感到有些心酸，将头转向窗外，不忍心看郝妍的贪婪吃相。

郝妍吃饱后，从最初见面的尴尬中缓过神来，感激地对施玉梅说："谢谢你们前来看我，没想到咱们竟会在这种地方见面。都是我不好，为了追求利润而不惜触犯法律，如今歌厅被查封，银行存款被冻结，我不但要接受法律制裁，还要缴纳数额巨大的罚款，我一招不慎，导致几年辛苦创建的基业毁于一旦，真是追悔莫及！这些天我睡不着觉，对自己的人生之路进行了反思。其实我的梦想就是当一名歌唱家，由于文工团解体，我受金钱诱惑，做起了发财的美梦。这几年混迹于商海，浑身沾满了铜臭，满脑子都是如何赚钱，已经彻底迷失了做人的本性，导致了今天的下场。俗话说'天作孽犹可活，自作孽不可活'，我这是木匠戴枷自作自受。自己种下的苦果，自己承受，我甘心情愿地接受法律的制裁.唯一让我放心不下的就是女儿，她今年才十二岁，和我的感情特别深。如今我身陷囹圄，女儿一定会痛苦万分！她从小就没有离开过我，如今只能跟着年迈多病的姥爷、姥姥在一起生活。我的父亲患脑血栓，卧病在床，母亲一个人既要伺候病人，又要照看孩子，如何忙得过来。我实在放心不下女儿啊！”郝妍谈到女儿，泪流满面，泣不成声。

施玉梅见状，赶紧劝说道：“郝妍，既然事已至此，你不必过分自责，要积极配合公安机关，承认自己的错误，争取宽大处理。至于你的女儿，你不要过于伤悲，假如你能相信我，我一定会竭尽全力帮你照看，你就放心接受改造吧。”

“玉梅，谢谢你的一片好心，不但来看我，还答应照看我的女儿。但是你离得那么远，怎么能够分身来照看她？”郝妍虽然相信施玉梅的诚意，但觉得她与女儿身处两地，无法照看女儿。

“郝妍，我说帮你照看女儿，就一定能做到，假若你能相信我，把她转到林海市去上学，让她住在我家，由我来照顾她，你看如何？”施玉梅诚心诚意地说出自己的打算。

“如果这样，真是太好了，女儿交给你，我一百个放心！但是你工作那么忙，我怎么忍心拖累你，我看还是算了吧，没必要给你添这么大的麻烦。”郝妍虽然觉得这是好方法，但考虑到施玉梅工作忙，生怕给她带来麻烦，所以婉言拒绝。

“郝妍，虽说咱们关系比较微妙，但咱们是好姐妹，如今你遇到麻烦，我不能袖手旁观，我想汪洋也会赞成这个决定的，你就别推辞了，赶紧给你女儿捎话，让她跟我们走。”施玉梅性格直率，做事一向果断，她认准的事情便会做到底，从不更改。

“玉梅，真是太谢谢你啦！我都不知说什么好了，不过捎话女儿未必跟你们去，这个孩子很有个性，这件事必须征得我父母的同意，当面和她说清楚才行。”郝妍说出自己的顾虑。

“那好办，我一会儿就去找你的父母，向他们说明原因，再把你女儿接来，你当面与她说明白，这样总行了吧？”施玉梅说。

“事已至此，我求之不得，但是我不想与女儿在这种地方见面，害怕对她的心理产生阴影。汪洋你对施玉梅的做法有何想法？”郝妍说出自己的担心。说话的同时，她不由自主地看了汪洋一眼，她见汪洋始终没表态，担心他有想法。

“郝妍，我赞同施玉梅的意见，同意她帮忙照看你的女儿，至于你觉得女儿年纪尚小，不宜带到这里，我觉得有道理。莫不如你写一封信，交给你的父母，让他们做你女儿的思想工作。”汪洋点头表示同意。其实他的心里很矛盾，妻子既要上班工作，又要照顾他们父子俩，本来已经够辛苦的了，自己专心搞创作，没法帮她料理家务。如今再添上郝妍的女儿，岂不是更辛苦。可是施玉梅的举动让他感动，她不计较自己与郝妍之间的微妙关系，不但前来看望她，并主动提出来代她照看女儿，她的心胸如此宽阔，真是了不起，怎能不令人钦佩！她真是一位伟大的女性。

郝妍听了汪洋的话，点头表示同意，彭宗元找到管教人员，找来纸笔，郝妍怀着感激之情，给父母写了一封言辞恳切的信，说明原因和情况，让老人做女儿的思想工作，劝说女儿跟他们一起去生活。

探视时间到了，郝妍怀着无限感激之情，泪流满面地与施玉梅等人告别。施玉梅也于心不忍，落下痛惜的泪水。

施玉梅性格爽快，说话办事干脆利索。他们出来后，当即带着郝妍写给女儿的信，前去郝妍父母家，将信交给她的母亲。母亲边看信边落泪，她虽然不忍心将外孙女交给施玉梅照看，但是自己身体不好，老伴儿又卧病在床，实在无法照看外孙女，只好含泪同意女儿的意见，同时对汪洋夫妻的义举深表谢意。

可是没想到，郝妍的女儿，无论姥姥如何劝说，死活不同意跟着施玉梅生活。她态度坚决地表示：自己已经长大了，不但能照顾自己，而且还能帮助姥姥照看姥爷。她对母亲的事情知道得很清楚，她不但没有怨恨母亲，还表示理解母亲的苦衷，同时提出要去看望妈妈，想与妈妈当面说清楚自己的想法。

汪洋见她态度如此坚决，觉得难以勉强，对于她提出看望妈妈的要求，不敢擅自做主，决定让施玉梅留在郝妍父母家，他和彭宗元再去征求郝妍的意见。

由于有巴日虎的关系，看守所负责人没有为难他们，再次让他们与郝妍见面。汪洋把她女儿的意见如实转告给郝妍，并征求她的意见。

郝妍得知了女儿的真实想法，心里既高兴又心疼。既然女儿已经知道内情，没必要再对女儿有所隐瞒，为了确认女儿的真实想法，郝妍同意女儿前来见面。

汪洋赶紧让彭宗元开车，将郝妍的母亲和女儿接来，让她们当面说清楚。她们母女三代见面，自然是抱头痛哭，痛苦万分，无须细述。

见到女儿如此懂事，且态度坚决，郝妍只好尊重女儿的意见，同时叮嘱女儿一定要好好学习，不要为她分心，并劝慰母亲保重身体，不要为她的事过度忧虑。母亲和女儿一一点头答应。由于探视时间有限，她们被迫忍痛分别。

虽然没能接走郝妍的女儿，但是人们对施玉梅的为人和品德更是刮目相看，对她的善良称赞不已。

郝妍因为涉嫌从事色情行业，被判了三年有期徒刑。她的女儿始终与姥姥一起生活。她不但生活自理，还帮着姥姥照顾病中的姥爷，而且刻苦学习，成绩一直名列前茅，后来以优异的成绩，考入了名牌大学。郝妍出狱后，她没有脸面待在甘河市，只身去了南方，在酒吧和夜总会唱歌。一个偶然机会，她参加歌手比赛，凭借自己的实力，赢得了评委和观众的认可，因此出名。后来她被聘请加入专业文艺团体，如愿当了一名专业歌手，实现了她的梦想。这是后话，无须细表。

话说汪洋回到家中，从此闭门不出，继续文学创作。由于使用电脑创作，更加得心应手，效率也提高了许多。仅用一年时间，就完成了第三部作品，这是他早已规划好的，追梦三部曲之最后一部。他将书稿寄给出版社编辑审阅，付梓并发行。与此同时，他接到作家协会的来信，信中告诉他已经被批准加入作家协会，并向他表示祝贺！汪洋手捧着作家协会的入会通知，心情异常激动，能够加入作家协会，是他一生最大的心愿，也是他梦寐以求的，这是广大读者对他的认可，说明他的作品通过了读者和行家的检验。他暗自立誓，一定刻苦努力，力争创作出更好更多的作品，来回报读者的厚爱。

光阴似箭、日月如梭，时光在人们的忙碌中倏忽而过。转眼之间，儿子高中毕业，并以优异的成绩考入了名牌大学。毕业后继续出国深造，终于学业有成，获得了在国外就业的机会，但是他却放弃国外优越的生活条件和丰厚的待遇，毅然回国报效国家。

自从加入作协，汪洋的创作激情更加高涨，整日埋头于书山文海之间，潜心创作，却突然接到周思远等人发来邀请函，通知他前去参加同学联谊会，纪念中学毕业三十周年。

汪洋看着邀请函，心中颇多感慨：真是光阴似箭，日月如梭，转瞬之间，自己已近天命之年，屈指一算，离乡已三十载。汪洋带着感慨和激动的心情，匆忙动身前去参加同学聚会。

同学们接到通知，无论当地还是外地工作的同学，悉数赶来参加同学联谊会。汪洋见到了周思远、柳刚、包玉柱等众多同学。

周思远告诉汪洋，现在他的公司已经发展到八家分店，而且一家比一家的规模大，效益一家比一家强。他还利用自己多年的积蓄，又从银行贷了一部分款，在星沙市的繁华地段，购买了一栋五千多平方米的大楼，打算用这栋楼，成立吃、住、娱乐于一体的大型综合酒店。听到自己曾经为之付出辛勤汗水的企业，发展得如此迅速，汪洋心里感到由衷的高兴。

三十年的光阴，把昔年风华正茂的年轻人，带进了中年人的行列。由于分别太久，汪洋与众同学见面时，感到很陌生。尤其那些毕业后失去联系的同学，更是不敢相认。汪洋按照各自的名字，在脑海里仔细寻找当年的印迹。虽然极力辨认，却只能依稀辨认对方的轮廓，再也无法将现在的人与当年的印象吻合。真是“光阴无情催人老，同学相逢不相识”。

同学联谊会在第一中学校园中举行，周思远等人借用了学校的教室。如今第一中学，虽然名字依旧在，但容颜已改。昔日校园里低矮的红砖教室早已荡然无存，取而代之的是高大漂亮的教学楼。那座引以为豪的果园，也消失在历史演化的进程中。

同学们置身于宽敞明亮的教室，当年的班长杜枫主持，杜枫深情地说道：“咱们当年全班共计五十二名同学，其中有三位不幸去世，现存四十九位同学全部到齐，下面我按当年上课的习惯点名，点到每位同学的名字，都像当年一样，起身回答。”

点名过程中，出现了一个小插曲，由于统计疏忽，遗漏了麻有志的名字。因为杜枫事先声明，去世者的名字省略，没有点名意味着已经去世。因此麻有志站起来故意挑毛病。麻有志笑着说：“我又没有去世，怎么没点我的名字？”他的话引起了同学们一片笑声。杜枫连声说对不起，重新点了他的名字，他才满意地坐下。

接下来，杜枫按照程序，邀请几位具有代表性的同学发言，首先被邀请的是周思远。周思远走到讲台前，首先向同学们敬礼，然后说道：“同学们，大家好！今天有幸参加咱们毕业三十年联谊会，与昔日的同学见面，心里非常高兴。回首这三十年，心里百感交集，这三十年的历程，有艰辛、有痛苦、有迷茫、有快乐。虽说我的生意目前比较成功，但是我也走过许多弯路，尤其当年做生意时，自己一味地追求经济利益，丧失了原则，不顾损害消费者利益，加工和销售假货，最终导致生意破产，家庭解体，这是我人生最大的败笔，也是我一生的悔恨。后来我痛改前非，总结失败教训，本着以诚做人，诚信做事的原则，重新开饭店做生意，我可以问心无愧地说，我现在的经营理念，是以服务消费者为主，赚钱做生意为铺，制作的菜肴都是采用货真价实的原材料加工而成，严把质量关。咱们的作家汪洋可以作证，因为他受我之邀，帮我成立了餐饮公司，并制定了一系列规章管理制度，参与企业管理，为我的企业发展壮大立下了汗马功劳。我再次向他表示感谢！总结我的人生经验，我深深体会到，人生在世，非常不容易，若想做个好人更加不容易。尤其不能做损人利己，昧良心的事情。更不能把金钱看得太重，一个人若是被金钱蒙住眼睛，就会看不清人生道路，就会丧失做人的原则！尽管一时得逞，得意风光，但最终也会为此付出代价，受到应有的惩罚！这就是我总结的人生经验，也是做人的基本原则。最后预祝联谊会圆满成功，祝愿同学们身体健康，家庭幸福，万事如意！”

周思远的发言，引起众人一片热烈的掌声。

由于当初封德水也是班干部，按事先制定的程序，每位班干部都要发言讲话。虽然封德水现在已经贫困潦倒，无论做生意还是做人，都很失败。但是江山易改，本性难移，他依旧驴倒架不倒，手舞足蹈地走到讲台前，大言不惭地在众人面前侃侃而谈：“尊敬的男同学，亲爱的女同学……”他的话音未落，立刻招致女同学的反对，刘淑敏用手指着他笑骂道：“臭不要脸，谁是你亲爱的？”其他人跟着附和道：“就是的，他怎么占咱们的便宜？”

杜枫连忙打手势示意众人安静。封德水厚着脸皮接着往下说：“我是为了调节气氛，故意喊你们一声‘亲爱的’，你们别不知好歹，都这个岁数了，有人喊你们亲爱的，你们应该感到荣幸。好了，不开玩笑了，今天咱们同学聚会，我的心情很复杂，非常怀念咱们上学时的美好时光，那时候咱们的思想多么单纯，哪有现在这么复杂。想当年我也是佼佼者，在单位当过领导，商场上也很成功，也是打过腰，提过气，戏台上唱大戏。但是我的命不好，不但生意赔本，公司也破产了。你说老天怎么这么不公平？为什么别人能挣到大钱，我却倒闭破产……”

“你吃喝嫖赌啥事都干，岂能不破产！否则就没天理了！”刘淑敏再次打断他的话，不客气地揭他老底。

封德水不以为耻反以为荣，扬扬得意地反驳：“你少拿话挤对人！吃喝嫖赌咋的了？酒色财气，人人所好，人生在世不就是为了贪图享受？虽然我现在不如以前了，但是我却不后悔，因为我好吃的吃了，好喝的喝了，好玩的玩了，这辈子够本了，总比那些只知道挣钱不知道享受的人强得多！我不计较别人怎么说，也不追求什么梦想，活一天就享受一天，至于什么理想啊，主义啊，它认识我，我不认识它。你们不要趴着门缝看人，把人瞧扁了，我就不信我的命永远不好！马粪蛋还有发烧的，咸鱼还有翻身的时候呢！说不定哪天我时来运转，东山再起，我看到时候谁还敢小瞧我封三爷！等我发大财了，我给你们每人买一辆汽车，让你们睁大眼睛瞧瞧，看我封三爷到底是不是凡人！

“今天咱们同学聚会，我言归正传，希望咱们开开心心，吃好玩好，你们没听说吗：‘战友会战友，一色喝大酒，同学会同学，一色搞破鞋。’如果当年谁对谁有好感，谁对谁有感情，当初没有如愿，今天正好借着机会，弥补一下以前的遗憾……”

“真是狗改不了吃屎。”“快让他下去，别让他丢人现眼了。”同学们听他说话越来越离谱，气愤地将他轰下台。

接着粟杉讲话，他的讲话简单明了：“同学们，大家好，时间过得真快，转眼之间，咱们已毕业三十载，三十年的变化真大，我们从少不更事的懵懂少年，变成了饱经世故的中年人，我这辈子没有什么大的理想，唯一喜欢的就是教书育人。虽说我以前只是一名普通的民办教师，但是民办教师也是教师，我照样在简陋的教室里，实现了我自己的理想，为农村的教育事业奉献了一分力量！我的一生虽然简单而平凡，但是我很满足，因为我实现了自己的理想，我可以骄傲地说：我没有遗憾，没有虚度年华！”

接下来，同学们轮番上台讲话，他们根据自己的经历，讲述了成长过程，有的人讲的多，有的人寥寥数语，都是肺腑之言。还有的人性格内向，不善于言谈，同学们也不勉强。

轮到柳刚发言时，他的情绪显得很激动，十分诚恳地说：“在座的都是我最好、最真挚、最亲爱的同学，尽管多年不见，甚至已经淡忘了长相，但是，我见到你们感到特别亲切。当年我怀着将军的梦想，投身于军旅之中，并为此付出全部心血和智慧，功夫不负有心人，我的努力终于有了回报，我在部队先后入党提干，并与部队首长的女儿相爱成家，我很荣幸地说，当年我的仕途一帆风顺，三十多岁就被提拔为中校，可以说我与将军的梦想只有一步之遥。然而世事难料，就在我春风得意、事事顺心的时候，却鬼迷心窍，抵不住金钱的诱惑，放弃了将军的梦想，投身于商海之中，为了达到借鸡生蛋的目的，我托人说情，担任了部队仓库后勤主任。就是想借用部队的雄厚资金，满足自己的私欲，达到升官发财的目的。可是人算不如天算，没想到下属的一次失误导致资金被骗，因为我是主要责任人，所以受到免职的处分，若不是我还款及时，连军籍都保不住。这突如其来的变故，毁了我的前程，断送了我的将军梦！真是一失足变成千古恨，再回首已是百年身。毛主席曾说过‘人间正道是沧桑’。此话千真万确，我就是因为抵不住社会上的诱惑，忘记自己追求的理想，迷失了本性。导致最终失败。当初若不是一念之差，非要去经商做生意，假如当初能够抵御诱惑，坚守自己的信念，也许我的梦想已经得以实现！唉，人生为什么会有那么多不确定因素？为什么会充满数不清的变数？如果你能抵挡住诱惑，以平常的心态，去应对变幻莫测的世界，你就会实现自己的梦想，达到事业的巅峰。咱们的作家，就是这样为了梦想，而努力追求并最终取得成功的典范！他是咱们同学的骄傲，我建议让汪洋谈谈人生的体会，一定会很精彩，一定能给我们带来启迪。”

柳刚的建议，赢得了全体同学的热烈响应。面对同学们阵阵掌声，杜枫笑着站起来，摆手示意众人安静，然后说道：“同学们，大凡重要的活动和演出，都是由名角压轴，所以我们把汪洋同学安排在最后发言。现在隆重请出我们的同学，知名作家汪洋上台讲话，大家鼓掌热烈欢迎！”

面对众人的赞扬，汪洋感到很不自在，他面带羞涩地走到讲台前，情绪有些激动，带着颤音说道：“尊敬的同学们，大家好！今天能够参加毕业三十年联谊会，我的心情非常激动，在人类历史的长河中，三十年只是短暂的一瞬间，但是对人的一生来讲，三十年却几乎占用了生命的一半时间，尤其是二十岁到五十岁，更是人生的最好年华。回首三十年的风雨历程，真是感慨万千，我们怀揣梦想，按照各自人生的轨迹，为实现自己理想而努力拼搏。三十年风霜雨雪，消磨了我们的青春年华，带走了我们的年少轻狂，岁月的刻刀在我们的容颜上留下了深深的印记！置身于昔日的校园，往事历历在目，一切仿佛发生在昨天。虽然母校已经焕然一新，但是母校的记忆一直保留在我们的心里。往日那低矮的砖房，干打垒的院墙，泥土铺就的操场，简陋的篮球场，操场周围那一排排整齐挺拔的白杨树，还有那个春季鲜花盛开，秋季硕果累累的果园，都深深地铭刻在我们的记忆里，令人记忆犹新，难以忘怀！

“同学们，随着岁月的流逝，我们已经步入中年，虽然各自的理想不同，生活环境不一样，每个人都是为了自己的理想，孜孜以求。我自幼喜欢文学，梦想当一名作家，并为了这个理想，付出了许多艰辛和努力，不仅牺牲了个人情感和乐趣，更失去了孝敬父母的机会。百善孝为先，孝敬老人是中华民族的传统美德，希望每位父母健在的同学，一定加倍孝敬父母。父母操劳一生，将我们哺育成人，我们一定要恪守孝道，让父母安享晚年，切莫像我一样，留下终身遗憾！

“同学们，当今社会的人生观、价值观，已经发生了颠覆性的改变，许多人过于看重金钱，而放弃了理想。金钱固然重要，但是不能利欲熏心，如果一个人眼中只有金钱，就会失去亲人和朋友和情谊。更会失去自己的理想和使命。我的一生颇为坎坷，曾为追求前途和金钱而努力拼搏过，但是从未放弃自己的理想。都是围绕文学创作这个主题而生活。如今苍天有眼，功夫不负有心人，我在文学创作上取得微不足道的成绩，但是我认为这些都不重要。世界上最珍贵的不是金钱，不是拥有多少财富，更不是在事业上取得多大成就，世界上最纯真、最美好、最值得留恋的是同学的情意！四年同窗生活，在我心中留下了难以忘怀的印迹！走上社会以后，我结交了许多朋友，关系都比较密切，但是觉得没有咱们的感情这么纯、这么真！无论我走到哪里，都会想念亲爱的同学们，都会珍惜这纯真无比的友谊！

“说来抱歉，这么多年，我与同学们联系甚少，愧对同学的情谊。今后我一定要与同学们多联系，一定抽时间回来看望大家，如果同学们有需要我的地方，尽管吩咐，我一定竭尽全力相助。希望咱们同学联谊会，一如既往地保持下去。希望四十年、五十年、六十年联谊会，在座的同学们都悉数参加。

“最后，祝同学们身体健康，家庭和睦，生活幸福，事业有成，万事顺意！谢谢大家！”汪洋讲话时，数次被同学们的掌声打断，讲话完毕，教室内再次响起了经久不息的掌声。

座谈会结束后，同学们集体照相留念，然后驱车前往著名的连环湖景区游玩。游玩后到乡村酒店聚餐。同学们怀着激动的心情，彼此相互敬酒，轮番上台演唱歌曲，还带着几分醉意翩翩起舞。场面既隆重又热闹，散发着浓浓的情意。

联谊会圆满结束，同学们怀着激动的心情，相互拥抱，互道珍重，依依惜别。

汪洋望着动人的场面，心情无比激动，感叹人生苦短，岁月无情，饱受聚散离别之苦，唯有情意无价，友谊长存！感慨万千，触景生情，赋诗一首：

追梦心曲

人生如梦梦人生，
光怪陆离各纷呈。
骄奢淫逸南柯梦，
谦逊节俭伟业成。
小人悲戚怨天命，
君子明理躬自耕。
自古追梦无捷径，
贵在持之能以恒！

定稿于家中

2015年4月28日